Oscar classici

**Dello stesso autore
nella collezione Oscar**

Giovanni Verga

MASTRO-DON GESUALDO

Con uno scritto di Luigi Pirandello

Introduzione di Carla Riccardi

OSCAR MONDADORI

© 1940 Arnoldo Mondadori Editore S.p.A., Milano

I edizione Romanzi e Racconti italiani gennaio 1940
10 edizioni B.M.M.
1 edizione Il Ponte
17 edizioni Oscar Mondadori
I edizione Oscar classici aprile 1983

ISBN 978-88-04-49277-1

Questo volume è stato stampato
presso Mondadori Printing S.p.A.
Stabilimento NSM - Cles (TN)
Stampato in Italia - Printed in Italy

Ristampe:

24   25   26   27   28   29   30

2007   2008   2009   2010

www.librimondadori.it

Introduzione
di Carla Riccardi

Dai primi abbozzi al romanzo:
storia del « Mastro-don Gesualdo »

All'indomani della pubblicazione dei *Malavoglia*, rincuorato dello scarso successo di pubblico e di critica dall'intelligente recensione di Luigi Capuana, il Verga iniziava la stesura del *Mastro-don Gesualdo*; il 25 febbraio '81 annunciava all'amico:

Ora lavorerò a Mastro Don Gesualdo di cui il disegno mi piace assai sinora e te ne parlerò, se, come spero, verrai qui fra non molto.[1]

Gli schemi del romanzo, conservati tra gli autografi verghiani, documentano insieme a una serie di abbozzi di varia estensione la prima fase elaborativa del *Mastro*: una struttura da romanzo picaresco, una minuziosa narrazione dell'infanzia del protagonista, di tutte le avventure dell'adolescenza e della progressiva ascesa economica e sociale, realizzata in una scrittura di tipo bozzettistico, estremamente faticosa, viziata soprattutto dalla scelta del piano del racconto, dalla prospettiva del narratore onnisciente. Questo l'antico schema svolto in ben sette tentativi di stesura:

1788 Sua nascita da compare *Cosimo Cinniredda* (Cenerella) lettighiere, nato nel 1751, e da comare *Minica* (Domenica) Parzaparra. Due fratelli maggiori di lui: *Vitu* (Vito) nato nel 1785, garzone in casa del barone Sganci, e *Peppi* (Giuseppe) nato nel 1786, manovale con uno zio murifabbro, fratello della Parzaparra, detto il Mascalise. 1798 Principio dell'azione. Nascita di una quarta figlia sospirata – Speranza (*Tedda*) Compare *Cosimo* ha rotta una gamba da un calcio di un mulo. La moglie alla notizia muore di febbre puerperale mentre il marito è curato dalla *Gagghianedda* allo stallazzo del Biviere di Lentini

---

[1] G. Verga, *Lettere a Luigi Capuana*, a cura di G. Raya, Firenze, Le Monnier, 1975.

[...] Compare Cosimo è costretto a vendere le mule e ogni cosa per la malattia sua e la morte della moglie, e a lavorare nel far andare la chiatta del *ponte alla barca* sul Simeto per vivere. Il barone prende con sé *Vitu*, il quale già bazzicava in casa sua, il *Mascalise* prende garzone l'altro figliuolo *Peppi* per manovale. Della bambina Speranza s'incarica la gnà *Aita*. Gesualdo resta col padre nella chiatta. [...] 1800. Gesualdo scappa con don *Tinu* merciaiuolo ambulante. La fiera. 1801 lascia per seguire il *Zannu*, ciarlatano [...] 1803. È arrestato, uscito dal carcere si mette collo zio Cheli, mulattiere. 1804 Ripassando il Simeto si ferma col padre, resta a garzone nell'osteria del Nunzio. 1805 Si mette collo zio *Mascalise* e col fratello Peppi, manovale. 1812 Imprende piccoli appalti di barbacani, mura, trapassa alla morte dello zio Mascalise cui rovina addosso un muro. Si guasta col fratello per non dipendere da lui. Tedda è stata sedotta dal padrone Massaro *Neli* che vuol comprare il suo silenzio 10 onze. Rifiuta, ma lo tiene in pugno colla minaccia di denunziarlo [...] 1815. Allarga le sue speculazioni [...]. Aiuta i fratelli nella prosperità, dando loro dei subappalti, generoso dei loro torti, quantunque essi non siano mai contenti. 1818 Arricchito sposa donna Marina Margarone *ecc*.[1]

Il primitivo disegno veniva abbandonato solo nel 1884: tutto il materiale raccolto era utilizzato per costruire le due puntate di *Vagabondaggio*, pubblicate successivamente nel « Fanfulla della Domenica », la prima il 22 giugno 1884 con il titolo *Come Nanni rimase orfano*, la seconda il 6 luglio con il titolo definitivo. Il 1º ottobre dello stesso anno comparve nella « Nuova Antologia » *Mondo piccino*, realizzato con il materiale non ancora sfruttato degli abbozzi, un paragrafo staccato dal primo *Mastro-don Gesualdo*, che, rifuso con le due puntate di *Vagabondaggio*, darà luogo nel 1887 alla redazione definitiva della novella.

Negli anni successivi del romanzo non si parlerà più. E anche l'editore Casanova, che avrebbe dovuto pubblicarlo, dopo alcune sollecitazioni, dovette convincersi che il progetto non si sarebbe realizzato. Nel 1886 si dichiarava, quindi, disposto a cedere il *Mastro-don Gesualdo* all'editore fiiorentino Pietro Barbèra, con il quale Verga, oltre a pubblicare *Vagabondaggio*, intendeva rinnovare i contratti per le ristampe, scaduti nel 1885 da Treves.

Lo scrittore usciva allora da un periodo di intensissima attività (due romanzi, circa cinquanta novelle, l'esperimento teatrale con *Cavalleria rusticana*), che lo aveva esaurito sia dal punto di vista della creatività, sia sul piano psicologico. Una lettera del 17

---

[1] G. Verga, *Mastro-don Gesualdo*, edizione critica a cura di C. Riccardi, Fondazione Arnoldo e Alberto Mondadori, Milano, Il Saggiatore, 1979, pp. 595-6.

gennaio '85 all'avvocato catanese Salvatore Paola Verdura è la confessione e l'analisi del momento negativo:

No, caro Turi, non è la fede che mi manca, ma la fiducia nelle mie forze alle volte, in quei momenti di orribile scoramento, in cui si vede la meta così alta e le forze tanto insufficienti. Anni sono avevo più facile l'entusiasmo, più cieca la speranza d'arrivare un giorno dove volevo, meno grave la responsabilità di un insuccesso. Ora mi sento grave sulle spalle il fardello del poco che ho fatto e del molto che s'aspettano, gravissimo il compito che mi sono imposto, e ardua la meta e forse anche presuntuoso l'ardire pella riforma che vagheggio. Sento il molto che ci è da fare ancora, non da me solo, ma da tutti quanti, al giorno d'oggi, pel romanzo e pel dramma, e nello stesso tempo mi sento vecchio e sfinito. [...]
Del pubblico che ci discute e che ci giudica quanti sapranno mai per quali giorni neri siano passati i nostri fantasimi, e quanta parte migliore del nostro cuore ci costi il più meschino successo?

Gli anni '85-'87, se segnano un deciso rallentamento della produzione narrativa, sono però dedicati alla stesura e alla revisione dei testi, che, riuniti nel 1887 nella raccolta *Vagabondaggio*, costituiranno il libro chiave per la soluzione della crisi espressiva, in strettissimo rapporto con il *Mastro-don Gesualdo*. A parte la novella eponima, nata dagli abbozzi del romanzo, ne anticipano sequenze narrative e soluzioni stilistiche *Nanni Volpe* (vera prefigurazione di Gesualdo), *Quelli del colèra*, *Il maestro dei ragazzi*, *Il bell'Armando*, *... e chi vive si dà pace*. Qui il Verga si esercita sul monologo interiore (già sperimentato in *I galantuomini* e *Pane nero*, le *Rusticane* determinanti per il *Mastro* insieme a *La roba* e *Libertà*), filtrato con il discorso indiretto libero, uno dei cardini stilistici della redazione definitiva del romanzo, lo strumento, che, unito a un dialogo eccezionale per la mimesi del parlato delle varie classi sociali, servirà a costruire e ad analizzare il personaggio e la storia di Gesualdo.

La mediazione delle novelle fu decisiva: l'edizione fu pronta nell'aprile '87 lasciando, dunque, via libera al romanzo. Tra l'estate '87 e i primi mesi dell' '88 il lavoro dovette procedere abbastanza da poter essere proposto a Ferdinando Martini, che richiedeva qualcosa per la « Nuova Antologia ».

Le trattative con la rivista, rallentate dalla improvvisa scomparsa del proprietario, proseguirono tra alti e bassi fino all'inizio dell'estate del 1888: il 1° luglio usciva la prima puntata del romanzo, la cui pubblicazione proseguì regolarmente nei fascicoli XII-XXIV della rivista, concludendosi il 16 dicembre (con un solo salto in corrispondenza del numero XVII del 1° settembre).[1]

Proprio per un malinteso sulla pubblicazione in rivista il Verga rompeva, alla fine di luglio, coll'editore Casanova e già dall'agosto concludeva un nuovo contratto con il Treves.

Fin qui la storia esterna del primo *Gesualdo*. Quanto all'evoluzione interna, premesso che Verga vi lavorò intensamente durante la pubblicazione in rivista (alla fine del marzo '88 ne prevedeva ottimisticamente la conclusione dopo sei mesi), si distinguono tre fasi corrispondenti ad altrettanti schemi o interventi strutturali. A un primitivo schema, intitolato *Cronologia*, era seguita probabilmente la stesura di un abbozzo molto grezzo, del quale si trovano tracce sul verso di alcune carte del manoscritto inviato all'« Antologia ». Queste contengono solo sequenze relative ai primi due capitoli, sicché non si è in grado di dire quanto si estendesse.

Si passa, quindi, a uno « Schema pel *Mastro-don Gesualdo* », vera base della costruzione del romanzo poiché lo scrittore vi individua finalmente il motivo psicologico centrale della vicenda, sviluppando ampiamente la prima parte del racconto (corrispondente all'incirca ai primi sette capitoli) e riducendo il resto a uno scheletrico elenco delle funzioni narrative principali:

Avidità di ricchezza – Mastro-don Gesualdo le sacrifica ogni cosa, ma la ricchezza non gli dà la felicità; né la dolcezza dell'amore, né la quiete domestica, né l'affetto dei suoi, né la soddisfazione della vanità, e neppure la salute.
Egli s'affatica tutta la vita per arricchire, levandosi il pan di bocca, lavorando come un negro, prima a cottimo, poi assumendo dei piccoli appalti, allargando man mano le sue speculazioni. Sempre in guerra coi suoi, perché suo padre (mastro Nunzio Motta), vecchio rigido e dispotico, vorrebbe spadroneggiare, e fargli fare delle cattive speculazioni, suo fratello (Santo) vorrebbe vivere e gozzovigliare alle sue spalle, e sua sorella (Speranza) che egli ripari continuamente alle cattive speculazioni del cognato, massaro Fortunato Burgio, e finalmente, a poco a poco, si guasta coi parenti. Non sposa Diodata Limoli, una povera trovatella dalla quale ha avuto dei figliuoli, e invece sposa donna Bianca Trao, di famiglia nobile e decaduta; la quale vive in estrema miseria nella casa avita cadente, insieme ai due fratelli, don Diego e don Ferdinando, incretiniti, ed è stata sedotta dal baronello Rubiera; ma una parente ricca, donna Marianna Sganci, combina di maritarla con mastro don Gesualdo per togliere il disonore del nume-

[1] « Nuova Antologia », serie III, voll. XVI-XVIII (fascicoli XIII-XXIV). La indichiamo con la sigla *NA*. L'edizione definitiva (Treves, Milano, 1890, ma in realtà 1889) è stata siglata *T*.

roso parentato nobile. Mastro don Gesualdo la sposa nel 1819 in un momento che per una cattiva speculazione sta per fallire, spaventato dall'idea di ridiventare semplice operajo. Nella speranza di essere agevolato pure nei suoi affari dal parentato nobile e influente della moglie. Ma questo gli si dichiara tutto contro, perché egli ha osato di sposare la loro parente che pure essi avrebbero lasciato morire di fame. La moglie avvilita troppo diseguale d'educazione col marito lo teme e non gode se non della sua ricchezza [...] i suoi parenti si allontanano da lui perché si è maritato e ha fatto casa a sé, ed ha sposato una nobile colla quale non stanno bene. Tutto il paese gli è avverso, i nobili per alterezza, i suoi più per invidia. Nascita della figlia, battesimo in gran pompa a cui non vogliono intervenire né i parenti nobili, né quelli del padre in guerra con lui. Morti Don Diego e don Ferdinando Margarone donna Marina briga perché il nome della sua famiglia passi nella discendenza di lei. Mastro don Gesualdo mette la figliuola, bambina ancora, in un convento aristocratico a Palermo, malgrado l'opposizione della madre, e la ragazza, uscita poi dal collegio a 18 anni, urtata dalla differenza d'educazione col genitore, colpita dalla schiavitù in cui tiene la madre non lo ama. Lui sorprende la figliuola in un amoretto col cugino Corrado. Fugge con lui. Poi ripara al malfatto e sposa il duca di Leyra.
La madre muore di tisi [...]. Accaduta la rivoluzione Mastro-don Gesualdo che fa il reazionario per timore che gli tolgano le sue ricchezze, è costretto a fuggire, va a Palermo malricevuto in casa del genero, torna solo al paese, malato di cancro, spende inutilmente i suoi denari per farsi curare dai primarj medici, e muore solo come un cane, assistito solo da un muratore, che egli ha maltrattato sempre, mastro Nardo (Leonardo Buccieri).[1]

Seguono gli *Appunti 1*, sulla sud divisione in quattordici capitoli, i quali provano che i nodi narrativi e stilistici più spinosi si presentarono dall'ottavo all'ultimo capitolo, dove, infatti, la redazione di *NA* risulta faticosa e schematica. Una seconda serie di appunti, in cui il Verga tenta di dividere più razionalmente i capitoli nelle varie puntate, aggiunge, toglie o sposta episodi, lavora insistentemente sulla struttura degli ultimi capitoli, costituisce l'ultimo stadio della sistemazione strutturale. Ma il passaggio dai quattordici capitoli, previsti dallo schema definitivo, a sedici, avvenne assai probabilmente solo alla vigilia delle due ultime puntate.

Ciò che è certo è che, non appena decisa la pubblicazione nella rivista, il Verga iniziò una trascrizione dei materiali già stesi, che diventò in molti punti una rielaborazione radicale, portata innanzi puntata per puntata, in tempi, quindi, brevissimi.

[1] Si veda la citata edizione critica del *Mastro*, pp. 596-7.

Nonostante il grande sforzo elaborativo (tale da giustificare quasi un esilio volontario: nel dicembre '88 scriveva da Vizzini a Gegè Primoli di far vita di « lavoratore romito » e di aver lavorato « come un asino in questo tempo ») la redazione di *NA* risentiva dell'affrettata revisione, riducendosi, a parte i primi sette capitoli assai compiuti, a un bozzetto, a un romanzo-didascalia, che esigeva non un semplice lavoro di lima, ma una rielaborazione strutturale e stilistica.

Molte scelte si rivelavano sbagliate: la struttura tipo *Malavoglia*, cioè una lineare successione di capitoli, inadatta a sciogliere i nodi di un intreccio molto vasto e complesso, l'impostazione scopertamente « romanzesca », ma da romanzo d'appendice, ritmata da scena ad effetto, da contrasti grossolani (il più clamoroso è la presenza di don Ninì e di Corrado La Gurna alla nascita di Isabella), il ruolo eccessivo di Bianca e il suo carattere da romanzo psicologico borghese che riduce Gesualdo a un personaggio contraddittorio, inibito e intimidito da una passione non corrisposta, dominato e non dominatore, lo spazio troppo ampio dedicato alla storia d'amore di Isabella e Corrado e l'angolazione di questa, realizzata dal punto di vista della ragazza in pagine e pagine di effusioni liriche e di estenuanti monologhi amorosi.

Dalla constatazione del fallimento derivano le operazioni che Verga compie nel rielaborare il testo di *NA*: 1) riorganizzazione della struttura (divisione in quattro parti, corrispondenti ad altrettanti momenti della vita di Gesualdo, e una più razionale distribuzione del materiale narrativo in ventun capitoli), svolgimento delle didascalie e, quindi, amplificazione del racconto; 2) adozione del discorso indiretto libero per filtrare la narrazione attraverso l'ottica di Gesualdo, che diventa personaggio-giudice di sé e del suo mondo, inquadrato cioè nella sua dimensione umana individuale e non nell'ambito sociale (l'autore evita così la sovrapposizione, tipica nell'indiretto normale, dello scrittore al personaggio); uso intensivo del discorso diretto, come unico strumento valido per concretare sulla scena la complessa dinamica dei rapporti tra i personaggi (si tratta di un discorso diretto esemplare per naturalezza ed evidenza, che, liberato dalle secche delle didascalie introduttive, presenti ancora nei *Malavoglia*, si svolge quasi spontaneamente dall'indiretto normale e dall'indiretto libero o si realizza in dialoghi fittissimi costruiti con una sintassi e un lessico tipici del parlato, se non addirittura dialettali, con esiti fortemente mimetici); 3) descrizione e ritratto in chiave grottesca per realizzare il racconto attraverso il punto di vista dello scrittore non più imparziale, ma giudicante.

Tali soluzioni derivano dal riesame che Verga dovette compiere delle funzioni narrative di *NA*, individuando solo allora Gesualdo come protagonista assoluto, eroe ingiudicato di un'epopea negativa, e rivedendo criticamente tutti gli altri personaggi, in particolare Bianca, strumento dell'ambizione prima e concausa indiretta poi della decadenza di Gesualdo (si veda anche la drastica riduzione subita dal canonico Lupi, in *NA* motore quasi di ogni azione, o la deformazione a fini polemici di altri, tra cui i Trao, la baronessa Rubiera, don Ninì, Isabella).

Ma nell'accingersi alla revisione per il volume il Verga intendeva solo rifinire stilisticamente il romanzo: nel novembre '88 scriveva a Felice Cameroni di prevederne l'uscita per il gennaio '89, dopo una correzione molto rapida.

L'autografo Treves (siglato *A*) conferma i propositi dello scrittore: sul verso di alcune pagine o ritagli di pagine della rivista, incollati su nuovi fogli durante la rielaborazione, si individuano, guardando in trasparenza, tracce di sporadiche correzioni interlineari che permettono di ipotizzare una fase di revisione stilistica superficiale.

Solo dopo la rilettura di *NA* Verga decise di ribaltare completamente la vecchia redazione e di impostare un nuovo manoscritto.

La rielaborazione durò, quindi, non un mese, ma un anno, impegnando a fondo lo scrittore, incontentabile al punto da intervenire sulla struttura durante la stampa del libro, correggendo radicalmente e subito dopo riscrivendo *ex novo* i capitoli centrali del romanzo: la seconda metà del cap. II e l'intero cap. III della Parte Terza ovvero due importanti sequenze narrative, la nascita dell'amore tra Isabella e Corrado e la morte di mastro Nunzio, concentrate in un solo capitolo, l'XI, in *NA*, la prima svolta dal punto di vista sentimentale di Isabella, la seconda introdotta con goffi agganci tematici e inquadrata dall'obiettivo del narratore anonimo che sfoca il protagonista vero, Gesualdo, concedendogli spazio solo sul piano del discorso diretto.

Non mancano interventi decisivi anche nell'ultimo giro di bozze: oltre a correggere, e non poco, a livello lessicale, il Verga scrive solo in questa fase la pagina finale del romanzo. Alla breve descrizione dell'alba dopo la morte di Gesualdo e alla irriverente battuta del domestico

– Donna Carmelina, adesso è affare vostro. Bisogna trovare il modo e la maniera di far sapere alla padrona che suo padre, se Dio vuole, se n'è andato in paradiso. Non m'ha fatto chiudere occhio, stanotte. Avreste dovuto venire a farmi compagnia...

è sostituito il commento corale dissacrante di quella servitù, « dei musi beffardi di mascalzoni ben rasi e ben pettinati che sembravano togliersi allora una maschera », pagata e osservata da Gesualdo nei giorni dell'agonia, strumento per leggere la realtà dell'aristocratica casa dei Leyra.

Alla fine dell'anno il romanzo usciva, con i millesimi del 1890, annunciato con grande evidenza sui giornali, « Illustrazione italiana », periodico di casa Treves, in testa.

Il successo fu notevole, sia di pubblico sia di critica, per nulla turbato da minime riserve dei puristi, tanto che il Verga, ritrovato l'entusiasmo, si dichiarava pronto a proseguire il « Ciclo dei Vinti » progettando schemi e raccogliendo materiali per la *Duchessa di Leyra* e *L'onorevole Scipioni*. A Federico De Roberto scriveva nel gennaio del '90:

La tua lettera mi ha fatto un gran piacere perché sai quanto io ti voglia bene, la stima che ho di te insomma in qual conto da gran *professorone* io ti tenga. Proprio, sono contento che il mio libro ti piaccia e contentissimo di quel che me ne dici, specialmente delle osservazioni che mi fai, e che mi rendono le lodi *dolci come il miele*. Sì, caro Federigo, sono lieto che tu abbia notato il cenno di *distratto* e di *mortificato*, ch'è in me della vita, e mi rende più facile forse lo starmene in disparte a vederla passare così com'è, ed entrare nella pelle dei Mastro don Gesualdi e c.i. A proposito, ma zitto, veh! un magnifico primo capitolo che mi hanno regalato qui, ad una festa da ballo al Circolo degli operai, dove sono stato invitato qual socio onorario; e mi sono affrettato ad andare, beninteso: L'onorevole Scipioni, una specie di Bonaiuto d'ingegno, ci va per conquistarci il voto degli operai, e fa la corte alle signore – le quali qui intervengono colla prole poppante, e al bisogno tirano fuori una gran vescica sudata, coram populo – visto con questi occhi – e te la schiaffano in bocca al bimbo... Gelosia del marito, elettore influente che crede l'onorevole voglia ficcare il naso nelle poppe della moglie, proteste di fratellanza, strepito di banda e di tam tam e puzzo di petrolio e di bestiame. E senza metterci nulla del mio, ben inteso. Son fortune che non capitano altrove. Treves pare che sia talmente contento di Mastro Don Gesualdo che mi ha proposto di comperarmi la *Duchessa di Leyra* per l'*Illustrazione* promettendomi poi di farne un'edizione illustrata cosa che non mi va punto, perché è il bello quello di romanzi che non si vendono. Ma quanto a denari picche cioè da pagarsi col manoscritto in mano...[1]

La corrispondenza degli anni successivi con Édouard Rod, suo traduttore in francese, testimonia, invece, degli sforzi per concludere il progetto e delle difficoltà che causeranno il silenzio e la rinuncia a scrivere. Non ultima quella visione del mondo che informa l'ultima raccolta di novelle *Don Candeloro e C.*[1], documento della crisi del verismo verghiano, dichiarazione d'impotenza a conoscere razionalmente la realtà, in quanto maschera, finzione, gioco delle parti. Viene a cadere, insomma, la poetica espressa nella lettera a Salvatore Farina, sorta di introduzione teorica all'*Amante di Gramigna*, ma anche a tutte le novelle di *Vita dei campi* e ai testi degli anni '80-'83: il « semplice fatto umano » che « avrà sempre l'efficacia dell'*essere stato*, delle lagrime vere, delle febbri e delle sensazioni che sono passate per la carne », la fiducia « nello studio delle passioni », nella « scienza del cuore umano » lascia il posto alle « farse tragiche » dell'ultima raccolta, vere riletture in controluce, in chiave grottesca dei grandi drammi della narrativa verghiana, alla disincantata premessa e alla testimonianza in prima persona con clamorosa rinuncia al canone dell'impersonalità di *Fra le scene della vita* (« Ho visto la commedia del dolore ecc. »), alla battuta di impotente isteria di don Erasmo, il medico « giacobino » del *Peccato di donna Santa*:

La verità... la verità... Non si può sapere la verità! [...] Non vogliono che si dica la verità! ...preti, sbirri, e quanti sono nella baracca dei burattini!... che menano gli imbecilli per il naso!... proprio come le marionette!...

La revisione: interventi strutturali e stilistici su alcuni capitoli del romanzo

1. *L'incendio: prologo del racconto*[2]

Fin dal primo capitolo, momento chiave per l'evoluzione del nuovo *Mastro-don Gesualdo*, si scoprono incertezze dell'autore

---

[1] *Verga De Roberto Capuana*, Catalogo della mostra per le Celebrazioni bicentenarie della Biblioteca Universitaria di Catania, a cura di A. Ciavarella, Catania, Giannotta, 1955.

[2] L'analisi del primo capitolo si rifà in parte (per le pp. XIV-XIX) a quella condotta nel nostro saggio *Il primo capitolo del « Mastro-don Gesualdo »*, pubblicato in « Nuova Antologia », luglio-settembre 1979.

su elementi fondamentali del racconto (e l'esistenza quasi certa di due redazioni del capitolo precedenti quella definitiva di A^1 conferma le difficoltà iniziali).

La carrellata d'apertura sul paese svegliato dall'incendio resta, da NA a T, strutturalmente identica. Non mancano significative sostituzioni: il generico « fragore spaventoso » diventa il precisissimo « rovinìo », le prime due battute dei vicini, inutilmente ripetitive in NA, individuano subito in T la natura dell'emergenza segnalata dalle campane, è soppresso il particolare folclorico, da Sicilia tipica, « Le donne, col rosario in mano, si picchiavano il petto » che era ribadito a poca distanza da « donne che biasciavano avemarie » (pure eliminato in T).

Così la prima scena dell'incendio è presto sistemata con lo spostamento della descrizione del palazzo, la trasformazione dei discorsi indiretti in diretti e la soppressione delle ritardanti didascalie introduttive:

NA	T
Lì davanti un crocchio di vicini, a guardare in aria, e mastro Nunzio Motta che strepitava come un ossesso, perché attaccata a quella dei Trao ci aveva anche la sua casetta.	– Aiuto!... ladri!... Cristiani, aiuto!
Don Luca il sagrestano diceva che era rovinata di certo la cappa del focolare:	– Il fuoco! Avete il fuoco in casa! Aprite, don Ferdinando! [...]
– Avete sentito che fracasso? – Mastro Nunzio tornava a gridare:	– Aiuto!... Abbiamo i ladri in casa! Aiuto!
– Ce ne andremo tutti in fuoco e fiamme, tanto è vecchio questo palazzo!	– Ma che ladri!... Cosa verrebbero a fare lassù? – sghignazzò uno della folla.
Nanni l'Orbo poi, a chi voleva sentirlo, giurava e spergiurava d'aver visto aprire una finestra del palazzo, al momento del terremoto: – Lì, accanto a quelle di donna Bianca! Ho visto con quest'occhi!... uno che stava per	– Bianca! Bianca! Aiuto! aiuto! Giunse in quel punto trafelato Nanni l'Orbo, giurando d'averli visti lui i ladri, in casa Trao.
	– Con questi occhi!... Uno che voleva scappare dalla finestra di donna Bianca, e s'è cacciato dentro un'altra volta, al veder accorrer gente!...
	– Brucia il palazzo, capite? Se ne va in fiamme tutto il quartiere! Ci ho accanto la mia casa, per-

1 Ricordiamo che con la sigla A si indica il manoscritto inviato dal Verga in tipografia per l'edizione in volume (Milano, Treves, 1890) indicata come T. Per NA s'intende, invece, la prima redazione a stampa uscita nella « Nuova Antologia ».

scavalcare il davanzale, e poi s'è
tornato a cacciar dentro, vedendo
tanta gente!...

dio! – si mise a vociare mastro-
don Gesualdo Motta.

In *A* l'ultima battuta è detta da Vito Sgherra, personaggio senza futuro, mentre manca Gesualdo: un'assenza già della rivista, dove il protagonista compariva alla fine del II capitolo, nel ruolo affidato poi al sensale Pirtuso. Qui entra in scena solo nel III capitolo, durante la festa in casa Sganci: ingresso infelice, perché l'eroe del racconto si presenta « intimidito », « inciampando, balbettando, sprofondandosi in scuse ». L'autografo testimonia l'incertezza di Verga che non sa decidere come e dove introdurre il protagonista: qualche riga sotto (rr. 79-80) comincia a scrivere « mastro-don Ge- », si blocca e ritorna a Vito Sgherra; così alle rr. 183-87 riscrive ben due volte il segmento introduttivo a una battuta di Gesualdo, che nella prima variante ha già i caratteri lessicali e sintattici distintivi della parlata gesualdesca: l'imprecazione « Santo e santissimo », la domanda, che è quasi un suo intercalare tipico, « A che giuoco giuochiamo? » e la struttura a serie di esclamative e interrogative. Ma anche questa volta si pente e lo elimina.

Rileggendo il capitolo sulle bozze in colonna (non, si noti, alla conclusione di *A*, bensì alla fine, forse, della prima parte del romanzo, ché inviava il manoscritto a spezzoni e utilizzava le bozze corrette, ma non rispedite, per i capitoli ancora da scrivere [1]) non ha dubbi: la parte di Vito Sgherra è finalmente giudicata degna del protagonista che non può mancare a quel prologo al romanzo che è il primo capitolo.

Inoltre, se in *T* la sequenza dell'incendio è realizzata con la mediazione dello scrittore, avvertibile nei raccordi descrittivi e nei ritratti tesi a dare un taglio critico alla realtà rappresentata, è anche vero che, sia pur in minima parte, è filtrata da Gesualdo, dominatore non solo nell'azione e unico personaggio col quale Verga può o vuole identificarsi. Il breve passo dedicato alla descrizione del palazzo Trao è in questo senso significativo:

[1] Per primi Verga spedì in tipografia i capitoli I-V della parte I, cioè le cc. 1-82 dell'autografo Treves. Ricevute le bozze in due copie, come di consueto, ne rispedì una, trattenendo l'altra, su cui aveva abbozzato alcune correzioni, e utilizzandola in seguito per la rielaborazione dell'ultima parte del cap. I, Parte III.

NA	T
Ma il palazzo sembrava abbandonato: le finestre senza vetri; il portone cadente; delle fenditure che scendevano sino alle finestre delle cantine; lo stemma mangiato dalla lebbra; e solo, all'altra estremità, per dar segno di vita, il lume da notte che vedevasi sempre nella camera di don Diego, asmatico. [...] – Acqua! acqua! – gridavasi dal cortile. Mastro Nunzio voleva piuttosto buttar fuori tutta quella legna accatastata contro il muro. – Ci vorrà un mese! Che diavolo! rispose suo figlio Santo, voltandogli le spalle.	Ma nessuno osava avventurarsi su per la scala che traballava. Una vera bicocca quella casa: i muri rotti, scalcinati, corrosi; delle fenditure che scendevano dal cornicione sino a terra; le finestre sgangherate e senza vetri; lo stemma logoro, scantonato; appeso ad un uncino arrugginito, al di sopra della porta. Mastro-don Gesualdo voleva prima buttar fuori sulla piazza tutta quella legna accatastata nel cortile. – Ci vorrà un mese! – rispose Pelagatti il quale stava a guardare sbadigliando, col pistolone in mano. – Santo e santissimo! Contro il mio muro è accatastata!... Volete sentirla, sì o no?

Tutto il brano (si vedano anche le scene successive del salvataggio del palazzo) è il chiaro esempio del passaggio da una tecnica tradizionale, da una costruzione incerta che procede per spezzoni narrativi slegati fra loro, a un racconto in presa diretta, in strettissima concatenazione tematica, articolato nei tre moduli stilistici fondamentali: indiretto, indiretto libero (mediato da Gesualdo), dialogo che si svolge con estrema naturalezza da questi e si realizza in battute rapidissime, veri botta e risposta, con un'alta percentuale di proposizioni esclamative, interrogative, sospensive.

Le ultime pagine del capitolo subiscono, invece, una trasformazione meno sottile, anzi decisamente clamorosa.

L'intervento dei parenti, una scheletrica didascalia in *NA* (« C'erano anche il barone Mèndola, donna Sarina Cirmena, il canonico Lupi per parte della zia baronessa, altri amici e parenti che avevano trovato la notizia appena arrivati in piazza. [...] Nella camera dell'ammalata si discorreva intanto degli avvenimenti straordinari ch'erano capitati quella notte: il terremoto, il fuoco, il parapiglia. Ciascuno diceva la sua, e voleva sapere quello che era stato, com'era stato »), si dilata nella teatrale conversazione (tre pagine in *T*) tra questi, il canonico Lupi e il medico Tavuso. I personaggi assumono, inoltre, una diversa funzione passando da muti spettatori del malore di Bianca a commentatori della vicenda, presentando fatti antecedenti e motivi di base del romanzo, fornendo, attraverso un dialogo di singolare evidenza, la chiave di lettura per i capitoli successivi. E si veda soprattutto quel piccolo capolavoro, modello del discorso diretto del *Mastro*, che è la « sfuriata » del barone Mèndola, primo esemplare di un'aristocrazia legata ad un sistema rigidamente economico e primo ritratto di un'eccezionale galleria di grotteschi.

Un ridimensionamento totale subisce Bianca che dominava la seconda parte del capitolo: drasticamente ridotto lo spazio a lei dedicato, il suo carattere di nobile siciliana, gelida e aggressiva, controllata e risoluta si spegne gradualmente (attraverso le correzioni di *A*) a contatto della personalità dominante di Gesualdo fino al ruolo di vittima di quella società provinciale dominata dall'ossessione della « roba ». I vari passaggi del suo primo ritratto indicano subito, sia pure in sordina, la trasformazione psicologica definitiva:

NA	*A*	*T*
– Che volete! che volete? – balbettò allora donna Bianca, sempre più fuori di sé, stringendosi all'uscio, a testa bassa, tenendo aggrottate le lunghe sopracciglie, fissando spaventata or l'uno or l'altro dei suoi due fratelli, cogli occhi grigi che luccicavano come quelli di una bestia colta in trappola.	Donna Bianca comparve finalmente dal corridoio che metteva nella sua stanza, discinta, convulsa, barcollante senza poter proferir parola dallo spavento.	Allora si aprì l'uscio all'improvviso, e apparve donna Bianca, discinta, pallida come una morta, annaspando colle mani convulse, senza proferir parola, fissando sul fratello gli occhi pazzi di terrore e d'angoscia.

Ma il vecchio personaggio ha delle resistenze: alla fine del capitolo in una primitiva fase di *A* si trova ancora la versione tolta pari pari dalla rivista:

– No!... Non mi toccate!... – Col viso contratto da un'ansietà intensa, si levò sul gomito, tenendo l'orecchio verso l'uscio.

Certo la sequenza delle convulsioni (assai estesa prima, accennata indirettamente poi) in *NA* è molto indicativa; il parallelo immediato è con l'agonia di Emma Bovary. Precedenti nell'opera di Verga l'agonia di Enrico Lanti in *Eva*, di Adele in *Eros*, il delirio di Erminia in *Tigre reale*, ma nessuno così vicino al modello flaubertiano.

Puis elle se mit à geindre, faiblement d'abord. Un grand frisson lui secouait les épaules, et elle devenait plus pâle que le drap où s'enfonçaient ses doigts crispés. Son pouls inégal, était presque insensible maintenant.

Des gouttes suintaient sur sa figure bleuâtre, qui semblait comme figée dans l'exhalation d'une vapeur métallique. Ses dents claquaient, ses yeux agrandis regardaient vaguement autour d'elle, et à toutes les questions elle ne répondait qu'en hochant la tête; même elle sourit deux ou trois fois. Peu à peu, ses gémissements furent plus forts.[1]

NA

Come avesse il tetano, Dio liberi! tutta la persona vibrante di spasimo, e le carni che scappavano bianche e frementi dagli strappi del vestito. [...] Don Diego [...] trasaliva ogni volta che la vedeva muovere le labbra, gemendo e borbottando parole sconnesse, quasi avesse temuto che ella si lasciasse sfuggire un segreto. Alla domanda ansiosa che c'era in tutta la figura del fratello rispose soltanto con un gesto della mano:
– Sta zitto! sta zitto!
Ma donna Bianca sbattuta dalla convulsione, cogli occhi stralunati, i denti che scricchiolavano, una tensione spasmodica della persona intera, non si lasciava scappar nulla; stringendo talmente i pugni da ficcarsi le unghie nella carne, tutto il sangue ora che le avvampava il viso: il buon sangue dei Trao. [...] aprì un momento gli occhi gravi e torbidi e li fissò su di loro.

La Bianca della redazione in rivista è, infatti, una sorta di Bovary siciliana: è la protagonista del libro, sicuramente l'antagonista di Gesualdo, personaggio flaubertiano, un rusticano « marito di Elena », vittima di una « passione nuova e violenta » che « aveva affinato il suo istinto, gli aveva ispirato tenerezze squisite ed insolite; ma gli aveva anche aperta la morbosa percezione del fremito impercettibile con cui rabbrividivano le labbra di lei sotto i suoi baci [...]. Egli vi consumò tutta la pazienza lunga e coraggiosa con cui era arrivato a conquistare la ricchezza e la moglie istessa » (NA X 701, ma si veda anche la pagina seguente sui rapporti tra i due).

Nello « Schema pel *Mastro-don Gesualdo* » il Verga aveva subito individuato il carattere definitivo di Bianca: « La moglie avvilita troppo diseguale d'educazione col marito lo teme ». Durante la stesura della redazione in rivista il personaggio gli era forse sfuggito di mano ed erano prevalsi i condizionamenti letterari, l'ultima esperienza romanzesca e la suggestione del modello francese.

[1] G. Flaubert, *Madame Bovary*, édition critique par Édouard Maynial, Garnier, Paris, 1961, p. 294.

Madame Bovary potrebbe essere stato il modello per altre pagine del primo *Gesualdo*. Un rapido confronto dà risultati positivi: la vita di Emma in convento e l'analoga esperienza di Isabella, le prime delusioni e le fantasticherie di Emma dopo il matrimonio e le giornate di Isabella a Mangalavite e le sue esaltazioni amorose, dove anche le soluzioni stilistiche, monologo interiore costruito con serie di interrogative e esclamative, sono le medesime e dove si ritrova, esasperato, proprio ciò che Verga del romanzo di Flaubert respingeva:

Il libro di Flaubert è bello [...]. Ma ti confesso che non mi va, non perché mi urti il soverchio realismo, ma perché del realismo non c'è che quello dei sensi, anzi il peggiore, e le passioni di quei personaggi durano la durata di una sensazione. Forse è questa la ragione che non ti fa affezionare ai personaggi del dramma, malgrado il drammatico degli avvenimenti scelto con parsimonia.[1]

Il primo passo verso la redazione definitiva era, quindi, costituito dal tentativo di liberarsi dal modello, sottrarsi alla suggestione esercitata dal personaggio flaubertiano (e già ci si era provato, ma senza successo, nel *Marito di Elena*, dove è chiaro che il protagonista dovrebbe essere Cesare, il cui dramma umano interessa anzitutto l'autore), trovare le soluzioni originali per il « quadro ancora ristretto di una piccola città di provincia, ma del quale i colori cominceranno ad essere più vivaci, e il disegno a fasi più ampio e variato », realizzare anche per il secondo « lato » della « fisionomia della vita italiana moderna » la « schietta ed evidente manifestazione dell'osservazione coscienziosa ».

Da Isabella a Gesualdo: il ribaltamento di prospettiva

Il personaggio di Gesualdo non muta durante la prima elaborazione, ma si sfoca, se possibile, sempre più, restando debole e insicuro, mai dominatore della scena, tranne in qualche rapidissimo *flash*, soprattutto, come vedremo, nei dialoghi.

Si arriva così ai capitoli cruciali, il X e l'XI nella rivista: l'inizio del X conferma l'incapacità del Verga di superare il modello flaubertiano, passato per di più al filtro sentimentale e pseudointimistico dei suoi romanzi mondani o del più diretto an-

---

[1] Lettera a Luigi Capuana datata Catania, 14 gennaio '74, v. *Verga, Flaubert, Brunetière*, a cura di Lina Perroni, in « Lunario siciliano », aprile 1929; ora in *Lettere a Luigi Capuana*.

tecedente « quel cornuto Marito di Elena » di cui lo scrittore vede i difetti d'impianto già durante la stesura:

L'Isabellina crebbe nell'isolamento e la freddezza che aumentava sempre più fra i suoi parenti. Gesualdo, tutto nell'aspra lotta per guadagnarsi la vita e rendersela più facile e comoda sino allora, non aveva conosciuto l'amore che come il bicchiere di vino della sua giornata faticosa; ma quella moglie che aveva accettata al pari di un socio d'affari, che doveva aiutarlo nelle sue intraprese col nome altero e con le mani bianche, gli aveva messo addosso fin dal primo giorno un turbamento nuovo, una bramosia timida e intensa. Aveva cercato di vincere la repulsione istintiva che faceva gelare il sangue della Trao sotto le carezze stesse di lui. Da prima era stata una sorpresa dolorosa, una ferita all'orgoglio del plebeo, orgoglio che nasceva nel tempo istesso e da quel contrasto. Poscia come un colpo di sangue alla testa, una frenesia d'amore e di collera per la creatura fina e delicata di cui le ritrosie ostinate gli facevano tremare avide ed esitanti le grosse mani indurite nelle fatiche. Quella passione nuova e violenta aveva affinato il suo istinto, gli aveva ispirato tenerezze squisite ed insolite; ma gli aveva anche aperta la morbosa percezione del fremito impercettibile con cui rabbrividivano le labbra di lei sotto i suoi baci; di sorprendere rossori e pallidezze istantanee e rivelatrici; d'indovinare quasi delle lagrime in fondo a quegli occhi velati, e nel tono di quella voce sorda. Egli vi consumò tutta la pazienza lunga e coraggiosa con cui era arrivato a conquistare la ricchezza e la moglie istessa. Indi, a poco a poco, una stanchezza irritata e puntigliosa lo allontanò da lei, e la divisione si fece irrevocabile, a misura che anche Bianca si raccoglieva, ripigliava possesso di sé, fredda, e come sdegnosa di quella opulenza che le costava tanto. Lui provava adesso una soddisfazione amara a buttarle ai piedi quelle ricchezze; a rialzarsi almeno in tal modo agli occhi di lei, provandole quanto valesse.

I capitoli X e XI sono, tra l'altro, un serbatoio, quasi un casuale ammasso, di funzioni narrative, per lo più seccamente enunciate, scarne didascalie ancora tutte da sviluppare: all'analisi psicologica della coppia Gesualdo-Bianca seguono, concentrati in una pagina e mezza, la richiesta del prestito da parte di Ninì Rubiera, il colpo apoplettico della baronessa, il matrimonio di don Ninì con l'Alosi:

Sicché la baronessa era stata colpita davvero da un accidente. Allora aprì gli occhi don Ninì, quando ebbe in mano la chiave dei magazzini e l'amministrazione della casa. I debiti un giorno o l'altro avrebbe dovuto pagarli, ingrossati dall'usura ogni anno che sua madre lasciava passare senza farlo padrone della roba, sepolta viva nel seggiolone, seguendolo coll'occhio ansioso e disperato ogni volta che veniva a prendere le chiavi appese allo stipite dell'uscio, inerte e muta. Ne andò di mezzo persino il canonico Lupi, scacciato vergognosamente di casa Rubiera.

– Così paga il mondo, canonico mio! – gli disse per confortarlo don Gesualdo. – Son pochi quelli che vi son grati del bene che avete fatto!
Don Ninì pensava adesso seriamente a cercare una buona moglie e una buona dote. C'era lì pronta donna Giuseppina Alòsi, la quale aveva fatto delle economie, continuando a menare a spasso il Peperito in attesa di meglio, e la zia Sganci combinò il negozio.

Mancano i passaggi, i legami tematici: dal nucleo narrativo costituito dai rapporti Gesualdo-Bianca e Gesualdo-Bianca-don Ninì, l'autore passa, con sensibile frattura, all'esame della situazione di Isabella, costringendo in poco più d'una pagina la storia dell'educazione della ragazza, prima nel convento del paese, poi in collegio a Palermo, senza approfondimento dei contrasti all'interno di quei piccoli gruppi sociali.

Già svolte, almeno a grandi linee, secondo la struttura della redazione definitiva sono, invece, le sequenze del ritorno a casa di Isabella, della visita a don Ferdinando nel palazzo Trao ormai in rovina totale (manca però quella a Mastro Nunzio), della descrizione del colera. Alla fuga in campagna sono aggiunte, senza soluzione di continuità, la descrizione della casina di Mangalavite e le esaltazioni sentimentali, le «fantasticherie» adolescenziali di Isabella, concluse da un colloquio con Corrado, superlativo esempio di errore narrativo:

Un giorno, mentre usciva dal cancello, vide Corrado dall'altro lato del mucchio di paglia umida, in mezzo ai cani che volevano mangiarselo.
– Hanno portato questa lettera laggiù per vostro padre, – disse egli.
– Volete sporgermi la canna, cugina?
Isabella senza rispondere scacciò i cani e andò a prendere la lettera colle sue mani.
– Non avete paura? – Aggiunse egli sorridendo.
– Io no, e voi?
– Perché mi fate questa domanda?
– Perché non vi si vede mai, cugino.

Dopo un simile suggello al capitolo X, l'XI si apre sull'amore di Isabella per Corrado, espresso in un lungo monologo, una sorta di delirio sentimentale, fatto di «fantasticherie vaghe», «visioni incantate», «fascini arcani» e nella «risposta» di lui, costruita con gli stessi elementi: «la febbre soave del sangue, i sogni alti di gloria, le inquietudini misteriose dell'anima, i desiderii, i palpiti». Un lessico melodrammatico, quindi, che deriva al Verga dall'aver rovesciato un'altra volta il cannocchiale di *Fantasticheria* per porsi nell'ottica sbagliata o, meglio, del personaggio sbagliato.

Non mancano nel capitolo, che racchiude faticosamente tutte le sequenze narrative dei futuri capp. II e III della Parte Terza (colloqui con la Cirmena, morte di mastro Nunzio, allontanamento di Corrado e della zia, scena finale tra Gesualdo Bianca Isabella) pagine riuscite e, perciò, riprese pari pari, tranne minimi ritocchi stilistici, nella redazione definitiva: il dialogo tra Gesualdo e la Cirmena sugli « scartafacci » di Corrado, il racconto del colera fatto dal messo di Burgio, i discorsi conclusivi di Gesualdo. Ma ancora domina, oltre il punto di vista sentimentale di Isabella, Bianca:

Ma Bianca invece provava una certa diffidenza alla familiarità che vedeva crescere ogni giorno fra i due giovani: un senso d'inquietudine; come un ricordo doloroso che le velava il viso scarno e solcato da rughe precoci. [...]
Don Gesualdo alzò di nuovo le spalle, quando sua moglie infine arrivò a confidargli i suoi timori:
– E via! Innamorarsi di quel povero diavolo!... Del resto, se il ragazzo ha messo l'occhio sul mio denaro, ci penserò io, colèra o no!...

Il lavoro di revisione è notevole e passa attraverso più fasi elaborative: la prima corrispondente alla stesura del nuovo manoscritto *A*, la seconda (*A1*) sulle bozze in colonna, la terza (*A3*) impostata su un nuovo manoscritto per la quantità e la qualità delle correzioni (con *A2* indichiamo stesure parziali immediatamente antecedenti *A3*).

Scelto finalmente Gesualdo come protagonista indiscusso, dominatore della scena, eroe, insomma, nel bene e nel male, e individuato nella sua mentalità esclusivamente economica il filtro di ogni azione e di ogni personaggio, lo scrittore può procedere alla ristrutturazione del materiale affastellato nei capitoli della « Nuova Antologia ». Due importanti funzioni narrative sono anticipate nella Parte Seconda: il prestito al baronello Rubiera va a chiudere il cap. IV come ovvia conclusione della sbandata di don Ninì per la comica Aglae; la notizia è introdotta attraverso il magistrale espediente di una corrispondenza epistolare tra il canonico Lupi, intermediario, al solito, dell'affare e don Gesualdo, che, ignaro e incurante di « ferite sanguinanti di nascosto » e di « gelosia divorata in silenzio », commenta realisticamente:
« – State tranquilli. Non li perdo i denari. Il barone è un galantuomo... e il tempo è più galantuomo di lui ».

E intorno all'« accidente » della Rubiera è costruito un grande e indimenticabile capitolo, il V della Parte Seconda. Non nasce di getto, ma, ancora una volta, passa attraverso tre momenti strutturali diversi. La prima stesura si riduce alla visita di Ciolla alla Rubiera, cui seguono subito il racconto del colpo apoplettico della baronessa e le reazioni di don Ninì. Nella seconda fase il Verga inserisce come inizio la visita ai Margarone, inventata *ex novo*, collegandola con il colloquio con Ciolla, la scenata tra don Ninì e la madre e, infine, il colpo apoplettico di quest'ultima. Ancora insoddisfatto ristruttura di nuovo tutto il capitolo, scrivendo la sequenza del battesimo di Isabella e nuovi raccordi tra i vari episodi.

Anche il primo capitolo della Parte Terza è di tormentata elaborazione: se ne conosce una redazione antecedente di tutta la prima parte e parecchie stesure parziali. Ma già subito il Verga trova la dimensione psicologica realisticamente adeguata del soliloquio iniziale di Gesualdo, il deludente bilancio affettivo che ha un esemplare bozzetto preparatorio in *Nanni Volpe*, novella dell' '87, compresa in *Vagabondaggio*:

Egli non diceva di no; anzi! ci stava pensando. Però faceva le cose adagio, da uomo uso ad allungare il passo secondo la gamba. Vedova non la voleva, ché vi buttano ogni momento in faccia il primo marito; giovinetta di primo pelo neppure, *per non entrare subito nella confraternita*, diceva lui. Aveva messo gli occhi sulla figliuola di comare Sènzia la Nana, una ragazza quieta del vicinato, cucita sempre al telaio, che non si vedeva alla finestra neppure la domenica, e sino ai ventott'anni non aveva avuto un cane che le abbaiasse dietro. Quanto alla dote, pazienza! Vuol dire che aveva lavorato egli per due.

La storia del matrimonio di Ninì Rubiera è mescolata abilmente alle esperienze di Isabella in convento, riflessa anzi attraverso i pettegolezzi, introdotta dalle chiacchiere delle compagne (e si veda il colloquio, nuovo, tra Ninì e Bianca), così come le gelosie e i contrasti causati dall'ascesa economica di Gesualdo.

Il Verga sembra aver imboccato la giusta direzione: stacca la descrizione di Mangalavite e le reazioni di Isabella alla vita in campagna facendone l'inizio del cap. II. Gesualdo, climinate le ansie sentimentali, è padrone del campo:

NA	*T*
Marito e moglie sembravano più estranei l'uno all'altra, e più lontani in quell'isolamento. [...] Marito e moglie aspettavano ogni sera il solito messo che doveva portare le notizie dei paren-	Don Gesualdo [...] ci stava come un papa, fra i suoi armenti, i suoi campi, i suoi contadini, le sue faccende, sempre in moto dalla mattina alla sera, sempre gridando e facendo vedere la sua

ti seduti accanto sul medesimo scalino della gradinata che saliva al viale, senza dirsi una parola.

faccia da padrone da per tutto. La sera poi si riposava, seduto in mezzo alla sua gente, [...] in maniche di camicia, godendosi il fresco e la libertà della campagna.

Si sciolgono, sia pure a fatica, le rigide e schematiche didascalie:[1]

NA	A
Donna Sarina era furibonda. Giurava che appena cessato il colèra da quelle parti lo rimandava a Siracusa ai parenti della madre, a viver di versi, a strimpellare le chitarre...	La zia Cirmena saltò su come una vipera. – Ah! era questa la risposta che aspettavano da lui? Voleva continuare a sciupar carta e tempo? Mangiarsi le giornate a veder volare le mosche? Bel mestiere da disperato quello!... per uno che non ha da vivere... Tutti superbi nel loro parentado! Poveri e superbi!... – Essa sbraitava ancora che il nipote era già lontano, giurando che l'avrebbe ricondotto per un'orecchia, se non lo rimandava subito a Siracusa, coi suoi scartafacci, a crepar di fame... – No, no, lasciatelo stare. – Disse ridendo don Gesualdo mentre pigliava il cappellaccio di paglia per accompagnare la Cirmena. – Non v'incomodate, donna Sarina. Alle nostre faccende qui ci pensiamo noi. Voi avete tanto da fare a casa vostra.

A1	A3, T
La zia Cirmena a quella brusca sortita non seppe più frenarsi. – *Ah era questa la maniera?* Così li ringraziava del pensiero che si davano per lui i parenti? Voleva continuare a vivere in quel modo?... Bel mestiere da disperato!... Essa sbraitava ancora che il nipote era lontano, giurando che *se ne lavava le mani come Pila-*	...donna Sarina non seppe più frenarsi, raccattando in furia i ferri da calza e gli occhiali, infilando il paniere al braccio senza salutar nessuno. – *Guardate s'è questa la maniera! Così si ringraziano i parenti della premura? Io me ne lavo le mani... come Pilato... Ciascuno a casa sua...* – *Ec-co la parola giusta*, donna Sarina,

[1] L'analisi delle varie stesure del cap. II della Parte III è ripresa in parte (per le pp. XXIV-XXXIII) dal nostro saggio « *Dal primo al secondo "Mastro-don Gesualdo"* », pubblicato negli « *Studi di filologia e di letteratura italiana* » *offerti a Carlo Dionisotti*, Milano, Ricciardi, 1973.

to. – Ciascuno per la sua strada, appena finisce il colera... Don Gesualdo che aveva continuato a passeggiare per la stanza, rimettendo al suo posto ora una seggiola ed ora qualche altra cosa, guardando di sottecchi la figliuola che stava zitta, con una ruga sottile fra le sopracciglia aggrottate, si piantò infine di faccia a donna Sarina, colle mani in tasca, il cappellaccio di paglia buttato all'indietro. – Be'! *Ecco una parola giusta!... Ciascuno a casa sua!* Anzi se volete farmi un favore, voi avete tanto da fare a casa vostra... – Ah! Ho capito! Volete che vi tolga l'incomodo... Anche adesso... nel forte del colera... La Cirmena furibonda andava raccattando le forbici e gli occhiali, s'infilò il panierino al braccio senza salutare nessuno. Don Gesualdo cercò di calmarla ridendo e fregandosi le mani. – Eh! Come la pigliate calda!... Non v'ho detto questo. Col tempo, con maniera, senza scandali... Voi mi capite quello che voglio dire... Tornò a guardare la sua ragazza, e la bocca gli si fece amara senza volerlo. – Non intendo buttare al vento tutto ciò che ho guadagnato a via di stenti e di sudori, capite donna Sarina? A voi dico suocera perché nuora intenda... Capite, capite? Aspettate che v'accompagno per finirla con questi discorsi.

ciascuno a casa sua. Aspettate, che vi accompagno... Eh! eh? che c'è?

Il Verga arriva gradatamente al risultato finale, cioè lo svolgimento della didascalia in discorso diretto. Nella fase *A* traspone le parole della Cirmena prima in un indiretto libero assai incerto (mantiene le virgolette che segnano l'inizio del parlato; non cambia tutti i tempi dei verbi dal presente all'imperfetto, ad esempio « per uno che non ha »; accumula in una successione monotona un gran numero di interrogative ed esclamative), poi passa all'indiretto tradizionale riprendendo quasi pari pari la didascalia di *NA*. In *A1* usa tutte e tre le forme sintattiche: indiretto libero, indiretto tradizionale, diretto, complicando e disperdendo il discorso, che solo in *A3* e *T* realizza direttamente e riduce all'essenziale mediante l'accostamento paratattico di poche espressioni scelte tra le più colorite della stesura precedente (in corsivo nelle citazioni). Anche la risposta di Gesualdo, troppo lunga ed esplicita in *A* e *A1*, diventa più stringata e allusiva in *A3* e *T*. Le didascalie ritornano in episodi inseriti *ex novo* in *A*, come l'arrivo di Nanni l'Orbo alla casina:

A	*A3, T*
me solo lasciate dietro la porta? Fatelo per questa poveretta che gliene avete fatta tanta della carità!... Per questi orfanelli che non hanno padre. E don Gesualdo aveva dato ricetto anche a Diodata e a tutta la sua genia, nel palmento, lontano dalla casina.	qui c'è anche roba vostra. Guardate Nunzio e Gesualdo come vi somigliano! Quattro tumoli di pane al mese si mangiano, prosit a loro! Non potete chiudere loro la porta in faccia... Ne avete fatta tanta della carità? E fate anche questa, che così vuol Dio. – Guarda cosa diavolo t'è venuto in mente!... Qui c'è mia moglie e mia figlia adesso!... Almeno andatevene nel palmento, e non vi fate vedere da queste parti...

Mentre in *A* lo scrittore fa pronunciare a Nanni una specie di supplica, in *T* costruisce un discorso diretto estremamente abile e convincente, abolendo i nessi ipotattici, accostando frasi brevi, molto spesso esclamative e interrogative, e staccandole con segni di interpunzione o puntini di sospensione. Pause che servono a creare, di volta in volta, il ritmo del discorso, caricandolo di significati sottintesi o riproducendone realisticamente l'andamento frammetario e concitato, tipico del parlato. Dalle ultime tre righe l'autore sviluppa la risposta di Gesualdo, rappresentandone direttamente la reazione risentita con due proposizioni esclamative: la prima sottolinea la sorpresa, il disappunto, la seconda ne rivela il motivo. Anche il lessico si fa più energico: la frase « me solo volete lasciare dietro la porta? » è sostituita da un più incisivo « Non potete chiudere loro la porta in faccia... ». Effetti coloristici sono ottenuti dall'avvicinamento della parola siciliana *tumolo* al latino *prosit* o da formule idiomatiche, come la conclusione lapidaria del discorso di Nanni « che così vuol Dio » e l'inizio della risposta di Gesualdo « Guarda cosa diavolo t'è venuto in mente ».

L'esigenza di rappresentazione immediata porta, dunque, il Verga ad adottare in misura sempre maggiore il discorso diretto, sia svolgendolo dall'indiretto tradizionale o dall'indiretto libero, sia intervenendo sui monotoni e fiacchi dialoghi delle stesure precedenti, abbreviandoli e condensandoli in poche battute, quasi un rapidissimo botta e risposta:[1]

A, A1

vedendo arrivare Corrado coi suoi soliti scartafacci, gli disse [,A1: Una volta don Gesualdo gli disse il fatto suo, in faccia a tutti quanti]: – Ah, le tue canzonette? Ti ci diverti, eh?... – Sì, sì, – seguitò lui. – Come passatempo può andare. Adesso che siamo in campagna... con la chitarra... Ma bisogna anche pensare a guadagnarsi il pane, amico mio. Sei orfano... non hai più alcuno che pensi a te... Io parlo nel tuo interesse, bada! [...] – Come? Facendo di questa roba? È roba che non empie pancia, caro mio! Sarà una bella cosa, non dico di no... per uno che non abbia altro da fare... come mia figlia Isabella... Ma c'è stato chi ha lavorato per lei... al sole e al vento, capisci? [...] Io parlo pel tuo interesse, nipote mio. Voglio dire ch'è ora di cercarti un'occupazione da cristiano... da galantuomo quale sei nato... e non perder così il tuo tempo, con questa roba... Quanto la puoi vendere al quintale? Donna Sarina protestò: Come? Dei libri che ci voleva tanto talento a farli! Opere che si diceva poi per tutto il mondo,

A3, T

Un giorno, presenti tutti quanti, sputò fuori il fatto suo. – Ah... le canzonette? Roba che non empie pancia, cari miei! – La zia Cirmena si risentì alfine: – Voi pigliate tutto a peso e a misura, don Gesualdo! Non sapete quel che vuol dire... Vorrei vedervici! [...] – Anche a lei... le piacciono le canzonette. Come passatempo... colla chitarra... adesso che siamo in villeggiatura... non dico di no. Ma per lei c'è chi ha lavorato, al sole e al vento, capite!... E se ha la testa dura dei Trao, anche i Motta non scherzano, quanto a ciò...

---

[1] Numerose nuove battute sono attribuite alla loquacissima e intrigante donna Sarina: « Son fresche fresche di ieri. Gliele ho prese dal tavolino ora che è uscito a passeggiare. È ritroso quel benedetto figliuolo. Così timido! uno che ha bisogno d'aiuto, col talento che ha, peccato! »; « – Lasciate fare a me. So quel che ci vuole per lei. Voialtri Trao siete tanti pulcini colla luna ». « – Tu che sai fare tante cose, coi tuoi libri, colle tue chiacchiere, porterai un po' di svago. Santo Dio! se stai sempre rintanato coi tuoi libri, come vuoi far conoscere i tuoi meriti! » « – Un caso di colera, eh? Ce l'han portato sin qui? Qualche briccone? L'han colto sul fatto? ».

l'ha fatte il tale! Corbezzoli! lavori di schiena! – Vorrei vedervi, voi, don Gesualdo! Non sapete quel che vuol dire!... Lo scherzo non c'è male cugino mio!... Voi pigliate tutto a peso e misura!...

o arrivando dopo molti tentativi ad abolire i legami ipotattici, ad esempio in ben cinque stesure della stessa sequenza:

A2

– Cos'è cos'è. Tu vai avanti colla mula chè ti raggiungo per via. Lì dal sentiero. Non c'è bisogno di far sapere se vo o se resto. E voi altri cucitevi la lingua, avete capito? Badate ciascuno alle sue faccende sin che torno io, che non c'è bisogno di suonar la tromba e dire i fatti miei a tutto il vicinato.

A2

[ ] chè ti raggiungo per via. Lì, dal sentiero. Non c'è bisogno di far sapere se vo o se resto. E voi altri badate ai fatti vostri. E cucitevi la lingua, ehi! Senza suonar la tromba.

A2

[ ] chè ti raggiungo per via. Lì, dal sentiero. Non c'è bisogno di far sapere se vo o se resto. E voi altri andate ciascuno a quel che avete da fare. E cucitevi la lingua, ehi! Senza suonar la tromba e andar narrando i fatti miei a tutto il vicinato!

A2

[ ] chè ti raggiungo per via. Lì dal sentiero. Non c'è bisogno di far sapere se vo o se resto. E voialtri badate ai fatti vostri. E cucitevi la lingua, ehi! Senza suonar la tromba e andar narrando i fatti miei a tutto il vicinato!

A3, T

– Che c'è? Che c'è? Voi mastro Nardo andate avanti colla mula. Vi raggiungerò per via. Lì, da quella parte, pel sentiero. Non c'è bisogno di far sapere a tutto il vicinato se vo o se rimango. E voialtri badate alle vostre faccende. E cucitevi la bocca, ehi!... senza suonar la tromba e andar narrando quel che mi succede, di qua e di là!

A volte, lasciando invariata la struttura sintattica, interviene sul lessico ricercando, attraverso le varie stesure, metafore e modi di dire dialettali:[1]

A2

Alla moglie però non disse nulla, perché *le donne hanno i capelli*

A3, T

Bianca appena lo vide con quella faccia si impaurì. Ma egli però

---

[1] In corsivo nel testo.

lunghi e il giudizio corto. Soltanto, mentre essa l'aiutava ad infilarsi gli stivali, andava facendole certe raccomandazioni: – Io vo e torno... Il tempo d'andare alla Salonia per mio padre che non sta bene. Tu intanto bada alla casa... Alla casa e alla tua figliuola, capisci? – Bianca da ginocchioni alzò il viso attonito e scialbo. – Svegliati. Sta attenta. Come diavolo sei diventata? Tale a quale tuo fratello don Ferdinando sei!... Tua figlia ha la testa sopra il cappello, te ne sei accorta? Abbiamo fatto un bel negozio a metterle in capo tanti grilli. Chissà cosa s'immagina? E gli altri pure... La zia Cirmena e tutti gli altri... Dunque, niente visite finché torno io, e tener d'occhio tua figlia... Sai come sono le ragazze... quando si mettono in testa qualche cosa... Sei stata giovane anche tu... Ma io non mi lascio menare pel naso come i tuoi fratelli sai!... No, no, zitta! Non te ne parlo per rinfacciartelo adesso. L'hai fatto per me. Sei stata una buona moglie, docile e obbediente, tutta per la casa... Non me ne pento. Dico soltanto perché ti serva d'ammaestramento adesso colla tua figliuola [...] – Ah... hai capito finalmente! te n'eri accorta anche tu! ...E non mi dicevi nulla... Tutte così le donne... a difendersi fra di loro... a nascondersi... a congiurare contro il capo della casa...

non le disse nulla. Temeva che i sorci ballassero mentre non c'era il gatto. Mentre la moglie l'aiutava a infilarsi gli stivali, andava facendole certe raccomandazioni: – Bada alla casa. Bada alla ragazza. Io vo e torno. Il tempo d'arrivare alla Salonia per mio padre che sta poco bene. Gli occhi aperti finché non ci son io, intendi? – Bianca da ginocchioni com'era alzò il viso attonito. – Svegliati! Come diavolo sei diventata? Tale e quale tuo fratello don Ferdinando sei! Tua figlia ha la testa sopra il cappello, te nc sei accorta? Abbiamo fatto un bel negozio a metterle in capo tanti grilli! Chissà cosa s'immagina? E gli altri pure... Donna Sarina e tutti gli altri! Serpi nella manica!... Dunque, niente visite, finché torno... e gli occhi aperti sulla tua figliuola. Sai come sono le ragazze quando si mettono in testa qualcosa!... Sei stata giovane anche tu... Ma io non mi lascio menare pel naso come i tuoi fratelli, sai!... No, no, chetati! Non è per rimproverarti... L'hai fatto per me, allora. Sei stata una buona moglie, docile e obbediente, tutta per la casa... Non me ne pento. Dico solo acciò ti serva d'ammaestramento, adesso. Le ragazze per maritarsi non guardano a nulla... Tu almeno non facevi una pazzia... Non te ne sei pentita neppur tu, è vero? Ma adesso è un altro par di maniche. Adesso si tratta di non lasciarsi rubare come in un bosco [...] – Ah! Hai capito finalmente! Te ne sei accorta anche tu! E non mi dicevi nulla!... Tutte così voialtre donne... a tenervi il sacco l'una coll'altra!... congiurate contro chi s'arrovella pel vostro meglio!

Anche l'aggiunta di una imprecazione tipicamente « gesualdesca » serve a concludere più realisticamente una battuta:

A2	T
– Donna Sarina a che giuoco giuochiamo? Lasciatemi badare agli affari di casa mia!	– Donna Sarina, a che giuoco giuochiamo? Lasciatemi badare agli affari di casa mia! santo e santissimo!

Infine il discorso indiretto libero, che era il modulo sintattico costante nei *Malavoglia* e ne costituiva la novità, viene applicato più raramente nel *Mastro-don Gesualdo*, non più esclusivamente con la primitiva funzione di filtrare i discorsi di un coro di parlanti,[1] ma quella di presentare mediante una tecnica originale le riflessioni di Gesualdo.[2] Ne abbiamo qui un unico notevole esempio:[3]

Don Gesualdo non diceva né sì né no, prudente, da uomo avezzo a muovere sette volte la lingua in bocca prima di lasciarsi scappare una minchioneria. Ci pensava su, badava alle conseguenze, badava alla sua figliuola, anche russando, con un occhio aperto. Non voleva che la ragazza così giovane, così inesperta, senza sapere ancora cosa volesse dire esser povero o ricco, s'avesse a scaldare il capo per tutte quelle frascherie. Lui era ignorante, uno che non sapeva nulla, ma capiva che quelle belle cose erano trappole per acchiappare i gonzi. Gli stessi arnesi di cui si servono coloro che sanno di lettere per legarvi le mani o tirarvi fuori dei cavilli in un negozio. Aveva voluto che la sua figliuola imparasse tutto ciò che insegnavano a scuola, perché era ricca, e un giorno o l'altro avrebbe fatto un matrimonio vantaggioso. Ma appunto perch'era ricca tanta gente ci avrebbe fatti su dei disegni. Insomma a lui non piacevano quei discorsi della zia e il fare del nipote che le teneva il sacco con quell'aria ritrosa di chi si fa pregare per mettersi a tavola, di chi vuol vender cara la sua mercanzia. E le occhiate lunghe della cuginetta, i silenzi ostinati, quel mento inchiodato sul petto, quella smania di cacciarsi coi suoi libri in certi posti solitari, per far la letterata anche lei, una ragazza che avrebbe dovuto pensare a ridere e a divertirsi piuttosto...

Le varie parti del discorso si succedono con irregolarità, senza

[1] Solo in due casi è usato con questa funzione per riportare le invettive dei contadini in rivolta (*T* 219) e gli insulti di tutto il paese contro Gesualdo (*T* 452, 453).

[2] Si veda il bilancio fallimentare che Gesualdo è costretto a fare della sua vita affettiva nel cap. I (Parte III), *T* 316 e sgg.

[3] Lo si confronti con il passo corrispondente di *NA* XI, 157: « Don Gesualdo alzava le spalle a quella corrispondenza letteraria, lusingato in fondo di aver bene impiegato il denaro che aveva speso per far dare alla figliuola un'educazione da principessa, da ragazza ricca, e che deve fare un gran matrimonio. [...] Don Gesualdo alzò di nuovo le spalle, quando sua moglie, infine arrivò a confidargli i suoi timori: – E via! Innamorarsi di quel povero diavolo!... Del resto se il ragazzo ha messo l'occhio sul mio denaro, ci penserò io, collèra o no!... ».

evidente concatenazione logica, seguendo il ritmo dei cauti ragionamenti del protagonista che accumula le varie prove a conferma dei suoi sospetti su Isabella e Corrado. Si ritrovano le formule tipiche dell'indiretto libero verghiano: i passaggi e i legami irrazionali, l'accumularsi dei sostantivi con la conseguente ellissi del verbo, le forme di impersonale collettivo «tirarvi», «legarvi»[1], le metafore che scaturiscono naturalmente dalla mentalità calcolatrice di Gesualdo. I verbi sono ovviamente trasposti all'imperfetto, eccetto un caso in cui è conservato il presente: «Gli stessi arnesi di cui si servono coloro che sanno di lettere...».[2]

Subito dopo però il Verga interrompe bruscamente in *A* il soliloquio del protagonista, facendo seguire le pp. 279, 276-8 (qui pp. 838-9, 385-6) della «Nuova Antologia», rivedendole sporadicamente e senza convinzione.

Solo rileggendo il capitolo sulle bozze in colonna, a manoscritto ormai ultimato, inizia a correggere fittamente rifacendo interi passi, sopprimendone altri, accorciando, come già notato, i dialoghi, ma senza intaccare la sostanza sentimentale di pagine come queste:

A	*A1*
ogni cosa aveva senso e voce; e vedeva, e parlava; e il senso e le parole mutavano, come mutava la luce e l'aspetto delle cose istesse. Tutto era mutato, in una dolcezza infinita, in una trepidazione intensa: ogni cosa ch'era vicina a loro; ogni cosa ch'era con loro: quelle voci lontane, quei rumori notturni, ch'egli pure udiva, che lo facevano pensare a lei... Che pensava? che le diceva? lui che sapeva dire tante dolci cose? La vedeva sempre, sempre dinanzi a-	Ogni cosa aveva vita e senso, animavasi alle loro impressioni più intime e le rendeva mutevoli come mutava la luce e l'aspetto delle cose istesse. Tutto addolcivasi come in una carezza, sfumava come in un sogno oscillava vagamente come in una trepidazione arcana: ogni cosa ch'era con loro: quelle voci lontane, quei rumori notturni che li svegliavano nel tempo istesso, che le facevano aprire gli occhi sorridendo, quasi egli le sorridesse, dinanzi al let-

[1] La definizione è di G. Cecchetti, v. *Il Verga maggiore*, Firenze, La Nuova Italia, 1968, che cita un caso del cap. V (Parte IV), *T* 500. Vedi anche cap. I (Parte III), *T* 316: «Una moglie che vi squagliava fra le mani, che vi faceva gelare le carezze».
[2] L. Spitzer, in *L'originalità della narrazione nei «Malavoglia»*, in «Belfagor» XI, 1956, p. 48, afferma che «si tratta di massime generali, non cristallizzate nella loro forma come i proverbi, perché più soggettive, ma simili a questi nella loro supposta validità generale (supposta dall'individuo parlante)».

gli occhi? anche in quello stesso momento in cui ella stava pensando a lui, cercandolo da per tutto, in ogni angolo della sua stanzetta, nello specchio dove si pettinava? tuccio verginale... Che pensava? che le diceva? lui che sapeva dire tante dolci cose? sempre dinanzi agli occhi in tutte le ore, in tutti i momenti? Cercava l'immagine di lei in ogni angolo, nella sua cameretta, in quello stesso specchio dinanzi a cui stavasi pettinando?

La sintassi, nonostante l'uso dell'indiretto libero, rimane fondamentalmente identica: le interrogative retoriche, le esclamazioni enfatiche,[1] le ripetizioni frequenti si succedono in un ritmo concitato per riprodurre i contenuti emotivi del monologo di Isabella. Ritornano insistentemente verbi generici e ormai logorati dall'uso eccessivo: « mutare, vedere, pensare, sentire », sostituiti in *A1* con « animarsi, addolcirsi, sfumare, oscillare », altrettanto astratti e indefiniti.

Resosi conto della inutilità di correggere solamente a livello stilistico, l'autore scarta definitivamente e senza rimpianti queste pagine, ritorna a Gesualdo e filtra l'intero racconto attraverso i suoi occhi di osservatore disincantato, ricorrendo ancora una volta alla tecnica dell'indiretto libero.

Quelle che per la ragazza erano « le inquietudini misteriose dell'anima, i desiderii, i palpiti » si ridimensionano drasticamente in « ragazzate ». Grande intuizione e raccordo riuscitissimo tra le due parti del soliloquio del protagonista, improvvisamente concluso in *A* e troppo prolungato e confuso dall'inserzione del discorso diretto in *A1*:

A	A1
Non gli piacevano neppure le occhiate inquiete e furtive con cui la stessa Bianca cercava la figliuola, lei che non diceva mai nulla, e che lasciava fare a lui. Chi ha un oggetto di valore che non vuol lasciarsi portar via bisogna che sappia custodirselo.	Un momento pensò di parlarne a Bianca, la quale gli sembrava inquieta anche lei, covando la figliuola con certe occhiate che non gli dicevano nulla di buono. Infine era la madre e doveva badare alla sua creatura. Ma le donne hanno i capelli lunghi e il giudizio corto. Diffidava pure della stessa suggestione che egli imponeva alla moglie. Con lui non si

---

[1] Ad esempio: « Caro! caro! caro! », ripetuto due volte nella stessa pagina; « tutto, tutto! lei sola! Isabella! Bella! Bella! Isabella dolce e cara! Isabella che pensava a lui, e lo amava! L'amore! L'amore! ».

sarebbe confidata, con quella bocca sempre cucita, quell'aria sgomentata, quasi lui fosse un orso, un tiranno. Rammentavasi che così aveva fatto anche lei, quando aveva voluto sposarlo contro la volontà dei suoi... – No! no! – Borbottava fra di sé. – Ci penserò io. Chi ha paura dei ladri bisogna che tenga gli occhi aperti.

A3, T

Finora erano ragazzate; sciocchezze da riderci sopra, o prenderli a scappellotti tutt'e due [...]. Don Gesualdo aveva dei buoni occhi. Non poteva indovinare tutte le stramberie che fermentavano in quelle teste matte, [...] ma sapeva leggere nelle pedate fresche, nelle rose canine che trovava sfogliate sul sentiero, nell'aria ingenua d'Isabella che scendeva a cercare le forbici o il ditale quando per combinazione c'era in sala il cugino, nella furberia di lui che fingeva di non guardarla, come chi passa e ripassa in una fiera dinanzi alla giovenca che vuol comprare senza darle neppure un'occhiata. *Ecc.*

Il capitolo si chiude con l'arrivo del messo, un colpo di scena che permette a Gesualdo di chiudere bruscamente con donna Sarina e di introdurre il problema di Isabella con Bianca (si vedano le varie redazioni delle due sequenze alle pagine precedenti).

Il racconto del messo, un esempio di narrazione non mediata, è la pagina di chiusura, mentre nella prima e seconda revisione (*A* e *A1*) proprio questi episodi, ripresi pari pari da *NA*, costituivano l'inizio del capitolo successivo (il III della Parte III). Solo nell'ultima stesura (*A3*) l'autore intuisce che il capitolo deve essere incentrato su due fatti negativi: la morte del padre (e, quindi, inquadratura e carrellata iniziali sulla casa paterna e sull'agonia notturna di mastro Nunzio) e il tradimento di Isabella, decisa a seguire le sue infatuazioni e impermeabile alla mentalità economica del padre. Da qui ha inizio la crisi, la decadenza di Gesualdo, il declino dell'eroe.

Cronologia

1840
Il 2 settembre Giovanni Verga nasce a Catania (secondo alcuni a Vizzini, dove la famiglia aveva delle proprietà), da Giovanni Battista Verga Catalano, originario di Vizzini e discendente dal ramo cadetto di una famiglia nobile, e da Caterina di Mauro, appartenente alla borghesia catanese. Il nonno paterno, Giovanni, era stato « liberale, *carbonaro* e deputato per la nativa Vizzini al primo Parlamento siciliano del 1812 », secondo la testimonianza del De Roberto. I Verga Catalano erano una tipica famiglia di « galantuomini » ovvero di nobili di provincia con scarse risorse finanziarie, ma costretti a ben comparire data la posizione sociale. Non manca al quadro la lite con i parenti ricchi: le zie zitelle, le avarissime « mummie », e lo zio Salvatore che, in virtù del maggiorascato, aveva avuto in eredità tutto il patrimonio, a patto che restasse celibe, per amministrarlo in favore anche dei fratelli. Le controversie si composero probabilmente negli anni Quaranta e i rapporti familiari furono in seguito buoni come rivelano le lettere dello scrittore e la conclusione di un matrimonio in famiglia tra Mario, il fratello di Giovanni detto Maro, e Lidda, figlia naturale di don Salvatore e di una contadina di Tèbidi.

1851
Compiuti gli studi primari e medi sotto la guida di Carmelino Greco e di Carmelo Platania, Giovanni segue le lezioni di don Antonino Abate, poeta, romanziere e acceso patriota, capo di un fiorente *studio* in Catania. Alla sua scuola, oltre ai poemi dello stesso maestro, legge i classici: Dante, Petrarca, Ariosto, Tasso, Monti, Manzoni e le opere di Domenico Castorina, poeta e narratore di Catania, di cui l'Abate era un commentatore entusiasta.

1854-55
Per un'epidemia di colera, la famiglia Verga si trasferisce a Vizzini, quindi nelle sue terre di Tèbidi, fra Vizzini e Licodia.

1857
Termina di scrivere il suo primo romanzo, iniziato l'anno precedente, *Amore e Patria*. Non verrà pubblicato per consiglio del canonico Mario Torrisi, di cui il Verga fu alunno, insieme a Mario Rapisardi, dal 1853 al 1857.

1858
Per desiderio del padre si iscrive alla facoltà di legge dell'Università di Catania, senza dimostrare tuttavia molto interesse per gli studi giuridici, che abbandona definitivamente nel 1861 per dedicarsi, incoraggiato dalla madre, all'attività letteraria.

1860
Si arruola nella Guardia Nazionale – istituita dopo l'arrivo di Garibaldi a Catania – prestandovi servizio per circa quattro anni. Fonda, dirigendolo per soli tre mesi, insieme a Nicolò Niceforo e ad Antonino Abate, il settimanale politico « Roma degli Italiani », con un programma unitario e anti-regionalistico.

1861
Inizia la pubblicazione, a sue spese presso l'editore Galatola di Catania, del romanzo *I carbonari della montagna*, cui aveva lavorato già dal 1859; nel 1862 uscirà il quarto e ultimo tomo del libro che l'autore invierà ad Alexandre Dumas, a Cletto Arrighi, a Domenico Guerrazzi e a Frédéric Mistral.
Collabora alla rivista « L'Italia contemporanea », probabilmente pubblicandovi una novella o meglio il primo capitolo di un racconto realista.

1863
Nelle appendici del periodico fiorentino « La Nuova Europa », di ispirazione filogaribaldina, riprende dal 13 gennaio fino al 15 marzo la pubblicazione del romanzo *Sulle lagune*, le cui due prime puntate erano apparse l'anno precedente nei numeri del 5 e del 9 agosto.
Il 5 febbraio muore il padre.

1864
Dirige per breve tempo il giornale politico « L'Indipendente ».

1865
Nel maggio si reca, per la prima volta, rimanendovi almeno fino al giugno, a Firenze, dal 1864 capitale d'Italia e centro della vita politica e intellettuale. È di questo periodo la commedia, inedita, *I nuovi tartufi* (in testa alla seconda stesura si legge la data 14 dicembre 1865), che fu inviata, anonima, al Concorso Drammatico Governativo.

1866
L'editore Negro di Torino pubblica *Una peccatrice*, romanzo scritto nel 1865.

1867
Una nuova epidemia di colera lo costringe a rifugiarsi con la famiglia nelle proprietà di Sant'Agata li Battiati.

1869
Il 26 aprile parte da Catania alla volta di Firenze, dove soggiornerà fino al settembre. Viene introdotto negli ambienti letterari fiorentini da Francesco Dall'Ongaro, al quale era stato presentato dal Rapisardi. Frequenta i salotti di Ludmilla Assing e delle signore Swanzberg, venendo a contatto col Prati, l'Aleardi, il Maffei, il Fusinato e l'Imbriani. Ha inizio l'amicizia con Luigi Capuana. Conosce Giselda Fojanesi, con la quale, nel settembre, compie il viaggio di ritorno in Sicilia. Comincia a scrivere l'*Eva* che tralascia per comporre *Storia di una capinera* e il dramma *Rose caduche*. Corrisponde regolarmente con i familiari, informandoli minutamente della sua vita fiorentina (da una lettera del '69: «Firenze è davvero il centro della vita politica e intellettuale d'Italia; qui si vive in un'altra atmosfera [...] e per diventare qualche cosa bisogna [...] vivere in mezzo a questo movimento incessante, farsi conoscere, e conoscere, respirarne l'aria, insomma»).

1870
Esce a puntate *Storia di una capinera* nel giornale di mode «La Ricamatrice», di proprietà dell'editore milanese Lampugnani, che l'anno successivo ripubblicherà il romanzo in volume con introduzione di Dall'Ongaro in forma di lettera a Caterina Percoto.

1872
Nel novembre si trasferisce a Milano, dove rimarrà, pur con frequenti ritorni in Sicilia, per circa un ventennio (alloggia in via Borgonuovo 1, poi in piazza della Scala e, infine, in corso Venezia). Grazie alla presentazione di Salvatore Farina e di Tullo Massarani, frequenta i più noti ritrovi letterari e mondani: fra l'altro i salotti della contessa Maffei, di Vittoria Cima e di Teresa Mannati-Vigoni. Si incontra con Arrigo Boito, Emilio Praga, Luigi Gualdo, amicizie da cui deriva uno stretto e proficuo contatto con temi e problemi della Scapigliatura. Al Cova, ritrovo di scrittori e artisti, frequenta il Rovetta, il Giacosa, il Torelli-Viollier – che nel 1876 fonderà il «Corriere della Sera» – la famiglia dell'editore Treves e il Cameroni. Con quest'ultimo intreccia una corrispondenza epistolare di grande interesse per le posizioni teoriche sul verismo e sul naturalismo e per i giudizi sulla narrativa con-

temporanea (Zola, Flaubert, Vallés, D'Annunzio). Giselda Fojanesi sposa il Rapisardi.

1873
Esce *Eva*, che aveva iniziato a scrivere nel 1869 (l'editore Treves glie- ne diede un compenso di sole 300 lire, prendendosi gratuitamente i diritti sulla *Capinera*, che anni prima aveva rifiutato). Lavora ai due romanzi da cui si aspetta la definitiva consacrazione di scrittore, *Tigre reale* e *Eros* (intitolato inizialmente *Aporeo*), intavolando laboriose trattative per la pubblicazione col Treves.

1874
Al ritorno a Milano, nel gennaio, ha una crisi di sconforto (il 20 del mese il Treves gli aveva rifiutato *Tigre reale*) che lo spinge quasi a decidere il rientro definitivo in Sicilia. La supera rapidamente buttan- dosi nella vita mondana milanese (le lettere ai familiari sono un mi- nutissimo resoconto, oltre che dei suoi rapporti con l'ambiente edito- riale, di feste, veglioni e teatri) e scrivendo in soli tre giorni *Nedda*. La novella, pubblicata il 15 giugno nella « Rivista italiana di scienze, lettere e arti », ha un successo tanto grande quanto inaspettato per l'autore che continua a parlarne come di « una vera miseria » e non manifesta alcun interesse, se non economico, al genere del racconto. *Nedda* è subito ristampata dal Brigola, come estratto dalla rivista. Il Verga, spinto dal buon esito del bozzetto e sollecitato dal Treves, scrive nell'autunno, tra Catania e Vizzini, alcune delle novelle di *Pri- mavera* e comincia a ideare il bozzetto marinaresco *Padron 'Ntoni* di cui, nel dicembre, invia la seconda parte all'editore.

1875
Pubblica *Tigre reale* e *Eros* presso il Brigola. Lavora alle novelle (*Pri- mavera* e *Certi argomenti*) e a una commedia, *Dopo*, che non riuscirà a finire (ne pubblicherà poche scene nel 1902 nella rivista « La Set- timana »).

1876
Decide di rifare *Padron 'Ntoni*, che già nel settembre del 1875 aveva giudicato « dilavato », e prega il Treves di annunziarne la pubblica- zione nell'« Illustrazione italiana ». Raccoglie in volume le novelle scritte fino ad allora, pubblicandole presso il Brigola con il titolo *Pri- mavera ed altri racconti*.

1877
Il romanzo procede lentamente: nell'autunno scrive al Capuana: « Io non faccio un bel nulla e mi dispero ». Nell'aprile era morta Rosa, la sorella prediletta.

1878
Nell'agosto pubblica nella rivista « Il Fanfulla » *Rosso Malpelo*, mentre comincia a stendere *Fantasticheria*.
In una lettera del 21 aprile all'amico Salvatore Paola Verdura annuncia il progetto di scrivere una serie di cinque romanzi, *Padron 'Ntoni*, *Mastro-don Gesualdo*, *La Duchessa delle Gargantàs*, *L'onorevole Scipioni*, *L'uomo di lusso*, « tutti sotto il titolo complessivo della Marea ». Il 5 dicembre muore la madre, alla quale era legato da profondo affetto.

1879
Attraversa una grave crisi per la morte della madre (« Mi sento istupidito. Vorrei muovermi, vorrei fare non so che cosa, e non sarei capace di una risoluzione decisiva » scrive il 14 gennaio al Massarani), tanto da rimanere inattivo nonostante la volontà e la coscienza del proprio valore (« Io ho la febbre di fare, non perché me ne senta la forza, ma perché credo di essere solo con te e qualche altro a capire come si faccia lo stufato » confida il 16 marzo al Capuana). Nel luglio lascia finalmente Catania per recarsi a Firenze e successivamente a Milano, dove riprende con accanimento il lavoro.
In agosto esce *Fantasticheria* nel « Fanfulla della Domenica ». Nel novembre scrive *Jeli il pastore*. Tra la fine dell'anno e la primavera successiva compone e pubblica in varie riviste le altre novelle di *Vita dei campi*.

1880
Pubblica presso Treves *Vita dei campi* che raccoglie le novelle apparse in rivista negli anni 1878-80. Continua a lavorare ai *Malavoglia* e nella primavera ne manda i primi capitoli al Treves, dopo aver tagliato le quaranta pagine iniziali di un precedente manoscritto. Incontra, a distanza di quasi dieci anni, Giselda Fojanesi, con la quale ha una relazione che durerà circa tre anni, sicuramente fino al 1883. *Di là del mare*, novella epilogo delle *Rusticane*, adombra probabilmente il rapporto sentimentale con Giselda, ne descrive in certo modo l'evoluzione e l'inevitabile fine.

1881
Nel numero di gennaio della « Nuova Antologia » si pubblica col titolo *Poveri pescatori* l'episodio della tempesta tratto dai *Malavoglia*. Escono per i tipi di Treves *I Malavoglia*, accolti freddamente dalla critica (« *I Malavoglia* hanno fatto fiasco, fiasco pieno e completo » confessa l'11 aprile al Capuana). Inizia i contatti epistolari con Édouard Rod, giovane scrittore svizzero che risiede a Parigi e che nel 1887 darà alle stampe la traduzione francese dei *Malavoglia*. Stringe rapporti di amicizia col De Roberto. Comincia a ideare il *Mastro-don*

Gesualdo e pubblica in rivista *Malaria* e *Il Reverendo* che all'inizio dell'anno aveva proposto al Treves per la ristampa di *Vita dei campi* in sostituzione di *Il come, il quando ed il perché*.

1882

Esce, da Treves, *Il marito di Elena* e, in opuscolo, presso l'editore Giannotta di Catania, una nuova redazione di *Pane nero*. Continua a lavorare alle future *Novelle rusticane*, pubblicandole man mano in rivista e inizia la stesura delle novelle milanesi di *Per le vie*. Nel maggio si reca a Parigi per incontrare il Rod e successivamente a Médan dove visita Émile Zola. Nel giugno è a Londra. Alla fine dell'anno escono presso Treves le *Novelle rusticane* con la data 1883.

1883

Lavora intensamente ai racconti di *Per le vie*, pubblicandoli nel « Fanfulla della Domenica », nella « Domenica letteraria » e nella « Cronaca bizantina ». Il volume esce all'inizio dell'estate presso Treves.
Nel giugno torna in Sicilia « stanco d'anima e di corpo », per rigenerarsi e cercare di concludere il *Mastro-don Gesualdo*. Nell'autunno nasce il progetto di ridurre per le scene *Cavalleria rusticana*; perciò intensifica i rapporti col Giacosa, che sarà il « padrino » del suo esordio teatrale. Sul piano della vita privata continua la relazione con Giselda che viene cacciata di casa dal Rapisardi per la scoperta di una lettera compromettente. Ha inizio la lunga e affettuosa amicizia (durerà oltre la fine del secolo: l'ultima lettera è datata 11 maggio 1905) con la contessa Paolina Greppi.

1884

È l'anno dell'esordio teatrale con *Cavalleria rusticana*. Il dramma, letto e bocciato durante una serata milanese da un gruppo di amici (Boito, Emilio Treves, Gualdo), ma approvato dal Torelli-Viollier, è rappresentato per la prima volta e con grande successo il 14 gennaio al teatro Carignano di Torino dalla compagnia di Cesare Rossi, con Eleonora Duse nella parte di Santuzza. Esce da Sommaruga di Roma la raccolta di novelle *Drammi intimi*, di cui tre, *I drammi ignoti*, *L'ultima visita*, *Bollettino sanitario*, saranno ripresi nel 1891 in *I ricordi del capitano d'Arce*. Si conclude, con la pubblicazione della prima redazione di *Vagabondaggio* e di *Mondo piccino* ricavati dagli abbozzi del romanzo, la prima fase di stesura del *Mastro-don Gesualdo* per il quale era già pronto il contratto con l'editore Casanova.

1885

Il 16 maggio il dramma *In portineria*, adattamento teatrale de *Il canarino del N. 15*, una novella di *Per le vie*, viene accolto freddamente al teatro Manzoni di Milano. Ha inizio una crisi psicologica aggravata dalla difficoltà di portare avanti il « Ciclo dei Vinti » e soprattutto da preoccupazioni economiche personali e della famiglia, che lo assilleranno per alcuni anni, toccando la punta massima nell'estate del 1889. Confida il suo scoraggiamento a Salvatore Paola Verdura in una lettera del 17 gennaio da Milano. Si infittiscono le richieste di prestiti agli amici, in particolare a Mariano Salluzzo e al conte Gegè Primoli.

1886-87
Passa lunghi periodi a Roma. Lavora alle novelle pubblicate dal 1884 in poi, correggendole e ampliandole per la raccolta *Vagabondaggio*, che uscirà nella primavera del 1887 presso l'editore Barbèra di Firenze. Nello stesso anno esce la traduzione francese dei *Malavoglia* senza successo né di critica né di pubblico.

1888
Dopo aver soggiornato a Roma alcuni mesi, all'inizio dell'estate ritorna in Sicilia, dove rimane (tranne brevi viaggi a Roma nel dicembre 1888 e nella tarda primavera del 1889) sino al novembre 1890, alternando alla residenza a Catania lunghi soggiorni estivi a Vizzini. Nella primavera conduce a buon fine le trattative per pubblicare *Mastro-don Gesualdo* nella « Nuova Antologia » (ma in luglio romperà col Casanova, passando alla casa Treves). Il romanzo esce a puntate nella rivista dal 1° luglio al 16 dicembre, mentre il Verga vi lavora intensamente per rielaborare o scrivere *ex novo* i sedici capitoli. Nel novembre ne ha già iniziata la revisione. Il parigino « Théâtre Libre » di Antoine rappresenta *Cavalleria rusticana*.

1889
Continua l'« esilio » siciliano (« fo vita di lavoratore romito » scrive al Primoli), durante il quale si dedica alla revisione o, meglio, al rifacimento del *Mastro-don Gesualdo* che sul finire dell'anno uscirà presso Treves. Pubblica nella « Gazzetta letteraria » e nel « Fanfulla della Domenica » le novelle che raccoglierà in seguito nei *Ricordi del capitano d'Arce* e dichiara a più riprese di esser sul punto di terminare una commedia, forse *A villa d'Este*. Incontra la contessa Dina Castellazzi di Sordevolo cui rimarrà legato per il resto della vita.

1890
Rinfrancato dal successo di *Mastro-don Gesualdo* progetta di continuare subito il « Ciclo » con la *Duchessa di Leyra* e *L'onorevole Scipioni*. Continua a pubblicare le novelle che confluiranno nelle due ultime raccolte.

1891
Pubblica da Treves *I ricordi del capitano d'Arce*. Inizia la causa con-

tro Mascagni e l'editore Sonzogno per i diritti sulla versione lirica di *Cavalleria rusticana*.
A fine ottobre si reca in Germania per seguire le rappresentazioni di *Cavalleria* a Francoforte a Berlino.

1893
Si conclude, in seguito a transazione col Sonzogno, la causa per i diritti su *Cavalleria*, già vinta dal Verga nel 1891 in Corte d'appello. Lo scrittore incassa circa 140.000 lire, superando finalmente i problemi economici che lo avevano assillato nel precedente decennio. Prosegue intanto le trattative, iniziate nel' 91 e che si concluderanno con un nulla di fatto, con Puccini per una versione lirica della *Lupa* su libretto di De Roberto. Pubblica nell'« Illustrazione italiana » una redazione riveduta di *Jeli il pastore*, *Fantasticheria* (col titolo *Fantasticherie*) e *Nedda*. Si stabilisce definitivamente a Catania dove rimarrà sino alla morte, tranne brevi viaggi e permanenze a Milano e a Roma.

1894-1895
Pubblica l'ultima raccolta, *Don Candeloro e C.*, che comprende novelle scritte e pubblicate in varie riviste tra l'89 e il '93. Nel '95 incontra a Roma, insieme a Capuana, Émile Zola.

1896
Escono presso Treves i drammi *La Lupa*, *In portineria*, *Cavalleria rusticana*. *La Lupa* è rappresentata con successo sulle scene del teatro Gerbino di Torino il 26 gennaio. A metà anno ricomincia a lavorare alla *Duchessa di Leyra*.

1897
In una rivista catanese, « Le Grazie », è pubblicata la novella *La caccia al lupo* (1° gennaio). Esce presso Treves una nuova edizione, illustrata da Arnaldo Ferraguti, di *Vita dei campi*, con notevoli varianti rispetto al testo del 1880.

1898
In una lettera datata 10 novembre a Édouard Rod afferma di lavorare « assiduamente » alla *Duchessa di Leyra*, della quale la « Nuova Antologia » annuncia la prossima pubblicazione.

1901
In novembre al teatro Manzoni di Milano sono rappresentati i bozzetti *La caccia al lupo* e *La caccia alla volpe*, pubblicati da Treves l'anno successivo.

1902
Il « Théâtre Libre » di Antoine rappresenta a Parigi *La caccia al lupo*

1903
Sono affidati alla sua tutela i figli del fratello Pietro, morto nello stesso anno. In novembre al Manzoni di Milano è rappresentato il dramma *Dal tuo al mio*.

1905
Dal 16 maggio al 16 giugno esce a puntate nella « Nuova Antologia » il romanzo *Dal tuo al mio*, pubblicato in volume da Treves nel 1906

1907-1920
Il Verga rallenta sempre più la sua attività letteraria e si dedica assiduamente alla cura delle proprie terre. Continua a lavorare alla *Duchessa di Leyra* (il 1° gennaio 1907 da Catania scrive al Rod: « Io sto lavorando alla *Duchessa* »), di cui sarà pubblicato postumo un solo capitolo a cura del De Roberto in « La Lettura », 1° giugno 1922. Tra il 1912 e il 1914 affida al De Roberto la sceneggiatura cinematografica di alcune sue opere tra cui *Cavalleria rusticana*, *La Lupa*, mentre egli stesso stende la riduzione della *Storia di una capinera*, pensando anche di ricavarne una versione teatrale, e della *Caccia al lupo*. Nel 1919 scrive l'ultima novella: *Una capanna e il tuo cuore*, che uscirà pure postuma nell'« Illustrazione italiana » il 12 febbraio 1922. Nel 1920 pubblica, infine, a Roma presso La Voce una edizione riveduta delle *Novelle rusticane*. Nell'ottobre è nominato senatore.

1922
Colpito da paralisi cerebrale il 24 gennaio, muore il 27 a Catania nella casa di via Sant'Anna, 8.
Tra le opere uscite postume, oltre alle due citate, vi sono la commedia *Rose caduche*, in « Le Maschere », giugno 1928 e il bozzetto *Il Mistero*, in « Scenario », marzo 1940.

Bibliografia

Le più importanti opere del Verga (romanzi, racconti, teatro) sono e-
dite da Mondadori. Di recente pubblicazione sono *Sulle lagune* (a cura di G. Nicolai, S.T.E.M.-Mucchi, Modena, 1973) e *I carbonari della
montagna* con, pure, *Sulle lagune* (a cura di C. Annoni, Vita e Pensiero, Milano, 1975). Del *Mastro-don Gesualdo* è uscita l'edizione
critica a cura di C. Riccardi nella collana « Testi e strumenti di filologia italiana » della Fondazione Arnoldo e Alberto Mondadori per
le edizioni del Saggiatore (Milano, 1979). Nei « Meridiani » di Mondadori sono stati pubblicati *I grandi romanzi*, ovvero *I Malavoglia* e
Mastro-don Gesualdo (prefazione di R. Bacchelli, testi e note a cura
di F. Cecco e C. Riccardi, Milano, 1979²), e *Tutte le novelle*, con le
novelle sparse e abbozzi inediti, nei testi stabiliti criticamente, con
introduzione e note filologico-critiche di C. Riccardi (Milano, 1979).

Nella « Biblioteca Universale Rizzoli » sono apparsi *I Malavoglia*
(Milano, 1978) e *Mastro-don Gesualdo* (Milano, 1979) a cura di G.
Carnazzi; Sellerio ha ristampato *Drammi intimi* con prefazione di
C. A. Madrignani, presentandoli come una raccolta dimenticata e mai
ripubblicata: in realtà dopo l'edizione sommarughiana del 1884 furono
ristampati due volte, nel 1907 a Napoli e nel 1914 a Milano nella
« Biblioteca amena Quattrini » senza l'approvazione del Verga. Questi ne inserì tre, dopo averli rielaborati, in *I ricordi del capitano
d'Arce*; gli altri, non più ripresi dall'autore sono stati sempre ripro-
dotti nelle appendici delle edizioni delle novelle (v. *Tutte le novelle*,
Note ai testi, pp. 1050-53).

Da Cappelli un volumetto di *Racconti milanesi* (*Primavera*, X e tutte le novelle di *Per le vie*) presentati da E. Sanguineti inaugura la
collana « Il Caladrio » (Bologna, 1979); negli « Oscar narrativa » di
Mondadori è riapparso dopo lunga assenza il romanzo più flaubertiano di Verga *Il marito di Elena*. Terzo volume dei « Tascabili del
Bibliofilo » di Longanesi è la ristampa anastatica dell'edizione 1897
di *Vita dei campi*, illustrata da Arnaldo Ferraguti e ritoccata stilisticamente dal Verga (Milano, 1980): per i rapporti tra questa e l'edi-

zione del 1880 (e le varianti) si veda la nota al testo in *Tutte le novelle*, pp. 1008-24. Una scelta di novelle, da *Vita dei campi*, *Novelle rusticane*, *Vagabondaggio*, *Don Candeloro e C.*, è uscita negli « Oscar Letture » per la scuola, a cura di E. Esposito.

Due recentissime edizioni dei *Malavoglia* sono uscite l'una fuori commercio, riservata agli abbonati a « L'Unità » per l'anno 1979, a cura di E. Ghidetti, con otto tavole originali di R. Guttuso e con un saggio introduttivo di E. Sanguineti (Roma, L'Unità-Editori Riuniti, 1979), l'altra nella collana « I grandi Libri per la scuola » a cura di N. Merola (Milano, Garzanti, 1980).

Sulla vita del Verga si vedano le seguenti biografie: N. Cappellani, *Vita di Giovanni Verga*, *Opere di Giovanni Verga*, voll. 2, Le Monnier, Firenze, 1940; G. Cattaneo, *Giovanni Verga*, UTET, Torino, 1963; F. De Roberto, *Casa Verga e altri saggi verghiani*, a cura di C. Musumarra, Le Monnier, Firenze, 1964. La cronologia del presente volume, desunta in parte da *Tutte le novelle*, 1979 rappresenta l'aggiornamento biografico più recente.

Per l'epistolario verghiano, data la molteplicità dei contributi per lo più su riviste, rimandiamo al *Regesto delle lettere a stampa di Giovanni Verga*, di G. Finocchiaro Chimirri, (Catania, Società di Storia patria per la Sicilia Orientale, 1977). In volume sono uscite le *Lettere al suo traduttore*, a cura di F. Chiappelli, Le Monnier, Firenze, 1954; *Lettere d'amore*, a cura di G. Raya, Ciranna, Roma 1971; *Lettere di Giovanni Verga a Luigi Capuana*, a cura di G. Raya, Le Monnier, Firenze, 1975 e ora anche le *Lettere a Paolina*, a cura di G. Raya. Particolarmente importanti, inoltre, le lettere a Felice Cameroni (*Lettere inedite di Giovanni Verga*, raccolte e annotate da M. Borgese, in "Occidente", IV, 1935: alcune sono riprodotte in appendice a *I grandi romanzi*, cit.); a Ferdinando Martini (v. A. Navarria, *Annotazioni verghiane e pagine staccate*, Sciascia, Caltanissetta-Roma, 1977); a Federico De Roberto (v. *Verga De Roberto Capuana*, Catalogo della Mostra per le Celebrazioni Bicentenarie della Biblioteca Universitaria di Catania, a cura di A. Ciavarella, Giannotta, Catania 1955). Un volume dal titolo *Lettere sparse*, a cura di G. Finocchiaro Chimirri (Roma, Bulzoni, 1979), riunisce tutto quanto edito a quella data dell'epistolario verghiano. Recentissimi contributi sono apparsi nell'« Osservatore politico letterario » *Un Carteggio inedito Capuana-Verga-Navarro*, a cura di S. Zappulla (dicembre 1979) e *Corrispondenza inedita tra Verga e Lopez*, a cura di G. Raya (gennaio 1980).

Una *Bibliografia verghiana* è stata approntata da G. Raya (Ciranna, Roma, 1972), molto utile, ma in alcuni punti arricchita dagli ultimi studi; vasto, ma con minime imprecisioni nei dati cronologici e bibliografici, il saggio di G.P. Marchi *Concordanze verghiane*, così come l'antologia della critica di P. Pullega, *Leggere Verga*, Zanichelli, Bologna, 1975[2]. Altre antologie della critica sono: G. Santangelo, *Storia della critica verghiana*, La Nuova Italia, Firenze, 1969²; A. Seroni, *Verga*, Palumbo, Palermo, 1973⁵ e R. Luperini, *Interpretazioni del Verga*, Savelli, Roma, 1975; E. Ghidetti, *Verga, Guida storico-critica*, Editori Riuniti, Roma, 1979.

Diamo, inoltre, notizia dei più importanti studi sul verismo e sull'opera di Verga in generale e su aspetti e problemi particolari:

F. Cameroni, *Realismo. « Tigre reale »* di Giovanni Verga, in « L'Arte drammatica », 10 luglio 1875; *« I Malavoglia »*, in La Rivista repubblicana », n. 2, 1881; *« Novelle rusticane »*, in « La Farfalla », 17 dicembre 1882; poi in *Interventi critici sulla letteratura italiana*, a cura di G. Viazzi, Napoli, Guida, 1974.

L. Capuana, *Studi sulla letteratura contemporanea*, I serie, Milano, Brigola, 1880; II serie, Catania, Giannotta, 1882.

– *Gli « ismi » contemporanei*, Catania, Giannotta, 1898; ristampato a cura di G. Luti, Milano, Fabbri, 1973.

– *Verga e D'Annunzio*, a cura di M. Pomilio, Bologna, Cappelli, 1972. (Sono raccolti gli scritti su V., tra cui quelli apparsi nei volumi sopra citati).

F. Torraca, *Saggi e rassegne*, Livorno, Vigo, 1885.

E. Scarfoglio, *Il libro di don Chisciotte*, Roma, Sommaruga, 1885.

E. Panzacchi, *Morti e viventi*, Catania, Giannotta, 1898.

B. Croce, *Giovanni Verga*, in « La Critica », I, IV, 1903; poi in *La letteratura della nuova Italia*, III, Bari, Laterza, 1922.

R. Serra, *Le lettere*, Roma, Bontempelli, 1914, ristampato a cura di M. Biondi, Milano, Longanesi, 1974.

K. Vossler, *Letteratura italiana contemporanea*, Napoli, Ricciardi, 1916.

F. Tozzi, *Giovanni Verga e noi*, in « Il Messaggero della Domenica », 17 novembre 1918; poi in *Realtà di ieri e di oggi*, Milano, Alpes, 1928.

L. Russo, *Giovanni Verga*, Napoli, Ricciardi, 1920 [1919]; nuova redazione, Bari, Laterza, 1934; terza edizione ampliata 1941; ultima edizione 1974.

– Prefazione a G. V., *Opere*, Milano-Napoli, Ricciardi, 1955.

– Profilo critico in *I narratori* (1850-1957), Milano-Messina, Principato, 1958.

– *Verga romanziere e novelliere*, Torino, Eri, 1959.

A. Momigliano, *Giovanni Verga narratore*, Palermo, Priulla, s. d. [1923]; poi in *Dante, Manzoni, Verga*, Messina, D'Anna, 1944.

V. Lugli, *I due « Mastro-don Gesualdo »*, in « Rivista d'Italia », marzo 1925; poi in *Dante e Balzac*, Napoli, Edizioni Scientifiche Italiane, 1952 (contiene anche *Il discorso indiretto libero in Flaubert e in Verga*).

Studi Verghiani, a cura di L. Perroni, Palermo, Edizioni del Sud,

1929 (ristampati con il titolo *Studi critici su Giovanni Verga*, Roma, Bibliotheca, 1934).

G. Marzot, *L'arte del Verga*, in « Annuario dell'Istituto Magistrale A. Fogazzaro », Vicenza, 1930; rielaborato in *Preverismo, Verga e la generazione verghiana*, Bologna, Cappelli, 1965.

R. Bacchelli, *L'ammirabile Verga*, in *Confessioni letterarie*, Milano, Soc. ed. « La Cultura », 1932; poi in *Saggi critici*, Milano, Mondadori, 1962.

– *Giovanni Verga: la canzone, il romanzo, la tragedia*, prefazione a G. V., *I grandi romanzi*, Milano, Mondadori, 1972.

L. Pirandello, *Giovanni Verga*, in *Studi critici su Giovanni Verga*, cit.; poi in *Saggi*, Milano, Mondadori, 1939 e in *Saggi, poesie e scritti varii*, a cura di M. Lo Vecchio Musti, Milano, Mondadori, 1960.

G. Trombatore, *Mastro-don Gesualdo*, in « Ateneo veneto », luglio-agosto 1935; ora in *Saggi critici*, Firenze, La Nuova Italia, 1950.

– *Verga e la libertà*, in *Riflessi letterari del Risorgimento in Sicilia*, Palermo, Manfredi, 1960.

P. Arrighi, *Le vérisme dans la prose narrative italienne*, Paris, Boivin e Cie, 1937.

D. Garrone, *Giovanni Verga*, prefazione di L. Russo, Firenze, Vallecchi, 1941.

N. Sapegno, *Appunti per un saggio sul Verga*, in « Risorgimento », I, 3, 1945; ora in *Ritratto di Manzoni e altri saggi*, Bari, Laterza, 1961.

S. Lo Nigro, *Le due redazioni del Mastro-don Gesualdo*, in « Lettere italiane », I, 1, 1949.

G. Devoto, *I « piani del racconto » in due capitoli dei « Malavoglia »*, in « Bollettino del Centro studi filologici e linguistici siciliani », II, 1954; poi in *Nuovi studi di stilistica*, Firenze, Le Monnier, 1962 e in *Itinerario stilistico*, Firenze, Le Monnier, 1975.

A. M. Cirese, *Il mondo popolare nei « Malavoglia »*, in « Letteratura », III, 17-18, 1955; poi in *Intellettuali, folklore, istinto di classe*, Torino, Einaudi, 1976.

L. Spitzer, *L'originalità della narrazione nei « Malavoglia »*, in « Belfagor », XI, 1, 1956.

W. Hempel, *Giovanni Vergas Roman « I Malavoglia » und die Wiederholung als erzählerisches Kunstmittel*, Köln-Graz, Böhlau Verlag, 1959.

G. Debenedetti, *Presagi del Verga*, in *Saggi critici*, III serie, Milano, Il Saggiatore, 1959.

– *Verga e il naturalismo*, Milano, Garzanti, 1976.

L. Sciascia, *I fatti di Bronte*, in *Pirandello e la Sicilia*, Caltanissetta-Roma, Sciascia, 1961.

– *Verga e la libertà*, in *La corda pazza*, Torino, Einaudi, 1970.

G. Luti, *Italo Svevo e altri studi sulla letteratura italiana del primo novecento*, (Parte prima), Milano, Lerici, 1961. (Contiene: *La formazione del Verga*, *Da «Vita dei campi» a «I Malavoglia»*, *Lo stile ne «I Malavoglia»*, *Struttura de «I Malavoglia»*, *«I Malavoglia» e la cultura italiana del Novecento*).

A. Asor Rosa, *Scrittori e popolo. Saggio sulla letteratura populista in Italia*, Roma, Samonà e Savelli, 1965.

– *Il caso Verga*, Palermo, Palumbo, 1972. (Contiene: A. Asor Rosa, *Il primo e l'ultimo uomo del mondo*; V. Masiello. *La lingua del Verga tra mimesi dialettale e realismo critico*; interventi di G. Petronio, R. Luperini e B. Biral).

– *Il punto di vista dell'ottica verghiana*, in *Letteratura e critica. Studi in onore di N. Sapegno*, vol. II, Roma, Bulzoni, 1975.

– *«Amor del vero»: sperimentalismo e verismo*, in *Storia d'Italia*, vol. IV *Dall'Unità a oggi* (tomo II), Torino, Einaudi, 1975.

G. Mariani, *Storia della Scapigliatura*, Caltanissetta-Roma, Sciascia, 1967.

– *Ottocento romantico e verista*, Napoli, Giannini, 1972.

A. Vallone, *Mastro-don Gesualdo nel 1888 e nel 1889*, in «Atti e Memorie nell'Arcadia», IV, 4, 1967.

G. Cecchetti, *Il Verga maggiore*, Firenze, La Nuova Italia, 1968.

G. Contini, introduzione all'antologia delle opere di *Giovanni Verga*, in *Letteratura dell'Italia unita (1861-1968)*, Firenze, Sansoni, 1968.

S. Pappalardo, *Il proverbio nei «Malavoglia» del Verga*, in «Lares», 1967 (nn. 1-2) - 1968 (nn. 3-4).

P. De Meijer, *Costanti del mondo verghiano*, Caltanissetta-Roma, Sciascia, 1969.

F. Nicolosi, *Questioni verghiane*, Roma, Edizioni dell'Ateneo, 1969.

R. Bigazzi, *I colori del vero*, Pisa, Nistri-Lischi, 1969.

– *Su Verga novelliere*, Pisa, Nistri-Lischi, 1975.

E. Caccia, *Il linguaggio dei Malavoglia tra storia e poesia*, in *Tecniche e valori da Dante al Verga*, Firenze, Olschki, 1969.

V. Masiello, *Verga tra ideologia e realtà*, Bari, De Donato, 1970.

A. Lanci, *« I Malavoglia ». Analisi del racconto*, in «Trimestre», 2-3, 1971.

S. Ferrone, *Il teatro di Verga*, Roma, Bulzoni, 1972.

A. Seroni, *Da Dante a Verga*, Roma, Editori Riuniti, 1972.

G. P. Biasin, *Note sulla stremata poesia dei «Malavoglia»*, in «Forum italicum», VI, 1, 1972.

G. Guglielmi, *Ironia e negazione*, Torino, Einaudi, 1973. (Contiene: *Il mito nei Malavoglia*, *Sulla costruzione del Mastro-don Gesualdo* e *L'obiettivazione del Verga*).

G. Tellini, *Le correzioni di Vita dei campi*, in *L'avventura di Malombra e altri saggi*, Roma, Bulzoni, 1973.

C. Riccardi, *Dal primo al secondo « Mastro-don Gesualdo »*, in *Studi di filologia e letteratura italiana offerti a Carlo Dionisotti*, Milano-Napoli, Ricciardi, 1973.

– *Gli abbozzi del Mastro-don Gesualdo e la novella « Vagabondaggio »*, in « Studi di Filologia italiana », XXXIII, 1975.

– *Il problema filologico di « Vita dei campi »*, in « Studi di Filologia italiana », XXXV, 1977.

E. Hatzantonis, *L'affettività verghiana ne « I Malavoglia »*, in « Forum italicum », VIII, 3, 1974.

G. C. Ferretti, *Verga e « altri casi »: studi marxisti sull'Otto-Novecento*, in « Problemi, 31, 1974.

C. A. Madrignani, *Discussioni sul romanzo naturalista*, in *Ideologia e narrativa dopo l'unificazione*, Roma, Savelli, 1974.

G. C. Mazzacurati, *Scrittura e ideologia in Verga ovvero le metamorfosi della lupa*, in *Forma e ideologia*, Napoli, Liguori, 1974.

E. Bonora, *Le novelle milanesi del Verga*, in « Giornale storico della Letteratura italiana », XCI, 474, 1974.

F. Branciforti, *L'autografo dell'ultimo capitolo di Mastro-don Gesualdo (1888)*, in « Quaderni di Filologia e Letteratura siciliana », 2, 1974.

R. Luperini, *Giovanni Verga*, in *Il secondo Ottocento* (Parte seconda), Letteratura italiana, Storia e testi, Bari, Laterza, 1975.

G. B. Bronzini, *Componente siciliana e popolare in Verga*, in « Lares », 3-4, 1975.

P. Fontana, *Coscienza storico-esistenziale e mito nei « Malavoglia »*, in « Italianistica », V, 1, 1976.

V. Spinazzola, *Verismo e positivismo*, Milano, Garzanti, 1977.

Verga inedito, in « Sigma », X, 1-2, 1977. (Contiene: L. Sciascia, *La chiave della memoria*; C. Riccardi, *« Mastro-don Gesualdo » dagli abbozzi al romanzo*; G. Mazzacurati, *Il testimone scisso: radiografia di una novella verghiana*; G. Tellini, *Nuove « concordanze » verghiane*; G. Zaccaria, *La « falsa coscienza » dell'arte nelle opere del primo Verga*; M. Dillon Wanke, *« Il marito di Elena », ovvero dell'ambiguità*; N. Merola, *Specchio di povertà*; V. Moretti, *I conflitti di « Una peccatrice »*; A. Andreoli, *Circolarità metonimica del Verga « borghese »*; M. Boselli, *La parabola dei Vinti*; G. Baldi, *I punti di vista narrativi nei « Malavoglia »*; F. Spera, *La funzione del mistero*; G. Bàrberi Squarotti, *Fra fiaba e tragedia: « La roba »*; 11 lettere di G. Verga a E. Calandra*, a cura di G. Zaccaria e F. Monetti).

Nota al testo

Si riproduce qui il testo dell'edizione critica del *Mastro-don Gesualdo*, a cura di C. Riccardi, Fondazione Arnoldo e Alberto Mondadori, Milano, Il Saggiatore, 1979. Si danno, inoltre, in *Appendice*, l'ultimo abbozzo relativo alla prima fase elaborativa del romanzo (1881-84), pubblicato, insieme con i primi sei e i bozzetti rifusi poi in *Vagabondaggio*, da C. Riccardi in *Gli abbozzi del « Mastro-don Gesualdo » e la novella « Vagabondaggio »*, in « Studi di Filologia italiana », XXXIII, 1975, e due capitoli della redazione uscita nel 1888 nella « Nuova Antologia », il I e l'XI, particolarmente significativi per la qualità e la quantità degli interventi correttori nella revisione del 1889.

Ultimo testo dell'*Appendice La Duchessa di Leyra* o, meglio, i frammenti del romanzo trascritti da Federico De Roberto: si veda, in proposito, « *La Duchessa di Leyra* », in F. De Roberto, *Casa Verga e altri saggi verghiani*, a cura di C. Musumarra, Firenze, Le Monnier, 1964.

Mastro-don Gesualdo
[1889]

Parte prima

I

Suonava la messa dell'alba a San Giovanni; ma il paesetto dormiva ancora della grossa, perché era piovuto da tre giorni, e nei seminati ci si affondava fino a mezza gamba. Tutt'a un tratto, nel silenzio, s'udì un rovinìo, la campanella squillante di Sant'Agata che chiamava aiuto, usci e finestre che sbattevano, la gente che scappava fuori in camicia, gridando:

– Terremoto! San Gregorio Magno!

Era ancora buio. Lontano, nell'ampia distesa nera dell'Alìa, ammiccava soltanto un lume di carbonai, e più a sinistra la stella del mattino, sopra un nuvolone basso che tagliava l'alba nel lungo altipiano del Paradiso. Per tutta la campagna diffondevasi un uggiolare lugubre di cani. E subito, dal quartiere basso, giunse il suono grave del campanone di San Giovanni che dava l'allarme anch'esso; poi la campana fessa di San Vito; l'altra della chiesa madre, più lontano; quella di Sant'Agata che parve addirittura cascar sul capo agli abitanti della piazzetta. Una dopo l'altra s'erano svegliate pure le campanelle dei monasteri, il Collegio, Santa Maria, San Sebastiano, Santa Teresa: uno scampanìo generale che correva sui tetti spaventato, nelle tenebre.

– No! no! È il fuoco!... Fuoco in casa Trao!... San Giovanni Battista!

Gli uomini accorrevano vociando, colle brache in mano. Le donne mettevano il lume alla finestra: tutto il paese, sulla collina, che formicolava di lumi, come fosse il giovedì sera, quando suonano le due ore di notte: una cosa da far rizzare i capelli in testa, chi avesse visto da lontano.

– Don Diego! Don Ferdinando! – si udiva chiamare in fondo alla piazzetta; e uno che bussava al portone con un sasso.

Dalla salita verso la Piazza Grande, e dagli altri vicoletti, arrivava sempre gente: un calpestìo continuo di scarponi grossi sull'acciottolato; di tanto in tanto un nome gridato da lontano; e insieme quel bussare insistente al portone in fondo alla piazzetta di Sant'Agata, e quella voce che chiamava:

– Don Diego! Don Ferdinando! Che siete tutti morti?

Dal palazzo dei Trao, al di sopra del cornicione sdentato, si vedevano salire infatti, nell'alba che cominciava a schiarire, globi di fumo denso, a ondate, sparsi di faville. E pioveva dall'alto un riverbero rossastro, che accendeva le facce ansiose dei vicini raccolti dinanzi al portone sconquassato, col naso in aria. Tutt'a un tratto si udì sbatacchiare una finestra, e una vocetta stridula che gridava di lassù:

– Aiuto!... ladri!... Cristiani, aiuto!

– Il fuoco! Avete il fuoco in casa! Aprite, don Ferdinando!

– Diego! Diego!

Dietro alla faccia stralunata di don Ferdinando Trao apparve allora alla finestra il berretto da notte sudicio e i capelli grigi svolazzanti di don Diego. Si udì la voce rauca del tisico che strillava anch'esso:

– Aiuto!... Abbiamo i ladri in casa! Aiuto!

– Ma che ladri! Cosa verrebbero a fare lassù? – sghignazzò uno nella folla.

– Bianca! Bianca! Aiuto! aiuto!

Giunse in quel punto trafelato Nanni l'Orbo, giurando d'averli visti lui i ladri, in casa Trao.

– Con questi occhi!... Uno che voleva scappare dalla finestra di donna Bianca, e s'è cacciato dentro un'altra volta, al vedere accorrer gente!...

– Brucia il palazzo, capite? Se ne va in fiamme tutto il quartiere! Ci ho accanto la mia casa, perdio! – Si mise a vociare mastro-don Gesualdo Motta. Gli altri intanto, spingendo, facendo leva al portone, riuscirono a penetrare nel cortile, ad uno ad uno, coll'erba sino a mezza gamba, vociando, schiamazzando, armati di secchie, di brocche piene d'acqua; compare Cosimo colla scure da far legna; don Luca il sagrestano che voleva dar di mano alle campane un'altra volta, per chiamare all'armi; Pelagatti così com'era corso, al primo allarme, col pistolone arrugginito ch'era andato a scavar di sotto allo strame.

Dal cortile non si vedeva ancora il fuoco. Soltanto, di tratto in tratto, come spirava il maestrale, passavano al di sopra delle gronde ondate di fumo, che si sperdevano dietro il muro a secco del giardinetto, fra i rami dei mandorli in fiore. Sotto la tettoia cadente erano accatastate delle fascine; e in fondo, ritta contro la casa del vicino Motta, dell'altra legna grossa: assi d'impalcati, correntoni fradici, una trave di palmento che non si era mai potuta vendere.

– Peggio dell'esca, vedete! – sbraitava mastro-don Gesualdo. – Roba da fare andare in aria tutto il quartiere!... santo e santissimo!... E me la mettono poi contro il mio muro; perché loro non hanno nulla da perdere, santo e santissimo!...

In cima alla scala, don Ferdinando, infagottato in una vecchia palandrana, con un fazzolettaccio legato in testa, la barba lunga di otto giorni, gli occhi grigiastri e stralunati, che sembravano quelli di un pazzo in quella faccia incartapecorita di asmatico, ripeteva come un'anatra:

– Di qua! di qua!

Ma nessuno osava avventurarsi su per la scala che traballava. Una vera bicocca quella casa: i muri rotti, scalcinati, corrosi; delle fenditure che scendevano dal cornicione sino a terra; le finestre sgangherate e senza vetri; lo stemma logoro, scantonato, appeso ad un uncino arrugginito, al di sopra della porta. Mastro-don Gesualdo voleva prima buttar fuori sulla piazza tutta quella legna accatastata nel cortile.

– Ci vorrà un mese! – rispose Pelagatti il quale stava a guardare sbadigliando, col pistolone in mano.

– Santo e santissimo! Contro il mio muro è accatastata!... Volete sentirla, sì o no?

7

Giacalone diceva piuttosto di abbattere la tettoia; don Luca il sagrestano assicurò che pel momento non c'era pericolo: una torre di Babele!

Erano accorsi anche altri vicini, Santo Motta colle mani in tasca, il faccione gioviale e la barzelletta sempre pronta. Speranza, sua sorella, verde dalla bile, strizzando il seno vizzo in bocca al lattante, sputando veleno contro i Trao: – Signori miei... guardate un po'!... Ci abbiamo i magazzini qui accanto! – E se la prendeva anche con suo marito Burgio, ch'era lì in maniche di camicia: – Voi non dite nulla! State lì come un allocco! Cosa siete venuto a fare dunque?

Mastro-don Gesualdo si slanciò il primo urlando su per la scala. Gli altri dietro come tanti leoni per gli stanzoni scuri e vuoti. A ogni passo un esercito di topi che spaventavano la gente. – Badate! badate! Ora sta per rovinare il solaio! – Nanni l'Orbo, che ce l'aveva sempre con quello della finestra, vociando ogni volta: – Eccolo! eccolo! – E nella biblioteca, la quale cascava a pezzi, fu a un pelo d'ammazzare il sagrestano col pistolone di Pelagatti. Si udiva sempre nel buio la voce chioccia di don Ferdinando il quale chiamava: – Bianca! Bianca! – E don Diego che bussava e tempestava dietro un uscio, fermando pel vestito ognuno che passava, strillando anche lui: – Bianca! mia sorella!...

– Che scherzate? – rispose mastro-don Gesualdo rosso come un pomodoro, liberandosi con una strappata. – Ci ho la mia casa accanto, capite? Se ne va in fiamme tutto il quartiere!

Era un correre a precipizio nel palazzo smantellato; donne che portavano acqua; ragazzi che si rincorrevano schiamazzando in mezzo a quella confusione, come fosse una festa; curiosi che girandolavano a bocca aperta, strappando i brandelli di stoffa che pendevano ancora dalle pareti, toccando gli intagli degli stipiti, vociando per udir l'eco degli stanzoni vuoti, levando il naso in aria ad osservare le dorature degli stucchi, e i ritratti di famiglia: tutti quei Trao affumicati che sembravano sgranare gli occhi al vedere tanta marmaglia in casa loro. Un va e vieni che faceva ballare il pavimento.

– Ecco! ecco! Or ora rovina il tetto! – sghignazzava Santo Motta, sgambettando in mezzo all'acqua: delle pozze d'acqua ad ogni passo, fra i mattoni smossi o mancanti. Don Diego e don Ferdinando, spinti, sbalorditi, travolti in mezzo alla folla che rovistava in ogni cantuccio la miseria della loro casa, continuando a strillare: – Bianca!... Mia sorella!...

– Avete il fuoco in casa, capite? – gridò loro nell'orecchio Santo Motta. – Sarà una bella luminaria con tutta questa roba vecchia!

– Per di qua, per di qua! – si udì una voce dal vicoletto. – Il fuoco è lassù, in cucina...

Mastro Nunzio, il padre di Gesualdo, arrampicatosi su di una scala a piuoli, faceva dei gesti in aria, dal tetto della sua casa, lì dirimpetto. Giacalone aveva attaccata una carrucola alla ringhiera del balcone per attinger acqua dalla cisterna dei Motta. Mastro Cosimo, il legnaiuolo, salito sulla gronda, dava furiosi colpi di scure sull'abbaino.

– No! no! – gridarono di sotto. – Se date aria al fuoco, in un momento se ne va tutto il palazzo!

Don Diego allora si picchiò un colpo in fronte, balbettando: – Le carte di famiglia! Le carte della lite! – E don Ferdinando scappò via correndo, colle mani nei capelli, vociando anche lui.

Dalle finestre, dal balcone, come spirava il vento, entravano a ondate vortici di fumo denso, che facevano tossire don Diego, mentre continuava a chiamare dietro l'uscio: – Bianca! Bianca! il fuoco!...

Mastro-don Gesualdo il quale si era slanciato furibondo su per la scaletta della cucina, tornò indietro accecato dal fumo, pallido come un morto, cogli occhi fuori dell'orbita, mezzo soffocato:

– Santo e santissimo!... Non si può da questa parte!... Sono rovinato!

Gli altri vociavano tutti in una volta, ciascuno dicendo la sua; una baraonda da sbalordire: – Buttate giù le tegole! – Appoggiate la scala al fumaiuolo! – Mastro Nunzio, in piedi sul tetto della sua casa, si dimenava al pari di un ossesso.

Don Luca, il sagrestano, era corso davvero ad attaccarsi alle campane. La gente in piazza, fitta come le mosche. Dal corridoio riuscì a farsi udire comare Speranza, che era rauca dal gridare, strappando i vestiti di dosso alla gente per farsi largo, colle unghie sfoderate come una gatta e la schiuma alla bocca: – Dalla scala ch'è laggiù, in fondo al corridoio! – Tutti corsero da quella parte, lasciando don Diego che seguitava a chiamare dietro l'uscio della sorella: – Bianca! Bianca!... – Udivasi un tramestìo dietro quell'uscio; un correre all'impazzata, quasi di gente che ha persa la testa. Poi il rumore di una seggiola rovesciata. Nanni l'Orbo tornò a gridare in fondo al corridoio: – Eccolo! eccolo! – E si udì lo scoppio del pistolone di Pelagatti, come una cannonata.

– La Giustizia! Ecco qua gli sbirri! – vociò dal cortile Santo Motta.

Allora si aprì l'uscio all'improvviso, e apparve donna Bianca, discinta, pallida come una morta, annaspando colle mani convulse, senza proferire parola, fissando sul fratello gli occhi pazzi di terrore e d'angoscia. Ad un tratto si piegò sulle ginocchia, aggrappandosi allo stipite, balbettando:

– Ammazzatemi, don Diego!... Ammazzatemi pure!... ma non lasciate entrare nessuno qui!...

Quello che accadde poi, dietro quell'uscio che don Diego aveva chiuso di nuovo spingendo nella cameretta la sorella, nessuno lo seppe mai. Si udì soltanto la voce di lui, una voce d'angoscia disperata, che balbettava: – Voi?... Voi qui?...

Accorrevano il signor Capitano, l'Avvocato fiscale, tutta la Giustizia. Don Liccio Papa, il caposbirro, gridando da lontano, brandendo la sciaboletta sguainata: – Aspetta! aspetta! Ferma! ferma! – E il signor Capitano dietro di lui, trafelato come don Liccio, cacciando avanti il bastone: – Largo! largo! Date passo alla Giustizia! – L'Avvocato fiscale ordinò di buttare a terra l'uscio. – Don Diego! Donna Bianca! Aprite! Cosa vi è successo?

S'affacciò don Diego, invecchiato di dieci anni in un minuto, allibito, stralunato, con una visione spaventosa in fondo alle pupille grige, con un sudore freddo sulla fronte, la voce strozzata da un dolore immenso:

– Nulla!... Mia sorella!... Lo spavento!... Non entrate nessuno!...

Pelagatti inferocito contro Nanni l'Orbo: – Bel lavoro mi faceva fare!... Un altro po' ammazzavo compare Santo!... – Il Capitano gli fece lui pure una bella lavata di capo: – Con le armi da fuoco!... Che scherzate?... Siete una bestia! – Signor Capitano, credevo che fosse il ladro, laggiù al buio... L'ho visto con questi occhi! – Zitto! zitto, ubbriacone! – gli diede sulla voce l'Avvocato fiscale. – Piuttosto andiamo a vedere il fuoco.

Adesso dal corridoio, dalla scala dell'orto, tutti portavano acqua. Compare Cosimo era salito sul tetto, e dava con la scure sui travicelli. Da ogni parte facevano piovere sul soffitto che fumava, tegole, sassi, cocci di stoviglie. Burgio, sulla scala a piuoli, sparandovi schioppettate sopra, e dall'altro lato Pelagatti, appostato accanto al fumaiuolo, caricava e scaricava il pistolone senza misericordia. Don Luca che suonava a tutto andare le campane; la folla dalla piazza vociando e gesticolando; tutti i vicini alla finestra. I Margarone stavano a vedere dalla terrazza al di sopra dei tetti, dirimpetto, le figliuole ancora coi riccioli incartati, don Filippo che dava consigli da lontano, dirigendo le operazioni di quelli che lavoravano a spegnere l'incendio colla canna d'India.

Don Ferdinando, il quale tornava in quel momento carico di scartafacci, batté il naso nel corridoio buio contro Giacalone che andava correndo.

– Scusate, don Ferdinando. Vado a chiamare il medico per la sorella di vossignoria.

– Il dottor Tavuso! – gli gridò dietro la zia Macrì, una parente povera come loro, ch'era accorsa per la prima. – Qui vicino, alla farmacia di Bomma.

Bianca era stata presa dalle convulsioni: un attacco terribile; non bastavano in quattro a trattenerla sul lettuccio. Don Diego sconvolto anche lui, pallido come un cadavere, colle mani scarne e tremanti, cercava di ricacciare indietro

11

tutta quella gente. – No!... non è nulla!... Lasciatela sola!...
– Il Capitano si mise infine a far piovere legnate a diritta e
a manca, come veniva, sui vicini che s'affollavano all'uscio
curiosi. – Che guardate? Che volete? Via di qua! fannulloni!
vagabondi! Voi, don Liccio Papa, mettetevi a guardia del
portone.

Venne più tardi un momento il barone Mèndola, per convenienza,
e donna Sarina Cirmena che ficcava il naso da per
tutto; il canonico Lupi da parte della baronessa Rubiera. La
zia Sganci e gli altri parenti mandarono il servitore a prender
notizie della nipote. Don Diego, reggendosi appena sulle
gambe, sporgeva il capo dall'uscio, e rispondeva a ciascheduno:

– Sta un po' meglio... È più calma!... Vuol esser lasciata
sola...

– Eh! eh! – mormorò il canonico scuotendo il capo e
guardando in giro le pareti squallide della sala: – Mi rammento
qui!... Dove è andata la ricchezza di casa Trao?...

Il barone scosse il capo anche lui, lisciandosi il mento
ispido di barba dura colla mano pelosa. La zia Cirmena scappò
a dire:

– Sono pazzi! Pazzi da legare tutti e due! Don Ferdinando
già è stato sempre uno stupido... e don Diego... vi rammentate?
Quando la cugina Sganci gli aveva procurato quell'impiego
nei mulini?... Nossignore!... un Trao non poteva
vivere di salario!... Di limosina sì, possono vivere!...

– Oh! oh! – interruppe il canonico, colla malizia che gli
rideva negli occhietti di topo, ma stringendo le labbra sottili

– Sissignore!... Come volete chiamarla? Tutti i parenti si
danno la voce per quello che devono mandare a Pasqua e a
Natale... Vino, olio, formaggio... anche del grano... La ragazza
già è tutta vestita dei regali della zia Rubiera.

– Eh! eh!... – Il canonico, con un sorrisetto incredulo,
andava stuzzicando ora donna Sarina ed ora il barone, il
quale chinava il capo, seguitava a grattarsi il mento discretamente,
fingeva di guardare anch'esso di qua e di là, come
a dire: – Eh! eh! pare anche a me!..

Giunse in quel mentre il dottor Tavuso in fretta, col cappello in capo, senza salutar nessuno, ed entrò nella camera dell'inferma.

Poco dopo tornò ad uscire, stringendosi nelle spalle, gonfiando le gote, accompagnato da don Ferdinando allampanato che pareva un cucco. La zia Macrì e il canonico Lupi corsero dietro al medico. La zia Cirmena che voleva sapere ogni cosa e vi piantava in faccia quei suoi occhialoni rotondi peggio dell'Avvocato fiscale.

– Eh? Cos'è stato?... Lo sapete voi? Adesso si chiamano nervi... malattia di moda... Vi mandano a chiamare per un nulla... quasi potessero pagare le visite del medico! – rispose Tavuso burbero. Quindi, piantando anche lui gli occhiali in faccia a donna Sarina:

– Volete che ve la dica? Le ragazze a certa età bisogna maritarle!

E voltò le spalle soffiando gravemente, tossendo, spurgandosi. I parenti si guardarono in faccia. Il canonico, per discrezione, prese a tenere a bada il barone Mèndola, dandogli chiacchiera e tabacco, sputacchiando di qua e di là, onde cercare di sbirciar quello che succedeva dietro l'uscio socchiuso di donna Bianca, stringendo le labbra riarse come inghiottisse ogni momento: – Si capisce!... La paura avuta!... Le avevano fatto credere d'avere i ladri in casa!... povera donna Bianca!... È così giovine!... così delicata!...

– Sentite, cugina! – disse donna Sarina tirando in disparte la Macrì. Don Ferdinando, sciocco, voleva accostarsi per udire lui pure: – Un momento! Che maniera! – lo sgridò la zia Cirmena. – Ho da dire una parola a vostra zia!... Piuttosto andate a pigliare un bicchiere d'acqua per Bianca, che le farà bene...

Tornò a scendere Santo Motta di lassù, fregandosi le mani, coll'aria sorridente: – È tutta rovinata la cucina! Non c'è più dove cuocere un uovo!... Bisognerà fabbricarla di nuovo! – Come nessuno gli dava retta, fissava in volto or questo ed ora quello col suo sorriso sciocco.

Il canonico Lupi, per levarselo dai piedi, gli disse infine:

– Va bene, va bene. Poi ci si penserà...

Il barone Mèndola, appena Santo Motta volse le spalle, si sfogò infine:

– Ci si penserà?... Se ci saranno i denari per pensarci! Io gliel'ho sempre detto... Vendete metà di casa, cugini cari... anche una o due camere... tanto da tirare innanzi!... Ma nossignore!... Vendere la casa dei Trao?... Piuttosto, ogni stanza che rovina chiudono l'uscio e si riducono in quelle che restano in piedi... Così faranno per la cucina... Faranno cuocere le uova qui in sala, quando le avranno... Vendere una o due camere?... Nossignore... non si può, anche volendo... La camera dell'archivio? e ci son le carte di famiglia!... Quella della processione? e non ci sarà poi dove affacciarsi quando passa il *Corpus Domini*!... Quella del cucù?... Ci hanno anche la camera pel cucù, capite!

E il barone, con quella sfuriata, li piantò tutti lì, che si sganasciavano dalle risa.

Donna Sarina, prima d'andarsene, picchiò di nuovo all'uscio della nipote, per sapere come stava. Fece capolino don Diego, sempre con quella faccia di cartapesta, e ripeté:

– Meglio... È più calma!... Vuol esser lasciata sola...

– Povero Diego! – sospirò la zia Macrì. – La Cirmena fece ancora alcuni passi nell'anticamera, perché non udisse don Ferdinando il quale veniva a chiuder l'uscio, e soggiunse sottovoce:

– Lo sapevo da un pezzo... Vi rammentate la sera dell'Immacolata, che cadde tanta neve?... Vidi passare il baronello Rubiera dal vicoletto qui a due passi... intabarrato come un ladro...

Il canonico Lupi attraversò il cortile, rialzando la sottana sugli stivaloni grossi in mezzo alle erbacce, si voltò indietro verso la casa smantellata, per veder se potessero udirlo, e poi, dinanzi al portone, guardando inquieto di qua e di là, conchiuse:

– Avete udito il dottore Tavuso? Possiamo parlare perché siamo tutti amici intimi e parenti... A certa età le ragazze bisogna maritarle!

II

Nella piazza, come videro passare don Diego Trao col cappello bisunto e la palandrana delle grandi occasioni, fu un avvenimento: – Ci volle il fuoco a farvi uscir di casa! – Il cugino Zacco voleva anche condurlo al Caffè dei Nobili: – Narrateci, dite come fu... – Il poveraccio si schermì alla meglio; per altro non era socio: poveri sì, ma i Trao non s'erano mai cavato il cappello a nessuno. Fece il giro lungo onde evitare la farmacia di Bomma, dove il dottor Tavuso sedeva in cattedra tutto il giorno; ma nel salire pel Condotto, rasente al muro, inciampò in quella linguaccia di Ciolla, ch'era sempre in cerca di scandali:

– Buon vento, buon vento, don Diego! Andate da vostra cugina Rubiera?

Lui si fece rosso. Sembrava che tutti gli leggessero in viso il suo segreto! Si voltò ancora indietro esitante, guardingo, prima d'entrare nel vicoletto, temendo che Ciolla stesse a spiarlo. Per fortuna colui s'era fermato a discorrere col canonico Lupi, facendo di gran risate, alle quali il canonico rispondeva atteggiando la bocca al riso anche lui, discretamente.

La baronessa Rubiera faceva vagliare del grano. Don Diego la vide passando davanti la porta del magazzino, in mezzo a una nuvola di pula, con le braccia nude, la gonnella di cotone rialzata sul fianco, i capelli impolverati, malgrado il fazzoletto che s'era tirato giù sul naso a mo' di tettino. Essa stava litigando con quel ladro del sensale Pirtuso, che le voleva rubare il suo farro pagandolo due tarì meno a salma, accesa in volto, gesticolando con le braccia pelose, il ventre che le ballava: – Non ne avete coscienza, giudeo?... – Poi, come vide don Diego, si voltò sorridente:

– Vi saluto, cugino Trao. Cosa andate facendo da queste parti?

– Veniva appunto, signora cugina... – e don Diego, soffocato dalla polvere, si mise a tossire.

– Scostatevi, scostatevi! Via di qua, cugino. Voi non ci siete avvezzo – interruppe la baronessa. – Vedete cosa mi tocca a fare? Ma che faccia avete, gesummaria! Lo spavento di questa notte, eh?...

Dalla botola, in cima alla scaletta di legno, si affacciarono due scarpacce, delle grosse calze turchine, e si udì una bella voce di giovanetta la quale disse:

– Signora baronessa, eccoli qua.

– È tornato il baronello?

– Sento *Marchese* che abbaia laggiù.

– Va bene, adesso vengo. Dunque, pel farro cosa facciamo, mastro Lio?

Pirtuso era rimasto accoccolato sul moggio, tranquillamente, come a dire che non gliene importava del farro, guardando sbadatamente qua e là le cose strane che c'erano nel magazzino vasto quanto una chiesa. Una volta, al tempo dello splendore dei Rubiera, c'era stato anche il teatro. Si vedeva tuttora l'arco dipinto a donne nude e a colonnati come una cappella; il gran palco della famiglia di contro, con dei brandelli di stoffa che spenzolavano dal parapetto; un lettone di legno scolpito e sgangherato in un angolo; dei seggioloni di cuoio, sventrati per farne scarpe; una sella di velluto polverosa, a cavalcioni sul subbio di un telaio; vagli di tutte le grandezze appesi in giro; mucchi di pale e di scope; una portantina ficcata sotto la scala che saliva al palco, con lo stemma dei Rubiera allo sportello, e una lanterna antica posata sul copricielo, come una corona. Giacalone, e Vito Orlando, in mezzo a mucchi di frumento alti al pari di montagne, si dimenavano attorno ai vagli immensi, come ossessi, tutti sudati e bianchi di pula, cantando in cadenza;

mentre Gerbido, il ragazzo, ammucchiava continuamente il grano con la scopa.

— Ai miei tempi, signora baronessa, io ci ho visto la commedia, in questo magazzino, — rispose Pirtuso per sviare la domanda.

— Lo so! lo so! Così si son fatti mangiare il fatto suo i Rubiera! E ora vorreste continuare!... Lo pigliate il farro, sì o no?

— Ve l'ho detto: a cinque onze e venti.

— No, in coscienza, non posso. Ci perdo già un tarì a salma.

— Benedicite a vossignoria!

— Via, mastro Lio, ora che ha parlato la signora baronessa! — aggiunse Giacalone, sempre facendo ballare il vaglio. Ma il sensale riprese il suo moggio, e se ne andò senza rispondere. La baronessa gli corse dietro, sull'uscio, per gridargli:

— A cinque e vent'uno. V'accomoda?

— Benedicite, benedicite.

Ma essa, colla coda dell'occhio, si accorse che il sensale si era fermato a discorrere col canonico Lupi, il quale, sbarazzatosi infine del Ciolla, se ne veniva su pel vicoletto. Allora, rassicurata, si rivolse al cugino Trao, parlando d'altro:

— Stavo pensando giusto a voi, cugino. Un po' di quel farro voglio mandarvelo a casa... No, no, senza cerimonie... Siamo parenti. La buon'annata deve venire per tutti. Poi il Signore ci aiuta!... Avete avuto il fuoco in casa, eh? Dio liberi! M'hanno detto che Bianca è ancora mezza morta dallo spavento... Io non potevo lasciare, qui... scusatemi.

— Sì... son venuto appunto... Ho da parlarvi...

— Dite, dite pure... Ma intanto, mentre siete laggiù, guardate se torna Pirtuso... Così, senza farvi scorgere...

— È una bestia! — rispose Vito Orlando dimenandosi sempre attorno al vaglio. — Conosco mastro Lio. È una bestia! Non torna.

Ma in quel momento entrava il canonico Lupi, sorridente, con quella bella faccia amabile che metteva tutti d'accordo, e dietro a lui il sensale col moggio in mano. – *Deo gratias*! *Deo gratias*! Lo combiniamo questo matrimonio, signora baronessa?

Come s'accorse di don Diego Trao, che aspettava umilmente in disparte, il canonico mutò subito tono e maniere, colle labbra strette, affettando di tenersi in disparte anche lui, per discrezione, tutto intento a combinare il negozio del frumento.

Si stette a tirare un altro po'; mastro Lio ora strillava e dibattevasi quasi volessero rubargli i denari di tasca. La baronessa invece coll'aria indifferente, voltandogli le spalle, chiamando verso la botola:

– Rosaria! Rosaria!

– E tacete! – esclamò infine il canonico battendo sulle spalle di mastro Lio colla manaccia. – Io so per chi comprate. È per mastro-don Gesualdo.

Giacalone accennò di sì, strizzando l'occhio.

– Non è vero! Mastro-don Gesualdo non ci ha che fare! – si mise a vociare il sensale. – Quello non è il mestiere di mastro-don Gesualdo! – Ma infine, come s'accordarono sul prezzo, Pirtuso si calmò. Il canonico soggiunse:

– State tranquillo, che mastro-don Gesualdo fa tutti i mestieri in cui c'è da guadagnare.

Pirtuso il quale s'era accorto della strizzatina d'occhio di Giacalone, andò a dirgli sotto il naso il fatto suo: – Che non ne vuoi mangiare pane, tu? Non sai che si tace nei negozi? – La baronessa, dal canto suo, mentre il sensale le voltava le spalle, ammiccò anch'essa al canonico Lupi, come a dirgli che riguardo al prezzo non c'era male.

– Sì, sì, – rispose questi sottovoce. – Il barone Zacco sta per vendere a minor prezzo. Però mastro-don Gesualdo ancora non ne sa nulla.

– Ah! s'è messo anche a fare il negoziante di grano, mastro-don Gesualdo? Non lo fa più il muratore?

– Fa un po' di tutto, quel diavolo! Dicesi pure che vuol concorrere all'asta per la gabella delle terre comunali...

La baronessa allora sgranò gli occhi: – Le terre del cugino Zacco?... Le gabelle che da cinquant'anni si passano in mano di padre in figlio?... È una bricconata!

– Non dico di no; non dico di no. Oggi non si ha più riguardo a nessuno. Dicono che chi ha più denari, quello ha ragione...

Allora si rivolse verso don Diego, con grande enfasi, pigliandosela coi tempi nuovi:

– Adesso non c'è altro Dio! Un galantuomo alle volte... oppure una ragazza ch'è nata di buona famiglia... Ebbene, non hanno fortuna! Invece uno venuto dal nulla... uno come mastro-don Gesualdo, per esempio!...

Il canonico riprese a dire come in aria di mistero, parlando piano con la baronessa e don Diego Trao, sputacchiando di qua e di là:

– Ha la testa fine quel mastro-don Gesualdo! Si farà ricco, ve lo dico io! Sarebbe un marito eccellente per una ragazza a modo... come ce ne son tante che non hanno molta dote.

Mastro Lio stavolta se ne andava davvero. – Dunque, signora baronessa, posso venire a caricare il grano? – La baronessa, tornata di buon umore, rispose: – Sì, ma sapete come dice l'oste? « Qui si mangia e qui si beve; senza denari non ci venire. »

– Pronti e contanti, signora baronessa. Grazie a Dio vedrete che saremo puntuali.

– Se ve l'avevo detto! – esclamò Giacalone ansando sul vaglio. – È mastro-don Gesualdo!

Il canonico fece un altro segno d'intelligenza alla baronessa, e dopo che Pirtuso se ne fu andato, le disse:

– Sapete cosa ho pensato? di concorrere pure all'asta vossignoria, insieme a qualchedun altro... ci starei anch'io...

– No, no, ho troppa carne al fuoco!... Poi non vorrei fare uno sgarbo al cugino Zacco! Sapete bene... Siamo nel mondo... Abbiamo bisogno alle volte l'uno dell'altro.

– Intendo... mettere avanti un altro... mastro-don Gesualdo Motta, per esempio. Un capitaluccio lo ha; lo so di sìcuro... Vossignoria darebbe l'appoggio del nome... Si potrebbe combinare una società fra di noi tre...

Poscia, sembrandogli che don Diego Trao stesse ad ascoltare i loro progetti, perché costui aspettava il momento di parlare alla cugina Rubiera, imprisciuttito nella sua palandrana, e aveva tutt'altro per la testa il poveraccio! il canonico cambiò subito discorso:

– Eh, eh, quante cose ha visto questo magazzino! Mi rammento, da piccolo, il marchese Limòli che recitava *Adelaide e Comingio* colla Margarone, buon'anima, la madre di don Filippo, quella ch'è andata a finire poi alla Salonia. « Adelaide! dove sei? » La scena della Certosa... Bisognava vedere! tutti col fazzoletto agli occhi! Tanto che don Alessandro Spina per la commozione, si mise a gridare: « Ma diglielo che sei tu!... » e le buttò anche una parolaccia... Ci fu poi la storia della schioppettata che tirarono al marchese Limòli, mentre stava a prendere il fresco, dopo cena; e di don Nicola Margarone che condusse la moglie in campagna, e non le fece più vedere anima viva. Ora riposano insieme marito e moglie nella chiesa del Rosario, pace alle anime loro!

La baronessa affermava coi segni del capo, dando un colpo di scopa, di tanto in tanto, per dividere il grano dalla mondiglia.

– Così andavano in rovina le famiglie. Se non ci fossi stata io, in casa dei Rubiera!.. Lo vedete quel che sarebbe rimasto di tante grandezze! Io non ho fumi, grazie a Dio! Io sono rimasta quale mi hanno fatto mio padre e mia madre... gente di campagna, gente che hanno fatto la casa colle loro mani, invece di distruggerla! e per loro c'è ancora della grazia di Dio nel magazzino dei Rubiera, invece di feste e di teatri

In quella arrivò il vetturale colle mule cariche.

– Rosaria! Rosaria! – si mise a gridare di nuovo la baronessa verso la scaletta.

Finalmente comparvero dalla botola le scarpacce e le calze turchine, poi la figura di scimmia della serva, sudicia, spettinata, sempre colle mani nei capelli.

– Don Ninì non era alla Vignazza, – disse lei tranquillamente. – Alessi è ritornato col cane, ma il baronello non c'era.

– Oh, Vergine Santa! – cominciò a strillare la padrona, perdendo un po' del suo colore acceso. – Oh, Maria Santissima! E dove sarà mai? Cosa gli sarà accaduto al mio ragazzo?

Don Diego a quel discorso si faceva rosso e pallido da un momento all'altro. Aveva la faccia di uno che voglia dire: – Apriti, terra, e inghiottimi! – Tossì, cercò il fazzoletto dentro il cappello, aprì la bocca per parlare; poi si volse dall'altra parte, asciugandosi il sudore. Il canonico s'affrettò a rispondere, guardando sottecchi don Diego Trao.

– Sarà andato in qualche altro posto. Quando si va a caccia, sapete bene...

– Tutti i vizi di suo padre, buon'anima! Caccia, giuoco, divertimenti... senza pensare ad altro... e senza neppure avvertirmi!... Figuratevi, stanotte, quando le campane hanno suonato al fuoco, vado a cercarlo in camera sua, e non lo trovo! Mi sentirà!... Oh, mi sentirà!...

Il canonico cercava di troncare il discorso, col viso inquieto, il sorriso sciocco che non voleva dir nulla:

– Eh, eh, baronessa! vostro figlio non è più un ragazzo; ha ventisei anni!

– Ne avesse anche cento!... Fin che si marita, capite!... E anche dopo!

– Signora baronessa, dove s'hanno a scaricare i muli? – disse Rosaria, grattandosi il capo.

– Vengo, vengo. Andiamo per di qua. Voialtri passerete pel cortile, quando avrete terminato.

Essa chiuse a catenaccio Giacalone e Vito Orlando dentro il magazzino, e s'avviò verso il portone.

La casa della baronessa era vastissima, messa insieme a pezzi e bocconi, a misura che i genitori di lei andavano stanando ad uno ad uno i diversi proprietari, sino a cacciarsi poi colla figliuola nel palazzetto dei Rubiera e porre ogni cosa in comune: tetti alti e bassi; finestre d'ogni grandezza, qua e là, come capitava; il portone signorile incastrato in mezzo a facciate da catapecchie. Il fabbricato occupava quasi tutta la lunghezza del vicoletto. La baronessa, discorrendo sottovoce col canonico Lupi, s'era quasi dimenticata del cugino, il quale veniva dietro passo passo. Ma giunti al portone il canonico si tirò indietro prudentemente: – Un'altra volta; tornerò poi. Adesso vostro cugino ha da parlarvi. Fate gli affari vostri, don Diego.

– Ah, scusate, cugino. Entrate, entrate pure.

Fin dall'androne immenso e buio, fiancheggiato di porticine basse, ferrate a uso di prigione, si sentiva di essere in una casa ricca: un tanfo d'olio e di formaggio che pigliava alla gola; poi un odore di muffa e di cantina. Dal rastrello spalancato, come dalla profondità di una caverna, venivano le risate di Alessi e della serva che riempivano i barili, e il barlume fioco del lumicino posato sulla botte.

– Rosaria! Rosaria! – tornò a gridare la baronessa in tono di minaccia. Quindi rivolta al cugino Trao: – Bisogna darle spesso la voce, a quella benedetta ragazza; perché quando ci ha degli uomini sottomano è un affar serio! Ma del resto è fidata, e bisogna aver pazienza. Che posso farci?... Una casa piena di roba come la mia!

Più in là, nel cortile che sembrava quello di una fattoria, popolato di galline, di anatre, di tacchini, che si affollavano schiamazzando attorno alla padrona, il tanfo si mutava in un puzzo di concime e di strame abbondante. Due o tre muli, della lunga fila sotto la tettoia, allungarono il collo ragliando; dei piccioni calarono a stormi dal tetto; un cane da pecoraio, feroce, si mise ad abbaiare, strappando la catena; dei conigli allungavano pure le orecchie inquiete, dall'oscurità misteriosa della legnaia. E la baronessa, in mezzo a tutto quel ben di Dio, disse al cugino:

– Voglio mandarvi un paio di piccioni, per Bianca...

Il poveraccio tossì, si soffiò il naso, ma non trovò neppure allora le parole da rispondere. Infine, dopo un laberinto di anditi e di scalette, per stanzoni oscuri, ingombri di ogni sorta di roba, mucchi di fave e di orzo riparati dai graticci, arnesi di campagna, cassoni di biancheria, arrivarono nella camera della baronessa, imbiancata a calce, col gran letto nuziale rimasto ancora tale e quale, dopo vent'anni di vedovanza, dal ramoscello d'ulivo benedetto, a pie' del crocifisso, allo schioppo del marito accanto al capezzale.

La cugina Rubiera era tornata a lamentarsi del figliuolo: – Tale e quale suo padre, buon'anima! Senza darsi un pensiero al mondo della mamma o dei suoi interessi!...

Vedendo il cugino Trao inchiodato sull'uscio, rimpiccinito nel soprabitone, gli porse da sedere: – Entrate, entrate, cugino Trao. – Il poveretto si lasciò cadere sulla seggiola, quasi avesse le gambe rotte, sudando come Gesù all'orto; si cavò allora il cappellaccio bisunto, passandosi il fazzoletto sulla fronte

– Avete da dirmi qualche cosa, cugino? Parlate, dite pure.

Egli strinse forte le mani l'una nell'altra, dentro il cappello, e balbettò colla voce roca, le labbra smorte e tremanti, gli occhi umidi e tristi che evitavano gli occhi della cugina:

– Sissignora... Ho da parlarvi...

Lei, da prima, al vedergli quella faccia, pensò che fosse venuto a chiederle denari in prestito. Sarebbe stata la prima volta, è vero: erano troppo superbi i cugini Trao: qualche regaluccio, di quelli che aiutano a tirare innanzi, vino, olio, frumento, solevano accettarlo dai parenti ricchi – lei, la cugina Sganci, il barone Mèndola – ma la mano non l'avevano mai stesa. Però alle volte il bisogno fa chinare il capo anche ad altro!... La prudenza istintiva che era nel sangue di lei, le agghiacciò un momento il sorriso benevolo. Poscia pensò al fuoco che avevano avuto in casa, alla malattia di Bianca – era una buona donna infine – don Diego aveva proprio una faccia da far compassione... Accostò la sua seggiola a quella di lui, per fargli animo, e soggiunse:

– Parlate, parlate, cugino mio... Quel che si può fare sapete bene... siamo parenti... I tempi non rispondono .. ma quel poco che si può... Non molto... ma quel poco che posso... fra parenti... Parlate pure...

Ma egli non poteva, no! colle fauci strette, la bocca amara, alzando ogni momento gli occhi su di lei, e aprendo le labbra senza che ne uscisse alcun suono. Infine, cavò di nuovo il fazzoletto per asciugarsi il sudore, se lo passò sulle labbra aride, balbettando:

– È accaduta una disgrazia!... Una gran disgrazia!...

La baronessa ebbe paura di essersi lasciata andare troppo oltre. Nei suoi occhi, che fuggivano quelli lagrimosi del cugino, cominciò a balenare la inquietudine del contadino che teme per la sua roba.

– Cioè!... cioè!...

– Vostro figlio è tanto ricco!... Mia sorella no, invece!...

A quelle parole la cugina Rubiera tese le orecchie, colla faccia a un tratto irrigidita nella maschera dei suoi progenitori, improntata della diffidenza arcigna dei contadini che le avevano dato il sangue nelle vene e la casa messa insieme a pezzo a pezzo colle loro mani. Si alzò, andò ad appendere la chiave allo stipite dell'uscio, frugò alquanto nei cassetti del cassettone. Infine, vedendo che don Diego non aggiungeva altro:

– Ma spiegatevi, cugino. Sapete che ho tanto da fare...

Invece di spiegarsi don Diego scoppiò a piangere come un ragazzo, nascondendo il viso incartapecorito nel fazzoletto di cotone, con la schiena curva e scossa dai singhiozzi, ripetendo:

– Bianca! mia sorella!... È capitata una gran disgrazia alla mia povera sorella!... Ah, cugina Rubiera!... voi che siete madre!...

Adesso la cugina aveva tutt'altra faccia anche lei: le labbra strette per non lasciarsi scappar la pazienza, e una ruga nel bel mezzo della fronte: la ruga della gente che è stata all'acqua e al sole per farsi la roba – o che deve difenderla. In un lampo le tornarono in mente tante cose alle quali non aveva badato nella furia del continuo da fare: qualche mezza parola della cugina Macrì; le chiacchiere che andava spargendo don Luca il sagrestano; certi sotterfugi del figliuolo A un tratto si sentì la bocca amara come il fiele anch'essa.

– Non so, cugino, – gli rispose secco secco. – Non so come ci entri io in questi discorsi...

Don Diego stette un po' a cercare le parole, guardandola fisso negli occhi che dicevano tante cose, in mezzo a quelle lagrime di onta e di dolore, e poi nascose di nuovo il viso fra le mani, accompagnando col capo la voce che stentava a venir fuori:

– Sì!... sì!... Vostro figlio Ninì!...

La baronessa stavolta rimase lei senza trovar parola, con gli occhi che le schizzavano fuori dal faccione apoplettico fissi sul cugino Trao, quasi volesse mangiarselo; quindi balzò in piedi come avesse vent'anni, e spalancò in furia la finestra gridando:

– Rosaria! Alessi! venite qua!

– Per carità! per carità! – supplicava don Diego a mani giunte, correndole dietro. – Non fate scandali, per carità! – E tacque, soffocato dalla tosse, premendosi il petto.

Ma la cugina, fuori di sé, non gli dava più retta. Sembrava un terremoto per tutta la casa: gli schiamazzi dal pollaio; l'uggiolare del cane; le scarpaccie di Alessi e di Rosaria che accorrevano a rotta di collo, arruffati, scalmanati, con gli occhi bassi.

– Dov'è mio figlio, infine? Cosa t'hanno detto alla Vignazza? Parla, stupido! – Alessi dondolandosi ora su di una gamba e ora sull'altra, balbettando, guardando inquieto di qua e di là, ripeteva sempre la stessa cosa: – Il baronello non era alla Vignazza. Vi aveva lasciato il cane, *Marchese*, la sera innanzi, ed era partito: – A piedi, sissignora. Così mi ha detto il fattore. – La serva, rassettandosi di nascosto, a capo chino, soggiunse che il baronello, allorché andava a caccia di buon'ora, soleva uscire dalla porticina della stalla, per non svegliar nessuno: – La chiave?... Io non so... Ha minacciato di rompermi le ossa... La colpa non è mia, signora baronessa!... – Come le pigliasse un accidente, alla signora baronessa. Poi sgattaiolarono entrambi mogi mogi. Nella scala si udirono di nuovo le scarpaccie che scendevano a precipizio inseguendosi.

25

Don Diego, cadaverico, col fazzoletto sulla bocca per frenare la tosse, continuava a balbettare soffocato delle parole senza senso.

– Era lì... dietro quell'uscio!... Meglio m'avesse ucciso addirittura... allorché mi puntò le pistole al petto... a me! le pistole al petto, cugina Rubiera!...

La baronessa si asciugava le labbra amare come il fiele col fazzoletto di cotone: – No! questa non me l'aspettavo!... dite la verità, cugino don Diego, che non me la meritavo!... Vi ho sempre trattati da parenti... E quella gattamorta di Bianca che me la pigliavo in casa giornate intere... come una figliuola...

– Lasciatela stare, cugina Rubiera! – interruppe don Diego, con un rimasuglio del vecchio sangue dei Trao alle guance.

– Sì, sì, lasciamola stare! Quanto a mio figlio ci penserò io, non dubitate! Gli farò fare quel che dico io, al signor baronello... Birbante! assassino! Sarà causa della mia morte!...

E le spuntarono le lagrime. Don Diego, avvilito, non osava alzare gli occhi. Ci aveva fissi dinanzi, implacabili, Ciolla, la farmacia di Bomma, le risate ironiche dei vicini, le chiacchiere delle comari, ed anche, insistente e dolorosa, la visione netta della sua casa, dove un uomo era entrato di notte: la vecchia casa che gli sembrava sentir trasalire ancora in ogni pietra all'eco di quei passi ladri: e Bianca, sua sorella, la sua figliuola, il suo sangue, che gli aveva mentito, che s'era stretta tacita nell'ombra all'uomo il quale veniva a recare così mortale oltraggio ai Trao: il suo povero corpo delicato e fragile nelle braccia di un estraneo!... Le lagrime gli scendevano amare e calde a lui pure lungo il viso scarno che nascondeva fra le mani.

La baronessa, infine, si asciugò gli occhi, e sospirò rivolta al crocifisso:

– Sia fatta la volontà di Dio! Anche voi, cugino Trao dovete aver la bocca amara! Che volete? Tocca a noi che abbiamo il peso della casa sulle spalle!... Dio sa se della mia pelle ho fatto scarpe, dalla mattina alla sera! se mi son leva to il pan di bocca per amore della roba!... E poi tutto a un tratto, ci casca addosso un negozio simile!... Ma questa è l'ultima che mi farà il signor baronello!... L'aggiusterò io, non dubitate! Alla fin fine non è più un ragazzo! Lo mariterò a modo mio... La catena al collo, là! quella ci vuole!... Ma voi, lasciatemelo dire, dovevate tenere gli occhi aperti, cugino Trao!... Non parlo di vostro fratello don Ferdinando, ch'è uno stupido, poveretto, sebbene sia il primogenito... ma voi che avete più giudizio... e non siete un bambino neppur voi! Dovevate pensarci voi!... Quando si ha in casa una ragazza... L'uomo è cacciatore, si sa!... A vostra sorella avreste dovuto pensarci voi... o piuttosto lei stessa... Quasi quasi si direbbe... colpa sua!... Chissà cosa si sarà messa in testa?... magari di diventare baronessa Rubiera...

Il cugino Trao si fece rosso e pallido in un momento.

– Signora baronessa... siamo poveri... è vero... Ma quanto a nascita...

– Eh, caro mio! la nascita... gli antenati... tutte belle cose... non dico di no... Ma gli antenati che fecero mio figlio barone... volete sapere quali furono?... Quelli che zapparono la terra!... Col sudore della fronte, capite? Non si ammazzarono a lavorare perché la loro roba poi andasse in mano di questo e di quello... capite?...

In quel mentre bussarono al portone col pesante martello di ferro che rintronò per tutta la casa, e suscitò un'altra volta lo schiamazzo del pollaio, i latrati del cane; e mentre la baronessa andava alla finestra, per vedere chi fosse, Rosaria gridò dal cortile:

– C'è il sensale... quello del grano...

– Vengo, vengo! – seguitò a brontolare la cugina Rubiera, tornando a staccare dal chiodo la chiave del magazzino. - Vedete quel che ci vuole a guadagnare un tarì a salma, con Pirtuso e tutti gli altri! Se ho lavorato anch'io tutta la vita, e mi son tolto il pan di bocca, per amore della casa, intendo che mia nuora vi abbia a portare la sua dote anch'essa...

Don Diego, sgambettando più lesto che poteva dietro alu

cugina Rubiera, per gli anditi e gli stanzoni pieni di roba, seguitava:

– Mia sorella non è ricca.. cugina Rubiera... Non ha la dote che ci vorrebbe... Le daremo la casa e tutto... Ci spo glieremo per lei... Ferdinando ed io..

– Appunto, vi dicevo!... Badate che c'è uno scalino rotto.. Voglio che mio figlio sposi una bella dote. La padrona son io, quella che l'ha fatto barone. Non l'ha fatta lui la roba! Entrate, entrate, mastro Lio. Lì, dal cancello di legno. È aperto...

– Vostro figlio però lo sapeva che mia sorella non è ricca!... – ribatteva il povero don Diego che non si risolveva ad andarsene, mentre la cugina Rubiera aveva tanto da fare. Essa allora si voltò come un gallo, coi pugni sui fianchi, in cima alla scala:

– A mio figlio ci penso io, torno a dirvi! Voi pensate a vostra sorella... L'uomo è cacciatore... Lo manderò lontano! Lo chiudo a chiave! Lo sprofondo! Non tornerà in paese altro che maritato! colla catena al collo! ve lo dico io! La mia croce! la mia rovina!...

Quindi, mossa a compassione dalla disperazione muta del poveraccio, il quale non si reggeva sulle gambe, aggiunse, scendendo adagio adagio:

– E del resto... sentite, don Diego... Farò anch'io quello che potrò per Bianca... Sono madre anch'io!... Sono cristiana!... Immagino la spina che dovete averci lì dentro...

– Signora baronessa, dice che il farro non risponde al peso, – gridò Alessi dalla porta del magazzino.

– Che c'è? Cosa dice?... Anche il peso adesso? La solita rinculata! per carpirmi un altro ribasso!...

E la baronessa partì come una furia. Per un po' si udì nella profondità del magazzino un gran vocìo: sembrava che si fossero accapigliati. Pirtuso strillava peggio di un agnello in mano al beccaio; Giacalone e Vito Orlando vociavano anch'essi, per metterli d'accordo, e la baronessa fuori di sé, che ne diceva di tutti i colori. Poscia vedendo passare il cugino Trao, il quale se ne andava colla coda fra le gambe, la testa infossata nelle spalle, barcollando, lo fermò sull'uscio cambiando a un tratto viso e maniere:

– Sentite, sentite... l'aggiusteremo fra di noi questa fac cenda... Infine cos'è stato?... Niente di male, ne son certa Una ragazza col timor di Dio... La cosa rimarrà fra voi e me... l'accomoderemo fra di noi... Vi aiuterò anch'io, don Diego... Sono madre. son cristiana... La mariteremo a un galantuomo...

Don Diego scosse il capo amaramente, avvilito, barcol lando come un ubbriaco nell'andarsene.

– Sì, sì, le troveremo un galantuomo... Vi aiuterò anch'io come posso... Pazienza!... Farò un sagrificio...

Egli a quelle parole si fermò, cogli occhi spalancati, tutto tremante: – Voi!... cugina Rubiera!... No!... no!... Questo non può essere...

In quel momento veniva dal magazzino il sensale, bianco di pula, duro, perfino nella barba che gli tingeva di nero il viso anche quand'era fatta di fresco: gli occhietti grigi come due tarì d'argento, sotto le sopracciglia aggrottate dal con tinuo stare al sole e al vento in campagna.

– Bacio le mani, signora baronessa.

– Come? Così ve ne andate? Che c'è di nuovo? Non vi piace il farro?

L'altro disse di no col capo anch'esso, al pari di don Die go Trao, il quale se ne andava rasente al muro, continuando a scrollare la testa, come fosse stato colto da un accidente, inciampando nei sassi ogni momento.

– Come? – seguitava a sbraitare la baronessa. – Un ne gozio già conchiuso!...

– C'è forse caparra, signora baronessa?

– Non c'è caparra; ma c'è la parola!...

– In tal caso, bacio le mani a vossignoria!

E tirò via, ostinato come un mulo. La baronessa, furibon da, gli strillò dietro:

– Sono azionacce da pari vostro! Un pretesto per rompe re il negozio... degno di quel mastro-don Gesualdo che vi manda... ora che s'è pentito...

Giacalone e Vito Orlando gli correvano dietro anch'essi, scalmanandosi a fargli sentire la ragione. Ma Pirtuso tirava via, senza rispondere neppure, dicendo a don Diego I'rao che non gli dava retta:

– La baronessa ha un bel dire... come se al caso non avrebbe fatto lo stesso lei pure!... Ora che il barone Zacco ha cominciato a vendere con ribasso... Villano o baronessa la caparra è quella che conta. Dico bene, vossignoria?

III

La signora Sganci aveva la casa piena di gente, venuta per vedere la processione del Santo patrono: c'erano dei lumi persino nella scala; i cinque balconi che mandavano fuoco e fiamma sulla piazza nera di popolo; don Giuseppe Barabba in gran livrea e coi guanti di cotone, che annunziava le visite.

– Mastro-don Gesualdo! – vociò a un tratto, cacciando fra i battenti dorati il testone arruffato. – Devo lasciarlo entrare, signora padrona?

C'era il fior fiore della nobiltà: l'arciprete Bugno, lucente di raso nero; donna Giuseppina Alòsi, carica di gioie; il marchese Limòli, con la faccia e la parrucca del secolo scorso. La signora Sganci, sorpresa in quel bel modo dinanzi a tanta gente, non seppe frenarsi.

– Che bestia! Sei una bestia! Don Gesualdo Motta, si dice! bestia!

Mastro-don Gesualdo fece così il suo ingresso fra i pezzi grossi del paese, raso di fresco, vestito di panno fine, con un cappello nuovo fiammante fra le mani mangiate di calcina.

– Avanti, avanti, don Gesualdo! – strillò il marchese Limòli con quella sua vocetta acre che pizzicava. – Non abbiate suggezione.

Mastro-don Gesualdo però esitava alquanto, intimidito, in mezzo alla gran sala tappezzata di damasco giallo, sotto gli occhi di tutti quei Sganci che lo guardavano alteramente dai ritratti, in giro alle pareti.

La padrona di casa gli fece animo:

– Qui, qui, c'è posto anche per voi, don Gesualdo.

C'era appunto il balcone del vicoletto, che guardava di sbieco sulla piazza, per gli invitati di seconda mano ed i parenti poveri: donna Chiara Macrì, così umile e dimessa che pareva una serva; sua figlia donna Agrippina, *monaca di casa*, una ragazza con tanto di baffi, un faccione bruno e bitorzoluto da zoccolante, e due occhioni neri come il peccato che andavano frugando gli uomini. In prima fila il cugino don Ferdinando, curioso più di un ragazzo, che s'era spinto innanzi a gomitate, e allungava il collo verso la Piazza Grande dal cravattone nero, al pari di una tartaruga, cogli occhietti grigi e stralunati, il mento aguzzo e color di filiggine, il gran naso dei Trao palpitante, il codino ricurvo, simile alla coda di un cane sul bavero bisunto che gli arrivava alle orecchie pelose; e sua sorella donna Bianca rincantucciata dietro di lui, colle spalle un po' curve, il busto magro e piatto, i capelli lisci, il viso smunto e dilavato, vestita di lanetta in mezzo a tutto il parentado in gala.

La zia Sganci tornò a dire:

– Venite qui, don Gesualdo. V'ho serbato il posto per voi. Qui, vicino ai miei nipoti.

Bianca si fece in là, timidamente. Don Ferdinando, temendo d'esser scomodato, volse un momento il capo, accigliato, e mastro-don Gesualdo si avvicinò al balcone, inciampando, balbettando, sprofondandosi in scuse. Rimase lì, dietro le spalle di coloro che gli stavano dinanzi, alzando il capo a ogni razzo che saliva dalla piazza per darsi un contegno meno imbarazzato.

– Scusate! scusate! – sbuffò allora donna Agrippina Macrì, arricciando il naso, facendosi strada coi fianchi poderosi, assettandosi sdegnosa il fazzoletto bianco sul petto enorme; e capitò nel crocchio dove era la zia Cirmena colle altre dame, sul balcone grande, in mezzo a un gran mormorio, tutte che si voltavano a guardare verso il balcone del vicoletto, in fondo alla sala.

– Me l'han messo lì... alle costole, capite!... Un'indecenza!

– Ah, è quello lo sposo? – domandò sottovoce donna

Giuseppina Alòsi, cogli occhietti che sorridevano in mezzo al viso placido di luna piena.

– Zitto! zitto. Vado a vedere... – disse la Cirmena, e attraversò la sala – come un mare di luce nel vestito di raso giallo – per andare a fiutare che cosa si macchinasse nel balcone del vicoletto. Lì tutti sembravano sulle spine: la zia Macrì fingendo di guardare nella piazza, Bianca zitta in un cantuccio, e don Ferdinando solo che badava a godersi la festa, voltando il capo di qua e di là, senza dire una parola.

– Vi divertite qui, eh? Tu ti diverti, Bianca?

Don Ferdinando volse il capo infastidito; poi vedendo la cugina Cirmena, borbottò: – Ah... donna Sarina... buona sera! buona sera! – E tornò a voltarsi dall'altra parte. Bianca alzò gli occhi dolci ed umili sulla zia e non rispose; la Macrì abbozzò un sorriso discreto.

La Cirmena riprese subito, guardando don Gesualdo:

– Che caldo, eh? Si soffoca! C'è troppa gente questa volta... La cugina Sganci ha invitato tutto il paese...

Mastro-don Gesualdo fece per tirarsi da banda.

– No, no, non vi scomodate, caro voi... Sentite piuttosto, cugina Macrì...

– Signora! signora! – vociò in quel momento don Giuseppe Barabba, facendo dei segni alla padrona.

– No, – rispose lei, – prima deve passare la processione.

Il marchese Limòli la colse a volo mentre s'allontanava, fermandola pel vestito: – Cugina, cugina, levatemi una curiosità: cosa state almanaccando con mastro-don Gesualdo?

– Me l'aspettavo... cattiva lingua!... – borbottò la Sganci; e lo piantò lì, senza dargli retta, che se la rideva fra le gengive nude, sprofondato nel seggiolone, come una mummia maliziosa.

Entrava in quel punto il notaro Neri, piccolo, calvo, rotondo, una vera trottola, col ventre petulante, la risata chiassosa, la parlantina che scappava stridendo a guisa di una carrucola. – Donna Mariannina!... Signori miei!... Quanta gente!... Quante bellezze!... – Poi, scoperto anche mastro-don Gesualdo in pompa magna, finse di chinarsi per vederci meglio, come avesse le traveggole, inarcando le ciglia, colla mano sugli occhi; si fece il segno della croce e scappò in furia verso il balcone grande, cacciandosi a gomitate nella folla, borbottando:

— Questa è più bella di tutte!... Com'è vero Dio!

Donna Giuseppina Alòsi istintivamente corse con la mano sulle gioie; e la signora Capitana, che non avendo da sfoggiarne metteva in mostra altre ricchezze, al sentirsi frugare nelle spalle si volse come una vipera.

— Scusate, scusate; — balbettava il notaro. — Cerco il barone Zacco.

Dalla via San Sebastiano, al disopra dei tetti, si vedeva crescere verso la piazza un chiarore d'incendio, dal quale di tratto in tratto scappavano dei razzi, dinanzi alla statua del santo, con un vocìo di folla che montava a guisa di tempesta.

— La processione! la processione! — strillarono i ragazzi pigiati contro la ringhiera. Gli altri si spinsero innanzi; ma la processione ancora non spuntava. Il cavaliere Peperito, che si mangiava con gli occhi le gioie di donna Giuseppina Alòsi — degli occhi di lupo affamato sulla faccia magra, folta di barba turchiniccia sino agli occhi — approfittò della confusione per soffiarle nell'orecchio un'altra volta:

— Sembrate una giovinetta, donna Giuseppina! parola di cavaliere!

— Zitto, cattivo soggetto! — rispose la vedova. — Raccomandatevi piuttosto al santo Patrono che sta per arrivare.

— Sì, sì, se mi fa la grazia...

Dal seggiolone dove era rannicchiato il marchese Limòli sorse allora la vocetta fessa di lui:

— Servitevi, servitevi pure! Già son sordo, lo sapete.

Il barone Zacco, rosso come un peperone, rientrò dal balcone, senza curarsi del santo, sfogandosi col notaro Neri:

— Tutta opera del canonico Lupi!... Ora mi cacciano fra i piedi anche mastro-don Gesualdo per concorrere all'asta delle terre comunali!... Ma non me le toglieranno! dovessi vendere Fontanarossa, vedete! Delle terre che da quarant'anni sono nella mia famiglia!...

Tutt'a un tratto, sotto i balconi, la banda scoppiò in un passodoppio furibondo, rovesciandosi in piazza con un'onda di popolo che sembrava minacciosa. La signora Capitana si tirò indietro arricciando il naso.

– Che odore di prossimo viene di laggiù!

– Capite? – seguitava a sbraitare il barone Zacco, – delle terre che pago già a tre onze la salma! E gli par poco!

Il notaro Neri, che non gli piaceva far sapere alla gente i fatti suoi, si rivolse alla signora Capitana, scollacciata ch'era una indecenza, col pretesto che si faceva mandare i vestiti da Palermo, la quale civettava in mezzo a un gruppo di giovanotti.

– Signora Capitana? signora Capitana! Così rubate la festa al santo! Tutti gli voltano le spalle!

– Come siete stupidi, tutti quanti! – rispose la Capitana, gongolante. – Vado a mettermi vicino al marchese, che ha più giudizio di voi.

– Ahimé! ahimé! signora mia!...

Il marchese, cogli occhietti svegli adesso, andava fiutandole da presso il profumo di bergamotta, tanto che essa doveva schermirsi col ventaglio, e il vecchietto ad ostinarsi:

– No! no! lasciatemi fare le mie devozioni!...

L'arciprete prese tabacco, si spurgò, tossì, infine si alzò, e si mosse per andarsene, gonfiando le gote – le gote lucenti, la sottana lucente, il grosso anello lucente, tanto che le male lingue dicevano fosse falso; mentre il marchese gli gridava dietro:

– Don Calogero! don Calogero! dico per dire, che diavolo! Alla mia età...

E appena cessarono le risate alla sortita del marchese, si udì donna Giuseppina Alòsi, che faceva le sue confidenze al cavaliere.

– ... come fossi libera, capite! Le due grandi al Collegio di Maria; il maschio al Seminario; in casa ci ho soltanto l'ul timo, Sarino, ch'è meno alto di questo ventaglio. Poi i miei figliuoli hanno la roba del loro padre, buon'anima...

Donna Sarina tornò verso il balcone grande chiacchierando sottovoce colla cugina Macrì, con delle scrollatine di capo e dei sorrisetti che volevano dire:

– Però non capisco il mistero che vuol farne la cugina Sganci!... Siamo parenti di Bianca anche noi, alla fin fine!...

– È quello? quello lì? – tornò a chiedere donna Giuseppina col sorriso maligno di prima.

La Cirmena accennò di sì, stringendo le labbra sottili, cogli occhi rivolti altrove, in aria di mistero anch'essa. Infine non si tenne più:

– Fanno le cose sottomano... come se fossero delle sudicerie. Capiscono anche loro che manipolano delle cose sporche... Ma la gente poi non è così sciocca da non accorgersi... Un mese che il canonico Lupi si arrabatta in questo negozio... un va e vieni fra la Sganci e la Rubiera...

– Non me lo dite! – esclamò Peperito. – Una Trao che sposa mastro-don Gesualdo!... Non me lo dite!... Quando vedo una famiglia illustre come quella scendere tanto basso, mi fa male allo stomaco, in parola d'onore!

E volse le spalle soffiandosi il naso come una trombetta nel fazzoletto sudicio, fremendo d'indignazione per tutta la personcina misera, dopo aver saettato una occhiata eloquente a donna Giuseppina.

– Chi volete che la sposi?... senza dote!... – ribatté la Cirmena al cavaliere ch'era già lontano. – Poi, dopo quello ch'è successo!...

– Almeno si metterà in grazia di Dio! – osservò piano la zia Macrì. La sua figliuola che stava ad ascoltare senza dir nulla, fissando in volto a chi parlava quegli occhioni ardenti, scosse la tonaca, quasi avesse temuto d'insudiciarla fra tante sozzure, e mormorò colla voce d'uomo, colle grosse labbra sdegnose sulle quali sembrava veder fremere i peli neri, rivolta al chiarore della processione che s'avvicinava al di sopra dei tetti della via, come un incendio:

– Santo Patrono! Guardatemi voi!

– Queste sono le conseguenze!... La ragazza si era messa in testa non so che cosa... Un disonore per tutto il parentado!... La cugina Sganci ha fatto bene a ripararvi... Non dico di no!... Ma avrebbe dovuto parlarne a noi pure che siamo parenti di Bianca al par di lei... Piuttosto che fare le cose di nascosto... Scommetto che neppure don Ferdinando ne sa nulla...

– Ma l'altro fratello... don Diego, cosa ne dice?...

– Ah, don Diego?... sarà a rovistare fra le sue cartacce... Le carte della lite!... Non pensa ad altro... Crede d'arricchire colla lite!... Lo vedete che non è uscito di casa neppure per la festa... Poi forse si vergogna a farsi vedere dalla gente... Tutti così quei Trao... Degli stupidi!... gente che si troveranno un bel giorno morti di fame in casa, piuttosto di aprir bocca per...

– Il canonico, no! – stava dicendo il notaro mentre s'avvicinavano al balcone discorrendo sottovoce col barone Zacco. – Piuttosto la baronessa... offrendole un guadagno... Quella non ha puntiglio!... Del canonico non ho paura... – E tutto sorridente poi colle signore:

– Ah!... donna Chiara!... La bella monaca che avete in casa!... Una vera grazia di Dio!...

– Eh, marchese? eh? Chi ve l'avrebbe detto, ai vostri tempi?... che sareste arrivato a vedere la processione del santo Patrono spalla a spalla con mastro-don Gesualdo, in casa Sganci! – riprese il barone Zacco, il quale pensava sempre a una cosa, e non poteva mandarla giù, guardando di qua e di là cogli occhiacci da spiritato, ammiccando alle donne per farle ridere.

Il marchese, impenetrabile, rispose solo:

– Eh, eh, caro barone! Eh, eh!

– Sapete quanto ha guadagnato nella fabbrica dei mulini mastro-don Gesualdo? – entrò a dire il notaro a mezza voce in aria di mistero. – Una bella somma! Ve lo dico io!... Si è tirato su dal nulla... Me lo ricordo io manovale, coi sassi in spalla... sissignore!... Mastro Nunzio, suo padre, non aveva di che pagare le stoppie per far cuocere il gesso nella sua fornace... Ora ha l'impresa del ponte a Fiumegrande!... Suo figlio ha sborsato la cauzione, tutta in pezzi da dodici tarì, l'un sull'altro. Ha le mani in pasta in tutti gli affari del comune... Dicono che vuol mettersi anche a speculare sulle terre... L'appetito viene mangiando... Ha un bell'appetito... e dei buoni denti, ve lo dico io!... Se lo lasciano fare, di qui a un po' si dirà che mastro-don Gesualdo è il padrone del paese!

Il marchese allora levò un istante la sua testolina di scimmia; ma poi fece una spallucciata, e rispose, con quel medesimo risolino tagliente:

– Per me... non me ne importa. Io sono uno spiantato.

– Padrone?... padrone?... quando saran morti tutti quelli che son nati prima di lui!... e meglio di lui! Venderò Fontanarossa; ma le terre del comune non me le toglie, mastro-don Gesualdo! Né solo, né coll'aiuto della baronessa Rubiera!

– Che c'è? che c'è? – interruppe il notaro correndo al balcone, per sviare il discorso, poiché il barone non sapeva frenarsi e vociava troppo forte.

Giù in piazza, dinanzi al portone di casa Sganci, vedevasi un tafferuglio, dei vestiti chiari in mezzo alla ressa, berretti che volavano in aria, e un tale che distribuiva legnate a diritta e a manca per farsi largo. Subito dopo comparve sull'uscio dell'anticamera don Giuseppe Barabba, colle mani in aria, strangolato dal rispetto.

– Signora!... signora!...

Era tutto il casato dei Margarone stavolta: donna Fifì, donna Giovanna, donna Mita, la mamma Margarone, donna Bellonia, dei Bracalanti di Pietraperzia, nientemeno, che soffocava in un busto di raso verde, pavonazza, sorridente; e dietro, il papà Margarone, dignitoso, gonfiando le gote, appoggiandosi alla canna d'India col pomo d'oro, senza voltar nemmeno il capo, tenendo per mano l'ultimo dei Margarone, Nicolino, il quale strillava e tirava calci perché non gli facevano vedere il santo dalla piazza. Il papà, brandendo la canna d'India, voleva insegnargli l'educazione.

– Adesso? – sogghignò il marchese per calmarlo. – Oggi

ch'è festa? Lasciatelo stare quel povero ragazzo, don Filippo!

Don Filippo lasciò stare, limitandosi a lanciare di tanto in tanto qualche occhiataccia autorevole al ragazzo che non gli badava. Intanto gli altri facevano festa alle signore Margarone: – Donna Bellonia!... donna Fifì!... che piacere, stasera!... – Perfino don Giuseppe Barabba, a modo suo, sbracciandosi a portar delle altre seggiole e a smoccolare i lumi. Poi dal balcone si mise a fare il telegrafo con qualcuno ch'era giù in piazza, gridando per farsi udire in mezzo al gran brusìo della folla: – Signor barone! signor barone! – Infine corse dalla padrona, trionfante:

– Signora! signora! Eccolo che viene! ecco don Ninì!...

Donna Giuseppina Alòsi abbozzò un sorrisetto alla gomitata che le piantò nei fianchi il barone Zacco. La signora Capitana invece si rizzò sul busto – come se sbocciassero allora le sue belle spalle nude dalle maniche rigonfie.

– Sciocco! Non ne fai una bene! Cos'è questo fracasso? Non è questa la maniera!

Don Giuseppe se ne andò brontolando.

Ma in quella entrava don Ninì Rubiera, un giovanotto alto e massiccio che quasi non passava dall'uscio, bianco e rosso in viso, coi capelli ricciuti, e degli occhi un po' addormentati che facevano girare il capo alle ragazze. Donna Giovannina Margarone, un bel pezzo di grazia di Dio anch'essa, cinghiata nel busto al pari della mamma, si fece rossa come un papavero, al vedere entrare il baronello. Ma la mamma le metteva sempre innanzi la maggiore, donna Fifì, disseccata e gialla dal lungo celibato, tutta pelosa, con certi denti che sembrava volessero acchiappare un marito a volo, sopraccarica di nastri, di fronzoli e di gale, come un uccello raro.

– Fifì vi ha scoperto per la prima in mezzo alla folla!... Che folla, eh? Mio marito ha dovuto adoperare il bastone per farci largo. Proprio una bella festa! Fifì ci ha detto: Ecco lì il baronello Rubiera, vicino al palco della musica...

Don Ninì guardava intorno inquieto. A un tratto scoprendo la cugina Bianca rincantucciata in fondo al balcone del vicoletto, smorta in viso, si turbò, smarrì un istante il suo bel colorito fiorente, e rispose balbettando:

– Sissignora... infatti... sono della commissione...

– Bravo! bravo! Bella festa davvero! Avete saputo far le cose bene!... E vostra madre, don Ninì?...

– Presto! presto! – chiamò dal balcone la zia Sganci. – Ecco qui il santo!

Il marchese Limòli, che temeva l'umidità della sera, aveva afferrato la mamma Margarone pel suo vestito di raso verde, e faceva il libertino: – Non c'è furia, non c'è furia! Il santo torna ogni anno. Venite qua, donna Bellonia. Lasciamo il posto ai giovani, noi che ne abbiamo viste tante delle feste!

E continuava a biasciarle delle barzellette salate nell'orecchio che sembrava arrossire dalla vergogna; divertendosi alla faccia seria che faceva don Filippo sul cravattone di raso; mentre la signora Capitana, per far vedere che sapeva stare in conversazione, rideva come una matta, chinandosi in avanti ogni momento, riparandosi col ventaglio per nascondere i denti bianchi, il seno bianco, tutte quelle belle cose di cui studiava l'effetto colla coda dell'occhio, mentre fingeva d'andare in collera allorché il marchese si pigliava qualche libertà soverchia – adesso che erano soli – diceva lui col suo risolino sdentato di satiro.

– Mita! Mita! – chiamò infine la mamma Margarone.

– No! no! Non mi scappate, donna Bellonia!... Non mi lasciate solo con la signora Capitana... alla mia età!... Donna Mita sa quel che deve fare. È grande e grossa quanto le sue sorelle messe insieme; ma sa che deve fare la bambina, per non far torto alle altre due.

Il notaro Neri, che per la sua professione sapeva i fatti di tutto il paese e non aveva peli sulla lingua, domandò alla signora Margarone:

– Dunque, ce li mangeremo presto questi confetti pel matrimonio di donna Fifì?

Don Filippo tossì forte. Donna Bellonia rispose che sino a quel momento erano chiacchiere: la gente parlava perché sapeva don Ninì Rubiera un po' assiduo con la sua ragazza:

– Nulla di serio. Nulla di positivo... – Ma le si vedeva una gran voglia di non esser creduta. Il marchese Limòli al solito trovò la parola giusta:

– Finché i parenti non si saranno accordati per la dote non se ne deve parlare in pubblico.

Don Filippo affermò col capo, e donna Bellonia, vista la approvazione del marito, s'arrischiò a dire:

– È vero.

– Sarà una bella coppia! – soggiunse graziosamente la signora Capitana.

Il cavalier Peperito, onde non stare a bocca chiusa come un allocco, in mezzo al crocchio dove l'aveva piantato donna Giuseppina per non dar troppo nell'occhio, scappò fuori a dire:

– Però la baronessa Rubiera non è venuta!... Come va che la baronessa non è venuta dalla cugina Sganci?

Ci fu un istante di silenzio. Solo il barone Zacco, da vero zotico, per sfogare la bile che aveva in corpo, si diede la briga di rispondere ad alta voce, quasi fossero tutti sordi

– È malata!... Ha mal di testa!... – E intanto faceva segno di no col capo. Poscia, ficcandosi in mezzo alla gente, a voce più bassa, col viso acceso:

– Ha mandato mastro-don Gesualdo in vece sua!... il futuro socio!... Sissignore!... Non lo sapete? Piglieranno in affitto le terre del comune... quelle che abbiamo noi da quarant'anni... tutti i Zacco, di padre in figlio!... Una bricconata! Una combriccola fra loro tre: Padre figliuolo e spirito santo! La baronessa non ha il coraggio di guardarmi in faccia dopo questo bel tiro che vogliono farmi... Non voglio dire che sia rimasta a casa per non incontrarsi con me... Che diavolo! Ciascuno fa il suo interesse... Al giorno d'oggi l'interesse va prima della parentela... Io poi non ci tengo molto alla nostra... Si sa da chi è nata la baronessa Rubiera!... E poi fa il suo interesse... Sissignore!... Lo so da gente che può saperlo!... Il canonico le fa da suggeritore; mastro-don Gesualdo ci mette i capitali, e la baronessa poi... un bel nulla. l'appoggio del nome!... Vedremo poi quale dei due conta di più, fra il suo e il mio!... Oh, se la vedremo!... Intanto per provare cacciano innanzi mastro-don Gesualdo... vedete, lì, nel balcone dove sono i Trao?...

— Bianca! Bianca! — chiamò il marchese Limòli.

— Io, zio?

— Sì, vieni qua.

— Che bella figurina! — osservò la signora Capitana per adulare il marchese, mentre la giovinetta attraversava la sala, timida, col suo vestito di lanetta, l'aria umile e imbarazzata delle ragazze povere.

— Sì, — rispose il marchese. — È di buona razza.

— Ecco! ecco! — si udì in quel momento fra quelli ch'erano affacciati. — Ecco il santo!

Peperito colse la palla al balzo e si cacciò a capo fitto nella folla dietro la signora Alòsi. La Capitana si levò sulla punta dei piedi; il notaro, galante, proponeva di sollevarla fra le braccia. Donna Bellonia corse a far la mamma, accanto alle sue creature; e suo marito si contentò di montare su di una sedia, per vedere.

— Cosa ci fai lì con mastro-don Gesualdo? — borbottò il marchese, rimasto solo colla nipote.

Bianca fissò un momento sullo zio i grandi occhi turchini e dolci, la sola cosa che avesse realmente bella sul viso dilavato e magro dei Trao, e rispose:

— Ma... la zia l'ha condotto lì...

— Vieni qua, vieni qua. Ti troverò un posto io.

Tutt'a un tratto la piazza sembrò avvampare in un vasto incendio, sul quale si stampavano le finestre delle case, i cornicioni dei tetti, la lunga balconata del Palazzo di Città, formicolante di gente. Nel vano dei balconi le teste degli invitati che si pigiavano, nere in quel fondo infuocato; e in quello di centro la figura angolosa di donna Fifì Margarone, sorpresa da quella luce, più verde del solito, colla faccia arcigna che voleva sembrar commossa, il busto piatto che anelava come un mantice, gli occhi smarriti dietro le nuvole di fumo, i denti soli rimasti feroci; quasi abbandonandosi, spalla a spalla contro il baronello Rubiera, il quale sembrava pavonazzo a quella luce, incastrato fra lei e donna Giovannina; mentre Mita sgranava gli occhi di bambina, per non vedere, e Nicolino andava pizzicando le gambe della gente, per ficcarvi il capo framezzo e spingersi avanti.

– Cos'hai? ti senti male? – disse il marchese vedendo la nipote così pallida.

– Non è nulla... È il fumo che mi fa male... Non dite nulla, zio! Non disturbate nessuno!...

Di tanto in tanto si premeva sulla bocca il fazzolettino di falsa batista ricamato da lei stessa, e tossiva, adagio adagio, chinando il capo; il vestito di lanetta le faceva delle pieghe sulle spalle magre. Non diceva nulla, stava a guardare i fuochi, col viso affilato e pallido, come stirato verso l'angolo della bocca, dove erano due pieghe dolorose, gli occhi spalancati e lucenti, quasi umidi. Soltanto la mano colla quale appoggiavasi alla spalliera della seggiola era un po' tremante, e l'altra distesa lungo il fianco si apriva e chiudeva macchinalmente: delle mani scarne e bianche che spasimavano.

– Viva il santo Patrono! Viva san Gregogio Magno! – Nella folla, laggiù in piazza, il canonico Lupi, il quale urlava come un ossesso, in mezzo ai contadini, e gesticolava verso i balconi del palazzo Sganci, col viso in su, chiamando ad alta voce i conoscenti:

– Donna Marianna?... Eh?... eh?... Dev'esserne contento il baronello Rubiera!... Baronello? don Ninì? siete contento?... Vi saluto, don Gesualdo! Bravo! bravo! Siete lì?... – Poi corse di sopra a precipizio, scalmanato, rosso in viso, col fiato ai denti, la sottana rimboccata, il mantello e il nicchio sotto l'ascella, le mani sudice di polvere, in un mare di sudore: – Che festa, eh! signora Sganci! – Intanto chiamava don Giuseppe Barabba che gli portasse un bicchier d'acqua: – Muoio dalla sete, donna Marianna! Che bei fuochi, eh?... Circa duemila razzi! Ne ho accesi più di duecento con le mie mani sole. Guardate che mani, signor marchese!... Ah, siete qui, don Gesualdo? Bene! bene! Don Giuseppe? Chissà dove si sarà cacciato quel vecchio stolido di don Giuseppe?

Don Giuseppe era salito in soffitta, per vedere i fuochi dall'abbaino, a rischio di precipitare in piazza. Comparve finalmente, col bicchier d'acqua, tutto impolverato e coperto di ragnateli, dopo che la padrona e il canonico Lupi si furono sgolati a chiamarlo per ogni stanza.

Il canonico Lupi, ch'era di casa, gli diede anche una lavata di capo. Poscia, voltandosi verso mastro-don Gesualdo, con una faccia tutta sorridente:

– Bravo, bravo, don Gesualdo! Son contentone di vedervi qui. La signora Sganci mi diceva da un pezzo: l'anno venturo voglio che don Gesualdo venga in casa mia, a vedere la processione!

Il marchese Limòli, il quale aveva salutato gentilmente il santo Patrono al suo passaggio, inchinandosi sulla spalliera della seggiola, raddrizzò la schiena facendo una boccaccia.

– Ahi! hai!... Se Dio vuole è passata anche questa!... Chi campa tutto l'anno vede tutte le feste.

– Ma di veder ciò che avete visto stavolta non ve l'aspettate più! – sogghignava il barone Zacco, accennando a mastro-don Gesualdo. – No! no! Me lo rammento coi sassi in spalla... e le spalle lacere!... sul ponte delle fabbriche, quest'amicone mio con cui oggi ci troviamo qui, a tu per tu!...

Però la padrona di casa era tutta cortesie per mastro-don Gesualdo. Ora che il santo aveva imboccato la via di casa sua sembrava che la festa fosse per lui: donna Marianna parlandogli di questo e di quello; il canonico Lupi battendogli sulla spalla; la Macrì che gli aveva ceduto persino il posto; don Filippo Margarone anche lui gli lasciava cadere dall'alto del cravattone complimenti simili a questi:

– Il nascer grandi è caso, e non virtù!... Venire su dal nulla, qui sta il vero merito! Il primo mulino che avete costruito in appalto, eh? coi denari presi in prestito al venti per cento!...

– Sì signore, – rispose tranquillamente don Gesualdo. – Non chiudevo occhio, la notte.

L'arciprete Bugno, ingelosito dei salamelecchi fatti a un

altro, dopo tutti quegli spari, quelle grida, quel fracasso che gli parevano dedicati un po' anche a lui, come capo della chiesa, era riuscito a farsi un po' di crocchio attorno pur esso, discorrendo dei meriti del santo Patrono: un gran santo!... e una gran bella statua... I forestieri venivano apposta per vederla... Degli inglesi, s'era risaputo poi, l'avrebbero pagata a peso d'oro, onde portarsela laggiù, fra i loro idoli... Il marchese che stava per iscoppiare, l'interruppe alla fine:

– Ma che sciocchezze!... Chi ve le dà a bere, don Calogero? La statua è di cartapesta... una brutta cosa!... I topi ci hanno fatto dentro il nido... Le gioie?... Eh! eh! non arricchirebbero neppur me, figuratevi! Vetro colorato... come tante altre che se ne vedono!... un fantoccio da carnevale!... Eh? Cosa dite?... Sì, un sacrilegio! Il mastro che fece quel santo dev'essere a casa del diavolo... Non parlo del santo ch'è in paradiso... Lo so, è un'altra cosa... Basta la fede... Son cristiano anch'io, che diavolo!... e me ne vanto!...

La signora Capitana affettava di guardare con insistenza la collana di donna Giuseppina Alòsi, nel tempo stesso che rimproverava il marchese: – Libertino!... libertino! – Peperito s'era tappate le orecchie. L'arciprete Bugno ricominciò daccapo: – Una statua d'autore!... Il Re, Dio guardi, voleva venderla al tempo della guerra coi giacobini!... Un santo miracoloso!...

– Che c'è di nuovo, don Gesualdo? – gridò infine il marchese ristucco, con la vocetta fessa, voltando le spalle all'arciprete. – Abbiamo qualche affare in aria?

Il barone Zacco si mise a ridere forte, cogli occhi che schizzavano fuori dell'orbita; ma l'altro, un po' stordito dalla ressa che gli si faceva attorno, non rispose.

– A me potete dirlo, caro mio, – riprese il vecchietto malizioso. – Non avete a temere che vi faccia la concorrenza, io!

Al battibecco si divertivano anche coloro che non gliene importava nulla. Il barone Zacco, poi, figuriamoci! – Eh! eh! marchese!... Voi non la fate, la concorrenza?... Eh! eh!...

Mastro-don Gesualdo volse un'occhiata in giro su tutta quella gente che rideva, e rispose tranquillamente:

– Che volete, signor marchese?... Ciascuno fa quel che può...

– Fate, fate, amico mio. Quanto a me, non ho di che lagnarmene...

Don Giuseppe Barabba si avvicinò in punta di piedi alla padrona, e le disse in un orecchio, con gran mistero:

– Devo portare i sorbetti, ora ch'è passata la processione?

– Un momento! un momento! – interruppe il canonico Lupi, – lasciatemi lavar le mani.

– Se non li porto subito, – aggiunse il servitore, – se ne vanno tutti in broda. È un pezzo che li ha mandati Giacinto, ed eran già quasi strutti.

– Va bene, va bene... Bianca?

– Zia...

– Fammi il piacere, aiutami un po' tu.

Dall'uscio spalancato a due battenti entrarono poco dopo don Giuseppe e mastro Titta, il barbiere di casa, carichi di due gran vassoi d'argento che sgocciolavano; e cominciarono a fare il giro degli invitati, passo passo, come la processione anch'essi. Prima l'arciprete, donna Giuseppina Alòsi, la Capitana, gli invitati di maggior riguardo. Il canonico Lupi diede una gomitata al barbiere, il quale passava dinanzi a mastro-don Gesualdo senza fermarsi. – Che so io?... Se ne vedono di nuove adesso!... – brontolò mastro Titta. Il ragazzo dei Margarone ficcava le dita dappertutto.

– Zio?...

– Grazie, cara Bianca... Ci ho la tosse... Sono invalido... come tuo fratello...

– Donna Bellonia, lì, sul balcone! – suggerì la zia Sganci, la quale si sbracciava anche lei a servire gli invitati.

Dopo il primo movimento generale, un manovrar di seggiole per schivare la pioggia di sciroppo, erano seguiti alcuni istanti di raccoglimento, un acciottolìo discreto di piattelli, un lavorar guardingo e tacito di cucchiai, come fosse una cerimonia solenne. Donna Mita Margarone, ghiotta, senza levare il naso dal piatto. Barabba e mastro Titta in disparte, posati i vassoi, si asciugavano il sudore coi fazzoletti di cotone.

Il baronello Rubiera il quale stava discorrendo in un cantuccio del balcone grande naso a naso con donna Fifì, guardandosi negli occhi, degli occhi che si struggevano come i sorbetti, si scostò bruscamente al veder comparire la cugina, scolorandosi un po' in viso. Donna Bellonia prese il piattino dalle mani di Bianca, inchinandosi goffamente:

– Quante gentilezze!... è troppo! è troppo!

La figliuola finse di accorgersi soltanto allora della sua amica:

– Oh, Bianca... sei qui?... che piacere!... M'avevano detto ch'eri ammalata...

– Sì... un po'... Adesso sto bene...

– Si vede... Hai bella cera... E un bel vestitino anche... semplice!... ma grazioso!...

Donna Fifì si chinò fingendo d'osservare la stoffa, onde far luccicare i topazii che aveva al collo. Bianca rispose, facendosi rossa:

– È di lanetta... un regalo della zia...

– Ah!... ah!...

Il baronello ch'era sulle spine propose di rientrare in sala:

– Comincia ad esser umido... Piglieremo qualche malanno...

– Sì!... Fifì! Fifì! – disse la signora Margarone.

Donna Fifì dovette seguire la mamma, coll'andatura cascante che le sembrava molto sentimentale, la testolina alquanto piegata sull'omero, le palpebre che battevano, colpite dalla luce più viva, sugli occhi illanguiditi come avesse sonno.

Bianca posò la mano sul braccio del cugino, il quale stava per svignarsela anche lui dal balcone, dolcemente, come una carezza, come una preghiera; tremava tutta, colla voce soffocata nella gola:

– Ninì!... Senti, Ninì!... fammi la carità!... Una parola sola!... Son venuta apposta... Se non ti parlo qui è finita per me... è finita!...

– Bada!... c'è tanta gente!... – esclamò sottovoce il cugi

no, guardando di qua e di là cogli occhi che fuggivano. Ella gli teneva fissi addosso i begli occhi supplichevoli, con un grande sconforto, un grande abbandono doloroso in tutta la persona, nel viso pallido e disfatto, nell'atteggiamento umile, nelle braccia inerti che si aprivano desolate.

– Cosa mi rispondi, Ninì?... Cosa mi dici di fare?... Vedi... sono nelle tue braccia... come l'Addolorata!...

Egli allora cominciò a darsi dei pugni nella testa, commosso, col cuore gonfio anch'esso, badando a non far strepito e che non sopraggiungesse nessuno nel balcone. Bianca gli fermò la mano.

– Hai ragione!... siamo due disgraziati!... Mia madre non mi lascia padrone neanche di soffiarmi il naso!... Capisci? capisci?... Ti pare che non ci pensi a te?... Ti pare che non ci pensi?... La notte... non chiudo occhio!... Sono un povero disgraziato!... La gente mi crede felice e contento...

Guardava giù nella piazza, ora spopolata, onde evitare gli occhi disperati della cugina che gli passavano il cuore, addolorato, cogli occhi quasi umidi anch'esso.

– Vedi? – soggiunse. – Vorrei essere un povero diavolo... come Santo Motta, laggiù!... nell'osteria di Pecu-Pecu... Povero e contento!...

– La zia non vuole?

– No, non vuole!... Che posso farci?... Essa è la padrona.

Si udiva nella sala la voce del barone Zacco, che disputava, alterato; e poi, nei momenti ch'esso taceva, il cicaleccio delle signore, come un passeraio, con la risatina squillante della signora Capitana, che faceva da ottavino.

– Bisogna confessarle tutto, alla zia!...

Don Ninì allungò il collo verso il vano del balcone, guardingo. Poscia rispose, abbassando ancora la voce:

– Gliel'ha detto tuo fratello... C'è stato un casa del diavolo!... Non lo sapevi?

Don Giuseppe Barabba venne sul balcone portando un piattello su ciascuna mano.

– Donna Bianca, dice la zia... prima che si finiscano..

– Grazie; mettetelo lì, su quel vaso di fiori...

– Bisogna far presto, donna Bianca. Non ce n'è quasi più.

Don Ninì allora mise il naso nel piattello, fingendo di non badare ad altro: – Tu non ne vuoi?

Essa non rispose. Dopo un po', quando il servitore non era più lì, si udì di nuovo la voce sorda di lei:

– È vero che ti mariti?

– Io?...

– Tu... con Fifì Margarone...

– Non è vero... chi te l'ha detto?...

– Tutti lo dicono.

– Io non vorrei... È mia madre che si è messa in testa questa cosa... Anche tu... dicono che vogliono farti sposare don Gesualdo Motta...

– Io?...

– Sì, tutti lo dicono... la zia... mia madre stessa...

Si affacciò un istante donna Giuseppina Alòsi, come cercando qualcheduno; e vedendo i due giovani in fondo al balcone, rientrò subito nella sala.

– Vedi? vedi? – disse lui. – Abbiamo tutti gli occhi addosso!... Piglia il sorbetto... per amor mio... per la gente che ci osserva... Abbiamo tutti gli occhi addosso!...

Essa prese dolcemente dalle mani di lui il piattino che aveva fatto posare sul vaso dei garofani; ma tremava così che due o tre volte si udì il tintinnìo del cucchiaino il quale urtava contro il bicchiere.

Barabba corse subito dicendo:

– Eccomi! eccomi!

– Un momento! Un momento ancora, don Giuseppe!

Il baronello avrebbe pagato qualcosa di tasca sua per trattenere Barabba sul balcone.

– Come vi tratta la festa, don Giuseppe?

– Che volete, signor barone?... Tutto sulle mie spalle!... la casa da mettere in ordine, le fodere da togliere, i lumi da preparare... Donna Bianca, qui, può dirlo, che mi ha dato una mano. Mastro Titta fu chiamato solo pel trattamento. E domani poi devo tornare a scopare e rimettere le fodere...

Don Giuseppe seguitando a brontolare se ne andò coi bicchieri vuoti. Dalla sala arrivò il suono di una sghignazzata generale, subito dopo qualcosa che aveva detto il notaro Neri, e che non si poté intender bene perché il notaro quando le diceva grosse abbassava la voce.

– Rientriamo anche noi, – disse il baronello. – Per allontanare i sospetti...

Ma Bianca non si mosse. Piangeva cheta, nell'ombra; e di tanto in tanto si vedeva il suo fazzoletto bianco salire verso gli occhi. – Ecco!... Sei tu che fai parlare la gente! – scappò detto al cugino ch'era sulle spine.

– Che te ne importa? – rispose lei. – Che te ne importa?... Oramai!...

– Sì! sì!... Credi che non ti voglia più bene?...

Uno struggimento, un'amarezza sconfinata venivano dall'ampia distesa nera dell'Alìa, dirimpetto, al di là delle case dei Barresi, dalle vigne e gli oliveti di Giolio, che si indovinavano confusamente, oltre la via del Rosario ancora formicolante di lumi, dal lungo altipiano del Casalgilardo, rotto dall'alta cantonata del Collegio, dal cielo profondo, ricamato di stelle – una più lucente, lassù, che sembrava guardasse, fredda, triste, solitaria. Il rumore della festa si dileguava e moriva lassù, verso San Vito. Un silenzio desolato cadeva di tanto in tanto, un silenzio che stringeva il cuore. Bianca era ritta contro il muro, immobile; le mani e il viso smorti di lei sembravano vacillare al chiarore incerto che saliva dal banco del venditore di torrone. Il cugino stava appoggiato alla ringhiera, fingendo di osservare attentamente l'uomo che andava spegnendo la luminaria, nella piazza deserta, e il giovane del paratore, il quale correva su e giù per l'impalcato della musica, come un gattone nero, schiodando, martellando, buttando giù i festoni e le ghirlande di carta. I razzi che scappavano ancora di tratto in tratto, lontano, dietro la massa nera del Palazzo di Città, i colpi di martello del paratore, le grida più rare, stanche e avvinazzate, sembravano spegnersi lontano, nella vasta campagna solitaria. Insieme all'acre odore di polvere che dileguava, andava sorgendo un dolce odor di garofani; passava della gente cantando; udivasi un baccano di chiacchiere e di risate nella sala, vicino a loro, nello schianto di quell'ultimo addio senza parole.

Nel vano luminoso del balcone passò un'ombra magra, e si udì la tosserella del marchese Limòli:

– Eh, eh, ragazzi!... benedetti voialtri!... Sono venuto a veder la festa... ora ch'è passata... Bianca, nipote mia... bada che l'aria della sera ti farà male...

– No, zio, – rispose lei con voce sorda. – Si soffoca lì dentro.

– Pazienza!... Bisogna sempre aver pazienza a questo mondo... Meglio sudare che tossire... Tu, Nino, bada che le signore Margarone stanno per andarsene.

– Vado, zio.

– Va, va, se no vedrai che denti! Non vorrei averli addosso neppur io!... E sì che non posso fare lo schifiltoso!... Che diavolo gli è saltato in corpo a tua madre, di farti sposare quei denti?...

– Ah... zio!...

– Sei uno sciocco! Dovresti lasciarle fare il diavolo a quattro quanto le pare e piace, a tua madre!... Sei figlio unico!... A chi vuoi che lasci la roba dopo la sua morte?

– Eh... da qui a trent'anni!... Il tempo di crepare di fame intanto!... Mia madre sta meglio di voi e di me, e può campare ancora trent'anni!...

– È vero! – rispose il marchese. – Tua madre non sarebbe molto contenta di sentirsi lesinare gli anni... Ma è colpa sua.

– Ah! zio mio!... Credetemi ch'è un brutto impiccio!...

– Càlmati! càlmati!... Consòlati pensando a chi sta peggio di te.

S'affacciò la signora Capitana, svelta, irrequieta, guardando sorridente di qua e di là nella strada.

– Mio marito?... Non viene ancora?...

– Il santo non è ancora rientrato – rispose don Ninì. – Si ode subito il campanone di San Giovanni, appena giunge in chiesa, e attacca l'altra festa.

Però la gente cominciava ad andarsene di casa Sganci. Prima si vide uscire dal portone il cavalier Peperito, che scom-

51

parve dietro la cantonata del farmacista Bomma. Un momento dopo spuntò il lanternone che precedeva donna Giuseppina Alòsi, la quale attraversò la piazza, sporca di carta bruciata e di gusci di fave e nocciuole, in punta di piedi, colle sottane in mano, avviandosi in su pel Rosario; e subito dopo, dalla farmacia, scantonò di nuovo l'ombra di Pepe rito, che le si mise dietro quatto quatto, rasente al muro. La signora Capitana fece udire una risatina secca, e il baronello Rubiera confermò:

– È lui!... Peperito!... com'è vero Dio!

Il marchese prese il braccio di sua nipote e rientrò con lei nella sala. In quel momento mastro-don Gesualdo, in piedi presso il balcone, discorreva col canonico Lupi. Questi perorando con calore, sottovoce, in aria di mistero, stringendoglisi addosso, quasi volesse entrargli in tasca col muso di furetto; l'altro serio, col mento nella mano, senza dire una parola, accennando soltanto col capo di tratto in tratto. – Tale e quale come un ministro! – sogghignava il barone Zacco. Il canonico conchiuse con una stretta di mano enfatica, volgendo un'occhiata al barone, il quale finse di non accorgersene, rosso al par di un gallo. La padrona di casa portava le mantiglie e i cappellini delle signore, mentre tutti i Margarone in piedi mettevano sossopra la casa per accomiatarsi.

– To'... Bianca!... Ti credevo già andata via!... – esclamò donna Fifì col sorriso che mordeva.

Bianca rispose soltanto con un'occhiata che sembrava attonita, tanto era smarrita e dolente; in quel tempo suo cugino si dava gran moto fra le mantiglie e i cappellini, a capo basso.

– Un momento! un momento! – esclamò don Filippo levando il braccio rimastogli libero, mentre coll'altro reggeva Nicolino addormentato.

Si udiva un tafferuglio nella piazza; strilli da lontano; la gente correva verso San Giovanni, e il campanone che suonava a distesa, laggiù.

La signora Capitana rientrò dal balcone tappandosi le

orecchie colle belle mani candide, strillando in falsetto:

– Mio marito!... Si picchiano!...

E si abbandonò sul canapè, cogli occhi chiusi. Le signore si misero a vociare tutte in una volta; la padrona di casa gridava a Barabba di scendere a dare il catenaccio giù al portone; mentre donna Bellonia spingeva le sue ragazze in branco nella camera di donna Mariannina, e il marchese Limòli picchiava sulle mani della Capitana dei colpettini secchi. Il notaro Neri propose anche di slacciarla.

– Vi pare?... – diss'ella allora balzando in piedi infuriata. – Per chi m'avete presa, don asino?

Giunse in quel momento il Capitano, seguito da don Liccio Papa che sbraitava in anticamera, narrando l'accaduto, – non lo avrebbero trattenuto in cento.

– La solita storia di ogni anno! – disse finalmente il signor Capitano, dopo che si fu rimesso vuotando d'un fiato un bicchier d'acqua. – I devoti di San Giovanni che danno mano al campanone un quarto d'ora prima!... Soperchierie!... Quelli di San Vito poi che non vogliono tollerare... Legnate da orbi ci sono state!

– La solita storia di ogni anno! – ripeté il canonico Lupi. – Una porcheria! La Giustizia non fa nulla per impedire...

Il Capitano in mezzo alla sala, coll'indice teso verso di lui, sbuffò infine:

– Sentitelo!... Perché non ci andate voi? Un altro po' facevano la festa a me pure!... Vostro marito ha corso pericolo della vita, donna Carolina!...

La signora Capitana, col bocchino stretto, giunse le mani:

– Gesummaria!... Maria Santissima del pericolo!...

– Stai fresca! – borbottò il notaro voltandosi in là. – Stai fresca davvero!... se aspetti che tuo marito voglia arrischiare la pelle per lasciarti vedova!...

Don Ninì Rubiera cercando il cappello s'imbatté nella cugina, la quale gli andava dietro come una fantasima, stravolta, incespicando a ogni passo.

– Bada!... – le disse lui. – Bada!... Ci guardano!... C'è lì don Gesualdo!...

– Bianca! Bianca! Le mantiglie di queste signore! – gridò la zia Sganci dalla camera da letto dove s'era ficcato tutto lo stormo dei Margarone.

Essa frugava in mezzo al mucchio, colle mani tremanti. Il cugino era così turbato anch'esso che seguitava a cercare il suo cappello lui pure. – Guarda, ce l'ho in testa! Non so nemmeno quello che fo.

Si guardò attorno come un ladro, mentre ciascuno cercava la sua roba in anticamera, e la tirò in disparte verso l'uscio.

– Senti... per l'amor di Dio!... sii cauta!.. Nessuno ne sa nulla... Tuo fratello non sarà andato a raccontarlo... Ed io neppure... Sai che t'ho voluto bene più dell'anima mia!...

Essa non rispose verbo, gli occhi soli che parlavano, e dicevano tante cose.

– Non guardarmi con quella faccia, Bianca!... no!... non guardarmi così... mi tradirei anch'io!...

Donna Fifì uscì col cappello e la mantiglia, stecchita, le labbra strette quasi fossero cucite; e siccome sua sorella, giovialona, si voltava a salutare Bianca, la richiamò con la voce stizzosa:

– Giovannina! andiamo! andiamo!

– Meno male questa qui! – borbottò il baronello. – Ma sua sorella è un castigo di Dio.

La zia Sganci, accompagnando le Margarone sino all'uscio, disse a mastro-don Gesualdo che si sprofondava in inchini sul pianerottolo, a rischio di ruzzolare giù per la scala:

– Don Gesualdo, fate il favore... Accompagnate i miei nipoti Trao... Già siete vicini di casa... Don Ferdinando non ci vede bene la sera...

– Sentite qua! sentite qua! – gli disse il canonico.

Zacco non si dava pace; fingeva di cercare il lampione nelle cassapanche dell'anticamera, per darlo da portare a mastro-don Gesualdo. – Giacché deve accompagnare donna Bianca... una dei Trao... Non gli sarebbe passato neppure pel capo di ricevere tanto onore... a mastro-don Gesualdo!...

– Però costui non poteva udire perché aspettava nella piazza, discorrendo col canonico. Solo don Liccio Papa, il quale chiudeva la marcia colla sciaboletta a tracolla, si mise a ridere: — Ah! ah!

— Che c'è? — chiese il Capitano, che dava il braccio alla moglie infagottata. — Che c'è, insubordinato?

— Nulla; — rispose il marchese. — Il barone Zacco che abbaia alla luna.

Poi, mentre scendeva insieme a Bianca, appoggiandosi al bastoncino, passo passo, le disse in un orecchio:

— Senti... il mondo adesso è di chi ha denari... Tutti costoro sbraitano per invidia. Se il barone avesse una figliuola da maritare, gliela darebbe a mastro-don Gesualdo!... Te lo dico io che son vecchio, e so cos'è la povertà!...

— Eh? Che cosa? — volle sapere don Ferdinando, il quale veniva adagio adagio, contando i sassi.

— Nulla... Dicevamo che bella sera, cugino Trao!

L'altro guardò in aria, e ripeté come un pappagallo: — Bella sera! bella sera!

Don Gesualdo stava aspettando, lì davanti al portone, insieme al canonico Lupi che gli parlava sottovoce nella faccia: — Eh? eh? don Gesualdo?... che ve ne pare? — L'altro accennava col capo, lisciandosi il mento duro di barba colla grossa mano. — Una perla! una ragazza che non sa altro: casa e chiesa!... Economa... non vi costerà nulla... In casa non è avvezza a spender di certo!... Ma di buona famiglia!... Vi porterebbe il lustro in casa!... V'imparentate con tutta la nobiltà... L'avete visto, eh, stasera?... che festa v'hanno fatto?... I vostri affari andrebbero a gonfie vele... Anche per quell'affare delle terre comunali... È meglio aver l'appoggio di tutti i pezzi grossi!...

Don Gesualdo non rispose subito, sopra pensieri, a capo chino, seguendo passo passo donna Bianca che s'avviava a casa per la scalinata di Sant'Agata insieme allo zio marchese e al fratello don Ferdinando.

— Sì... sì... Non dico di no... È una cosa da pensarci... una cosa seria... Temo d'imbarcarmi in un affare troppo grosso, caro canonico... Quella è sempre una signora... Poi ho tante cose da sistemare prima di risolvere... Ciascuno sa i propri impicci... Bisogna dormirci sopra. La notte porta consiglio, canonico mio.

Bianca che se ne andava col cuore stretto, ascoltando la parlantina indifferente dello zio, accanto al fratello taciturno e allampanato, udì quelle ultime parole.

La notte porta consiglio. La notte scura e desolata nella cameretta misera. La notte che si portava via gli ultimi rumori della festa, l'ultima luce, l'ultima speranza... Come la visione di lui che se ne andava insieme a un'altra, senza voltarsi, senza dirle nulla, senza rispondere a lei che lo chiamava dal fondo del cuore, con un gemito, con un lamento d'ammalata, affondando il viso nel guanciale bagnato di lagrime calde e silenziose.

IV

Mentre i muratori si riparavano ancora dall'acquazzone dentro il frantoio di Giolio vasto quanto una chiesa facendo alle piastrelle, entrò il ragazzo che stava a guardia sull'uscio, addentando un pezzo di pane, colla bocca piena, vociando:

– Il padrone!... ecco il padrone!...

Dietro di lui comparve mastro-don Gesualdo, bagnato fradicio, tirandosi dietro la mula che scuoteva le orecchie.

– Bravi!... Mi piace!... Divertitevi! Tanto, la paga vi corre lo stesso!... Corpo di!... Sangue di!...

Agostino, il soprastante, annaspando, bofonchiando, affacciandosi all'uscio per guardare il cielo ancora nuvolo coll'occhio orbo, trovò infine la risposta:

– Che s'aveva a fare? bagnarci tutti?... La burrasca è cessata or ora... Siamo cristiani o porci?... Se mi coglie qualche malanno mia madre non lo fa più un altro Agostino, no!

– Sì, sì, hai ragione!... la bestia sono io!... Io ho la pelle dura!... Ho fatto bene a mandare qui mio fratello per badare ai miei interessi!... Si vede!... Sta a passare il tempo anche lui giuocando, sia lodato Iddio!...

Santo, ch'era rimasto a bocca aperta, coccoloni dinanzi al pioletto coi quattrini, si rizzò in piedi tutto confuso, grattandosi il capo.

Gesualdo, intanto che gli altri si davano da fare, mogi mogi, misurava il muro nuovo colla canna; si arrampicava sulla scala a piuoli; pesava i sacchi di gesso, sollevandoli da terra: – Sangue di Giuda!... Come se lì rubassi i miei dena-ri!... Tutti quanti d'intesa per rovinarmi!... Due giorni per tre canne di muro? Ci ho un bel guadagno in questo appal-to!... I sacchi del gesso mezzi vuoti! Neli? Neli? Dov'è quel figlio di mala femmina che ha portato il gesso?... E quella calce che se ne va in polvere, eh?... quella calce?... Che non ne avete coscienza di cristiani? Dio di paradiso!... Anche la pioggia a danno mio!... Ci ho ancora i covoni sull'aia!... Non si poteva metter su la macina intanto che pioveva?... Su! animo! la macina! Vi do una mano mentre son qua io...

Santo piuttosto voleva fare una fiammata per asciugargli i panni addosso. – Non importa, – rispose lui. – Me ne sono asciugata tanta dell'acqua sulle spalle!... Se fossi stato come te, sarei ancora a trasportare del gesso sulle spalle!... Ti ram-menti?... E tu non saresti qua a giuocare alle piastrelle!...

Brontolando, dandosi da fare per preparare la leva, le biet-te, i puntelli, si voltava indietro per lanciargli delle occhia-tacce. – Malannaggia! – esclamò Santo. – Sempre quella sto-ria!... – E se ne andò sull'uscio accigliato, colle mani sotto le ascelle, guardando di qua e di là. I manovali esitavano, gi-rando intorno al pietrone enorme; il più vecchio, mastro Cola, tenendo il mento sulla mano, scrollando il capo, ag-grondato, guardando la macina come un nemico. Infine sen-tenziò ch'erano in pochi per spingerla sulla piattaforma: – Se scappa la leva, Dio liberi!... Chi si metterà sotto per dar lo scambio alle biette? Io no, com'è vero Dio!... Se scappa la leva!... mia madre non lo fa più un altro mastro Cola Ven-tura!... Eh, eh!... Ci vorrebbero dell'altre braccia... un mar-tinetto... Legare poi una carrucola lassù alla travatura del tet-to... poi dei cunei sotto... vedete, vossignoria, a far girare i cunei, si sta dai lati e non c'è pericolo...

– Bravo! ora mi fate il capomastro! Datemi la stanga!... Io non ho paura!... Intanto che stiamo a chiacchierare il tem-po passa! La giornata corre lo stesso, eh?... Come se li aves-si rubati i miei denari!... Su! da quella parte!... Non badate a me che ho la pelle dura... Via!... su!... Viva Gesù!... Viva Maria!... un altro po'!... Badate! badate!... Ah Mariano! santo diavolone, m'ammazzi!... Su!... Viva Maria!... La vita! la vita!... Su!... Che fai, bestia, da quella parte?... Su!... ci siamo! È nostra!... ancora!... da quella parte!... Non abbiate paura che non muore il papa... Su!... su!... se vi scappa la leva!... ancora!... se avessi tenuta cara la pelle... ancora!... come la tien cara mio fratello Santo... santo diavolone! santo diavolone, badate!... a quest'ora sarei a portar gesso sulle spalle!... Il bisogno... via! via!... il bisogno fa uscire il lupo... ancora!... su!... il lupo dal bosco!... Vedete mio fratello Santo che sta a guardare?... Se non ci fossi io egli sarebbe sotto... sotto la macina... al mio posto... invece di grattarsi... a spingere la macina... e la casa... Tutto sulle mie spalle!... Ah! sia lodato Iddio!

Infine, assicurata la macina sulla piattaforma, si mise a sedere su di un sasso, trafelato, ancora tremante dal batticuore, asciugandosi il sudore col fazzoletto di cotone.

— Vedete come ci si asciuga dalla pioggia? Acqua di dentro e acqua di fuori! — Santo propose di passare il fiasco in giro. — Ah?... per la fatica che hai fatto?... per asciugarti il sudore anche tu?... Attaccati all'abbeveratoio... qui fuori dell'uscio...

Il tempo s'era abbonacciato. Entrava un raggio di sole dall'uscio spalancato sulla campagna che ora sembrava allargarsi ridente, col paese sull'altura, in fondo, di cui le finestre scintillavano.

— Lesti, lesti, ragazzi! sul ponte, andiamo! Guadagniamoci tutti la giornata... Mettetevi un po' nei panni del padrone che vi paga!... L'osso del collo ci rimetto in quest'appalto!... Ci perdo diggià, come è vero Iddio!... Agostino! mi raccomando! l'occhio vivo!... La parola dolce e l'occhio vivo!... Mastro Cola, voi che siete capomastro!... chi vi ha insegnato a tenere il regolo in mano?... Maledetto voi! Mariano, dammi quassù il regolo, sul ponte... Che non ne avete occhi, corpo del diavolo!... L'intonaco che screpola e sbulletta!... Mi toccherà poi sentire l'architetto, malannaggia a voialtri!... Quando torna quello del gesso ditegli il fatto suo, a quel figlio di mala femmina!... ditegli a Neli che sono del mestiere anch'io!... Che ne riparleremo poi sabato, al far dei conti!...

Badava a ogni cosa, girando di qua e di là, rovistando nei mucchi di tegole e di mattoni, saggiando i materiali, alzando il capo ad osservare il lavoro fatto, colla mano sugli occhi, nel gran sole che s'era messo allora. – Santo! Santo! portami qua la mula... Fagli almeno questo lavoro, a tuo fratello! – Agostino voleva trattenerlo a mangiare un boccone, poiché era quasi mezzogiorno, un sole che scottava, da prendere un malanno chi andava per la campagna a quell'ora. – No, no, devo passare dal Camemi... ci vogliono due ore... Ho tant'altro da fare! Se il sole è caldo tanto meglio! Arriverò asciutto al Camemi... Spicciamoci, ragazzi, ragazzi! Badate che vi sto sempre addosso come la presenza di Dio! Mi vedrete comparire quando meno ve lo aspettate! Sono del mestiere anch'io, e conosco poi se si è lavorato o no!...

Intanto che se ne andava, Santo gli corse dietro, lisciando il collo alla mula, tenendogli la staffa. Finalmente, come vide che montava a cavallo senza darsene per inteso, si piantò in mezzo alla strada, grattandosi l'orecchio: – Così mi lasci? senza domandarmi neppure se ho bisogno di qualche cosa?

– Sì, sì, ho capito. I denari che avesti lunedì te li sei giuocati. Ho capito! ho capito! eccoti il resto. E divèrtiti alle piastrelle, che a pagare poi ci son io... il debitore di tutti quanti!...

Brontolava ancora allontanandosi all'ambio della mula sotto il sole cocente: un sole che spaccava le pietre adesso, e faceva scoppiettare le stoppie quasi si accendessero. Nel burrone, fra i due monti, sembrava d'entrare in una fornace; e il paese in cima al colle, arrampicato sui precipizi, disseminato fra rupi enormi, minato da caverne che lo lasciavano come sospeso in aria, nerastro, rugginoso, sembrava abbandonato, senza un'ombra, con tutte le finestre spalancate nell'afa, simili a tanti buchi neri, le croci dei campanili vacillanti nel cielo caliginoso. La stessa mula anelava, tutta sudata, nel salire la via erta. Un povero vecchio che s'incontrò, carico di manipoli, sfinito, si mise a borbottare:

– O dove andate vossignoria a quest'ora?... Avete tanti denari, e vi date l'anima al diavolo!

Giunse al paese che suonava mezzogiorno, mentre tutti scappavano a casa come facesse temporale. Dal Rosario veniva il canonico Lupi, accaldato, col nicchio sulla nuca, soffiando forte:

– Ah, ah, don Gesualdo!... andate a mangiare un boccone?... Io no, per mia disgrazia! Sono a bocca asciutta sino a quest'ora... Vado a celebrare la santa messa... la messa di mezzogiorno!... un capriccio di Monsignore!

– Sono salito al paese apposta per voi!... Ho fatto questa pettata!... È caldo, eh! – intanto si asciugava il sudore col fazzoletto. – Ho paura che mi giuochino qualche tiro, riguardo a quell'appalto delle strade comunali, signor canonico. Vossignoria che vi fate sentire in paese... ci avete pensato? So poi l'obbligo mio!...

– Ma che dite?... fra di noi!... ci sto lavorando... A proposito, che facciamo per quell'altro affare? ci avete pensato? che risposta mi date?

Don Gesualdo il quale aveva messo al passo la mula, camminandogli allato, curvo sulla sella, un po' sbalordito dal gran sole, rispose:

– Che affare? Ne ho tanti!... Di quale affare parlate vossignoria?

– Ah! Ah! la pigliate su quel verso?... Scusate... scusate tanto!...

Il canonico mutò subito discorso, quasi non gliene importasse neppure a lui: parlò dell'altro affare della gabella, che bisognava venire a una conclusione colla baronessa Rubiera: – C'è altre novità... Il notaro Neri ha fatto lega con Zacco... Ho paura che...

Don Gesualdo allora smontò dalla mula, premuroso, tirandola dietro per le redini, mentre andava passo passo insieme al prete, tutto orecchi, a capo chino e col mento in mano.

– Temo che mi cambino la baronessa!... Ho visto il barone a confabulare con quello sciocco di don Ninì... ieri sera, dietro il Collegio... Finsi d'entrare nella farmacia per non farmi scorgere. Capite? un affare grosso!... Son circa cinquecento salme di terra... C'è da guadagnare un bel pezzo di pane, su quell'asta.

Don Gesualdo ci si scaldava lui pure: gli occhi accesi dall'afa che gli brillavano in quel discorso. Temeva però gli intrighi degli avversari, tutti pezzi grossi, di quelli che avevano voce in capitolo! E il canonico viceversa, andava raffreddandosi di mano in mano, aggrottandosi in viso, stringendosi nelle spalle, guardandolo fisso di tanto in tanto, e scrollando il capo di sotto in su, come a dargli dell'asino.

– Per questo dicevo!... Ma voi la pigliate su quel verso!... Scusate, scusatemi tanto!... Volevo con quell'affare procurarvi l'appoggio di un parentado che conta in paese... la prima nobiltà... Ma voi fate l'indifferente... Scusatemi tanto allora!... Anche per dare una risposta alla signora Sganci che ci aveva messo tanto impegno!... Scusatemi, è una porcheria...

– Ah, parlate dell'affare del matrimonio?...

Il canonico finse di non dar retta lui stavolta: – Ah! ecco vostro cognato! Vi saluto, massaro Fortunato!

Burgio aveva il viso lungo un palmo, aggrottato, con tanto di muso nel faccione pendente.

– V'ho visto venire di laggiù, cognato. Sono stato ad aspettarvi lì, al belvedere. Sapete la notizia? Appena quindici salme fecero le fave!... Neanche le spese, com'è vero Iddio!... Son venuto apposta a dirvelo...

– Vi ringrazio! grazie tante! Ora che volete da me? Io ve l'aveva detto, quando avete voluto prendere quella chiusa!... buona soltanto per dar spine!... Volete sempre fare di testa vostra, e non ne indovinate una, benedett'uomo! – rispose Gesualdo in collera.

– Bene, avete ragione. Lascerò la chiusa. Non la voglio più! Che pretendete altro da me?

– Non la volete?... L'affitto vi dura altri due anni!... Chi volete che la pigli?... Non son tutti così gonzi!...

Il canonico, vedendo che il discorso si metteva per le lunghe, volse le spalle:

– Vi saluto... Don Luca il sagrestano mi aspetta... digiuno come me sino a quest'ora! – E infilò la scaletta pel quartiere alto.

Don Gesualdo allora infuriato prese a sfogarsi col cognato: – E venite apposta per darmi la bella notizia?... mentre stavo a discorrere dei fatti miei... sul più bello? mi guastate un affare che stavo combinando!... I bei negozi che fate voi! Chi volete che la pigli quella chiusa?

Massaro Fortunato dietro al cognato tornava a ripetere:

– Cercando bene... troveremo chi la pigli... La terra è già preparata a maggese per quest'altr'anno... mi costa un occhio... Vostra sorella fa un casa del diavolo... non mi dà pace!... Sapete che castigo di Dio, vostra sorella!

– Vi costa, vi costa!... Io lo so a chi costa! – brontolò Gesualdo senza voltarsi. – Sulle mie spalle ricadono tutte queste belle imprese!...

Burgio s'offese a quelle parole:

– Che volete dire? Spiegatevi, cognato!... Io già lavoro per conto mio! Non sto alle spalle di nessuno, io!

– Sì, sì, va bene; sta a vedere ora che devo anche pregarvi? Come se non l'avessi sulle spalle la vostra chiusa... come se il garante non fossi io...

Così brontolando tutti e due andarono a cercare Pirtuso, che stava al Fosso, laggiù verso San Giovanni. Mastro Lio stava mangiando quattro fave, coll'uscio socchiuso.

– Entrate, entrate, don Gesualdo. Benedicite a vossignoria! Ne comandate? volete restar servito? – Poi come udì parlare della chiusa che Burgio avrebbe voluto appiopparc a un altro, di allegro che era si fece scuro in viso, grattandosi il capo. – Eh! eh!... la chiusa del Purgatorio? È un affar serio! Non la vogliono neanche per pascolo.

Burgio s'affannava a lodarla, terre di pianura, terre profonde, che gli avevano dato trenta salme di fave quell'anno soltanto, preparate a maggese per l'anno nuovo!... Il cognato tagliò corto, come uno che ha molta altra carne al fuoco, e non ha tempo da perdere inutilmente.

– Insomma, mastro Lio, voglio disfarmene. Fate voi una cosa giusta... con prudenza!...

– Questo si chiama parlare! – rispose Pirtuso. – Vossignoria sa fare e sa parlare... – E adesso ammiccava coll'occhietto ammammolato, un sorrisetto malizioso che gli errava fra le rughe della bazza irta di peli sudici.

Sulla strada soleggiata e deserta a quell'ora stava aspettando un contadino, con un fazzoletto legato sotto il mento, le mani in tasca, giallo e tremante di febbre. Ossequioso, abbozzando un sorriso triste, facendo l'atto di cacciarsi indietro il berretto che teneva sotto il fazzoletto: – Benedicite, signor don Gesualdo... Ho conosciuto la mula... Tanto che vi cerco, vossignoria! Cosa facciamo per quelle quattro olive di Giolio? Io non ho denari per farle cogliere... Vedete come sono ridotto?... cinque mesi di terzana, sissignore, Dio ne liberi vossignoria! Son ridotto all'osso... il giorno senza pane e la sera senza lume... pazienza! Ma la spesa per coglier le olive non posso farla... proprio non posso!... Se le volete, vossignoria... farete un'opera di carità, vossignoria...

– Eh! eh!... Il denaro è scarso per tutti, padre mio!... Voi perché avete messo il carro innanzi ai buoi?... Quando non potete... Tutti così!... Vi mettereste sulle spalle un feudo, a lasciarvi fare... Vedremo... Non dico di no... Tutto sta ad intendersi...

E lasciò cadere un'offerta minima, seguitando ad andarsene per la sua strada senza voltarsi. L'altro durò un pezzetto a lamentarsi, correndogli dietro, chiamando in testimonio Dio e i santi, piagnucolando, bestemmiando, e finì per accettare, racconsolato tutto a un tratto, cambiando tono e maniera.

– Compare Lio, avete udito? affare fatto! Un buon negozio per don Gesualdo... pazienza!... ma è detta! Quanto a me, è come se fossimo andati dal notaio! – E se ne tornò indietro, colle mani in tasca.

– Sentite qua, mastro Lio, – disse Gesualdo tirando in

disparte Pirtuso. – Burgio s'allontanò colla mula discreta mente, sapendo che l'anima dei negozi è il segreto, intanto che suo cognato diceva al sensale di comprargli dei sommac-chi, quanti ce n'erano, al prezzo corrente. Udì soltanto ma-stro Lio che rispondeva sghignazzando, colla bocca sino alle orecchie: – Ah! Ah!... siete un diavolo!... Vuol dire che avete parlato col diavolo!... Sapete quel che bisogna vendere e comprare otto giorni prima... Va bene, restiamo intesi. Me ne torno a casa ora. Ho quelle quattro fave che m'aspet-tano.

Burgio non si reggeva in piedi dall'appetito, e si mise a brontolare come il cognato volle passare dalla posta. – Sem-pre misteri... maneggi sottomano!

Don Gesualdo tornò tutto contento, leggendo una lettera piena di sgorbi e suggellata colla midolla di pane:

– Lo vedete il diavolo che mi parla all'orecchio! eh? M'ha dato anche una buona notizia, e bisogna che torni da mastro Lio.

– Io non so nulla... Mio padre non m'ha insegnato a fare queste cose!... – rispose Burgio brontolando. – Io fo come fece mio padre... Piuttosto, se volete venire a prendere un boccone a casa... Non mi reggo in piedi, com'è vero Dio!

– No, non posso; non ho tempo. Devo passare dal Came-mi, prima d'andare alla Canziria. Ci ho venti uomini che la-vorano alla strada... i covoni sull'aia... Non posso.

E se ne andò sotto il gran sole, tirandosi dietro la mula stanca.

Pareva di soffocare in quella gola del Petrajo. Le rupi brulle sembravano arroventate. Non un filo di ombra, non un filo di verde, colline su colline, accavallate, nude, arsicce, sassose, sparse di olivi rari e magri, di fichidindia polverosi, la pianura sotto Budarturo come una landa bruciata dal sole, i monti foschi nella caligine, in fondo. Dei corvi si levarono gracchiando da una carogna che appestava il fossato; delle ventate di scirocco bruciavano il viso e mozzavano il respiro; una sete da impazzire, il sole che gli picchiava sulla testa co-me fosse il martellare dei suoi uomini che lavoravano alla strada del Camemi. Allorché vi giunse invece li trovò tutti quanti sdraiati bocconi nel fossato, di qua e di là, col viso coperto di mosche, e le braccia stese. Un vecchio soltanto spezzava dei sassi, seduto per terra sotto un ombrellaccio, col petto nudo color di rame, sparso di peli bianchi, le braccia scarne, gli stinchi bianchi di polvere, come il viso che pareva una maschera, gli occhi soli che ardevano in quel polverìo.

– Bravi! bravi!... Mi piace... La fortuna viene dormendo.. Son venuto io a portarvela!... Intanto la giornata se ne va!.. Quante canne ne avete fatto di massicciata oggi, vediamo?... Neppure tre canne!... Per questo che vi riposate adesso? Dovete essere stanchi, sangue di Giuda!... Bel guadagno ci fo!... Mi rovino per tenervi tutti quanti a dormire e riposare!... Corpo di!... sangue di!...

Vedendolo con quella faccia accesa e riarsa, bianca di polvere soltanto nel cavo degli occhi e sui capelli; degli occhi come quelli che dà la febbre, e le labbra sottili e pallide; nessuno ardiva rispondergli. Il martellare riprese in coro nell'ampia vallata silenziosa, nel polverìo che si levava sulle carni abbronzate, sui cenci svolazzanti, insieme a un ansare secco che accompagnava ogni colpo. I corvi ripassarono gracidando, nel cielo implacabile. Il vecchio allora alzò il viso impolverato a guardarli, con gli occhi infuocati, quasi sapesse cosa volevano e li aspettasse.

Allorché finalmente Gesualdo arrivò alla Canziria, erano circa due ore di notte. La porta della fattoria era aperta. Diodata aspettava dormicchiando sulla soglia. Massaro Carmine, il camparo, era steso bocconi sull'aia, collo schioppo fra le gambe; Brasi Camauro e Nanni l'Orbo erano spulezzati di qua e di là, come fanno i cani la notte, quando sentono la femmina nelle vicinanze; e i cani soltanto davano il benvenuto al padrone, abbaiando intorno alla fattoria. – Ehi? non c'è nessuno? Roba senza padrone, quando manco io! – Diodata, svegliata all'improvviso, andava cercando il lume tastoni, ancora assonnata. Lo zio Carmine, fregandosi gli occhi, colla bocca contratta dai sbadigli, cercava delle scuse.

– Ah!... sia lodato Dio! Voi ve la dormite da un canto, Diodata dall'altro, al buio!... Cosa facevi al buio?... aspettavi qualcheduno?... Brasi Camauro oppure Nanni l'Orbo?...

La ragazza ricevette la sfuriata a capo chino, e intanto accendeva lesta lesta il fuoco, mentre il suo padrone continuava a sfogarsi, lì fuori, all'oscuro, e passava in rivista i buoi legati ai pioli intorno all'aia. Il camparo mogio mogio gli andava dietro per rispondere al caso: – Gnorsì, *Pelorosso* sta un po' meglio; gli ho dato la gramigna per rinfrescarlo. La *Bianchetta* ora mi fa la svogliata anch'essa... Bisognerebbe mutar di pascolo... tutto il bestiame... Il mal d'occhio, sissignore! Io dico ch'è passato di qui qualcheduno che portava il malocchio!... Ho seminato perfino i pani di San Giovanni nel pascolo... Le pecore stanno bene, grazie a Dio... e il raccolto pure... Nanni l'Orbo? Laggiù a Passanitello, dietro le gonnelle di quella strega... Un giorno o l'altro se ne torna a casa colle gambe rotte, com'è vero Dio!... e Brasi Camauro anch'esso, per amor di quattro spighe... – Diodata gridò dall'uscio ch'era pronto. – Se non avete altro da comandarmi, vossignoria, vado a buttarmi giù un momento...

Come Dio volle finalmente, dopo un digiuno di ventiquattr'ore, don Gesualdo poté mettersi a tavola, seduto di faccia all'uscio, in maniche di camicia, le maniche rimboccate al disopra dei gomiti, coi piedi indolenziti nelle vecchie ciabatte ch'erano anch'esse una grazia di Dio. La ragazza gli aveva apparecchiata una minestra di fave novelle, con una cipolla in mezzo, quattr'ova fresche, e due pomidori ch'era andata a cogliere tastoni dietro la casa. Le ova friggevano nel tegame, il fiasco pieno davanti; dall'uscio entrava un venticello fresco ch'era un piacere, insieme al trillare dei grilli, e all'odore dei covoni nell'aia: – il suo raccolto lì, sotto gli occhi, la mula che abboccava anch'essa avidamente nella bica dell'orzo, povera bestia – un manipolo ogni strappata! Giù per la china, di tanto in tanto, si udiva nel chiuso il campanaccio della mandra; e i buoi accovacciati attorno all'aia, legati ai cestoni colmi di fieno, sollevavano allora il capo pigro, soffiando, e si vedèva correre nel buio il luccichìo dei loro occhi sonnolenti, come una processione di lucciole che dileguava.

Gesualdo posando il fiasco mise un sospirone, e appoggiò i gomiti sul deschetto:

– Tu non mangi?... Cos'hai?

Diodata stava zitta in un cantuccio, seduta su di un barile, e le passò negli occhi, a quelle parole, un sorriso di cane accarezzato.

– Devi aver fame anche tu. Mangia! mangia!

Essa mise la scodella sulle ginocchia, e si fece il segno della croce prima di cominciare, poi disse: – Benedicite a vossignoria!

Mangiava adagio adagio, colla persona curva e il capo chino. Aveva una massa di capelli morbidi e fini, malgrado le brinate ed il vento aspro della montagna: dei capelli di gente ricca, e degli occhi castagni, al pari dei capelli, timidi e dolci: de' begli occhi di cane carezzevoli e pazienti, che si ostinavano a farsi voler bene, come tutto il viso supplichevole anch'esso. Un viso su cui erano passati gli stenti, la fame, le percosse, le carezze brutali; limandolo, solcandolo, rodendolo; lasciandovi l'arsura del solleone, le rughe precoci dei giorni senza pane, il lividore delle notti stanche – gli occhi soli ancora giovani, in fondo a quelle occhiaie livide. Così raggomitolata sembrava proprio una ragazzetta, al busto esile e svelto, alla nuca che mostrava la pelle bianca dove il sole non aveva bruciato. Le mani, annerite, erano piccole e scarne: delle povere mani pel suo duro mestiere!...

– Mangia, mangia. Devi essere stanca tu pure!...

Ella sorrise, tutta contenta, senza alzare gli occhi. Il padrone le porse anche il fiasco: – Te', bevi! non aver suggezione!

Diodata, ancora un po' esitante, si pulì la bocca col dorso della mano, e s'attaccò al fiasco arrovesciando il capo all'interno. Il vino, generoso e caldo, le si vedeva scendere quasi a ogni sorso nella gola color d'ambra; il seno ancora giovane e fermo sembrava gonfiarsi. Il padrone allora si mise a ridere.

— Brava, brava! Come suoni bene la trombetta!...

Sorrise anch'essa, pulendosi la bocca un'altra volta col dorso della mano, tutta rossa.

— Tanta salute a vossignoria!

Egli uscì fuori a prendere il fresco. Si mise a sedere su di un covone, accanto all'uscio, colle spalle al muro, le mani penzoloni fra le gambe. La luna doveva essere già alta, dietro il monte, verso Francofonte. Tutta la pianura di Passanitello, allo sbocco della valle, era illuminata da un chiarore d'alba. A poco a poco, al dilagar di quel chiarore, anche nella costa cominciarono a spuntare i covoni raccolti in mucchi, come tanti sassi posti in fila. Degli altri punti neri si movevano per la china, e a seconda del vento giungeva il suono grave e lontano dei campanacci che portava il bestiame grosso, mentre scendeva passo passo verso il torrente. Di tratto in tratto soffiava pure qualche folata di venticello più fresco dalla parte di ponente, e per tutta la lunghezza della valle udivasi lo stormire delle messi ancora in piedi. Nell'aia la bica alta e ancora scura sembrava coronata d'argento, e nell'ombra si accennavano confusamente altri covoni in mucchi; ruminava altro bestiame; un'altra striscia d'argento lunga si posava in cima al tetto del magazzino, che diventava immenso nel buio.

— Eh? Diodata? Dormi, marmotta?...

— Nossignore, no!...

Essa comparve tutta arruffata e spalancando a forza gli occhi assonnati. Si mise a scopare colle mani dinanzi all'uscio, buttando vie le frasche, carponi, fregandosi gli occhi di tanto in tanto per non lasciarsi vincere dal sonno, col mento rilassato, le gambe fiacche.

— Dormivi!... Se te l'ho detto che dormivi!...

E le assestò uno scapaccione come carezza.

Egli invece non aveva sonno. Si sentiva allargare il cuore. Gli venivano tanti ricordi piacevoli. Ne aveva portate delle pietre sulle spalle, prima di fabbricare quel magazzino! E

69

ne aveva passati dei giorni senza pane, prima di possedere tutta quella roba! Ragazzetto... gli sembrava di tornarci ancora, quando portava il gesso dalla fornace di suo padre, a Donferrante! Quante volte l'aveva fatta quella strada di Licodia, dietro gli asinelli che cascavano per via e morivano alle volte sotto il carico! Quanto piangere e chiamar santi e cristiani in aiuto! Mastro Nunzio allora suonava il deprofundis sulla schiena del figliuolo, con la funicella stessa della soma... Erano dieci o dodici tarì che gli cascavano di tasca ogni asino morto al poveruomo! – Carico di famiglia! Santo che gli faceva mangiare i gomiti sin d'allora; Speranza che cominciava a voler marito; la mamma con le febbri, tredici mesi dell'anno!... – Più colpi di funicella che pane! – Poi quando il Mascalise, suo zio, lo condusse seco manovale, a cercar fortuna... Il padre non voleva, perché aveva la sua superbia anche lui, come uno che era stato sempre padrone, alla fornace, e gli cuoceva di vedere il sangue suo al comando altrui. – Ci vollero sette anni prima che gli perdonasse, e fu quando finalmente Gesualdo arrivò a pigliare il primo appalto per conto suo... la fabbrica del Molinazzo... Circa duecento salme di gesso che andarono via dalla fornace al prezzo che volle mastro Nunzio... e la dote di Speranza anche, perché la ragazza non poteva più stare in casa... – E le dispute allorché cominciò a speculare sulla campagna!... – Mastro Nunzio non voleva saperne... Diceva che non era il mestiere in cui erano nati. « Fa l'arte che sai! » – Ma poi, quando il figliuolo lo condusse a veder le terre che aveva comprato, lì proprio, alla Canziria, non finiva di misurarle in lungo e in largo, povero vecchio, a gran passi, come avesse nelle gambe la canna dell'agrimensore... E ordinava « bisogna far questo e quest'altro » per usare del suo diritto, e non confessare che suo figlio potesse aver la testa più fine della sua. – La madre non ci arrivò a provare quella consolazione, poveretta. Morì raccomandando a tutti Santo, che era stato sempre il suo prediletto, e Speranza carica di famiglia com'era stata lei... – un figliuolo ogni anno... – Tutti sulle spalle di Gesualdo, giacché lui guadagnava per tutti. Ne aveva guadagnati dei denari! Ne aveva fatta della roba! Ne aveva passate delle giornate dure e delle notti senza chiuder occhio! Vent'anni che non andava a letto una sola volta senza prima guardare il cielo per vedere come si mettesse. – Quante avemarie, e di quelle proprio che devono andar lassù, per la pioggia e pel bel tempo! – Tanta carne al fuoco! tanti pensieri, tante inquietudini, tante fatiche!... La coltura dei fondi, il commercio delle derrate, il rischio delle terre prese in affitto, le speculazioni del cognato Burgio che non ne indovinava una e rovesciava tutto il danno sulle spalle di lui!... – Mastro Nunzio che si ostinava ad arrischiare cogli appalti il denaro del figliuolo, per provare che era il padrone in casa sua!... – Sempre in moto, sempre affaticato, sempre in piedi, di qua e di là, al vento, al sole, alla pioggia; colla testa grave di pensieri, il cuore grosso d'inquietudini, le ossa rotte di stanchezza; dormendo due ore quando capitava, come capitava, in un cantuccio della stalla, dietro una siepe, nell'aia, coi sassi sotto la schiena; mangiando un pezzo di pane nero e duro dove si trovava, sul basto della mula, all'ombra di un ulivo, lungo il margine di un fosso, nella malaria, in mezzo a un nugolo di zanzare. – Non feste, non domeniche, mai una risata allegra, tutti che volevano da lui qualche cosa, il suo tempo, il suo lavoro, o il suo denaro; mai un'ora come quelle che suo fratello Santo regalavasi in barba sua all'osteria! – trovando a casa poi ogni volta il viso arcigno di Speranza, o le querimonie del cognato, o il piagnucolìo dei ragazzi – le liti fra tutti loro, quando gli affari non andavano bene. – Costretto a difendere la sua roba contro tutti, per fare il suo interesse. – Nel paese non un solo che non gli fosse nemico, o alleato pericoloso e temuto. – Dover celare sempre la febbre dei guadagni, la botta di una mala notizia, l'impeto di una contentezza; e aver sempre la faccia chiusa, l'occhio vigilante, la bocca seria! Le astuzie di ogni giorno; le ambagi per dire soltanto « vi saluto »; le strette di mano inquiete, coll'orecchio teso; la lotta coi sorrisi falsi, o coi visi arrossati dall'ira, spumanti bava e minacce – la notte sempre inquieta, il domani sempre grave di speranza o di timore...

– Ci hai lavorato, anche tu, nella roba del tuo padrone!... Hai le spalle grosse anche tu... povera Diodata!...

Essa, vedendosi rivolta la parola, si accostò tutta contenta, e gli si accovacciò ai piedi, su di un sasso, col viso bianco di luna, il mento sui ginocchi, in un gomitolo. Passava il tintinnìo dei campanacci, il calpestìo greve e lento per la distesa del bestiame che scendeva al torrente, dei muggiti gravi e come sonnolenti, le voci dei guardiani che lo guidavano, e si spandevano lontane, nell'aria sonora. La luna, ora discesa sino all'aia, stampava delle ombre nere in un albore freddo; disegnava l'ombra vagante dei cani di guardia che avevano fiutato il bestiame; la massa inerte del camparo, steso bocconi.

– Nanni l'Orbo, eh?... o Brasi Camauro? Chi dei due ti sta dietro la gonnella? – riprese don Gesualdo che era in vena di scherzare.

Diodata sorrise – Nossignore!... nessuno!...

Ma il padrone ci si divertiva: – Sì, sì!... l'uno o l'altro... o tutti e due insieme!... Lo saprò!... Ti sorprenderò con loro nel vallone, qualche volta!...

Essa sorrideva sempre allo stesso modo, di quel sorriso dolce e contento, allo scherzo del padrone che sembrava le illuminasse il viso, affinato dal chiarore molle: gli occhi come due stelle; le belle trecce allentate sul collo; la bocca un po' larga e tumida, ma giovane e fresca.

Il padrone stette un momento a guardarla così, sorridendo anch'esso, e le diede un altro scapaccione affettuoso.

– Questa non è roba per quel briccone di Brasi, o per Nanni l'Orbo! no!...

– Oh, gesummaria!... – esclamò essa facendosi la croce.

– Lo so, lo so. Dico per ischerzo, bestia!...

Tacque un altro po' ancora, e poi soggiunse: – Sei una buona ragazza!... buona e fedele! vigilante sugli interessi del padrone, sei stata sempre...

– Il padrone mi ha dato il pane, – rispose essa semplicemente. – Sarei una birbona...

– Lo so! lo so!... poveretta!... per questo t'ho voluto bene!

A poco a poco, seduto al fresco, dopo cena, con quel bel chiaro di luna, si lasciava andare alla tenerezza dei ricordi. – Pareva Diodata! Ci hai lavorato anche tu!... Ne abbiamo passati dei brutti giorni!... Sempre all'erta, come il tuo padrone! Sempre colle mani attorno... a far qualche cosa! Sempre l'occhio attento sulla mia roba!... Fedele come un cane!... Ce n'è voluto, sì, a far questa roba!...

Tacque un momento intenerito. Poi riprese, dopo un pezzetto, cambiando tuono:

– Sai? Vogliono che prenda moglie.

La ragazza non rispose; egli non badandoci, seguitò:

– Per avere un appoggio... Per far lega coi pezzi grossi del paese... Senza di loro non si fa nulla!... Vogliono farmi imparentare con loro... per l'appoggio del parentado, capisci?... Per non averli tutti contro, all'occasione... Eh? che te ne pare?

Ella tacque ancora un momento col viso nelle mani. Poi rispose, con un tono di voce che andò a rimescolargli il sangue a lui pure:

– Vossignoria siete il padrone...

– Lo so, lo so. Ne discorro adesso per chiacchierare... perché mi sei affezionata... Ancora non ci penso... ma un giorno o l'altro bisogna pure andarci a cascare... Per chi ho lavorato infine? Non ho figliuoli...

Allora le vide il viso, rivolto a terra, pallido pallido e tutto bagnato.

– Perché piangi, bestia?

– Niente, vossignoria!... Così!... Non ci badate...

– Cosa t'eri messa in capo, di'?

– Niente, niente, don Gesualdo...

– Santo e santissimo! Santo e santissimo! – prese a gridare lui, sbuffando per l'aia. Il camparo al rumore levò il capo sonnacchioso e domandò:

– Che c'è?... S'è slegata la mula? Devo alzarmi?...

– No, no, dormite, zio Carmine.

Diodata gli andava dietro passo passo, con voce umile e sottomessa:

— Perché v'arrabbiate, vossignoria?... Cosa vi ho detto?...

— M'arrabbio colla mia sorte!... Guai e seccature da per tutto... dove vado!... Anche tu, adesso!... col piagnisteo!... Bestia!... Credi che, se mai, ti lascerei in mezzo a una strada... senza soccorsi?...

— Nossignore... non è per me... Pensavo a quei poveri innocenti...

— Anche quest'altra?... Che ci vuoi fare! Così va il mondo!... Poiché v'è il comune che ci pensa!... Deve mantenerli il comune a spese sue... coi denari di tutti!... Pago anch'io!... So io ogni volta che vo dall'esattore!...

Si grattò il capo un istante, e riprese:

— Vedi, ciascuno viene al mondo colla sua stella... Tu stessa hai forse avuto il padre o la madre ad aiutarti? Sei venuta al mondo da te, come Dio manda l'erba e le piante che nessuno ha seminato. Sei venuta al mondo come dice il tuo nome... Diodata! Vuol dire di nessuno ... E magari sei forse figlia di barone, e i tuoi fratelli adesso mangiano galline e piccioni! Il Signore c'è per tutti! Hai trovato da vivere anche tu!... E la mia roba?... me l'hanno data i genitori forse? Non mi son fatto da me quello che sono? Ciascuno porta il suo destino!... Io ho il fatto mio, grazie a Dio, e mio fratello non ha nulla...

In tal modo seguitava a brontolare, passeggiando per l'aia, su e giù dinanzi la porta. Poscia vedendo che la ragazza piangeva ancora, cheta cheta per non infastidirlo le tornò a sedere allato di nuovo, rabbonito.

— Che vuoi? Non si può far sempre quel che si desidera. Non sono più padrone... come quando ero un povero diavolo senza nulla... Ora ci ho tanta roba da lasciare... Non posso andare a cercar gli eredi di qua e di là, per la strada... o negli ospizi dei trovatelli. Vuol dire che i figliuoli che avrò poi, se Dio m'aiuta, saranno nati sotto la buona stella!...

— Vossignoria siete il padrone...

Egli ci pensò un po' su, perché quel discorso lo punzecchiava ancora peggio di una vespa, e tornò a dire:

– Anche tu... non hai avuto né padre né madre... Eppure cosa t'è mancato, di'?

– Nulla, grazie a Dio!

– Il Signore c'è per tutti... Non ti lascierei in mezzo a una strada, ti dico!... La coscienza mi dice di no... Ti cercherei un marito...

– Oh... quanto a me... don Gesualdo!...

– Sì, sì, bisogna maritarti!... Sei giovane, non puoi rimaner così... Non ti lascierei senza un appoggio... Ti troverei un buon giovane, un galantuomo... Nanni l'Orbo, guarda! Ti darei la dote...

– Il Signore ve lo renda...

– Son cristiano! son galantuomo! Poi te lo meriti. Dove andresti a finire altrimenti?... Penserò a tutto io. Ho tanti pensieri pel capo!... e questo cogli altri!... Sai che ti voglio bene. Il marito si trova subito. Sei giovane... una bella giovane... Sì, sì, bella!... lascia dire a me che lo so! Roba fine!... sangue di barone sei, di certo!...

Ora la pigliava su di un altro tono, col risolino furbo e le mani che gli pizzicavano. Le stringeva con due dita il ganascino. Le sollevava a forza il capo, che ella si ostinava a tener basso per nascondere le lagrime.

– Già per ora son discorsi in aria... Il bene che voglio a te non lo voglio a nessuno, guarda!... Su quel capo adesso, sciocca!... sciocca che sei!...

Come vide che seguitava a piangere, testarda, scappò a bestemmiare di nuovo, simile a un vitello infuriato.

– Santo e santissimo! Sorte maledetta!... Sempre guai e piagnistei!...

V

Masi, il garzone, corse a svegliare don Gesualdo prima dell'alba, con una voce che faceva gelare il sangue nelle vene:

— Alzatevi, vossignoria; ch'è venuto il manovale da Fiumegrande e vuole parlarvi subito!...

— Da Fiumegrande?... a quest'ora?... — Mastro-don Gesualdo andava raccattando i panni tastoni, al buio, ancora assonnato, con un guazzabuglio nella testa. Tutt'a un tratto gridò:

— Il ponte!... Deve essere accaduta qualche disgrazia!... — Giù nella stalla trovò il manovale seduto sulla panchetta, fradicio di pioggia, che faceva asciugare i quattro cenci a una fiammata di strame. Appena vide giungere il padrone, cominciò a piagnucolare di nuovo:

— Il ponte!... Mastro Nunzio, vostro padre, disse ch'era ora di togliere l'armatura!... Nardo vi è rimasto sotto!...

Era un parapiglia per tutta la casa: Speranza, la sorella, che scendeva a precipizio, intanto che suo marito s'infilava le brache; Santo, ancora mezzo ubbriaco, ruzzoloni per la scaletta della botola, urlando quasi l'accoppassero. Il manovale, a ciascuno che capitava, tornava a dire:

— Il ponte!... l'armatura!... Mastro Nunzio dice che fu il cattivo tempo!...

Don Gesualdo andava su e giù per la stalla, pallido, senza dire una parola, senza guardare in viso nessuno, aspettando che gl'insellassero la mula, la quale spaventata anch'essa sparava calci, e Masi dalla confusione non riusciva a mettergli il basto. A un certo punto gli andò coi pugni sul viso, cogli occhi che volevano schizzargli dall'orbita.

– Quando? santo e santissimo!... Non la finisci più, peste che ti venga!

– Colpa vostra! Ve l'avevo detto! Non sono imprese per noialtri! – sbraitava la sorella in camicia, coi capelli arruffati, una furia tale e quale! Massaro Fortunato, più calmo, approvava la moglie, con un cenno del capo, silenzioso, seduto sulla panchetta, simile a una macina di mulino. – Voi non dite nulla! state lì come un allocco!

Adesso Speranza inveiva contro suo marito: – Quando si tratta d'aiutar voi, che pure siete suo cognato!... carico di figliuoli anche!... allora saltano fuori le difficoltà!... denari non ce ne sono!... i denari che si son persi nel ponte della malora!

Gesualdo da principio si voltò verso di lei inviperito, colla schiuma alla bocca. Poscia mandò giù la bile, e si mise a canterellare mentre affibbiava la testiera della mula: un'allegria che gli mangiava il fegato. Si fece il segno della croce, mise il piede alla staffa; infine di lassù, a cavallo, che toccava quasi il tetto col capo, sputò fuori il fatto suo, prima d'andarsene:

– Avete ragione! M'ha fatto fare dei bei negozi, tuo marito! La semenza che abbiamo buttato via a Donninga! La vigna che m'ha fatto piantare dove non nasce neppure erba da pascolo!... Testa fine tuo marito!... M'è toccato pagarle di tasca mia le vostre belle speculazioni! Ma son stanco, veh, di portare la soma! L'asino quand'è stanco si corica in mezzo alla via e non va più avanti...

E spronò la mula, che borbottava ancora; la sorella sbraitandogli dietro, dall'uscio della stalla, finché si udirono i ferri della cavalcatura sui ciottoli della stradicciuola, nel buio. Il manovale si mise a correre, affannato, zoppicando; ma il padrone, che aveva la testa come un mulino, non se ne avvide. Soltanto allorché furono giunti alla chiusa del Carmine, volse il capo all'udire lo scalpiccìo di lui nella mota, e lo fece montare in groppa. Il ragazzo, colla voce rotta

dall'andatura della mula, ripeteva sempre la stessa cosa:
– Mastro Nunzio disse che era tempo di togliere l'armatura... Era spiovuto dopo il mezzogiorno.. – No, vossignoria, disse mastro Nardo; lasciamo stare ancora sino a domani... – Disse mastro Nunzio: – tu parli così per papparti un'altra giornata di paga... – Io intanto facevo cuocere la minestra per gli uomini... Dal monte si udiva gridare: « La piena! cristiani » Mentre Nardo stava sciogliendo l'ultima fune..

Gesualdo, col viso al vento, frustato dalla burrasca, spronava sempre la mula colle calcagna, senza aprir bocca. – Eh?... Che dite, don Gesualdo?... Non rispondete?...
– Che non ti casca mai la lingua? – rispose infine il padrone.

Cominciava ad albeggiare prima di giungere alla Torretta. Un contadino che incontrarono spingendo innanzi l'asinello, pigliandosi l'acquazzone sotto la giacca di cotonina, col fazzoletto in testa e le mani nelle tasche, volle dire qualche cosa; accennava laggiù, verso il fiume, mentre il vento si portava lontano la voce. Più in là una vecchierella raggomitolata sotto un carrubbio si mise a gridare:
– Non potete passare, no!... Il fiume!... badate!...

In fondo, nella nebbia del fiume e della pioggia, si scorgeva confusamente un enorme ammasso di rovine, come un monte franato in mezzo al fiume, e sul pilone rimasto in piedi, perduto nella bruma del cielo basso, qualcosa di nero che si muoveva, delle braccia che accennavano lontano. Il fiume, di qua e di là dei rottami, straripava in larghe pozze fangose. Più giù, degli uomini messi in fila, coll'acqua fino al ginocchio, si chinavano in avanti tutti in una volta, e poi tiravano insieme, con un oooh! che sembrava un lamento.
– No! no! – urlavano i muratori trattenendo pel braccio don Gesualdo. – Che volete annegarvi, vossignoria?

Egli non rispondeva, nel fango sino a mezza gamba, andando su e giù per la riva corrosa, coi capelli che gli svolazzavano al vento. Mastro Nunzio, dall'alto del pilone, gli gridava qualche cosa: delle grida che le raffiche gli strappavano di bocca e sbrindellavano lontano.

– Che ci fate adesso lassù?... State a piangere il morto? Lasciate... lasciate andare! – gli rispose Gesualdo dalla riva. Il rumore delle acque si mangiò anche le sue parole furiose. Il vecchio, in alto, nella nebbia, accennava sempre di no, testardo. Dell'altra gente gridava anche dalla riva opposta, sotto gli ombrelloni d'incerata, senza potere farsi intendere, indicando verso il punto dove gli uomini tiravano in salvo delle travi. A seconda del vento giungevano pure di lassù, donde veniva la corrente, delle voci che sembravano cadere dal cielo, delle grida disperate, e un suono di corno rauco.

Gesualdo, curvo sotto l'acquazzone, sfangando sulla riva, aiutava a tirare in salvo i legnami dell'armatura che la corrente furiosa seguitava a scuotere e a sfasciare. – A me!... santo Dio!... non vedete che si porta anche quelli?... – A un certo punto barcollò e stava per affondare nella melma spumosa che dilagava.

– Santo diavolone! Che volete lasciarvi anche la pelle? – urlò il capomastro afferrandolo pel bavero. – Un altro po' strascinate me pure alla perdizione!

Egli, pallido come un morto, cogli occhi stralunati, i capelli irti sul capo, quasi colla schiuma alla bocca, rispondeva:

– Lasciatemi crepare! A voi non ve ne importa!... Dite così perché voi non ci avete il sangue vostro in mezzo a quell'acqua!... Lasciatemi crepare!

Mastro Nunzio, vedendo smaniare a quel modo il suo figliuolo, voleva buttarsi a capo fitto giù nella corrente addirittura: – Per non stare a sentir lui!... Adesso mi dirà ch'è tutta colpa mia!... vedrete!... Non son padrone di muovere un dito in casa mia... Sono padrone da burla... Allora è meglio finirla in una volta!... – E andava tentando l'acqua col piede.

– Sentite! – interruppe il figliuolo con voce sorda. – Lasciatemi in pace anche voi! Io v'ho lasciato fare, voi! Avete voluto che prendessi l'appalto del ponte... per non stare in ozio... Vedete com'è andata a finire!... E bisogna tornare da capo, se non voglio perdere la cauzione... Potevate starvene quieto e tranquillo a casa... Che vi facevo mancare?... Lasciatemi in pace almeno. Tanto, voi non ci avete perso nulla...

– Ah! Non ci ho perso nulla?... Sapevo bene che glielo avresti rinfacciato... a tuo padre!... Già non conto più nulla io! Non so far più nulla!... Ti ho fatto quel che sei!... Come se non fossi il capo di casa!... come se non conoscessi il mio mestiere!...

– Ah!... il vostro mestiere?... perché avevate la fornace del gesso?... e mi è toccato ricomprarvela due volte anche!... vi credete un ingegnere!... Ecco il bel mestiere che sapete fare!...

Mastro Nunzio guardò infuriato il suo figliuolo, annaspando, agitando le labbra senza poter proferire altre parole, strabuzzando gli occhi per tornare a cercare il posto migliore da annegarsi, e infine brontolò:

– E allora perché mi trattieni?... Perché non vuoi che mi butti nel fiume? perché?

Gesualdo cominciò a strapparsi i capelli, a mordersi le braccia, a sputare in cielo. Poscia gli si piantò in faccia disperato, scuotendogli le mani giunte dinanzi al viso.

– Per l'amor di Dio!... per l'anima di mia madre!... con questo po' di tegola che m'è cascata fra capo e collo... capite che non ho voglia di scherzare adesso!...

Il capomastro si intromise per calmarli. – Infine quel ch'è stato è stato. Il morto non torna più. Colle chiacchiere non si rimedia a nulla. Piuttosto venite ad asciugarvi tutti e due, che arrischiate di pigliare un malanno per giunta, così fradici come siete.

Avevano acceso un gran fuoco di giunchi e di legna rotte, nella capanna. Pezzi di travi su cui erano ancora appiccicate le immagini dei santi che dovevano proteggere il ponte, buon'anima sua! Mastro Nunzio, il quale perdeva anche la fede in quella disdetta, ci sputò sopra un paio di volte, col viso torvo. Tutti piangevano e si fregavano gli occhi dal fumo, intanto che facevano asciugare i panni umidi. In un canto, sotto quelle quattro tegole rotte, era buttato Nardo, il manovale che s'era rotta la gamba, sudando e spasimando. Volle mettere anch'egli una buona parola nel malumore fra padre e figlio:

— Il peggio è toccato a me; — si lamentò, — che ora rimango storpio e non posso più buscarmi il pane.

Uno dei suoi compagni, vedendo che non poteva muoversi, gli ammucchiò un po' di strame sotto il capo. Mastro Nunzio, sull'uscio, coi pugni rivolti al cielo, lanciava fuoco e fiamme.

— Giuda Iscariota! Santo diavolone! Doveva venire adesso questa grazia di Dio!...

Ciascheduno diceva la sua. Dei vicini, venuti per vedere; dei viandanti che volevano passare il fiume, e aspettavano, al riparo, con la schiena alla fiammata.

— Evviva voi! Avete fatto un bel lavoro! Tanti denari spesi! I denari del comune!... Ora ci tocca aspettare chissà quanto, prima di vedere un altro ponte... O com'era fatto, di ricotta?

— Questi altri, adesso!... Arrivate giusto nel buon momento!... Volete che faccia scendere Dio e i santi di lassù?... — sbraitava mastro Nunzio.

Gesualdo, lui, non diceva nulla, con la faccia color di terra, seduto su un sasso, le mani fra le cosce, penzoloni. Quindi prese a sfogarsi col manovale.

— Guarda quella carogna! Mi lascia fuori la mula, con questo tempo! Poltronaccio! Nemico del tuo padrone!

— Non vi disperate, vossignoria! — piagnucolò Nardo dal suo cantuccio. — Finché c'è la salute, il resto è niente!...

Gesualdo gli lanciò addosso un'occhiataccia furibonda.

— Parla bene, lui... che non ha nulla da perdere!...

— No, no, vossignoria!... Non dite così, che il Signore vi gastiga!...

Mastro Nunzio, appoggiato allo stipite dell'uscio, stava masticando da un po' la sua idea, fra le gengive sdentate. Infine la buttò fuori, rivolgendosi verso il figliuolo all'improvviso·

– E sai cos'ho da dirti? Che non ne voglio più sapere di questo ponte della disgrazia! Piuttosto faremo un mulino, coi materiali che riusciremo a mettere in salvo... Un affare sicuro quello...

– Un'altra adesso! – saltò su Gesualdo. – Siete ammattito davvero? E la cauzione? Volete che ci perda anche quella? Se lasciassi fare a voi!... Quando presi a fabbricare dei mulini, mi toccava sentire che era la rovina... Ora che vi siete persuaso, non vorreste far altro... come se tutto il paese dovesse macinarsi le ossa notte e giorno, e le mie prima degli altri!... santo e santissimo!

La lite s'accese un'altra volta. Mastro Nunzio che strillava e si lagnava di non esser rispettato. – Vedete se sono un fantoccio?... un pulcinella?... il capo della casa... signori miei!... guardate un po'!... – Gesualdo per finirla saltò di nuovo sulla mula, verde dalla bile, e se ne andò mentre l'acqua veniva ancora giù dal cielo come Dio la mandava, col capo nelle spalle, bagnato sino alle ossa, il cuore dentro più nero del cielo nuvolo che aveva dinanzi agli occhi; il paese grigio e triste nella pioggia anch'esso, lassù in cima al monte, col suono del mezzogiorno che passava a ondate, trasportato dal vento, e si sperdeva in lontananza.

Quanti lo incontravano, conoscendo la disgrazia che gli era capitata, dimenticavano di salutarlo e tiravano via. Egli guardava bieco e borbottava di tanto in tanto fra di sé:

– Sono ancora in piedi! Mi chiamo mastro-don Gesualdo!... Finché sono in piedi so aiutarmi!

Un solo, un povero diavolo, che andava per la stessa strada, gli offrì di prenderlo sotto l'ombrello. Egli rispose:

– Ci vuol altro che l'ombrello, amico mio! Non temete, che non ho paura d'acqua e di grandine, io!

Arrivò al paese dopo mezzogiorno. Il canonico Lupi s'era coricato allora allora, subito dopo pranzo. – Vengo, vengo, don Gesualdo! – gli gridò dalla finestra, sentendosi chiamare.

Qualcheduno che andava ancora pei fatti suoi; a quell'ora, vedendolo così fradicio, piovendo acqua come un ombrello, gli disse:

– Eh, don Gesualdo?... che disgrazia!...

Lui duro come un sasso, col sorriso amaro sulle labbra sottili e pallide, rispondeva:

– Eh, cose che accadono. Chi va all'acqua si bagna, e chi va a cavallo cade. Ma sinché non v'è uomini morti, a tutto si rimedia.

I più tiravano di lungo, voltandosi per curiosità dopo ch'erano passati. Il canonico comparve infine sul portoncino, abbottonandosi la sottana.

– Eh? eh? don Gesualdo? Eccovi qua... eccovi qua!...

Don Gesualdo s'era fatta una faccia allegra per quanto poteva, colla febbre maligna che ci aveva nello stomaco.

– Sissignore, eccomi qua! – rispose con un sorriso che cercò di fare allargare per tutta la faccia scura. – Eccomi qua, come volete voi... ai vostri comandi... Però, dite la verità, voi parlate col diavolo, eh?

Il canonico finse di non capire: – Perché? pel ponte? No, in fede mia! Mi dispiace anzi!...

– No, no, non dico pel ponte!... Ma andiamo di sopra, vossignoria. Non son discorsi da farsi qui, in istrada...

C'era il letto ancora disfatto nella camera del canonico; tutt'in giro alle pareti un bel numero di gabbioline, dove il canonico, gran cacciatore al paretaio, teneva i suoi uccelli di richiamo; un enorme crocifisso nero di faccia all'uscio, e sotto la cassa della confraternita, come una bara da morto, nella quale erano i pegni dei denari dati a prestito; delle immagini di santi qua e là, appiccicate colle ostie, insudiciate dagli uccelli, e un puzzo da morire, fra tutte quelle bestie.

Don Gesualdo cominciò subito a sfogarsi narrando i suoi guai: il padre che si ostinava a fare di testa sua, per mostrare ch'era sempre lui il capo, dopo aver dato fondo al patrimonio... Gli era toccato ricomprargliela due volte la fornace del gesso! E continuava a metterlo in quegli impicci!... E se lui diceva ahi! quando era costretto a farsi aprire la vena e a lasciarsi cavar dell'altro sangue per pagare, allora il padre gridava che gli si mancava di rispetto. La sorella ed il cognato che lo pelavano dall'altra parte. Una be-

stia, quel cognato Burgio! bestia e presuntuoso! E chi pa
gava era sempre lui, Gesualdo!... Suo fratello Santo che
mangiava e beveva alle sue spalle, senza far nulla, da mattina a sera: – Col mio denaro, capite, vossignoria? col sangue
mio! So io quel che mi costa! Quando ho lasciato mio padre
nella fornace del gesso in rovina, che non si sapeva come dar
da mangiare a quei quattro asini del carico, colla sola camicia indosso sono andato via... e un paio di pantaloni che
non tenevano più, per la decenza... senza scarpe ai piedi, sissignore. La prima cazzuola per incominciare a fare il muratore dovette prestarmela mio zio il Mascalise... E mio padre
che strepitava perché lasciavo il mestiere in cui ero nato...
E poi, quando presi il primo lavoro a cottimo... gridava
ch'era un precipizio! Ne ho avuto del coraggio, signor canonico! Lo so io quel che mi costa! Tutto frutto dei miei sudori, quello che ho... E quando lo vedo a buttarmelo via,
chi da una parte e chi dall'altra!... che volete, vossignoria!
il sangue si ribella!... Ho taciuto sinora per aver la quiete
in famiglia... per mangiare in santa pace un boccone di pane, quando torno a casa stanco... Ma ora non ne posso più!
Anche l'asino quando è stanco si corica in mezzo alla via e
non va più avanti... Voi non sapete che gastigo di Dio è
Speranza, mia sorella!... Voglio finirla!... Ciascuno per casa
sua. Dico bene, canonico mio?

Il canonico intanto governava i suoi uccelli di richiamo
– Se non mi date retta, vossignoria, è inutile che parli!

– Sì, sì, vi ascolto. Che diavolo! non ci vuole poi un
sant'Agostino a capire quel che volete!... In conclusione si
tratta di salvare la cauzione non è così? di avere qualche
aiuto dal comune?

– Sissignore... la cauzione...

Poi Gesualdo gli piantò addosso gli occhi grigi e pene-
tranti, e riprese:

– E un'altra cosa anche... Vi dicevo che voglio far casa
da me... per conto mio... se trovo la moglie che mi conviene... Ma se non mi date retta, vossignoria... allora è inutile...
O se fingete di non capire... Vi ricordate?... quel discorso

che mi faceste la sera della festa del santo Patrono?... Ma se fate le viste di non capire, perché sono venuto qui da voi... quando vi ho detto per prima cosa... Vi ho detto: «Eccomi qua, come volete voi...»

– Ah!... ah!... – rispose il canonico alzando il capo come un asino che strappi la cavezza. Poi lasciò stare il nicchio che andava spolverando attentamente, e gli fissò addosso anche lui i suoi occhi da uomo che non si lascia mettere nel sacco.

– Sentite, don Gesualdo... questo non è discorso che venite a farmi adesso, a questa maniera! Allora vuol dire che non conoscete chi vi è amico e chi vi è nemico, benedetto Dio! Ho piacere che abbiate toccato con mano se il consiglio che vi ho dato allora era tutt'oro! Una giovane ch'è una perla, avvezza ad ogni guaio, che l'avreste tutta ai vostri comandi, e di famiglia primaria anche!... la quale vi farebbe imparentare con tutti i pezzi grossi del paese!... Lo vedete adesso di che aiuto vi sarebbe? Avreste dalla vostra i giurati e tutti quanti. Anche per l'altra faccenda della gabella, poi, se volete entrarci insieme a noi...

– Sissignore, – rispose Gesualdo vagamente. – Tante cose si potrebbero fare... Si potrebbe parlarne...

– Si dovrebbe parlarne chiaro, amico mio. Mi prendete per un ragazzo? Una mano lava l'altra. Aiutami che t'aiuto, dice pure lo Spirito Santo. Voi, caro don Gesualdo, avete il difetto di credere che tutti gli altri sien più minchioni di voi. Prima fate lo gnorri, non ci sentite da quell'orecchio, e poi, al bisogno, quando vi casca la casa addosso, mi venite dinanzi con quella faccia.

– Sarà il caldo... saranno tutti quegli uccelli... – balbettò l'altro un po' scombussolato. – Vorrei vedervi nei miei panni, signor canonico! – esclamò infine.

– Nei vostri panni... sicuro... mi ci metto! Voglio farvi vedere e toccar con mano chi vi vuol bene o no! Eccomi con voi. Pensiamo a quest'affare del ponte prima... a salvare la cauzione... con un sussidio del comune. Andremo adesso dal capitano... e dai giurati che non ci sarebbero contrari...

Peccato che il barone Zacco abbia già dei sospetti per l'affare della gabella!... Lasciatemi pensare...

Mentre terminava di legarsi il mantello al collo andava raccogliendo le idee, colle sopracciglia aggrottate, guardando in terra di qua e di là.

– Ecco! Io vo prima dalla signora Sganci... no! no! non le dico nulla per adesso! qualche parola così in aria... in via accademica... Mi basta che donna Marianna scriva due righe al capitano. Quanto alla baronessa Rubiera posso dormire fra due guanciali... è come se fosse la vostra stessa persona, se mi promettete... Ma badiamo, veh!...

E il canonico sgranò gli occhi. Don Gesualdo stese la mano verso il crocifisso.

– No, dico per l'altro affare, quello della gabella. Non vorrei che giuocassimo a scarica barile fra di noi, caro don Gesualdo!

Costui voleva allungare la mano di nuovo; ma il canonico aveva già infilato l'uscio. – Voi m'aspetterete giù, nel portone. Un momento, vado e torno.

Tornò fregandosi le mani: – Ve l'avevo detto. Non ci vede dagli occhi donna Marianna per quella nipote! Farete un affarone!

Appena fuori si imbatterono nel notaro Neri, che andava ad aprire lo studio, e fece il viso di condoglianza a don Gesualdo. – Brutto affare, eh? Mi dispiace! – Sotto si vedeva che gongolava. Il canonico, a tagliar corto, rispose lui: – Cosa da nulla... Il diavolo poi non è così brutto... Rimedieremo... Abbiamo salvato i materiali... – Dopo, quando furono lontani, e il notaio con la chiave nella toppa li guardava ancora ridendo, il canonico gli soffiò nell'orecchio, a mastro-don Gesualdo:

– È che avete una certa faccia, caro mio!..

– Io?

– Sì. Non ve ne accorgete, ma l'avete! Se fate quella faccia, tutti vi metteranno i piedi sopra per camminarvi!... Con quella faccia non si va a chiedere un favore... Aspetta⁺

qui; salgo un momento dal cavalier Peperito. È una bestia; ma l'hanno fatto giurato.

Appena il canonico se ne fu andato su per la scala rotta e scalcinata, arrivò il cavaliere dal poderetto, montato su di un asinello macilento, con una bisaccia piena di fave dietro. Don Gesualdo per ingraziarselo lo aiutò a scaricar le fave, e a legar l'asino alla mangiatoia, sotto l'arco della scaletta; ma il cavaliere parve un po' seccato d'esser stato sorpreso in quell'arnese, tutto infangato, e col vestito lacero da campagna.

– Non ne facciamo nulla, – disse il canonico ritornando poco dopo. – È una bestia! Crede di fare il cavaliere sul serio... Deve avercela con voi... Bisogna trovare la persona. Ciolla? ohi? Ciolla? A voi dico, Ciolla! Sapete s'è in casa don Filippo? L'avete visto uscire?

Ciolla ammiccò coll'unico occhio, torcendo ancora la bocca di paralitico.

– No, Canali è ancora lì, da Bomma, che l'aspetta per condurlo dalla cognata, la ceraiuola, sapete bene? È la loro passeggiata, dopopranzo... a trastullarsi con lei, dietro lo scaffale... Che c'è di nuovo, don Gesualdo? Andate a benedire il ponte, insieme al canonico?

Don Gesualdo si sfogò infine con lui, appuntandogli contro le corna, con tutt'e due le mani.

– Vi stava sulla pancia quel ponte!... Come aveste dovuto spendere di tasca vostra!...

Il canonico lo tirò per un braccio:

– Andiamo, andiamo! Volete chiudere la bocca a tutti gli sfaccendati?

Nel salire per la stradicciuola dei Margarone incontrarono il marchese Limòli, che andava a fare la sua passeggiatina solita della sera, dal Rosario a Santa Maria di Gesù, sempre solo e con l'ombrello rosso sotto il braccio. Il canonico, rispondendo alla scappellata cerimoniosa del marchese, ebbe un'ispirazione.

Aspettate, aspettate un momento!

Di lì a un po' tornò a raggiungere don Gesualdo con tutt'altro viso.

– Un gran diavolo quel marchese! Povero come Giobbe, ma è uno che ha voce in capitolo! S'aiutano fra di loro, tutti in un gruppo!... una buona parola, alle volte!... fra di loro non possono dir di no... Lo lascerebbero morir di fame, ma un favore non glielo negano...

Don Filippo era ancora in casa, occupato a rigar la carta per le aste di Nicolino: – Che buon vento? che buon vento?... – Poscia vedendo entrare anche don Gesualdo, dietro il canonico, calò di nuovo gli occhiali sul naso. – Ho tanto da fare!... Ah, sì!... la cauzione?... Volete che il comune vi aiuti a ripescarla? Volete qualche agevolazione per riprendere i lavori?... Vedremo... sentiremo... Se l'avete sbagliato la prima volta questo ponte benedetto?... È un affar grave... Non so di che si tratti... Non sono informato... Da un pezzo che non me ne occupo... Tanto da fare!... Non ho tempo di soffiarmi il naso... Vedremo... sentiremo...

In quella entrò Canali, il quale veniva a cercare Margarone, sorpreso di non vederlo all'ora solita. Anch'esso sapeva del ponte, e sembrava che si divertisse mezzo mondo a prolungare le condoglianze – il veleno che gli scorreva sotto il faccione giallo: – Ahi! ahi! don Gesualdo!... Era un'impresa grossa!... Un colpo da mandar ruzzoloni!... C'era troppa carne al fuoco in casa vostra!.. – Don Filippo, ora che aveva l'appoggio, si rivoltò anche lui: – Bisogna fare il passo secondo la gamba, mio caro!... Volevate pigliare il cielo a pugni... Il posto a chi tocca, caro amico!... Non bisogna mettersi in testa di dare il gambetto a un paese intero!...

Don Gesualdo allora perse la pazienza. Si alzò di botto, rosso come un gallo, e aprì la bocca per sfogarsi. Ma il canonico gliela tappò con una mano. – State zitto! Lasciate dire a me! Sentite qua, don Filippo!

Lo tirò per la falda nell'anticamera. Di lì a un po' rientrarono a braccetto, don Filippo tornato un pezzo di zucchero con mastro-don Gesualdo, spalancandogli addosso gli occhioni di bue, quasi lo vedesse allora per la prima volta:

– Vedremo!... Quanto a me... quel che si può fare... Ho parlato nel vostro interesse, caro don Gesualdo...

Don Gesualdo, scendendo le scale, brontolava ancora:

– Perché dovrei averli tutti contro?... Non fo male a nessuno... Fo gli affari miei...

– Eh, caro don Gesualdo! – scappò a dire infine il canonico. – Gli affari vostri fanno a pugni con gli affari degli altri, che diavolo!... Apposta bisogna tirarli dalla vostra... Fra di loro si danno la mano... son tutti parenti... Voi siete l'estraneo... siete il nemico, che diavolo!

Il canonico si fermò su due piedi, in mezzo alla piazzetta, di fronte al palazzo dei Trao, alto, nero e smantellato, e guardando fisso don Gesualdo, cogli occhietti acuti di topo che sembrava volessero ficcarglisi dentro come due spilli, il viso a lama di coltello che sfuggiva da ogni parte:

– Vedete?... quando sarete entrato nel campo anche voi... Quella è la dote che vi porterebbe donna Bianca!... È denaro sonante per voi che avete le mani in tanti affari.

Mastro-don Gesualdo tornò a lisciarsi il mento, come quando stava a combinare qualche negozio con uno più furbo di lui; guardò il palazzo; guardò poi il canonico, e rispose:

– Però caparra in mano, eh? signor canonico? Prima voglio vedere come la pigliano i parenti di lei.

– A braccia aperte la pigliano!... ve lo dico io! Fate conto che il fiume torni a rifarvi il ponte meglio di prima, e andate a dormirci su.

Nel vicoletto lì accanto, vicino a casa sua, trovò Diodata che stava aspettandolo colla mantellina in testa, rincantucciata sotto l'arco del ballatoio, poiché in casa non la volevano, Speranza principalmente, e la tolleravano soltanto in campagna, pei servigi grossi. Appena la ragazza vide il suo padrone ricominciò a piangere e a lamentarsi, quasi fosse caduto addosso a lei il ponte: – Don Gesualdo, che disgrazia! Mi sarei contentata d'annegarmi io piuttosto!... Son venuta a vedervi, vossignoria... con questa spina che dovete averci in cuore!...

– Quest'altra adesso! Perché sei venuta? Tutta bagnata

sei!... guarda! come le bestie!... dalla Canziria fin qui a piedi!... apposta per farmi il piagnisteo... Come non ne avessi abbastanza dei miei guai!... Ora dove vai a quest'ora?

La fece entrare nella stalla. Essa nello staccarsi dal muro lasciò una pozza d'acqua, lì davanti all'uscio dove era stata ad aspettare. Anche lui si sentiva le ossa rotte. Per giunta, sua sorella l'accolse come un cane.

— Siete tornato dalla festa? Avete visto che bel guadagno?

Poi si rivolse inviperita a suo marito, nera, magra al par di un chiodo, cogli occhi di carbone, tanto di bocca aperta, quasi volesse mangiarsi la gente:

— Voi non dite nulla?... A voi non bolle il sangue?...

Burgio, più pacifico, cercava di svignarsela, facendo le spalle grosse, chinando il testone di bue.

— Ecco!... Nessuno si dà pensiero dei guai che ci càpitano!... Io sola mi mangio il fegato!

Il fratello Gesualdo, colla bocca amara, le andava cantando:

— Lascia stare, Speranza! Lasciami stare, che ne ho abbastanza, anche senza la tua predica!

— Non volete sentire neppure la predica? Non volete che mi lamenti? Tanti denari persi!... Che non li guadagnate i vostri denari, voi?...

Egli, per fuggire quella vespa, andava cercando in cucina qualcosa da mettere sotto il dente, dopo una giornata simile. Frugava nel cassone del pane. Speranza sempre dietro, come il gastigo di Dio.

— Fra poco, seguitando di questo passo, non ce ne sarà più del pane nel cassone, no!... e non ci sarà neppure il cassone, non ci sarà!... La casa se ne andrà tutta al diavolo!...

Santo, che tornava affamato dal bighellonare in piazza tutta la giornata, al trovare il fuoco spento diede nelle furie, come un vero animale. I ragazzi che strillavano; tutti i vicini alle finestre per godersi la scena; tanto che Gesualdo infine perse la pazienza:

— Sapete cosa vi dico? che mi fate fare uno sproposito! Tante volte ve l'ho predicato!... ora lo fo sul serio, com'è vero Dio! L'asino quando non ne può più si corica, e buona notte a chi resta!

E se ne andò nella stalla, mentre Speranza gli strillava dietro:

– Scappate anche? per andare a trovare Diodata? Vi pare che non l'abbia vista? Mezza giornata che vi aspetta, quella sfacciata!...

Egli sbatacchiò l'uscio. Da prima non voleva neppur mangiare, digiuno com'era da ventiquattr'ore, con tutti quei dispiaceri che gli empivano lo stomaco. Diodata andò a comprargli del pane e del salame, bagnata sino alle ossa al par di lui, colla gola secca. Lì, sulla panchetta della stalla, dinanzi a una fiammata di strame, almeno si inghiottiva in pace un po' di grazia di Dio. – Ti piace, eh, questa bella vita? Ti piace a te? – domandava egli masticando a due palmenti, ancora imbroncito. Essa stava a vederlo mangiare, col viso arrossato dalla fiamma, e diceva di sì, come voleva lui, con un sorriso contento adesso. Il giorno finiva sereno. C'era un'occhiata di sole che spandevasi color d'oro sul cornicione del palazzo dei Trao, dirimpetto, e donna Bianca la quale sciorinava un po' di biancheria logora, sul terrazzo che non poteva vedersi dalla piazza, colle mani fine e delicate, la persona che sembrava più alta e sottile in quella vesticciuola dimessa, mentre alzavasi sulla punta dei piedi per arrivare alle funicelle stese da un muro all'altro.

– Vedi chi vogliono farmi sposare? – disse lui. – Una Trao!... e buona massaia anche!... m'hanno detto la verità...

E rimase a guardare, pensieroso, masticando adagio adagio. Diodata guardava anche lei, senza dir nulla, col cuore grosso. Passarono le capre belando dal vicoletto. Donna Bianca, come sentisse alfine quegli occhi fissi su di lei, voltò il viso pallido e sbattuto, e si trasse indietro bruscamente.

– Adesso accende il lume, – riprese don Gesualdo. – Fa tutto in casa lei. Eh, eh,... c'è poco da scialarla in quella casa!... Mi piace perché è avvezza ad ogni guaio, e l'avrei al mio comando... Tu di', che te ne pare?

Diodata volse le spalle, andando verso il fondo della stalla per dare una manciata di biada fresca alla mula, e rispose dopo un momento, colla voce roca:

— Vossignoria siete il padrone.

— È vero... Ma veh!... che bestia! Devi aver fame anche tu... Mangia, mangia, poveretta. Non pensar solo alla mula.

VI

Don Luca il sagrestano andava spegnendo ad una ad una le candele dell'altar maggiore, con un ciuffetto d'erbe legato in cima alla canna, tenendo d'occhio nel tempo istesso una banda di monelli che irrompevano di tratto in tratto nella chiesa quasi deserta in quell'ora calda, inseguiti a male parole dal sagrestano. Donna Bianca Trao, inginocchiata dinanzi al confessionario, chinava il capo umile; abbandonavasi in un accasciamento desolato; biascicando delle parole sommesse che somigliavano a dei sospiri. Dal confessionario rispondeva pacatamente una voce che insinuavasi come una carezza, a lenire le angosce, a calmare gli scrupoli, a perdonare gli errori, a schiudere vagamente nell'avvenire, nell'ignoto, come una vita nuova, un nuovo azzurro. Il sole di sesta scappava dalle cortine, in alto, e faceva rifiorire le piaghe di sant'Agata, all'altar maggiore, quasi due grosse rose in mezzo al petto. Allora la penitente risollevavasi ansiosa, raggiante di consolazione, aggrappandosi avidamente alla sponda dell'inginocchiatoio, con un accento più fervido, appoggiando la fronte sulle mani in croce per lasciarsi penetrare da quella dolcezza. Veniva un ronzìo di mosche sonnolenti, un odor d'incenso e di cera strutta, un torpore greve e come una stanchezza dal luogo e dall'ora. Una vecchia aspettava accoccolata sui gradini dell'altare, simile a una mantellina bisunta posata su di un fagotto di lavandaia, e quando destavasi borbottando, don Luca le dava sulla voce:

– Bella creanza! Non vedete che c'è una signora prima di voi al confessionario?... quelle non sono le quattro chiacchiere che avete da portarci voi al tribunale della penitenza!... discorsi di famiglia, cara voi!... affari importanti!

Nell'ombra del confessionario biancheggiò una mano che faceva il segno della croce, e donna Bianca si alzò infine, barcollando, chiusa nel manto sino ai piedi, col viso raggiante di una dolce serenità. Don Luca, vedendo che la vecchia non si risolveva ad andarsene, toccò la mantellina colla canna.

– Ehi? ehi? zia Filomena?... È tardi oggi, è tardi. Sta per suonare mezzogiorno, e il confessore deve andarsene a desinare.

La vecchia levò il capo istupidito, e si fece ripetere due o tre volte la stessa cosa, testarda, imbambolata. – Sicuro, sto per chiudere la chiesa. Potete andarvene, madre mia. Oggi?... neppure!... ci ha la trebbia al Passo di Cava padre Angelino. Giorni di lavoro, cara mia! – Bel bello riuscì a mandarla via, borbottando, trascinando le ciabatte. Poi, mentre il prete infilava l'uscio della sagrestia, don Luca dovette anche dar la caccia a quei monelli, rovesciando banchi e sedie, facendo atto di tirare l'incensiere: – Fuori! fuori! Andate a giuocare in piazza! – Nello stesso tempo passava e ripassava vicino a donna Bianca che si era inginocchiata a pregare dinanzi alla cappella del Sacramento, sfolgorante d'oro e di colori lucenti da accecare, tossendo, spurgandosi, fermandosi a soffiarsi il naso, brontolando:

– Neppure in chiesa!... non si può raccogliersi a far le orazioni!...

Donna Bianca si alzò in piedi, segnandosi colle labbra ancora piene di avemarie. Il sagrestano le rivolse la parola direttamente, mentr'essa avviavasi per uscire:

– Siete contenta, vossignoria? Un sant'uomo quel padre Angelino! Confessa bene, eh? V'ha lasciata contenta?

Ella accennò di sì col capo, col sorriso breve, rallentando il passo per cortesia.

– Un bravo uomo! un uomo di giudizio! Quello sì che ve

lo può dare un buon consiglio... meglio di vostro fratello don Ferdinando... ed anche di don Diego, sì!...

Guardò intorno cogli occhi di gatto avvezzi a vederci al buio nella chiesa e su per la scala del campanile, e aggiunse sottovoce, cambiando tono, in aria di gran mistero:

– Sapete che risposta gli hanno dato a don Gesualdo Motta? Aveva mandato a fare la domanda formale di matrimonio, ieri dopo pranzo, col canonico Lupi...

Bianca arrossì senza levare il capo. Il sagrestano che la guardava negli occhi bassi, seguendola passo passo, riprese più forte:

– Gli hanno detto di no... tale e quale come ve lo dico adesso... Il canonico è rimasto di sale!... Nessuno si sarebbe aspettato quella risposta, non è vero?... il canonico, donna Marianna, anche la baronessa vostra zia, tutti che ci avevano posto un grande impegno!... Si sarebbe mosso quel Cristo ch'è di legno, vedete! Nessuno l'avrebbe creduto così duro, quel don Diego vostro fratello! un signore umile e buono che pareva di potersi confessare con lui!... Non parlo di don Ferdinando, ch'è peggio di un ragazzo, poveretto!...

Egli era riuscito a fermare donna Bianca, piantandosele dinanzi, cogli occhi lucenti, il viso acceso, abbassando ancora la voce nel farle una confidenza decisiva:

– Don Gesualdo sembra impazzito!... Dice che non può mandarla giù! che ne farà una malattia, com'è vero Iddio!... Sono andato a trovarlo alla Canziria... Faceva trebbiare il grano... – Don Gesualdo, ch'è questa la maniera di prendersela?... Ci lascerete la pelle, vossignoria!... – Lasciatemi stare, caro don Luca, che so io!... dacché il canonico mi portò quella bella risposta!... – Sembra davvero malato di cent'anni!... La barba lunga... Non dorme e non mangia più...

In quel momento si udì uno scalpiccìo di gente di chiesa. Don Luca alzò la voce di botto, quasi parlasse a un sordo:

– Oggi padre Angelino ci ha la trebbia al Passo di Cava. Se avete qualche altro peccato da confessarvi, c'è l'arciprete Bugno sfaccendato... buono anche quello! un servo di Dio...

Però vedendo il canonico Lupi che s'avanzava verso di

loro, inchinandosi a ogni altare, colla destra stillante d'acqua benedetta, il nicchio pendente dall'altra mano:

– Benedicite, signor canonico! Come va da queste parti?...

Il canonico, invece di rispondergli, si rivolse a donna Bianca con un sorriso sciocco sul muso aguzzo di furetto color di filiggine.

– Facciamo del bene, donna Bianca! Raccomandiamoci al Signore! Vi ho vista entrare in chiesa, mentre andavo qui vicino, da don Gesualdo Motta, e ho detto: Ecco donna Bianca che fa la sua visita alle Quarant'ore, e dà il buon esempio a me, indegno sacerdote...

– Giusto... qui c'è il signor canonico!... Se avete qualche altro peccato da dirgli, donna Bianca...

– Io non posso, mi dispiace! Monsignore non mi ha data la confessione, perché sa che me ne manca il tempo... – Indi aggiunse con un certo risolino, lisciandosi il mento duro di barba. – Poi i vostri fratelli non vorrebbero...

Donna Bianca, rossa come se avesse avuto sul viso tutto il riflesso della cortina che velava l'altare del Crocifisso, finse di non capire. Il canonico ripigliò, mutando registro:

– Ci ho tante faccende gravi sulle spalle... mie e d'altrui.. Andavo appunto da don Gesualdo per commissione di vostra zia. Sapete il grosso affare che hanno insieme, colla baronessa? – Donna Bianca fece segno di no.

– Un affare grosso... Si tratta di pigliare in affitto le terre di tutti i comuni della Contea!... Don Gesualdo ha il cuore più grande di questa chiesa!... e i conquibus anche!... Assai! assai, donna Bianca! Assai più di quel che si crede... Uno che si farà ricco come Creso, con quella testa fine che ha!

Don Luca si lasciò scappare di bocca, mentre andava spogliandosi degli abiti ecclesiastici, col viso dentro la cotta, le braccia in aria, la voce soffocata:

– Bisogna vedere quel che ha raccolto alla Canziria, bisogna vedere!

– Ah, ah! venite di lassù?

– Sissignore, – rispose il sagrestano, cavando fuori il viso rosso e imbarazzato. – Così, per fare quattro passi... Ci vado ogni anno per la limosina della chiesa... Don Gesualdo è devoto di sant'Agata!

– Un cuor d'oro! – interruppe il canonico. – Generoso, caritatevole!... Peccato che...

E si diede della mano sulla bocca.

– Quello che stavo dicendo a donna Bianca!... – confermò don Luca, ripreso animo, cogli occhietti di nuovo petulanti.

– Basta! basta! Ciascuno dispone a suo modo in casa sua! Ora vi lascio pei fatti vostri. Tanti saluti a don Diego e a don Ferdinando!

Donna Bianca, imbarazzata, voleva andarsene anche lei; ma il sagrestano la trattenne:

– Un momento! Cosa devo dire a padre Angelino, se volete mettervi in grazia di Dio prima della festa di san Giovanni Battista...

Il canonico insisteva anche lui: – No, no, restate, donna Bianca, fate gli affari vostri. – Poscia, appena egli lasciò ricadere la portiera, uscendo, don Luca ammiccò: – E così? che devo dire a don Gesualdo, se mai lo vedo... per caso?...

Essa sembrava esitante. Seguitava ad avviarsi verso la porta della chiesa, passo passo, tenendo gli occhi bassi, come infastidita dall'insistenza del sagrestano.

– Giacché i miei fratelli hanno detto di no...

– Una sciocchezza hanno detto! Avrei voluto condurli per mano alla Canziria, e fargli vedere se non vale tutti i vostri ritratti affumicati!... Scusatemi, donna Bianca!... parlo nell'interesse di vossignoria... I vostri fratelli tengono al fumo perché sono vecchi... hanno i piedi nella fossa, loro!... Ma voi che siete giovine, come rimanete? Non si rovina così una sorella!... Un marito simile non ve lo manda neppure san Giuseppe padre della provvidenza!... Sono pazzi a dir di no i vostri fratelli!... pazzi da legare!... Le terre della Contea se le piglierà tutte lui, don Gesualdo!... e poi le mani in pasta da per tutto. Non si mura un sasso che non ci abbia il suo guadagno lui... Domeneddio in terra! Ponti, mulini, fabbriche, strade carreggiabili!... il mondo sottosopra mette quel diavolo! Fra poco si andrà in carrozza sino a Militello, prima Dio e don Gesualdo Motta!... Sua moglie andrà in carrozza dalla mattina alla sera!... camminerà sull'oro colato, come è vero Dio! Anche padre Angelino vi avrà consigliato la stessa cosa che vi dico io... Non ho udito nulla, per non violare il suggello della confessione, ma padre Angelino è un uomo di giudizio... vi avrà consigliato di prendere un buon marito... di mettervi in grazia di Dio.

Donna Bianca lo guardò sbigottita, col mento aguzzo dei Trao che sembrava convulso. Indi alzò verso il crocifisso gli occhi umidi di lagrime, colle labbra pallide serrate in una piega dolorosa. Con quelle labbra senza sangue rispose infine sottovoce:

– I miei fratelli sono padroni... tocca a loro decidere...

Don Luca a corto d'argomenti rimase un istante quasi sbalordito, piantandosi dinanzi a lei per non lasciarla scappare, soffocato da tante buone ragioni che aveva in gola, balbettando, annaspando, grattandosi rabbiosamente il capo, con gli occhietti scintillanti che andavano come frugandola tutta da capo a piedi per trovare il punto debole, scuotendole dinanzi le mani giunte, minaccioso e supplichevole. Alla fine proruppe:

– Ma è giustizia, santo Dio? è giustizia far tribolare in tal modo un galantuomo che vi vuol tanto bene?... Dare un calcio alla fortuna?... Scusatemi, donna Bianca! io parlo nel vostro interesse... Dovete pensarci voi! Non siete più sotto tutela, alla fin fine!... Mi scaldo il sangue per voi... perché sono buon servo della vostra famiglia... una gran casata!... peccato che non sia più quella di prima!... Ora che avreste il mezzo di far risorgere il nome dei Trao!... Questo si chiama dare un calcio alla fortuna!... si chiama essere ingrati colla divina Provvidenza.

Essa seguitava ad andare verso la porta, irresoluta, a capo chino. Don Luca alle calcagna di lei, accalorandosi, toccando tutti i tasti, mutando tono a ogni registro: – E certe giornate, donna Bianca!... certe giornate che spuntano a casa vostra!... Basta, scusatemi, io ne parlo perché ci bazzico sempre ad aiutarvi, insieme a mia moglie... E quando i vostri parenti si dimenticano che siete al mondo!... certe giornate d'inverno come vuol Dio!... Basta! Potreste esser la regina del paese, invece! pensateci bene. Don Gesualdo spiccherebbe di lassù il sole e la luna per farvi piacere!... Non ci vede più dagli occhi!... Sembra un pazzo addirittura.

Donna Bianca s'era fermata su due piedi, a testa alta, con una fiamma improvvisa che parve buttarle in viso la portiera sollevata in quel momento da qualcuno che entrava in chiesa. Comparve una donna macilenta, colla gonnella in cenci sollevata dalla gravidanza sugli stinchi sottili, sudicia e spettinata, come se non avesse fatto altro in vita sua che portare avanti quel ventre – un viso di chioccia istupidita dal covare, con due occhietti tondi su di una faccia a punta, gialla e incartapecorita, e un fazzoletto lacero da malata, legato sotto il mento; nient'altro sulle spalle, da persona ch'è di casa in casa del Buon Dio. Essa dalla soglia si mise a gemere, quasi avesse le doglie:

– Don Luca?... che non lo suonate mezzogiorno?... la pentola sta per bollire...

– Perché l'hai messa a bollire così presto? Il sole è ancora qui, sul limitare... L'arciprete fa un casa del diavolo per questa faccenda di suonare mezzogiorno prima dell'ora... Per stavolta... giacché è fatta... eccoti la chiave del campanile...

Don Luca, tenendo ancora la cotta sotto il braccio, litigava colla moglie, stecchito nella sottana bisunta quant'era enorme il ventre della donna:

– Tu ci hai l'orologio lì, nella pancia!... Pensi solo a mangiare!... Ci vuol la grazia di Dio!... I vicini sono ancora tutti fuori... Ecco lì i ragazzi di Burgio!...

– Aspettano anche loro!... – piagnucolò la moglie, sempre su quel tono. – Aspettano che suonate mezzogiorno... – E se ne andò col ventre avanti.

– I nipoti di don Gesualdo! – riprese il sagrestano ammiccando in modo significativo a donna Bianca nel tornare indietro. – Stanno lì a farci la spia!... Li manda sua madre apposta, comare Speranza, per sapere tutto quello che facciamo! Tiene d'occhio la roba, colei!... quasi fosse sua!... Ci ha fatto i suoi disegni sopra!... Quando m'incontra ha l'aria di mangiarmi!...

Finse di precedere donna Bianca per sollevare la portiera, onde trattenerla ancora un momento: – Lui fa proprio compassione!... Una faccia da malato!... Mi parlò tutto il tempo di vossignoria... Dice che forse il canonico Lupi non avrà saputo fare l'imbasciata... che vorrebbe parlarvi... per vedere... per sentire...

Donna Bianca si fece di fuoco.

– È innamorato, che volete farci? Innamorato come un pazzo. Dovreste tornare a parlargliene coi vostri fratelli. Mandargli qualche buona parola... una risposta più da cristiani... Verrò io stesso a prenderla, dopo mezzogiorno, quando don Diego e don Ferdinando sono in letto... col pretesto dei fiori per la Madonna... Sì? Cosa mi dite?

Essa chinò il capo rapidamente, nel passare sotto la cortina, ed uscì fuori. Don Luca credette di scorgere che volesse frugarsi in tasca, e seguitò, correndole dietro:

– Che fate? No! Mi offendete! Un'altra volta... più tardi... quando potrete... Ho pensato meglio di mandare mia moglie, a prendere la risposta di vossignoria. Non vorrei che i vostri fratelli, vedendomi bazzicare per casa, sospettassero che mi manda il canonico...

Dopo vespro spicciò lesto lesto il servizio della chiesa e corse alla Canziria: cinque miglia di salita, pazienza, per amore di don Gesualdo che se lo meritava, in verità! – Sta per cascare, don Gesualdo! Ancora essa non mi ha detto chiaro di sì, colla sua bocca; ma si vede che tentenna, come la pera quand'è matura. Sono pratico di queste cose, perché vedo tutti i giorni in chiesa delle donne che ricorrono al tribunale della penitenza... prima e poi... M'ha fatto sudare una camicia!... Ma ora vi dico che la pera è matura! Un'altra crollatina, e vi casca fra le braccia; ve lo dico io! Dovreste correre al paese e scaldare il ferro mentre è caldo.

Però don Gesualdo non fece una gran festa all'imbasciata amorosa che gli capitava in quel momento: – Vedete, don

Luca, ci ho tutta la raccolta nell'aia... Sono in piedi da stanotte... Non ho sempre il vento in tasca per trebbiare a comodo mio!...

L'aia era vasta quanto una piazza. Dieci muli trottavano in giro, continuamente; e dietro i muli correvano Nanni l'Orbo e Brasi Camauro, affondando nella pula sino ai ginocchi, ansanti, vociando, cantando, urlando. Da un lato, in una nuvola bianca, una schiera di contadini armati di forche, colle camice svolazzanti, sembrava che vangassero nel grano; mentre lo zio Carmine, in cima alla bica, nero di sole, continuava a far piovere altri covoni dall'alto. Delle tregge arrivavano ogni momento dai seminati intorno, cariche d'altra messe; dei garzoni insaccavano il grano e lo portavano nel magazzino, dove non cessava mai la nenia di Pirtuso che cantava « e viva Maria! » ogni venti moggi. Tutt'intorno svolazzavano stormi di galline, un nugolo di piccioni per aria; degli asinelli macilenti abboccavano affamati nella paglia, coll'occhio spento; altre bestie da soma erano sparse qua e là; e dei barili di vino passavano di mano in mano, quasi a spegnere un incendio. Don Gesualdo sempre in moto, con un fascio di taglie in mano, segnando il frumento insaccato, facendo una croce per ogni barile di vino, contando le tregge che giungevano, sgridando Diodata, disputando col sensale, vociando agli uomini da lontano, sudando, senza voce, colla faccia accesa, la camicia aperta, un fazzoletto di cotone legato al collo, un cappellaccio di paglia in testa.

– Lo vedete, don Luca, se ho tempo da perdere adesso!... Vino, qua! Date da bere a don Luca!... Sì, sì, verrò; ma quando potrò... Per ora non posso muovermi, cascasse il mondo!... Diodata!... bada che il vento spinge la fiamma verso l'aia, santo e santissimo!... No, don Luca! non sono in collera pel rifiuto dei suoi fratelli... Venite qua, accostatevi, ch'è inutile far sapere alla gente i fatti nostri!... Ciascuno la pensa a modo suo... Poi è lei che deve risolvere... Se lei dice di sì, io per me non mi tiro indietro... Ma oggi non posso venire... e neppure domani... Be'! dopodomani!... Do-

101

podomani devo venire anche per l'affare della gabella, e ne discorreremo.

Don Luca suggerì pure di far precedere due paroline scritte: – Ci abbiamo appunto mia moglie che par fatta apposta per consegnarle sottomano a donna Bianca, senza destar sospetti. Una bella letterina, con due o tre parole che fanno colpo sulle ragazze! Capite, vossignoria? Ciolla ci ha la mano... Ne parlerei io stesso a Ciolla in segretezza, senza stare a rompervi il capo, vossignoria; e vi fa fare una bella figura. Con un bottiglione di vino poi ve lo chetate, il Ciolla.

Don Gesualdo non volle sapere di lettera: – Non per risparmiare il vino; ma che storie mi andate contando? Se a lei l'affare gli va, allora che bisogno c'è di tante chiacchiere.

– Basta! basta! – conchiuse don Luca. – Dicevo per piantare meglio il chiodo. Ma voi siete il padrone.

Don Luca se ne tornò tutto contento, con un agnello e una forma di cacio. Per prudenza mandò la moglie a fare l'imbasciata, sotto un pretesto: – Circa a quel discorso che siete intesi con mio marito, vossignoria, dice che il confessore verrà dopodomani a prendere la risposta!... Il confessore domenica aspetta la risposta!... – Don Ferdinando che aveva udito aprire il portone, comparve in quel momento come un fantasma.

– Il confessore!... – riprese a dire la gnà Grazia senza che nessuno le domandasse nulla. – Donna Bianca voleva confessarsi!... Oggi non può, il confessore... E domani neppure... Domenica piuttosto, se gli fate sapere che siete pronta...

La poveraccia, sotto quegli occhi stralunati di don Ferdinando, che pareva la frugassero tutta, sospettosi inquieti, si confondeva, balbettava, cercava le parole. Poscia, vedendo che l'altro stava zitto e non si moveva, allampanato, tacque anch'essa, e si mise a guardare in aria, a bocca aperta, colle mani sul ventre. Bianca, a tagliar corto, la condusse nella dispensa, per darle una grembiata di fave. Don Ferdinando, sempre dietro, cucito alle loro calcagna, taciturno, guardando in ogni cantuccio, sospettoso. Si chinò anch'esso sul mucchietto di fave, covandolo colla persona, misurandolo ad occhio, palpandolo colle mani. E dopo che la sagrestana se ne fu andata, come un'anatra, reggendo il grembiule pieno sul ventre enorme, si mise a brontolare:

– Troppe!... Ne hai date troppe!... Stanno per terminare!... La zia non ne manda altre prima di Natale!...

La sorella voleva andarsene; ma lui seguitava a cercare, a frugare, a passare in rivista la roba della dispensa: due salsicciotti magri appesi a un gran cerchio; una forma di cacio bucata dai topi; delle pere infracidite su di un'asse; un orciolino d'olio appeso dentro un recipiente che ne avrebbe contenuto venti cafisi; un sacco di farina in fondo a una cassapanca grande quanto un granaio; il cestone di vimini che aspettava ancora il grano della Rubiera.

Infine riprese:

Ci vuol l'aiuto di Dio!... Siamo tre bocche da sfamare, in casa!... Ti par poco? Ci vorrebbe anche un po' di brodo per Diego... Non mi piace da qualche tempo!... Hai visto la faccia che ha? Lo stesso viso della buon'anima, ti rammenti?... quando si mise a letto per non alzarsi più! E il medico non viene neppure, perché ha paura di non essere pagato... dopo tanti denari che s'è mangiati nell'ultima malattia della buon'anima!... La zia Rubiera s'è dimenticata che siamo al mondo... ed anche la zia Sganci...

Così brontolando andava passo passo dietro alla sorella, chinandosi a raccattar per terra le fave cadute dal grembiule di Grazia. Poscia, come svegliandosi da un sogno, domandò:

– Tu perché non vai più dalla zia Rubiera? Avrebbe mandato un paio di piccioni, sapendo che Diego non sta bene... per fargli un po' di brodo...

Bianca divenne di brace in viso, e chinò gli occhi. Don Ferdinando aspettò un momento la risposta a bocca aperta, battendo le palpebre. Indi tornò nella dispensa a riporre le fave che aveva raccolte da terra. Poco dopo essa se lo vide comparire dinanzi un'altra volta, con quell'aria sbalordita.

– Se torna la sagrestana non gli dar nulla, un'altra volta! Sanguisughe sono! Le fave stanno per terminare, hai visto?... E un'altra cosa... Dovresti andare dalla zia Sganci per un po' d'olio... in prestito... Diglielo bene che lo vuoi in prestito, perché noi non siamo nati per chiedere la limosina... giacché la zia non ci ha pensato... Fra poco saremo al buio... anche Diego che è malato... tutta la notte!...

E spalancava gli occhi, accennando ancora colle mani e col capo, con un terrore vago sul viso attonito. Da lontano si udiva di tanto in tanto la tosse che si mangiava don Diego, attraverso agli usci, lungo il corridoio, implacabile e dolorosa, per tutta la casa... Bianca sussultava ogni volta, col cuore che le scoppiava, chinandosi ad ascoltare, o fuggiva come spaventata, tappandosi le orecchie.

– Non ci reggo, no! Non ci reggo!...

Infine Dio le diede la forza di ricomparire dinanzi a lui, quel giorno in cui don Ferdinando le aveva detto che il fratello stava peggio, nella cameretta sudicia, sdraiato su quel lettuccio che sembrava un canile. Don Diego non stava né peggio né meglio. Era lì, aspettando quel che Dio mandava, come tutti i Trao, senza lagnarsi, senza cercare di fuggire il suo destino, badando solo di non incomodare gli altri, e tenersi per sé i suoi guai e le sue miserie. Volse il capo, vedendo entrare la sorella, quasi un'ombra gli calasse sul viso incartapecorito. Poscia le accennò colla mano di accostarsi al letto. – Sto meglio... sto meglio... povera Bianca!... Tu come stai?... Perché non ti sei fatta vedere?... perché?...

Le accarezzava il capo con quella mano scarna e sudicia di malato povero. Gli era rimasto sulle guance incavate e sparse di peli grigi un calore di fiamma.

– Povera Bianca!... son sempre tuo fratello, sai!... il tuo fratello che ti vuol tanto bene... povera Bianca!

– Don Ferdinando mi ha detto... – balbettò essa timidamente. – Volete un po' di brodo?...

Il malato da prima fece segno di no, guardando in aria, supino. Poi volse il capo, fissandola cogli occhi avidi dal fondo delle orbite che sembravano vuote, filigginose. – Il brodo, dicevi? C'è un po' di carne?...

– Manderò dalla zia... dalla zia Sganci!... – s'affrettò ad

aggiungere Bianca, con una vampa improvvisa sulle guance. Sul volto del fratello era passata un'altra fiamma simile.

– No! no!... non ne voglio.

Neppure il medico voleva: – No, no! Cosa mi fa il medico?... Tutte imposture!... per spillarci dei denari... Il vero medico è lassù!... Quel che vorrà Dio... Del resto mi sento meglio...

Parve migliorare realmente, di lì a qualche giorno: del buon brodo, un po' di vino vecchio che mandava la zia Sganci, l'aiutarono ad alzarsi da letto, ancora sconquassato, col fiato ai denti. Venne pure donna Marianna in persona a fargli visita, premurosa, con un rimprovero amorevole sulla faccia buona: – Come? Siete in quello stato ed io non ne so nulla? Siamo in mezzo ai turchi? Siamo parenti, sì o no? Sempre misteri! Sempre ombrosi e selvatici, tutti voialtri Trao!... rincantucciati come gli orsi in questa tana! Un bel mattino vi troverano belli e morti all'improvviso che sarà una vergogna per tutto il parentado!... Neppure di quel negozio del matrimonio non me ne avete detto nulla!...

E sfilò quest'altro rosario: Erano pazzi, o cos'erano, a rifiutare una domanda simile a quella?... Uno sulla strada di farsi riccone come don Gesualdo Motta!... – Don Gesualdo! sissignori! I pazzi lasciateli stare!... Vedete bene in quale stato vi hanno ridotto!... Un cognato che potrebbe aiutarvi in tutti i modi... che vi toglierebbe da tante angustie!... Ah!... ah!...

Donna Marianna guardava intorno per la stanzaccia squallida, crollando il capo. Gli altri non fiatavano: Bianca a capo chino; don Ferdinando aspettando che parlasse suo fratello, cogli occhi di barbagianni fissi su di lui.

Don Diego da principio rimase attonito, brontolando:

– Mastro-don Gesualdo!... Siamo arrivati fin lì!... Mastro-don Gesualdo che vuol sposare una Trao!...

– Sicuro! Chi volete che la sposi?... senza dote? Non è più una bambina neppure lei!... È un tradimento bell'e buono!... Cosa farà, quando chiuderete gli occhi voi e vostro fratello?... la serva, eh? La serva della zia Rubiera o di qualchedun altro?...

Don Diego si alzò da letto come si trovava, in camiciuola di flanella, col fazzoletto in testa, le gambe stecchite che gli tremavano a verga dentro le mutande logore; un ecceomo! Andava errando per la stanza, stralunato, facendo gesti e discorsi incoerenti, tossendo, tirando il fiato a stento, soffiandosi il naso, quasi suonasse una tromba.

– Mastro-don Gesualdo!... Saremmo arrivati a questo, che una Trao sposerebbe mastro-don Gesualdo! Tu acconsentiresti, Bianca?... di'!... Tu diresti di sì?...

Bianca pallidissima, senza levare gli occhi da terra, disse di sì col capo, lentamente.

Egli agitò in aria le braccia tremanti, e non seppe più trovare una sola parola. Don Ferdinando non fiatava neppur lui, atterrito che don Diego non riuscisse a persuader Bianca.

– Cosa volete che dica? – esclamò la zia. – Vi pare un bell'avvenire quello d'invecchiare come voialtri... fra tante angustie?... Scusatemi, ne parlo perché siamo parenti... Fo quel che posso anch'io per aiutarvi... ma non è una bella cosa infine neanche per voialtri... Ed ora che vi si offre la fortuna, risponderle con un calcio... Scusatemi, io la direi una porcheria!

Tutt'a un tratto don Diego si mise a ridere, quasi colpito da un'ispirazione, ammiccando dell'occhio, fregandosi le mani, con dei cenni del capo che volevano dire assai.

– Va bene! va bene!... Non è che questo?... perché ora come ora siamo un po' angustiati?... Ti pesa, di'?... ti pesa questa vita angustiata, povera Bianca?... Hai paura per l'avvenire?...

Si fregò il mento peloso colla mano ischeletrita, seguitando ad ammiccare, cercando di rendere furbo il sorriso pallido.

– Vieni qua... Non ti dico altro!... Anche voi, zia!... Venite a vedere!...

S'arrampicò tutto tremante su di una seggiola per aprire un armadietto ch'era nel muro, al di sopra della finestra, e ne tirò fuori mucchi di scartafacci e di pergamene – le carte della lite – quella che doveva essere la gran risorsa della famiglia, quando avessero avuto i denari per far valere le loro ragioni contro il Re di Spagna: dei volumi gialli, logori e polverosi, che lo facevano tossire a ogni voltar di pagina. Sul letto era pure sciorinato un grand'albero genealogico, come un lenzuolo: l'albero della famiglia che bagnava le radici nel sangue di un re libertino, come portava il suo stemma – di rosso, con tre gigli d'oro, su sbarra del medesimo, e il motto che glorificava il fallo della prima autrice: *Virtutem a sanguine traho*.

S'era messi gli occhiali, appoggiando i gomiti sulla sponda del lettuccio, bocconi, cogli occhi che si accendevano in fondo alle orbite livide.

– Son seicent'anni d'interessi che ci devono!... Una bella somma!... Uscirete d'ogni guaio una volta per sempre!...

Bianca era cresciuta in mezzo a simili discorsi che aiutavano a passare i giorni tristi. Aveva veduto sempre quei libracci sparsi sulle tavole sgangherate e per le sedie zoppe. Così essa non rispose. Suo fratello volse finalmente il capo verso di lei, con un sorriso bonario e malinconico.

– Parlo per voialtri... per te e per Ferdinando... Ne godrete voialtri almeno... Quanto a me... io sono arrivato... Tè!... tè la chiave... serbala tu!

La zia Sganci, a quei discorsi, da prima scattò come una molla: – Caro nipote, mi sembri un bambino! – Ma subito si calmò, col sorriso indulgente di chi vuol far capire la ragione proprio a un ragazzo.

– Va bene!... va benone!... Intanto maritatela con lo sposo che vi si offre adesso, e poi, se diverrete tanti Cresi, sarà anche meglio.

Don Diego rimase interdetto al vedere che la sorella non prendeva la chiave, e tornò daccapo:

– Anche tu, Bianca?... Dici di sì anche tu?...

Essa, accasciata sulla seggiola, chinò il capo in silenzio.

– E va bene!... Giacché tu lo vuoi... giacché non hai il coraggio di aspettare...

Donna Mariannina seguitava a perorare la causa di don

Gesualdo, dicendo ch'era un affare d'oro quel matrimonio, una fortuna per tutti loro; congratulandosi con la nipote la quale fissava fuori dalla finestra, cogli occhi lucenti di lagrime; rivolgendosi financo a don Ferdinando che guardava tutti quanti ad uno ad uno, sbalordito; battendo sulle spalle di don Diego il quale sembrava che non udisse, cogli occhi inchiodati sulla sorella e un tremito per tutta la persona. A un certo punto egli interruppe la zia, balbettando:

— Lasciatemi solo con Bianca... Devo dirle due parole... Lasciateci soli...

Essa alzò gli occhi sbigottita, faccia a faccia col fratello che sembrava un cadavere, dopo che la zia e don Ferdinando furono usciti.

Il pover'uomo esitò ancora prima di aggiungere quel che gli restava a dire, fissando la sorella con un dolore più pungente e profondo. Poscia le afferrò le mani, agitando il capo, movendo le labbra senza arrivare a profferir parola.

— Dimmi la verità, Bianca!... Perché vuoi andartene dalla tua casa?... Perché vuoi lasciare i tuoi fratelli?... Lo so! lo so!... Per quell'altro!... Ti vergogni a stare con noi, dopo la disgrazia che t'è capitata!...

Continuava ad accennare del capo, con uno struggimento immenso nell'accento e nel viso, colle lagrime amare che gli scendevano fra i peli ispidi e grigi della barba.

— Dio perdona... Ferdinando non sa nulla!... Io... io... Bianca!... Come una figliuola ti voglio bene!... Mia figlia sei... Bianca!...

Tacque sopraffatto da uno scoppio di pianto.

Ella più morta che viva scosse il capo lentamente e biascicò:

— No... no... Non è per questo...

Don Diego lasciò ricadere adagio adagio le mani della sorella, quasi un abisso si scavasse fra di loro.

— Allora!... Fa quello che vuoi... fa quello che vuoi...

E le volse le spalle, curvo, senza aggiunger altro, strascicando le gambe.

VII

Nella casa antica dei La Gurna, presa in affitto da don Gesualdo Motta, s'aspettavano gli sposi. Davanti alla porta c'era un crocchio di monelli, che il ragazzo di Burgio, in qualità di parente, s'affannava a tener discosti, minacciandoli con una bacchettina; la scala sparsa di foglie d'arancio; un lume a quattro becchi posato sulla ringhiera del pianerottolo; e Brasi Camauro, con una cacciatora di panno blù, la camicia di bucato, gli stivali nuovi, che dava l'ultimo colpo di scopa nel portone imbiancato di fresco. A ogni momento succedeva un falso allarme. I ragazzi gridavano: – Eccoli! eccoli! – Camauro lasciava la scopa, e della gente si affacciava ai balconi illuminati.

Verso un'ora di notte arrivò il marchese Limòli, facendosi largo colla canna d'India. Vide il lume, vide le foglie d'arancio, e disse: – Bravo! – Ma nel salire le scale, stava per rompersi l'osso del collo, e allora scappò anche a bestemmiare:

– Che bestie!... Han fatto un mondezzaio!...

Brasi corse colla scopa. – Spazzo via tutto, signor marchese? Butto via ogni cosa?

– No, no!... Adesso son passato. Non grattar troppo colla scopa, piuttosto... Si sente l'odor di stalla.

Udendo delle voci, Santo Motta che aspettava di sopra, vestito di nuovo, coi pantaloni a staffe e un panciotto di raso a fiori, si affacciò nel pianerottolo, infilandosi la giamberga.

– Eccomi! eccomi!... Sono qui!... Ah, signor marchese!...
bacio le mani!...

E rimase un po' confuso, non vedendo altri che il Limòli.

– Servo, servo, caro don Santo!... Non baciate più nulla...
ora siamo parenti.

In cima alla scala comparve anche donna Sara Cirmena,
la sola di tutto il parentado della sposa che si fosse degnata
di venire, con un moggio di fiori finti in testa, il vestito di
seta che aveva preso le pieghe come la carta, nel cassettone,
i pendagli di famiglia che le strappavano le orecchie, seccata
di aspettare da un gran pezzo in un bagno di sudore, e si
mise a strillare di lassù:

– Ma che fanno? C'è qualche altra novità?

– Nulla, nulla, – rispose il marchese salendo adagio adagio. – Sono uscito prima per non far vedere ch'ero solo in
chiesa, di tutti i parenti... Son venuto a dare un'occhiata.

Don Gesualdo aveva fatto delle spese: mobili nuovi, fatti
venire apposta da Catania, specchi con le cornici dorate, sedie imbottite, dei lumi con le campane di cristallo: una fila
di stanze illuminate, che viste così, con tutti gli usci spalancati, pareva di guardare nella lente di un cosmorama.

Don Santo precedeva facendo la spiegazione, tirando in
su ogni momento le maniche che gli arrivavano alla punta
delle dita.

– Come? Non c'è nessuno ancora? – esclamò il marchese,
giunti che furono nella camera nuziale, parata come un altare. Compare Santo rannicchiò il capo nel bavero di velluto, al pari di una testuggine.

– Per me non manca... Io son qui dall'avemaria... Tutto
è pronto...

– Credevo di trovare almeno gli altri parenti... Mastro
Nunzio... vostra sorella...

– Nossignore... si vergognano... C'è stato un casa del diavolo! Io son venuto per tener d'occhio il trattamento...

E aprì l'uscio per farglielo vedere: una gran tavola carica
di dolci e di bottiglie di rosolio, ancora nella carta ritagliata
come erano venuti dalla città, sparsa di garofani e gelsomini

110

d'Arabia, tutto quello che dava il paese, perché la signora Capitana aveva mandato a dire che ci volevano dei fiori; quanti candelieri si erano potuti avere in prestito, a Sant'Agata e nell'altre chiese. Diodata ci aveva pure messi in bell'ordine tutti i tovagliuoli arrotolati in punta, come tanti birilli, che portavano ciascuno un fiore in cima.

– Bello! bello! – approvò il marchese. – Una cosa simile non l'ho mai vista!... E questi qui, cosa fanno?

Ai due lati della tavola, come i giudei del Santo Sepolcro, ci erano Pelagatti e Giacalone, che sembravano di cartapesta, così lavati e pettinati.

– Per servire il trattamento, sissignore!... Mastro Titta e l'altro barbiere suo compagno si son rifiutati, con un pretesto!... Vanno soltanto nelle casate nobili quei pezzenti!... Temevano di sporcarsi le mani qui, loro che fanno tante porcherie!...

Giacalone, premuroso, corse tosto con una bottiglia per ciascuna mano. Il marchese si schermì:

– Grazie, figliuol mio!... Ora mi rovini il vestito, bada!

– Di là ci sono anche le tinozze coi sorbetti! – aggiunse don Santo.

Ma appena aprì l'uscio della cucina, si videro fuggire delle donne che stavano a guardare dal buco della serratura.

– Ho visto, ho visto, caro parente. Lasciateli stare; non li spaventate.

In quel momento si udì un baccano giù in istrada, e corsero in tempo al balcone per vedere arrivare la carrozza degli sposi. Nanni l'Orbo, a cassetta, col cappello sino alle orecchie, faceva scoppiettare la frusta come un carrettiere, e vociava:

– Largo!... A voi!... Guardatevi!... – Le mule, tolte allora dall'armento, ricalcitravano e sbuffavano, tanto che il canonico Lupi propose di smontare lì dov'erano, e Burgio s'era già alzato per scavalcare lo sportello. Ma le mule tutt'a un tratto abbassarono il capo insieme, e infilarono il portone a precipizio.

111

– Morte subitanea! – esclamò il canonico, ricadendo col naso sui ginocchi della sposa.

Salivano a braccetto. Don Gesualdo con una spilla luccicante nel bel mezzo del cravattone di raso, le scarpe lucide, il vestito coi bottoni dorati, il sorriso delle nozze sulla faccia rasa di fresco; soltanto il bavero di velluto, troppo alto, che gli dava noia. Lei che sembrava più giovane e graziosa in quel vestito candido e spumante, colle braccia nude, un po' di petto nudo, il profilo angoloso dei Trao ingentilito dalla pettinatura allora in moda, i capelli arricciati alle tempie e fermati a sommo del capo dal pettine alto di tartaruga: una cosa che fece schioccare la lingua al canonico, mentre la sposa andava salutando col capo a destra e a sinistra, palliduccia, timida, quasi sbigottita, tutte quelle nudità che arrossivano di mostrarsi per la prima volta dinanzi a tanti occhi e a tanti lumi.

– Evviva gli sposi! evviva gli sposi! – si mise a gridare il canonico, messo in allegria, sventolando il fazzoletto.

Bianca prese il bacio della zia Cirmena, il bacio dello zio marchese, ed entrò sola nelle belle stanze, dove non era anima viva.

– Ehi? ehi? bada che perdi il marito! – le gridò dietro lo zio marchese fra le risate generali.

– Ci siamo tutti? – borbottò sottovoce donna Sarina.

Il canonico si affrettò a risponder lui.

– Sissignora. Poca brigata, vita beata!

Dietro di loro saliva Alessi, colla berretta in mano, intimidito da quei lumi e da quell'apparato. Sin dall'uscio si mise a balbettare:

– Mi manda la signora baronessa Rubiera... Dice che non può venire perché le duole il capo... Manda a salutare la nipote, e don Gesualdo anche...

– Vai in cucina, da questa parte – gli rispose il marchese. – Di' che ti dieno da bere.

Don Gesualdo approfittò di quel momento per raccomandare sottovoce a suo fratello:

– Stai attento, dinanzi a tutta questa gente!... Ti metti a

sedere, e non ti muovi più. Come vedi fare a me, fai tu pure.

– Ho capito. Lascia fare a me!

La zia Cirmena si era impadronita della sposa, e aveva assunta un'aria matronale che la faceva sembrare in collera. Dopo che ciascuno ebbe preso posto nella bella sala cogli specchi, si fece silenzio; ciascuno guardando di qua e di là per fare qualche cosa, ed ammirando coi cenni del capo. Alla fine il canonico credette di dover rompere il ghiaccio:

– Don Santo, sedetevi qua. Avvicinatevi; non abbiate timore.

– A me? – rispose Santo che si sentiva dar del don lui pure.

– Questo è tuo cognato, – disse il marchese a Bianca.

Il notaro ripigliò di lì a un momento:

– Guardate! guardate! Sembra lo sbarco di Cristoforo Colombo!

Vedevasi sull'uscio dell'anticamera un mucchio di teste che si pigiavano, fra curiose e timide, quasi stesse per scoppiare una mina. Il canonico fra gli altri monelli scorse Nunzio, il nipotino di don Gesualdo, e gli fece segno d'entrare, ammiccandogli. Ma il ragazzo scappò via come un selvaggio; e il canonico, sempre sorridendo, disse:

– Che diavoletto!... tutto sua madre...

Il marchese, sdraiato sulla sedia a bracciuoli, accanto alla nipote, sembrava un presidente, chiacchierando soltanto lui.

– Bravo! bravo!... Tuo marito ha fatto le cose bene!... Non ci manca nulla in questa casa!... Ci starai da principessa!... Non hai che a dire una parola... mostrare un desiderio...

– Allora ditegli che vi comperi delle altre mule – aggiunse il canonico ridendo.

– È vero; sei alquanto pallida... Ti sei forse spaventata in carrozza?

– Sono mule troppo giovani... appena tolte dall'armento... non ci sono avvezze... Ora usano dei cavalli per la carrozza – disse il canonico.

– Certamente! certamente! – si affrettò a rispondere don

Gesualdo. – Appena potrò. I denari servono per spenderli... quando ci sono.

Il marchese e il canonico Lupi tenevano viva la conversazione, don Gesualdo approvando coi cenni del capo; gli altri ascoltavano: la zia Cirmena con le mani sul ventre e un sorrisetto amabile che faceva cascare le parole di bocca: un sorriso che diceva: – Bisogna pure! giacché son venuta!... Valeva proprio la pena di mettersi in gala!... – Bianca sembrava un'estranea, in mezzo a tutto quel lusso. E suo marito imbarazzato anche lui, fra tanta gente, la sposa, gli amici, i servitori, dinanzi a quegli specchi nei quali si vedeva tutto, vestito di nuovo, ridotto a guardare come facevano gli altri se voleva soffiarsi il naso.

– Il racconto è andato bene! – disse il marchese a voce più alta, perché gli altri lo seguissero dove voleva arrivare. – Io ne parlo per sentita dire. Eh? eh? massaro Fortunato?...

– Sissignore, grazie a Dio!... Sono i prezzi che non dicono!...

– Ci sarà tanto da fare in campagna! Nel paese non c'è più nessuno.

La zia Cirmena allora non poté frenarsi:

– Ho vista al balcone la cugina Sganci... credevo che venisse, anzi!...

– Chissà? chissà? Quella pioggerella ch'è caduta ha ridotto la strada una pozzanghera!... Io stavo per rompermi il collo. Però dicono che fa bene alle vigne. Eh? eh? massaro Fortunato?...

– Sissignore, se vuol Dio!...

– Saranno tutti a prepararsi per la vendemmia. Noi soli no, donna Sarina! Noi beviamo il vino senza pregare Dio per l'acqua!... Bisogna condurre la sposa a Giolio per la vendemmia, don Gesualdo!... Vedrai che vigne, Bianca!

– Certo!... è la padrona!... certo!...

– Un momento!... – esclamò il canonico balzando in piedi. – Mi pare di sentir gente!...

Santo, che stava all'erta, cogli occhi fissi sul fratello, gli fece segno per sapere se era ora d'incominciare il trattamento. Ma il canonico rientrò dal balcone quasi subito, scuotendo il capo.

– No!... Son villani che tornano in paese. Oggi è sabato e arriva gente sino a tardi.

– Io l'avevo indovinato! – rispose la Cirmena. – Ho l'orecchio fine!... Chi aspettate, voi?

– Donna Giuseppina Alòsi, per bacco!... Quella almeno non manca mai!

– L'avrà trattenuta il cavaliere... – si lasciò scappare il marchese, perdendo la pazienza.

Santo, che s'era già alzato, tornò a sedere mogio mogio.

– Con permesso! con permesso! – disse il canonico. – Un momento! Vo e torno!

Donna Sarina gli corse dietro nell'anticamera, e si udì il canonico rispondere forte:

– No! Qui vicino... dal Capitano!...

Il marchese che stava coll'orecchio teso fingeva d'ammirare ancora i mobili e le stanze, e tornò a dire:

– Belli! belli!... Una casa signorile! Siete stati fortunati di potervi cacciare nel nido dei La Gurna!... Eh! eh!... Se ne videro qui delle feste... in questo stesso luogo!... Mi rammento... pel battesimo dell'ultimo La Gurna!... Corradino... Adesso sono andati a stare a Siracusa, tutta la famiglia, dopo aver dato fondo a quel po' che rimaneva!... *Mors tua vita mea*!... Qui starete da principi!... Eh! eh!... son vecchio e la so lunga!... Ci staremmo bene anche noi, eh, donna Sarina?... eh?

Donna Sarina si dimenava sulla seggiola per tener la lingua in freno: – Quanto a me!... – disse poi – grazie a Dio!... La prova è che il ragazzo La Gurna, Corradino, viene da me per la villeggiatura. Lui non ci ha colpa, povero innocente!

– No, no, è meglio star seduti in una bella sedia soffice come questa, che andare a buscarsi il pane di qua e di là, come i La Gurna!... quando si può buscarselo anche!... E avere una buona tavola apparecchiata, e la carrozza per far quattro passi dopo, e la vigna per la villeggiatura, e tutto il resto!... La buona tavola soprattutto!... Son vecchio, e mi dispiace che il marchesato non possa servirsi in tavola... Il fumo è buono soltanto in cucina... La so lunga... C'è più fumo nella cucina, che arrosto sulla tavola in molte case... quelle che ci hanno lo stemma più grosso sul portone... e che arricciano più il naso!... Se torno a nascere, voglio chiamarmi mastro Alfonso Limòli, ed esser ricco come voi, nipote mio... Per godermi i miei denari fra me e me... senza invitar nessuno... no!...

– Tacete!... Sento il campanello! – interruppe donna Sarina. – È un pezzo che suonano mentre voi state a predicare...

Però era un tintinnìo sommesso di gente povera. Santo corse ad aprire, e si trovò faccia a faccia col sagrestano, seguito dalla moglie, la quale portava sotto il braccio un tovagliuolo che pareva un sacco, quasi fosse venuta per lo sgombero. Al primo momento don Luca rimase imbarazzato, vedendo il fratello di Speranza che gli aveva mandato a dire mille improperi con suo marito Burgio; ma non si perse d'animo per questo, e trovò subito il pretesto:

– C'è il canonico Lupi?... Mia moglie, qui, m'ha detto ch'era montato in carrozza cogli sposi...

La gnà Grazia allora entrò svolgendo adagio adagio il tovagliuolo, e ne cavò una caraffina d'acqua d'odore, tappata con un batuffoletto di cenci.

– L'acqua benedetta!... Abbiamo pensato per donna Bianca!

E si misero ad aspettare tranquillamente, marito e moglie, in mezzo alla sala.

In quel momento tornò il canonico Lupi, rosso in viso, sbuffando, asciugandosi il sudore. E a prevenire ogni domanda si rivolse subito al padrone di casa, sorridendo, coll'aria indifferente:

– Don Gesualdo... se avete intenzione di farci fare la bocca dolce!... Mi pare che sia tempo!... All'alba ho da dir messa, prima d'andare in campagna.

– Vado? – saltò a dire subito Santo. – Mettiamo mano?

Si alzò in piedi la sposa; si alzarono dopo di lei tutti gli altri, e rimasero fermi ai loro posti, aspettando a chi toccasse aprire la marcia. Il canonico si sbracciava a far dei segni a compare Santo, e vedendo che non capiva, gli soffiò colla voce di petto, come in chiesa, allorché sbagliavasi la funzione:

– A voi!... Date braccio alla cognata!...

Ma il cognato non si sentiva di fare quella parte. Infine glielo spinsero dietro a forza. Lo zio Limòli intanto era passato avanti colla sposa, e il canonico borbottò all'orecchio di don Gesualdo:

– Credereste?... fa la sdegnosa anche la Capitana! Lei che non manca mai dove c'è da leccare piatti! Fa la sdegnosa anch'essa! Come se non si sapesse donde viene quella gran dama!... No! no! che fate?... – esclamò a un tratto slanciandosi verso compare Santo.

Costui, persa la pazienza, quatto quatto rimboccavasi le maniche del vestito. Per fortuna la cognata stava parlando collo zio Limòli, e non se ne accorse. Il marchese, dal canto suo, era distratto, cercando di evitare Giacalone e Pelagatti che volevano servirlo a ogni costo. – Faranno nascere qualche guaio quei due ragazzi! – borbottò infine.

Anche Bianca abbozzò un sorriso a quell'uscita, e si scostarono dalla tavola tutti e due, per evitare il pericolo.

– Non vuol nulla!... – tornò dicendo il cognato don Santo, quasi si fosse tolto un gran peso dallo stomaco. – Io, per me, gliel'ho offerto!...

– Neanche un bicchierino di *perfetto amore*? – entrò a dire il canonico con galanteria. La zia Cirmena si mise a ridere, e Santo guardò il fratello, per vedere cosa dovesse fare.

– Eh! eh!... – aggiunse il marchese con la sua tosserella. – Eh! eh!...

– Qualcosa, zio?

– Grazie, grazie, cara Bianca... Non ho più denti né stomaco... Sono invalido... Sto a vedere soltanto... non posso fare altro...

Il canonico si fece pregare un po', e quindi trasse di tasca un fazzoletto che sembrava un lenzuolo. Intanto la zia Cirmena s'empiva il borsone che portava al braccio, dov'era ricamato un cane tutto intero, e ce n'entrava della roba! Il canonico invece, che aveva le tasche sino al ginocchio, sotto la zimarra, delle vere bisacce, poteva cacciarvi dentro tutto quello che voleva senza dare nell'occhio. Bianca pure regalò con le sue mani stesse una scatola di confetti al cognato Santo.

– Per vostra sorella e i suoi ragazzi...

Di' che glieli manda lei stessa... la cognata... – soggiunse Gesualdo tutto contento, con un sorriso di gratitudine per lei.

Erano un po' in disparte, mentre tutti gli altri si affollavano intorno alla tavola. Egli allora le disse piano, con una certa tenerezza:

– Brava! mi piaci perché sei giudiziosa, e cerchi di metter pace in famiglia... Non sai quel che c'è stato!... Mia sorella specialmente!... M'hanno fatto andare tutto in veleno anche il giorno delle nozze!...

Com'essa gli ispirava confidenza, col viso buono, stava per sfogarsi del rimanente, senza avvedersene, quando la zia Cirmena venne ad interromperlo dicendogli:

– Pensate al sagrestano; è lì che aspetta con sua moglie.

Don Luca, vedendo arrivare tanta grazia di Dio, finse di esser sorpreso. – Nossignore! Non siamo venuti per i dolci... Non v'incomodate, vossignoria! – Sua moglie intanto andava sciorinando la tovaglia che pareva quella dell'altare. Lui invece, per dimostrare la sua gratitudine, fingeva di guardare in aria, inarcando le ciglia dalla sorpresa.

– Guarda, Grazia!... Quanta roba!... Ce ne sono stati spesi dei denari qui! – Poscia, appena don Gesualdo volse le spalle, aiutò ad insaccare anche lui.

– Par d'essere appestati!... – borbottò donna Sarina che rientrava col borsone pieno insieme al canonico Lupi. – Neppure i suoi fratelli son venuti!... avete visto?...

– Poveretti!... poveretti!... – rispose l'altro agitando la mano dinanzi alla fronte, come a dire che coloro non ci avevano più la testa a segno. Poi si guardò intorno, abbassando la voce: – Sembrava che piangessero il morto, quando siamo andati a prendere la sposa!... due gufi, tale e quale!... Si rintanavano di stanza in stanza, al buio... Due gufi, tale e quale!... Donna Bianca, invece, voleva fare le cose con bella maniera... almeno pei riguardi umani!... Infine se si è indotta a questo passo...

Fece un altro segno, coll'indice e il pollice in croce sulla bocca. E sbirciando colla coda dell'occhio che rientravano in sala anche Bianca e suo marito, disse forte, come in seguito di un altro discorso, mostrando il fazzoletto pieno: – Sono le mie propine!... frutti di stola...

La moglie del sagrestano, che non si era accorta della sposa, aggiunse:

– Sono ancora lì, tutti e due, dietro i vetri della finestra, al buio, a guardare in piazza dove non c'è nessuno!... come due mummie addirittura!...

Donna Bianca, nel passare, udì quelle parole.

– Tanta salute! – interruppe il sagrestano vedendo la signora. – Sarà una festa per quei ragazzi, quando arriveremo a casa!... Cinque figliuoli, donna Bianca!...

Poi, voltandosi verso la moglie che se ne andava barcollando, con quell'altro fardello sulla pancia:

– Salute e figli maschi!... La roba ce l'avete!... Ora pregheremo il Signore di darvi i figliuoli... Vogliamo vedervi come Grazia fra nove mesi...

Il marchese per tagliar corto l'accomiatò: – Va bene! Buona sera, caro don Luca!

Nell'altra stanza, appena furono usciti gli invitati, si udì un baccano indiavolato. I vicini, la gente di casa, Brasi Camauro, Giacalone, Nanni l'Orbo, una turba famelica, piombò sui rimasugli del trattamento, disputandosi i dolciumi, strappandoseli di mano, accapigliandosi fra di loro. E compare Santo, col pretesto di difendere la roba, abbrancava quel che poteva, e se lo ficcava da per tutto, in bocca, nelle tasche, dentro la camicia. Nunzio, il ragazzo di Burgio, entrato come un gatto, si era arrampicato sulla tavola, e s'arrabbattava a calci e pugni anche lui, strillando come un ossesso; gli altri monelli carponi sotto. Don Gesualdo, infuriato, voleva correre col bastone a far cessare quella baraonda; ma lo zio marchese lo fermò pel braccio!...

– Lasciateli fare... tanto!...

La zia Cirmena che si era divertita almeno un po', si piantò nel bel mezzo della stanza, guardando in faccia la gente, come a dire ch'era ora d'andarsene. In quel frattempo tornò di corsa il sagrestano, ansante, con un'aria di gran mistero:

– C'è qui tutto il paese!... giù in istrada, che stanno a vedere!... Il barone Zacco, i Margarone, la moglie di Mèndola anche... tutti i primi signori del paese!... Fa chiasso il vostro matrimonio, don Gesualdo!...

E se ne andò com'era venuto, frettoloso, infatuato.

La zia Cirmena borbottò:

– Che seccatura!... Ci fosse almeno un'altra uscita!...

Il canonico invece, curioso, volle andare a vedere.

Di rimpetto, alla cantonata di San Sebastiano, c'era un crocchio di gente; si vedevano biancheggiare dei vestiti chiari nel buio della strada. Altri passavano lentamente, in punta di piedi, rasente al muro, col viso rivolto in su. Si udiva parlare sottovoce, delle risa soffocate anche, uno scalpiccìo furtivo. Due che tornavano indietro dalla parte di Santa Maria di Gesù si fermarono, vedendo aprire il balcone. E tutti sgattaiolarono di qua e di là. Rimase solo Ciolla, che fingeva d'andare pei fatti suoi canticchiando:

Amore, amore, che m'hai fatto fare?

Donna Sarina e il marchese Limòli si erano avvicinati anch'essi al balcone. Quest'ultimo allora disse:

– Adesso potete andarvene, donna Sarina. Non c'è più nessuno laggiù!...

La zia Cirmena scattò su come una molla:

– Io non ho paura, don Alfonso!... Io fo quel che mi pare e piace!... Son qui per far da mamma a Bianca... giacché non c'è altra parente prossima. Non possiamo piantar la sposa quasi fosse una trovatella... pel decoro della famiglia almeno!...

– Ah? ah?... – sogghignava intanto il marchese.

Donna Sarina gli ribatté sul muso, frenando a stento la voce:

– Non mi fate lo gnorri, don Alfonso!... Lo sapete meglio di me!... Deve premere anche a voi che siete della famiglia... Bisogna farlo per la gente... se non per lei!... – E infilò l'uscio della camera nuziale, continuando a sbraitare.

– Va bene, va bene! Non andate in collera... Vuol dire che ce ne andremo noi!... Ehi, ehi, canonico... Mi par che sarebbe tempo d'andarcene!... Un po' di prudenza!...

– Ah! ah!... Ah! ah! – chiocciava il canonico.

– Buona notte, nipoti miei! Vi dò pure la benedizione che non costa nulla...

Bianca s'era fatta pallida come un cencio lavato. Si alzò anche lei, con un lieve tremito nei muscoli del mento, coi begli occhi turchini che sembravano smarriti, incespicando nel vestito nuovo, e balbettò:

– Zio!... sentite, zio!... – E lo tirò in disparte per parlargli sottovoce, con calore.

– Sono pazzi! – interruppe il marchese ad alta voce, accalorandosi anche lui. – Pazzi da legare! Se torno a nascere, lo dirò anche a loro, voglio chiamarmi mastro Alfonso Limòli!...

– Bravo! – sghignazzò il canonico. – Mi piace quello che dite!

– Buona notte! buona notte! Non ci pensare! Andrò da loro domattina... E fra nove mesi, ricordati bene, voglio essere invitato di nuovo pel battesimo... il canonico Lupi ed io... noi due soli... Non ci sarà neppure bisogno della cugina Cirmena!...

– Poca brigata, vita beata! – conchiuse l'altro.

Don Gesualdo li accompagnò sino all'uscio, solleticato internamente dai complimenti del canonico, il quale non finiva dal dirgli che aveva fatto le cose ammodo: – Peccato che non sieno venuti tutti gli invitati! Avrebbero visto che spendete da Cesare. Mi sorprende per la signora Sganci!... Anche la baronessa Rubiera sarebbe stata contenta di vedere come le rispettate la nipote... che non siete di quelli che hanno il pugno stretto... giacché dovete esser soci fra poco.

– Eh! eh! – rispose don Gesualdo che si sentiva ribollire in quel punto i denari male spesi. – C'è tempo! c'è tempo! Ne deve passare prima dell'acqua sotto il ponte che non c'è più... Diteglielo pure, alla signora baronessa.

– Come? come? Se era cosa intesa? Se dovete esser soci?

– I miei soci son questi qua! – ripeté don Gesualdo battendo sul taschino. – Non vorrei che la signora baronessa Rubiera avesse a vergognarsi d'avermi per compagno... diteglielo pure!

– Ha ragione! – aggiunse il marchese fermandosi a metà della scala. – Ha l'amor proprio dei suoi denari, che diavolo!... La cugina Rubiera avrebbe potuto degnarsi... Non si sarebbe guastato il sangue per così poco, lei!...

– Chissà? chissà perché non è venuta?... Ci dev'essere qualch'altro motivo... Poi, gli affari... è un'altra cosa... Pensateci bene!... Vi mancherà un appoggio!... Li avrete tutti nemici allora!...

– Tutti nemici... oh bella! perché?

– Pei vostri denari, caspita!... Perché potete mettere anche voi le mani nel piatto!... Poi vi siete imparentato con loro!... Uno schiaffo, caro mio! Uno schiaffo che avete dato a tutti quanti!

– Sapete cosa ho da dirvi? – si mise a strillare allora il marchese levando il capo in su. – Che se non avessi il vitalizio della mia commenda di Malta per non crepare di fame, sarei costretto a dare uno schiaffo anch'io a tutta la nobile parentela... Sarei costretto a scopar le strade!...

E se ne andò borbottando.

– Don Gesualdo, – disse Nanni l'Orbo facendo capolino dalla cucina. – Son qui i ragazzi che vorrebbero baciar la mano alla padrona... se non c'è più nessuno...

– Spicciatevi! spicciatevi! – rispose lui infastidito.

Prima s'affollarono sulla soglia simili a un branco di pecore; poscia, dopo Nanni l'Orbo, sfilarono dietro tutti gli altri, col sorriso goffo, il berretto in mano, le donne salutando sino a terra come in chiesa, imbacuccate nelle mantelline.

– Questa è Diodata, – disse Nanni l'Orbo. – Una povera orfanella che il padrone ha mantenuto per carità.

– Sissignora!... Tanta salute!... – E Diodata non seppe più che dire.

– Un cuore tanto fatto, don Gesualdo! – seguitò Nanni l'Orbo accalorandosi. – Gli ha fatto anche la dote! Domeneddio l'aiuta per questo!

Don Gesualdo andava spegnendo i lumi. Poi si voltò tutto di nuovo vestito, che Diodata non osava nemmeno alzare gli occhi su di lui, e conchiuse:

– Va bene. Siete contenti?

– Sissignore, – rispose Nanni l'Orbo, guardando con tenerezza Diodata. – Contentoni!... può dirlo anche lei!...

– È un pezzo che compare Nanni teneva d'occhio a quei baiocchi, per non lasciarseli sfuggire! – aggiunse Brasi Camauro. – È nato col berretto in testa!

– Sposa Diodata, – narrò allora alla moglie don Gesualdo. – La marito con lui.

Il camparo aggiunse altre informazioni, ridendo:

– Si correvano dietro! Bisognava far la guardia a loro pure!... Il padrone mi dovrebbe ancora qualche regaluccio per quest'altra custodia che non era nel patto!...

Allora scoppiò una risata generale, perché compare Carmine era molto lepido, di solito. La ragazza, tutta una fiamma, gli lanciò un'occhiata di bestia selvaggia.

– Non è vero! nossignore, don Gesualdo!...

– Sì! sì! e Brasi Camauro anche! e Giacalone, allorché veniva pel carro!... Tutti d'amore e d'accordo, insieme!...

Le risate non finivano più; Nanni l'Orbo pel primo, che si teneva i fianchi. Solo Diodata, rossa come il fuoco, colle lagrime agli occhi, s'affannava a ripetere:

– Nossignore!... non è vero!... Come potete dirlo, compare Carmine?... non ne avete coscienza?

Donna Sarina comparve di nuovo sull'uscio, colle braccia incrociate, senza profferire una parola; soltanto i fiori che le si agitavano sul capo parlavano per lei.

– Ora basta! – conchiuse il padrone. – Andatevene, ch'è tardi.

Essi salutarono un'altra volta, inchinandosi goffamente, balbettando confusamente in coro, urtandosi nell'uscire, e se ne andarono con un calpestìo pesante di bestiame grosso. Appena fuori cominciarono a ridere e scherzare fra di loro; Brasi Camauro e Pelagatti dandosi degli spintoni; Nanni l'Orbo e compare Carmine barattando parolacce e ingiurie atroci, colle braccia l'uno al collo dell'altro, come due fratelli messi in allegria dal vino bevuto. Una baldoria che fece ridere anche lo stesso don Gesualdo.

– Son come le bestie! – diss'egli rientrando. – Non dar retta, cara Bianca!

– Un momento! – strillò la zia Cirmena respigendolo colle mani, quasi egli stesse per farle violenza. – Non potete entrare adesso! Fuori! fuori!

E gli chiuse l'uscio sul muso.

Diodata risalì di corsa in quel punto, scalmanata, colle lagrime agli occhi.

– Don Gesualdo!... Non vogliono lasciarmi andare pei fatti miei!... Li sentite, laggiù?... compare Nanni e tutti gli altri!...

– Ebbene? Che c'è? Non dev'essere tuo marito?...

– Sissignore... Dice per questo!... ch'è il padrone... Non mi lasciano andare in pace!... tutti quanti!

– Aspetta! aspetta, che piglio un bastone!

– No! no! – gridò Nanni dalla strada. – Ce ne andiamo a casa. Nessuno la tocca.

– Senti? Nessuno ti tocca. Vattene... Che fai adesso?

Essa, stando due scalini più giù, gli aveva presa la mano di nascosto, e andava baciandola come un vero cane affezionato e fedele: – Benedicite!... benedicite!...

– Ora ricomincia il piagnisteo! – sbuffò lui. – Non ho un momento di pace, questa sera!...

– Nossignore... senza piagnisteo... Tanta salute a vossignoria!... e alla vostra sposa anche!... È che volevo baciarvi la mano per l'ultima volta!... Mi tremano un po' le gambe... Tanto bene che mi avete fatto, vossignoria!...

– Bè! bè!... Sta allegra tu pure!... Dev'essere un giorno d'allegria questo!... Hai trovato un buon marito anche tu... Il pane non te lo farà mancare... E quando verrà la malannata, ricordati che c'è sempre il mio magazzino aperto... Sei contenta anche tu? di'?

Essa rispose ch'era contenta, chinando il capo più volte, giacché aveva un gruppo alla gola e non poteva parlare.

– Va bene! Ora vattene via contenta... e senza pensare ad altro, sai!... senza pensare ad altro!...

Com'essa lo guardava in un certo modo, cogli occhi dolorosi che sembrava gli leggessero anche a lui il cruccio segreto in cuore, cominciò a gridare per non pensarci, quasi fosse in collera.

– E senza cercare il pelo nell'uovo!... senza pensare a questo e a quell'altro... Il Signore c'è per tutti... Anche tu sei una povera trovatella, e il Signore ti ha aiutato!... Al caso poi, ci son qua io... Farò quello che potrò... Non ho il cuore di sasso, no!... Lo sai! Vai, vai; vattene via contenta!...

Ma Diodata, che gli voltava le spalle, col petto pigiato contro la ringhiera, quasi si sentisse morire dal crepacuore, non poté frenare i singhiozzi che la scuotevano dalla testa ai piedi. Allora il suo padrone scappò a bestemmiare:

– Santo e santissimo!... santo e santissimo!

In quel momento comparve la zia Cirmena in cima alla scala, con lo scialle in testa, il borsone infilato al braccio, e gli occhi umidi di lagrime, come si conveniva alla parte di madre che l'era toccata quella volta.

– Eccomi qua, don Gesualdo! eccomi qua! – E stese le braccia come un crocifisso per buttargliele al collo. – Non ho bisogno di farvi la predica... Siete un uomo di giudizio... Povera Bianca!... Sono commossa guardate!

Cercò nel borsone il fazzoletto di battista, fra la roba di cui era pieno, e si asciugò gli occhi. Poi baciò di nuovo lo sposo, asciugandosi anche la bocca con lo stesso fazzoletto, e chiamò il servitore che aspettava giù col lampione.

– Don Camillo! Accendete, ch'è ora di andarsene. Don Camillo! ehi? cosa fate? dormite?

Dalla strada rispose Ciolla, ripassando col chitarrino:

Amore, amore, che m'hai fatto fare?

E degli altri sfaccendati gli andavano dietro, facendogli l'accompagnamento coi grugniti.

– No! – esclamò la zia Cirmena piantandosi dinanzi al nipote, quasi ad impedirgli di fare una pazzia. – Non date retta... Sono ubbriachi!... canaglia che crepano d'invidia! Andate a trovare vostra moglie piuttosto! Ve la raccomando... non va presa come le altre... Siamo fatti di un'altra pasta... tutta la famiglia... Mi pare di lasciare il sangue mio nelle vostre mani adesso!... Non ho avuto figliuole... non ho mai provato una cosa simile!... Mi sento tutta sconvolta!... No! no! Non badate a me!... mi calmerò... Voi, don Camillo, andate avanti col lume...

Egli volse le spalle. – Quante chiacchiere! Infine siamo marito e moglie sì o no? – Entrando nella camera nuziale trasse un sospirone.

– Ah! se Dio vuole, è finita! Ce n'è voluto... ma è finita, se Dio vuole!... Non lo fo più, com'è vero Iddio, se si ha a ricominciare da capo!...

Voleva far ridere anche la sposa, metterla un po' di buon umore, per star meglio insieme in confidenza, come dev'essere fra marito e moglie. Ma lei, ch'era seduta dinanzi allo specchio, voltando le spalle all'uscio, si riscosse udendolo entrare, e avvampò in viso. Indi si fece smorta più di prima, e i lineamenti delicati parvero affilarlesi a un tratto maggiormente.

Proprio quello che aveva detto la zia Cirmena! Una ragazza che vi basiva per un nulla, e v'imbrogliava la lingua e le mani. Gli seccava, ecco, quel giorno di nozze che non gli aveva dato un sol momento buono.

– Ehi?... Perché non dici nulla?... Cos'hai?... – Rimase

un momento imbarazzato, senza saper che dire neppure lui, umiliato nel suo bel vestito nuovo, in mezzo ai suoi mobili che gli costavano un occhio del capo.

– Senti... s'è così... se la pigli su quel verso anche tu... Allora ti saluto e vo a dormire su di una sedia, com'è vero Dio!...

Essa balbettò qualche parola inintelligibile, un gorgoglìo di suoni timidi e confusi, e chinò il capo ubbidiente, per cominciare a togliersi il pettine di tartaruga, colle mani gracili e un po' sciupacchiate alle estremità di ragazza povera avvezza a far tutto in casa.

– Brava! brava! Così mi piaci!... Se andiamo d'accordo come dico io, la nostra casa andrà avanti... avanti assai! Te lo dico io! Faremo crepare gli invidiosi... Hai visto stasera, che non son voluti venire alle nozze?... Quante spese buttate via!... Hai visto che mi mangiavo il fegato e ridevo?... Riderà meglio chi ride l'ultimo!... Via, via, perché ti tremano così le mani?... non sono tuo marito adesso?... a dispetto degli invidiosi!... Che paura hai?... Senti!... quel Ciòlla!... mi farà fare uno sproposito!...

Essa tornò a balbettare qualche parola indistinta, che le spirò di nuovo sulle labbra smorte, e alzò per la prima volta gli occhi su di lui, quegli occhi turchini e dolci che gli promettevano la sposa amorevole e ubbidiente che gli avevano detto. Allora egli tutto contento, con una risata larga che gli spianò il viso ed il cuore, riprese:

– Lascialo cantare. Non me ne importa adesso di Ciolla... di lui e di tutti gli altri!... Crepano d'invidia perché i miei affari vanno a gonfie vele, grazie a Dio! Non te ne pentirai, no, di quello che hai fatto!... Sei buona!... non hai la superbia di tutti i tuoi...

In cuore gli si gonfiava un'insolita tenerezza, mentre l'aiutava a spettinarsi. Proprio le sue grosse mani che aiutavano una Trao, e si sentivano divenir leggere leggere fra quei capelli fini! Gli occhi di lui si accendevano sulle trine che le velavano gli omeri candidi e delicati, sulle maniche brevi e rigonfie che le mettevano quasi delle ali alle spalle. Gli piaceva la peluria color d'oro che le fioriva agli ultimi nodi delle vertebre, le cicatrici lasciate dal vaccinatore inesperto sulle braccia esili e bianche, quelle mani piccole, che avevano lavorato come le sue, e tremavano sotto i suoi occhi, quella nuca china che impallidiva e arrossiva, tutti quei segni umili di privazioni che l'avvicinavano a lui.

– Voglio che tu sii meglio di una regina, se andiamo d'accordo come dico io!... Tutto il paese sotto i piedi voglio metterti!... Tutte quelle bestie che ridono adesso e si divertono alle nostre spalle!... Vedrai! vedrai!... Ha buon stomaco, mastro-don Gesualdo!... da tenersi in serbo per anni ed anni tutto quello che vuole... e buone gambe pure... per arrivare dove vuole... Tu sei buona e bella!... roba fine!... roba fine sei!...

Essa rannicchiò il capo nelle spalle, simile a una colomba trepidante che stia per essere ghermita.

– Ora ti voglio bene davvero, sai!... Ho paura di toccarti colle mani... Ho le mani grosse perché ho tanto lavorato... non mi vergogno a dirlo... Ho lavorato per arrivare a questo punto... Chi me l'avrebbe detto?... Non mi vergogno, no! Tu sei bella e buona... Voglio farti come una regina... Tutti sotto i tuoi piedi!... questi piedini piccoli! Hai voluto venirci tu stessa... con questi piedini piccoli... nella mia casa... La padrona!... la signora bella mia!... Guarda, mi fai dire delle sciocchezze!...

Ma essa aveva l'orecchio altrove. Pareva guardasse nello specchio, lontano, lontano.

– A che pensi? ancora al Ciolla?... Vo a finire in prigione, la prima notte di matrimonio!...

– No! – interruppe lei balbettando, con un filo di voce. – No... sentite... devo dirvi una cosa...

Sembrava che non avesse più una goccia di sangue nelle vene, tanto era pallida e sbattuta. Mosse le labbra tremanti due o tre volte.

– Parla, – rispose lui. – Tutto quello che desideri... Voglio che sii contenta tu pure!...

Com'era di luglio, e faceva un gran caldo, si tolse anche

il vestito, aspettando. Ella si tirò indietro bruscamente, quasi avesse ricevuto un urto in pieno petto; e s'irrigidì, tutta bianca, cogli occhi cerchiati di nero.

— Parla, parla!... Dimmelo qui all'orecchio... qui che nessuno ci sente!...

Rideva tutto contento colla risata grossolana, nell'impeto caldo che cominciava a fargli girare il capo, balbettando e anfanando, in maniche di camicia, stringendosi sul cuore che gli batteva fino in gola quel corpo delicato che sentiva rabbrividire e quasi ribellarsi; e come le sollevava il capo dolcemente si sentì cascar le braccia. Ella si asciugò gli occhi febbrili, col viso tuttora contratto dolorosamente.

— Ah!... che gusto!... Aveva ragione la zia Cirmena!... Bel divertimento!... Dopo tanti stenti, tanti bocconi amari!... tante spese fatte!... Si dovrebbe essere così contenti qui... due che si volessero bene!... Nossignore! neanche questo mi tocca! Neanche il giorno delle nozze, santo e santissimo!... Dimmi almeno che hai!...

— Non badate a me... Sono troppo agitata...

— Ah! quel Ciolla!... ancora!... Com'è vero Dio, gli tiro addosso un vaso di fiori adesso!... Voglio far la festa anche a lui, la prima notte di matrimonio!

Parte seconda

I

– Tre onze e quindici!... Uno!... due!...

– Quattr'onze! – replicò don Gesualdo impassibile.

Il barone Zacco si alzò, rosso come se gli pigliasse un accidente. Annaspò alquanto per cercare il cappello, e fece per andarsene. Ma giunto sulla soglia tornò indietro a precipizio, colla schiuma alla bocca, quasi fuori di sé, gridando:

– Quattro e quindici!...

E si fermò ansante dinanzi alla scrivania dei giurati, fulminando il suo contradittore cogli occhi accesi. Don Filippo Margarone, Peperito e gli altri del Municipio che presiedevano all'asta delle terre comunali, si parlarono all'orecchio fra di loro. Don Gesualdo tirò su una presa, seguitando a fare tranquillamente i suoi conti nel taccuino che teneva aperto sulle ginocchia. Indi alzò il capo, e ribatté con voce calma:

– Cinque onze!

Il barone diventò a un tratto come un cencio lavato. Si soffiò il naso; calcò il cappello in testa, e poi infilò l'uscio, sbraitando:

– Ah!... quand'è così!... giacch'è un puntiglio!... una personalità!... Buon giorno a chi resta!

I giurati si agitavano sulle loro sedie quasi avessero la colica. Il canonico Lupi si alzò di botto, e corse a dire una parola all'orecchio di don Gesualdo, passandogli un braccio al collo.

– Nossignore, – rispose ad alta voce costui. – Non ho di queste sciocchezze... Fo i miei interessi, e nulla più.

Nel pubblico che assisteva all'asta corse un mormorio. Tutti gli altri concorrenti si erano tirati indietro, sgomenti, cacciando fuori tanto di lingua. Allora si alzò in piedi il baronello Rubiera, pettoruto, lisciandosi la barba scarsa, senza badare ai segni che gli faceva da lontano don Filippo, e lasciò cadere la sua offerta, coll'aria addormentata di uno che non gliene importa nulla del denaro:

– Cinque onze e sei!... Dico io!...

– Per l'amor di Dio, – gli soffiò nelle orecchie il notaro Neri tirandolo per la falda. – Signor barone, non facciamo pazzie!...

– Cinque onze e sei! – replicò il baronello senza dar retta, guardando in giro trionfante.

– Cinque e quindici.

Don Ninì si fece rosso, e aprì la bocca per replicare; ma il notaro gliela chiuse con la mano. Margarone stimò giunto il momento di assumere l'aria presidenziale.

– Don Gesualdo!... Qui non stiamo per scherzare!... Avrete danari... non dico di no... ma è una bella somma... per uno che sino a ieri l'altro portava i sassi sulle spalle... sia detto senza offendervi... Onestamente... « Guardami quel che sono, e non quello che fui » dice il proverbio... Ma il comune vuole la sua garanzia. Pensateci bene!... Sono circa cinquecento salme... Fanno... fanno... – E si mise gli occhiali, scrivendo cifre sopra cifre.

– So quello che fanno, – rispose ridendo mastro-don Gesualdo. – Ci ho pensato portando i sassi sulle spalle... Ah! signor don Filippo, non sapete che soddisfazione, essere arrivato sin qui, faccia a faccia con vossignoria e con tutti questi altri padroni miei, a dire ciascuno le sue ragioni, e fare il suo interesse!

Don Filippo posò gli occhiali sullo scartafaccio; volse un'occhiata stupefatta ai suoi colleghi a destra e a sinistra, e tacque rimminchionito. Nella folla che pigiavasi all'uscio nacque un tafferuglio. Mastro Nunzio Motta voleva entrare a ogni costo, e andare a mettere le mani addosso al suo figliuolo che buttava così i denari. Burgio stentava a frenarlo. Margarone suonò il campanello per intimar silenzio.

– Va bene!... va benissimo!... Ma intanto la legge dice...

Come seguitava a tartagliare, quella faccia gialla di Canali gli suggerì la risposta, fingendo di soffiarsi il naso.

– Sicuro!... Chi garantisce per voi?... La legge dice...

– Mi garantisco da me, – rispose don Gesualdo posando sulla scrivania un sacco di doppie che cavò fuori dalla cacciatora.

A quel suono tutti spalancarono gli occhi. Don Filippo ammutolì.

– Signori miei!... – strillò il barone Zacco rientrando infuriato. – Signori miei!... guardate un po'!... a che siam giunti!...

– Cinque e quindici! – replicò don Gesualdo tirando un'altra presa. – Offro cinque onze e quindici tarì a salma per la gabella delle terre comunali. Continuate l'asta, signor don Filippo.

Il baronello Rubiera scattò su come una molla, con tutto il sangue al viso. Non l'avrebbero tenuto neppure le catene.

– A sei onze! – balbettò fuori di sé. – Fo l'offerta di sei onze a salma.

– Portatelo fuori! Portatelo via! – strillò don Filippo alzandosi a metà. Alcuni battevano le mani. Ma don Ninì ostinavasi, pallido come la sua camicia adesso.

– Sissignore! a sei onze la salma! Scrivete la mia offerta, segretario!

– Alto! – gridò il notaro levando tutte e due le mani in aria. – Per la legalità dell'offerta!... fo le mie riserve!...

E si precipitò sul baronello, come s'accapigliassero. Lì, nel vano del balcone, faccia a faccia, cogli occhi fuori dell'orbita, soffiandogli in viso l'alito infuocato:

– Signor barone!... quando volete buttare il denaro dalla finestra!... andate a giuocare a carte!... giuocatevi il denaro di tasca vostra soltanto!...

135

Don Ninì sbuffava peggio di un toro infuriato. Peperito aveva chiamato con un cenno il canonico Lupi, e s'erano messi a confabulare sottovoce, chinati sulla scrivania, agitando il capo come due galline che beccano nello stesso tegame. Era tanta la commozione che le mani del canonico tremavano sugli scartafacci. Il cavaliere lo prese per un braccio e andarono a raggiungere il notaro e il baronello che disputavano animatissimi in un canto della sala. Don Ninì cominciava a cedere, col viso floscio e le gambe molli. Il canonico allora fece segno a don Gesualdo d'accostarsi lui pure.

– No, – ammiccò questi senza muoversi.

– Sentite!... C'è quell'affare della cauzione... Il ponte se n'è andato, salute a noi!... C'è modo d'accomodare quell'affare della cauzione adesso...

– No, – ripigliò don Gesualdo. Sembrava una pietra murata. – L'affare del ponte... una miseria in confronto.

– Villano! mulo! testa di corno! – ricominciò ad inveire il barone sottovoce.

Don Filippo, dopo il primo momento d'agitazione, era tornato a sedere, asciugandosi il sudore gravemente. Intanto che il canonico parlava sottovoce a mastro-don Gesualdo, il notaro da lontano cominciò a far dei segni. Don Filippo si chinò all'orecchio di Canali. Sottomano, in voce di falsetto, il banditore replicò:

– L'ultima offerta per le terre del comune! A sei onze la salma!... Uno!... due!...

– Un momento, signori miei! – interruppe don Gesualdo. – Chi garantisce quest'ultima offerta?

A quell'uscita rimasero tutti a bocca aperta. Don Filippo apriva e chiudeva la sua senza trovar parola. Infine rispose:

– L'offerta del barone Rubiera!... Eh? eh?

– Sissignore. Chi garantisce pel barone Rubiera?

Il notaro si gettò su don Ninì che sembrava volesse fare un massacro. Peperito dimenavasi come l'avessero schiaffeggiato. Lo stesso canonico allibì. Margarone balbettava stralunato.

– Chi garantisce pel barone Rubiera?... chi garantisce?...
– A un tratto mutò tono, volgendola in burla: – Chi garantisce pel barone Rubiera!... Ah! ah!... Oh bella! questa è grossa! – E molti, al pari di lui, si tenevano i fianchi dalle risate.

– Sissignore, – replicò don Gesualdo imperturbabile. Chi garantisce per lui? La roba è di sua madre.

A quelle parole cessarono le risate, e don Filippo ricominciò a tartagliare. La gente si affollava sull'uscio come ad un teatro. Il canonico, che sembrava più pallido sotto la barba di quattro giorni, tirava il suo compagno pel vestito. Il notaro era riuscito a cacciare il baronello contro il muro, mentre costui, in mezzo al baccano, vomitava:

– Becco!... cuor contento!... redentore!

– La parola del barone! – disse infine don Filippo. – La parola del barone Rubiera val più delle vostre doppie!... don... don...

– Don Filippo! – interruppe l'altro senza perdere la sua bella calma. – Ho qui dei testimoni per metter tutto nel verbale.

– Va bene! Si metterà tutto nel verbale!... Scrivete che il baronello Rubiera ha fatto l'offerta per incarico di sua madre!...

– Benone! – aggiunse don Gesualdo. – Quand'è così scrivete pure che offro sei onze e quindici a salma.

– Pazzo! assassino! nemico di Dio! – si udì gridare mastro Nunzio nella folla dell'altra sala.

Successe un parapiglia. Il notaro e Peperito spinsero fuori dell'uscio il baronello che strepitava, agitando le braccia in aria. Dall'altro canto il canonico, convulso, si gettò su don Gesualdo, stringendoglisi addosso, sedendogli quasi sulle ginocchia, colle braccia al collo, scongiurandolo sottovoce, in aria disperata, con parole di fuoco, ficcandoglisi nell'orecchio, scuotendolo pei petti della giacca, quasi volesse strapazzarlo, per fargli sentir ragione.

– Una pazzia!... Dove andiamo, caro don Gesualdo?...

– Non temete, canonico. Ho fatto i miei conti. Non mi scaldo la testa, io.

Don Filippo Margarone suonava il campanello da cinque minuti per avere un bicchier d'acqua. I suoi colleghi s'asciugavano il sudore anch'essi, trafelati. Solo don Gesualdo rimaneva seduto al suo posto come un sasso, accanto al sacchetto di doppie. A un certo punto, dalla baraonda ch'era nell'altra stanza, irruppe nella sala mastro Nunzio Motta, stralunato, tremante di collera, coi capelli bianchi irti sul capo, rimorchiandosi dietro il genero Burgio che tentava di trattenerlo per la manica della giacca, come un pazzo.

– Signor don Filippo!... sono il padre, sì o no?... comando io, sì o no?... Se mio figlio Gesualdo è matto!... se vuol rovinarci tutti!... c'è la forza, signor don Filippo!... Mandate a chiamare don Liccio Papa!... – Speranza, dall'uscio, col lattante al petto, che si strappava i capelli e urlava quasi l'accoppassero. – Per l'amor di Dio! per l'amor di Dio! – supplicava il canonico, correndo dall'uno all'altro. – I denari del ponte!... Vuole la mia rovina!... Nemico di suo padre stesso! – urlava mastro Nunzio. – Erano forse denari vostri? – scappò infine a gridare il canonico; – non era sangue del figlio vostro? non li ha guadagnati lui, col suo lavoro? – Tutti quanti erano in piedi, vociando. Si udiva Canali strillare più forte degli altri per chetare don Ninì Rubiera. Il barone Zacco, avvilito, se ne stava colle spalle al muro, e il cappello sulla nuca. Il notaro era sceso a precipizio, facendo gli scalini a quattro a quattro, onde correre dalla baronessa. Per le scale era un via vai di curiosi: gente che arrivava ogni momento, attratta dal baccano che udivasi nel Palazzo di Città. Santo Motta dalla piazza additava il balcone, vociando a chi non voleva saperle le prodezze del fratello. S'era affacciata perfino donna Marianna Sganci, coll'ombrellino, mettendosi la mano dinanzi agli occhi.

– Com'è vero Dio!... Io l'ho fatto e io lo disfo!... – urlava il vecchio Motta inferocito. – Largo! largo! – si udì in mezzo alla folla.

Giungeva don Giuseppe Barabba, agitando un biglietto

in aria. – Canonico! canonico Lupi!... – Questi si spinse avanti a gomitate. – Va bene – disse, dopo di aver letto. – Dite alla signora Sganci che va bene, e la servo subito.

Barabba corse a fare la stessa imbasciata nell'altra sala. Quasi lo soffocavano dalla ressa. Il canonico si buscò uno strappo alla zimarra, mentre il barone stendeva le braccia per leggere il biglietto. Canali, Barabba e don Ninì litigavano fra di loro. Poscia Canali ricominciò a gridare: – Largo! largo! – E s'avanzò verso don Gesualdo sorridente:

– C'è qui il baronello Rubiera che vuole stringervi la mano!

– Padrone! padronissimo! Io non sono in collera con nessuno.

– Dico bene!... Che diavolo!... Oramai siete parenti!...

E tirando pel vestito il baronello li strinse entrambi in un amplesso, costringendoli quasi a baciarsi. Il barone Zacco corse a gettarsi lui pure nelle loro braccia, coi lucciconi agli occhi.

– Maledetto il diavolo!... Non sono di bronzo!... Che sciocchezza!...

Il notaro sopraggiunse in quel punto. Andò prima a dare un'occhiata allo scartafaccio del segretario, e poi si mise a battere le mani.

– Viva la pace! Viva la concordia!... Se ve l'ho sempre detto!...

– Guardate cosa mi scrive vostra zia donna Marianna Sganci!... – disse il canonico commosso, porgendo la lettera aperta a don Gesualdo. E fattosi al balcone agitò il foglio in aria, come una bandiera bianca; mentre la signora Sganci dal balcone rispondeva coi cenni del capo.

– Pace! pace!... Siete tutti una famiglia!...

Canali corse a prendere per forza mastro Nunzio, Burgio, perfino Santo Motta, scamiciato, e li spinse nelle braccia dei nuovi parenti. Il canonico abbracciava anche comare Speranza e il suo bambino. Avrebbero pianto gli stessi sassi. – Per parte di moglie... siete cugini...

– È vero, – aggiunse don Ninì tuttora un po' rosso in

viso. – Siamo cresciuti insieme con Bianca... come fratello e sorella.

– Caro don Nunzio!... vi rammentate la fornace del gesso... vicino Fontanarossa?...

Il vecchio burbero fece una spallata, per levarsi d'addosso la manaccia del barone Zacco, e rispose sgarbatamente.

– Io mi chiamo mastro Nunzio, signor barone. Non ho i fumi di mio figlio.

– E perché poi? A vantaggio di chi vi fate la guerra?... Chi ne gode di tanto denaro buttato via?... – conchiuse Canali infervorato.

– Pazzie! ragazzate!... Un po' di sangue alla testa!... La giornata calda!... Un puntiglio sciocco... un malinteso... Ora tutto è finito! Andiamo via! Non facciamo ridere il paese!... – E il notaro cercava di condurli a spasso tutti quanti.

– Un momento! – interruppe don Gesualdo. – La candela è ancora accesa. Vediamo prima se hanno scritto l'ultima mia offerta.

– Come, come? Che discorsi!... Cosa vuol dire?... Torniamo da capo?... – Di nuovo s'era levato un putiferio. – Non siamo più amici? Non siamo parenti?

Ma don Gesualdo s'ostinava, peggio di un mulo:

– Sissignore, siamo parenti. Ma qui siamo venuti per la gabella delle terre comunali. Io ho fatta l'offerta di sei onze e quindici tarì a salma.

– Villano! testa di corno!

Don Filippo, in mezzo a quel trambusto, fu costretto a sedere di nuovo sul seggiolone, sbuffando. Vuotò di un fiato il bicchiere d'acqua, e suonò il campanello. – Signori miei! – vociava il segretario, – l'ultima offerta... a sei onze e quindici! – Tutti se n'erano andati a discutere strepitando nell'altra sala, lasciando solo don Gesualdo dinanzi alla scrivania. Invano il canonico, inquieto, gli soffiava all'orecchio:

– Non la spuntate, no!... Si son dati l'intesa fra di loro!... A sei onze e quindici la salma!... ultima offerta!...

– Don Gesualdo! don Gesualdo! – gridò il notaro quasi stesse per crollare la sala.

Rientrarono nuovamente in processione: il barone Zacco facendosi vento col cappello; il canonico e Canali ragionando fra loro due a bassa voce; don Ninì, più restìo, in coda agli altri. Il notaro con le braccia fece un gesto circolare per radunarli tutti intorno a sé:

– Don Gesualdo!... sentite qua!

Volse in giro un'occhiata da cospiratore e abbassò la voce:

– Una proposta seria! – e fece un'altra pausa significativa. – Prima di tutto, i danari della cauzione... una bella somma!... La disgrazia volle così... ma voi non ci avete colpa, don Gesualdo... e neppure, voi, mastro Nunzio... È giusto che non li perdiate!... Accomoderemo la cosa!... Voi, signor barone Zacco, vi rincresce di lasciare le terre che sono da quarant'anni nella vostra famiglia?... E va bene!... La baronessa Rubiera adesso vuole la sua parte anche lei?... ha più di tremila capi di bestiame sulle spalle... E va bene anche questa! Don Gesualdo, qui, ha denari da spendere lui pure; vuol fare le sue speculazioni sugli affitti... Benissimo! Dividete le terre, fra voi tre... senza liti, senza puntigli, senza farvi la guerra a vantaggio altrui... A vantaggio di chi, poi?... del comune! Vuol dire di nessuno! Mandiamo a monte l'asta... Il pretesto lo trovo io!... Fra otto giorni si riapre sul prezzo di prima; si fa un'offerta sola... Io no... e nemmeno loro!... Il canonico Lupi!... in nome vostro, don Gesualdo... Ci fidiamo... Siamo galantuomini! Un'offerta sola sul prezzo di prima; e vi rimangono aggiudicate le terre senza un baiocco d'aumento. Solamente una piccola senseria per me e il canonico... E il rimanente lo dividete fra voi tre, alla buona... d'amore e d'accordo. Vi piace? Siamo intesi?

– Nossignore, – rispose don Gesualdo, – le terre le piglio tutte io.

Mentre gli altri erano contenti e approvavano coi cenni del capo l'occhiata trionfante che il notaro tornava a volgere intorno, quella risposta cadde come una secchia d'acqua. Il notaro per primo rimase sbalordito; indi fece una giravolta e s'allontanò canterellando. Don Ninì scappò via senza dir nulla. Il barone stavolta finse di calcarsi il cappello in capo per davvero. Lo stesso canonico saltò su inviperito:

– Allora vi pianto anch'io!... Se volete rompervi le corna, il balcone è lì, bell'e aperto!... Vi offrono dei buoni patti!... vi stendono le mani!... Io vi lascio solo, com'è vero Dio!

Ma don Gesualdo si ostinava, col suo risolino sciocco, il solo che non perdesse la testa in quella baraonda.

– Siete una bestia! – gli disse sempre ridendo. Il canonico spalancò gli occhi e tornò docile a vedere quel che stava macchinando quel diavolo di mastro-don Gesualdo.

Il notaro, prudente, seppe dominarsi prima degli altri, e tornò indietro col sorriso sulle labbra e la tabacchiera in mano lui pure.

– Dunque?... le volete tutte?

– Eh... eh... Cosa stiamo a farci qui dunque! – rispose l'altro.

Neri gli offrì la tabacchiera aperta, e riprese a voce bassa, in tono di confidenza cordiale:

– Che diavolo volete farne?... circa cinquecento salme di terre!...

Don Gesualdo si strinse nelle spalle.

– Caro notaro, forse che voglio ficcare il naso nei vostri libracci, io?

– Quand'è così, don Gesualdo, state a sentire... discorriamola fra di noi... Il puntiglio non conta... e nemmeno l'amicizia... Badiamo agli interessi...

A ogni frase piegava il capo ora a destra e ora a sinistra, con un fare cadenzato che doveva essere molto persuasivo.

– Se le volete tutte, ve le faremo pagare il doppio, ed ecco sfumato subito metà del guadagno... senza contare i rischi... le malannate!... Lasciateci l'osso, caro don Gesualdo! tappateci la bocca... Abbiamo denti, e sappiamo mordere! Andremo a rotta di collo noialtri e voi pure!...

Don Gesualdo scrollava il capo, sogghignando, come a

dire: –Nossignore! Andrete a rotta di collo voialtri soltanto! – Seguitava a ripetere:

– Forse che io voglio cacciare il naso nei vostri scartafacci?

Poi, vedendo che il notaro diventava verde dalla bile, volle offrirgli una presa lui.

– Vi spiego il mistero in due parole, giacché vedo che mi parlate col cuore in mano. Piglierò in affitto le terre del comune... e quelle della Contea pure... tutte quante, capite, signor notaro? Allora comando ai prezzi e all'annata, capite?... Ve lo dico perché siete un amico, e perché a far quel che dico io ci vogliono molti capitali in mano, e un cuore grande quanto il piano di Santamargherita, caro notaro. Perciò spingerò l'asta sin dove voialtri non potrete arrivare. Ma badate! a un certo punto, se non mi conviene, mi tiro indietro, e vi lascio addosso il peso che vi rompe la schiena...

– E questa è la conclusione?...

– Eh? eh? Vi piace?

Il notaro si volse di qua e di là, come cercasse per terra, si calcò il cappello in capo definitivamente, e volse le spalle:

– Salute a chi rimane!... Ce ne andiamo... Non abbiamo più nulla da fare.

Il canonico, ch'era stato ad ascoltare a bocca aperta, si strinse al socio con entusiasmo, appena rimasero soli.

– Che botta, eh? don Gesualdo! Che tomo siete voi!... La mia mezzeria ci sarà sempre?

Don Gesualdo rassicurò il canonico con un cenno del capo, e disse a Margarone:

– Signor don Filippo, andiamo avanti...

– Io non vo niente affatto! – rispose finalmente Margarone adirato. – La legge dice... Non c'è più concorrenza!... Non trovo garanzia!... Devo consultare i miei colleghi. – E si mise a raccogliere gli scartafacci in fretta e in furia.

– Ah! così si tratta?... è questa la maniera?... Va bene! va benone! Ne discorreremo poi, signor don Filippo... Un memoriale a Sua Maestà!... – Il canonico col mantello sul braccio come un oratore romano, perorava la causa dell'amico, minaccioso. Don Gesualdo invece, più calmo, riprese il suo denaro e il taccuino zeppo di cifre: – Io sarò sempre qua, signor don Filippo, quando aprite di nuovo l'asta.

– Signori miei!... guardate un po'... a che siam giunti! – brontolava Margarone. Per la scala del Palazzo di Città, e per tutto il paese era un subbuglio, al sentire la lotta che c'era stata per levare di mano al barone Zacco le terre del comune che da quarant'anni erano nella sua famiglia, e il prezzo a cui erano salite. La gente si affacciava sugli usci, per veder passare mastro-don Gesualdo.

– Guardate un po', signori miei, a che s'era arrivati!... – Fresco come un bicchier d'acqua, quel mastro-don Gesualdo che se ne andava a casa, colle mani in tasca... In tasca aveva più denari che capelli in testa! e dava da fare ai primi signori del paese! Nell'anticamera aspettava don Giuseppe Barabba, in livrea: – Signor don Gesualdo, c'è di là la mia padrona a farvi visita... sissignore! – Donna Mariannina in gala era seduta sul canapè di seta, sotto lo specchio grande, nella bella sala gialla.

– Nipote mio, l'avete fatta grossa! Avete suscitato l'inferno in tutto il parentado!... Sicuro! La moglie del cugino Zacco è venuta a farmi vedere i lividori!... Sembra ammattito il barone!... Prende a sfogarsi con chi gli capita... E anche la cugina Rubiera... dice ch'è un proditorio! che il canonico Lupi vi aveva messi d'amore e d'accordo, e poi tutt'a un tratto... È vero, nipote mio? Son venuta apposta a discorrerne con Bianca... Vediamo, Bianca, aiutami tu. Cerchiamo d'accomodarla. Voi, don Gesualdo, le farete questo regalo, a vostra moglie. Eh? che ne dite?

Bianca guardava timidamente ora lei ed ora il marito, rannicchiata in un cantuccio del canapè, colle braccia sul ventre e il fazzoletto di seta in testa, che s'era messo in fretta onde ricevere la zia. Aprì la bocca per rispondere qualche cosa, messa in soggezione da donna Mariannina, la quale continuava a sollecitarla:

– Eh? che ne dici? Adesso sono anche affari tuoi.

Bianca tornò a guardare il marito, e tacque imbarazzata.

Ma egli la tolse d'impiccio.

– Io dico di no, – rispose semplicemente.

– Ah? ah? Dite così?...

Donna Mariannina rimase a bocca aperta lei pure un istante. Poscia divenne rossa come un gallo: – Ah! dite di no?... Scusatemi... Io non c'entro. Ero venuta a parlarne con mia nipote, perché non vorrei liti e questioni fra parenti... Anche coi tuoi fratelli, Bianca... quel che non ho fatto per indurli... don Diego specialmente ch'è così ostinato!... Una disgrazia.. un gastigo di Dio!

– Che volete farci? – rispose don Gesualdo. – Non tutti i negozi riescono bene. Anch'io, se avessi saputo... Non parlo per la moglie che ho presa, no! Non me ne pento!... Buona, interessata, ubbidiente... Glielo dico qui, in faccia a lei... Ma quanto al resto... lasciamo andare!

– Dite bene, lasciamo andare. Apposta son venuta a parlare con Bianca, perché so che le volete bene. Adesso siete marito e moglie, come vuol Dio. Anch'essa è la padrona...

– Sissignore, è la padrona. Ma io sono il marito...

– Vuol dire che ho sbagliato, – disse la Sganci punta al vivo.

– No, non avete sbagliato vossignoria. È che Bianca non se ne intende, poveretta. È vero, Bianca, che non te ne intendi, di'?

Bianca disse di sì, chinando il capo, ubbidiente.

– Sia per non detto. Non ne parliamo più. Ho fatto il mio dovere di buona zia, per cercare di mettervi d'accordo... Anche oggi, laggiù, al Municipio, avete visto?... quello che vi feci dire dal canonico Lupi?...

– *Lupus in fabula*! – esclamò costui entrando come in casa propria, col cappello in testa, il mantello ondeggiante dietro, fregandosi le mani. – Sparlavate di me, eh? Mi sussurravano le orecchie...

– Voi piuttosto, buonalana! Avete la cera di chi ha preso il terno al lotto!

– Il terno al lotto? Mi fate il contrappelo anche? Un povero diavolo che s'arrabatta da mattina a sera!...

– Si discorreva della gabella delle terre... – disse don Gesualdo tranquillamente, tirando su una presa, – così, per discorrere...

– Ah! ah! – rispose il canonico; e si mise a guardare in aria. La zia Sganci osservava lei pure i mobili nuovi, voltando la testa di qua e di là.

– Belli! Belli! Me l'aveva detto la cugina Cirmena. Peccato che non mi sentissi bene la sera del matrimonio...

– E gli altri pure, signora donna Mariannina! – rispose il canonico con una risatina. – Fu un'epidemia!...

– No! no! Posso assicurarvelo! in fede mia!... La Rubiera, poveretta!... E anche suo figlio... Lo sento sempre che si lagna... – Zia, come potrei?... – Donna Mariannina s'interruppe. – Ma abbiamo detto di non parlarne più. Lui però si duole di non poter venire a fare il suo dovere... Dissidi ce n'è sempre, dico io, anche tra fratelli e sorelle... Ma passeranno, coll'aiuto di Dio... Sai, Bianca? tuo cugino si marita. Ora non c'è bisogno di far misteri perché tutto è combinato. Don Filippo dà la tenuta alla Salonia, trenta salme di terra! Una bella dote.

Bianca ebbe un'ondata di sangue al viso, indi divenne smorta come un cencio; ma non si mosse né disse verbo.

Il canonico rispose lui invece, masticando ancora l'amaro.

– Lo sappiamo! lo sappiamo! L'abbiamo capita oggi, al Municipio!... – Infine non seppe più frenarsi, quasi bruciasse a lui la ferita.

– La baronessa Rubiera ha cercato di dare il gambetto a me pure!... a me che le avevo proposto l'affare!... Si è messa d'accordo cogli avversari! Tutti contrari!... I parenti della moglie schierati contro il marito!... Uno scandalo che non s'è mai visto... Hanno bandito un nuovo appalto per il ponte... onde fargli perdere la cauzione a questo disgraziato! Tutte le angherie!... Per la costruzione delle nuove strade fanno venire i concorrenti sin da Caltagirone e da Lentini!... – Di là almeno non ci capita addosso qualche altro parente!... – ha detto il barone Mèndola, colla sua stessa bocca, nella farmacia.

Donna Marianna diventava di cento colori, e si mordeva le labbra per non spifferare il fatto suo. Don Gesualdo invece se la rideva tranquillamente, sdraiato sul suo bel canapè soffice, e a un certo punto gli chiuse anche la bocca con la mano, al canonico.

– Lasciate stare!... Queste son chiacchiere che non vanno al mulino. Ciascuno fa il suo interesse.

– Dico per rispondere a donna Mariannina. Volete sentirne un'altra, eh? la più bella? Si sono pure messi d'accordo per vendere il grano a rotta di collo, e far cascare i prezzi. Una camorra! Il baronello Rubiera ha detto che non gliene importa di perdervi cent'onze, pur di farne perdere mille a don Gesualdo che ha i magazzini pieni... Al marito di sua cugina! Vergogna! Ce n'ho venti salme anch'io, capite, vossignoria! Una birbonata!

Il canonico andava scaldandosi maggiormente di mano in mano, rivolto a mastro-don Gesualdo: – Bel guadagno avete fatto a imparentarvi con loro. Chi l'avrebbe detto... eh? L'avete sbagliata!... Scusate, donna Bianca! non parlo per voi che siete un tesoro!... Allora, cara donna Mariannina!... allora, quand'è così, muoia Sansone con tutti i Filistei.

– E lasciamoli morire, – disse la signora Sganci alzandosi. – Già il mondo non finirà per questo. – Come la nipote s'era alzata anch'essa dal canapè, mortificata da tutti quei discorsi, colle braccia incrociate sul ventre, donna Mariannina continuò ridendo e fissandole gli occhi addosso: – È vero, Bianca, che il mondo non lo lascerai finire, tu? – Bianca tornò a farsi rossa. – Evviva! Mi congratulo. Ora che avete questa bella casa dovete fare un bel battesimo... con tutti i parenti... d'amore e d'accordo. Se no, perché li avrete spesi tanti denari?

Don Gesualdo non voleva darla vinta ai suoi nemici, ma dentro si rodeva, perché davvero non gli servivano gran cosa tutti quei denari spesi. – Eh, eh, – rispose con quel certo buon umore che voleva sfoggiare allora. – Pazienza! Serviranno per chi verrà dopo di noi, se Dio vuole! – E batteva affettuosamente sulla spalla della moglie, amorevole e sorridente, mentre pensava pure che se i suoi figliuoli avessero avuto la stessa sorte, erano proprio denari buttati via, tante fatiche, i guadagni stessi, sempre con quel bel risultato! Poi, quando la zia Sganci se ne fu andata, prese a brontolare contro Bianca, che non si era messo il vestito buono per ricevere la zia: – Allora a che serve aver la roba? Diranno che ti tengo come una serva. Bel gusto spendere i denari, per non goderne né noi né gli altri!

– Lasciamo stare queste sciocchezze, e parliamo di cose serie! – interruppe il canonico che s'era rannuvolato in viso. – C'è un casa del diavolo. Cercano di aizzarvi contro tutto il paese, dicendo che avete le mani lunghe, e volete acchiappare quanta terra si vede cogli occhi, per affamare la gente... Quella bestia di Ciolla va predicando per conto loro... Vogliono scatenarci contro anche i villani... a voi e a me, caro mio! Dicono che io tengo il sacco... Non posso uscir di casa...

Don Gesualdo scrollava le spalle. – Ah, i villani? Ne riparleremo poi, quando verrà l'inverno. Voi che paura avete?

– Che paura ho, per... mio!... Non sapete che a Palermo hanno fatto la rivoluzione.

Andò a chiudere l'uscio in punta di piedi, e tornò cupo, nero in viso.

– La Carboneria, capite!... Anche qui hanno portato questa bella novità! Posso parlare giacché non l'ho avuta sotto il suggello della confessione. Abbiamo la sètta anche qui!

E spiegò cos'era la faccenda: far legge nuova e buttar giù coloro che avevano comandato sino a quel giorno.

– Una sètta, capite? Tavuso, mettiamo, al posto di Margarone; e tutti quanti colle mani in pasta! Ogni villano che vuole il suo pezzo di terra! pesci grossi e minutaglia, tutti insieme. Dicono che vi è pure il figlio del Re, nientemeno! Il Duca di Calabria.

Don Gesualdo, ch'era stato ad ascoltare con tanto d'occhi aperti, scappò a dire:

– S'è così... ci sto anch'io! non cerco altro!... E me lo dite con quella faccia? Mi avete fatto una bella paura, santo Dio!

148

L'altro rimase a bocca aperta: – Che scherzate? O non sapete che voglia dire rivoluzione? Quel che hanno fatto in Francia, capite? Ma voi non leggete la storia...

– No, no, – disse don Gesualdo. – Non me ne importa.

– Me ne importa a me: Rivoluzione vuol dire rivoltare il cesto, e quelli ch'erano sotto salire a galla: gli affamati, i nullatenenti!...

– Ebbene? Cos'ero io vent'anni fa?

– Ma adesso no! Adesso avete da perdere, cristiano santo! Sapete com'è? Oggi vogliono le terre del comune; e domani poi vorranno anche le vostre e le mie! Grazie! grazie tante! Non ho dato l'anima al diavolo tanti anni per...

– Appunto! Bisogna aiutarsi per non andare in fondo al cesto, caro canonico! Bisogna tenersi a galla, se non vogliamo che i villani si servano colle sue mani. Li conosco... so fare, non dubitate.

E spiegò meglio la sua idea: cavar le castagne dal fuoco con le zampe del gatto; tirar l'acqua al suo mulino, e se capitava d'acchiappare anche il mestolo un quarto d'ora, e di dare il gambetto a tutti quei pezzi grossi che non era riuscito ad ingraziarsi neppure sposando una di loro, senza dote e senza nulla, tanto meglio...

Gli andarono in quel momento gli occhi su Bianca che stava rincantucciata sul canapè, smorta in viso dalla paura, guardando or questo e or quello, e non osava aprir bocca.

– Non parlo per te, sai. Non me ne pento di quel che ho fatto. Non è stata colpa tua. Tutti i negozi non riescono a un modo. Poi se capita di fare il bene, nel tempo stesso...

Il canonico cominciava a capacitarsi, cogli occhi e la bocca di traverso, pensieroso, e appoggiava anche lui il discorso del socio: – Non si voleva torcere un pelo a nessuno... se si arrivava ad afferrare il mestolo un po' di tempo... quante cose si farebbero...

– Voi dovreste farne una!... – interruppe don Gesualdo. – Parlare con chi ha le mani in questa faccenda, e dire che vogliamo esserci anche noi.

– Eh? Che dite?... un sacerdote!

– Lasciate stare, canonico!... Poi se vi è il figlio del Re, potete esserci anche voi!

– Caspita! Al figlio del Re non gliela tagliano la testa, se mai!

– Non temete, che non ve la tagliano la testa! Già, se è come avete detto, dovrebbero tagliarla a un paese intero. Credete che non abbia fatto i miei conti, in questo tempo?... Quando saremo lì, a veder quel che bolle in pentola... Bisogna mettersi vicino al mestolo... con un po' di giudizio... col danaro... So io quello che dico.

Bianca cominciò allora a balbettare: – Oh Signore Iddio!... Cosa pensate di fare?... Un padre di famiglia!... – Il canonico, indeciso, la guardava turbato, quasi sentisse il laccio al collo. Don Gesualdo per rassicurarlo soggiunse:

– No, no. Mia moglie non sa cosa dice... Parla per soverchia affezione, poveretta. – Poscia, mentre accompagnava il suo socio in anticamera, soggiunse:

– Lo vedete? Comincia ad affezionarmisi. Già i figliuoli sono un gran legame. Speriamo almeno che abbiano ad esser felici e contenti loro; giacché io... Volete che ve la dica, eh, canonico, come in punto di morte? Mi sono ammazzato a lavorare... Mi sono ammazzato a far la roba... Ora arrischio anche la pelle, a sentir voi!... E che ne ho avuto, eh? ditelo voi!...

II

C'era un gran fermento in paese. S'aspettavano le notizie di Palermo. Bomma che teneva cattedra nella farmacia, e Ciolla che sbraitava di qua e di là. Degli arruffapopolo stuzzicavano anche i villani con certi discorsi che facevano spalancare loro gli occhi: Le terre del comune che uscivano di casa Zacco dopo quarant'anni... un prezzo che non s'era mai visto l'eguale!... Quel mastro-don Gesualdo aveva le mani troppo lunghe... Se avevano fatto salire le terre a quel prezzo voleva dire che c'era ancora da guadagnarci su!... Tutto sangue della povera gente! Roba del comune... Voleva dire che ciascuno ci aveva diritto!... Allora tanto valeva che ciascuno si pigliasse il suo pezzetto!

Fu una domenica, la festa dell'Assunta. La sera innanzi era arrivata una lettera da Palermo che mise fuoco alla polvere, quasi tutti l'avessero letta. Dallo spuntare del giorno si vide la Piazza Grande piena zeppa di villani: un brulichìo di berrette bianche; un brontolìo minaccioso. Fra Girolamo dei Mercenari, che era seduto all'ombra, insieme ad altri malintenzionati, sugli scalini dinanzi allo studio del notaro Neri, come vide passare il barone Zacco colla coda fra le gambe, gli mostrò la pistola che portava nel manicone.

– La vedete, signor barone?... Adesso è finito il tempo delle prepotenze!... D'ora innanzi siam tutti eguali!... – Correva pure la voce dei disegni che aveva fatto fra Girolamo: lasciar la tonaca nella cella, e pigliarsi una tenuta a Passaneto, e la figliuola di Margarone in moglie, la più giovane.

Il notaro ch'era venuto a levar dallo studio certe carte interessanti, dovette far di cappello a fra Girolamo per entrare: – Con permesso!... signori miei!... – Poi andò a raggiungere don Filippo Margarone nella piazzetta di Santa Teresa: – Sentite qua; ho da dirvi una parola!... – E lo prese per un braccio, avviandosi verso casa, seguitando a discorrere sottovoce. Don Filippo allibbiva ad ogni gesto che il notaro trinciava in aria; ma si ostinava a dir di no, giallo dalla paura. L'altro gli strinse forte il braccio, attraversando la viuzza della Masera per salire verso Sant'Antonio. – Li vedete? li sentite? Volete che ci piglino la mano, i villani, e ci facciano la festa? – La piazza, in fondo alla stradicciuola, sembrava un alveare di vespe in collera. Nanni l'Orbo, Pelagatti, altri mestatori, eccitatissimi, passavano da un crocchio all'altro, vociferando, gesticolando, sputando fiele. Gli avventori di mastro Titta si affacciavano ogni momento sull'uscio della bottega, colla saponata al mento. Nella farmacia di Bomma disputavasi colle mani negli occhi. Dirimpetto, sul marciapiede del Caffè dei Nobili, don Anselmo il cameriere aveva schierate al solito le seggiole al fresco; ma non c'era altri che il marchese Limòli, col bastone fra le gambe, il quale guardava tranquillamente la folla minacciosa.

– Cosa vogliono, don Anselmo? Che diavolo li piglia oggi? Lo sapete?

– Vogliono le terre del comune, signor marchese. Dicono che sinora ve le siete godute voialtri signori, e che adesso tocca a noi, perché siamo tutti eguali.

– Padroni! padronissimi! Quanto a me non dico di no! Tutti eguali!... Portatemi un bicchier d'acqua, don Anselmo.

Di tanto in tanto dal Rosario o dalla via di San Giovanni partiva come un'ondata di gente, e un brontolìo più minaccioso, che si propagava in un baleno. Santo Motta allora usciva dall'osteria di Pecu-Pecu, e si metteva a vociare, colla mano sulla guancia:

– Le terre del comune!... Chi vuole le terre del comune!... Uno!... due!... tre!... – E terminava con una sghignazzata.

152

– Largo!... largo!... – La gente correva verso la Masera. Al disopra della folla si vide il baronello Rubiera colla frusta in aria, e la testa del suo cavallo che sbuffava spaventato. Il campiere che gli stava alle costole, armato sino ai denti, gridava come un ossesso: – Signor barone!... Questa non è giornata!... Oggi ci vuol prudenza!... – Dalla parte di Sant'Agata comparve un momento anche il signor Capitano, per intimorire la folla ammutinata colla sua presenza. Si piantò in cima alla scalinata, appoggiato alla canna d'India, don Liccio Papa dietro, che ammiccava al sole, con tanto di tracolla bianca attraverso la pancia. Ma vedendo quel mare di teste se la svignarono subito tutti e due. Alle finestre facevano capolino dei visi inquieti, dietro le invetriate, quasi piovesse. Il palazzo Sganci chiuso ermeticamente, e don Giuseppe Barabba appollaiato sull'abbaino. Lo stesso Bomma aveva sfrattato gli amici prima del solito, per timore dei vetri. Di tanto in tanto, nel terrazzo dei Margarone, al disopra dei tetti che si accavallavano verso il Castello, compariva la papalina e la faccia gialla di don Filippo. A mezzogiorno, appena suonò la messa grande, ciascuno se ne andò pei fatti suoi; e rimase solo a vociare Santo Motta, nella piazza deserta.

– Avete visto com'è andata a finire? – Ciolla corse a desinare lui pure. Don Liccio Papa, adesso che non c'era più nessuno, si fece vedere di nuovo per le vie, con la mano sulla sciaboletta, guardando fieramente gli usci chiusi. Infine entrò da Pecu-Pecu, e si posero a tavola con compare Santo.

– Avete visto com'è andata a finire? – Ciolla soleva desinare in fretta e in furia col cappello in testa e il bastone fra le gambe, per tornar subito in piazza a mangiar l'ultimo boccone, portandosi in tasca una manciata di lupini o di ceci abbrustoliti, d'inverno anche con lo scaldino sotto il tabarro, bighellonando, dicendo a ciascuno la sua, sputacchiando di qua e di là, seminando il terreno di bucce. – Avete visto com'è andata a finire? – Faceva la prima tappa dal calzolaio, poi dal caffettiere, appena apriva, senza prendere mai nulla, girava a seconda dell'ombra, d'inverno in senso inverso, cercando il sole. E le cose tornarono ad andare pel suo verso, al pari di Ciolla. Giacinto mise fuori i tavolini pei sorbetti, don Anselmo schierò le seggiole sul marciapiede del Caffè dei Nobili. Rimanevano le ultime nuvole del temporale: dei capannelli qua e là, dinanzi alla bottega di Pecu-Pecu e al Palazzo di Città; gente che guardava inquieta, curiosi che correvano e si affollavano al più piccolo rumore. Ma del resto ogni cosa aveva ripreso l'aspetto solito delle domeniche. L'arciprete Bugno che stava un'ora a leccare il sorbetto col cucchiarino; il marchese e gli altri nobili seduti in fila dinanzi al Caffè; Bomma predicando in mezzo al solito circolo, sull'uscio della farmacia; uno sciame di contadini un po' più in là, alla debita distanza; e ogni dieci minuti la vecchia berlina del barone Mèndola che scarrozzava la madre di lui, sorda come una talpa, dal Rosario a Santa Maria di Gesù: le orecchie pelose e stracche delle mule che ciondolavano fra la folla, il cocchiere rannicchiato a cassetta, colla frusta fra le gambe, accanto al cacciatore gallonato, colle calze di bucato che sembravano imbottite di noci, e le piume gialle del cappellone della baronessa che passavano e ripassavano su quell'ondeggiare di berrette bianche.

Tutt'a un tratto accadde un fuggi fuggi: una specie di rissa dinanzi all'osteria. Don Liccio Papa cercava d'arrestare Santo Motta, perché aveva gridato la mattina; e il capitano l'incitava da lontano, brandendo la canna d'India: – Ferma! ferma!... la giustizia!

Ma Santo si liberò con uno spintone, e prese a correre verso Sant'Agata. La folla fischiava ed urlava dietro allo sbirro che tentava d'inseguirlo. – Ahi! ahi! – disse Bomma ch'era salito su di una sedia per vedere. – Se non rispettano più l'autorità!... – Tavuso gli fece segno di tacere, mettendosi l'indice attraverso la bocca. – Sentite qua, don Bastiano! – E si misero a discorrere sottovoce, tirandosi in disparte. Dalla Maddalena scendeva lemme lemme il notaro, col bastone dietro la schiena. Bomma cominciò a fargli dei segni da lontano; ma il notaro finse di non accorgersene; accennò al Capitano che s'avviava verso il Collegio, ed entrò in chiesa

154

anche lui dalla porta piccola. Il Capitano passando dinanzi alla farmacia fulminò i libertini di un'occhiataccia, e borbottò, rivolto al principale:

– Badate che avete moglie e figliuoli!...

– Sangue di!... corpo di!... – voleva mettersi a sbraitare il farmacista. In quel momento suonava la campanella della benedizione, e quanti erano in piazza s'inginocchiarono. Poco dopo, Ciolla, che ingannava il tempo sgretolando delle fave abbrustolite, seduto dinanzi alla bottega del sorbettiere, vide una cosa che gli fece drizzar le orecchie: il notaro Neri che usciva di chiesa insieme al canonico Lupi, e risalivano verso la Maddalena, passo passo, discorrendo sottovoce. Il notaro scrollava le spalle, guardando sottecchi di qua e di là. Ciolla tentò di unirsi a loro, ma essi lo piantarono lì. Bomma, da lontano, non li perdeva di vista, dimenando il capo.

– Badate a quel che fate!... Pensate alla vostra pelle!... – gli disse il Capitano passandogli di nuovo accanto.

– Becco!... – voleva gridargli dietro il farmacista. – Badate a voi piuttosto!... – Ma il dottore lo spinse dentro a forza. Ciolla era corso dietro al canonico e al notaro Neri per la via di San Sebastiano, e li vide ancora fermi sotto il voltone del Condotto, malgrado il gran puzzo, quasi al buio, che discorrevano sottovoce, gesticolando. Appena s'accorsero del Ciolla se la svignarono in fretta, l'uno di qua e l'altro di là. Il notaro continuò a salire per la stradicciuola sassosa, e il canonico scese apposta a rompicollo verso San Sebastiano, fermando il Ciolla come a caso.

– Quel notaro... me ne ha fatta una!... Aveva il consenso di massaro Sbrendola... un contratto bell'e buono... e ora dice che non si rammenta!

– Va là va là, che non me la dai a bere! – mormorò Ciolla fra di sé, appena il canonico ebbe voltate le spalle. E corse subito alla farmacia:

– Gran cose c'è per aria! Cani e gatti vanno insieme! Gran cose si preparano! – Tavuso gonfiò le gote e non rispose. Lo speziale invece si lasciò scappare: – Lo so! lo so!

E si picchiò la mano aperta sulla bocca, fulminato dall'occhiata severa che gli saettò il dottore.

Verso due ore di notte, don Gesualdo stava per mettersi a cenare, quando venne a cercarlo in gran mistero il canonico, travestito da pecoraio. Bianca fu lì lì per abortire dallo spavento.

– Don Gesualdo siamo pronti, se volete venire; gli amici vi aspettano.

Ma gli tremava la voce al poveraccio. Lo stesso don Gesualdo, al momento di buttarsi proprio in quella faccenda, gli vennero in mente tante brutte idee; si fece pallido, e gli cadde la forchetta di mano. Bianca poi si alzò convulsa, incespicando qua e là, pigliandosela col canonico, che metteva in quell'impiccio un padre di famiglia.

– Se fate così!... balbettò il canonico; – se mi fate la jettatura... allora, buona notte!

Don Gesualdo cercava di volgerla in ridere, colle labbra smorte. – Bravo canonico! Adesso si vedrà se siete un uomo!... Sono contento, vedi, Bianca! Sono contento d'andare magari verso il precipizio, per vedere che cominci ad affezionarti a me e alla casa...

Tutto sudato, colle mani un po' tremanti, si imbaccuccò ben bene in uno scapolare, per prudenza, e scesero in istrada. Non c'era anima viva. Sul terrazzo del Collegio una mano ignota aveva spento finanche il lampione dinanzi alla statua dell'Immacolata: una cosa da fare accapponar la pelle, quella sera! Egli allora si sentì stringere il cuore da una tenerezza insolita, pensando alla casa e ai parenti.

– Povera Bianca! Avete visto? È buona, sì, in fondo... Non lo credevo, davvero!...

– Zitto! – interruppe il canonico. – Se vi fate conoscere alla voce, è inutile nascondersi e sudare come bestie!

Ogni momento andava voltandosi, temendo di essere spiati. Arrivati nella via di San Giovanni videro un'ombra che andava in su verso la piazza, e il canonico disse piano:

– Vedete?... È uno dei nostri!... Va dove andiamo noi.

Era in un magazzino di Grancore, giù nelle stradicciuole

tortuose verso San Francesco, che sembravano fatte apposta. Una casetta bassa che aveva una finestra illuminata per segnale. Si bussavano tre colpi in un certo modo alla porticina dove si giungeva scendendo tre scalini; si attraversava un gran cortile oscuro e scosceso, e in fondo c'era uno stanzone buio dove si capiva che stava molta gente a confabulare insieme dal sussurrìo che si udiva dietro l'uscio. Il canonico disse: – È qui! – e fece il segnale convenuto.

Tutti e due col cuore che saltava alla gola. Per fortuna in quel momento giunse un altro congiurato, imbacuccato come loro, camminando in punta di piedi sui sassi del cortile, e ripeté il segnale istesso.

– Don Gesualdo, – disse il notaro Neri cavando il naso da una gran sciarpa. – Siete voi? Vi ho riconosciuto al canonico che sembra un cucco, poveraccio!

Il notaro la pigliava allegramente. Narrava che a Palermo avevano fatto il pasticcio; avevano ammazzato il principe di Aci e s'erano impadroniti di Castellammare: – Chi comanda adesso è un prete, certo Ascenso!

– Ah? – rispose il canonico che si sentiva in causa. – Ah?

– Silenzio per ora!... Andiamo adagio! Sapete com'è?... a chi deve prima attaccare il campanello al gatto! E ogni galantuomo non vorrebbe mettere il piede in trappola. Ma se siamo in tanti... C'è anche il barone Zacco stasera.

– Che aspettiamo ad entrare, signori miei? – interruppe don Gesualdo a quella notizia, coraggioso come un leone.

Quando tornarono ad uscire, dopo un gran pezzo, erano tutti più morti che vivi. Bomma sforzavasi di fare il gradasso; Tavuso non diceva una parola; e il notaro stava soprapensieri anche lui. Zacco corse ad attaccarsi al braccio di don Gesualdo, quasi fossero divenuti fratelli davvero. – Sentite, cugino, ho da parlarvi. – E seguitarono ad andare a braccetto in silenzio.

– Ssst!... un fischio!... verso i Cappuccini!... – Il barone mise mano alla pistola; tutti con un gran batticuore. Si udirono abbaiare dei cani. – Fermo!... – esclamò il canonico sottovoce, afferrando il braccio armato del barone che mirava al buio, – è fra Girolamo, che non vuol esser visto da queste parti! – Appena si udì richiudere l'uscio, nel vano del quale era balenata una sottana bianca, il farmacista borbottò col fiato ai denti: – L'abbiamo scappata bella, parola d'onore! – Il barone invece strinse forte il braccio di don Gesualdo senza dir nulla. Poi lasciò andare ciascuno per la sua strada, Bomma in su, verso la Piazza Grande, il canonico a piè della scalinata che saliva a San Sebastiano. – Da questa parte, don Gesualdo... venite con me. – E gli fece fare il giro lungo pei Cappuccini, risalendo poi verso Santa Maria di Gesù per certe stradicciuole buie che non si sapeva dove mettere i piedi. A un tratto si fermò guardando faccia a faccia il suo amico novello con certi occhi che luccicavano al buio.

– Don Gesualdo, avete sentito quante belle chiacchiere? Adesso siamo tutti fratelli. Nuoteremo nel latte e nel miele, d'ora in poi... Voi che ci credete, eh?

L'altro non disse né sì né no, prudente, aspettando il seguito.

– Io no... Io non mi fido di tutti questi fratelli che non mi ha partorito mia madre.

– Allora perché siete venuto, vossignoria?

– Per non farci venire voi, caspita! Io non fo misteri. Giuochiamo a tagliarci l'erba sotto i piedi fra di noi che abbiamo qualcosa da perdere, ed ecco il bel risultato! Far la minestra per i gatti, e arrischiare la roba e la testa!... Io bado ai miei interessi, come voi... Non ho i fumi che hanno tanti altri... Parenti! parentissimi! quanto a me volentieri... Allora mettiamoci d'accordo piuttosto fra di noi...

– Ebbene? che volete fare?

– Ah? che voglio fare? La pigliate su quel verso? Mi fate lo gnorri?... Allora sia per non detto... Ciascuno il suo interesse! Fratelli! Carbonari! Faremo la rivoluzione! metteremo il mondo a soqquadro anche!... Io non ho paura!... – Nel calore della disputa il barone si era addossato all'uscio di un cortile. Un cane si mise a latrare furiosamente. Zacco spaventato se la diede a gambe colla pistola in pugno, e don Gesualdo dietro di lui, ansante. Prima di giungere in piazza di Santa Maria di Gesù, uno che andava correndo lo fermò mettendogli la mano sul petto.

– Signor don Gesualdo!... dove andate?... c'è la giustizia a casa vostra!

Quello che temeva il canonico! quello che temeva Bianca! Egli correva al buio, senza saper dove, con una gran confusione in testa, e il cuore che voleva uscirgli dal petto. Poi, udendo colui che gli arrancava dietro, con un certo rumore quasi picchiasse in terra col bastone, gli disse: – E tu chi sei?

– Nardo, il manovale, quello che ci lasciò la gamba sul ponte. Non mi riconoscete più, vossignoria? Donna Bianca mi ha mandato a svegliare di notte.

E narrava com'era arrivata la Compagnia d'Arme, all'improvviso, a quattr'ore di notte. Il Capitano e altri Compagni d'Arme erano in casa di don Gesualdo. Lassù, verso il Castello, vedevansi luccicare dei lumi; c'era pure una lanterna appesa dinanzi alla porta dello stallatico, al Poggio, e dei soldati che strigliavano. Più in là, nelle vicinanze della Piazza Grande, si udivano di tanto in tanto delle voci: un mormorio confuso, dei passi che risuonavano nella notte, dei cani che abbaiavano per tutto il paese.

Don Gesualdo si fermò a riflettere: – Dove andiamo, vossignoria? – chiese Nardo. – Ci ho pensato. Non far rumore. Ah! Madonna Santissima del Pericolo! Va a chiamare Nanni l'Orbo. Lo conosci? il marito di Diodata?

Cominciava ad albeggiare. Ma nelle viottole fuori mano che avevano preso non s'incontrava ancora anima viva. La casuccia di Diodata era nascosta fra un mucchio di casupole nerastre e macchie di fichi d'India, dove il fango durava anche l'estate. C'era un pergolato sul ballatoio, e un lume che trapelava dalle imposte logore.

– Bussa tu, se mai... – disse don Gesualdo.

Diodata al vedersi comparire dinanzi il suo antico padrone ansante e trafelato si mise a tremare come una foglia.

– Che volete da me a quest'ora?... Per l'amor di Dio!

lasciatemi in pace, don Gesualdo!... Se torna mio marito!...
È uscito or ora, per cogliere quattro fichi d'India... qui accanto.

– Bestia! – disse lui. – Ho altro pel capo! Ci ho la giustizia alle calcagna!...

– Che c'è? – chiese Diodata spaventata.

Egli colla mano le fece segno di star zitta. In quel momento tornò correndo compare Nardo; la gamba di legno si udiva lontano sull'acciottolato.

– Eccolo!... eccolo che viene!...

Entrò Nanni l'Orbo, torvo, colla canna da cogliere i fichi d'India in spalla, e gli occhi biechi che fulminavano di qua e di là. Invano Diodata, colle braccia in croce, giurava e spergiurava.

– Padron mio! – esclamò Nanni, a che giuoco giuochiamo? Questa non è la maniera!...

– Bestia! – gridò infine don Gesualdo, scappandogli la pazienza. – Ho la forca dinanzi agli occhi, e tu vieni a parlarmi di gelosia!

Allo strepito accorsero i vicini. – Lo vedete? – ripigliò Nanni infuriato. – Che figura fo dinanzi a loro, padron mio? In coscienza, quel po' che avete dato a costei per maritarla è una miseria, in confronto della figura che mi fate fare!

– Taci! Farai correre gli sbirri con quel chiasso! Che vuoi? Ti darò quello che vuoi!...

– Voglio l'onor mio, don Gesualdo! L'onor mio che non si compra a denari!

Cominciarono ad abbaiare anche i cani del vicinato. – Vuoi la chiusa del Carmine?... un pezzo che ti fa gola!

Infine compare Nardo riuscì a metterli d'accordo sulla chiusa del Carmine. – Corpo di Giuda! La roba serve per queste occasioni... carceri, malattie e persecuzioni... Voi l'avete fatta, don Gesualdo, e serve per salvare là vostra pelle...

Don Gesualdo con una faccia da funerale brontolò:

– Parla! Sbraita! Hai ragione! Adesso hai ragione tu!

– Considerate dunque il vostro prossimo, vossignoria! La moglie da mantenere... I figli che nasceranno... Se mi tornano a casa anche gli altri... quelli che son venuti prima, bisogna mantenerli come fossero miei... perché sono il marito di Diodata... La gente dirà magari che li ho messi al mondo io!...

– Basta! basta! Se t'ho detto di sì per la chiusa!

– Parola di galantuomo? Davanti a questi testimoni? Quand'è così... giacché mi dite che siete venuto soltanto per salvare la pelle, potete rimanere tutto il tempo che vi piace. Sono un buon diavolaccio, lo sapete!...

S'era fatto tardi. Compare Nanni, completamente rabbonito, propose anche di andare a vedere quel che accadeva fuori:

– Voi fate liberamente come se foste in casa vostra, don Gesualdo... Compare Nardo verrà con me. Al ritorno, per segnale, busserò tre colpi all'uscio. Ma se no, non aprite neanche al diavolo.

Era un terrore pel paese: porte e finestre ancora chiuse, Compagni d'Armi per le vie, rumore di sciabole e di speroni. Le signorine Margarone, in fronzoli e colla testa irta di ciambelle come un fuoco d'artificio, correvano ogni momento al balcone. Don Filippo, tronfio e pettoruto, se ne stava adesso seduto nel Caffè dei Nobili, insieme al Capitano Giustiziere e l'Avvocato Fiscale, facendo tremare chi passava colla sola guardatura. Nella stalla di don Gesualdo dei trabanti governavano i cavalli, e il Comandante fumava al balcone, in pantofole, come in casa sua.

Nanni l'Orbo tornò ridendo a crepapelle. Prima di entrare però bussò al modo che aveva detto, tossì, si soffiò il naso, pure si trattenne un po' a discorrere ad alta voce con una vicina che si pettinava sul ballatoio. Don Gesualdo stava mangiando una insalata di cipolle, onde prevenire qualche malattia causata dallo spavento. – Prosit! prosit, don Gesualdo! A casa vostra ci ho trovato dei forestieri, tale e quale come voi qui da me. Il barone Zacco corre ancora!... L'hanno visto prima dell'alba più in là di Passaneto, figuratevi! a casa del diavolo!... dietro una siepe, più morto che vivo!... Sua moglie fa come una pazza... Sono stato anche a cercare del notaro Neri, se s'ha a scrivere due parole della chiusa del Carmine che date a mia moglie pei servizi prestati... Non che non mi fidi... sapete bene... per la vita e per la morte. Nessuno l'ha più visto, il notaro! Dicono ch'è nascosto nel monastero di San Sebastiano... vestito da donna... sissignore!... Gli sbirri cercano da per tutto! Ma qui non avete da temere, vossignoria!... Udite? udite?

Sembrava che si divertisse a fare agghiacciare il sangue nelle vene al prossimo suo, quel briccone! Udivasi infatti un vocìo di comari, un correre di scarponi grossi, strilli di ragazzi. Diodata s'arrampicò sino all'abbaino del granaio per vedere. Poi Nanni venne a dire.

– È il viatico, Dio liberi!... Va in su verso sant'Agata. Ho visto il canonico Lupi che portava il Signore... cogli occhi a terra!... una faccia da santo, com'è vero Iddio!

– Stasera, appena è scuro, mi farai trovare una cavalcatura laggiù alla Masera, e mi darai qualche cosa da travestirmi; – disse don Gesualdo, che sembrava più smorto alla luce dell'abbaino.

– Perché? Non vi piace più lo stare in casa mia? Diodata vi avrebbe fatto qualche mancanza?

– No, no... Mi pare mill'anni d'esser lontano...

– Qui però non avete da temere... Gli sbirri non vengono a cercarvi qui! A casa vostra piuttosto! Guardatevi!...

Infatti Bianca la sera innanzi s'era visto capitare a tre ore di notte il Capitan d'Arme, un bell'uomo colla barba a collana e i baffi alla militare, che recava il biglietto d'alloggio. Bianca, già inquieta per suo marito, non sapendo che fare, aveva mandato a chiamare lo zio Limòli, il quale giunse sbadigliando e di cattivo umore. Invano il Capitan d'Arme, accarezzandosi i baffi che aveva lasciato crescere da poco, le diceva colla voce grossa:

– Non temete!... Calmatevi, bella signora!... Noi militari siamo galanti col bel sesso!...

– Poi – aggiunse il marchese – questi qua sono militari

per modo di dire; come io ho fatto il voto di castità perché sono cavaliere di Malta.

Il Capitano si accigliò, ma l'altro, senza accorgersene, continuò, battendogli familiarmente sulla spalla:

– Vi conosco, don Bastiano!... Eravate piccolo così, colle brache aperte, quando si faceva delle scappatelle insieme a vostro padre... Allora il voto mi dava noia come vi dà noia adesso quella stadera che portate appesa al fianco... Bei tempi!... Bell'uomo vostro padre! Il cuore e la borsa sempre aperti!... Don Marcantonio Stangafame!... dei Stangafame di Ragusa!... una delle prime famiglie della Contea! Peccato che siate in tanti! L'avete indovinata a farvi nominare Capitan d'Arme!... Quattrocent'onze all'anno, per rispondere dei furti campestri... È una bella somma... Vi rimane in tasca tale e quale... poiché il territorio è tranquillo!... Una bagattella soltanto pei dodici soldati che vi tocca mantenere... due tarì al giorno per ciascuno, eh?...

– Basta, corpo di... bacco!... – gridò il Capitan d'Arme battendo in terra la sciabola. – Sembrami che vogliate burlarvi di me, corpo di... bacco!

– Ehi, ehi! Adagio, signor capitano! Sono il marchese Limòli, e ho ancora degli amici a Napoli per farvi scapitanare e tagliare i baffi novelli, sapete!

Capitò in quel momento il ragazzetto del sagrestano che veniva a fare un'imbasciata di gran premura, balbettando, imbrogliandosi, tornando sempre a ripetere la stessa cosa, rosso dalla suggezione. Il marchese, che cominciava a farsi un po' sordo, tendeva l'orecchio, gli faceva dei versacci, lo intimidiva maggiormente strillando: – Eh? che diavolo vuoi?

Ma Bianca mise un grido straziante, un grido che fece rimanere lo zio a bocca aperta, e scappò per la casa cercando il manto, cercando qualcosa da buttarsi in capo, per uscire di casa, per correre subito.

III

Da gran tempo, ogni giorno, alla stessa ora, donna Giuseppina Alòsi che stava al balcone facendo la calza per aspettare la passata di Peperito, don Filippo Margarone mentre rivoltava la conserva di pomidoro posta ad asciugare sul terrazzo, l'arciprete Bugno nell'appendere al fresco la gabbia del canerino, fin coloro che stavano a sbadigliare nella farmacia di Bomma, se volgevano gli occhi in su, verso il Castello, al di sopra de' tetti, solevano vedere don Diego e don Ferdinando Trao, uno dopo l'altro, che facevano capolino a una finestra, guardinghi, volgevano poi un'occhiata a destra, un'altra a sinistra, guardavano in aria, e ritiravano il capo come la lumaca. Dopo qualche minuto infine aprivasi il balcone grande, stridendo, tentennando, a spinte e a riprese, e compariva don Diego, curvo, macilento, col berretto di cotone calcato sino alle orecchie, tossendo, sputando, tenendosi all'inferriata con una mano; e dietro di lui don Ferdinando che portava l'annaffiatoio, giallo, allampanato, un vero fantasma. Don Diego annaffiava, nettava, rimondava i fiori di Bianca; si chinava a raccattare i seccumi e le foglie vizze; rimescolava la terra con un coccio; passava in rivista i bocciuoli nuovi, e li covava cogli occhi. Don Ferdinando lo seguiva passo passo, attentissimo; accostava anche lui il viso scialbo a ciascuna pianta, aguzzando il muso, aggrottando le sopracciglia. Poscia appoggiavano i gomiti alla ringhiera, e rimanevano come due galline appollaiate sul medesimo bastone, voltando il capo ora di qua e ora di là, a seconda che giungeva la mula di massaro Fortunato Burgio carica di grano, o saliva dal Rosario la ragazza che vendeva ova, oppure la moglie del sagrestano attraversava la piazzetta per andare a suonare l'avemaria. Don Ferdinando stava intento a contare quante persone si vedevano passare attraverso quel pezzetto di strada che intravvedevasi laggiù, fra i tetti delle case che scendevano a frotte per la china del poggio; don Diego dal canto suo seguiva cogli occhi gli ultimi raggi di sole che salivano lentamente verso le alture del Paradiso e di Monte Lauro, e rallegravasi al vederlo scintillare improvvisamente sulle finestre delle casipole che si perdevano già fra i campi, simili a macchie biancastre. Allora sorrideva e appuntava il dito scarno e tremante, spingendo col gomito il fratello, il quale accennava di sì col capo e sorrideva lui pure come un fanciullo. Poi raccontava quello che aveva visto lui: – Oggi ventisette!... ne sono passati ventisette... L'arciprete Bugno era insieme col cugino Limòli!...

Per un po' di giorni, verso i primi d'agosto, era venuto soltanto don Ferdinando ad annaffiare i fiori, strascinandosi a stento, coi capelli grigi svolazzanti, sbrodolandosi tutto a ogni passo. Allorché ricomparve anche don Diego, parve di vedere Lazzaro risuscitato: tutto naso, colle occhiaie nere, seppellito vivo in una vecchia palandrana, tossendo l'anima a ogni passo: una tosse fioca che non si udiva quasi più, e scuoteva dalla testa ai piedi lui e il fratello che gli dava il braccio, come andasse facendo la riverenza a ogni vaso di fiori. E fu l'ultima volta. D'allora in poi s'erano viste raramente insieme le teste canute dei due fratelli, dietro i vetri rattoppati colla carta, cercando il sole, don Diego sputando e guardando in terra ogni momento. Il giorno in cui avvenne quel parapiglia nel Palazzo di Città, che le voci si udivano sin nella piazzetta di Sant'Agata, apparve per un istante alla finestra la cima di un berretto bianco tremolante. Ma allorquando la processione di San Giuseppe si fermò dinanzi al portone dei Trao, per l'omaggio tradizionale alla famiglia, le finestre rimasero chiuse, malgrado il vocìo della folla. Don Ferdinando scese per comprare l'immagine del santo, gonfio d'asma, cogli occhi arsi di sonno, piegato in due, le mani nerastre tremanti così che non trovavano quasi nel taschino i due baiocchi per l'immagine. Il procuratore di San Giuseppe, che dirigeva la processione, gli disse:

– Vedrete quant'è miracolosa quell'immagine! Tanta salute e provvidenza a tutti, in casa vostra!

E gli affidò anche il bastone d'argento del santo, da metterlo al capezzale del malato: un tocca e sana. Eppure non giovò neanche quello.

Compare Cosimo e Pelagatti, partendo per la campagna due ore prima dell'alba, o tornando a notte fatta, vedevano sempre il lume alla finestra di don Diego. E il cane nero dei Motta uggiolava per la piazza, come un lamento. Poi, verso nona, bussava al portone il ragazzo di don Luca, portando un bicchiere di latte. Di tanto in tanto veniva don Giuseppe Barabba, con un piatto coperto dal tovagliuolo, o il servitore del Fiscale che recava un fiasco di vino. A poco a poco diradarono anche quelle visite. L'ultima volta il dottor Tavuso se n'era andato scrollando le spalle. I ragazzi del vicinato giuocavano tutto il giorno dietro quel portone che non si apriva più. Una sera, tardi, i vicini, che stavano cenando, udirono la voce chioccia di don Ferdinando chiamare il sagrestano, lì dirimpetto: una voce da far cascare il pan di bocca. E subito dopo un gran colpo al portone sconquassato, e dei passi che si allontanarono frettolosi.

Fu giusto quella notte che arrivava la Compagnia d'Arme. Una baraonda per tutto il paese. Al rumore insolito anche don Diego aprì un istante gli occhi. Burgio che era sul ballatoio di casa sua, coll'orecchio teso verso la Piazza Grande, dove udivasi quel parapiglia, vedendo gente nel balcone dei Trao, domandò inquieto:

– Che c'è?... Cosa succede?

– Don Diego!... – rispose il sagrestano; e fece il segno della croce, quasi massaro Fortunato avesse potuto vederlo al buio. – Solo come un cane!... me lo lasciano sulle spalle!... Ho mandato Grazia pel dottore... a quest'ora!...

– Sentite, laggiù, verso la piazza?... sentite?... Che giornata spunterà domattina, Dio liberi!...

– Basta avere la coscienza netta, massaro Fortunato. Sono stato sempre un povero diavolo!... Bacio la mano di chi mi dà pane...

– Il dottore!... quello sì!... deve avere la tremarella addosso a quest'ora!... E anche il canonico Lupi, dicono!... Buona sera!... I muri hanno orecchie al buio!

Infatti il dottor Tavuso, ch'era il capo di tutti i giacobini del paese, e stava nascosto nella legnaia, tremando come una foglia, vide giunta l'ultima sua ora all'udir bussare all'uscio con tanta furia.

– Li sbirri!... la Compagnia d'Arme!...

Quando gli dissero che era la moglie del sagrestano, invece, la quale veniva a cercarlo per don Diego moribondo, montò in furia come una bestia.

– È ancora vivo?... Mandatelo al diavolo!... Vengono a spaventarmi!... a quest'ora!... di questi tempi!... Un padre di famiglia!... Andate a chiamare i suoi parenti piuttosto... o il viatico, ch'è meglio!...

La zia Sganci non volle neppure aprire. Barabba rispose dietro il portone, chiuso con tanto di catenaccio:

– Buona donna, questi non son tempi di correre di notte per le strade. Domattina, se Dio vuole, chi campa si rivede.

Per fortuna, Grazia non aveva di che temere; e suo marito l'avrebbe mandata senza sospetto in mezzo a un reggimento di soldati. L'andare attorno così tardi, in quella tal notte, era proprio uno sgomento. Lo stesso baronello Rubiera, che era uscito di buon'ora dalla casa dei Margarone, s'era fatto accompagnare col lampione.

– Ninì! Ninì! – strillò dal balcone donna Fifì con la vocina sottile, quasi il suo fidanzato corresse a buttarsi in un precipizio.

– Non temere... no! – rispose lui con la voce grossa.

All'udir gente nella piazzetta, dal portone dei Trao, che rimbombò come una cannonata, uscì correndo don Luca:

– Signor barone!... sta per morire vostro cugino don Diego!... solo come un cane!... Non c'è nessuno in casa!...

Rimpetto al palazzo nero e triste dei Trao splendeva il balcone lucente dei Margarone, e in quella luce disegnavasi l'ombra di donna Fifì, rammentandogli un'altra ombra che soleva aspettarlo altra volta alla finestra del palazzo smantellato. Don Ninì se ne andò frettoloso, a capo chino, portandosi seco negli occhi i ricordi di quella finestra chiusa e senza lume.

– Bella porcheria!... Me lo lasciano sulle spalle!... a me solo! – brontolò don Luca tornando nella camera del moribondo.

Don Ferdinando stava seduto a piè del letto, senza dir nulla, simile a una mummia. Di tanto in tanto andava a guardare in viso suo fratello; guardava poi don Luca, stralunato, e tornava a chinare il capo sul petto. Alla sfuriata del sagrestano però si rizzò all'improvviso, quasi gli avessero dato uno scossone, e domandò piano, con la voce assonnata di uno che parli in sogno:

– Dorme?

– Sì, dorme!... Andate a dormire voi pure, se volete!...

Ma l'altro non si mosse. Il malato da prima voleva sapere ogni momento che ora fosse; poi, verso mezzanotte, non domandò più nulla. Stava cheto, col naso contro il muro, e la coperta sino alle orecchie. Grazia, di ritorno, aveva accostato l'uscio, messo il lume accanto, sul tavolino, ed era andata a dare una occhiata a casa sua. Il marito si accomodò alla meglio su due sedie. Don Ferdinando, di tratto in tratto, si alzava di nuovo, in punta di piedi, si chinava sul letto, simile a un uccello di malaugurio, e tornava a domandare piano, all'orecchio di don Luca:

– Che fa? dorme?

– Sì! sì!... Andate a dormire voi pure!... andate!

E l'accompagnò lui stesso in camera sua, per liberarsi almeno da quella noia. Don Ferdinando sognava che il cane nero dei vicini Motta gli si era accovacciato sul petto, e non voleva andarsene, per quanto egli cercasse di svincolarsi e di gridare. La coda del cane, lunga, lunga che non finiva più, gli si era attorcigliata al collo e alle braccia, al pari di un serpente, e lo stringeva, soffocandolo, gli strozzava la voce in gola, quando udì un'altra voce che lo fece balzare dal letto, con una gran palpitazìone di cuore.

– Alzatevi, don Ferdinando! Questa non è ora di dormire!...

Don Diego pareva che russasse forte, si udiva dall'altra stanza; supino, cogli occhi aperti e spenti, le narici filigginose: un viso che non si riconosceva più. Come don Ferdinando lo chiamò prima pian piano, e tornò a chiamarlo e a scuoterlo inutilmente, gli si rizzarono quei pochi capelli in capo, e si rivolse al sagrestano, smarrito, supplichevole:

– Che fa ora?... che fa?...

– Che fa?... Lo vedete che fa!... Grazia! Grazia!

– No!... Fermatevi!... Non aprite adesso!...

Era giorno chiaro. Donna Bellonia in sottana stava a spiare dalla terrazza verso la Piazza Grande per incarico del marito, spaventata dal tramestìo che s'era udito tutta notte nel paese; e Burgio strigliava la mula legata al portone dei Trao. Alle grida di don Luca, levò il capo verso il balcone, e domandò cosa c'era con un cenno del capo. Il sagrestano rispose anche lui con un gesto della mano, facendo segno di uno che se ne va.

– Chi? – domandò la Margarone che se ne accorse. – Chi? don Diego o don Ferdinando?

– Sissignora, don Diego! Lo lasciano sulle spalle a me solo!... Corro dal dottore... almeno per la ricetta del viatico, che diavolo!... Signori miei! deve andarsene così un cristiano, senza medico né speziale?...

Speranza cominciò dallo sgridare suo marito che aveva legata la mula alla casa del moribondo: – Porta disgrazia! Ci vorrebbe quest'altra!... – Poi si diedero a strologare i numeri del lotto insieme a donna Bellonia, ch'era corsa a prendere il libro di Rutilio Benincasa. Donna Giovannina s'affacciò asciugandosi il viso; ma non si vide altro che il sagrestano, il quale correva a chiamare Tavuso, lì a due passi, una porticina verde, colla fune del campanello legata alta perché non andassero a seccarlo di notte. Picchia e ripicchia, infine la serva di Tavuso gli soffiò attraverso il buco della serratura:

– O chetatevi che il dottore non esce di casa, se casca il mondo! È più malato degli altri, lui!

Bomma, giallo al par del zafferano, stava pestando cremor di tartaro in fondo alla farmacia, solo come un appestato. Don Luca entrò a precipizio, col fiato ai denti:

– Signor don Arcangelo!... don Diego Trao è in punto di morte. Il dottore non vuol venire... Cosa fo?

– Cosa fate?... La cassa da morto fategli, accidenti a voi! M'avete spaventato! Non è questa la maniera... oggi che ogni galantuomo sta coll'anima sulle labbra!... Andate a chiamargli il prete piuttosto... lì, al Collegio, c'è il canonico Lupi che s'arrabatta a dir messe e mattutino fin dall'alba, per farsi vedere in chiesa!... Cade sempre in piedi colui! Se ne ride degli sbirri!... Io fo lo speziale! Pesto cremor di tartaro, giacché non posso pestar altro... non posso!

Ma, vedendo passare Ciolla ammanettato come un ladro, si morse la lingua, e chinò il capo sul mortaio. – Signori miei! – sbraitava Ciolla, – guardate un po'!... un galantuomo che se ne sta in piazza pei fatti suoi!... – I Compagni d'Arme, senza dargli retta, lo cacciavano innanzi a spintoni; don Liccio Papa di scorta colla sciabola sguainata, gridando: – Largo! largo alla giustizia!... – Il Capitano Giustiziere, dall'alto del marciapiede del Caffè dei Nobili, sentenziò:

– Bisogna dare un esempio! Ci pigliavano a calci dove sapete, un altro po'!... manica di birbanti!... Un paese come il nostro, che prima era un convento di frati!... Al castello! al castello! Don Liccio, eccovi le chiavi!...

Grazie a Dio si tornava a respirare. I ben pensanti sul tardi cominciarono a farsi vedere di nuovo per le strade; l'arciprete dinanzi al caffè; Peperito su e giù pel Rosario; Canali a braccetto con don Filippo verso la casa della ceraiuola; don Giuseppe Barabba portando a spasso un'altra volta il cagnolino di donna Marianna Sganci; la signora Capitana poi in gala, quasi fosse la sua festa, adesso che ci erano tanti militari, colla borsa ricamata al braccio, il cappellino carico di piume, scutrettolando, ridendo, cinguettando, rimorchiandosi dietro don Bastiano Stangafame, il tenente, tutti i colleghi di suo marito, il quale se ne stava a guardare da vero babbèo, colla canna d'India dietro la schiena, mentre i suoi colleghi passeggiavano con sua moglie, spaccandosi come compassi, ridendo a voce alta, guardando fieramente le donne che osavano mostrarsi alle finestre, facendo risuonare da per tutto il rumore delle sciabole e il tintinnìo degli speroni, quasi ci avessero le campanelle alle calcagna. Le ragazze Margarone, stipate sul terrazzo, si rodevano d'invidia. – Specie il tenente ci aveva dei baffoni come code di cavallo, e due file di bottoni lungo il ventre che luccicavano da lontano.

Talché in quell'aria di festa suonò più malinconico il campanello del viatico. Correvano anche delle voci sinistre: – Una battaglia c'è stata!... dei condannati a morte!... – Uno di quelli che portavano il lanternone dietro il baldacchino disse che il viatico andava dai Trao. – Un'altra grande famiglia che si estingue! – osservò gravemente l'Avvocato Fiscale scoprendosi il capo. La signora Capitana, saltellando sulla punta delle scarpette per mostrare le calze di seta, stava rimbeccando don Bastiano con un sorriso da far dannare l'anima:

– Lo so! lo so! giuramenti da marinaio!...

Il Capitan d'Arme ammiccò a donna Bianca la quale passava in quel momento, con un'aria che voleva dire: – Anche costei!... che colpa ci ho? – scappellandosi con soverchio ossequio. Ma quella poveretta non gli rispose. Andava quasi correndo, trafelata, col manto giù per le spalle, il viso ansioso e pallido. Donna Fifì Margarone si tirò indietro dal balcone con una smorfia, appena la vide sboccare nella piazzetta dalla salita di Sant'Agata.

– Ah!... finalmente!... la buona sorella!... quanta degnazione!...

– Bianca! Bianca! – gridava lo zio Limòli che non poteva tenerle dietro.

Dinanzi al portone, spalancato a due battenti, si affollavano i ragazzi di Burgio e di don Luca. La moglie del sagrestano ne usciva in quel momento, arruffata, gialla, senza ventre, e si mise a distribuire scappellotti a diritta e a manca: – Via! via di qua!... Che aspettate? la festa? – Poscia entrò in chiesa frettolosa. Delle comari stavano alle finestre, curiose. In cima alla scala don Giuseppe Barabba spolverava delle bandiere nere, bucate e rose dai topi, collo stemma dei Trao: una macchia rossa tutta intignata. Era corsa subito la zia Macrì colla figliuola, e il barone Mèndola che stava lì vicino; un va e vieni per la casa, un odor d'incenso e di moccolaia, una confusione. In fondo, attraverso un uscio socchiuso, scorgevasi l'estremità di un lettuccio basso, e un formicolìo di ceri accesi, funebri, nel giorno chiaro. Bianca non vide altro, in mezzo a tutti quei parenti che le si affollavano intorno, sbarrandole il passo: – No!... lasciatemi entrare!

Apparve un momento la faccia stralunata di don Ferdinando, come un fantasma; poi l'uscio si chiuse. Delle braccia amiche la sorreggevano, affettuosamente, e la zia Macrì ripeteva: – Aspetta!... aspetta!...

Tornò la moglie del sagrestano, ansante, portando dei candelieri sotto il grembiule. Suo marito, che si affacciò di nuovo all'uscio, venne a dire:

– C'è il viatico... l'estrema unzione... Ma non sente...

– Voglio vederlo!... Lasciatemi andare!

– Bianca!... in questo momento!... Bianca!...

– Vuoi ammazzarlo?... Una commozione!... Se ti sente!... Non far così, via, Bianca!... Un bicchier d'acqua!... presto!...

Donna Agrippina corse in cucina. S'aprì l'uscio un'altra volta su di un luccichìo di processione. Il prete, il baldacchino, i lanternoni del viatico passarono come una visione. Il marchese, inchinandosi sino a terra, borbottò:

– *Domine, salva me...*

– *Amen*! – rispose il sagrestano. – Ho fatto quel che ho potuto... solo come un cane!... due volte dal medico!... di notte!... Anche dal farmacista!... dice che il conto è lungo... e non ci ha l'erba di Lazzaro risuscitato, poi!...

– Perché?... perché non mi lasciate entrare?... Che ho fatto?... – Essa tremava così che i denti facevano tintinnare il bicchiere, quasi fuori di sé, fissando addosso alla gente gli occhi spaventati.

– Lasciatemi! lasciatemi entrare!

Lo zio marchese si affrettò a cavare il fazzoletto, per asciugarle tutta l'acqua che si era versata addosso. Il barone Mèndola e la zia Macrì stavano discorrendo nel vano del finestrone: – Una malattia lunga!... Tutti così quei Trao!... non c'è che fare!...

– Guarda! – esclamò il barone che stava da un po' attento. – Hanno aperto un finestrino sul mio tetto... laggiù!... quel ladro di Canali!... Fortuna che me ne sia accorto! Lo citerò in giudizio!... una citazione nera come la pece!...

– Don Luca! don Luca! – si udì gridare. L'uscio si spalancò a un tratto, e comparve don Ferdinando, agitando le braccia in aria. Don Luca corse a precipizio. Successe un momento di confusione: delle strida, delle voci concitate, un correre all'impazzata, donna Agrippina che cercava l'*aceto dei sette ladri*, gli altri che stentavano a trattenere Bianca, la quale faceva come una pazza, con la schiuma alla bocca, gli occhi che mandavano lampi, e non si riconoscevano più.

– Perché?... perché non volete? Lasciatemi! lasciatemi!... lasciatemi entrare!...

– Sì! sì! – disse lo zio marchese. – È giusto che lo veda!... Lasciatela entrare.

Ella scorse un corpo lungo e stecchito nel lettuccio basso, un mento aguzzo, ispido di barba grigiastra, rivolto in su, e due occhi glauchi, spalancati.

– Diego!... Diego!... fratello mio!...

– Non fate a quel modo, donna Bianca! – disse piano don Luca. – Se ci sente ancora, il poveretto, figuratevi che spavento!...

Essa si arrestò tutta tremante, atterrita, colle mani nei capelli, guardandosi intorno trasognata. A un tratto fissò gli occhi asciutti ed arsi su don Ferdinando che annaspava stralunato, quasi volesse allontanarla dal letto.

– Nulla!... nulla m'avete fatto sapere!... Non son più nulla... un'estranea!... Fuori, dalla casa e dal cuore!... fuori!... da per tutto!

– Zitta!... – balbettò don Ferdinando mettendo il dito tremante sulla bocca. – Poi!... poi!... Adesso taci!... Tanta gente, vedi!...

– Bianca! Bianca!... – supplicavano gli altri abbracciandola, spingendola, tirandola per le vesti.

– Portatela via!... – gridò la zia Macrì dall'uscio. – Nello stato in cui è, la poveretta... succederà qualche altra tragedia!...

Frattanto giunse donna Sarina Cirmena, scalmanata, in un bagno di sudore.

– L'ho saputo or ora! – balbettò lasciandosi cadere sul seggiolone di cuoio in mezzo ai parenti riuniti nella gran sala. – Che volete? con quel parapiglia che c'è stato nel paese! Se non era pel viatico che vidi venire da queste parti...

Il marchese indicò l'uscio dell'altra stanza con un cenno del capo. La zia Cirmena, accasciata sul seggiolone, col fazzoletto agli occhi, piagnucolò:

– Io non ci reggo a queste scene!... Sono tutta sottosopra!... – E siccome continuava a interrogare cogli occhi or questo e or quello, donna Agrippina rispose sottovoce, compunta, facendo il segno della croce:

– Or ora!... cinque minuti fa!

Don Giuseppe venne recando in fascio le bandiere: – Ecco!... Il falegname è avvertito.

Il barone Mèndola s'alzò per andare a sentire cosa volesse...

– Va bene, va bene, – disse Mèndola. – Or ora si pensa a tutto. Don Luca? ehi? don Luca?

Appena il sagrestano affacciò il capo all'uscio, si udirono delle strida che laceravano il cuore.

– Povera Bianca!... sentite?

– Fa come una pazza! – confermò don Luca. – Si strappa i capelli!...

Il barone Mèndola lo interrogò dinanzi a tutti quanti:

– Avete pensato a ogni cosa, eh, don Luca?

– Sissignore. Il catafalco, le bandiere, tante messe quanti preti ci sono. Ma chi paga?

– Andate! andate! – interruppe vivamente la Cirmena, spingendo per le spalle il sagrestano verso la camera del morto, dove cresceva il trambusto.

– Mi dispiace! – osservò la zia Macrì alzandosi per vedere dov'era arrivato il sole. – Mi dispiace che si fa tardi, e a casa mia non c'è nessuno per preparare un boccone.

Uscì don Luca dalla camera del morto, turbato in viso.

– È un affar serio... Bisognerà portarla via per amore o per forza!... Vi dico ch'è un affar serio!

– È permesso? Si può?

Era il vocione del cacciatore che accompagnava la baronessa Mèndola, col cappello piumato, le calze imbottite di noci. La vecchia, senza bisogno di udir altro, diritta e stecchita come un fuso, andò a prendere il suo posto fra i parenti che al suo apparire s'erano taciuti, seduti intorno sui seggioloni antichi, col viso lungo e le mani sul ventre. La baronessa guardava intorno, gridando a voce alta:

– E la Rubiera? e la cugina Sganci? Ora che si fa? Bisogna avvertire il parentado per le esequie...

– Eccola lì! – disse donna Sarina all'orecchio della Macrì. – Cascasse il mondo... non manca mai!... Avete visto il subbuglio che c'è per le strade?

La cugina rispose con un sorriso pallido, facendo segno che la vecchia non aveva paura di nulla perché era sorda.

– Il fatto è... – cominciò il barone.

Ma in quel momento portavano Bianca svenuta, le braccia penzoloni, donna Agrippina e il sagrestano rossi, ansanti, e col fiato ai denti. – Quasi fosse morta! – sbuffò il sagrestano. – Gli pesano le ossa!... – La zia Macrì consigliò: – Lì, lì, nella sua camera!...

– Il fatto è... – riprese il barone Mèndola sottovoce, tirando in disparte il cugino Limòli e donna Sarina Cirmena, – il fatto è che bisogna concertarsi pel funerale. Adesso vedrete che spuntano fuori i parenti del cognato Motta... Faremo un bel vedere!... al fianco di Burgio e di mastro Nunzio Motta!... Ma il marito non si può lasciarlo fuori... È una disgrazia, non dico di no... ma bisogna sorbirsi mastro-don Gesualdo, eh?...

– Sicuro! sicuro! – rispose la zia Cirmena.

Essa voleva fare qualche altra obiezione. Ma il marchese Limòli disse il fatto suo:

– Lasciate correre, cugina cara!... Tanto!... il morto è morto, e non parla più.

– Allora!... – ribatté la Cirmena diventando rossa, – è una bella porcheria che mastro-don Gesualdo non si sia fatto neppur vedere!

Mèndola uscì sul pianerottolo per dire a Barabba di correre a casa Sganci.

– Ci vogliono denari, – disse piano tornando indietro. – Avete sentito il sagrestano? Le spese chi le fa?

La zia Macrì finse di non udire, discorrendo sottovoce colla Cirmena:

– Povera Bianca!... in quello stato! Quanti mesi sono? lo sapete?...

– Sette... devono esser sette... Insomma un affar serio!...

Il marchese Limòli, che discuteva insieme a Mèndola e a Barabba sui preparativi del funerale, conchiuse:

– Io inviterei l'Arciconfraternita dei Bianchi, trattandosi di una persona di riguardo...

– Sicuro... Bisogna far le cose con decoro... senza risparmio!...

Ma ciascuno vogava al largo quando si parlava di anticipare un baiocco. Nella camera del morto durava intanto il contrasto fra la moglie del sagrestano, che voleva farne uscire don Ferdinando, e lui che si ostinava a rimanere: come un guaiolare di cagnuolo, e la voce aspra della zia Grazia, la quale strillava:

– Madonna santa! non capite proprio nulla?... Siete un

ragazzo tale e quale! Il mio ragazzo avrebbe più giudizio di voi, guardate!

E tutt'a un tratto, in mezzo al crocchio dei parenti che discorrevano sottovoce, si vide capitare don Ferdinando strascicando le gambe, coi capelli arruffati, la camicia aperta, il viso di un cadavere anch'esso, recando uno scartafaccio che andava mostrando a tutti quanti:

– Ecco il privilegio!... Il diploma del Re Martino... Bisogna metterlo nell'iscrizione mortuaria... Bisogna far sapere che noi abbiamo diritto di esser seppelliti nelle tombe reali... *una cum regibus*! Ci avete pensato alle bandiere collo stemma? Ci avete pensato al funerale?

– Sì, sì, non dubitate...

Come ciascuno evitava di impegnarsi direttamente, voltandogli le spalle, don Ferdinando andava dall'uno all'altro biascicando, colle lagrime agli occhi:

– *Una cum regibus*!... Il mio povero fratello!... *Una cum regibus*!...

– Va bene, va bene, – gli rispose il marchese Limòli. – Non ci pensate.

Il barone Mèndola, che era stato a confabulare con della gente, fuori sul pianerottolo, rientrò gesticolando:

– Signori miei!... se sapeste!... Casco dalle nuvole!...

– Zitto! – gli fece segno il marchese, – zitto! Che cos'è adesso?...

Nella camera di Bianca udivasi un gran trambusto; delle voci affannose e supplichevoli; un tramenìo come di gente in lotta; grida deliranti di dolore e di collera; poscia un urlo che fece trasalire tutti quanti. L'uscio fu sbatacchiato con impeto, e ne uscì all'improvviso il marchese, stravolto. Un momento dopo si affacciò la zia Macrì gridando:

– Un medico! Presto! presto!

Giungevano allora altri parenti in processione, compunti, con guanti neri. In mezzo al rumore delle seggiole smosse, la zia Macrì tornò a gridare:

– Presto! un medico! presto!

IV

« Se agglomerate cerimonie tema non forman delle mie verghe non ne traligna l'ossequio. Sì che sorgenti men fallaci e più stabili le sole preci ne reputo. Il favor di un vostro sguardo è quel che anelo, e lo ambisco mercé delle melenzose mie riga.

« L'ore 7 del 17.

« Barone Antonino Rubiera. »

– Sicuro! – aggiunse mastro Titta che stava sull'uscio del palchetto, mentre donna Fifì compitava la letterina. – Me l'ha data lui stesso, il baronello, per consegnarla di nascosto alla prima donna. Ma, per carità! Son padre di famiglia!... Non mi fate perdere il pane.

Donna Fifì, gialla dalla bile, non rispose neppure. Di nascosto, dietro il parapetto, spiegazzava la lettera con mano febbrile. Indi la passò alla mamma che balbettava.

– Ma sentiamo... Cosa dice?...

– Me ne vo, – riprese il barbiere umilmente. – Torno sul palcoscenico perché adesso lei ammazza il primo amoroso, e devo pettinarla coi capelli giù per le spalle... Mi raccomando, donna Fifì!... Non mi tradite!...

– Ma che dice? – ripeté la mamma.

Nicolino cacciò il capo fra di loro, e si buscò una pedata. Agli strilli accorse don Filippo, che stava passeggiando nel corridoio, perché il palco era pieno zeppo.

– Che c'è?... Al solito! Facciamo ribellare tutto il teatro... soltanto noi!...

Canali cacciò anche lui il capo dentro il palchetto.

– State attenti! Ora c'è la scena in cui s'ammazzano!...

– Magari! – borbottò fra i denti Fifì.

– Eh? Che cosa?

– Nulla. Fifì ha mal di capo, – rispose don Filippo. Quindi piano alla moglie: – Si può sapere che cosa c'è?

– Si soffoca! – aggiunse Canali. – Mi fate un po' di posto?... Guardate lassù!... quanta gente! Quasi quasi mi metto in maniche di camicia.

C'era una siepe di teste. Dei contadini ritti in piedi sulle panche della piccionaia, che si tenevano alle travi del soffitto per guardar giù in platea; dei ragazzi che si spenzolavano quasi fuori della ringhiera, come stessero a rimondar degli ulivi; una folla tale che la signora Capitana, nel palco dirimpetto, minacciava di svenirsi ogni momento, colla boccetta d'acqua d'odore sotto il naso.

– Perché non si fa slacciare dal Capitan d'Arme? – disse Canali che aveva di tali uscite.

Il barone Mèndola, il quale stava facendo visita a donna Giuseppina Alòsi nel palco accanto, si voltò colla sua risata sciocca che si udiva per tutta la sala. Donna Giovannina si fece rossa. Mita sgranò tanto d'occhi, e la mamma spinse Canali fuori dell'uscio. Poi disse a Fifì:

– Bada! La Capitana ti guarda col cannocchiale!...

– No! Non guarda me! – rispose lei facendo una spallata.

– Ne volete sentire una nuova? – seguitò il barone ostinandosi a cacciare il capo nel vano dell'uscio. – C'è un casa del diavolo, dalla Capitana!... Fa sorvegliare la locanda dov'è alloggiata la prima donna!... Suo marito stesso, poveretto!... Pare che ne abbia scoperto delle belle!... – Il Capitan d'Arme, seccato, fu costretto a rimbeccargli: – Perché non badate a quel che succede in casa vostra, caro collega?

– Ehm! ehm! – tossì don Filippo gravemente. Dalla platea intimarono pure silenzio, giacché s'alzava il sipario. Donna Bellonia allora cavò fuori gli occhiali per leggere il biglietto, dietro le spalle di Fifì.

– Ma che dice? Io non ci capisco niente!...

– Ah, non capite?... Non me ne ha scritta mai una così bella!... l'infame! il traditore!...

Il fatto è che Ciolla, il quale si piccava di letteratura, ci s'era stillata la quintessenza del cervello, chiusi tutti e due a quattr'occhi col baronello nella retrobottega di Giacinto. Don Filippo tornò a domandare:

– Ma che c'è? Si può sapere?

– Ssst!!! – zittirono dalla platea.

Si sarebbe udita volare una mosca. La prima donna, tutta bianca fuorché i capelli, sciolti giù per le spalle, come l'aveva pettinata mastro Titta, faceva accapponar la pelle a quanti stavano a sentirla. Alcuni, dall'ansia, s'erano anche alzati in piedi, malgrado le proteste di quelli ch'erano seduti dietro e non vedevano niente. Lo stesso Canali, commosso, si soffiava il naso come una tromba.

– Guardate! guardate!... adesso!...

– « Io!... io stessa!... con questa destra che tu impalmasti, giurandomi eterna fé!... »

L'amoroso, un mingherlino che lei si sarebbe messo in tasca, indietreggiava a passi misurati, con una mano sul giustacuore di velluto, e l'altra, in atto di orrore, fra i capelli arricciati.

– Non ci reggo, no! – borbottò Canali. E scappò via, giusto nel momento che risuonavano gli applausi.

– Che comica, eh? Che talento? – esclamò don Filippo smanacciando lui pure. – Peste!... maleducato!...

Nicolino impaurito sgambettava e cacciavasi verso l'uscio a testa in giù, strillando che voleva andarsene. Un terremoto giù in platea. Tutti in piedi, vociando e strepitando. La prima donna ringraziava di qua e di là, dimenando i fianchi, saettando il collo a destra e a sinistra al pari di una testuggine, mandando baci e sorrisi a tutti quanti sulla punta delle dita, colle labbra cucite dal rossetto, il seno che le scappava fuori tremolante ad ogni inchino.

– Sangue di!... corpo di!... – esclamò Canali che era tornato ad applaudire. – Son maritato!... son padre di famiglia!... Ma farei uno sproposito!...

– Papà mio! papà mio! – proruppe allora donna Fifì, scoppiando a piangere addosso al genitore. – Se mi volete bene, papà mio, fatemi bastonare a dovere quella sgualdrina!...

– Eh?... – balbettò don Filippo rimasto a bocca aperta e con le mani in aria. – Che ti piglia adesso?

Donna Bellonia, Mita, Giovannina, tutte insieme si alzarono per calmare Fifì, circondandola, spingendola in fondo, verso l'uscio, per nasconderla. Nei palchi dirimpetto, giù in platea, vi fu un ondeggiare di teste, delle risate, dei curiosi che appuntavano il cannocchiale verso il palchetto dei Margarone. Don Filippo, onde far cessare lo scandalo, si mise in prima fila, insieme a Nicolino, appoggiandosi al parapetto, salutando le signore col sorriso a fior di labbra, mentre borbottava sottovoce:

– Stupida!... Tuo fratello, così piccolo, ha più giudizio di te, guarda!...

Anche nel palco accanto si udiva un tramenìo. La signora Alòsi tutta affaccendata, con la boccettina di acqua d'odore in mano, e il barone Mèndola voltando la schiena al teatro, scuotendo per le braccia un ragazzetto bianco al par della camicia, abbandonato sulla seggiola.

– Gli è venuto male al piccolo La Gurna... – disse il barone Mèndola dal palco di donna Giuseppina. – Capisce come uno grande!... Una seccatura!

– Come la mia Fifì... or ora!... Benedetti ragazzi! Pigliano tutto sul serio!...

Il fanciullo, pallido, con grandi occhi intelligenti e timidi, guardava ancora la scena a sipario calato. Donna Giuseppina, dopo che il nipotino si fu riavuto alquanto, offrì per cortesia la sua boccetta d'odore ai Margarone. Don Filippo seguitò a brontolare sottovoce:

– Tale e quale come il ragazzo La Gurna che ha sett'anni!... Vergogna!... Non mi ci pescate più, parola d'onore!

Ma tacque vedendo entrare Mèndola che veniva a far visita, vestito in gala, colla giamberga verde bottiglia, i calzoni fior di pomo, soltanto il corvattone nero pel lutto del cugino

Trao. Andava così facendo visite da un palco all'altro, per non pagare il posto.

– Non vi scomodate... un posticino... in un cantuccio... Voi, Canali, potete andare da donna Giuseppina, qui accanto, che non c'è nessuno!... No, no, in verità, nessuno!... Sarino, il suo figliuoletto, quello alto quanto il ventaglio, sapete la canzone?... e Corradino La Gurna, il ragazzo della zia Trao... Donna Giuseppina lo conduce dove va per servirle di paravento... quando aspetta certe visite... capite? L'hanno mandato apposta da Siracusa per romperci le tasche!...

– Poscia, appena Canali se ne fu andato: – Ora arriva anche Peperito!... Non mi piace giuocare a tressetti!... – E ammiccò chiudendo un occhio. Nessuno gli rispose. Allora, vedendo quei musi lunghi, ripigliò, cambiando tono:

– Che produzione, eh? La donna specialmente!... M'ha fatto piangere come un bambino!...

– Anche qui! anche qui! – rispose don Filippo, fingendo di volgerla in burletta.

– Ah, donna Fifì?... Allegramente, ché adesso, al terz'atto, fanno pace fra di loro. Lui è ferito soltanto. Lo salva una ragazza che l'ama di nascosto, e viceversa poi si scopre esser sua sorella di latte... Una produzione che fu replicata due sere di seguito a Caltagirone... Ohi! ohi!... cos'è adesso?

Il Capitan d'Arme, dal palco dirimpetto, credendo di non esser visto, dietro le spalle della Capitana, faceva segno verso di loro col fazzoletto bianco, fingendo di soffiarsi il naso. Mèndola nel voltarsi sorprese pure donna Giovannina col fazzoletto al viso. Ella abbassò subito gli occhi e si fece rossa come un peperone.

– Ah! ah!... Sicuro! Una bella compagnia! Fortuna che sia capitata da queste parti! La prima donna specialmente!... Sta lì, di faccia a casa mia, nella locanda di Nanni Ninnarò. Bisogna vedere ogni sera, dopo la recita!... – E terminò la frase all'orecchio di don Filippo, il quale rispose: – Ehm!... ehm!...

– Ti dò uno sgrugno, – minacciò intanto la mamma sottovoce, mangiandosi cogli occhi Giovannina. – Ti fo venire adesso il raffreddore!...

– Sicuro! – riprese il barone ad alta voce perché non capissero le ragazze. – Padrone del campo veramente è il padre nobile, quello che avete visto col barbone bianco. Finta che litigano ogni sera sul palco scenico... Ma poi, a casa, bisogna vedere!... Non vi dico altro! Ho fatto un buco apposta nell'impannata del granaio che guarda appunto in camera sua. Però ci sono gli avventizî, i devoti spiccioli, capite? quelli che vanno a portare la loro offerta... Il figlio del notaro Neri ha saccheggiato la dispensa, nel tempo che suo padre era fuggiasco... salsicciotti, reste di fichi secchi, pezze intere di cacio... Portava ogni giorno qualcosa in tasca... Ohi! ohi!...

La signora Capitana si disponeva ad andarsene prima del tempo. In piedi, sul davanti del palchetto, aveva tolto con mal garbo il guardaspalle al Capitan d'Arme, e l'aveva dato al tenente, il quale glielo accomodava sugli omeri nudi in barba al suo superiore, adagio adagio, facendo il comodo suo, senza curarsi di tutti quegli occhi che avevano addosso. Don Bastiano Stangafame dall'altro lato, col ventaglio in mano, e il marito, pacifico, che guardava e taceva. Mèndola diede una gomitata a Margarone, e tutti è due si misero a guardare in aria, grattandosi il mento. Canali osservò dal palco accanto:

– Un po' per uno, non fa male a nessuno!...

– Badate a voi piuttosto!... badate!...

– Sì, sì, l'ho visto venire... Adesso scappo, prima che giunga il cavaliere...

S'imbatté col Peperito giusto sull'uscio del corridoio.

– Oh, cavaliere!... Beato chi vi vede! S'era inquieti da queste parti... parola d'onore!...

– Perché? – balbettò Peperito facendosi rosso.

– Così... Una produzione come questa che fa correre tutto il paese... Si diceva... come va che il cavaliere?...

Peperito esitò alquanto, cercando la risposta, non sapendo se dovesse mettersi in collera, e poi gli sbatté l'uscio sul muso.

– Ora fanno il quadro degli innocenti! – soggiunse Canali ridendo. – Vado in platea per vederlo di laggiù.

– Allegramente, donna Fifì! – disse poi Mèndola. – Non vi sono né morti né feriti!... Se non arriviamo a farvi ridere in nessun modo, vuol dire...

In quella si udì nel corridoio un fruscìo di seta, e un rumore di sciabole e di speroni. Donna Giovannina si fece di brace in volto, sentendosi addosso gli occhi della mamma. La signora Capitana spinse l'uscio del palchetto, e mise dentro la sua testolina ricciuluta e sorridente.

– No, no, non vi scomodate. Son passata un momento a salutarvi. Un'indecenza questa produzione... Io me ne vo per non sentir altro... E il vestito della donna!... avete visto, nel chinarsi?...

– Eh! eh!... – rispose don Filippo accennando alle sue ragazze.

– Precisamente! Una mamma non potrà condurre in teatro le figliuole.

– È giusto! – osservò allora don Filippo. – Dovrebbe interessarsene l'autorità...

Il tenente, che le cortesie della signora Capitana avevano messo in vena, aggiunse:

– Io sono l'autorità. Ora corro sul palcoscenico per vedere s'è quel che dico io... Voglio toccare con mano come san Tommaso!

Ma nessuno rise. Solo la Capitana, dandogli un colpetto sul braccio, si chinò sorridendo all'orecchio di donna Bellonia per confidarle ciò che affermava il tenente: – Io dico di no, invece. Guardate donna Giovannina... È grassa quasi quanto la prima donna, eppure non si vede... Un po'... sì... da vicino... forse pel busto che stringe troppo...

– Graziosissimo!... – borbottò il Capitan d'Arme dal corridoio – Elegantissimo!...

Zacco, che giungeva allora, al vedere gli uniformi stava per tornare indietro, tanta la paura che gli era rimasta da quell'affare della Carboneria. Ma poi si fece animo, per non destar sospetti, e andò a stringere la mano a tutti quanti, sorridendo, giallo come un morto.

– Vengo dalla cugina Trao. È ancora in casa del fratello, poverina! Non si può muovere!... Ha voluto partorire proprio a casa sua!... Io non ne sapevo nulla, giacché sono stato in campagna per badare ai miei interessi.

– Ma che aspettano a battezzare cotesta bambina! – chiese Margarone. – L'arciprete Bugno fa un casa del diavolo per quell'anima innocente che corre rischio d'andare al limbo.

Allora prese la parola il Capitano Giustiziere.

– Aspettano il rescritto di Sua Maestà, Dio guardi... Un'idea del marchese Limòli, per far passare il nome dei Trao ai collaterali, ora che sta per estinguersi la linea mascolina... Le carte furono nelle mie mani...

– Sì, una gran famiglia... una gran casa, – aggiunse la signora Capitana. – Ci andai per far visita a donna Bianca. Ho visto anche la bambina... un bel visetto.

– Benissimo! – conchiuse Zacco. – Così mastro-don Gesualdo ci ha guadagnato che neppur la sua figliuola è roba sua.

La barzelletta fece ridere. Canali che tornava colle tasche piene di bruciate, volle che gliela ripetessero.

– Buona sera! buona sera! Non voglio stare a sentire altro! – esclamò la Capitana tutta sorridente, tappandosi le orecchie con le manine inguantate. – No... me ne vo... davvero!...

Erano tutti nel corridoio: donna Fifì masticando un sorriso fra i denti gialli; Nicolino dietro a Canali il quale distribuiva delle bruciate; anche donna Giuseppina Alòsi aveva aperto l'uscio del suo palco, per non dar campo alle male lingue. Solo donna Giovannina era rimasta al suo posto, inchiodata dal viso arcigno della mamma. Don Ninì, che veniva di nascosto per non destar i sospetti della fidanzata, vestito di nero, con un mazzolino di rose in mano, rimase un po' interdetto trovando tanta gente nel corridoio. Donna

Fifì gli rivolse un'occhiataccia, e tirò sgarbatamente per un braccio il fratellino che gli si arrampicava addosso onde frugargli nelle tasche. Il Capitano d'Arme accarezzò il ragazzo, e disse guardando nel palco dei Margarone con certi occhi arditi:

– Che bel fanciullo!... tanto simpatico!... Una bella famiglia!...

Donna Fifì gli rispose con un sorriso civettuolo, proprio sotto gli occhi del fidanzato. La Capitana rise agro anche lei; guardò donna Giovannina che aveva gli occhi lucenti, e siccome Peperito stava accarezzando Corradino La Gurna per far la corte a donna Giuseppina, dicendo che aveva un'aria distinta, tutta l'aria dei Trao, la Capitana aggiunse, colla vocina melata:

– È sorprendente l'aria di famiglia che c'è fra di loro. Avete visto come somiglia a don Ninì la bambina di donna Bianca?

– Che diavolo! – le borbottò all'orecchio Canali. – Che storie andate pescando!...

Successero alcuni istanti di silenzio imbarazzante. Zacco se ne andò canterellando. Canali annunziò che stava per cominciare l'ultimo atto. Ci fu uno scambio di baci e di sorrisi pungenti fra le signore; e donna Fifì si lasciò andare anche a stringere la mano che il Capitano le stendeva alla moda forestiera, con un molle abbandono.

– Via, entrate un momento, – disse donna Bellonia al baronello. – Vi metterete in fondo al palco, insieme a Fifì, giacché siete in lutto. Nessuno vi vedrà. Levati di lì, Giovannina.

– Sempre così! – borbottò costei ch'era furiosa contro la sorella. – Mi tocca sempre cedere il posto, a me!...

– Mamma... lascialo andare... s'è in lutto!... La commedia potrà vederla dal palcoscenico!... – sogghignò Fifì.

– Io?...

Ma essa gli volse le spalle. Mèndola s'era ficcato nel palco prima di tutti gli altri, per veder la scena che aveva detto lui, e faceva la spiegazione a ogni parola. – State attenti!...

Ora si scopre che la sorella di latte è figlia di un altro...

– Son cose che succedono! – osservò Canali dall'uscio.

– Zitto! zitto! cattiva lingua!

Tutti gli occhi, anche quelli delle ragazze, si rivolsero al baronello, il quale finse di non capire. – Se vi seccate!... – borbottò donna Fifì, – giacché state lì come un grullo... volete andarvene?...

– Io?...

– Ecco!... – interruppe Mèndola trionfante. – Ecco!... capite?

– Son maritato!... – tornò a dire Canali. – Son padre di famiglia... Ma farei volentieri uno sproposito per la prima donna!... Anche il nome ha bello!... Aglae...

– Agli... porri!... che nome!... – sogghignò il barone Mèndola. – Io non saprei come fare... a tu per tu!...

Don Filippo tagliò corto.

– È un'artistona... una prima donna di cartello... Allora si capisce...

– Sicuro, – si lasciò scappare incautamente don Ninì per dire qualche cosa.

– Ah!... Piace anche a voi?...

– Certamente... cioè... voglio dire...

– Dite, dite pure!... Già lo sappiamo!...

Mèndola fiutò la burrasca e si alzò per svignarsela: – Il resto lo so. Buona sera. Con permesso, don Filippo. Sentite, Canali...

Per disgrazia la prima donna che doveva tenere gli occhi rivolti al cielo nel declamare: « S'è scritto lassù... dal Fato... » si trovò a guardare nel palco dei Margarone. Donna Fifì allora non seppe più frenarsi:

– Già, lo sappiamo! Le agglomerate cerimonie!... le melenzose riga!...

– Io?... le melenzose?...

Ma lei scattò inferocita, quasi volesse piantargli i denti in volto:

– Ci vuole una faccia tosta!... Sissignore! la lettera con le melenzose!... eccola qua!... – e gliela fregò sotto il naso, scoppiando a piangere di rabbia. Don Ninì da prima rimase sbalordito. Indi scattò su come una furia, cercando il cappello. Sull'uscio s'imbattè in don Filippo, che accorreva al rumore.

– Siete uno stupido!... un imbecille!... La bella educazione che avete saputo dare a vostra figlia!... Grazie a Dio, non ci metterò più i piedi a casa vostra!

E partì infuriato sbatacchiando l'uscio. Don Filippo che era rimasto a bocca aperta, appena il baronello se ne fu andato, si cacciò nel palchetto, sbraitando contro la moglie alla sua volta:

– Siete una stupida!... Non avete saputo educare le figliuole!... Vedete cosa mi tocca sentirmi dire!... Non dovevate portarmelo in casa quel facchino!...

La rottura fece chiasso. Dopo cinque minuti non si parlava d'altro in tutto il teatro. Poco mancò che la produzione non terminasse a fischi. Il capocomico se la prese colla prima donna, che lo guastava con le prime famiglie del paese. Ma lei giurava e spergiurava di non conoscerlo neanche di vista, quel barone, e gliene importava assai di lui. L'udirono mastro Cosimo il falegname e quanti erano sul palcoscenico. Don Ninì furibondo andò subito il giorno dopo a cercare Ciolla, il quale se ne stava pei fatti suoi, dopo quelle ventiquattr'ore passate in Castello sottochiave.

– Bella figura m'avete fatto fare colle vostre melenzose!... La sa a memoria tutto il paese la vostra lettera!...

– Ebbene? cosa vuol dire? Segno ch'è piaciuta, se la sanno tutti a memoria!

– È piaciuta un corno! Lei dice che gliene importa assai di me!

– Oh! oh!... È impossibile!... La lettera avrebbe sfondato un muro! Vuol dire che la colpa è vostra, don Ninì... Non parlo del vostro fisico... Bisognava accompagnarla con qualche regaluccio, caro barone! La polvere spinge la palla! Credevate di far colpo per la vostra bella faccia?... con due baiocchi di carta rasata?... Giacché a me non mi avete dato nulla, veh!...

Invano gli amici e i parenti tentarono d'intromettersi onde rappattumare i fidanzati. La mamma ripeteva: – Che vuoi farci?... Gli uomini!... Anche tuo padre!... – Don Filippo la pigliava su un altro tono: – Sciocchezze... scappatelle di gioventù!... Fu l'occasione... la novità... Le prime donne non vengono mica ogni anno... Sei una Margarone alla fin fine! Lui non cambia certo una Margarone con una comica!... Poi, se perdono io che sono offeso maggiormente!...

Ma donna Fifì non si placava. Diceva che non voleva saperne più di colui, uno sciocco, un avaraccio, il barone Melenzose!... Se mai, non le sarebbe mancato un pretendente cento volte meglio di lui... Andava scorbacchiandolo con tutti, amiche e parenti. Don Ninì dalla rabbia avrebbe fatto non so che cosa. Giurava che voleva spuntarla ad ogni costo, ed avere la prima donna, non fosse altro per dispetto.

– Ah! gliela farò vedere a quella strega! La polvere spinge la palla!...

E mandò a regalare salsicciotti, caciocavallo, un bottiglione di vino. Empirono la tavola della locanda. Non si parlava d'altro in tutto il paese. Il barone Mèndola narrava che ogni sera si vedevano le *Nozze di Cana* dal suo buco. Regali sopra regali, tanto che la baronessa dovette nascondere la chiave della dispensa. Mastro Titta venne a dire infine a don Ninì:

– Non resiste più, vossignoria! Ha perso la testa, la prima donna. Ogni sera, mentre sto a pettinarla, non mi parla d'altro.

– Se mi fa avere la soddisfazione che dico io!... Sotto gli occhi medesimi di donna Fifì voglio avere la soddisfazione! Voglio farla morir tisica!

Fu una delusione il primo incontro. La signora Aglae faceva una parte di povera cieca, e aveva il viso dipinto al pari di una maschera. Nondimeno lo accolse come una regina, nel bugigattolo dove c'era un gran puzzo di moccolaia, e lo presentò a un omaccione, il quale stava frugando dentro il cassone, in maniche di camicia, e non si voltò neppure:

– Il barone Rubiera, distinto cultore... Il signor Pallante, celebre artista.

Poi volse un'occhiata alla schiena del celebre artista che continuava a rovistare brontolando, un'altra più lunga a don Ninì, e soggiunse a mezza voce:

– Lo conoscevo di già!... Lo vedo ogni sera... in platea!...

Egli invece stava per scusarsi che in teatro non era venuto a causa del lutto; ma in quella si voltò il signor Pallante colle mani sporche di polvere, il viso impiastricciato anche lui, e una vescica in testa dalla quale pendevano dei capelli sudici.

– Non c'è, – disse con un vocione che sembrava venire di sotterra. – Te l'avevo detto!... accidenti! – E se ne andò brontolando.

Ella guardò intorno in aria di mistero, colle pupille stralunate in mezzo alle occhiaie nere; andò a chiudere l'uscio in punta di piedi, e poscia si voltò verso il giovane, con una mano sul petto, un sorriso pallido all'angolo della bocca.

– È strano come mi batte il cuore!... No... non è nulla... sedete.

Don Ninì cerco una sedia, colla testa in fiamme, il cuore che gli batteva davvero. Infine si appollaiò sul baule, cercando qualche frase appropriata, che facesse effetto, mentre lei bruciava un pezzettino di sughero alla fiamma del lume a olio che fumava.

Sopraggiunse un'altra visita, Mommino Neri, il quale trovando lì Rubiera diventò subito di cattivo umore, e non aprì bocca, appoggiato allo stipite, succhiando il pomo del bastoncino. La signora Aglae teneva sola la conversazione: un bel paese... un pubblico colto e intelligente... bella gioventù anche...

– Buona sera, – disse Mommino.

– Ve ne andate, di già?...

– Sì... Non potrete muovervi qui dentro... Siamo in troppi...

Don Ninì la accompagnò con un sogghigno, continuando a suonare la gran cassa sul baule colle calcagna. Ella se ne avvide e alzò le spalle, con un sorriso affascinante, sospirando quasi si fosse levato un peso dallo stomaco.

Il baronello gongolante incominciò. – Se sono d'incomodo anch'io... – E cercò il cappello che aveva in mano.

– Oh no!... voi, no! – rispose lei con premura, chinando il capo.

– Si può? – chiese la vocetta fessa del tirascene dietro l'uscio.

– No! no! – ripeté la signora Aglae con tal vivacità quasi fosse stata sorpresa in fallo.

– Si va in scena! – aggiunse il vocione del signor Pallante. – Spicciati!

Allora essa, levando verso don Ninì il viso rassegnato, con un sorriso triste:

– Lo vedete!... Non ho un minuto di libertà!... Sono schiava dell'arte!...

Don Ninì colse la palla al balzo: L'arte... una bella cosa!... Era il suo regno... il suo altare!... Tutti l'ammiravano!... dei cuori che faceva battere!...

– Ah! sì!... Le ho data tutta me stessa... Me le son data tutta!...

E aprì le braccia, voltandosi verso di lui, con tale abbandono, come offrendosi all'arte, lì su due piedi, che don Ninì balzò giù dal cassone.

– Badate! – esclamò lei a bassa voce, rapidamente. Badate!...

Aveva le mani tremanti, che stese istintivamente verso di lui, quasi a farsene schermo. Poi si fregò gli occhi, reprimendo un sospiro, e balbettò come svegliandosi:

– Scusate... Un momento... Devo vestirmi...

E un sorriso malizioso le balenò negli occhi.

Quel seccatore di Mommino Neri era ancor lì, appoggiato a una quinta, che discorreva col signor Pallante, già vestito da re, colla zimarra di pelliccia e la corona di carta in testa. Stavolta toccò a don Ninì di farsi scuro in viso. Ella, come lo sapesse, socchiuse di nuovo l'uscio, sporgendo il braccio e l'omero nudi:

– Barone, se aspettate alla fine dell'atto... quei versi che desiderate leggere li ho lì, in fondo al baule.

191

No! nessuna donna gli aveva data una gioia simile, una vampata così calda al cuore e alla testa: né la prima volta che Bianca gli s'era abbandonata fra le braccia, trepidante; né quando una Margarone aveva chinato il capo superbo, mostrandosi insieme a lui, in mezzo al mormorìo che suscitavano nella folla. Fu un vero accesso di pazzia. Buccinavasi persino che onde farle dei regali si fosse fatto prestare dei denari da questo e da quello. La baronessa, disperata, fece avvertire gli inquilini di non anticipare un baiocco al suo figliuolo, se no l'avevano a far con lei. – Ah!... ah!... vedranno! Mio figlio non ha nulla. Io non pago di certo!...

C'erano state scene violente fra madre e figlio. Lui ostinato peggio d'un mulo, tanto più che la signora Aglae non gli aveva lasciato neppure salire la scala della locanda. Infine gli aveva detto il perché, una sera, al buio, lì sulla soglia, mentre Pallante era salito avanti ad accendere il lume:

– È geloso!... Son sua!... sono stata sua!...

Ed aveva confessato tutto, a capo chino, con la bella voce sonora soffocata dall'emozione. Egli, un gran signore diseredato dal genitore a causa di quella passione sventurata, l'aveva amata a lungo, pazzamente, disperatamente: uno di quegli amori che si leggono nei romanzi; si era dato all'arte per seguirla; aveva sofferto in silenzio; aveva implorato, aveva pianto... Infine una sera... come allora... ancora tutta fremente e palpitante delle emozioni che dà l'arte... la pietà... il sacrificio... non sapeva ella stessa come... mentre il cuore volava lontano... sognando altri orizzonti... altro ideale... Ma dopo, mai più!... mai più!... S'era ripresa!... vergognosa... pentita... implacabile... Egli che l'amava sempre, come prima... più di prima... alla follia... era geloso: geloso di tutto e di tutti, dell'aria, del sogno, del pensiero... di lui pure, don Ninì!...

– Ohè! – si udì il vocione di su la scala. – Li vuoi fritti o al pomodoro?

Sul viso di lei, dolcemente velato dalla semi-oscurità, errò un sorriso angelico.

– Vedete?... Sempre così!... Sempre la stessa devozione!...

Ciolla che era il confidente di don Ninì gli disse poi:

– Come siete sciocco! Quello lì è un... pentolaccia! Si pappano insieme la roba che mandate voi e il figlio di Neri.

Infatti aveva incontrato spesso Mommino sul palcoscenico, ed anche dinanzi all'uscio della locanda, su e giù come una sentinella. Mommino adesso era tutto gentilezze e sorrisi per lui. Quando gli parve proprio di farci una figura sciocca, montò in collera.

– Ah!... tu lo vuoi? – gli diss'ella infine con accento febbrile. – Ebbene... ebbene.. Se non c'è altro mezzo di provarti quanto io t'amo... Giacché bisogna perdermi ad ogni costo... stasera... dopo la mezzanotte!...

Un odore di stalla, in quella scaletta buia, cogli scalini unti e rotti da tutti gli scarponi ferrati del contado. Lassù in cima, un fil di luce, e una figura bianca, che gli si offrì intera, bruscamente, con le chiome sparse.

– Tu mi vuoi... baiadera... odalisca?...

C'erano dei piatti sudici sulla tavola, un manto di damasco rabescato sul letto, dei garofani e un lume da notte acceso sul canterano, dinanzi a un quadrettino della Vergine, e un profumo d'incenso che svolgevasi da un vasetto di pomata il quale fumava per terra. All'uscio che metteva nell'altra stanza era inchiodato un bellissimo sciallo turco, macchiato di olio; e dietro lo sciallo turco udivasi il signor Pallante che russava sulla sua gelosia.

Essa, spalancando quegli occhi neri che illuminavano la stanza, mise un dito sulle labbra, e fece segno a Rubiera d'accostarsi.

« Insomma l'ha stregato! » scriveva il canonico Lupi a mastro-don Gesualdo proponendogli di fare un grosso mutuo al baronello Rubiera. « Don Ninì è pieno di debiti sino al collo, e non sa più dove battere il capo... La baronessa giura che sinché campa lei non paga un baiocco. Ma non ha altri eredi, e un giorno o l'altro deve lasciargli tutto il suo. Come vedete, un buon affare, se avete coraggio... »

« Quanto? » rispose mastro-don Gesualdo. « Quanto gli

occorre al baronello Rubiera? S'è una cosa che si può fare, son qua io. »

Più tardi, come si seppe in paese della grossa somma che don Gesualdo aveva anticipata al barone Rubiera, tutti gli davano del matto, e dicevano che ci avrebbe persi i denari. Egli rispondeva con quel sorriso tutto suo:

– State tranquilli. Non li perdo i denari. Il barone è un galantuomo... e il tempo è più galantuomo di lui.

Dice bene il proverbio che la donna è causa di tutti i mali! Commediante poi!

V

Don Ninì aveva sperato di tenere segreto il negozio. Ma sua madre da un po' di tempo non si dava pace, vedendolo così mutato, dispettoso, sopra pensieri, col viso acceso e la barba rasa ogni mattina. La notte non chiudeva occhio almanaccando dove il suo ragazzo potesse trovare i denari per tutti quei fazzoletti di seta e quelle boccettine d'acqua d'odore. Gli aveva messi alle calcagna Rosaria ed Alessi. Interrogava il fattore e la gente del magazzino e della dispensa. Come le parlasse il cuore, poveretta! Il cugino Limòli era arrivato a indicarle la signora Aglae che scutrettolava tutta in fronzoli. — La vedete? è quella lì. Che ve ne sembra, eh, di vostra nuora? Siete contenta? — Proprio, come le avesse lasciata la jettatura don Diego Trao, morendo!

Nei piccoli paesi c'è della gente che farebbe delle miglia per venire a portarvi la cattiva nuova. Una mattina la baronessa stava seduta all'ombra della stoia sul balcone, imbastendo alcuni sacchi di canovaccio che Rosaria poi le cuciva alla meglio, accoccolata sullo scalino, aguzzando gli occhi e le labbra perché l'ago non le sfuggisse dalle manacce ruvide, voltandosi di tanto in tanto a guardare giù nella stradicciuola deserta.

— E tre! — si lasciò scappare Rosaria vedendo Ciolla che ripassava con quella faccia da usciere, sbirciando la casa della baronessa da cima a fondo, fermandosi ogni due passi, tornando a voltarsi quasi ad aspettare che lo chiamassero. La Rubiera che seguiva da un pezzetto quel va e vieni, di sotto gli occhiali, si chinò infine a fissare il Ciolla in certo modo che diceva chiaro: Che fate e che volete?

— Benedicite. — Cominciò ad attaccar discorso lui. E si fermò su due piedi, appoggiandosi al muro di rimpetto, col cappello sull'occipite e in mano il bastone che sembrava la canna dell'agrimensore, aspettando. La baronessa per rispondere al saluto gli domandò, facendo un sorrisetto agrodolce:

— Che fate lì? Mi stimate la casa? Volete comprarla?

— Io no!... Io no, signora mia!...

— Io no! — tornò a dire più forte, vedendo che lei s'era rimessa a cucire. Allora la Rubiera si chinò di nuovo verso la stradicciuola, cogli occhiali lucenti, ed entrambi rimasero a guardarsi un momento così, come due basilischi.

— Se volete dirmi qualche cosa, salite pure.

— Nulla, nulla, — rispose Ciolla; e intanto s'avviava verso il portone. Rosaria tirò la funicella e si mise a borbottare:

— Che vuole adesso quel cristiano? A momenti è ora d'accendere il fuoco.

Ma intanto si udiva lo schiamazzo degli animali nel cortile e i passi di Ciolla che saliva adagio adagio. Egli entrò col cappello in testa, ossequioso, ripetendo: *Deo gratias! Deo gratias!* lodando l'ordine che regnava da per tutto in quella casa.

— Non ne nascono più delle padrone di casa come voi, signora baronessa! Ecco! ecco! siete sempre lì, a sciuparvi la vista sul lavoro. Ne hanno fatta della roba quelle mani!... Non ne hanno scialacquata, no!

La baronessa che aspettava coll'orecchio teso cominciò ad essere inquieta. Intanto Rosaria aveva sbarazzato una seggiola del canovaccio che vi era ammucchiato sopra, e stava ad ascoltare, grattandosi il capo.

— Va a vedere se la gallina ha fatto l'uovo, — disse la padrona. E tornò a discorrere col Ciolla, più affabile del consueto, per cavargli di bocca quel che aveva da dire. Ma Ciolla non si apriva ancora. Parlava del tempo, dell'annata, del fermento che aveva lasciato in paese la Compagnia d'Arme, dei guai che erano toccati a lui. — I cenci vanno all'aria, signora mia, e chi ha fatto il danno invece se la passa liscia. Benedetta voi che ve ne state in casa, a badare ai vostri interessi. Fate bene! Avete ragione! Tutto ciò che si vede qui è opera vostra. Non lo dico per lodarvi! Benedette le vostre mani! Vostro marito, buon'anima!... via, non parliamo dei morti... le mani le aveva bucate... come tutti i Rubiera... I fondi coperti di ipoteche... e la casa... Infine cos'era il palazzetto dei Rubiera?... Quelle cinque stanze lì?...

La baronessa fingeva d'abboccare alle lodi, dandogli le informazioni che voleva, accompagnandolo di stanza in stanza, spiegandogli dove erano stati aperti gli usci che mettevano in comunicazione il nuovo col vecchio.

Ciolla seguitava a guardare intorno cogli occhi da usciere, accennando del capo, disegnando colla canna d'India: – Per l'appunto! quelle cinque stanze lì. Tutto il resto è roba vostra. Nessuno può metterci le unghie nella roba vostra finché campate... Dio ve la faccia godere cent'anni! una casa come questa... una vera reggia! vasta quanto un convento! Sarebbe un peccato mortale, se riuscissero a smembrarvela i vostri nemici... ché ne abbiamo tutti, nemici!...

Essa, che si sentiva impallidire, finse di mettersi a ridere: una risata da fargli montar la mosca al naso, a quell'altro.

– Cosa? Ho detto una minchioneria? Nemici ne abbiamo tutti. Mastro-don Gesualdo, esempigrazia!... Quello non vorrei trovarmelo mischiato nei miei interessi...

Fingeva anche lui di guardarsi intorno sospettoso, quasi vedesse da per tutto le mani lunghe di mastro-don Gesualdo.

– Quello, se si è messo in testa di ficcarvisi in casa... a poco a poco... da qui a cent'anni... come fa il riccio...

La baronessa era tornata sul balcone a prendere aria, senza dargli retta, per cavargli di bocca il rimanente. Egli nicchiò ancora un poco, disponendosi ad andarsene, cavandosi il cappello per darvi una lisciatina, cercando la canna d'India che aveva in mano, scusandosi delle chiacchiere colle quali le aveva empito la testa sino a quell'ora.

– Che avete da fare, eh? Dovete vestirvi per andare al battesimo della figliuola di don Gesualdo? Sarà un battesimo coi fiocchi... in casa Trao!... Vedete dove va a ficcarsi il diavolo, che la bambina di mastro-don Gesualdo va proprio a nascere in casa Trao!... Ci saranno tutti i parenti... una pace generale... Siete parente anche voi...

La baronessa continuava a ridere, e Ciolla le teneva dietro, tutti e due guardandosi in viso, cogli occhi soli rimasti serii.

– No? Non ci andate? Avete ragione! Guardatevi da quell'uomo! Non vi dico altro! Vostro figlio è una bestia!... Non vi dico altro!...

– Mio figlio ha la sua roba ed io ho la mia... Se ha fatto delle sciocchezze mio figlio pagherà, se può pagare... Io no però! Pagherà lui, col fatto suo, con quelle cinque stanze che avete visto... Non ha altro, per disgrazia... Ma io la mia roba me la tengo per me... Son contenta che mio figlio si diverta... È giovane... Bisogna che si diverta... Ma io non pago, no!

– Quello che dicono tutti. Mastro-don Gesualdo crede d'essere furbo. Ma stavolta, se mai, ha trovato uno più furbo di lui. Sarebbe bella che gli mantenesse l'amante a don Ninì!... Gli parrebbe di fare le sue follìe di gioventù anche lui!...

La baronessa, dal gran ridere, andava tenendosi ai mobili per non cadere. – Ah, ah!... questa è bella!... Questa l'avete detta giusta, don Roberto!... – Ciolla le andava dietro fingendo di ridere anche lui, spiandola di sottecchi, indispettito che se la prendesse così allegramente. Ma Rosaria, mentre veniva a pigliar la tela, vide la sua padrona così pallida che stava per chiamare aiuto.

– Bestia! Cosa fai? Perché rimani lì impalata? Accompagna don Roberto piuttosto! – Così Ciolla si persuase ad andarsene finalmente, sfogandosi a brontolare colla serva:

– Com'è allegra la tua padrona! Ho piacere, sì! L'allegria fa buon sangue e fa vivere lungamente. Meglio! meglio!

Rosaria, tornando di sopra, vide la padrona in uno stato spaventevole, frugando nei cassetti e negli armadi, colle mani che non trovavano nulla, gli occhi che non ci vedevano, la schiuma alla bocca, vestendosi in tutta fretta per andare al battesimo del cugino Motta. – Sì, ci andrò... Sentiremo cos'è... È meglio sapere la verità. – La gente che la vedeva passare per le strade, trafelata e col cappellino di traverso, non sapeva che pensare. Nella piazzetta di Sant'Agata c'era una gran curiosità, come giungevano gli invitati al battesimo in casa Trao, e don Luca il sagrestano che andava e veniva, coi candelieri e gli arnesi sacri sotto il braccio. Speranza ogni momento si affacciava sul ballatoio, scuotendo le sottane, piantandosi i pugni sui fianchi, e si metteva a sbraitare contro quella bambina che le rubava l'eredità del fratello:

– Sarà un battesimo strepitoso! C'è la casa piena... tutta la nobiltà... Noi soli, no! Non ci andremo... per non fare arrossire i parenti nobili... Non ci abbiamo che vedere, noi!... Nessuno ci ha invitati al battesimo di mia nipote... Si vede che non è sangue nostro...

Anche il vecchio Motta s'era rifiutato, la mattina, allorché Gesualdo era andato a pregarlo di mettere l'acquasanta alla nipotina. Seduto a tavola – stava mangiando un boccone – gli disse di no, levando in su il fiasco che aveva alla bocca. Poi, asciugandosi le labbra col dorso della mano, gli piantò addosso una occhiataccia.

– Vacci tu al battesimo della tua figliuola. È affar tuo! Io non son nato per stare fra i signoroni... Voialtri venite a cercarmi soltanto quando avete bisogno di me... per chiudere la bocca alla gente... No, no... quando c'è da guadagnare qualcosa non vieni a cercarmi, tu!... Lo sai? L'appalto della strada... la gabella...

Mastro Nunzio voleva snocciolare la litania dei rimproveri, intanto che ci si trovava. Ma Gesualdo, il quale aveva già la casa piena di gente, e sapeva che non gli avrebbe mai fatto chinare il capo se aveva detto di no, se ne andò colle spalle e il cuore grossi. Non era allegro neppur lui, poveraccio, sebbene dovesse far la bocca ridente ai mirallegro e ai salamelecchi. Però infine con Nanni l'Orbo, più sfacciato, che gli rompeva le tasche chiedendogli i confetti a piè della scala, si sfogò:

– Sì!... Va a vedere!... Va a vedere come s'è storta fin la trave del tetto, ora ch'è nata una bambina in questa casa!

Barabba e il cacciatore della baronessa Mèndola avevano dato una mano a scopare, a spolverare, a rimettere in gambe l'altare sconquassato, chiuso da tant'anni nell'armadio a muro della sala grande che serviva di cappella. La sala stessa era ancora parata a lutto, qual'era rimasta dopo la morte di don Diego, coi ritratti velati e gli alveari coperti di drappo nero torno torno per i parenti venuti al funerale, com'era l'uso nelle famiglie antiche. Don Ferdinando, raso di fresco, con un vestito nero del cugino Zacco che gli si arrampicava alla schiena, andava ficcando il naso da per tutto, col viso lungo, le braccia ciondoloni dalle maniche troppo corte, inquieto, sospettoso, domandando a ciascuno:

– Che c'è? Cosa volete fare?

– Ecco vostro cognato, – gli disse la zia Sganci entrando nella sala insieme a don Gesualdo Motta. – Ora dovete abbracciarvi fra di voi, e non tenere in corpo il malumore, con quella creaturina che c'è di mezzo.

– Vi saluto, vi saluto, – borbottò don Ferdinando; e gli voltò le spalle.

Ma gli altri parenti che avevano più giudizio, facevano buon viso a don Gesualdo: Mèndola, i cugini Zacco, tutti quanti. Già i tempi erano mutati; il paese intero era stato sottosopra ventiquattr'ore, e non si sapeva quel che poteva capitare un giorno o l'altro. Oramai, per amore o per forza, mastro-don Gesualdo s'era ficcato nel parentado, e bisognava fare i conti con lui. Tutti perciò volevano vedere la bambina – un fiore, una rosa di maggio. – La zia Rubiera abbracciava Bianca, come una mamma che abbia ritrovato la sua creatura, asciugandosi gli occhi col fazzoletto diventato una spugna.

– No! Non ho peli sullo stomaco!... Non mi pareva vero, dopo d'averti allevata come una figliuola!... Sono una bestia... Son rimasta una contadina... tale e quale mia madre, buon'anima... col cuore in mano...

Bianca tutta adornata sotto il baldacchino del lettone, pallida che sembrava di cera, sbalordita da tutta quella ressa, non sapeva che rispondere, guardava la gente, stralunata, cercava di abbozzare qualche sorriso, balbettando. Suo marito invece faceva la sua parte in mezzo a tutti quegli amici e parenti e mirallegro, col viso aperto e giulivo, le spalle grosse e bonarie, l'orecchio teso a raccogliere i discorsi che si tenevano intorno a lui e dietro le sue spalle. La zia Cirmena, infatuata, rispondeva a coloro che auguravano la nascita di un bel maschiotto, più tardi, che già le femmine sono come la gramigna, e vi scopano poi la casa del bello e del buono per andare a maritarsi...

— Eh... i figliuoli bisogna pigliarseli come Dio li manda, maschi o femmine... Se si potesse andare a sceglierli al mercato... A don Gesualdo non gli mancherebbero i denari per comprare il maschio.

— Non me ne parlate! — interruppe alla fine la zia Rubiera. — Non sapete quel che costino i maschi!... Quanti dispiaceri!... Lo so io!...

E continuò a sfogarsi all'orecchio di Bianca, accesa, sbirciando di sottecchi don Gesualdo per vedere quel che ne dicesse. Don Gesualdo non diceva nulla. Bianca invece, cogli occhi chini, si faceva di mille colori.

— Non lo riconosco più, no!... nemmeno io che l'ho fatto!... Ti rammenti, che figliuol d'oro?... docile, amoroso, ubbidiente... Adesso si rivolterebbe anche a sua madre, per quella donnaccia forestiera... una commediante, la conosci? Dicono che ha i denti e i capelli finti... Deve avergli fatta qualche malìa! Commediante e forestiera, capisci!... lui non ci vede più dagli occhi... Spende l'osso del collo... La gente cattiva... i birboni anche l'aiutano... Ma io non pago, no!... Oh, questo poi, no!

— Zia! — balbettò Bianca con tutto il sangue al viso.

— Che vuoi farci? È la mia croce! Se sapevo tanto piuttosto...

Don Gesualdo badava a chiacchierare col cugino Zacco, tutti e due col cuore in mano, amiconi. La baronessa allora spiattellò la domanda che le bolliva dentro:

– È vero che tuo marito gli presta dei denari... sottomano?... L'hai visto venire qui, da lui?... Di', che ne sai?

– Certo, certo, – rispose in quel punto don Gesualdo. –
I figliuoli bisogna pigliarseli come vengono. – Zacco a conferma mostrò le sue ragazze, schierate in fila come tante canne d'organo, modeste e prosperose. – Ecco! io ho cinque figliuole, e voglio bene a tutte egualmente!

– Sicuro! – rispose Limòli. – È per questo che non volete
maritarle.

Donna Lavinia, la maggiore, volse indietro un'occhiata
brutta. – Ah, siete qui? – disse il barone. – Siete sempre presente come il diavolo nelle litanie, voi!

Il marchese, che doveva essere il padrino, si era messa la
croce di Malta. Don Luca venne a dire che il canonico era
pronto, e le signore passarono in sala, con un gran fruscìo
di seta, dietro donna Marianna la quale portava la bambina.
Dall'uscio aperto vedevasi un brulichìo di fiammelle. Don
Ferdinando, in fondo al corridoio, fece capolino, curioso.
Bianca dalla tenerezza piangeva cheta cheta. Suo marito ch'e-
ra rimasto ginocchioni, come gli aveva detto la Macrì, col
naso contro il muro, si alzò per calmarla.

– Zitta... Non ti far scorgere!... Dinanzi a coloro bisogna
far buon viso...

Tutt'a un tratto scoppiò giù in piazza un crepitìo indiavolato di mortaletti. Don Ferdinando fuggì via spaventato.
Gli altri che assistevano al battesimo corsero al balcone coi
ceri in mano. Persino il canonico in cotta e stola. Era Santo,
il fratello di don Gesualdo, il quale festeggiava a quel modo
il battesimo della nipotina, scamiciato, carponi per terra, colla miccia accesa. Don Gesualdo aprì la finestra per dirgli un
sacco di male parole:

– Bestia!... Ne fai sempre delle tue!... Bestia!...

Gli amici lo calmarono: – Poveraccio... lasciatelo fare. È
un modo d'esprimere la sua allegria...

La zia Sganci trionfante gli mise sulle braccia la figliuola:
– Eccovi Isabella Trao!

– Motta e Trao! Isabella Motta e Trao! – corresse il

marchese. Zacco soggiunse ch'era un innesto. Le due famiglie che diventavano una sola. Però don Gesualdo tenendo la bambina sulle braccia rimaneva alquanto imbroncito. Intanto don Luca, aiutato da Barabba e dal cacciatore, serviva le granite e i dolci. La zia Cirmena, che aveva portato seco apposta il nipotino La Gurna, gli riempiva le tasche e il fazzoletto. Le Zacco invece, poiché la maggiore, contegnosa, non aveva preso nulla, dissero tutte di no, una dopo l'altra, mangiandosi il vassoio cogli occhi. Don Luca incoraggiava a prendere dicendo:

– È roba fresca. Sono stato io stesso ad ordinarla a Santa Maria e al Collegio. Non s'è guardato a spesa.

– Diavolo! – disse Zacco, che cercava l'occasione di mostrarsi amabile. – Diavolo! Vorrei vedere anche questa!... – Gli altri facevano coro. – Ecco che risorgeva casa Trao. Voleri di Dio. Quella bambina stessa che aveva voluto nascere nella casa materna. Il canonico Lupi arrivò anche a congratularsi col marchese Limòli il quale aveva pensato al mezzo di non lasciare estinguere il casato alla morte di don Ferdinando.

– Sicuro, sicuro, – borbottò don Gesualdo. – Era già inteso... V'avevo detto di sì allora... Quando ho detto una parola...

E andò a deporre la figliuola fra le braccia della moglie che le zie si rubavano a vicenda. La baronessa Mèndola voleva sapere cosa dicessero. Zacco, premuroso, venne a chiedere dei confetti per don Ferdinando a cui nessuno aveva pensato.

– Sicuro, sicuro. È il padrone di casa.

– Vedete? – osservò la zia Rubiera. – A quest'ora c'è già pel mondo chi deve portarvi via la figliuola e la roba.

Scoppiarono delle risate. Donna Agrippina torse la bocca e chinò a terra gli occhioni che dicevano tante cose, quasi avesse udito un'indecenza. Don Gesualdo rideva anche lui, faceva buon viso a tutti. Alla fine arrischiò anche una barzelletta:

– E quando si marita vi lascia anche il nome dei Trao... La dote, no, non ve la lascia!...

La Rubiera che stimò il momento propizio, e non voleva perdere l'occasione, lo tirò a quattr'occhi vicino al letto, mentre si udivano in fondo al corridoio Mèndola e don Ferdinando i quali litigavano ad alta voce, e tutti corsero a vedere.

— Sentite, don Gesualdo; io non ho peli sulla lingua. Volevo parlarvi di quello scapestrato di mio figlio. Aiutami tu, Bianca.

— Io, zia?...

— Scusatemi, io so parlare col cuore in mano... tale e quale come m'ha fatta mia madre... Ora che siete padre anche voi, don Gesualdo, capirete quel che devo averci in cuore... che spina... che tormento!...

Guardava ora la nipote ed ora suo marito cogli occhi acuti, col sorriso semplice e buono che le avevano insegnato i genitori pei negozi spinosi. Don Gesualdo stava a sentire tranquillamente. Bianca, imbarazzata da quell'esordio, colla figliuoletta in grembo, sembrava una statua di cera.

— Saprete le chiacchiere che corrono, di Ninì con quella comica? Bene. Di ciò non mi darei pensiero. Non è la prima e l'ultima. Suo padre, buon'anima, era fatto anch'esso così. Ma sinora gli ho impedito di commettere qualche sciocchezza. Adesso però ci sono di mezzo i birboni, i cattivi compagni... Senti, Bianca, io, la mia figliuola, non l'avrei data da battezzare a quel canonico lì!...

Bianca, sbigottita, muoveva le labbra smorte senza arrivare a trovar parole. Don Gesualdo invece aveva fatto la bocca a riso, come la baronessa scappò in quell'osservazione. Essa, udendo che tornava gente, gli domandò infine apertamente:

— Ditemi la verità. V'ha fatto chiedere del denaro in prestito, eh?... Gliene avete dato?

Don Gesualdo rideva più forte. Poi vedendo che la baronessa diveniva rossa come un peperone, rispose:

— Scusate... scusate... Se mai... Perché non lo domandate a lui?... Questa è bella!... Io non sono il confessore di vostro figlio...

Mèndola irruppe nella camera narrando fra le risate la

scena che aveva avuta con quell'orso di don Ferdinando il quale non voleva venire a far la pace col cognato. La Rubiera, senza dir altro, asciugavasi le labbra col fazzoletto ancora appiccicoso di dolciume, mentre i parenti toglievano commiato. Nell'andarsene ciascuno aveva una parola d'elogio sul modo in cui erano andate le cose. Donna Marianna diceva alla Rubiera sottovoce che aveva fatto bene a venire anche lei, per non dar nell'occhio, per far tacere le male lingue... L'altra rispose con un'occhiataccia che donna Agrippina colse al volo:

— M'è giovata assai! Serpi sono! Non vi dico altro. Ci siam messa la vipera nella manica!... Vedrete poi...

Don Gesualdo, rimasto solo colla moglie, tracannò di un fiato un gran bicchiere di acqua fresca, senza dir nulla. Bianca, disfatta in viso, quasi fosse per sentirsi male, seguiva ogni suo movimento con certi occhi che sembravano spaventati, stringendo al seno la bambina.

— Te', vuoi bere? — disse lui. — Devi aver sete anche tu.

Ella accennò di sì. Ma il bicchiere le tremava talmente nelle mani che si versò tutta l'acqua addosso.

— Non importa, non importa, — aggiunse il marito. — Adesso nessuno ci vede.

E si mise ad asciugare il lenzuolo col fazzoletto. Poi tolse in braccio la bambina che vagiva, ballottandola per farla chetare, portandola in giro per la camera.

— Hai visto, eh, che gente? che parenti affezionati? Ma tuo marito non se lo mettono in tasca, no.

Fuori, nella piazza, tutti i vicini erano affacciati per vedere uscire gli invitati. Alla finestra dei Margarone, laggiù in fondo, al di sopra dei tetti, c'era pure dell'altra gente che faceva capolino ogni momento. La Rubiera cominciò a salutare da lontano, col ventaglio, col fazzoletto, mentre discorreva col marchese Limòli, talmente accesa che sembrava volessero accapigliarsi.

— Razze di serpi, sono! Cime di birbanti! Se lo mangiano in un boccone quello scomunicato di mio figlio!... Ma prima l'ha da fare con me! Sentite, accompagnatemi un momento dai Margarone... È un pezzo che non ci vediamo... Infine non è un motivo per romperla con dei vecchi amici... una ragazzata... Voi siete un uomo ammodo... e alle volte... una parola a proposito...

Venne ad aprire donna Giovannina con tanto di muso. Si vedeva in fondo l'uscio del salotto buono spalancato; tolte le fodere ai mobili. Un'aria di cerimonia insomma.

– Che c'è? – chiese il marchese entrando. – Cosa accade?

– Io non so nulla! – esclamò donna Giovannina la quale sembrava sul punto di scoppiare a piangere. – Ci sarà gente di là, credo; ma io non ne so nulla.

– Povera bambina! povera bambina! – Il marchese indugiava in anticamera, accarezzando la ragazza. Le aveva preso con due dita il ganascino da canonico, ammiccando con malizia, guardandosi intorno per dirle sottovoce:

– Che vuoi farci? Pazienza! Chi primo nasce primo pasce. Ci sarà donna Fifì, colla mamma, a ricevere le visite, eh? Don Bastiano, eh? il Capitan d'Arme?...

Don Bastiano infatti era lì, nel salotto, vestito in borghese, con abiti nuovi fiammanti che gli rilucevano addosso, raso di fresco, seduto sul canapè accanto alla mamma Margarone, come uno sposo, facendo scivolare di tanto in tanto un'occhiata languida e sentimentale verso la ragazza, lisciandosi i baffoni novelli che non volevano piegarsi. Donna Fifì, al vedere giungere la Rubiera, si ringalluzzì, superbiosa, tubando sottomano col forestiero per farle dispetto.

– Oh, oh, – disse il marchese, salutando don Bastiano ch'era rimasto un po' grullo. – Siete ancora qui? Bene! bene!

Ed incominciò a discorrere col capitano, intanto che le signore chiacchieravano tutte in una volta, domandandogli perché la Compagnia d'Arme fosse partita senza di lui, se aveva intenzione di fermarsi un pezzetto, se era contento del paese e voleva lasciare le spalline. Don Bastiano si teneva sulle generali, lodando il paesaggio, il clima, gli abitanti, sottolineando le parole con certi sguardi espressivi rivolti a donna Fifì, la quale fingeva di guardare fuori dal balcone cogli occhi pieni di poesia, e chinava il capo arrossendo a ciascuno di quei complimenti, quasi fossero a lei dedicati. Il marchese domandò a un tratto che n'era di don Filippo, e gli risposero che era uscito per condurre a spasso Nicolino.

– Ah, bene! bene!

La Rubiera si morsicava le labbra aspettando che il cugino Limòli avviasse il discorso sul tema che sapeva. Ma intanto osservava di sottecchi le arie languide di donna Fifì, la quale sembrava struggersi sotto le occhiate incendiarie di don Bastiano Stangafame, e non poteva star ferma sulla seggiola, col seno piatto ansante come un mantice, e i piedini irrequieti che dicevano tante cose affacciandosi ogni momento dal lembo del vestito. La conversazione languiva. Si parlò del battesimo e della gente che c'era stata. Ma ciascuno pensava intanto ai fatti suoi, chiacchierando del più e del meno, cercando le parole, col sorriso distratto in bocca. Solo il marchese sembrava che pigliasse un grande interesse ai discorsi del capitano, quasi non fosse fatto suo. Poi, sbirciando il viso rosso di donna Giovannina che stava a spiare dall'uscio socchiuso, la chiamò a voce alta.

– Avanti, avanti, bella figliuola. Vogliamo vedere quella bella faccia. Siamo qui noi soli, in famiglia...

La mamma e la sorella maggiore fulminarono due occhiataccie addosso alla ragazza, la quale rimaneva sull'uscio, nascondendo le mani di serva sotto il grembiule, vergognosa di esser stata scoperta a quel modo, vestita di casa. Limòli, senza accorgersi di nulla, domandava sottovoce a donna Bellonia:

– Quando la maritiamo quella bella figliuola? Prima tocca alla maggiore, è naturale. Ma poi ricordatevi che ci son qua io per fare il sensale... *gratis et amore*, ben inteso... Siamo amici vecchi!...

Donna Bellonia andava facendogli li occhiacci, sebbene il marchese fingesse di non badarci. Poi gli disse sottovoce:

– Cosa dite!... che idee da metterle in testa!... Ancora è troppo giovane... quasi quasi ha ancora il vestito corto...

– Vedo! vedo! – rispose il marchese sbirciando le calze

bianche di donna Giovannina. Donna Fifì aveva condotto il
capitano ad ammirare i suoi fiori sul balcone. Colse un bel
garofano, l'odorò a lungo socchiudendo gli occhi, e glielo
porse. – Vedo, vedo, – ripeté il vecchietto.

La Rubiera allora volle accomiatarsi, masticando un sorriso, coi fiori gialli che le fremevano sul cappellino. Intanto
che le signore barattavano baci ed abbracci, il marchese si
rivolse al capitano.

– Mi congratulo!... Mi congratulo tanto... davvero... don
Bastiano.

– Perché?... Di che cosa?... – Il capitano sorpreso e imbarazzato cercava una botta di risposta. Ma l'altro gli aveva
già voltato le spalle, salutava le signore con una parola gentile per ciascuna; accarezzava paternamente donna Giovannina che teneva ancora il broncio.

– Che c'è? che c'è? Cosa vuol dire? Le ragazze devono
stare allegre. Hai inteso tua madre? Dice che hai tempo di
crescere. Su, dunque! allegra!

La Rubiera sentivasi scoppiare sotto la mantiglia; dopo
che si fu voltata indietro a salutare colla mano dalla strada
tutti i Margarone schierati sul terrazzino prese a borbottare:

– Avete capito, eh?

– Diamine! Non ci voleva molto. Anche per la Giovannina bisogna mettersi il cuore in pace...

– Ma sì, ma sì! Con tanto piacere me lo metto il cuore in
pace... Una civetta!... Avete visto il giuochetto del garofano? Saremmo stati freschi mio figlio ed io... Quasi quasi se
lo meritava! Scomunicato! Nemico di sua madre stessa!...

Lì a due passi si imbatterono in Canali, che andava dai
Margarone, e aveva visto da lontano i baciamani fra la strada e il terrazzo. Canali fece un certo viso, e fermò la baronessa per salutarla, menando il discorso per le lunghe, sgra-
nandole in faccia due occhi curiosi.

– Siete stata da donna Bellonia, eh? Avete fatto bene.
Un'amicizia antica come la vostra!... Peccato che don Ninì...

La baronessa cercava di scavar terreno anch'essa, in aria

disinvolta, facendosi vento e menando il can per l'aia. – Infine... delle sciocchezze... sciocchezze di gioventù...

– No, no, perdonate! – ribatté Canali. – Vorrei veder voi stessa!... Un padre deve aprire gli occhi per sapere a chi dà la sua creatura... Non dico per vostro figlio... Un buon giovane... un cuor d'oro... Il male è che s'è lasciato abbindolare... circondato da falsi amici... Di briconi ce ne son sempre... Gli hanno carpito qualche firma...

La baronessa lo piantò lì senz'altro. – Sentite? Vedete? – andava brontolando col cugino Limòli. Poscia piantò anche lui che non poteva più tenerle dietro. – Vi saluto, vi saluto. – E corse dal notaro Neri, pallida e trafelata, per vedere... per sentire... Il notaro non sapeva nulla... nulla di positivo almeno.

– Sapete, don Gesualdo è volpe fina... Son cose queste che si fanno sottomano, se mai... Avranno fatto il contratto da qualche notaio forestiere... Il notaro Sghembri di Militello, dicono... Ma via... Non c'è motivo poi di mettersi in quello stato per una cosa simile... Avete una faccia che non mi piace.

Rosaria, ch'era a ripulire il pollaio quando la sua padrona era tornata a casa, udì a un tratto dal cortile un urlo spaventoso, come stessero sgozzando un animale grosso di sopra, una cosa che le fece perdere le ciabatte correndo a precipizio. La baronessa era ancora lì, dove aveva cominciato a spogliarsi, appoggiata al cassettone, piegata in due quasi avesse la colica, gemendo e lamentandosi, mentre le usciva bava dalla bocca e gli occhi le schizzavano fuori:

– Assassino! Figlio snaturato!... No! non me la faccio mangiare la mia roba!... Piuttosto la lascio ai poveri... ai conventi... Voglio far testamento!... Voglio far donazione!... Chiamatemi il notaro... subito!...

Don Ninì stava bisticciandosi colla sua Aglae, in quella stanzaccia di locanda che per lui era diventata un inferno dal momento in cui s'era messo sulle spalle il debito e mastro-don Gesualdo. Il letto in disordine, i vestiti sudici, i capelli spettinati, le carezze stesse di lei, i manicaretti cucinati dall'amico Pallante, gli si erano mutati in veleno, dacché gli costavano cari. Al veder giungere Alessi che veniva a chiamarlo, parlando di notaro e di donazione, si fece pallido a un tratto. Invano la prima donna gli si avvinghiò al collo, discinta, senza badare al Pallante che accorreva dalla cucina né ad Alessi il quale spalancava gli occhi e si fregava le mani.

– Ninì! Ninì mio!... Non mi abbandonare in questo stato!...

– Malannaggia! Lasciatemi andare... tutti quanti siete!... Vi pare che si scherzi!... Quella donna è capace di tutto!

Don Ninì, ripreso interamente dall'amor della roba, non si lasciò commuovere neppure dalla scena dello svenimento. Piantò lì dov'era la povera Aglae lunga distesa sul pavimento come all'ultimo atto di una tragedia, e Pallante che le tirava giù il vestito sulle calze, per correre a casa senza cappello. Colà ci fu una scena terribile fra madre e figlio. Lui da prima cercava di negare; poi montò su tutte le furie, si lagnò di esser tenuto come uno schiavo, peggio di un ragazzo, senza due tarì da spendere; e la baronessa minacciava di andare lei in persona dal notaro, per disporre della sua roba, così com'era, in sottana, a quell'ora stessa, se non volevano mandarlo a chiamare. Don Ninì allora scese a dar tanto di chiavistello al portone, e si mise la chiave in tasca, minacciando di rompere le ossa al garzone, se fiatava.

– Ah! questa è la ricompensa! – borbottò Alessi. – Un'altra volta ci vò davvero dal notaio.

Finalmente, per amore o per forza, riescirono a mettere in letto la baronessa, la quale si dibatteva e strillava che volevano farla morire di colpo per scialacquare la sua roba: – Mastro-don Gesualdo!... sì!... Lui se lo mangia il fatto mio! – Il figliuolo colle buone e colle cattive tentava di calmarla: – Non vedete che state poco bene? Volete ammalarvi, per farmi dar l'anima al diavolo? – Poi tutta la notte non chiuse occhio, alzandosi ogni momento per correre ad origliare se sua madre strillava ancora, spaventato all'idea che udissero i vicini e gli venissero in casa colla giustizia e il notaro, maledicendo in cuor suo la prima donna e chi gliela aveva messa fra i piedi, turbato, se si appisolava un momento, da tanti brutti sogni: mastro-don Gesualdo, il debito, della gente che gli si accalcava addosso e gli empiva la casa, una gran folla.

Rosaria venne a bussargli all'uscio di buon mattino:

– Don Ninì! signor barone! venite a vedere... La padrona ha perso la parola!... Io ho paura, se vedeste...

La baronessa stava lunga distesa sul letto, simile a un bue colpito dal macellaio, con tutto il sangue al viso e la lingua ciondoloni. La bile, i dispiaceri, tutti quegli umori cattivi che doveva averci accumulati sullo stomaco, le gorgogliavano dentro, le uscivano dalla bocca e dal naso, le colavano sul guanciale. E come volesse aiutarsi, ancora in quello stato, come cercasse di annaspare colle mani gonfie e grevi, come cercasse di chiamare aiuto, coi suoni inarticolati che s'impastavano nella bava vischiosa.

– Mamma! mamma mia!

Don Ninì atterrito, ancora gonfio dal sonno, andava strillando per le stanze, dandosi dei pugni sulla testa, correndo al balcone e disperandosi mentre i vicini bussavano e tempestavano che il portone era chiuso a chiave. Di lì a un po', medico, barbiere, parenti, curiosi, la casa si riempì di gente. Proprio il sogno di quella notte. Don Ninì narrava a tutti la stessa cosa, asciugandosi gli occhi e soffiandosi il naso gonfio quasi suonasse la tromba. Appena vide giungere anche il notaro Neri non si mosse più dal capezzale della mamma, domandando al medico ogni momento:

– Che ve ne sembra, dottore? Riacquisterà la parola?

– Col tempo, col tempo, – rispose infine il medico seccato. – Diamine, credete che sia stato come fare uno starnuto?

Don Ninì non si riconosceva più da un giorno all'altro; colla barba lunga, i capelli arruffati, fisso al capezzale della madre, oppure arrabattandosi nelle faccende di casa. Non usciva una fava dalla dispensa senza passare per le sue mani. Tant'è vero che i guai insegnano a metter giudizio. Sua madre stessa glielo avrebbe detto, se avesse potuto parlare. Si vedeva dal modo in cui gli guardava le mani, col sangue agli occhi, ogni volta che veniva a prendere le chiavi appese allo stipite dell'uscio. E anche lui, adesso che la roba passava per le sue mani, comprendeva finalmente i dispiaceri che aveva dato alla povera donna; se ne pentiva, cercava di farseli perdonare, colla pazienza, colle cure amorevoli, standole sempre intorno, sorvegliando l'inferma e la gente che veniva a farle visita, impallidendo ogni volta che la mamma tentava di snodare lo scilinguagnolo dinanzi agli estranei. Sentiva una gran tenerezza al pensare che la povera paralitica non poteva muoversi né parlare per togliergli la roba siccome aveva minacciato.

– No, no, non lo farà! Son cose che si dicono in un momento di collera... Vorrei vederla!... Sono infine il sangue suo... Morirebbe d'accidente lei per la prima, se dovesse lasciare la sua roba a questo e a quello...

Parte terza

I

L'Isabellina, prima ancora di compire i cinque anni, fu messa nel Collegio di Maria. Don Gesualdo adesso che aveva delle pietre al sole, e marciava da pari a pari coi meglio del paese, così voleva che marciasse la sua figliuola: imparare le belle maniere, leggere e scrivere, ricamare, il latino dell'uffizio anche, e ogni cosa come la figlia di un barone; tanto più che, grazie a Dio, la dote non le sarebbe mancata, perché Bianca non prometteva di dargli altri eredi. Essa dopo il parto non s'era più rifatta in salute; anzi deperiva sempre più di giorno in giorno, rosa dal baco che s'era mangiati tutti i Trao, e figliuoli era certo che non ne faceva più. Un vero gastigo di Dio. Un affare sbagliato, sebbene il galantuomo avesse la prudenza di non lagnarsene neppure col canonico Lupi che glielo aveva proposto. Quando uno ha fatto la minchioneria, è meglio starsi zitto e non parlarne più, per non darla vinta ai nemici. – Nulla, nulla gli aveva fruttato quel matrimonio; né la dote, né il figlio maschio, né l'aiuto del parentado, e neppure ciò che gli dava prima Diodata, un momento di svago, un'ora di buonumore, come il bicchiere di vino a un pover'uomo che ha lavorato tutto il giorno, là! Neppur quello! – Una moglie che vi squagliava fra le mani, che vi faceva gelare le carezze, con quel viso, con quegli occhi, con quel fare spaventato, come se volessero farla cascare in peccato mortale, ogni volta, e il prete non ci avesse messo su tanto di croce, prima, quand'ella aveva detto di sì... Bianca non ci aveva colpa. Era il sangue della razza che si rifiutava. Le pesche non si innestano sull'olivo. Ella, poveretta, chinava il viso, arrivava ad offrirlo anzi, tutto rosso, per ubbidire al comandamento di Dio, come fosse pagata per farlo...

Ma egli non si lasciava illudere, no. Era villano, ma aveva il naso fino di villano pure! E aveva il suo orgoglio anche lui. L'orgoglio di quello che aveva saputo guadagnarsi, colle sue mani, tutto opera sua, quei lenzuoli di tela fine in cui dormivano voltandosi le spalle, e quei bocconi buoni che doveva mangiare in punta di forchetta, sotto gli occhi della Trao...

Almeno in casa sua voleva comandar le feste. E se Domeneddio l'aveva gastigato giusto nei figliuoli che voleva mettere al mondo secondo la sua legge, dandogli una bambina invece dell'erede legittimo che aspettava, Isabella almeno doveva possedere tutto ciò che mancava a lui, essere signora di nome e di fatto. Bianca, quasi indovinasse d'aver poco da vivere, non avrebbe voluto separarsi dalla sua figliuoletta. Ma il padrone era lui, don Gesualdo. Egli era buono, amorevole, a modo suo: non le faceva mancare nulla, medici, speziali, tale e quale come se gli avesse portato una grossa dote. Bianca non aveva parole per ringraziare Iddio quando paragonava la casa in cui il Signore l'aveva fatta entrare con quella in cui era nata. Lì suo fratello stesso desiderava di giorno il pane e di notte le coperte... Sarebbe morto di stenti se i suoi parenti non l'avessero aiutato con bella maniera, senza farglielo capire. Soltanto da lei don Ferdinando non voleva accettare checchessia, mentre don Gesualdo non gli avrebbe fatto mancar nulla, col cuore largo quanto un mare, quell'uomo! Gli stessi parenti di lei glielo dicevano: — Tu non hai parole per ringraziare Dio e tuo marito. Lascia fare a lui ch'è il padrone, e cerca il meglio della tua figliuola.

Poi considerava ch'era il Signore che la puniva, che non voleva quella povera innocente nella casa di suo marito, e la notte inzuppava di lagrime il guanciale. Pregava Iddio di darle forza, e si consolava alla meglio pensando che soffriva in penitenza dei suoi peccati. Don Gesualdo, che aveva tante altre cose per la testa, tanti interessi grossi sulle spalle, ed era abituato a vederla sempre così, con quel viso, non ci badava neppure. Qualche volta che la vedeva alzarsi più smorta, più disfatta del solito, le diceva per farle animo:

– Vedrai che quando avrai messo in collegio la tua bambina sarai contenta tu pure. È come strapparsi un dente. Tu non puoi badare alla tua figliuola, colla poca salute che hai. E bisogna che quando sarà grande ella sappia tutto ciò che sanno tante altre che sono meno ricche di lei. I figliuoli bisogna avvezzarli al giogo da piccoli, ciascuno secondo il suo stato... Lo so io!... E non ho avuto chi mi aiutasse, io! Quella piccina è nata vestita.

Nondimeno, all'ultimo momento vi furono lagrime e piagnistei, quando accompagnarono l'Isabellina al parlatorio del monastero. Bianca s'era confessata e comunicata. Ascoltò la messa ginocchioni, sentendosi mancare, sentendosi strappare un'altra volta dalle viscere la sua creatura che le si aggrappava al collo e non voleva lasciarla.

Don Gesualdo non guardò a spesa per far stare contenta Isabellina in collegio: dolci, libri colle figure, immagini di santi, noci col bambino Gesù di cera dentro, un presepio del Bongiovanni che pigliava un'intera tavola: tutto ciò che avevano le figlie dei primi signori, la sua figliuola l'aveva; e i meglio bocconi, le primizie che offriva il paese, le ciriegie e le albicocche venute apposta da lontano. Le altre ragazzette guardavano con tanto d'occhi, e soffocavano dei sospiri grossi così. La minore delle Zacco, e le Mèndola di seconda mano, le quali dovevano contentarsi delle cipolle e delle olive nere che passava il convento a merenda, si rifacevano parlando delle ricchezze che possedevano a casa e nei loro poderi. Quelle che non avevano né casa né poderi, tiravano in ballo il parentado nobile, il Capitano Giustiziere ch'era fratello della mamma, la zia baronessa che aveva il cacciatore colle penne, i cugini del babbo che possedevano cinque feudi l'uno attaccato all'altro, nello stato di Caltagirone. Ogni festa, ogni Capo d'anno, come la piccola Isabella riceveva altri regali più costosi, un crocifisso d'argento, un rosario coi gloriapatri d'oro, un libro da messa rilegato in tartaruga per imparare a leggere, nascevano altre guerricciuole, altri dispettucci, delle alleanze fatte e disfatte a seconda di un dolce e di un'immagine data o rifiutata. Si vedevano degli occhietti già lucenti d'alterigia e di gelosia, dei visetti accesi, dei piagnistei, che andavano poi a sfogarsi nell'orecchio delle mamme, in parlatorio. Fra tutte quelle piccine, in tutte le famiglie, succedeva lo stesso diavoleto che mastro-don Gesualdo aveva fatto nascere nei grandi e nel paese. Non si sapeva più chi poteva spendere e chi no. Una gara fra i parenti a buttare il denaro in frascherie, e una confusione generale fra chi era stato sempre in prima fila, e chi veniva dopo. Quelli che non potevano, proprio, o si seccavano a spendere l'osso del collo pel buon piacere di mastro-don Gesualdo, si lasciavano scappare contro di lui certe allusioni e certi motteggi che fermentavano nelle piccole teste delle educande. Alla guerra intestina pigliavano parte anche le monache, secondo le relazioni, le simpatie, il partito che sosteneva oppure voleva rovesciare la superiora. Ci si accaloravano fin la portinaia, fin le converse che si sentivano umiliate di dover servire senz'altro guadagno anche la figliuola di mastro-don Gesualdo, uno venuto su dal nulla, come loro, arricchito di ieri. Le nimicizie di fuori, le discordie, le lotte d'interessi e di vanità, passavano la clausura, occupavano le ore d'ozio, si sfogavano fin là dentro in pettegolezzi, in rappresaglie, in parole grosse. – Sai come si chiama tuo padre? mastro-don Gesualdo. – Sai cosa succede a casa tua? che hanno dovuto vendere una coppia di buoi per seminare le terre. – Tua zia Speranza fila stoppa per conto di chi la paga, e i suoi figliuoli vanno scalzi. – A casa tua c'è stato l'usciere per fare il pignoramento. – La piccola Alimena arrivò a nascondersi nella scala del campanile, una domenica, per vedere se era vero che il padre d'Isabella portasse la berretta.

Egli trovava la sua figliuoletta ancora rossa, col petto gonfio di singhiozzi, volgendo il capo timorosa di veder luccicare dietro ogni grata gli occhietti maliziosi delle altre piccine, guardandogli le mani per vedere se davvero erano sporche di calcina, tirandosi indietro istintivamente quando nel baciarla la pungeva colla barba ispida. Tale e quale sua madre. – Così il pesco non s'innesta all'ulivo. – Tante punture di spillo; la stessa cattiva sorte che gli aveva attossicato sempre ogni cosa giorno per giorno; la stessa guerra implacabile ch'era stato obbligato a combattere sempre contro tutto e contro tutti; e lo feriva sin lì, nell'amore della sua creatura. Stava zitto, non lagnavasi, perché non era un minchione e non voleva far ridere i nemici; ma intanto gli tornavano in mente le parole di suo padre, gli stessi rancori, le stesse gelosie. Poi rifletteva che ciascuno al mondo cerca il suo interesse, e va per la sua via. Così aveva fatto lui con suo padre, così faceva sua figlia. Così dev'essere. Si metteva il cuore in pace, ma gli restava sempre una spina in cuore. Tutto ciò che aveva fatto e faceva per la sua figliuola l'allontanava appunto da lui: i denari che aveva speso per farla educare come una signora, le compagne in mezzo alle quali aveva voluto farla crescere, le larghezze e il lusso che seminavano la superbia nel cuore della ragazzina, il nome stesso che le aveva dato maritandosi a una Trao – bel guadagno che ci aveva fatto! – La piccina diceva sempre: – Io son figlia della Trao. Io mi chiamo Isabella Trao.

La guerra si riaccese più viva fra le ragazze quando si maritò don Ninì Rubiera: – S'è vero che siete parenti, perché tuo zio non ti ha mandato i confetti? Vuol dire che voialtri non vi vogliono per parenti. – L'Isabellina, che rispondeva già come una grande, ribatté:

– Mio padre me li comprerà lui i confetti. Ci siamo guastati coi Rubiera perché ci devono tanti denari. – La figlia della ceraiuola, ch'era del suo partito, aggiunse tante altre storie: – Il baronello era uno spiantato. La Margarone non aveva più voluto saperne. Sposava donna Giuseppina Alòsi, più vecchia di lui, perché non aveva trovato altro, per amor dei denari: tutto ciò che narravasi nella bottega di sua madre, in ogni caffè, in ogni spezieria, di porta in porta.

Nel paese non si parlava d'altro che del matrimonio di

don Ninì Rubiera. – Un matrimonio di convenienza! – diceva la signora Capitana che parlava sempre in punta di forchetta. Cogli anni, la Capitana aveva preso anche i vizii del paese; occupavasi dei fatti altrui ora che non aveva da nasconderne dei propri. Allorché incontrava il cavalier Peperito gli faceva un certo visetto malizioso che la ringiovaniva di vent'anni, dei sorrisi che volevano indovinare molte cose, scrollando il capo, offrendosi graziosamente ad ascoltare le confidenze e gli sfoghi gelosi, minacciando il cavaliere col ventaglio, come a dirgli ch'era stato un gran discolaccio lui, e se si lasciava adesso portar via l'amante era segno che ci dovevano essere state le sue buone ragioni... prima o poi...

– No! – ribatteva Peperito fuori della grazia di Dio. – Né prima né poi! Questo potete andare a dirglielo a donna Giuseppina! Se non ho potuto comandare da padrone non voglio servire nemmeno da comodino, capite?... fare il gallo di razza... capite? Su di ciò donna Giuseppina potrà mettersi il cuore in pace!

Adesso sciorinava in piazza tutte le porcherie dell'Alòsi, che se vi mandava a regalare per miracolo un paniere d'uva voleva restituito il paniere; e vendeva sottomano le calze che faceva, delle calze da serva grosse un dito, – essa gliele aveva fatte anche vedere sulla forma per stuzzicarlo... per strappargli ciò che faceva comodo a lei... Ma lui, no!...

Insomma, andava raccontandone di cotte e di crude. Corsero anche delle sante legnate al Caffè dei Nobili. Ciolla gli stava alle calcagna per raccogliere i pettegolezzi e portarli in giro alla sua volta. Un giorno poi fu una vera festa per lui, quando si vide arrivare in paese la signora Aglae che veniva insieme al signor Pallante a fare uno scandalo contro il barone Rubiera, a riscuotere ciò che le spettava, se il seduttore non voleva vedersela comparire dinanzi all'altare. Essa giungeva apposta da Modica, sputando fiele, incerettata, dipinta, carica di piume di gallo e di pezzi di vetro, tirandosi dietro la prova innocente della birbonata di don Ninì, una bambinella ch'era un amore. Così la gente diceva che don Ninì era sempre stato un donnaiuolo, e se sposava l'Alòsi, che avrebbe potuto essergli madre, ci dovevano essere interessi gravi. Chi spiegava la cosa in un modo e chi in un altro. Il baronello, quelli che s'affrettarono a fargli i mirallegro onde tirargli di bocca la verità vera, se li levò dai piedi in poche parole. La Sganci che aveva combinato il negozio stava zitta colle amiche le quali andavano apposta a farle visita. Don Gesualdo ne sapeva forse più degli altri, ma stringevasi nelle spalle e se la cavava con simili risposte:

– Che volete? Ciascuno fa il suo interesse. Vuol dire che il barone Rubiera ci ha trovato il suo vantaggio a sposare la signora Alòsi.

La verità era che don Ninì aveva dovuto pigliarsi l'Alòsi per salvare quel po' di casa che don Gesualdo voleva espropriargli. È vero che adesso era diventato giudizioso, tutto dedito agli affari; ma sua madre, sepolta viva nel seggiolone, non lo lasciava padrone di un baiocco; si faceva dar conto di tutto; voleva che ogni cosa passasse sotto i suoi occhi; senza poter parlare, senza potersi muovere, si faceva ubbidire dalla sua gente meglio di prima. E attaccata alla sua roba come un'ostrica, ostinandosi a vivere per non pagare. Il debito intanto ingrossava d'anno in anno: una cosa che il povero don Ninì ci perdeva delle nottate intere, senza poter chiudere occhio, alle volte: e alla scadenza, capitale e usura rappresentavano una bella somma. Il canonico Lupi, che andò in nome del baronello a chiedere dilazione al pagamento, trovò don Gesualdo peggio di un muro: – A che giuoco giochiamo, canonico mio? Sono più di nove anni che non vedo né frutti né capitale. Ora mi serve il mio denaro, e voglio essere pagato.

Don Ninì pel bisogno scese anche all'umiliazione d'andare a pregare la cugina Bianca, dopo tanto tempo. La prese appunto da lontano. – Tanto tempo che non s'erano visti! Lui non aveva faccia di comparirle dinanzi, in parola d'onore! Non cercava di scolparsi. Era stato un ragazzaccio. Ora aveva aperto gli occhi, troppo tardi, quando non c'era più rimedio, quando si trovava sulle spalle il peso dei suoi errori. Ma proprio non poteva pagare in quel momento. – Son galantuomo. Ho di che pagare infine. Tuo marito sarà pagato sino all'ultimo baiocco. Ma in questo momento proprio non posso! Tu sai com'è fatta tua zia! che testa dura! Ne abbiamo avuti dei dispiaceri per quella testa dura! Ma infine non può campare eternamente, poveretta, com'è ridotta...

Bianca era rimasta senza fiato al primo vederlo, senza parole, facendosi ora pallida e ora rossa. Non sapeva che dire, balbettava, sudava freddo, aveva una convulsione nelle mani che cercava di dissimulare, stirando macchinalmente le due cocche del grembiule. A un tratto ebbe uno sbocco di sangue.

– Cos'è? cos'è? Qualcosa alle gengive? Ti sei morsicata la lingua?

– No, – rispose lei. – Mi viene di tanto in tanto. L'aveva anche don Diego, ti rammenti? Non è nulla.

– Bene, bene. Intanto fammi questo piacere; parlane a tuo marito. In questo momento proprio non posso... Ma son galantuomo, mi pare!... Mia madre, da qui a cent'anni, non ha a chi lasciare tutto il suo.

Bianca cercava di scusarsi. – Suo marito era il padrone. Faceva tutto di testa propria, lui. Non voleva che gli mettessero il naso nelle sue cose. – Allora perché sei sua moglie? – ribatté il cugino. – Bella ragione! Uno che non era degno di alzarti gli occhi in viso!... Deve ringraziare Iddio e l'ostinazione di mia madre se gli è toccata questa fortuna!... Dunque farai il possibile per indurlo ad accordarmi questa dilazione?

– E tu cosa gli hai detto? – domandò don Gesualdo trovando la moglie ancora agitata dopo quella visita.

– Nulla... Non so... Mi son sentita male...

– Bene. Hai fatto bene. Sta tranquilla che agli affari ci penso io. Serpi nella manica sono i parenti... Hai visto? Cercano di te, solo quando ne hanno bisogno; ma del resto non gli importa di sapere se sei morta o viva. Lascia fare a me che la risposta gliela mando coll'usciere, a tuo cugino...

Così era venuto quel matrimonio, ché il barone Rubiera prima aveva messo sottosopra cielo e terra per trovare i denari da pagare don Gesualdo; e infine donna Giuseppina

Alòsi, la quale aveva delle belle terre al sole, aveva dato l'ipoteca. Don Gesualdo, ottenuta la sua brava iscrizione sulle terre, non parlò più di aver bisogno del denaro.

– Col tempo... – confidò alla moglie. – Lasciali tranquilli. Loro non pagano né frutti né capitali, e col tempo quelle terre serviranno per la dote d'Isabella. Che te ne pare? Non è da ridere? Lo zio Rubiera che pensa a mettere insieme la dote della tua figliuola!...

Egli aveva di queste uscite buffe alle volte, da solo a solo con sua moglie, quando era contento della sua giornata, prima di coricarsi, mettendosi il berretto da notte, in maniche di camicia. A quattr'occhi con lei mostravasi proprio quel che era, bonaccione, colla risata larga che mostrava i denti grossi e bianchi, passandosi anche la lingua sulle labbra, quasi gustasse già il dolce del boccone buono, da uomo ghiotto della roba.

Isabella fatta più grandicella passò dal Collegio di Maria al primo educatorio di Palermo. Un altro strappo per la povera mamma che temeva di non doverla più rivedere. Il marito, onde confortarla, in quello stato, le disse: – Vedi, noi ci ammazziamo per fare il suo meglio, ciascuno come può, ad essa un giorno non penserà neppure a noi. Così va il mondo. Anzi devi metterti in testa che tua figlia non puoi averla sempre vicina. Quando si marita anderà via dal paese. Qui non ce n'è uno che possa sposarla, colla dote che le darò. Se ho fatto tanto per lei, voglio almeno sapere a chi lo dò il sangue mio. Adesso che ti parlo è già nato chi deve godersi il frutto delle mie fatiche, senza dirmi neppure grazie...

Aveva il cuore grosso anche lui, poveraccio, e se sfogavasi a quattr'occhi colla moglie alle volte, per discorrere, non si rifiutava però a fare ciò ch'era debito suo. Andava a trovare la sua ragazza a Palermo, quando poteva, quando i suoi affari lo permettevano, anche una volta all'anno. Isabella s'era fatta una bella fanciulla, un po' gracile ancora, pallidina, ma con una grazia naturale in tutta la personcina gentile, la carnagione delicata e il profilo aquilino dei Trao; un fiore di un'altra pianta, in poche parole; roba fine di signori che suo padre stesso quando andava a trovarla provava una certa suggezione dinanzi alla ragazza la quale aveva preso l'aria delle compagne in mezzo a cui era stata educata, tutte delle prime famiglie, ciascuna che portava nell'educandato l'alterigia baronale da ogni angolo della Sicilia. Al parlatorio lo chiamavano il signor Trao. Quando volle saperne il perché, Isabella si fece rossa. La stessa storia del Collegio di Maria anche lì. E la sua figliuola aveva dovuto soffrire le stesse umiliazioni a motivo del parentado. Per fortuna la signorina di Leyra, che Isabella s'era affezionata coi regalucci, aveva preso a difenderla a spada tratta. Essa conosceva di nome la famiglia dei Trao, una delle prime laggiù, ove il duca suo fratello possedeva dei feudi. La duchessina aveva il nome e il parlare alto, sebbene stesse in collegio senza pagare, talché le compagne lasciarono passare il Trao. Ma don Gesualdo dovette lasciarlo passare anche lui, e farsi chiamare così, per amore della figliuola, quando andava a trovarla. — Vedrai come si è fatta bella la tua figliuola! — tornava poi a dire alla moglie che era sempre malaticcia.

Essa la rivide finalmente all'uscire del collegio, nel 1837, quando in Palermo cominciavano già a correre le prime voci di colèra, e don Gesualdo era corso subito a prenderla. Fu come un urto al petto per la povera madre, dopo tanto tempo, quando udì fermarsi la lettiga dinanzi al portone. — Figlia mia! figlia mia! — colle braccia stese, le gambe malferme, precipitandosi per la scala. Isabella saliva correndo, colle braccia aperte anche lei. — Mamma! mamma! — E poi avvinghiate l'una al collo dell'altra, la madre sballottando ancora a destra e a sinistra la sua creatura come quand'era piccina.

Indi vennero le visite ai parenti. Bianca era tornata in forze per portare in trionfo la sua figliuola, in casa Sganci, in casa Limòli, da per tutto dove era stata bambinetta, prima d'entrare in collegio, ora già fatta grande, col cappellino di paglia, le belle treccie bionde — un fiore. Tutti si affacciavano per vederla passare. La zia Sganci, divenuta sorda e cieca, le tastò il viso per riconoscerla: – Una Trao! Non c'è che dire. – Lo zio marchese ne lodò gli occhi, degli occhi blù che erano due stelle. « Degli occhi che vedevano il peccato », disse il marchese, il quale aveva sempre pronta la barzelletta. Allorché la condussero dallo zio don Ferdinando, Isabella che soleva spesso rammentare colle compagne la casa materna, negli sfoghi ingenui d'ambizione, provò un senso di sorpresa, di tristezza, di delusione al rivederla. Entrava chi voleva dal portone sconquassato. La corte era angusta, ingombra di sassi e di macerie. Si arrivava per un sentieruolo fra le ortiche allo scalone sdentato, barcollante, soffocato anch'esso dalle erbacce. In cima l'uscio cadente era appena chiuso da un saliscendi arrugginito; e subito nell'entrare colpiva una zaffata d'aria umida e greve, un tanfo di muffa e di cantina che saliva dal pavimento istoriato col blasone, seminato di cocci e di rottami, pioveva dalla vôlta scalcinata, veniva densa dal corridoio nero al pari di un sotterraneo, dalle sale buie che s'intravedevano in lunga fila, abbandonate e nude, per le strisce di luce che trapelavano dalle finestre sgangherate. In fondo era la cameretta dello zio, sordida, affumicata, col soffitto sconnesso e cadente, e l'ombra di don Ferdinando che andava e veniva silenzioso, simile a un fantasma.

– Chi è?... Grazia... entra...

Don Ferdinando apparve sulla soglia, in maniche di camicia, giallo ed allampanato, guardando stupefatto attraverso gli occhiali la sorella e la nipote. Sul lettuccio disfatto c'era ancora la vecchia palandrana di don Diego che stava rattoppando. L'avvolse in fretta, insieme a un fagotto d'altri cenci, e la cacciò nel cassettone.

– Ah!... sei tu, Bianca?... che vuoi?...

Indi accorgendosi che teneva ancora l'ago in mano, se lo mise in tasca, vergognoso, sempre con quel gesto che sembrava meccanico.

– Ecco vostra nipote... – balbettò la sorella con un tremito nella voce. – Isabella... vi rammentate?... È stata in collegio a Palermo...

Egli fissò sulla ragazza quegli occhi azzurri e stralunati che fuggivano di qua e di là, e mormorò:

– Ah!... Isabella?... mia nipote?...

Guardava inquieto per la stanza, e di tanto in tanto, come vedeva un oggetto dimenticato sul tavolino o sulla seggiola zoppa, del refe sudicio, un fazzoletto di cotone posto ad asciugare al sole, correva subito a nasconderli. Poi si mise a sedere sulla sponda del lettuccio, fissando l'uscio. Mentre Bianca parlava, col cuore stretto, egli seguitava a volgere intorno gli occhi sospettosi, pensando a tutt'altro. A un tratto andò a chiudere a chiave il cassetto della scrivania.

– Ah!... mia nipote, dici?...

Fissò di nuovo sulla giovinetta lo stesso sguardo esitante, e chinò gli occhi a terra.

– Somiglia a te... tale e quale... quand'eri qui...

Sembrava che cercasse le parole, cogli occhi erranti, evitando quelli della sorella e della nipote, con un tremito leggiero nelle mani, il viso smorto e istupidito. Un istante, mentre Bianca gli parlava all'orecchio, supplichevole, quasi le spuntassero le lagrime, egli di curvo che era si raddrizzò così che parve altissimo, con un'ombra negli occhi chiari, un rimasuglio del sangue dei Trao che gli colorava il viso scialbo.

– No... no... Non voglio nulla... Non ho bisogno di nulla... Vattene ora, vattene... Vedi... ho tanto da fare...

Una cosa che stringeva il cuore. Una rovina ed un'angustia che umiliavano le memorie ambiziose, le fantasie romantiche nate nelle confidenze immaginarie colle amiche del collegio, le illusioni di cui era piena la bizzarra testolina della fanciulla, tornata in paese coll'idea di rappresentarvi la prima parte. Il lusso meschino della zia Sganci, la sua casa medesima fredda e malinconica, il palazzo cadente dei Trao che aveva spesso rammentato laggiù con infantile orgoglio, tutto adesso impiccciolivasi, diventava nero, povero, triste. Lì, dirimpetto, era la terrazza dei Margarone, che tante volte aveva rammentato vasta, inondata di sole, tutta fiorita, piena di ragazze allegre che la sbalordivano allora, bambina, collo sfoggio dei loro abiti vistosi. Com'era stretta e squallida invece, con quell'alto muro lebbroso che l'aduggiava! e come era divenuta vecchia donna Giovannina, che rivedeva seduta in mezzo ai vasi di fiori polverosi, facendo la calza, vestita di nero, enorme! In fondo al vicoletto rannicchiavasi la casuccia del nonno Motta. Allorché il babbo ve la condusse trovarono la zia Speranza che filava, canuta, colle grinze arcigne. C'erano dei mattoni smossi dove inciampavasi, un ragazzaccio scamiciato il quale levò il capo da un basto che stava accomodando, senza salutarli. Mastro Nunzio gemeva in letto coi reumatismi, sotto una coperta sudicia:

– Ah, sei venuto a vedermi? Credevi che fossi morto? No, no, non sono morto. È questa la tua ragazza? Me l'hai portata qui per farmela vedere?... È una signorina, non c'è che dire! Gli hai messo anche un bel nome! Tua madre però si chiamava Rosaria! Lo sai? Scusatemi, nipote mia, se vi ricevo in questo tugurio... Ci son nato, che volete... Spero di morirci... Non ho voluto cambiarlo col palazzo dove pretendeva chiudermi vostro padre... Io sono avvezzo ad uscir subito in istrada appena alzato... No, no, è meglio pensarci prima. Ciascuno com'è nato. – Speranza grugniva delle altre parole che non si udivano bene. Il ragazzaccio li accompagnò cogli occhi sino all'uscio, quando se ne andarono.

Intanto incalzavano le voci di colèra. A Catania c'era stata una sommossa. Giunse da Lentini don Bastiano Stangafame insieme a donna Fifì la quale pareva avesse già il male addosso, verde, impresciuttita, narrando cose che dovevano averle fatto incanutire i capelli in ventiquattr'ore. A Siracusa una giovinetta bella come la Madonna, la quale ballava sui cavalli ammaestrati in teatro, e andava spargendo il colèra con quel pretesto, era stata uccisa a furor di popolo. La gente insospettita stava a vedere, facendo le provviste per svignarsela dal paese, al primo allarme, e spiando ogni viso nuovo che passasse.

In quel tempo erano capitati due merciai che portavano nastri e fazzoletti di seta. Andavano di casa in casa a vendere la roba, e guardavano dentro gli usci e nei cortili. Le Margarone che spendevano allegramente per azzimarsi, quasi fossero ancora di primo pelo, fecero molte compere; anzi non trovandosi denari spiccioli, quei galantuomini dissero che sarebbero ripassati a prenderli il giorno dopo.

Invece spuntò il giorno del Giudizio Universale. Ciolla era andato a ricorrere dal giudice che gli avevano avvelenate le galline: le portava a prova in mano, ancora calde. Tornò in casa don Nicolino scalmanato, ordinando alle sorelle di sprangare usci e finestre e non aprire ad anima viva. Il dottor Tavuso fece chiudere anche lo sportello della cisterna. I galantuomini, rammentandosi il bel soggetto ch'era il Ciolla, quello ch'era stato in Castello colle manette, sedici anni prima, si armarono sino ai denti, e si misero a perlustrare il paese, se mai gli tornava il ghiribizzo di voler pescare nel torbido. La parola d'ordine era, spargargli addosso senza misericordia al primo allarme. I due merciai non si videro più. Prima di sera cominciarono a sfilare le vetture cariche che scappavano dal paese. Dopo l'avemaria non andava anima viva per le strade. Giunse tardi una lettiga, che portava don Corrado La Gurna, vestito di nero, col fazzoletto agli occhi. I cani abbaiarono tutta la notte.

Il panico poi non ebbe limiti allorché si vide scappare la baronessa Rubiera, paralitica, su di una sedia a bracciuoli, poiché nella portantina non entrava neppure, tanto era enorme, portata a fatica da quattr'uomini, colla testa pendente da un lato, il faccione livido, la lingua pavonazza che usciva a metà dalle labbra bavose, gli occhi soltanto vivi e inquieti, le mani da morta agitate da un tremito continuo. E dietro, il baronello invecchiato di vent'anni, curvo, grigio, carico di figliuoli, colla moglie incinta ancora, e gli altri figli del primo letto. Empivano la strada dove passavano: uno sgomento. La povera gente che era costretta a rimanere in paese stava a guardare atterrita. Nelle chiese avevano esposto il Sacramento. Tacquero allora vecchi rancori, e si videro fattori restituire il mal tolto ai loro padroni. Don Gesualdo aprì le braccia e i magazzini ai poveri e ai parenti; tutte le sue case di campagna alla Canziria e alla Salonia. A Mangalavite, dove aveva pure dei casamenti vastissimi, parlò di riunire tutta la famiglia.

– Ora corro da mio padre per cercare d'indurlo a venire con noi. Tu intanto va da tuo fratello, – disse a Bianca. – Fagli capire che adesso son tempi da mettere una pietra sul passato, gli avessi fatto anche un tradimento... Abbiamo il colèra sulle spalle... Il sangue non è acqua infine! Non possiamo lasciare quel povero vecchio solo in mezzo al colèra... Mi pare che la gente avrebbe motivo di sparlare dei fatti nostri, eh?...

– Voi avete il cuore buono! – balbettò la moglie sentendosi intenerire. – Voi avete il cuore buono!

Ma don Ferdinando non si lasciò persuadere. Era occupatissimo ad incollare delle striscie di carta a tutte le fessure delle imposte, con un pentolino appeso al collo, arrampicato su di una scala a piuoli.

– Non posso lasciar la casa, – rispose. – Ho tanto da fare!... Vedi quanti buchi?... Se viene il colèra... Bisogna tapparli tutti...

Inutilmente la sorella tornava a pregare e scongiurare. – Non mi lasciate questo rimorso, don Ferdinando!... Come volete che chiuda occhio la notte, sapendovi solo in casa?...

– Ah! ah!... – rispose lui con un sorriso ebete. – La notte non me lo soffiano il colèra!... Chiuderò tutte le fessure... guarda!

E tornava a ribattere: – Non posso lasciar la casa sola... Ho da custodire le carte di famiglia...

La moglie del sagrestano, che vide uscire donna Bianca desolata dal portone, le corse dietro piangendo:

– Non ci vedremo più!... Tutti se ne vanno... Non avremo per chi sonare messa e mattutino!

Anche mastro Nunzio s'era rifiutato ad andare col figliuolo.

– Io mangio colle mani, figliuol mio. Arrossiresti di tuo

padre a tavola... Sono uno zotico... Non sono da mettermi insieme ai signori!... No, no! è meglio pensarci prima! Meglio crepar di colèra che di bile!... Poi, sai? io sono avvezzo ad esser padrone in casa mia... Sono un villano... Non so starci sotto le scarpe della moglie, no!

Speranza mostrò Burgio allettato anche lui dalla malaria.

– Noi non usiamo abbandonare i nostri nel pericolo!... Mio marito non può muoversi, e noi non ci muoviamo!... Ecco come siam noi!... Lo sapete quello che ci vuole a mantenere una famiglia intera, col marito confinato in letto!...

– Ma non t'ho sempre detto che sarai la padrona!... Tutto quello che vuoi!... – esclamò infine Gesualdo.

– No!... Non vi ho chiesto l'elemosina!... Non accetteremmo nulla, se non fosse pel bisogno... grazie a Dio!... Poiché ci fate la carità, andremo alla Canziria... Non temete! Così la gente non potrà dire che avete abbandonato vostro padre in mezzo al colèra!... Voi pensate a mandarci le provviste... Non possiamo pascerci d'erba come le bestie!... Sentite... Se avete pure qualche vestito smesso di vostra figlia, di quelli proprio che non possono più servirle... Già lei è una signora, ma saranno sempre buoni per noi poveretti!...

I Margarone partirono subito per Pietraperzia; tutti ancora in lutto per don Filippo, morto dai crepacuori che gli dava il genero don Bastiano Stangafame, ogni volta che gli bastonava Fifì se non mandava denari. Annebbiavano una strada. Il barone Mèndola, che faceva la corte alla zia Sganci, se la condusse a Passaneto, e ci prese le febbri, povera vecchia. Zacco e il notaro Neri partirono per Donferrante. Era uno squallore pel paese. A ventitrè ore non si vedeva altri lungo la via di San Sebastiano che il marchese Limòli, per la sua solita passeggiatina del dopopranzo. E gli fecero sapere anzi che destava dei sospetti con quelle gite, e volevano fargli la festa al primo caso di colèra.

– Eh? – disse lui. – La festa? Ci avete a pensar voialtri, che vi tocca pagar le spese. Io fo quello che ho fatto sempre, se no crepo egualmente.

E alla nipote che lo scongiurava di andar con lei a Mangalavite:

— Hai paura di non trovarmi più?... No, no, non temere;
il colèra non sa che farsene di me.

Mentre Bianca e la figliuola stavano per montare in lettiga, giunse la zia Cirmena, disperata.

— Avete visto? Tutti se ne vanno! I parenti mi voltano
le spalle!... E m'è cascato addosso anche quel povero orfanello di Corrado La Gurna... Una tragedia a casa sua!...
Padre e madre in una notte... fulminati dal colèra!... Nessuno ha il mio cuore, no!... Una povera donna senza aiuto
e che non sa dove andare!... Se mi date la chiave delle due
camerette che avete laggiù a Mangalavite, vicino alla vostra
casina!... le camere del palmento... Siete il solo parente a cui
ricorrere, voi, don Gesualdo!...

— Sì, sì, — rispose lui — ma non lo dite agli altri...

— Glielo dirò anzi!... Voglio rinfacciarlo a tutti quanti,
se campo!

II

Quella che chiamavano la casina, a Mangalavite, era un gran casamento annidato in fondo alla valletta. Isabella dalla sua finestra vedeva il largo viale alpestre fiancheggiato d'ulivi, la folta macchia verde che segnava la grotta dove scorreva l'acqua, le balze in cui serpeggiava il sentiero, e più in su l'erta chiazzata di sommacchi, Budarturo brullo e sassoso nel cielo che sembrava di smalto. La sola pennellata gaia era una siepe di rose canine sempre in fiore all'ingresso del viale, dimenticate per incuria.

Pei dirupi, ogni grotta, le capannuccie nascoste nel folto dei fichidindia, erano popolate di povera gente scappata dal paese per timore del colèra. Tutt'intorno udivasi cantare i galli e strillare dei bambini; vedevansi dei cenci sciorinati al sole, e delle sottili colonne di fumo che salivano qua e là, attraverso gli alberi. Verso l'avemaria tornavano gli armenti negli ovili addossati al casamento, branchi interi di puledri e di buoi che si raccoglievano nei cortili immensi. Tutta la notte poi era un calpestìo irrequieto, un destarsi improvviso di muggiti e di belati, uno scrollare di campanacci, un sito di stalla e di salvatico che non faceva chiudere occhio ad Isabella. Di tanto in tanto correva una fucilata pazza per le tenebre, lontano; giungevano sin laggiù della grida selvagge d'allarme; dei contadini venivano a raccontare il giorno dopo di aver sorpreso delle ombre che s'aggiravano furtive sui precipizi; la zia Cirmena giurava di aver visto dei razzi solitarii e luminosi verso Donferrante. E subito spedivano gente ad informarsi se c'erano stati casi di colèra. Il barone Zacco, ch'era da quelle parti, rispondeva invece che i fuochi si vedevano verso Mangalavite.

Don Gesualdo, meno la paura dei razzi che si vedevano la notte, e il sospetto di ogni viso nuovo che passasse pei sentieri arrampicati lassù sui greppi, ci stava come un papa, fra i suoi armenti, i suoi campi, i suoi contadini, le sue faccende, sempre in moto dalla mattina alla sera, sempre gridando e facendo vedere la sua faccia da padrone da per tutto. La sera poi si riposava, seduto in mezzo alla sua gente, sullo scalino della gradinata che saliva al viale, dinanzi al cancello, in maniche di camicia, godendosi il fresco e la libertà della campagna, ascoltando i lamenti interminabili e i discorsi sconclusionati dei suoi mezzaiuoli. Alla moglie, che l'aria della campagna faceva star peggio, soleva dire per consolarla: — Qui almeno non hai paura d'acchiappare il colèra. Finché non si tratta di colèra il resto è nulla. — Lì egli era al sicuro dal colèra, come un re nel suo regno, guardato di notte e di giorno — a ogni contadino aveva procurato il suo bravo schioppo, dei vecchi fucili a pietra nascosti sotto terra fin dal 12 o dal 21 e teneva dei mastini capaci di divorare un uomo. Faceva del bene a tutti; tutti che si sarebbero fatti ammazzare per guardargli la pelle in quella circostanza. Grano, fave, una botte di vino guastatosi da poco. Ognuno che avesse bisogno correva da lui per domandargli in prestito quel che gli occorreva. Lui colle mani aperte come la Provvidenza. Aveva dato ricovero a mezzo paese, nei fienili, nelle stalle, nelle capanne dei guardiani, nelle grotte lassù a Budarturo. Un giorno era arrivato persino Nanni l'Orbo con tutta la sua masnada, strizzando l'occhio, tirandolo in disparte per dirgli il fatto suo:

— Don Gesualdo... qui c'è anche roba vostra. Guardate Nunzio e Gesualdo come vi somigliano! Quattro tumoli di pane al mese si mangiano, prosit a loro! Non potete chiudere loro la porta in faccia... Ne avete fatta tanta della carità? E fate anche questa, che così vuol Dio.

— Guarda cosa diavolo t'è venuto in mente!... Qui c'è

mia moglie e mia figlia adesso!... Almeno andatevene nel palmento, e non vi fate vedere da queste parti...

Ma tutto quel bene e quella carità gli tornavano in veleno per l'ostinazione dei parenti che non avevano voluto mettersi sotto le sue ali. Se ne sfogava spesso con Bianca la sera, quando chiudeva usci e finestre e si vedeva al sicuro: — Salviamo tanta gente dal colèra... Abbiamo tanta gente sotto le ali, e soltanto il sangue nostro è disperso di qua e di là... Lo fanno apposta... per farci stare in angustie... per lasciarci la spina dentro!... Non parlo di tuo fratello, poveraccio... quello non capisce... Ma mio padre... Non me la doveva lasciare questa spina, lui!...

Non sapeva di quell'altro dispiacere che doveva procurargli la figliuola, il pover'uomo! Isabella ch'era venuta dal collegio con tante belle cose in testa, che s'era immaginata di trovare a Mangalavite tante belle cose come alla Favorita di Palermo, sedili di marmo, statue, fiori da per tutto, dei grandi alberi, dei viali tenuti come tante sale da ballo, aveva provata qui un'altra delusione. Aveva trovato dei sentieri alpestri, dei sassi che facevano vacillare le sue scarpette, delle vigne polverose, delle stoppie riarse che l'accecavano, delle rocce a picco sparse di sommacchi che sembravano della ruggine a quell'altezza, e dove il tramonto intristiva rapidamente la sera. Poi dei giorni sempre uguali, in quella tebaide; un sospetto continuo, una diffidenza d'ogni cosa, dell'acqua che bevevasi, della gente che passava, dei cani che abbaiavano, delle lettere che giungevano — un mucchio di paglia umida in permanenza dinanzi al cancello per affumicare tutto ciò che veniva di fuori, — le rare lettere ricevute in cima a una canna, attraverso il fumo — e per solo svago, il chiacchierìo della zia Cirmena, la quale arrivata ogni sera colla lanterna in mano e il panierino della calza infilato al braccio. Suo nipote l'accompagnava raramente; preferiva rimanersene in casa, a far l'orso e a pensare ai casi suoi o ai suoi morti, chissà... La zia Cirmena per scusarlo parlava del gran talento che aveva quel ragazzo, tutto il santo giorno chiuso nella sua stanzetta, col capo in mano, a riempire degli scartafacci, più grossi di un basto, di poesie che avrebbero fatto piangere i sassi. Don Gesualdo ci s'addormentava sopra a quei discorsi. La mamma parlava poco anche lei, sempre senza fiato, sempre fra letto e lettuccio. La sola che dovesse dar retta alla zia era lei, Isabella, soffocando gli sbadigli, dopo quelle giornate vuote. Alle sue amiche di collegio, disseminate anch'esse di qua e di là, non sapeva proprio cosa scrivere. Marina di Leyra le mandava ogni settimana delle paginette stemmate piene zeppe di avventure, di confidenze interessanti. La stuzzicava, la interrogava, chiedeva in ricambio le sue confidenze, sembrava a ogni lettera che le capitasse lì dinanzi, coi suoi occhioni superbi, colle belle labbra carnose, a dirle in un orecchio delle cose che le facevano avvampare il viso, che le facevano battere il cuore, quasi ci avesse nascosto il suo segreto da confidarle anche lei. S'erano regalato a vicenda un libriccino di memorie, colla promessa di scrivervi sopra tutti i loro pensieri più intimi, tutto, tutto, senza nascondere nulla! I begli occhi azzurri d'Isabella, gli occhi che diceva lo zio Limòli, senza volerlo, senza guardare neppure, sembrava che cercassero quei pensieri. In quella testolina che portava ancora le trecce sulle spalle, nasceva un brulichìo, quasi uno sciame di api vi recasse tutte le voci e tutti i profumi della campagna, di là dalle roccie, di là da Budarturo, di lontano. Sembrava che l'aria libera, lo stormire delle frondi, il sole caldo, le accendessero il sangue, penetrassero nelle sottili vene azzurrognole, le fiorissero nei colori del viso, le gonfiassero di sospiri il seno nascente sotto il pettino del grembiule. – Vedi quanto ti giova la campagna? – diceva il babbo. – Vedi come ti fai bella?

Ma essa non era contenta. Sentiva un'inquietezza, un'uggia, che la facevano rimanere colle mani inerti sul ricamo, che la facevano cercare certi posti per leggere i pochi libri, quei volumetti tenuti nascosti sotto la biancheria, in collegio. All'ombra dei noci, vicino alla sorgente, in fondo al viale che saliva dalla casina, c'era almeno una gran pace, un gran silenzio, s'udiva lo sgocciolare dell'acqua nella grotta, lo stormire delle frondi come un mare, lo squittire improvviso di qualche nibbio che appariva come un punto nell'azzurro immenso. Tante piccole cose che l'attraevano a poco a poco, e la facevano guardare attenta per delle ore intere una fila di formiche che si seguivano, una lucertolina che affacciavasi timida a un crepaccio, una rosa canina che dondolava al disopra del muricciuolo, la luce e le ombre che si alternavano e si confondevano sul terreno. La vinceva una specie di dormiveglia, una serenità che le veniva da ogni cosa, e si impadroniva di lei, e l'attaccava lì, col libro sulle ginocchia, cogli occhi spalancati e fissi, la mente che correva lontano. Le cadeva addosso una malinconia dolce come una carezza lieve, che le stringeva il cuore a volte, un desiderio vago di cose ignote. Di giorno in giorno era un senso nuovo che sorgeva in lei, dai versi che leggeva, dai tramonti che la facevano sospirare, un'esaltazione vaga, un'ebbrezza sottile, un turbamento misterioso e pudibondo che provava il bisogno di nascondere a tutti. Spesso, la sera, scendeva adagio adagio dal lettuccio perché la mamma non udisse, senza accendere la candela, e si metteva alla finestra, fantasticando, guardando il cielo che formicolava di stelle. La sua anima errava vagamente dietro i rumori della campagna, il pianto del chiù, l'uggiolare lontano, le forme confuse che viaggiavano nella notte, tutte quelle cose che le facevano una paura deliziosa. Sentiva quasi piovere dalla luna sul suo viso, sulle sue mani una gran dolcezza, una gran prostrazione, una gran voglia di piangere. Le sembrava confusamente di vedere nel gran chiarore bianco, oltre Budarturo, lontano, viaggiare immagini note, memorie care, fantasie che avevano intermittenze luminose come la luce di certe stelle: le sue amiche; Marina di Leyra, un altro viso sconosciuto che Marina le faceva sempre vedere nelle sue lettere, un viso che ondeggiava e mutava forma, ora biondo, ora bruno, alle volte colle occhiaie appassite e la piega malinconica che avevano le labbra del cugino La Gurna. Penetrava in lei il senso delle cose, la tristezza della sorgente, che stillava a goccia a goccia attraverso le foglie del capelvenere, lo sgomento delle solitudini perdute lontano per la campagna, la desolazione delle forre dove non poteva giungere il raggio della luna, la festa delle rocce che s'orlavano d'argento, lassù a Budarturo, disegnandosi nettamente nel gran chiarore, come castelli incantati. Lassù, lassù, nella luce d'argento, le pareva di sollevarsi in quei pensieri quasi avesse le ali, e le tornavano sulle labbra delle paroli soavi, delle voci armoniose, dei versi che facevano piangere, come quelli che fiorivano in cuore al cugino La Gurna. Allora ripensava a quel giovinetto che non si vedeva quasi mai, che stava chiuso nella sua stanzetta, a fantasticare, a sognare come lei. Laggiù, dietro quel monticello, la stessa luna doveva scintillare sui vetri della sua finestra, la stessa dolcezza insinuarsi in lui. Che faceva? che pensava? Un brivido di freddo la sorprendeva di tratto in tratto come gli alberi stormivano e le portavano tante voci da lontano. – Luna bianca, luna bella!... Che fai, luna? dove vai? che pensi anche tu? – Si guardava le mani esili e delicate, candide anch'esse come la luna, con una gran tenerezza, con un vago senso di gratitudine e quasi di orgoglio.

Poscia ricadeva stanca da quell'altezza, con la mente inerte, scossa dal russare del babbo che riempiva la casa. La mamma vicino a lui non osava neppure fare udire il suo respiro; come non osava quasi mostrare tutta la sua tenerezza alla figliuola dinanzi al marito, timida, con quegli occhi tristi e quel sorriso pallido che voleva dire tante cose nelle più umili parole: – Figlia! figlia mia!... – Soltanto la stretta delle braccia esili, e l'espressione degli sguardi che correvano inquieti all'uscio dicevano il resto. Quasi dovesse nascondere le carezze che faceva alla sua creatura, le mani tremanti che le cercavano il viso, gli occhi turbati che l'osservavano attentamente. – Che hai? Sei pallida!... Non ti senti bene?

La zia Cirmena che vedeva la ragazza così gracile, così pallidina, con quelle pesche sotto gli occhi, cercava di distrarla, le insegnava dei lavori nuovi, delle cornicette intessute di fili di paglia, delle arance e dei canarini di lana. Le contava delle storielle, le portava da leggere le poesie che scriveva suo nipote Corrado, di nascosto, nel panierino della calza. – Son fresche fresche di ieri. Gliele ho prese dal tavolino ora che è uscito a passeggiare. È ritroso, quel benedetto figliuolo. Così timido! uno che ha bisogno d'aiuto, col talento che ha, peccato! – E le suggeriva anche dei rimedi per la salute delicata, lo sciroppo marziale, delle teste di chiodi in una bottiglia d'acqua. Si sbracciava ad aiutare in cucina, col vestito rimboccato alla cintola, a far cuocere un buon brodo di ossa per sua nipote Bianca, a preparare qualche intingolo per Isabella che non mangiava nulla. – Lasciate fare a me. So quel che ci vuole per lei. Voialtri Trao siete tanti pulcini colla luna. – Un braccio di mare quella zia Cirmena. Una donna che se le si faceva del bene, non ci si perdeva interamente. Spesso costringeva Corrado a venire anche lui la sera per tenere allegra la brigata.

– Tu che sai fare tante cose, coi tuoi libri, colle tue chiacchiere, porterai un po' di svago. Santo Dio! se stai sempre rintanato coi tuoi libri, come vuoi far conoscere i tuoi meriti? – Poi, quando lui non era presente, cantava anche più chiaro: – Alla sua età!... Non è più un bambino... Bisogna che s'aiuti... Non può vivere sempre alle spalle dei parenti!... – E superbo come Lucifero per giunta, ricalcitrando e inalberandosi se alcuno cercava di aiutarlo, di fargli fare buona figura, se la zia s'ingegnava lei di aprir gli occhi alla gente sul valore del suo nipote Corrado e gli rubava gli scartafacci, e andava a sciorinarli lei stessa in mezzo al crocchio dei cugini Motta, compitando, accalorandosi come un sensale che fa valere la merce, mentre don Gesualdo andava appisolandosi a poco a poco, e diceva di sì col capo, sbadigliando, e Bianca guardava Isabella la quale teneva i grand'occhi sbarrati nell'ombra, assorta, e le si mutava a ogni momento l'espressione del viso delicato, quasi delle ondate di sangue la illuminassero tratto tratto. Donna Sarina tutta intenta alla lettura non si accorgeva di nulla, badava ad accomodarsi gli occhiali di tanto in tanto, chinavasi verso il lume, oppure se la pigliava col nipote che scriveva così sottile.

– Ma che talento, eh! Come amministratore... che so io... per soprintendere ai lavori di campagna... dirigere una fattoria, quel ragazzo varrebbe tant'oro. Il cuore mi dice che se voi, don Gesualdo, trovaste di collocarlo in alcuno dei vostri negozi, fareste un affare d'oro!... E... ora che non ci sente... per poco salario anche! Il giovane ha gli occhi chiusi, come si dice... ancora senza malizia... e si contenterebbe di poco! Fareste anche un'opera di carità, fareste!

Don Gesualdo non diceva né sì né no, prudente, da uomo avvezzo a muovere sette volte la lingua in bocca prima di lasciarsi scappare una minchioneria. Ci pensava su, badava alle conseguenze, badava alla sua figliuola, anche russando, con un occhio aperto. Non voleva che la ragazza così giovane, così inesperta, senza sapere ancora cosa volesse dire esser povero o ricco, s'avesse a scaldare il capo per tutte quelle frascherie. Lui era ignorante, uno che non sapeva nulla, ma capiva che quelle belle cose erano trappole per acchiappare i gonzi. Gli stessi arnesi di cui si servono coloro che sanno di lettere per legarvi le mani o tirarvi fuori dei cavilli in un negozio. Aveva voluto che la sua figliuola imparasse tutto ciò che insegnavano a scuola, perché era ricca, e un giorno o l'altro avrebbe fatto un matrimonio vantaggioso. Ma appunto perch'era ricca tanta gente ci avrebbe fatti su dei disegni. Insomma a lui non piacevano quei discorsi della zia e il fare del nipote che le teneva il sacco con quell'aria ritrosa di chi si fa pregare per mettersi a tavola, di chi vuol vender cara la sua mercanzia. E le occhiate lunghe della cuginetta, i silenzi ostinati, quel mento inchiodato sul petto, quella smania di cacciarsi coi suoi libri in certi posti solitari, per far la letterata anche lei, una ragazza che avrebbe dovuto pensare a ridere e a divertirsi piuttosto...

Finora erano ragazzate; sciocchezze da riderci sopra, o prenderli a scappellotti tutt'e due, la signorina che mettevasi alla finestra per veder volare le mosche, e il ragazzo che stava a strologare da lontano, di cui vedevasi il cappello di paglia al disopra del muricciuolo o della siepe, ronzando intorno alla casina, nascondendosi fra le piante. – Don Gesualdo aveva dei buoni occhi. Non poteva indovinare tutte le stramberie che fermentavano in quelle teste matte, – i baci mandati all'aria, e il sole e le nuvole che pigliavano parte al duetto – a un miglio di distanza, – ma sapeva leggere nelle pedate fresche, nelle rose canine che trovava sfogliate sul sentiero, nell'aria ingenua d'Isabella che scendeva a cercare le forbici o il ditale quando per combinazione c'era in sala il cugino, nella furberia di lui che fingeva di non guardarla, come chi passa e ripassa in una fiera dinanzi alla giovenca che vuol comprare senza darle neppure un'occhiata. Vedeva anche nella faccia ladra di Nanni l'Orbo, nel fare sospettoso di lui, nell'aria sciocca che pigliava, quando rizzavasi fra i sommacchi, mettendosi la mano sugli occhi, per guardar laggiù, nel viale, o si cacciava carponi fra i fichi d'India, o veniva a portargli dei pezzi di carta che aveva trovato vicino alla fontana, dei calcinacci scrostati dal sedile, facendo il nesci:

– Don Gesualdo, che c'è stato vossignoria, lassù?... Alle volte... per far quattro passi... L'erba sulla spianata è tutta pesta, come ci si fosse sdraiato un asino. Ladri, no, eh?... Ho paura di quelli del colèra piuttosto.

– No... di giorno?... che diavolo!... bestia che sei!... Non temere, qui stiamo cogli occhi aperti.

E ci stava davvero, con prudenza, per evitar gli scandali, aspettando che terminasse il colèra per scopare la casa, e finirla pulitamente con donna Sarina e tutti i suoi senza dar campo di parlare alle male lingue, rimbeccando la zia Cirmena che s'era messa a far la sapiente anche lei, a parlare col *squinci* e *linci*; tagliando corto a quelle chiacchiere sconclusionate che vi tiravano gli sbadigli dalle calcagna. Un giorno, presenti tutti quanti, sputò fuori il fatto suo.

– Ah... le canzonette? Roba che non empie pancia, cari miei! – La zia Cirmena si risentì alfine: – Voi pigliate tutto a peso e a misura, don Gesualdo! Non sapete quel che vuol dire... Vorrei vedervici!... – Egli allora, col suo fare canzonatorio, raccolse in mucchio libri e giornali ch'erano sul tavolino e glieli cacciò in grembo, a donna Sarina, ridendo ad alta voce, spingendola per le spalle quasi volesse mandarla via come fa il sensale nel conchiudere il negozio, vociando così forte che sembrava in collera, fra le risate:

– Bè... pigliateli, se vi piacciono... Potrete camparci su!...

Tutti si guardarono negli occhi. Isabella si alzò senza dire una parola, ed uscì dalla stanza. – Ah!... – borbottò don Gesualdo. – Ah!...

Ma visto che non era il momento, cacciò indietro la bile e voltò la cosa in scherzo:

– Anche a lei... le piacciono le canzonette. Come passatempo... colla chitarra... adesso che siamo in villeggiatura... non dico di no. Ma per lei c'è chi ha lavorato, al sole e al vento, capite?... E se ha la testa dura dei Trao, anche i Motta non scherzano, quanto a ciò...

– Bene, – interruppe la zia, – questo è un altro discorso.

– Ah, vi sembra un altro discorso?

– Ecco! – saltò su donna Sarina, pigliandosela a un tratto col nipote. – Tuo zio parla pel tuo bene. Non lo trovi, un parente affezionato come lui, senti!

– Certo, certo... Voi siete una donna di giudizio, donna Sarina, e cogliete le parole al volo.

La Cirmena allora si mise a dimostrare che un ragazzo di talento poteva arrivare dove voleva, segretario, fattore, amministratore di una gran casa. Le protezioni già non gli mancavano. – Certo, certo, – continuava a ripetere don Gesualdo. Ma non si impegnava più oltre. Si dava da fare a rimettere le seggiole a posto, a chiudere le finestre, come a dire: – Adesso andate via. – Però siccome il giovane voltava le spalle senza rispondere, con la superbia che avevano tutti quei parenti spiantati, donna Sarina non seppe più frenarsi, raccattando in furia i ferri da calza e gli occhiali, infilando il paniere al braccio senza salutar nessuno.

– Guardate s'è questa la maniera! Così si ringraziano i parenti della premura? Io me ne lavo le mani... come Pilato... Ciascuno a casa sua...

– Ecco la parola giusta, donna Sarina. Ciascuno a casa sua. Aspettate, che vi accompagno... Eh? eh? che c'è?

Da un pezzo, mentre discorreva, tendeva l'orecchio all'abbaiare dei cani, al diavolìo che facevano oche e tacchini nella corte, a un correre a precipizio. Poi si udì una voce sconosciuta in mezzo al chiacchierìo della sua gente. Dal cancello s'affacciò il camparo, stralunato, facendogli dei segni.

– Vengo, vengo, aspettate un momento.

Tornò poco dopo che sembrava un altro, stravolto, col cappello di paglia buttato all'indietro, asciugandosi il sudore. Donna Sarina voleva sapere a ogni costo cosa fosse avvenuto, fingendo d'aver paura.

– Nulla... Le stoppie lassù avran preso fuoco... Vi accompagno. È cosa da nulla.

Nell'aia erano tutti in subbuglio. Mastro Nardo, sotto la tettoia, insellava in fretta e in furia la mula baia di don Gesualdo. Dinanzi al rastrello del giardino Nanni l'Orbo e parecchi altri ascoltavano a bocca aperta un contadino di fuorivia che narrava gran cose, accalorato, gesticolando, mostrando il vestito ridotto in brandelli.

– Nulla, nulla, – ripeté don Gesualdo. – V'accompagno a casa vostra. Non c'è premura. – Si vedeva però ch'era turbato, balbettava, grossi goccioloni gli colavano dalla fronte. Donna Sarina s'ostinava ad aver paura, piantandosi su due piedi, frugando di qua e di là cogli occhi curiosi, fissandoli in viso a lui per scovar quel che c'era sotto: – Un caso di colèra, eh? Ce l'han portato sin qui? Qualche briccone? L'han colto sul fatto? – Infine don Gesualdo le mise le mani sulle spalle, guardandola fissamente nel bianco degli occhi: – Donna Sarina, a che giuoco giochiamo? Lasciatemi badare agli affari di casa mia! santo e santissimo! – E la mise bel bello sulla sua strada, di là dal ponticello. Tornando indietro se la prese con tutta quella gente che sembrava ammutinata, comare Lia che aveva lasciato d'impastare il pane, sua figlia accorsa anche lei colle mani intrise di farina. – Che c'è? che c'è? Voi, mastro Nardo, andate avanti colla mula. Vi raggiungerò per via. Lì, da quella parte, pel sentiero. Non c'è bisogno di far sapere a tutto il vicinato se vo o se rimango. E voialtri badate alle vostre faccende.

E cucitevi la bocca, ehi!... senza suonar la tromba e andar narrando quel che mi succede, di qua e di là!...

Poi salì di sopra colle gambe rotte. Bianca appena lo vide con quella faccia si impaurì. Ma egli però non le disse nulla. Temeva che i sorci ballassero mentre non c'era il gatto. Mentre la moglie l'aiutava a infilarsi gli stivali, andava facendole certe raccomandazioni: — Bada alla casa. Bada alla ragazza. Io vo e torno. Il tempo d'arrivare alla Salonia per mio padre che sta poco bene. Gli occhi aperti finché non ci son io, intendi? — Bianca da ginocchioni com'era alzò il viso attonito. — Svegliati! Come diavolo sei diventata? Tale e quale tuo fratello don Ferdinando sei! Tua figlia ha la testa sopra il cappello, te ne sei accorta? Abbiamo fatto un bel negozio a metterle in capo tanti grilli! Chissà cosa s'immagina? E gli altri pure... Donna Sarina e tutti gli altri! Serpi nella manica!... Dunque, niente visite, finché torno... e gli occhi aperti sulla tua figliuola. Sai come sono le ragazze quando si mettono in testa qualcosa!... Sei stata giovane anche tu... Ma io non mi lascio menare pel naso come i tuoi fratelli, sai!... No, no, chetati! Non è per rimproverarti... L'hai fatto per me, allora. Sei stata una buona moglie, docile e obbediente, tutta per la casa... Non me ne pento. Dico solo acciò ti serva d'ammastramento, adesso. Le ragazze per maritarsi non guardano a nulla... Tu almeno non facevi una pazzia... Non te ne sei pentita neppur tu, è vero? Ma adesso è un altro par di maniche. Adesso si tratta di non lasciarsi rubare come in un bosco...

Bianca, ritta accanto all'uscio, col viso scialbo, spalancò gli occhi, dove era in fondo un terror vago, uno sbalordimento accorato, l'intermittenza dolorosa della ragione annebbiata ch'era negli occhi di don Ferdinando.

— Ah! Hai capito finalmente! Te ne sei accorta anche tu! E non mi dicevi nulla!... Tutte così voialtre donne... a tenervi il sacco l'una coll'altra!... congiurate contro chi s'arrovella pel vostro meglio!

— No!... vi giuro!... Non so nulla!... Non ci ho colpa... Che volete da me?... Vedete come son ridotta!...

– Non lo sapevi? Cosa fai dunque? Così tieni d'occhio tua figlia... È questa una madre di famiglia?... Tutto sulle mie spalle! Ho le spalle grosse. Ho lo stomaco pieno di dispiaceri... E sto benone io!... Ho la pelle dura.

E se ne andò col dorso curvo, sotto il gran sole, ruminando tutti i suoi guai. Il messo ch'era venuto a chiamarlo dalla Salonia l'aspettava in cima al sentiero, insieme a mastro Nardo che tirava la mula zoppicando. Come lo vide da lontano si mise a gridare:

– Spicciatevi, vossignoria. Se arriviamo tardi, per disgrazia, la colpa è tutta mia.

Cammin facendo raccontava cose da far drizzare i capelli in testa. A Marineo avevano assassinato un viandante che andava ronzando attorno all'abbeveratoio, nell'ora calda, lacero, scalzo, bianco di polvere, acceso in volto, con l'occhio bieco, cercando di farla in barba ai cristiani che stavano a guardia da lontano, sospettosi. A Callari s'era trovato un cadavere dietro una siepe, gonfio come un otre: l'aveva scoperto il puzzo. La sera, dovunque, si vedevano dei fuochi d'artifizio, una pioggia di razzi, tale e quale la notte di San Lorenzo, Dio liberi! Una donna incinta, che s'era lasciata aiutare da uno sconosciuto, mentre portava un carico di legna al Trimmillito, era morta la stessa notte all'improvviso, senza neanche dire – Cristo aiutami – colla pancia piena di fichi d'India.

– Vostro padre l'ha voluto lui stesso il colèra, sissignore. Tutti gli dicevano: Non aprite se prima il sole non è alto! Ma sapete che testa dura! Il colèra ce l'ha portato alla Salonia un viandante che andava intorno colla bisaccia in spalla. Di questi tempi, figuratevi! C'è chi l'ha visto a sedere, stanco morto, sul muricciuolo vicino alla fattoria. Poi tutta la notte rumori sul tetto e dietro gli usci... E le macchie d'unto che si son trovate qua e là a giorno fatto!... Come della bava di lumaca... Sissignore!... Quella bestia dello speziale continua a predicare di scopar le case, di pigliarsela coi maiali e colle galline, per tener lontano il colèra! Adesso il veleno ce lo portano le bestie del Signore, che non hanno malizia! avete

244

inteso, vossignoria?... Roba da accopparli tutti quanti sono, medici, preti e speziali, perché loro ogni cristiano che mandano al mondo della verità si pigliano dodici tarì dal re! E l'arciprete Bugno ha avuto il coraggio di predicarlo dall'altare: – Figliuoli miei, so che ce l'avete con me, a causa del colèra. Ma io sono innocente. Ve lo giuro su quest'ostia consacrata! – Io non so s'era innocente o no. So che ha acchiappato il colèra anche lui, perché teneva in casa quelle bottiglie che mandano da Napoli per far morire i cristiani. Io non so niente. Il fatto è che i morti fioccano come le mosche: Donna Marianna Sganci, Peperito...

III

Allorché giunsero alla Salonia trovarono che tutti gli altri
inquilini della fattoria caricavano muli ed asinelli per fuggirsene. Inutilmente Bomma, che era venuto dalla vigna,
lì vicino, si sgolava a gridare:

– Bestie! s'è una perniciosa!... se ha una febbre da cavallo! Non si muore di colèra con la febbre!

– Non me ne importa s'è una perniciosa! – borbottò infine Giacalone. – I medici già son pagati per questo!...

Mastro Nunzio stava male davvero: la morte gli aveva
pizzicato il naso e gli aveva lasciato il segno delle dita sotto
gli occhi, un'ombra di filiggine che gli tingeva le narici assot-
tigliate, gli sprofondava gli occhi e la bocca sdentata in fondo
a dei buchi neri, gli velava la faccia terrea e sporca di peli
grigi. Aprì quegli occhi a stento, udendo suo figlio Gesualdo
che gli stava dinanzi al letto, e disse colla voce cavernosa:

– Ah! sei venuto a vedere la festa, finalmente?

Santo, come un allocco, stava seduto sullo scalino del-
l'uscio, senza dir nulla, coi lucciconi agli occhi. Burgio e sua
moglie si affrettavano a insaccare un po' di grano, per non
morir di fame dove andavano, appena avrebbe chiusi gli
occhi il vecchio. Nel cortile c'erano anche le mule cariche
di roba. Don Gesualdo afferrò pel vestito Bomma, il quale
stava per andarsene anche lui.

– Che si può fare, don Arcangelo? Comandate! Tutto
quello che si può fare, per mio padre... tutto quello che
ho!... Non guardate a spesa...

246

– Eh! avrete poco da spendere... Non c'è nulla da fare... Sono venuto tardi. La china non giova più!... una perniciosa coi fiocchi, caro voi! Ma però non muore di colèra, e non c'è motivo di spaventare tutto il vicinato, come fanno costoro!

Il vecchio stava a sentire, cogli occhi inquieti e sospettosi in fondo alle orbite nere. Guardava Gesualdo che si affannava intorno al farmacista, Speranza la quale strillava e singhiozzava aiutando il marito ne' preparativi della partenza, Santo che non si muoveva, istupidito, i nipoti qua e là per la casa e nel cortile, e Bomma che gli voltava le spalle, scrollando il capo, facendo gesti d'impazienza. Speranza infine andò a consegnare le chiavi a suo fratello, seguitando a brontolare:

– Ecco! Mi piace che siete venuto... Così non direte che vogliamo fare man bassa sulla roba, io e mio marito, appena chiude gli occhi nostro padre...

– Non sono ancora morto, no! – si lamentò il vecchio dal suo cantuccio. Allora si alzò come una furia l'altro figliuolo, Santo, con la faccia sudicia di lagrime, vociando e pigliandosela con tutti quanti:

– Il viatico che non glielo date, razza di porci?... Che lo fate morire peggio di un cane?...

– Non sono ancora morto! – piagnucolò di nuovo il moribondo. – Lasciatemi morire in pace, prima!...

– Non è per la roba, no! – gli rispose il genero Burgio accostandosi al letto e chinandosi sul malato come parlasse a un bambino: – Anzi è per vostro amore che vogliamo farvi confessare e comunicare prima di chiudere gli occhi.

– Ah!... ah!... Non vi par l'ora!... Lasciatemi in pace... lasciatemi!...

Giunse la sera e passò la notte a quel modo. Mastro Nunzio nell'ombra stava zitto e immobile, come un pezzo di legno; soltanto ogni volta che gli facevano inghiottire a forza la medicina, gemeva, sputava, e lamentavasi ch'era amara come il veleno, ch'era morto, che non vedevano l'ora di levarselo dinanzi. Infine, perché non lo seccassero, voltò il naso contro il muro, e non si mosse più. – Poteva essere mezzanotte, sebbene nessuno s'arrischiasse ad aprire la finestra per guardar le stelle. – Speranza ogni tanto s'accostava al malato in punta di piedi, lo toccava, lo chiamava adagio adagio; ma lui zitto. Poi tornava a discorrere sottovoce col marito che aspettava tranquillamente, accoccolato sullo scalino, dormicchiando. Gesualdo stava seduto dall'altra parte col mento fra le mani. In fondo allo stanzone si udiva il russare di Santo. I nipoti erano già partiti colla roba, insieme agli altri inquilini, e un gatto abbandonato s'aggirava miagolando per la fattoria, come un'anima di Purgatorio: una cosa che tutti alzavano il capo trasalendo, e si facevano la croce al vedere quegli occhi che luccicavano nel buio, fra le travi del tetto e i buchi del muro; e sulla parete sudicia vedevasi sempre l'ombra del berretto del vecchio, gigantesca, che non dava segno di vita. Poi, tre volte, si udì cantare la civetta.

Quando Dio volle, a giorno fatto, dopo un pezzo che il giorno trapelava dalle fessure delle imposte e faceva impallidire il lume posato sulla botte, Burgio si decise ad aprire l'uscio. Era una giornata fosca, il cielo coperto, un gran silenzio per la pianura smorta e sassosa. Dei casolari nerastri qua e là, l'estremità del paese sulla collina in fondo, sembravano sorgere lentamente dalla caligine, deserti e silenziosi. Non un uccello, non un ronzio, non un alito di vento. Solo un fruscio fuggì spaventato fra le stoppie all'affacciarsi che fece Burgio, sbadigliando e stirandosi le braccia.

– Massaro Fortunato!... venite qua, venite! – chiamò in quel punto la moglie colla voce alterata.

Gesualdo chino sul lettuccio del genitore, lo chiamava, scuotendolo. La sorella, arruffata, discinta, che sembrava più gialla in quella luce scialba, preparavasi a strillare. Infine Burgio, dopo un momento, azzardò la sua opinione: – Signori miei, a me sembra morto di cent'anni.

Scoppiò allora la tragedia. Speranza cominciò a urlare e a graffiarsi la faccia. Santo, svegliato di soprassalto, si dava dei pugni in testa, fregandosi gli occhi, piangendo come un ragazzo. Il più turbato di tutti però era don Gesualdo, sebbene non discese nulla, guardando il morto che guardava lui colla coda dell'occhio appannato. Poi gli baciò la mano, e gli coprì la faccia col lenzuolo. Speranza, inconsolabile, minacciava di correre al paese per buttarsi nella cisterna, di lasciarsi morir di fame: — Cosa ci fo più al mondo adesso? Ho perso il mio sostegno! la colonna della casa! — Quel piagnisteo durò la giornata intera. Inutilmente il marito per consolarla le diceva che don Gesualdo non li avrebbe abbandonati. Erano tutti figli suoi, orfanelli bisognosi. Santo col viso sudicio guardava or questo e or quello come aprivano bocca. — No! — s'ostinava Speranza. — È morto, ora, mio padre! Non c'è nessuno che pensi a noi!

Gesualdo che l'aveva lasciata sfogare un pezzo tentennando il capo, cogli occhi gonfi, le disse infine:

— Hai ragione!... Non ho fatto mai nulla per voialtri!... Hai ragione di lagnarti della buona misura!...

— No, — interruppe Burgio. — No! Parole che scappano nel brucio, cognato.

Intanto bisognava pensare a seppellire il morto, senza un cane che aiutasse, a pagarlo tant'oro! Un falegname, lì al Camemi, mise insieme alla meglio quattro asserelle a mo' di bara, e mastro Nardo scavò la buca dietro la casa. Poi Santo e don Gesualdo dovettero fare il resto colle loro mani. Burgio però stava a vedere da lontano, timoroso del contagio, e sua moglie piagnucolava che non le bastava l'animo di toccare il morto. Le faceva male al cuore, sì! Dopo, asciugatisi gli occhi, rifatto il letto, rassettata la casa, nel tempo che mastro Nardo prepararava le cavalcature, e aspettavano seduti in crocchio, ella attaccò il discorso serio.

— E ora, come restiamo intesi?

Tutti quanti si guardarono in faccia a quell'esordio. Massaro Fortunato tormentava la nappa della berretta, e Santo sgranò gli occhi. Don Gesualdo però non aveva capito l'antifona, col viso in aria, cercava il verbo.

— Come restiamo intesi? Perché? Di che cosa?

— Per discorrere dei nostri interessi, eh? Per dividerci

l'eredità che ha lasciato quella buon'anima, tanto paradiso! Siamo tre figliuoli... Ciascuno la sua parte... secondo vi dice la coscienza... Voi siete il maggiore, voi fate le parti... e ciascuno di noi piglia la sua... Però se ci avete il testamento... Non dico... Allora tiratelo fuori, e si vedrà.

Don Gesualdo, che era don Gesualdo, rimase a bocca aperta a quel discorso. Stupefatto, cercava le parole, balbettava:

– L'eredità?... Il testamento?... La parte di che cosa?...

Allora Speranza infuriò. – Come? Di questo si parlava. Non erano tutti figli dello stesso padre? E il capo della casa chi era stato? Sinora aveva avuto le mani in pasta don Gesualdo, vendere, comprare... Ora, ciascuno doveva avere la sua parte. Tutto quel ben di Dio, quelle belle terre, la Canziria, la Salonia stessa dove avevano i piedi, erano forse piovuti dal cielo? – Burgio, più calmo, metteva buone parole; diceva che non era quello il momento, col morto ancora caldo. Tappava la bocca alla moglie; cacciava indietro il cognato Santo, il quale aveva aperto tanto d'orecchi e vociava: – No, no, lasciatela dire! – Infine volle che si abbracciassero, lì, nella stanza dove erano rimasti poveri orfanelli. Don Gesualdo era un galantuomo, un buon cuore. Non l'avrebbe fatta una porcheria. – Non scappate! Sentite qua! Non è vero? Non siete un galantuomo?

– No! no! Lasciatemi sentire quello che pretendono: È meglio spiegarsi chiaro.

Ma la sorella non gli dava più retta, seduta su di un sasso, fuori dell'uscio, borbottando fra di sé. Massaro Fortunato toccò pure degli altri tasti: il gastigo di Dio che avevano sulle spalle, l'ora che si faceva tarda. Intanto mastro Nardo tirò fuori la mula dalla stalla. Rimasero ancora un pezzetto lì fuori a tenersi il broncio. Poi don Gesualdo propose di condurseli tutti a Mangalavite. Il cognato Burgio serrava l'uscio a chiave, e caricava sul basto i pochi panni, che aveva raccolti in un fagottino. Speranza non rispose subito all'invito del fratello, sciorinando lo scialle per accingersi alla partenza, guardando di qua e di là, cogli occhi torvi. Infine spiattellò quel che aveva sullo stomaco:

– A Mangalavite?... No, grazie tante!... Cosa ci verrei a fare... se dite che è roba vostra?... Sarebbe anche un disturbo per vostra moglie e la figliuola... due signore avvezze a stare coi loro comodi... Noi poveretti ci accomodiamo alla meglio... Andremo alla Canziria. Andremo piuttosto alla fornace del gesso che ha lasciato mio padre, buon'anima... Quella sì!... Colà almeno saremo a casa nostra. Non direte d'averla comperata coi vostri guadagni la fornace del gesso!... No, no, sto zitta, massaro Fortunato! Se ne parlerà poi, chi campa. Chi campa tutto l'anno vede ogni festa. Vi saluto, don Gesualdo. Sarà quel che vuol Dio. Beato quel poveretto che adesso è tranquillo, sottoterra!...

Brontolava ancora ch'era già in viaggio, sballottata dall'ambio della cavalcatura, colla schiena curva, e il vento che le gonfiava lo scialle dietro. Don Gesualdo montò a cavallo lui pure, e se ne andò dall'altra parte, col cuore grosso dell'ingratitudine che raccoglieva sempre, voltandosi indietro, di tanto in tanto, a guardare la fattoria rimasta chiusa e deserta, accanto alla buca ancora fresca, e la cavalcata dei suoi che si allontanavano in fila, uno dopo l'altro, di già come punti neri nella campagna brulla che s'andava oscurando. Dopo un pezzetto, mastro Nardo che ci aveva pensato su, fece l'orazione del morto:

– Poveretto! Ha lavorato tanto... per tirare su i figliuoli... per lasciarli ricchi... Ora è sotto terra! Vi rammentate, vossignoria, quando è rovinato il ponte, a Fiumegrande, e voleva annegarsi?... Ecco cos'è il mondo! Oggi a te, domani a me.

Il padrone gli rivolse un'occhiata brusca, e tagliò corto:

– Zitto, bestia!... Anche tu!...

Potevano essere due ore di notte quando arrivarono alla Fontana di don Cosimo, con una bella sera stellata, il cielo tutto che sembrava formicolare attorno a Budarturo, sulla distesa dei piani e dei monti che s'accennava confusamente. La mula, sentendo la stalla vicina, si mise a ragliare. Allora abbaiarono dei cani; laggiù in fondo comparvero dei lumi in mezzo all'ombra più fitta degli alberi che circondavano la casina, e s'udirono delle voci, un calpestìo precipitoso come di gente che corresse; lungo il sentiero che saliva dalla valle si udì un fruscìo di foglie secche, dei sassi che precipitarono rimbalzando, quasi alcuno s'inerpicasse cautamente. Poi silenzio. A un tratto, dal buio, sul limite del boschetto, partì una voce:

— Ehi, don Gesualdo?

— Ehi, Nanni, che c'è?

Compare Nanni non rispose, mettendosi a camminare accanto alla mula. Dopo un momento masticò sottovoce, quasi a malincuore:

— C'è che son qui per guardarvi le spalle!

Don Gesualdo non chiese altro. Scendevano per la viottola in fila. Nanni l'Orbo aggiunse soltanto, di lì a un po': — Si fece la festa, eh? — E come il padrone continuava a tacere, conchiuse: — L'ho capito alla cera che avete, vossignoria. Mondo di guai!... L'uno dopo l'altro! — Giunti alla fontana infine disse:

— Smontiamo qui, eh? Mastro Nardo se ne andrà pel viale colle cavalcature, e noi da questa parte, per far più presto.

Don Gesualdo capì subito, e non se lo fece dire due volte. Andavano in silenzio, lungo il muro, quasi ci vedessero al buio. A un certo punto l'Orbo accennò delle pietre sparse per terra, una specie di breccia fra le spine che coronavano il muro, e disse piano: — Vedete, vossignoria? — L'altro affermò col capo, e scavalcò il chiuso. Nanni l'Orbo coll'acciarino accese un zolfanello e andarono seguendo le pedate, passo passo, sino alla casina. Sotto la finestra di donna Isabella l'Orbo additò in silenzio l'erba ch'era tutta pesta, quasi ci si fossero davvero sdraiati degli asini.

— I cani poi come fossero alloppiati! — osservò compare Nanni con quel fare misterioso. — Se non ero io, che ho l'orecchio fino... Dicevo a Diodata: Finché manca il padrone bisogna stare coll'orecchio teso, per guardargli le spalle... Allora ho mandato Nunzio sul ponticello, mentre io con Gesualdo arrivavo dalla parte del palmento... Sissignore, dov'è alloggiata donna Sarina col nipote... Se i cani sono stati zitti, dicevo fra di me...

— Va bene. Adesso taci. Di lassù potrebbero udirti.

Il giorno dopo, ricevendo le visite di condoglianza, vestito di nero, colla barba lunga, appena donna Sarina ebbe fatto l'elogio del morto e del vivo, asciugandosi gli occhi, rimboccandosi le maniche per correre in cucina ad aiutare in quello scompiglio, don Gesualdo la fermò nell'andito, senza tanti complimenti.

— Sapete, donna Sarina?... il servizio che dovreste farmi sarebbe d'andarvene. Patti chiari e amici cari, non è vero? Ho bisogno di quelle due stanze... pei miei motivi. Sinora non vi ho detto nulla. Ma voi avrete ammirato la mia prudenza, eh?

La Cirmena diventò verde. S'aggiustò il vestito, sorridendo, pigliandola con disinvoltura: — Bene, bene. Ho capito. Una volta che vi servono quelle due stanzuccie... Se avete i vostri motivi... Anche subito, su due piedi... colèra o no!... La gente non ha da dire se me ne mandate via in mezzo al colèra!... Siete il padrone. Ciascuno sa i fatti di casa sua. Soltanto, se permettete, vado prima a salutare mia nipote. Non so cosa potrebbero pensare se me ne andassi zitta zitta... Le male lingue, sapete!...

Bianca non arrivava a capacitarsi: — Come? andarsene via? nel fitto del colèra? Perché? Cos'era stato? — La zia Cirmena adduceva diversi pretesti strambi: forza maggiore; ciascuno ha i suoi motivi; interessi gravi di casa; Corrado aveva ricevuto una lettera urgentissima. — Gli rincresce anche a lui, poveretto. Gli è arrivata fra capo e collo. S'era tanto affezionato a questi luoghi... Anche poco fa mi diceva: — Zia, oggi è l'ultima passeggiata che andrò a fare alla sorgente... — Don Gesualdo, fuori dei gangheri, tagliò corto a quei discorsi sciocchi.

— Scusate, donna Sarina. Mia moglie non capisce più niente... Diventano tutti così nella sua famiglia... Doveva toccare a me!...

Isabella invece s'era fatta pallida come un cadavere. Ma non si mosse, non disse nulla, una vera Trao, col viso fermo e impenetrabile. Ricambiava anche gli abbracci e i saluti affettuosi della zia, sforzandosi di sorridere, con una ruga sottile fra le ciglia. Poi, quando fu sola, a un tratto, con un gesto disperato, si strappò la gorgierina che la soffocava, con un'onda di sangue al volto, un abbarbagliamento improvviso dinanzi agli occhi, una fitta, uno spasimo acuto che la fece vacillare, annaspando, fuori di sé.

Voleva vederlo, l'ultima volta, a qualunque costo, quando tutti sarebbero stati a riposare, dopo mezzogiorno, e che alla casina non si moveva anima viva. La Madonna l'avrebbe aiutata: – La Madonna!... la Madonna!... – Non diceva altro, con una confusione dolorosa nelle idee, la testa in fiamme, il sole che le ardeva sul capo, gli occhi che le abbruciavano, una vampa nel cuore che la mordeva, che le saliva alla testa, che l'accecava, che la faceva delirare: – Vederlo! a qualunque costo!... Domani non lo vedrò più!... più!... più!... – Non sentiva le spine; non sentiva i sassi del sentiero fuori mano che aveva preso per arrivare di nascosto sino a lui. Ansante, premendosi il petto colle mani, trasalendo a ogni passo, spiando il cammino con l'occhio ansioso. Un uccelletto spaventato fuggì con uno strido acuto. La spianata era deserta, in un'ombra cupa. C'era un muricciuolo coperto d'edera triste, una piccola vasca abbandonata nella quale imputridivano delle piante acquatiche, e dei quadrati d'ortaggi polverosi al di là del muro, tagliati dai viali abbandonati che affogavano nel bosso irto di seccumi gialli. Da per tutto quel senso di abbandono, di desolazione, nella catasta di legna che marciva in un angolo, nelle foglie fradicie ammucchiate sotto i noci, nell'acqua della sorgente la quale sembrava gemere stillando dai grappoli di capelvenere che tappezzavano la grotta, come tante lagrime. Soltanto fra le erbacce del sentiero pel quale lui doveva venire, dei fiori umili di cardo che luccicavano al sole, delle bacche verdi che si piegavano ondeggiando mollemente, e dicevano: Vieni! vieni! vieni! Attraversò guardinga il viale che scendeva alla casina, col cuore che le balzava alla gola, le batteva nelle tempie, le toglieva il respiro. C'erano lì, fra le foglie secche, accanto al muricciuolo dove lui s'era messo a sedere tante volte, dei brani di carta abbruciacchiati, umidicci, che s'agitavano ancora quasi fossero cose vive; dei fiammiferi spenti, delle foglie d'edera strappate, dei virgulti fatti in pezzettini minuti dalle mani febbrili di lui, nelle lunghe ore d'attesa, nel lavorìo macchinale delle fantasticherie. S'udiva il martellare di una scure in lontananza; poi una canzone malinconica che si perdeva lassù, nella viottola. Che agonìa lunga! Il sole abbandonava lentamente il sentiero; moriva pallido sulla rupe brulla di cui le forre sembravano più tristi, ed ella aspettava ancora, aspettava sempre.

– Signor don Gesualdo... Venite qua, se permettete... Ho da parlarvi. – Nanni l'Orbo, continuando a chiamarlo, dall'aia, affettava di non poter mettere il piede nel cortile, coll'aria misteriosa, finché il padrone andò a sentire quel che diavolo volesse, dandogli una buona strapazzata, per cominciare:

– T'ho detto tante volte di non lasciarti vedere da queste parti! Che diavolo!... Se lo fai apposta...

– Nossignore. Appunto, vi ho chiamato qui fuori. Dobbiamo parlare da solo a solo, per quel che ho da dirvi... Qui nel giardino. Siamo aspettati.

C'erano infatti Nunzio e Gesualdo di Diodata, vestiti da festa, colle mani in tasca, e un fazzolettino nero al collo. Compare Nanni lo fece notare al padrone. – Il sangue è sangue. Avete da ridirci? Tutti e due... hanno voluto portare il lutto alla buon'anima di vostro padre... per rispetto, senza secondi fini... Soltanto, vossignoria potete aiutarli senza mettere mano alla tasca... Ecco, loro vorrebbero a mezzadria quel pezzo di terra ch'è sotto la fontana. Sono due bravi ragazzi, laboriosi. Vi somigliano, don Gesualdo... Se date loro qualche agevolazione, pensate infine che non lo fate per degli estranei!...

Don Gesualdo tentennava, insospettito da una parte d'esser preso così alla sprovvista, e cedendo nel tempo istesso, suo malgrado, a quella certa voce interna che gli andava ripicchiando dentro tutti gli argomenti messi fuori da compare Nanni per persuaderlo. – Infine cosa domandavano?... del lavoro... Lui che poteva tanto!... Un affare di coscienza!... Avrebbe fatto un buon negozio anche... – A un certo punto l'Orbo propose di mandare a chiamare Diodata perché dicesse la sua. Don Gesualdo allora, per levarsi quella noia, per sgravio di coscienza, come diceva quell'altro fissando i due ragazzoni, che seguivano passo passo colle mani in tasca, senza aprir bocca, si lasciò scappare: – Be'... be', se si parla soltanto del pezzo di terra ch'è sotto la fontana... Se non fate come il riccio che poi allarga le spine...

– Sissignore! Che vuol dire! – saltò su compare Nanni pigliandolo subito in parola. – Quello solo! Mezza salma di terra in tutto. Possiamo andare a vedere. È qui vicino. Vi metteremo i segnali sotto i vostri occhi, giacché siete qui, perché non temiate che vi si rubi... Giusto!... ci abbiamo anche dei testimoni, vedete... La signorina, lassù, sotto il gran noce...

Don Gesualdo guardò dove diceva l'Orbo, e si sbiancò subito in viso. A un tratto, mutò cera e maniera, e congedò tutti bruscamente:

– Va bene, ne parleremo... C'è tempo. Non si piglia così la gente pel collo, santo e santissimo! Ho detto di sì; ora andatevene!

I due giovani sgattaiolarono mogi mogi a quella sfuriata, mentre Nanni si cacciava fra le macchie per godersi la scena da lontano. Don Gesualdo saliva già in fretta pel viale, come avesse vent'anni, sottosopra. Isabella se lo vide comparire dinanzi all'improvviso con una faccia che quasi la fece tramortire dallo spavento. Egli non le disse nulla. Se la prese per mano, come una bambina, e se la portò a casa. Lei si lasciava condurre, come una morta, col cuore morto, senza vedere, inciampando nei sassi. Solo di tanto in tanto si cacciava la mano nei capelli, quasi sentisse lì un gran smarrimento, un gran dolore.

Bianca al vederli arrivare a quel modo si mise a tremare

come una foglia. Il marito le consegnò la figliuola con un'occhiata terribile, tentennando il capo. Ma non disse nulla. Si mise a passeggiare per la stanza, asciugandosi tratto tratto col fazzoletto il fiele che ci aveva in bocca. Poi aprì l'uscio di colpo e se ne andò.

Girava da per tutto come un bue infuriato, sbattendo gli usci, pigliandosela con chi gli capitava. Udivasi ovunque la sua voce che faceva tremare la casa:

– Nardo, dove sei stato sino ad ora? T'avevo detto di portarmi quelle forbici alla vigna? – Non sono rientrati ancora i puledri? Me li farà storpiare quell'animale di Brasi! Gli darò ora il fatto suo, appena torna! – Di', Santoro? avete terminato di mietere i sommacchi lassù?... Cosa diavolo avete fatto dunque tutta la giornata?... Appena manca un momento il padrone!... Assassini! nemici salariati!... – Martino! il lume accendi, Martino, per mungere le pecore! Mi verserai per terra tutto il latte, così al buio, bestia!... – Ancora non hanno acceso il lume lassù! Che fanno? Recitano il rosario?... Concetta! Concetta! Siamo ancora al buio! Cosa diavolo fate? Che casa, appena volto le spalle io!... Che succederà se io chiudo gli occhi?...

Dopo un po' di tempo tornò a bussare all'uscio delle donne, e siccome non aprivano subito lo sfondò con un calcio. Bianca allora si rivoltò inferocita, simile a una chioccia che difende i pulcini, con un viso che nessuno le aveva mai visto; il viso stralunato dei Trao, in cui gli occhi luccicavano come quelli di una pazza sul pallore e la magrezza spaventosa, coprendo col suo il corpo della figliuola ch'era stesa bocconi sul letto, col viso nel guanciale, scossa da sussulti nervosi.

– Ah! me la volete uccidere dunque? Non vi basta? Non vi basta? Me la volete uccidere?

Non si riconosceva più, tanto che lo stesso don Gesualdo rimase sconcertato. Ora cercava di pigliarla colle buone, vinto da uno sconforto immenso, dall'amarezza di tanta ingratitudine che gli saliva alla gola, colle ossa rotte, il cuore nero come la pece.

– Avete ragione!... Io sono il tiranno! Ho il cuore e la pelle dura, io! Sono il bue da lavoro... Se m'ammazzo a lavorare è per voialtri, capite? A me basterebbe un pezzo di pane e formaggio... Vuol dire che ho lavorato per buttare ogni cosa in bocca al lupo... il mio sangue e la mia roba!... Avete ragione!...

Bianca volle balbettare qualche parola. Allora egli si voltò infuriato contro di lei, con le mani in aria, la bocca spalancata. Ma non disse nulla. Guardò la figliuola che si era appoggiata tutta tremante alla sponda del lettuccio, col viso gonfio, le trecce allentate; allora lasciò cadere le braccia e si mise a passeggiare innanzi e indietro per la camera, picchiando le mani una sull'altra, soffiando e sbuffando, cogli occhi a terra, quasi cercasse le parole, cercando le maniere che ci volevano per far capire la ragione a quelle teste dure.

– Via via, Isabella!... È una sciocchezza, capisci!.... È una sciocchezza guastarsi il sangue... Non voglio guastarmi il sangue... Ho tanti altri guai! Ci ho il cuore grosso!... Vorrei che tu vedessi un po' quanti guai ci ho in testa!... Ti metteresti a ridere, com'è vero Dio!... Vedresti che sciocchezza è tutto il resto!... Ancora sei giovane... Certe cose non le capisci... Il mondo, vedi, è una manica di ladri... Tutti che fanno: levati di lì e dammi il fatto tuo... Ognuno cerca il suo guadagno... Vedi, vedi... te lo dico?... Se tu non avessi nulla, nessuno ti seccherebbe... È un negozio, capisci?... Il modo d'assicurarsi il pane per tutta la vita. Uno che è povero, uomo o donna, sia detto senza offendere nessuno, s'industria come può... Gira l'occhio intorno; vede quello che farebbe al caso suo... e allora mette in opera tutti i mezzi per arrivarci, ciascuno come può... Uno, poniamo, ci mette il casato, e un altro quello che sa fare di meglio... le belle parole, le occhiate tenere... Ma chi ha giudizio, dall'altra parte, deve badare ai suoi interessi... Vedi come son sciocchi quelli che piangono e si disperano?...

Il discorso gli morì in bocca dinanzi al viso pallido e agli occhi stralunati coi quali lo guardava la figliuola. Anche la moglie non sapeva dir altro:

– Lasciatela stare!... Non vedete com'è?...

– Come una sciocca è!... – gridò mastro-don Gesualdo uscendo finalmente fuori dai gangheri. – Come una che non sa e non vuol sapere!... Ma io non sarò sciocco, no!... Io lo so quello che vuol dire!...

E se ne andò infuriato.

IV

Cessata la paura del colèra, appena ritornato in paese, don Gesualdo s'era vista arrivare la citazione della sorella, autorizzata dal marito Burgio, che voleva la sua parte dell'eredità paterna – di tutto ciò che egli possedeva – una bricconata; adducendo che quei beni erano stati acquistati coi guadagni della società, di cui era a capo mastro Nunzio; e che adesso voleva appropriarsi tutto lui, Gesualdo, – lui che li aveva avuti tutti quanti sulle spalle, sino a quel giorno! che aveva dovuto chinare il capo alle speculazioni sbagliate del padre! ch'era stato la provvidenza del cognato Burgio nelle malannate! che pagava i debiti del fratello Santo all'osteria di Pecu-Pecu! – anche Santo lo citava per avere la sua quota, aveva fatto parte della società anche lui, quel fannullone! – Ora lo svillaneggiavano per mezzo d'usciere; gli davano del ladro; volevano mettere i sigilli; sequestrargli la roba. Lo trascinavano fra le liti, gli avvocati, i procuratori – un sacco di spese, tanti bocconi amari, tanta perdita di tempo, tanti altri affari che ne andavano di mezzo, i suoi nemici che c'ingrassavano – nei caffè e nelle speziere non si parlava d'altro – tutti addosso a lui perch'era ricco, e pigliando le difese dei suoi parenti che non avevano nulla! Il notaro Neri gli faceva anche l'avvocato contrario, *gratis et amore*, per le questioni vecchie e nuove che erano state fra di loro. Speranza l'aspettava sulle scale del pretorio per vomitargli addosso degli improperii, aizzandogli contro i figliuoli grandi e grossi inutilmente, aizzandogli contro Santo che non aveva faccia veramente di pigliarsela con don Gesualdo e cercava di sfuggirlo. – Siete tutti quanti dei capponi! tale e quale mio marito!... Io sola dovrei portare i calzoni qui! Non mi tengo se non lo mando in galera, quel ladro! Venderò la camicia che ho indosso. Voglio il fatto mio, il sangue di mio padre... – Fu peggio ancora la prima volta che il giudice le diede causa persa: – Signori miei, guardate un po'!... Tutto si compra coi denari al giorno d'oggi!... Ma ricorrerò sino a Palermo, sino al re, se c'è giustizia a questo mondo!... – Il barone Zacco, siccome allora aveva in testa di combinare certo negozio con don Gesualdo, s'intromise a farla da paciere. Una domenica riunì in casa sua tutti i Motta, compreso il marito di comare Speranza ch'era una bestia, e non sapeva dire le sue ragioni. Santo, costretto a trovarsi faccia a faccia con suo fratello don Gesualdo, cominciò dallo scusarsi:

– Che vuoi?... Io non ci ho colpa. Mi condussero dall'avvocato... Cosa dovevo fare?... Perché l'abbiamo chiesto il consiglio dell'avvocato?... Quello che mi dice l'avvocato io fo...

Don Gesualdo si mostrava arrendevole. Non che ci fosse obbligato, no! – la legge lui la conosceva. – Ma per buon cuore. Il bene che aveva potuto fare ai suoi parenti l'aveva sempre fatto, e voleva continuare a farlo. Lì un battibecco di prove e controprove che non finivano più. Speranza, che vedeva sfumare la sua parte dell'eredità se si parlava di buon cuore, se la pigliava col marito e coi figliuoli i quali non sapevano difendersi. Anche Santo stava zitto, come un ragazzo che ne ha fatta una grossa. Fortuna che c'era lei, a dire il fatto suo:

– Che volete darci, la limosina? Qualche salma di grano a comodo vostro, di tanto in tanto? qualche salma di vino, quello che non potete vendere?

– Cosa vuoi che ti dia, l'Alìa o Donninga? Vuoi che mi spogli io per empire il gozzo a voialtri che non avete fatto nulla? Ho figli. La roba non posso toccarla...

– La roba tua?... sentite quest'altra! Allora vuol dire che

nostro padre buon'anima non ha lasciato nulla? E il negozio del gesso che avevate in comune? E quando avete preso insieme l'appalto del ponte? Nulla è rimasto alla buon'anima? I guadagni sono stati di voi solo? per comprare delle belle tenute? quelle che volete appropriarvi perché avete dei figliuoli?... C'è un Dio lassù, sentite!... Ciò che volete togliere di bocca a questi innocenti, c'è già chi se lo mangia alla vostra barba! Andate a vedere, la sera, sotto le vostre finestre, che passeggio!...

Finì in parapiglia. Il barone dovette mettersi a gridare e a fare il diavolo perché non si accapigliassero seduta stante, invece di rappacificarsi. Speranza se ne andò da una parte ancora sbraitando, e don Gesualdo dall'altra, colla bocca amara, tormentato anche da quell'altra pulce che la sorella gli aveva messo nell'orecchio. Adesso, in mezzo a tanti guai e grattacapi, gli toccava pure dover sorvegliare la figliuola e quell'assassino di Corrado La Gurna che la Cirmena per dispetto gli metteva fra i piedi, lì in paese, a spese sue. Doveva tenere gli occhi aperti su ciascuno che andava e veniva, sulle serve, sui fogli di carta che mancavano, sulla figliuola la quale aveva l'aria di chi ne cova una grossa, pallida, allampanata... Ci si struggeva l'anima, la disgraziata! E lui doveva rodersi il fegato e mandar giù la bile, per non far di peggio. Una sera finalmente la sorprese alla finestra, con un tempo da lupi.

– Ah!... Continua la musica!... Che fai qui... a quest'ora?... A prendere il fresco per l'estate? T'insegno io a contar le stelle! Non m'hai visto ancora uscir dai gangheri! Gliel'insegno io a passeggiar di sera sotto le mie finestre, a certi cavalieri! Un fracco di legnate, se l'incontro! M'hai visto finora colla bocca dolce; ma adesso ti fo vedere anche l'amaro! Ti faccio arar diritto, come tiro l'aratro io!

Da quel giorno ci fu un casa del diavolo, mattina e sera. Don Gesualdo prese Isabella colle buone, colle cattive, per levarle dalla testa quella follìa; ma essa l'aveva sempre lì, nella ruga sempre fissa fra le ciglia, nella faccia pallida, nelle labbra strette che non dicevano una parola, negli occhi grigi e ostinati dei Trao che dicevano invece – Sì, sì, a costo di morirne! – Non osava ribellarsi apertamente. Non si lagnava. Ci perdeva la giovinezza e la salute. Non mangiava più; ma non chinava il capo, testarda, una vera Trao, colla testa dura dei Motta per giunta. – Il pover'uomo era ridotto a farsi da sé l'esame di coscienza. – Dei genitori quella ragazza aveva preso i soli difetti. Ma l'amore alla roba, no! Il giudizio di capire chi le voleva bene e chi le voleva male, il giudizio di badare ai suoi interessi, no! Non era neppure docile e ubbidiente come sua madre. Gli aveva guastata anche Bianca! Anche costei, al vedere la sua creatura che diventava pelle e ossa, era diventata come una gatta che gli si vogliano rubare i figliuoli, col pelo irto, tale e quale – la schiena incurvata dalla malattia e gli occhi luccicanti di febbre. Gli sfoderava contro le unghie e la lingua. – Volete farla morire di mal sottile, la mia creatura? Non vedete com'è ridotta? Non vedete che vi manca di giorno in giorno? – L'avrebbe aiutata, sottomano, anche a fare uno sproposito, anche a rompersi il collo. Avrebbe tradito il marito per la sua creatura. Gli diceva: – Me ne vo a stare da mio fratello! Io e la mia figliuola! Che vi pare? – Cogli occhi di brace. Non l'aveva mai vista a quella maniera. Una volta, dietro al medico il quale veniva per la ragazza, egli vide capitare una faccia che non gli piacque: una vecchia del vicinato che portava la medicina del farmacista, come don Luca il sagrestano e sua moglie Grazia portavano in casa Trao le sue imbasciate amorose. Era ridotto a passare in rivista le ricette del medico e la carta delle pillole che mandava Bomma. In un mese mutarono cinque donne di servizio. Era un tanghero lui, ma non era un minchione come i fratelli Trao. Teneva ogni cosa sotto chiave; non lasciava passare un baiocco che potesse aiutare a fargli il tradimento. Era un cane alla catena anche lui, pover'uomo. Infine per togliersi da quall'inferno si decise a mettere Isabella in convento, lì al Collegio di Maria, come quando era bambina, carcerata! Sua moglie ebbe un bel piangere e disperarsi. Il padrone era lui! – Sentite, – gli disse Bianca colle mani giunte, – io ho poco da penare. Ma lasciatemi la mia figliuola, fino a quando avrò chiuso gli occhi.

– No! – rispose il marito. – Non ha neppure compassione di te quell'ingrata! Ci siamo ammazzati tutti per farne un'ingrata! Ha perso l'amore ai parenti... lontana di casà sua!

Il tradimento glielo fecero lì, al Collegio: dell'altra gente beneficata da lui, la sorella di Gerbido che faceva la portinaia, Giacalone che veniva a portare i regali della zia Cirmena e faceva passare i bigliettini dalla ruota, Bomma che teneva conversazione aperta nella spezieria per far comodo a don Corrado La Gurna, il quale mettevasi subito a telegrafare, appena la ragazza saliva apposta sul campanile. Lo facevano per pochi baiocchi, per piacere, per niente, per inimicizia. Congiuravano tutti quanti contro di lui, per rubargli la figliuola e la roba, come se lui l'avesse rubata agli altri. Un bel giorno infine, mentre le monache erano salite in coro, che c'erano le quarant'ore, la ragazza si fece aprir la porta dai suoi complici, e spiccò il volo.

Fu il due febbraio, giorno di Maria Vergine. C'era un gran concorso di devoti quell'anno alla festa, perché non pioveva dall'ottobre. Don Gesualdo era andato in chiesa anche lui, a pregare Iddio che gli togliesse quella croce d'addosso. Invece il Signore doveva aver voltati gli occhi dall'altra parte quella mattina. Appena tornò dalla santa Messa, quel giorno segnalato, trovò la casa sottosopra; sua moglie colle mani nei capelli, le serve che correvano di qua e di là. Infine gli narrarono l'accaduto. Fu come un colpo d'accidente. Dovettero mandare in fretta e in furia pel barbiere e cavargli sangue. La gnà Lia si buscò uno schiaffo tale da fracassarle i denti. Bianca più morta che viva scendeva le scale ruzzoloni, quasi per fuggirsene anche lei, dalla paura. Lui, paonazzo dalla collera, colla schiuma alla bocca, non ci vedeva dagli occhi. Non vedeva lo stato in cui era la poveretta. Voleva correre dal giudice, dal sindaco, mettere sottosopra tutto il paese; far venire la Compagnia d'Arme da Caltagirone; farli arrestare tutti e due, figliuola e complice; farlo impiccare nella pubblica piazza, quel birbante! farlo squartare dal boia! fargli lasciare le ossa in fondo a un carcere! – Quell'assassino! quel briccone! In galera voglio farlo morire!... tutti e due!...

In mezzo a quelle furie capitò la zia Cirmena, col libro da messa in mano, il sorriso placido, vestita di seta.

– Chetatevi, don Gesualdo. Vostra figlia è in luogo sicuro. Pura come Maria Immacolata! Chetatevi! Non fate scandali, ch'è peggio! Vedete vostra moglie, che pare stia per rendere l'anima a Dio, poveretta! Lei è madre! Non possiamo sapere quello che ci ha nel cuore in questo momento! Sono venuta apposta per accomodar la frittata. Io non ci ho il pelo nello stomaco, come tanti altri. Non so tener rancore. Sapete che mi sono sbracciata sempre pei parenti. Mi avete messo sulla strada... col colèra... con un orfanello sulle spalle... Ma non importa. Eccomi qua ad accomodare la faccenda. Ho il cuore buono, tanto peggio! mio danno! Ma non so che farci! Ora bisogna pensare al riparo. Bisogna maritar quei due ragazzi, ora che il male è fatto. Non ci è più rimedio. Del resto sul giovane non avete che dire... di buona famiglia.

Don Gesualdo stavolta le perse il rispetto addirittura, con tanto di bocca aperta, quasi volesse mangiarsela: – Con quel pezzente?... Dargli la mia figliuola?... Piuttosto la faccio morire tisica come sua madre!... In campagna! in un convento! Bel negozio che mi portate!... da pari vostra!... Ci vuole una bella faccia tosta!... Mi fate ridere con questa bella nobiltà!... So quanto vale!... tutti quanti siete!...

Successe un parapiglia. Donna Sarina sfoderò anche lei la sua lingua tagliente, rossa al pari di un gallo: – Parlate da quello che siete! Almeno dovevate tacere per riguardo a vostra moglie, villano! mastro-don Gesualdo! Siete la vergogna di tutto il parentado!..

– Ah! ah! la vergogna. Andate là che avete ragione a parlare di vergogna, voi!... mezzana! Ci avete tenuto mano anche voi! Siete la complice di quel ladro!... Bel mestiere alla vostra età! Vi farò arrestare insieme a lui, donna Sarina dei miei stivali! donna ... cosa, dovrebbero chiamarvi!

Sopraggiunse lo zio Limòli, nonostante i suoi acciacchi,

pel decoro della famiglia, per cercare di metter pace anche lui, colle buone e colle cattive. – Non fate scandali! Non strillate tanto, ch'è peggio! I panni sporchi si lavano in casa. Vediamo piuttosto d'accomodare questo pasticcio. Il pasticcio è fatto, caro mio, e bisogna digerirselo in santa pace. Bianca! Bianca, non far così che ti rovini la salute... Non giova a nulla...

Don Gesualdo partì subito a rompicollo per Caltagirone. Voleva l'ordine d'arresto, voleva la Compagnia d'Arme. Lo zio marchese dal canto suo provvide a quello che c'era di meglio da fare, con prudenza ed accorgimento. Prima di tutto andò a prendere subito la nipote, e l'accompagnò al monastero di Santa Teresa, raccomandandola a una sua parente. La gente di casa, un po' colle minacce, un po' col denaro, furono messi a tacere. Poco dopo giunse come un fulmine da Caltagirone l'ordine d'arresto per Corrado La Gurna. Donna Sarina Cirmena, impaurita, tenne la lingua a casa anche lei.

Intanto il marchese lavorava sottomano a cercare un marito per Isabella. Era figlia unica; don Gesualdo, per amore o per forza, avrebbe dovuto darle una bella dote; e colle sue numerose relazioni era certo di procurarle un bel partito. Ne scrisse ai suoi amici; ne parlò alle persone che potevano aiutarlo in simili faccende, il canonico Lupi, il notaro Neri. Quest'ultimo gli scovò finalmente colui che faceva al caso: un gran signore di cui il notaro amministrava i possessi, alquanto dissestato è vero nei suoi affari, ingarbugliato fra liti e debiti, ma di gran famiglia, che avrebbe dato un bel nome alla discendenza di mastro-don Gesualdo. Quando si venne poi a discorrere della dote con quest'ultimo fu un altro par di maniche. Lui non voleva lasciarsi mangiar vivo. Neanche un baiocco! Il suo denaro se l'era guadagnato col sudore della fronte, la vita intera. Non gli piaceva di lasciarsi aprir le vene per uno che doveva venire da Palermo a bersi il sangue suo.

– Di dove volete che venga dunque, dalla luna? Caro mio, queste son parole al vento. Sapete com'è? Vi porto un paragone a modo vostro, per farvi intendere ragione: La grandine che vi casca nella vigna... Una disgrazia che vi capita nell'armento... Bisogna mandare alla fiera la giovenca che si è rotte le corna, e chiudere gli occhi sul prezzo. Bisogna chinare il capo, per amore o per forza. Del resto non avete altri figliuoli... Almeno sapete di farla una signorona!...

Il marchese nel tempo istesso andava a far visita alla nipotina. La pigliava colle buone, col giudizio che ci vuole per toccare certi tasti: – Hai ragione! Piangi pure che hai ragione! Sfogati con me che capisco queste cose... Un brucio, una cosa che sembra di morire! Tuo padre non ne capisce nulla, poveretto. È stato sempre in mezzo ai suoi negozi, ai suoi villani... un po' rozzo anche, se vogliamo... Ma ha lavorato per te, per farti ricca. Tu, col nome di tua madre, e coi quattrini di lui, puoi rappresentare la prima parte anche in una grande città, quando vorrai... Non qui, in questo buco... Qui mi sembra di soffocare anche a me. Sono stato giovane; me li son goduti anch'io i begli anni... Appunto ti dicevo... Capisco quello che devi averci adesso nel tuo cuoricino. Quando si è giovani pare che al mondo non ci debba essere altro che quello... Tuo padre ha preso la via storta... Ma se lui si ostina a non darti nulla, neanche quel giovane, poveretto, ne ha... E allora... se ti tocca scopar la casa... se lui deve tirare il diavolo per la coda... Sarà un affar serio, intendi? Vengono le quistioni, i pentimenti, i musi lunghi. I musi lunghi imbruttiscono te e lui, mia cara. Perché poi? con qual costrutto? Se tuo padre ha detto di no, sarà di no, che non lo sposerai. Morirai qui, in questa specie d'ergastolo; ci consumerai i tuoi begli anni. Corrado rimarrà in esilio, ad arbitrio della polizia, finché vorrà tuo padre; egli ha le braccia lunghe adesso... Nemmeno a chi vuoi bene giovresti, se ti ostini. Tuo cugino ha bisogno d'aver la testa quieta, di lavorare in pace, per guadagnarsi da vivere onestamente... Invece potresti sposare un gran signore, e s'è vero che quel giovane ti vuol tanto bene dovrebbe esser contento lui pel primo. Quello si chiama amore... Un gran signore, capisci! Per ora non dirne nulla colle tue compagne... qui nel monastero, sai, creperebbero d'invidia... Ma so che c'è per aria il progetto di farti sposare un gran signore. Saresti principessa o duchessa! Altro che donna tal di tali! Carrozze, cavalli, palco a teatro tutte le sere, gioielli e vestiti quanti ne vuoi... Con quel bel visetto so io quante teste farai girare in una gran città! Quando si entra in una sala di ballo, scollacciata, coperta di brillanti, tutti che domandano: – Chi è quella bella signora?... – E si sente rispondere: la duchessa tale o la principessa tal'altra!... – Via, vieni a veder tua madre ch'è ancora ammalata, poveretta! L'ha finita quel colpo! Sai ch'è di poca salute!... Anche tuo padre t'aspetta a braccia aperte. È un buon uomo, poveraccio! Un cuor d'oro, uno che s'è ammazzato a lavorare per farti ricca!... Adesso torna a casa... Poi si vedrà...

Quando finalmente lo zio marchese condusse dai genitori la pecorella smarrita, fu una scena da far piangere i sassi. Isabella cadde ginocchioni dinanzi al letto della mamma, che trovava così mutata, singhiozzando e domandandole perdono; mentre sua madre, poveretta, passava da uno svenimento all'altro, tanta era la consolazione. Poi arrivò don Gesualdo, e stettero zitti tutti quanti. Egli infine prese la parola, un po' turbato anche lui, cogli occhi gonfi, ché il sangue infine non è acqua, e il cuore non l'aveva di sasso.

– Me l'hai fatta grossa! Questa non me la meritavo. Ci siamo tolto il pan di bocca, io e tua madre, per farti ricca!... Vedi com'è ridotta, poveraccia?... Se chiude gli occhi è un cadavere addirittura!... Ma sei il sangue nostro, la nostra creatura, e ti abbiamo perdonato. Ora non se ne parli più.

Però Isabella ne parlava sempre collo zio marchese, colla zia Mèndola, colla zia Macrì, con tutti i parenti; da tutti cercava aiuto, fin dal suo confessore, come una pazza, desolata, lavando dal piangere le pietre del confessionario. Tutti le dicevano: – Che possiamo farci, se tuo padre non vuole? Lui è il padrone. Lui deve mettere fuori i denari della dote. Lo fa pel tuo meglio; cerca il tuo vantaggio. Tutte quante si maritano come vogliono i genitori! – Il confessore stesso tirava fuori la volontà di Dio. Anche la zia Cirmena, quando aveva visto che non era bastata nemmeno la fuga a cavare i denari della dote dalle mani di don Gesualdo, s'era stretta nelle spalle:

– Che vuoi, mia cara? Io ho fatto il possibile. Ma senza denari non si canta Messa. Corrado non ha nulla; tu non hai nulla neppure, se tuo padre si ostina a dir di no... Fareste un bel matrimonio! Vedi com'è andata a finire? Che quel povero giovane ci ha rimesso anche la libertà, pel capriccio di tuo padre! Lascialo stare in pace almeno, perché adesso, alle lettere che scrive ai parenti ogni giorno, tutte che piangono guai e vorrebbero denari, in conclusione, è un affare serio!...

Il marchese Limòli poi gliela cantava su un altro tono:

– Figliuola mia, quando uno non è ricco, non può darsi il gusto di innamorarsi come vuole. Voialtri siete giovani tutti e due, e avete gli occhi chiusi. Non vedete altro che una cosa sola! Bisogna vedere anche quello che verrà poi, la pentola da mettere al fuoco, le camice da rattoppare... Sarà un bel divertimento! Tu sei nata bene, per parte di madre, lo so anch'io. Ma vedi tua madre, cos'ha dovuto fare, e tuo zio don Ferdinando, e io stesso!... Siamo tutti nati dalla costola di Adamo, figliuola mia!... Anche Corrado è della costola d'Adamo. Ma i baiocchi li tiene tuo padre! Se non vuol darvene, andrete a scopar le strade tutti e due, e dopo un mese vi piglierete pei capelli. Invece puoi fare un gran matrimonio, sfoggiarla da gran signora, in una gran città!... Dopo, quando avrai il cuoco in cucina, la carrozza che t'aspetta, e le tue buone rendite garantite nell'atto dotale, potrai darti il lusso di pensare alle altre cose...

Verso la Pasqua giunse in paese il duca di Leyra, col pretesto di dar sesto ai suoi affari da quelle parti, ché ne avevano tanto di bisogno. Era un bell'uomo, magro, elegante, un po' calvo, gentilissimo. Si cavava il cappello anche per rispondere al saluto dei contadini. Aveva lo stesso sorriso e le medesime maniere cortesi per tutti i seccatori dai quali fu tosto assediato, fin dal primo giorno. Nel paese fu l'argomento di tutti i discorsi: Quel che aveva detto; quel che era venuto a fare; quanto tempo si sarebbe fermato lì; quanti anni aveva. Le signore asserivano che non dimostrava più di quarant'anni. Il giorno della processione del Cristo risuscitato ci fu il Caffè dei Nobili pieno zeppo di signore. Le Zacco con certi cappellini che facevano male agli occhi; la signora Capitana stecchita nel suo eterno lutto che la ringiovaniva, e la faceva chiamare ancora la bella vedovella – da dieci anni, dacché era morto suo marito. – Le Margarone in gran gala, verdi, rosse, gialle, svolazzanti di piume, di nastri, di ricciolini diventati neri col tempo, grasse da scoppiare, color di mattone in viso. Tutte che cicalavano, e si davano un gran da fare per dar nell'occhio ai signori forestieri. Il duca s'era tirato dietro lo zio balì, onde sembrar più giovane – dicevano le male lingue: un vecchietto grasso e rubicondo che doveva lasciargli l'eredità, e intanto faceva la corte alle signore – come non sanno farla più al giorno d'oggi! – osservò la Capitana.

Sul più bello, mentre la statua dell'Evangelista correva balzelloni da Gesù a Maria, e il popolo gridava: viva Dio resuscitato! capitò la carrozza nuova di don Gesualdo Motta. Lui con la giamberga dai bottoni d'oro e il solitario al petto della camicia, la moglie in gala anche lei, poveretta, che la veste nuova le piangeva addosso, allampanata, ridotta uno scheletro, e la figliuola con un vestito nuovo, fatto venire apposta da Palermo. La folla si apriva per lasciarli passare, senza bisogno di spintoni. Dei curiosi guardavano a bocca aperta. Lo stesso duca domandò chi fossero: – Ah, una Trao! Si vede subito, quantunque abbia l'aria un po' sofferente, povera signora. – Il marchese Limòli ringraziava lui, con un cenno del capo, e lo presentò alla nipote. Il duca e il balì di Leyra fecero un gruppo a parte, sul marciapiede del Caffè dei Nobili, colla famiglia di don Gesualdo e il marchese Limòli. Tutt'intorno c'era un cerchio di sfaccendati.

Il barone Zacco attaccò discorso col cocchiere per scavare cosa c'era sotto. Mèndola fingeva d'accarezzare i cavalli. Canali ammiccava di qua e di là: – Guardate un po', signori miei, che ruota è il mondo! – Nessuno badava più alla processione. C'era un bisbiglio in tutto il Caffè. Don Ninì Rubiera, da lontano, col cappello in cima al bastone appoggiato alla spalla, si morsicava le labbra dal dispetto, pensando a quel che era toccato a lui invece, donna Giuseppina Alòsi in moglie, una mandra di figliuoli, la lite per la casa che mastro-don Gesualdo voleva acchiapparsi col pretesto del debito, dopo tanto tempo... La moglie al vederlo così stralunato, cogli occhi fissi addosso a sua cugina, gli piantò una gomitata aguzza nelle costole.

– Quando volete finirla?... È uno scandalo!... I vostri figliuoli stessi che vi osservano! Vergogna!

– Ma sei pazza? – rispose lui. – Diavolo! Ho altro pel capo adesso! – Non vedi che ha già i capelli bianchi? ch'è una mummia?... Sei pazza?

Egli pure era invecchiato, floscio, calvo, panciuto, acceso in viso, colle gote ed il naso ricamati di filamenti sanguigni che lo minacciavano della stessa malattia di sua madre. Ora si guardavano come due estranei, lui e Bianca, indifferenti, ciascuno coi suoi guai e i suoi interessi pel capo. Anche le male lingue, dopo tanto tempo, avevano dimenticato le chiacchiere corse sui due cugini. Però invidiavano mastro-don Gesualdo il quale era arrivato a quel posto, e donna Bianca che aveva fatto quel gran matrimonio. La sua figliuola sarebbe arrivata chissà dove! Donna Agrippina Macrì e le cugine Zacco saettavano occhiate di fuoco sul cappellino elegante d'Isabella, e sui salamelecchi che le faceva il duca di Leyra, inguantato, con un cravattone di raso che gli reggeva il bel capo signorile, giocherellando con un bastoncino sottile che aveva il pomo d'oro. La signora Capitana fece osservare a don Mommino Neri, il quale era diventato un rompicollo, dopo la storia della prima donna:

– È inutile! Basta guardarlo un momento, per saper con chi avete da fare. Dirà magari delle sciocchezze adesso... Ma è il modo in cui le dice!... Ogni parola come se ve la mettesse in un vassoio...

Il signor duca andò poi a presentare i suoi omaggi in casa Motta. Don Gesualdo si fece trovare nel salotto buono. Avevano lavorato tutto il giorno a dar aria e spolverare, le serve, lui, mastro Nardo. Il signor duca, colla parlantina sciolta, discorreva un po' di tutto, di agricoltura col padrone di casa, di mode con le signore, di famiglie antiche col marchese Limòli. Egli aveva sulla punta delle dita tutto l'almanacco delle famiglie nobili dell'isola. Arrivò anche a confidare che la sua era originaria del paese. Desiderava fare il suo dovere con don Ferdinando Trao, e visitare il palazzo, che doveva essere interessantissimo. Con la ragazza, di sfuggita, lasciò cadere il discorso sulle opere allora in voga; raccontò qualche fatterello della società; narrò aneddoti del tempo in cui era a Palermo la corte, la regina Carolina, gli inglesi: un mondo di chiacchiere, come una lanterna magica nella quale passavano delle gran dame, del lusso e delle feste. Nell'andarsene baciò la mano a donna Bianca. Per le scale, dal pollaio, sull'uscio della legnaia, tutta la gente di casa s'affollava per vederlo passare. Dopo, la sera non si fece altro che parlare di lui, in cucina, fin le serve, e mastro Nardo, il quale sgranava gli occhi.

Il balì di Leyra e il marchese Limòli poi avevano intavolato un altro discorso, così, a fior di labbra, tenendosi sulle generali. Il giorno dopo intervenne anche il duca, il quale confessò prima di tutto ch'era innamorato della ragazza, un vero fiorellino dei campi, una violetta nascosta; e dichiarò sorridendo, che quanto al resto... d'affari voleva dire... non se n'era occupato mai, per sua disgrazia!... non era il suo forte, e aveva pregato il notaro Neri di far lui...

Un vero usuraio, quel notaro, sottile, avido, insaziabile. Don Gesualdo avrebbe preferito mille volte trattare il negozio faccia a faccia col genero, da galantuomini. — No, no, caro suocero. Non è la mia partita. Non me ne intendo. Quello che farete voialtri sarà ben fatto. Quanto a me, il tesoro che vi domando è vostra figlia.

Però le trattative tiravano in lungo. Mastro-don Gesualdo cercava difendere la sua roba, vederci chiaro in quella faccenda, toccar con mano che quanto ci metteva il signor genero nell'altro piatto della bilancia fosse tutto oro colato. Il duca aveva dei gran possessi, è vero, mezza contea; ma dicevasi pure che ci fossero dei gran pasticci, delle liti, delle ipoteche. Del notaro Neri non poteva fidarsi. L'altro sensale, il marchese Limòli, non aveva saputo badare nemmeno ai suoi interessi. Voleva intromettercisi il canonico Lupi, protestando l'amicizia antica. Ma lui rispose: – Vi ringrazio! Grazie tante, canonico! Mi è bastato una volta sola! Non voglio abusare... – Tutti miravano alla sua roba. Ci furono dei tira e molla, delle difficoltà che sorgevano a ogni passo, delle vecchie carte in cui ci si smarriva. Intanto la figliuola, dall'altra parte, aveva sempre quell'altro in testa. Scongiurava il babbo e la mamma che non volessero sacrificarla. Andava a piangere dai parenti, e a supplicare che l'aiutassero: – Non posso! non posso! – Ai piedi del confessore aprì il suo cuore, tutto! il peccato mortale in cui era!... – Quel servo di Dio non capiva nulla. Badava solo a raccomandarle di non cascarci più e le metteva il cuore in pace coll'assoluzione. La poveretta arrivò a scappare in casa dello zio Trao, onde buttarsi nelle sue braccia.

– Zio, tenetemi qui! Salvatemi voi. Non ho altri al mondo! Sono sangue vostro. Non mi mandate via!

Don Ferdinando era malato, coll'asma. Non poteva parlare, non capiva nulla, del resto. Faceva dei gesti vaghi colla mano scarna, e chiamava in aiuto Grazia, come un bambino, sbigottito da ogni viso nuovo che vedesse.

– Sì, tenetemi qui in luogo di Grazia. Vi servirò colle mie mani. Non mi mandate via. Vogliono maritarmi per forza!... in peccato mortale!...

Il vecchio allora ebbe come un ricordo negli occhi appannati, nel viso smorto e rugoso. Tutti i peli grigi della barba ispida parvero trasalire.

– Anche tua madre s'è maritata per forza... Diego non voleva... Vattene, ora... se no viene tuo padre a condurti via di qua!... Vattene, vattene...

Lo zio marchese, uomo di mondo, che ne sapeva più di tutti sulle chiacchiere raccolte a casaccio, prese a quattr'occhi don Gesualdo:

– Insomma, volete capirla? Vostra figlia dovete maritarla

subito. Datela a chi vi piace; ma non c'è tempo da perdere. Avete capito?

– Eh?... Come?... – balbettò il povero padre sbiancandosi in viso.

– Sicuro!... Avete trovato un galantuomo che se la piglia... in buona fede... Ma non potete pretendere troppo infine da lui!...

Talché don Gesualdo, stretto da tutte le parti, tirato pei capelli, si lasciò aprir le vene, e mise il suo nome in lettere di scatola al contratto nuziale: Gesualdo Motta, sotto la firma del genero che pigliava due righe: Alvaro Filippo Maria Ferdinando Gargantas di Leyra.

Da Palermo giunsero dei regali magnifici, dei gioielli e dei vestiti che asciugarono a poco a poco le lagrime della sposa, uno sfoggio di grandezze che là pigliava come una vertigine, che chiamava un pallido sorriso fin sulle labbra della mamma, e che lo zio marchese andava spampanando da per tutto. Solo don Gesualdo borbottava di nascosto. Si aspettavano gran cose per quello sposalizio. La Capitana mandò un espresso a Catania dal primo sarto. Le Zacco stettero otto giorni in casa a cucire. Però alle nozze non fu invitato nessuno: gli sposi vestiti da viaggio, i genitori, i testimoni, quattro candele e nessun altro, nella meschina chiesetta di Sant'Agata, dove s'era maritata Bianca. Quanti ricordi per la povera madre, la quale pregava inginocchiata dinanzi a quell'altare, coi gomiti sulla seggiola e il viso fra le mani! Fuori aspettava la lettiga che doveva portarsi via gli sposi. Fu una delusione e un malumore generale fra i parenti e in tutto il paese. Dei pettegolezzi e delle critiche che non finivano più intorno a quel matrimonio fatto come di nascosto. Della gente era andata a far visita ai Margarone e in casa Alòsi, per vedere se la sposa era rossa o pallida. La Capitana aveva un bel fare, un bel cercare di non darsi vinta, dicendo che quella era la moda di sposarsi adesso. Donna Agrippina rispose che a quel modo non le pareva nemmeno un sagramento, povera Isabella!... La Cirmena masticava altre cose fra i denti:

– Come sua madre!... Vedrete che sarà fortunata perché è figlia di sua madre!...

Ciolla che vide passare dalla piazza la lettiga si mise a gridare:

– Gli sposi! Ecco la lettiga degli sposi che partono! – Poi andò a confidare di porta in porta, al Caffè, nella spezieria di Bomma:

– È partita anche una lettera per don Corradino La Gurna... Sicuro! Una lettera per fuori regno. Me l'ha fatta vedere il postino in segretezza. Non so che dicesse; ma non mi parve scrittura della Cirmena. Avrei pagato qualche cosa per vedere che c'era scritto...

La lettera diceva tante belle cose, per mandare giù la pillola, lei e il cuginetto che si disperava e penava lontano.

« Addio! addio! Se ti ricordi di me, se pensi ancora a me, dovunque sarai, eccoti l'ultima parola di Isabella che amasti tanto! Ho resistito, ho lottato a lungo, ho sofferto... Ho pianto tanto! ho pianto tanto!... Addio! Partirò, andrò lontano da questi luoghi che mi parlano ancora di te!... Andrò lontano... Nelle feste, in mezzo alle pompe della capitale, dovunque sarò... nessuno vedrà il pallore sotto la mia corona di duchessa... Nessuno saprà quel che mi porto nel cuore... sempre, sempre!... Ricordati! ricordati!... »

Parte quarta

I

Erano appena trascorsi sei mesi, quando sopravvennero altri guai a don Gesualdo. Isabella minacciava di suicidarsi; il genero aveva preso a viaggiare fuori regno, e faceva temere di voler intentare causa di separazione, per incompatibilità di carattere. Altre chiacchiere giunsero in segreto sino al povero padre, il quale corse a rotta di collo alla villa di Carini, dov'era confinata la duchessa per motivi di salute. Ritornò poi invecchiato di dieci anni, pigliandosela colla moglie che non capiva nulla, maledicendo in cuor suo la Cirmena e tutto il parentado che gli dava soltanto bocconi amari, costretto a correr dietro al notaio per accomodare la faccenda e placare il signor genero a furia di denari. Fu un gran colpo pel poveretto. Tacque alla moglie il vero motivo, per non affliggerla inutilmente; tenne tutto per sé; ma non si dava pace; parevagli che la gente lo segnasse a dito; sentivasi montare il sangue al viso quando ci pensava, da solo, o anche se incontrava quell'infame della Cirmena. Lui era un villano; non c'era avvezzo a simili vergogne! Intanto la figlia duchessa gli costava un occhio. Prima di tutto le terre della Canziria, d'Àlia e Donninga che le aveva assegnato in dote, e gli facevano piangere il cuore ogni qualvolta tornava a vederle, date in affitto a questo e a quello, divise a pezzi e bocconi dopo tanti stenti durati a metterle insieme, mal tenute, mal coltivate, lontane dall'occhio del padrone, quasi fossero di nessuno. Di tanto in tanto gli arrivavano pure all'orecchio altre male nuove che non gli lasciavano requie, come tafani, come vespe pungenti; dicevasi in paese che il signor duca vi seminasse a due mani debiti fitti al pari della grandine, la medesima gramigna che devastava i suoi possessi e si propagava ai beni della moglie peggio delle cavallette. Quella povera Canziria che era costata tante fatiche a don Gesualdo, tante privazioni, dove aveva sentito la prima volta il rimescolio di mettere nella terra i piedi di padrone! Donninga per cui si era tirato addosso l'odio di tutto il paese! le buone terre dell'Àlia che aveva covato dieci anni cogli occhi, sera e mattina, le buone terre al sole, senza un sasso, e sciolte così che le mani vi sprofondavano e le sentivano grasse e calde al pari della carne viva... tutto, tutto se ne andava in quella cancrena! Come Isabella aveva potuto stringere la penna colle sue mani, e firmare tanti debiti? Maledetto il giorno in cui le aveva fatto imparare a scrivere! Sembravagli di veder stendere l'ombra delle ipoteche sulle terre che gli erano costate tanti sudori, come una brinata di marzo, peggio di un nebbione primaverile, che brucia il grano in erba. Due o tre volte, in circostanze gravi, era stato costretto a lasciarsi cavar dell'altro sangue. Tutti i suoi risparmi se ne andavano da quella vena aperta, le sue fatiche, il sonno della notte, tutto. E pure Isabella non era felice. L'aveva vista in tale stato, nella villa sontuosa di Carini! Indovinava ciò che doveva esserci sotto, quando essa scriveva delle lettere che gli mettevano addosso la febbre, l'avvelenavano coll'odore sottile di quei foglietti stemmati, lui che aveva fatto il cuoio duro anche alla malaria. Il signor duca invece trattava simili negozi per mezzo del notaro Neri — poiché *non erano il suo forte.* — E alla fine, quando mastrodon Gesualdo s'impennò sul serio, sbuffando, recalcitrando, gli fece dire:

— Si vede che mio suocero, poveretto, non sa quel che ci vuole a mantenere la figliuola col decoro del nome che porta...

— Il decoro?... Io me ne lustro gli stivali del decoro! Io mangio pane e cipolle per mantenere il lustro della duchea!

Diteglielo pure al signor genero! In pochi anni s'è mangiato un patrimonio!

Fu un casa del diavolo. Donna Bianca, la quale era assai malandata, e sputava sangue ogni mattina, fece un ricaduta che in quindici giorni la condusse in fin di vita. Nel paese ormai si sapeva ch'era tisica: tutti così quei Trao! una famiglia che si estingueva *per esaurimento*, diceva il medico. Soltanto il marito, ch'era sempre fuori, in faccende, occupato dai suoi affari, con tanti pensieri e tanti guai per la testa, si lusingava di farla guarire appena avrebbe potuto condursela a Mangalavite, in quell'aria balsamica che avrebbe fatto risuscitare un morto. Essa sorrideva tristemente e non diceva nulla.

Era ridotta uno scheletro, docile e rassegnata al suo destino, senza aspettare o desiderare più nulla. Soltanto avrebbe voluto rivedere la figliuola. Suo marito glielo aveva anche promesso. Ma siccome erano in dissapore col genero non ne aveva più parlato. Isabella prometteva sempre di venire, da un autunno all'altro, ma non si decideva mai, come avesse giurato di non metterci più i piedi in quel paese maledetto, e se lo fosse tolto dal cuore interamente. A misura che le mancavano le forze, Bianca sentiva dileguare anche quella speranza, come la vita che le sfuggiva, e sfogavasi a ruminare dei progetti futuri, vaneggiando, accendendosi in viso delle ultime fiamme vitali, con gli occhi velati di lagrime che volevano sembrare di tenerezza ed erano di sconforto: – Farò questo! farò quell'altro! – Faceva come quegli uccelletti in gabbia i quali provano il canto della primavera che non vedranno. Il letto le mangiava le carni; la febbre la consumava a fuoco lento. Adesso, quand'era presa dalla tosse, si metteva ad ansare, sfinita, colla bocca aperta, gli occhi smaniosi in fondo alle occhiaie che sembravano fonde fonde, brancicando colle povere braccia stecchite quasi volesse afferrarsi alla vita.

– Bene! – sospirò infine don Gesualdo che vedeva la moglie in quello stato. – Farò anche questa!... Pagherò anche stavolta perché il signor duca ti faccia rivedere la figliuola!...

Già son fatto per portare il carico...

Il medico andava e veniva; provava tutti i rimedi, tutte le sciocchezze che leggeva nei suoi libracci; c'era un conto spaventoso aperto dal farmacista. – Almeno giovassero a qualche cosa! – brontolava don Gesualdo. – Io non guardo ai denari spesi per mia moglie; ma voglio spenderli perché le giovino e le si veggano in faccia... non già per provare i medicamenti nuovi come all'ospedale!... Ora che si sono messi in testa ch'io sia ricco, ciascuno se ne giova pei suoi fini...

La prima volta però che s'arrischiò a fare velatamente queste lagnanze allo stesso medico, Saleni, un altro dottorone ch'era peggio di Tavuso, buon'anima, gli piantò in faccia gli occhiacci, e rispose burbero:

– Allora perché mi chiamate?

Dovette anche pregarlo e scongiurarlo di continuare a fare il comodo suo, quantunque non giovasse a nulla. La vigilia dell'Immacolata parve proprio che la povera Bianca volesse rendere l'anima a Dio. Il marito ch'era andato ad aspettare il medico sulla scala gli disse subito:

– Non mi piace, dottore! Stasera mia moglie non mi piace!

– Eh! ve ne accorgete soltanto adesso? A me è un pezzo che non mi piace. Credevo che l'aveste capita.

– Ma che non c'è rimedio, vossignoria? Fate tutto ciò che potete. Non guardate a spesa... I denari servono in queste occasioni!...

– Ah, adesso me lo dite? Adesso capite la ragione? Me ne congratulo tanto!

Saleni ricominciò la commedia: il polso, la lingua, quattro chiacchiere seduto ai piedi del letto, col cappello in testa e il bastone fra le gambe. Poi scrisse la solita ricetta, le solite porcherie che non giovavano a nulla, e se ne andò lasciando nei guai marito e moglie. La casa era diventata una spelonca. Tutti che vogavano alla larga. Finanche le serve temevano del contagio. Zacco era il solo parente che si rammentasse di loro nella disgrazia, dacché avevano fatto società per l'appalto dello stradone, tornati amici con don Gesualdo. Egli veniva ogni giorno insieme a tutta la famiglia, la baronessa impresciuttita e ubbidiente, le figliuole che empivano la camera, stagionate, grasse e prosperose che sfidavano le cannonate. – Lui non aveva paura del contagio! Sciocchezze!... Poi, quando si tratta di parenti!... Quella sera aveva sentito dire in piazza che la cugina Bianca stava peggio ed era giunto più presto del solito. – Per distrarre un po' don Gesualdo lo tirò nel vano del balcone, e cominciò a parlargli dei loro negozi.

– Volete ridere adesso? Il cugino Rubiera dirà all'asta per gli altri due tronchi di strada!... Sissignore! quella bestia!... Eh? eh? che ne dite?... Lui che non ha potuto pagarvi ancora i denari della prima donna?... C'è l'inferno a causa vostra con la moglie che non vuol pagare del suo!... I figliuoli sì, glieli ha portati in dote!... ma i denari vuol tenerseli per sé! È predestinato quel povero don Ninì!... E sapete chi comparisce all'asta, eh? volete saperlo?... Canali, figuratevi!... Canali che fa l'appaltatore in società col barone Rubiera!... Ora s'è svegliata in tutti quanti la fame del guadagno!... Eh?... Non avevo ragione di dire?... Non ridete?...

Ma l'amico non gli dava retta, inquieto, coll'orecchio sempre teso dall'altra parte. Indi si alzò e andò a vedere se Bianca avesse bisogno di qualche cosa. Essa non aveva bisogno di nulla, guardando fisso con quegli occhi di creatura innocente, recandosi alla bocca di tanto in tanto il fazzoletto che ricacciava poi sotto il guanciale insieme alla mano scarna. Le cugine Zacco stavano sedute in giro dinanzi al letto, colle mani sul ventre. La mamma per rompere il silenzio balbettò timidamente:

– Sembra un po' più calma... da che siam qui noi...

Le figliuole a quelle parole guardarono tutte insieme, e approvarono col capo.

Il barone s'accostò al letto lui pure, dimostrando molto interesse per l'ammalata:

– Sì, sì, non c'è confronto!... l'occhio è più sveglio; anche la fisonomia è più animata... Si capisce!... udendo discorrere intorno a lei... Bisogna distrarla, tenerle un po' di conversazione... Per fortuna siete in buone mani. Il dottore sa il fatto suo. Poi, quando si hanno dei mezzi!... quando non manca nulla! Ne conosco tanti altri invece... ben nati... di buona famiglia... cui manca di giorno il pane e di notte la coperta!... vecchi e malati, senza medico né speziale...

Si chinò all'orecchio di don Gesualdo e spifferò il resto. Bianca l'udì o l'indovinò, con gli occhi luminosi che fissavano in volto la gente, e cavò di sotto il guanciale la mano scarna e pallida che sembrava quella di una bambina, per far segno al marito d'avvicinarsi. Don Gesualdo s'era chinato su di lei e accennava di sì col capo. Il barone vedendo che non era più il caso di misteri parlò chiaro:

– Non verrà! Don Ferdinando è diventato proprio un ragazzo. Non capisce nulla, poveretto!... Bisogna compatirlo. Diciamola qui, fra noi parenti... Che gli sarebbe mancato?... Un cognato con tanto di cuore, come questo qui!...

L'inferma agitò di nuovo in aria quella mano che parlava da sola.

– Eh? Che dice? Cosa vuole? – domandò il barone.

Donna Lavinia, la maggiore delle ragazze, s'era alzata premurosa per servirla in quel che occorresse. Donna Marietta, l'altra sorella, tirò invece il papà per la falda. Bianca s'era chiusa in un silenzio che le affilò come un coltello il viso smunto, sì che il barone stesso se ne avvide e mutò discorso.

– Domeneddio alle volte ci allunga i giorni per farci provare altri guai... Parlo della baronessa Rubiera, poveretta! Eh?... Vivere per vedersi disfare sotto i propri occhi la roba che s'è fatta!... senza poter dire una parola né muovere un dito... eh?... eh? Suo figlio è una bestia. La nuora gli conta i bocconi che mangia!... Com'è vero Iddio! Non vede l'ora di levarsela dai piedi!... E lei, no! non vuole andarsene! Vuol vivere apposta per vedere come farà suo figlio a togliersi dal collo il debito e don Gesualdo... Eh? Ho parlato or ora con vostro marito dei gran progetti che ha don Ninì pel capo...

Don Gesualdo stava zitto, sopra pensieri. Poi, siccome il barone aspettava la risposta della cugina Bianca, col risolino fisso in bocca, brontolò:

– No, non c'è tanto da ridere... Dietro il paravento dev'essere anche il canonico Lupi.

Zacco rimase interdetto: – Quel briccone? quell'intrigante?... Come lo sapete?... Chi ve l'ha detto?...

– Nessuno. È un'idea mia. Ma vedrete che non m'inganno. Del resto non me ne importa nulla! Ho altro pel capo adesso!

Ma il barone non si dava pace: – Che? Non ve ne importa? Grazie tante! Sapete cosa dicono pure? Che vogliono levarci di mano le terre del comune!... Dicono che stavolta hanno trovato il modo e la maniera... e che né voi né io potremo rimediarci, capite?...

Don Gesualdo si strinse nelle spalle. Sembrava che davvero non gliene importasse nulla di nulla adesso. Il barone a poco a poco andò calmandosi, in mezzo al coro dei suoi che mormoravano sottovoce contro il canonico.

– Un intrigante!... un imbroglione!... Non si fa nulla in paese che non voglia ficcarci il naso lui!... – Donna Marietta, più prudente, tirò il babbo per la falda un'altra volta.

– Scusate! scusate! – aggiunse lui. – Si chiacchiera per dire qualche cosa... per distrarre l'ammalata... Non si sa di che parlare... Sapete voi cosa vanno narrando pure i malintenzionati come Ciolla?... che fra otto giorni si farà la rivoluzione... per spaventare i galantuomini... Vi rammentate, nel ventuno, eh? don Gesualdo?

– Ah?... Che volete?... La rivoluzione adesso l'ho in casa!...

– Capisco, capisco... Ma infine, non mi pare...

La baronessa, che parlava al bisogno, si rivolse a don Gesualdo, con quella faccia di malaugurio, chiedendogli se alla duchessa avessero scritto di sua madre che era in quello stato... Bianca aveva l'orecchio fino degli ammalati gravi.

– No! no! Non c'è premura! – interruppe Zacco. Intanto donna Lavinia si era alzata per andare a prendere un bicchier d'acqua. Come si udì suonare il campanello dell'uscio voleva anche correre a vedere chi fosse.

– Una spada a due mani! – esclamò sottovoce il barone, quasi facesse una confidenza, e sorridendo di compiacimento. – Una ragazza che in casa vale un tesoro... Giudiziosa!... Per sua cugina Bianca poi si butterebbe nel fuoco!... – La mamma sorrideva lei pure discretamente. In quella sopraggiunse la serva ad annunziare che c'era il barone Rubiera con la moglie.

– Lui? Ci vuole una bella faccia tosta!... – saltò su il barone cercando il cappello che teneva in testa. – Vedrete che viene a parlarvi di ciò che v'ho detto! Non ci avete un'altra uscita?... per non vederlo in faccia, quella bestia!...

La sua famiglia togliva commiato in fretta e in furia al pari di lui, cercando gli scialli, rovesciando le seggiole, urtandosi fra di loro, quasi don Ninì stesse per irrompere a mano armata nella camera. La povera inferma, smarrita in quel parapiglia, si lasciò sfuggire con un filo di voce:

– Per l'amor di Dio... Non ne posso più!

– No... Non potete farne a meno, cugina mia!... Sono parenti anch'essi!... Vedrete che vengono apposta, onde approfittare dell'occasione... Finta di farvi una visita... Piuttosto ce ne andremo noi... È giusto... Chi prima arriva al mulino...

Ma i Rubiera non spuntavano ancora. Don Gesualdo andò nell'anticamera, dove seppe dalla serva che aspettavano nel salotto, come avevano sentito che c'erano i Zacco...

– Meglio! – osservò il barone. – Vuol dire che desidera parlarvi a quattr'occhi, don Ninì!... Allora noi non ci moviamo. Restiamo a far compagnia alla cugina, intanto che voi fate gli affari vostri... Sentiremo poi cosa è venuto a dirvi quello sciocco!

La serva aveva portato un lumicino nel salotto, e in quella semioscurità don Ninì sembrava addirittura enorme, infagottato nel cappotto, con la sciarpa di lana sino alle orecchie, una zazzera sulla nuca che non tagliava sino a maggio. Donna Giuseppina invece s'era aggobbita, aveva il viso floscio e grinzoso nel cappuccio rotondo, i capelli di un grigio sudicio, mal pettinati, lisciati in fretta con le mani e fermati dal fazzoletto di seta che portava legato sotto il mento, le mani corrose e nere, delle mani di buona massaia con le quali gesticolava per difendere gli interessi del marito, agitandosi nel cappottino seminato di pillacchere, che la copriva tutta quanta, mostrando in tutta la persona l'incuria e la trascuraggine della signora ricca che non ha bisogno di parere, della moglie che ha cessato di far figliuoli e non deve neppure piacere al marito. E sulla bocca sdentata teneva fisso un sorriso di povera, il sorriso umile di chi viene a sollecitare un favore, mentre don Ninì cercava le parole, girando il cappellaccio fra le mani, con quella sciarpa sino al naso che gli dava un aspetto minaccioso. La moglie gli fece animo con un'occhiata, e cominciò lei:

– Abbiamo sentito che la cugina sta male... Siam corsi subito con Ninì... Infine siamo parenti... dello stesso sangue... Le questioni... gl'interessi... si sa, in tutte le famiglie... Ma ogni cosa deve mettersi da banda in certe occasioni... Anche Ninì... poveretto, non si dava pace... Diceva sempre... Infine vorrei sapere perché...

Don Ninì approvava coi gesti e con tutta la persona che aveva lasciato cadere sul canapè facendolo scricchiolare; e subito intavolò il discorso per cui erano venuti – sua moglie volle assolutamente che il cugino sedesse in mezzo, fra due fuochi. – Abbiamo quell'affare del nuovo appalto, caro don Gesualdo. Perché dobbiamo farci la guerra fra di noi, dico io? a vantaggio altrui?... giacché infine siamo parenti!...

– Sicuro! – interruppe la moglie. – Siamo venuti per questo... Come sta la cugina?

– Come Dio vuole!... Come ci avessi il gastigo di Dio sulle spalle!... Non ho testa di pensare agli affari adesso...

– No, no, non voglio che ci pensiate... Appunto dicevo... dovreste rimettervene a una persona di fiducia... Salvo l'interesse, ben inteso...

Don Ninì a un tratto si fece scuro in viso, cacciandosi all'indietro, appuntandogli in faccia gli occhi sospettosi:

— Ditemi un po' vi fidate voi di Zacco? Eh? vi fidate?

Don Gesualdo, malgrado il malumore che aveva in corpo, mosse la bocca a riso, come a dire che non si fidava di nessuno.

— Bene! Se sapeste che roba è quell'uomo!... Ciò che diceva di voi, prima!... prima di essere pane e cacio con voi!... Che roba gli scappava di bocca!...

Donna Giuseppina, con le gote gonfie, stringeva le labbra, quasi per non lasciarselo scappare neppur lei.

— Infine, lasciamo andare! Chiacchiera non macina al mulino... È parente anche lui!... Dunque torniamo a noi. Perché ci facciamo la guerra? Perché facciamo campare giudici ed avvocati alle nostre spalle? Cosa sono questi malumori fra parenti? Per quella miseria che vi devo? Sì, una miseria! Per voi è una presa di tabacco...

— Scusate, scusate, anche per voi...

Allora interloquì donna Giuseppina, contando miserie, una famiglia numerosa, sua suocera, la baronessa, finché viveva lei...

— Scusate... Non c'entra... È che i denari servono, sapete... I miei denari li ho dati a vostro marito.

Don Ninì prese a scusarsi, dinanzi alla moglie. Certo... i denari se li era fatti prestare... in un momento che aveva persa la testa... Quando si è giovani... sarebbe meglio tagliarsela la testa, alle volte... Voleva pagare... col tempo... sino all'ultimo baiocco, senza liti, senza altre spese... appena chiudeva gli occhi suà madre... Ma era giusto inasprirgli contro la baronessa, santo Dio? Farle commettere qualche bestialità?...

— Ah? — disse don Gesualdo. — Ah? — E guardò donna Giuseppina come per chiedere perché non pagasse lei.

Don Ninì imbarazzato guardava ora lui ed ora la moglie. Essa infine interloquì, troncandogli la parola con un segno del fazzoletto che aveva tirato fuori dalla borsa.

– Non è questo soltanto... L'affare delle terre... Non glie ne avete ancora parlato al cugino don Gesualdo?...

– Sì... l'affare delle terre comunali...

– Lo so, – rispose don Gesualdo. – L'affitto scade in agosto. Chi vorrà dire all'asta, poi...

– No! no!... né voi né io ce le mangeremo.

– Legge nuova! – interruppe donna Giuseppina con un sorriso agro. – Le terre non si dànno più in affitto! Il comune le dà a censo... ai più poveri... Un bocconcino per ciascuno... Saremo tutti possidenti nel paese, da qui a un po'!... Non lo sapete?

Don Gesualdo drizzò le orecchie, mettendo da parte un momento i suoi guai. Indi abbozzò un sorriso svogliato.

– Come è vero Dio! – soggiunse il barone Rubiera. – Ho visto il progetto, sì, al palazzo di città! Dicono che il comune ci guadagna, e ciascuno avrà il suo pezzo di terra.

Allora don Gesualdo cavò fuori la tabacchiera, fiutando un agguato.

– Cioè? cioè?

– Don Gesualdo! – chiamò la serva dall'uscio. – Un momento, vossignoria...

– Fate, fate pure il comodo vostro! – disse donna Giuseppina. – Non abbiamo premura. Aspetteremo.

– La padrona! Vuol parlare con vossignoria!

– Eh? Che vogliono? Che dicono? – L'assalirono subito i Zacco appena don Gesualdo entrò nella stanza dell'inferma. – Son io che ho mandato a chiamarvi, – disse il barone col sorriso furbo.

Ma lui non rispose, chino sulla moglie, la quale s'aiutava cogli occhi e con quella povera mano pallida e scarna che diceva per lei:

« No!... Non vi mettete con colui... se volete darmi retta una volta sola... Non vi mettete insieme con mio cugino Rubiera, voi!... Guardate che vi parlo in punto di morte!... »

Aveva la voce afonica, gli occhi che penetravano, così lucenti e fissi. Zacco che si era chinato anche lui sul letto per udire, esclamò trionfante:

– Benedetta! parla come una che vede al di là! Non fareste nulla di buono con quell'uomo! Una bestia! Una banderuola! Ciò che vi dice vostra moglie in un momento come questo è vangelo, don Gesualdo! Ricordatevi bene! Io mi farei scrupolo a non darle retta, in parola d'onore!...

– E donna Giuseppina? Finta, maligna!... – aggiunse la Zacco. – Ha abbreviato i giorni della suocera! Non vede l'ora di levarsela dagli occhi!

– Andate, andate a sentire il resto. Qui ci siamo noi. Andateci pure, se no vi restano lì fino a domani!

Don Ninì stava ancora seduto sul canapè, sbuffando dal caldo nella sciarpa di lana, col cappello in testa; e donna Giuseppina si era alzata per osservare al buio le galanterie disposte in bell'ordine sui mobili: il servizio da caffè, i fiori di carta sotto le campane di cristallo, l'orologio che segnava sempre la stessa ora. Vedendo don Gesualdo di ritorno gli disse subito:

– Vi ha fatto chiamare il barone Zacco? Non c'era motivo... Qui non si fanno misteri...

– Non si fanno misteri! – ripigliò il marito. – Si tratta di metterci d'accordo... tutti i bene intenzionati... Se è bene intenzionato anche lui... quel signore!...

– Ma, – osservò don Gesualdo, – se la cosa è come dite, io non saprei che farci... Cosa volete da me?

Donna Giuseppina si era perfino trasformata in volto, appuntando in faccia a questo e a quello gli occhi come due spilli, masticando un sorriso con la bocca nera. Cacciò indietro del tutto il marito, e si prese tutto per sé il cugino Motta.

– Sì, il rimedio c'è!... c'è! – E stette un po' a guardarlo fisso per fare più colpo. Poscia, tenendo stretta la borsa fra le mani gli si accostò con una mossa dei fianchi, in confidenza:

– Si tratta di far prendere le terre a gente nostra... sottomano... – disse il barone.

– No! no!... Lasciate che gli spieghi io... Le terre del comune devono darsi a censo, eh? a pezzi e a bocconi perché ogni villano abbia la sua parte? Va bene! Lasciamoli fare.

Anzi, mettiamo avanti, sottomano, degli altri pretendenti... dei maestri di bottega, della gente che non sa cosa farsene della terra e non ne caverà neppure i denari del censo. Ci hanno tutti lo stesso diritto, non è vero? Allora, con un po' di giudizio, anticipando a questo e a quello una piccola somma... Loro falliscono in capo all'anno, e noi ci pigliamo la terra in compenso del credito. Avete capito? Bisogna evitare per quanto si può che ci mettano mano i villani. Quelli non se lo lasciano scappare mai più il loro pezzetto di terra. Ci lasciano le ossa piuttosto!

Don Gesualdo si alzò di botto, colle narici aperte, la faccia rianimata a un tratto, e si mise a passeggiare per la stanza. Poi, tornando in faccia ai due che s'erano alzati pure, sorpresi:

– Questa non viene da voi! – esclamò. – Questa è buona! Questa so di dove viene!

– Ah! ah! capite? vedete?... – rispose il barone trionfante. – Prima di tutto bisogna tappare la bocca a Nanni l'Orbo... Col giudizio... con un po' di denaro... senza far torto a nessuno, ben inteso!... La giustizia...

– Voi che ci avete mano... Quello è un imbroglione, un arruffapopolo... capace di aizzarci contro tutto il paese. Voi che ci avete mano dovreste chiudergli la bocca.

Don Gesualdo tornò a sedersi, pentito d'essersi lasciato trasportare dal primo movimento, grattandosi il capo.

Ma il barone Zacco, che stava di là coll'orecchio teso, non seppe più frenarsi.

– Scusate, scusate, signori miei! – disse entrando. – Se disturbo... se avete da parlare in segreto... Me ne vo... – E si mise a sedere lui pure, col cappello in testa.

Tacquero tutti, ciascuno sbirciando sottecchi il compagno, don Ninì col naso dentro la sciarpa, sua moglie colle labbra strette. Infine disse che le rincresceva tanto della malattia di Bianca. – Proprio! c'è un lutto nel paese. Ninì è un pezzo che mi predica: Giuseppina mia, dobbiamo andare a vedere come sta mia cugina... Gl'interessi sono una cosa, ma la parentela poi è un'altra...

– Dunque, – riprese don Gesualdo, – questa bella pensata di pigliarci sottomano le terre del comune chi l'ha fatta?

Allora non fu più il caso di fingere. Donna Giuseppina tornò a discorrere del fermento che c'era in paese, della rivoluzione che minacciavano. Il barone Zacco si agitò, facendo segno col capo a don Gesualdo.

– Eh? eh? Cosa vi ho detto or ora?...

– Infine... – conchiuse donna Giuseppina, – è meglio parlarci chiaro e darci la mano tutti quelli che abbiamo da perdere...

E tornò su quella birbonata di sminuzzare le terre del comune fra i più poveri, in tante briciole, un pizzico per ciascuno, che non fa male a nessuno!... Essa rideva così che le ballava il ventre dalla bile.

– Ah??? – esclamò il barone pavonazzo in viso, e cogli occhi fuori dell'orbita. – Ah??? – E non disse altro. Don Gesualdo rideva anche lui.

– Ah? voi ridete, ah?

– Cosa volete che faccia? Non me ne importa nulla, vi dico!

Donna Giuseppina rimase stupefatta: – Come!... voi!... – Quindi lo tirò in disparte, vicino al canterano dov'era l'orologio fermo, parlandogli piano, con le mani negli occhi. Don Gesualdo stava zitto, lisciandosi il mento, con quel risolino calmo che faceva schiattare la gente. I due baroni da lontano tenevano gli occhi fissi su di lui, come due mastini. Infine egli scosse il capo.

– No! no! Ditegli al canonico Lupi che denari non ne metto fuori più per simili pasticci. Le terre se le pigli chi vuole... Io ho le mie...

Gli altri gli si rivoltarono contro tutti d'accordo, vociando, eccitandosi l'un l'altro. Zacco, adesso che aveva capito di che si trattava, scalmanavasi più di tutti: – Una pensata seria! Da uomo con tanto di barba! Il miglior modo per evitare quella birbonata di dividere fra i nullatenenti i fondi del comune!... Capite?... Allora vuol dire che il mio non è più mio, e ciascuno vuole la sua parte!... – Don Gesualdo, duro, scrollava il capo; badava a ripetere: – No! no! non mi ci pigliano! – Tutt'a un tratto il barone Zacco afferrò don Ninì per la sciarpa e lo spinse verso il canapè quasi volesse mangiarselo, sussurrandogli nell'orecchio:

– Volete sentirla? Volete che ve la canti? È segno che quello lì ci ha il suo fine per farci rimaner tutti quanti siamo con tanto di naso!... Lo conosco!...

Le signore Zacco allo strepito s'erano affacciate sull'uscio dell'anticamera. Successe un istante d'imbarazzo fra i parenti. Zacco e don Ninì si calmarono di botto, tornando cerimoniosi.

– Scusate! scusate! La cugina Bianca crederà chissà cosa, al sentirci gridare... per nulla poi!... – Zacco sorrideva bonariamente, con la faccia ancora infocata. Don Ninì s'avvolgeva di nuovo la sciarpa al collo. Sua moglie, col sorriso amabile lei pure, tolse commiato.

– Tanti saluti a donna Bianca... Non vogliamo disturbarla... Speriamo che la Madonna abbia a fare il miracolo... – Don Ninì con la bocca coperta grugnì anche lui qualche parola che non poté udirsi. – Un momento. Vengo con voi, – esclamò Zacco. – E fingendo di cercare il cappello e la canna d'India s'accostò a don Gesualdo nel buio dell'anticamera.

– Sentite... Fate male, in parola d'onore! Quella è una proposta seria!... Fate male a non intendervi col barone Rubiera!...

– No, non voglio impicci!... Ho tanti altri fastidi pel capo!... Poi, mia moglie ha detto di no. Avete udito voi stesso.

Il barone stava per montare in furia davvero!

– Ah!... vostra moglie?... Le date retta quando vi accomoda! – Ma cambiò tono subito. – Del resto fate voi!... Fate voi, amico mio!... Aspettate, don Ninì. Veniamo subito. – Sua moglie non la finiva più. Sembrava che non potesse staccarsi dal letto dell'ammalata, rincalzando la coperta, sprimacciandole il guanciale, mettendole sotto mano il bicchier d'acqua e le medicine, con la faccia lunga, sospirando, biasciando avemarie. Voleva pure che restasse la sua ragazza ad assistere la notte, se mai. Donna Lavinia acconsentiva di tutto cuore, dandosi da fare anche essa, premurosa, impadronendosi già delle chiavi, vigilando su tutto, come una padrona.

– No!... – mormorò Bianca con la voce rauca. – No!... Non ho bisogno di nessuno!... Non voglio nessuno!...

Li seguiva per la camera con l'occhio inquieto, sospettoso, diffidente, con un certo tono di rancore nella voce cavernosa. Sforzavasi di mostrarsi più forte, sollevandosi a stento sui gomiti tremanti, cogli omeri appuntati che sembravano forare la camiciuola da notte. Poscia, appena le Zacco se ne furono andate, ricadde sfinita, facendo segno al marito d'accostarsi.

– Sentite!... sentite!... Non le voglio più!... Non le fate venir più quelle donne... Si son messe in testa di darvi moglie... come se fossi già morta.

E col capo seguitava a far segno di sì, di sì, che non s'ingannava, col mento aguzzo nell'ombra della gola infossata, mentr'egli, chino su di lei, le parlava come a una bimba, sorridendo, con gli occhi gonfi però.

– Vi portano in casa la Lavinia... Non vedono l'ora che io chiuda gli occhi... – Lui protestava di no, che non gliene importava nulla della Lavinia, che non voleva più rimaritarsi, che ne aveva visto abbastanza dei guai. E la poveretta stava ad ascoltarlo tutta contenta, cogli occhi lustri che penetravano fin dentro, per vedere se dicesse la verità.

– Sentite... ancora... un'altra cosa...

Accennava sempre con la mano, poiché la voce le mancava, quella voce che sembrava venire da lontano, gli occhi che si velavano a quando a quando di un'ombra. Aveva fatto anche uno sforzo per sollevarsi, onde passargli un braccio al collo, come non le restasse che lui per attaccarsi alla vita, agitando il viso che si era affilato maggiormente, quasi volesse nasconderglielo in petto, quasi volesse confessarsi con lui. Dopo un momento allentò le braccia, col volto rigido e chiuso, colla voce mutata:

– Più tardi... Vi dirò poi... Ora non posso...

II

Adesso tutto andava a rotta di collo per don Gesualdo; la casa in disordine; la gente di campagna, lontano dagli occhi del padrone, faceva quel che voleva; le stesse serve scappavano ad una ad una, temendo il contagio della tisi; persino Mena, l'ultima che era rimasta pel bisogno, quando parlarono di farle lavare i panni dell'ammalata che la lavandaia rifiutavasi di portare al fiume, temendo di perdere le altre pratiche, disse chiaro il fatto suo:

— Don Gesualdo, scusate tanto, ma là mia pelle vale quanto la vostra che siete ricco... Non vedete com'è ridotta vostra moglie?... Mal sottile è, Dio liberi! Io ho paura, e vi saluto tanto.

Dopo che s'erano ingrassati nella sua casa! Ora tutti l'abbandonavano quasi rovinasse, e non c'era neppure chi accendesse il lume. Sembrava quella notte alla Salonia, in cui aveva dovuto mettere colle sue mani il padre nel cataletto. Né denari né nulla giovava più. Allora don Gesualdo si scoraggiò davvero. Non sapendo dove dar di capo, pensò agli amici antichi, quelli che si ricordano nel bisogno, e mandò a chiamare Diodata per dare una mano. Venne invece il marito di lei, sospettoso, guardandosi intorno, badando dove metteva i piedi, sputacchiando di qua e di là:

— Quanto a me... anche la mia pelle, se la volete, don Gesualdo!... Ma Diodata è madre di famiglia, lo sapete... Se le capita qualche disgrazia, Dio ne liberi voi e me... Se piglia la malattia di vostra moglie... Siamo povera gente... Voi siete tanto ricco; ma io non avrei neppure di che pagarle il medico e lo speziale...

Insomma le solite litanie, la solita giaculatoria per cavargli dell'altro sangue. Finalmente, dopo un po' di tira e molla, s'accordarono sul compenso. Gli toccava chiudere gli occhi e chinare il capo. Nanni l'Orbo, tutto contento del negozio che aveva fatto, conchiuse:

— Quanto a noi siete padrone anche della nostra pelle, don Gesualdo. Comandateci pure, di notte e di giorno. Vo a pigliare mia moglie e ve la porto.

Ma Bianca soffriva adesso di un altro male. Non voleva vedersi Diodata per casa. Non pigliava nulla dalle sue mani. — No!... tu, no!... Vattene via! Che sei venuta a fare, tu? — Irritavasi contro quegli affamati che venivano a mangiare alle sue spalle. Come s'affezionasse anche alla roba, in quel punto; come si risvegliasse in lei un rancore antico, una gelosia del marito che volevano rubarle, quella cattiva gente venuta apposta a chiuderle gli occhi, a impadronirsi di tutto il suo. Era diventata tale e quale una bambina, sospettosa, irascibile, capricciosa. Si lagnava che le mettessero *qualche cosa* nel brodo, che le cambiassero le medicine. Ogni volta che si udiva il campanello dell'uscio c'era una scena. Diceva che mandavano via la gente per non fargliela vedere.

— Ho sentito la voce di mio fratello don Ferdinando!... È arrivata una lettera di mia figlia, e non hanno voluto darmela!... — Il pensiero della figlia era un altro tormento. Isabella stava anch'essa poco bene, lontano tanto, un viaggio che l'avrebbe rovinata per sempre, scriveva suo marito. Del resto sapevano da un pezzo come Bianca si strascinasse fra letto e lettuccio, e non avrebbero mai creduto la catastrofe così prossima. Intanto la povera madre non sapeva darsi pace, e se la pigliava con don Gesualdo e con tutti quanti le stavano vicino. Ci voleva una pazienza da santi. Aveva un bel dire suo marito:

— Guarda!... Cosa diavolo ti viene in mente adesso!... Anche la gelosia ti viene in mente!... — Essa aveva certe occhiate nere che non le aveva mai visto. Con certo suono che non le aveva mai udito nella voce rauca, essa gli diceva:

– Mi avete tolto mia figlia... anche adesso che sono in questo stato!... Ve lo lascio per scrupolo di coscienza!... – Oppure gli rinfacciava di averle messo fra i piedi quell'altra gente... Oppure non rispondeva affatto, col viso rivolto al muro, implacabile.

Nanni l'Orbo s'era installato come un papa in casa di don Gesualdo. Mangiava e beveva. Veniva ogni giorno a empirsi la pancia. Diodata badava a quel che c'era da fare, e lui correva in piazza a spassarsela, a confabulare cogli amici, a dir che ci voleva questo e si doveva far quell'altro, a difendere la causa della povera gente nella quistione di spartirsi i feudi del comune, ciascuno il suo pezzetto, come voleva Dio, e quanti figliuoli ogni galantuomo aveva sulle spalle, tante porzioni! Egli conosceva anche per filo e per segno tutti i maneggi dei pezzi grossi che cercavano appropriarsi le terre. Una volta attaccò una gran discussione su quest'argomento con Canali, e andò a finire a pugni, adesso che non era più il tempo delle prepotenze e ognuno diceva le sue ragioni.

Il giorno dopo mastro Titta era andato da Canali a radergli la barba, allorché suonarono il campanello e Canali andò a vedere colla saponata al mento. Mentre affilava il rasoio, mastro Titta allungò il collo per semplice curiosità, e vide Canali il quale parlava nell'anticamera con Gerbido, una faccia tutti e due da far tendere l'orecchio a chiunque. Canali diceva a Gerbido: – Ma ti fidi poi? – E Gerbido rispose: – Oh!!! – Nient'altro.

Canali tornò a farsi la barba, tranquillo come nulla fosse, e mastro Titta non ci pensò più. Soltanto la sera, non sapeva egli stesso il perché... un presentimento, vedendo Gerbido appostato alla cantonata della Masera, colla carabina sotto!... Gli tornarono in mente le parole di poco prima.

– Chissà per chi è destinata quella pillola, Dio liberi!... – pensò fra di sé.

Già i tempi erano sospetti, e la gente s'era affrettata a casa prima che suonasse l'avemaria. Più in là incontrando

Nanni l'Orbo, che stava da quelle parti, il cuore gli disse che Gerbido aspettasse appunto lui.

– Che fate a quest'ora fuori, compare Nanni? – gli disse mastro Titta. – Venitevene a casa piuttosto, che faremo la strada insieme...

– No, mastro Titta, devo passare qui dal tabaccaio, e poi vo un momento a vedere Diodata, che è ad assistere la moglie di don Gesualdo.

– Fatemi questo piacere, compare Nanni! Venite a casa piuttosto! Il tabacco ve lo darò io, e da vostra moglie ci andrete domani. Non son tempi d'andare per le strade a quest'ora!... Credete a me!...

L'altro la voltava in burla; diceva di non aver paura lui, che gli rubassero i denari che non aveva... L'aspettava sua moglie con un piatto di maccheroni... e tante altre cose... Per un piatto di maccheroni, Dio liberi, ci lasciò la pelle!

Appena mastro Titta udì il rumore della schioppettata, due minuti dopo, disse fra sé: – Questa è compare Nanni che se l'è presa.

Don Gesualdo quel giorno aveva avuto degli altri dispiaceri. Speranza mandava l'usciere giusto quando sapeva di fargli dare l'anima al diavolo. Non gli lasciavano requie da anni ed anni, e gli avevano fatto incanutire i capelli con quella lite. Anche Speranza ci si era ridotta simile a una strega; ci s'era mangiata la chiusa e la vigna, stuzzicata da ciascuno che avesse avuto da dire con suo fratello. Andava vituperandolo da per tutto. L'aspettava apposta nella strada per vomitargli addosso delle ingiurie. Gli aizzava contro i figliuoli, poiché il marito non voleva guastarsi il sangue – era buono soltanto per portarsi la pancia a spasso nel paese, lui – e lo stesso Santo, allorché aveva bisogno di denari, voltava casacca e si metteva dalla parte di Gesualdo, a sputare contro di lei gli stessi improperi che aveva diretto al fratello: una banderuola che girava a seconda del vento.

– È una vera bricconata, vedete, don Camillo! Mi tirano di queste sassate giusto mentre sono nei guai sino al collo. Ho seminato bene e raccolgo male da tutti quanti, vedete!

Don Camillo si strinse nelle spalle.

– Scusate, don Gesualdo. Io fo l'ufficio mio. Perché vi siete guastato col canonico Lupi?... Per l'appalto dello stradone!... per una cosa da nulla... Quello è un servo di Dio che bisogna tenerselo amico... Ora soffia nel fuoco coi vostri parenti... Non voglio dir male di nessuno; ma vi darà da fare, caro don Gesualdo!

E don Gesualdo stava zitto; curvava le spalle adesso che ciascuno gli diceva la sua, e chi poteva gli tirava la sassata. Come sapevasi che sua moglie stava peggio, il marchese Limòli era venuto a visitare la nipote, e ci aveva condotto pure don Ferdinando, tutti e due a braccetto, sorreggendosi a vicenda. – La morte e l'ignorante, – osservavano quanti li incontravano a quell'ora per le strade, col fermento che c'era nel paese; e si facevano la croce vedendo ancora al mondo don Ferdinando, con quella palandrana che non teneva più insieme. I due vecchi s'erano messi a sedere dinanzi al letto, col mento sul bastone, mentre don Gesualdo faceva la storia della malattia, e il cognato gli voltava la schiena, senza dir nulla, rivolto alla sorella, la quale guardava or questo ed ora quell'altro, poveretta, con quegli occhi che volevano far festa a tutti quanti, allorché s'udì un vocìo per la strada, gente che correva strillando, quasi fosse scoppiata la rivoluzione che s'aspettava. Tutt'a un tratto si udì bussare al portone e una voce che gridava:

– Comare Diodata, aprite! Correte, subito! Andate a vedere, che vostro marito si è presa una schioppettata!... lì, nella farmacia!...

Diodata corse così come si trovava, a testa scoperta, urlando per le strade. In un momento la casa di don Gesualdo fu tutta sottosopra. Venne anche il barone Zacco, sospettoso, inquieto, masticando le parole, guardandosi dinanzi e di dietro prima d'aprir bocca.

– Avete visto? È fatta! Hanno ammazzato il marito di Diodata!

Don Gesualdo allora si lasciò scappare la pazienza.

– Che ci posso fare io? Mi mancava anche questa! Che diavolo volete da me?

– Ah, cosa potete farci?... Scusate! Credevo che doveste ringraziarmi... se vengo subito ad avvertirvi... pel bene che vi voglio... da amico... da parente...

Intanto sopraggiungeva dell'altra gente. Zacco allora andava a vedere chi fosse, socchiudendo l'uscio dell'anticamera. Ogni momento si udiva sbattere il portone, tanti scossoni per la povera ammalata. A un certo punto Zacco venne a dire, tutto stravolto:

– A Palermo c'è un casa del diavolo... La rivoluzione... Vogliono farla anche qui... Quel briccone di Nanni l'Orbo doveva farsi ammazzare giusto adesso!...

Don Gesualdo continuava a stringersi nelle spalle, come uno che non gliene importa nulla ormai, tutto per la poveretta ch'era in fin di vita. Dopo un po' giunsero la moglie e le figlie del barone Zacco, vestite di casa, cogli scialli giù pel dorso, le facce lunghe, senza salutar nessuno. Si vedeva ch'era finita. La baronessa andava a parlare ogni momento sottovoce col marito. Donna Lavinia s'impadronì delle chiavi. A quella vista don Gesualdo si sbiancò in viso. Non ebbe il coraggio neppure di chiedere s'era giunta l'ora. Soltanto, cogli occhi lustri interrogava tutti quanti, ad uno ad uno.

Ma gli rispondevano con delle mezze parole. Il barone allungava il muso, sua moglie alzava gli occhi al cielo, colle mani giunte. Le ragazze, già prese dal sonno, stavano zitte, sedute nella stanza accanto a quella dov'era l'ammalata. Verso mezzanotte, come la poveretta s'era chetata a poco a poco, don Gesualdo voleva mandarli a riposare.

– No, – disse il barone, – non vi lasceremo solo questa notte.

Allora don Gesualdo non fiatò più, giacché non c'era più speranza. Si mise a passeggiare in lungo e in largo, a capo chino, colle mani dietro la schiena. Di tanto in tanto si chinava sul letto della moglie. Poi tornava a passeggiare nella stanza vicina, borbottava fra di sé, scrollava il capo, si stringeva nelle spalle. Infine si rivolse a Zacco, colla voce piena di lagrime:

– Io direi di mandare a chiamare i suoi parenti... eh? don Ferdinando... Che ne dite voi?

Zacco fece una smorfia. – I suoi parenti?... Ah, va bene... Come volete... Domani... a giorno fatto...

Ma il pover'uomo non seppe più frenarsi, le parole gli cuocevano dentro e sulle labbra.

– Capite?... Neanche farle vedere la figliuola per l'ultima volta!... È un porco, quel signor duca! Tre mesi che scrive oggi verremo e domani verremo! Come se avesse dovuto campar cent'anni quella poveretta! Dice bene il proverbio: Lontano dagli occhi e lontano dal cuore. Ci ha rubato la figlia e la dote, quell'assassino!

E continuò a sfogarsi così per un pezzo colla moglie di Zacco, che era mamma anche lei, e accennava di sì, sforzandosi di tenere aperti gli occhi che le si chiudevano da soli. Egli, che non sentiva né il sonno né nulla, tornava a brontolare:

– Che notte! che nottata eterna! Com'è lunga questa notte, Domeneddio!

Appena spuntò il giorno aprì il balcone per chiamare Nardo il manovale, e mandarlo da tutti i parenti, ché Bianca, poveretta, stava assai male, se volevano vederla. Per la strada c'era un via-vai straordinario, e laggiù in piazza udivasi un gran sussurro. Mastro Nardo, al ritorno, portò la notizia.

– Hanno fatto la rivoluzione. C'è la bandiera sul campanile.

Don Gesualdo lo mandò al diavolo. Gliene importava assai della rivoluzione adesso! L'aveva in casa la rivoluzione adesso! Ma Zacco procurava di calmarlo.

– Prudenza, prudenza! Questi son tempi che ci vuol prudenza, caro amico.

Di lì a un po' si udì bussare di nuovo al portone. Don Gesualdo corse in persona ad aprire, credendo che fosse il medico o qualchedun altro di tutti coloro che aveva mandato a chiamare. Invece si trovò di faccia il canonico Lupi, vestito di corto, con un cappellaccio a cencio, e il baronello Rubiera che se ne stava in disparte.

– Scusate, don Gesualdo... Non vogliamo disturbarvi... Ma è un affare serio... Sentite qua...

Lo tirò nella stalla onde dirgli sottovoce il motivo per cui erano venuti. Don Ninì da lontano, ancora imbroncito, approvava col capo.

– S'ha da fare la dimostrazione, capite? Gridare che vogliamo Pio Nono e la libertà anche noi... Se no ci pigliano la mano i villani. Dovete esserci anche voi. Non diamo cattivo esempio, santo Dio!

– Ah? La stessa canzone della Carboneria? – saltò su don Gesualdo infuriato. – Vi ringrazio tanto, canonico! Non ne fo più di rivoluzioni! Bel guadagno che ci abbiamo fatto a cominciare! Adesso ci hanno preso gusto, e ogni po' ve ne piantano un'altra per togliervi i denari di tasca. Oramai ho capito cos'è: Levati di lì, e dammi il fatto tuo!

– Vuol dire che difendete il Borbone? Parlate chiaro.

– Io difendo la mia roba, caro voi! Ho lavorato... col mio sudore... Allora... va bene... Ma adesso non ho più motivo di fare il comodo di coloro che non hanno e non posseggono...

– E allora ve la fanno a voi, capite! Vi saccheggiano la casa e tutto!

Il canonico aggiunse che veniva nell'interesse di coloro che avevano da perdere e dovevano darsi la mano, in quel frangente, pel bene di tutti... Se no, non ci avrebbe messo i piedi in casa sua... dopo il tiro che gli aveva giocato per l'appalto dello stradone...

– Scusate! Giacché volete fare il sordo... Sapete che avete tanti nemici! Invidiosi... quel che volete... Intanto non vi guardano di buon occhio... Dicono che siete peggio degli altri, ora che avete dei denari. Questo è il tempo di spenderli, i denari, se volete salvar la pelle!

A quel punto prese la parola anche don Ninì:

– Lo sapete che ci accusano di aver fatto uccidere Nanni

l'Orbo... per chiudergli la bocca... Voi pel primo!... Mi dispiace che m'hanno visto venire con mia moglie, l'altra sera...

– Già, – osservò il canonico, – siamo giusti. Chi poteva avere interesse che compare Nanni non chiacchierasse tanto?... Una bocca d'inferno, signori miei! La storia di Diodata la sa tutto il paese. Ora vi scatenano contro anche i figliuoli... vedrete, don Gesualdo!

– Va bene, – rispose don Gesualdo. – Vi saluto. Non posso lasciar mia moglie in quello stato per ascoltar le vostre chiacchiere. – E volse loro le spalle.

– Ah, – soggiunse il canonico andandogli dietro su per le scale. – Scusate, non ne sapevo nulla. Non credevo che fossimo già a questo punto...

Giacché erano lì non potevano fare a meno di salire un momento a veder donna Bianca, lui e il baronello. Don Ninì si fermò all'uscio col cappello in mano, senza dire una parola, e il canonico, che se ne intendeva, dopo un po' fece cenno col capo a don Gesualdo, come a dirgli di sì, ch'era ora.

– Io me ne vo, – disse don Ninì rimettendosi il cappello. – Scusatemi tanto, io non ci reggo.

C'era già don Ferdinando Trao al capezzale, come una mummia, e la zia Macrì, la quale asciugava il viso alla nipote con un fazzoletto di tela fine. Le Zacco erano pallide della nottata persa, e donna Lavinia non si reggeva più in piedi. Sopraggiunse il marchese Limòli insieme al confessore. Donna Agrippina allora li mise fuori tutti quanti. Don Gesualdo, dietro a quell'uscio chiuso, si sentiva un gruppo alla gola, quasi gli togliessero prima del tempo la sua povera moglie.

– Ah!... – borbottò il marchese. – Che commedia, povera Bianca! Noi restiamo qui per assistere ogni giorno alla commedia, eh, don Ferdinando!... Anche la morte s'è scordata che ci siamo al mondo noi!...

Don Ferdinando stava a sentire, istupidito. Tratto tratto guardava timidamente di sottecchi il cognato che aveva gli occhi gonfi, la faccia gialla e ispida di peli, e faceva atto d'andarsene, impaurito.

– No, – disse il marchese. – Non potete lasciare la sorella in questo punto. Siete come un bambino, caspita!

Entrò in quel mentre il barone Mèndola, col fiato ai denti, cominciando dallo scusarsi a voce alta:

– Mi dispiace... Non ne sapevo nulla... Non credevo... – Poi, vedendosi intorno quei visi e quel silenzio, abbassò la voce e andò a finire il discorso in un angolo, all'orecchio del barone Zacco. Costui tornava a parlare della nottata che avevano persa: le sue ragazze senza chiudere occhio, Lavinia che non si reggeva in piedi. Don Gesualdo guardava è vero stralunato di qua e di là, ma si vedeva che non gli dava retta. In quella tornò ad uscire il prete, strascicando i piedi, con una commozione che gli faceva tremar le labbra cadenti, povero vecchio.

– Una santa!... – disse al marito. – Una santa addirittura!

Don Gesualdo affermò col capo, col cuore gonfio anche lui. Bianca ora stava supina, cogli occhi sbarrati, il viso come velato da un'ombra. Donna Agrippina preparava l'altare sul comò, con la tovaglia damascata e i candelieri d'argento. A che gli giovava adesso avere i candelieri d'argento? Don Ferdinando andava toccando ogni cosa, proprio come un bambino curioso. Infine si piantò ritto dinanzi al letto, guardando la sorella che stava facendo i conti con Domeneddio in quel momento, e si mise a piangere e a singhiozzare. Piangevano tutti quanti. In quell'istante fece capolino dall'uscio donna Sarina Cirmena, scalmanata, col manto alla rovescia, esitante, guardando intorno per vedere come l'avrebbero accolta, cominciando diggià a fregarsi gli occhi col fazzoletto ricamato.

– Scusate! Perdonate! Io non ci ho il pelo nello stomaco... Ho sentito che mia nipote... Il cuore l'ho qui, di carne!... L'ho tenuta come una figliuola!... Bianca!... Bianca!...

– No, zia! – disse donna Agrippina. – S'aspetta il viatico. Non la disturbate adesso con pensieri mondani...

– È giusto, – disse donna Sarina. – Scusatemi, don Gesualdo.

Dopo che si fu comunicata, Bianca parve un po' più calma. L'affanno era cessato, e arrivò a balbettare qualche parola. Ma aveva una voce che s'udiva appena.

– Vedete? – disse donna Agrippina. – Vedete, ora che si è messa in grazia di Dio!... Alle volte il Signore fa il miracolo. – Le misero sul petto la reliquia della Madonna. Donna Agrippina si tolse il cingolo della tonaca per ficcarglielo sotto il guanciale. La zia Cirmena portava esempi di guarigioni miracolose: tutto sta ad avere fede nei santi e nelle reliquie benedette: il Signore può far questo ed altro. Lo stesso don Gesualdo allora si mise a piangere come un bambino.

– Anche lui! – borbottò donna Sarina, fingendo di parlare all'orecchio della Macrì. – Anche lui, il cuore non l'ha cattivo in fondo. Non capisco però come Isabella non sia venuta... duchessa o no!... Mamme ne abbiamo una sola!... Se bisognava fare tante storie per arrivare a questo bel risultato...

– È un porco!... un infame!... un assassino! – seguitò a brontolare don Gesualdo, stralunato, colle labbra strette, gli occhi accesi che pareva un pazzo.

– Eh? che cosa? – domandò la Cirmena.

– Ssst! ssst! – interruppe donna Agrippina.

Il barone Mèndola si chinò all'orecchio di Zacco per dirgli qualche cosa. L'altro scosse il testone arruffato e gonfio due o tre volte. La baronessa approfittò del buon momento per indurre don Gesualdo a pigliare un po' di ristoro dalle mani stesse di Lavinia. – Sì, un po' di brodo, due giorni che non apriva bocca il pover'uomo!...

Come passarono nella stanza accanto, che dava sulla strada, si udì da lontano un rumore che pareva del mare in tempesta. Mèndola narrò allora quello che aveva visto nel venire.

– Sissignore! Hanno messo la bandiera sul campanile. Dicono ch'è il segno di abolire tutti i dazi e la fondiaria. Perciò or ora faranno la dimostrazione. Il procaccia delle lettere ha portato la notizia che a Palermo l'hanno già fatta... e anche in tutti i paesi lungo la strada. Sicché sarebbe una porcheria a non farla anche qui da noi... Infine cosa può costare? La banda, quattro palmi di mussolina... Guardate! guardate!...

Dalla via del Rosario spuntava una bandiera tricolore in cima a una canna, e dietro una fiumana di gente che vociava e agitava braccia e cappelli in aria. Di tanto in tanto partiva anche una schioppettata. Il marchese, ch'era sordo come una talpa, domandò:

– Eh? Che c'è?

Il finimondo c'era! Don Gesualdo rimase colla chicchera in mano. S'udì in quel punto una forte scampanellata all'uscio, e Zacco corse a vedere. Dopo un momento sporse il capo dall'uscio dell'anticamera, e chiamò a voce alta:

– Marchese! Marchese Limòli!

Rimasero a discutere sottovoce nell'altra stanza. Pareva che il barone mettesse buone parole con un terzo che era arrivato allora, e il marchese andasse scaldandosi. – No! no! è una porcheria! – In quella rientrò Zacco, solo, col viso acceso.

– Sentite, don Gesualdo!... Un momento... una parolina...

La folla era giunta lì, sotto la casa; si vedeva la bandiera all'altezza del balcone, quasi volesse entrare. Si udivano degli urli: viva, morte.

– Un momento! – esclamò allora Zacco, mettendo da parte ogni riguardo. – Affacciatevi un momento, don Gesualdo! Fatevi vedere, se no succede qualche diavolo!...

C'era il canonico Lupi, che portava il ritratto di Pio Nono, il baronello Rubiera, giallo come un morto, sventolando il fazzoletto, tant'altra gente, tutti gridando:

– Viva!... abbasso!... morte!...

Don Gesualdo, accasciato sulla seggiola, colla chicchera in mano, seguitava a scrollare il capo, a stringersi nelle spalle, pallido come la camicia, ridotto un vero cencio. Il marchese assolutamente voleva sapere cosa cercasse quella gente, laggiù: – Eh? che cosa?

– Vogliono la vostra roba! – esclamò infine il barone Zacco fuori dei gangheri. Il marchese si mise a ridere dicendo: – Padroni! padronissimi! – In quel momento passò donna Agrippina Macrì, colla tonaca color pulce che le sbatteva dietro, e nella camera della moribonda si udì un gran trambusto, seggiole rovesciate, donne che strillavano. Don Gesualdo s'alzò di botto, vacillando, coi capelli irti, posò la chicchera sul tavolino, e si mise a passeggiare innanzi e indietro, fuori di sé, picchiando le mani l'una sull'altra e ripetendo:

– S'è fatta la festa!... s'è fatta!

III

Giunse poco dopo una lettera d'Isabella, la quale non sapeva nulla ancora della catastrofe, e fece piangere gli stessi
sassi. Il duca scrisse anche lui – un foglietto con una lista
nera larga un dito, e il sigillo stemmato, pur esso nero, che
stringeva il cuore – inconsolabile per la perdita della suocera. Diceva che alla duchessa s'era dovuto nascondere la
verità per consiglio degli stessi medici, visto che sarebbe
stato un colpo di fulmine, malaticcia com'era anch'essa, giusto alla vigilia di mettersi in viaggio per andare a vedere
sua madre!... Terminava chiedendo per lei qualche ricordo
della morta, una bazzecola, una ciocca di capelli, il libro
da messa, l'anellino nuziale che soleva portare al dito...

Al notaro poi scrisse per chieder se la defunta, buon'anima, avesse lasciati beni stradotali – Si seppe poi da don
Emanuele Fiorio, l'impiegato della posta, il quale scovava
i fatti di tutto il paese, giacché il notaro non rispose neppure, e solo con qualche intimo, brontolone come s'era fatto
coll'età, andava dicendo:

– Mi pare che il signor duca sia ridotto a cercare la luna
nel pozzo, mi pare!

La povera morta se n'era andata alla sepoltura in fretta,
fra quattro ceri, nel subbuglio della gente ammutinata che
voleva questo, e voleva quell'altro, stando in piazza dalla
mattina alla sera, a bociare colle mani in tasca e la bocca
aperta, aspettando la manna che doveva piovere dal campanile imbandierato. Ciolla ch'era diventato un pezzo grosso

alfine, con una penna nera nel cappello e un camiciotto di velluto che sembrava un bambino a quell'età, passeggiava su e giù per la piazza, guardando di qua e di là come a dire alla gente: – Ehi! badate a voi adesso! – Don Luca, portando la croce dinanzi alla bara, ammiccava gentilmente, per farsi strada fra la folla, e sorrideva ai conoscenti, come udiva lungo la via tutti quei gloria che recitava la gente alle spalle di mastro-don Gesualdo.

Un brigante! un assassino! uno che s'era arricchito, mentre tanti altri erano rimasti poveri e pezzenti peggio di prima! uno che aveva i magazzini pieni di roba, e mandava ancora l'usciere in giro per raccogliere il debito degli altri. – A strillare più forte erano i debitori che s'erano mangiato il grano in erba prima della messe. Gli rinfacciavano pure di essere il più tenace a non voler che gli altri si pigliassero le terre del comune, ciascuno il suo pezzetto. Non si sapeva donde fosse partita l'accusa; ma ormai era cosa certa. Lo dicevano tutti: il canonico Lupi armato sino ai denti, il barone Rubiera colla cacciatora di fustagno, come un povero diavolo. Essi erano continuamente in mezzo ai capannelli, alla mano e bonaccioni, col cuore sulle labbra: – Quel mastro-don Gesualdo sempre lo stesso! aveva fatto morire la moglie senza neppure chiamare un medico da Palermo! Una Trao! Una che l'aveva messo all'onore del mondo! A che l'era giovato essere tanto ricca? – Il canonico si lasciava sfuggire dell'altro ancora, in confidenza: Le stesse messe in suffragio dell'anima avevano lesinato alla poveretta! – Lo so di certo. Sono stato in sagrestia. Se non ha cuore neppure pel sangue suo!... Non mi fate parlare, ché domattina devo dir messa! – Nobili e plebei, passato il primo sbigottimento, erano diventati tutti una famiglia. Adesso i signori erano infervorati a difendere la libertà; preti e frati col crocifisso sul petto: o la coccarda di Pio Nono, e lo schioppo ad armacollo. Don Nicolino Margarone s'era fatto capitano, cogli speroni e il berretto gallonato. Donna Agrippina Macrì preparava filacce e parlava d'andare al campo, appena cominciava la guerra. La signora Capitana raccoglieva per la compera dei fucili, vestita di tre colori, il casacchino rosso, la gonnella bianca, e un cappellino calabrese colle penne verdi ch'era un amore. Le altre dame ogni giorno portavano sassi alle barricate, fuori porta, coi canestrini ornati di nastri e la musica avanti. Sembrava una festa, mattina e sera, con tutte quelle bandiere, quella folla per le strade, quelle grida di viva e di abbasso, ogni momento, lo scampanìo, la banda che suonava, la luminaria più tardi. Le sole finestre che rimanessero chiuse erano quelle di don Gesualdo Motta. Lui il solo che se ne stesse rintanato come un lupo, nemico del suo paese, adesso che ci s'era ingrassato, lagnandosi continuamente che venivano a pelarlo ogni giorno, la commissione per i poveri, il prestito forzoso, la questua pei fucili!... Lui lo mettevano in capo lista, lo tassavano il doppio degli altri. Gli toccava difendersi e litigare. I signori del Comitato che tornavano stanchi di casa sua, dopo un'ora di tira e molla, ne contavano delle belle. Dicevano che non capiva più niente, uno stupido, l'ombra di mastro-don Gesualdo, un cadavere addirittura, che stava ancora in piedi per difendere i suoi interessi, ma la mano di Dio arriva, tosto o tardi!

Intanto i villani e gli affamati che stavano in piazza dalla mattina alla sera, a bocca aperta, aspettando la manna che non veniva, si scaldavano il capo a vicenda, discorrendo delle soperchierie patite, delle invernate di stenti, mentre c'era della gente che aveva i magazzini pieni di roba, dei campi e delle vigne!... Pazienza i signori, che c'erano nati... Ma non si davano pace, pensando che don Gesualdo Motta era nato povero e nudo al par di loro. – Se lo rammentavano tutti, povero bracciante. – Speranza, la stessa sua sorella, predicava lì, di faccia alla bandiera inalberata sul Palazzo di Città, ch'era giunto alfine il momento di restituire il mal tolto, di farsi giustizia colle proprie mani. Aizzava contro allo zio i suoi figliuoli che s'erano fatti grandi e grossi, e capaci di far valere le loro ragioni, se non fossero stati due capponi, come il genitore, che s'era acquetato subito, quando il cognato aveva mandato un gruzzoletto, allorché Bianca stava male, dicendo che voleva fare la pace con tutti quanti, e dei guai ne aveva anche troppi. Giacalone, a cui don Gesualdo aveva fatto pignorar la mula pel debito del raccolto, l'erede di Pirtuso, che litigava ancora con lui per certi denari che il sensale s'era portati all'altro mondo, tutti coloro che gli erano contro per un motivo o per l'altro, soffiavano adesso nel fuoco, dicendone roba da chiodi, raccontando tutte le porcherie di mastro-don Gesualdo, sparlandone in ogni bettola e in ogni crocchio, stuzzicando anche gli indifferenti, con quella storia delle terre comunali che dovevano spartirsi fra tutti quanti, delle quali ciascuno aspettava il suo pezzetto, di giorno in giorno, e ancora non se ne parlava, e chi ne parlava lo facevano uccidere a tradimento, per tappargli la bocca... Si sapeva da dove era partito il colpo! Mastro Titta aveva riconosciuto Gerbido, l'antico garzone di don Gesualdo, mentre fuggiva celandosi il viso nel fazzoletto. Così tornò a galla la storia di Nanni l'Orbo il quale s'era accollata la ganza di don Gesualdo coi figliuoli, dei poveri trovatelli che andavano a zappare nei campi del genitore per guadagnarsi il pane, e gli baciavano le mani per giunta, come quella bestia di Diodata che a chi gli dava un calcio rispondeva grazie.

Dài e dài erano arrivati a scatenargli contro anche loro, una sera che li avevano tirati in quelle chiacchiere all'osteria, e i due ragazzacci non possedevano neppure di che pagar da bere agli amici. Don Gesualdo si vide comparire a quell'ora Nunzio, il più ardito. – Il nome del nonno, sì glielo aveva dato; ma la roba no! – Per poco non s'accapigliarono, padre e figlio. Si fece un gran gridare, una lite che durò mezz'ora. Accorse anche Diodata, coi capelli per aria, vestita di nero. Nunzio, ubbriaco fradicio, pretendeva il fatto suo lì su due piedi, e gliene disse di tutte le specie, a lei e a lui. Lo zio Santo, che s'era accomodato col fratello, dopo la morte della cognata, aiutandolo a passar l'angustia, mangiando e bevendo alla sua barba, afferrò la stanga per metter pace. Il povero don Gesualdo andò a coricarsi più morto che vivo.

In mezzo a tanti dispiaceri s'era ammalato davvero. Gli avvelenavano il sangue tutti i discorsi che sentiva fare alla gente. Don Luca il sagrestano, il quale gli s'era ficcato in casa, quasi fosse già l'ora di portargli l'olio santo, pretendeva che don Gesualdo dovesse aprire i magazzini alla povera gente, se voleva salvare l'anima e il corpo. Lui ci aveva cinque figliuoli sulle spalle, cinque bocche da sfamare, e la moglie sei. Mastro Titta, quand'era venuto a cavargli il sangue, gli cantò il resto, colla lancetta in aria:

– Vedrete? Se non mettono giudizio, certuni, va a finir male, stavolta! La gente non ne può più! Sono quarant'anni che levo pelo e cavo sangue, e sono ancora quello di prima, io!

Don Gesualdo, malato, giallo, colla bocca sempre amara, aveva perso il sonno e l'appetito; gli erano venuti dei crampi allo stomaco che gli mettevano come tanti cani arrabbiati dentro. Il barone Zacco era il solo amico che gli fosse rimasto. E la gente diceva pure che doveva averci il suo interesse a fargli l'amico, qualche disegno in testa. Veniva a trovarlo sera e mattina, gli conduceva la moglie e le figliuole, vestiti di nero tutti quanti, che annebbiavano una strada. Gli lasciava la sua ragazza per curarlo: – Lavinia ci ha la mano apposta, per far decotti. – Lavinia è un diavolo, per tener d'occhio una casa. – Lasciate fare a Lavinia che sa dove metter le mani. – Dall'altro canto poi faceva il viso brusco se Diodata aveva la faccia di farsi vedere ancora lì, da don Gesualdo, con il fazzoletto nero in testa, carica di figliuoli, di già canuta e curva come una vecchia: – No, no, buona donna. Non abbiamo bisogno di voi! Badate ai fatti vostri piuttosto, ché qui la cuccagna è finita. – Poscia in confidenza spifferava anche delle paternali all'amico. – Che diavolo ne fate di quella vecchia?... Non vi conviene di lasciarvela bazzicar fra i piedi colei, ora ch'è vedova!... Dopo che l'avete avuta in casa anche da zitella... Il mondo, sapete bene, ha la lingua lunga! Poi, quell'altra storia... la morte di suo marito... È vero che se lo meritava!... Ma infine è meglio chiudere la bocca alla gente!... Del resto, non avete bisogno di nulla, ora che ci abbiamo qui la mia ragazza.

Lui stesso si faceva in quattro a disporre e a ordinare nella casa del cugino don Gesualdo, a ficcare il naso in tutti i suoi affari, a correre su e giù con le chiavi dei magazzini e della cantina. Gli consigliava pure di mettere a frutto il denaro contante, se ce ne aveva in serbo, caso mai le faccende s'imbrogliassero peggio.

– Datelo a mutuo, col suo bravo atto dinanzi notaio... un po' per uno, a tutti coloro che gridano più forte perché non hanno nulla da perdere, e minacciano adesso di scassinarvi i magazzini e bruciarvi la casa. Taceranno, per adesso. Poi, se arrivano a pigliarsi le terre del comune, voi ci mettete subito una bella ipoteca. Le cose non possono andare sempre a questo modo. I tempi torneranno a cambiare, e voi vi avrete messo sopra le unghie a tempo.

Ma lui non voleva sentir parlare di denaro. Diceva che non ne aveva, che suo genero l'aveva rovinato, che preferiva riceverli a schioppettate, quelli che venivano a bruciargli la casa o a scassinargli i magazzini. Era diventato una bestia feroce, verde dalla bile, la malattia stessa gli dava alla testa. Minacciava: – Ah! La mia roba? Voglio vederli! Dopo quarant'anni che ci ho messo a farla... un tarì dopo l'altro!... Piuttosto cavatemi fuori il fegato e tutto il resto in una volta, ché li ho fradici dai dispiaceri... A schioppettate? Voglio ammazzarne prima una dozzina! A chi ti vuol togliere la roba levagli la vita!

Perciò aveva armato Santo e mastro Nardo, il vecchio manovale, con sciabole e carabine. Teneva il portone sbarrato, due mastini feroci nel cortile. Dicevasi che in casa sua ci fosse un arsenale; che la sera ricevesse Canali, il marchese Limòli, dell'altra gente ancora, per congiurare, e un bel mattino si sarebbero trovate le forche in piazza, e appesi tutti coloro che avevano fatto la rivoluzione. I pochi amici perciò l'avevano abbandonato, onde non esser visti di cattivo occhio. E Zacco correva davvero un brutto rischio continuando ad andare da lui e a condurgli tutta la famiglia. – Peccato che con voi ci si rimette il ranno e il sapone! – gli disse però più di una volta. Sua moglie infine, vedendo che non si veniva a una conclusione con quell'uomo, lasciò scoppiare la bomba, un giorno che don Gesualdo s'era appisolato sul canapè, giallo come un morto, e la sua ragazza gli faceva da infermiera, messa a guardia accanto alla finestra.

– Scusatemi, cugino! Sono madre, e non posso più tacere, infine... Tu, Lavinia, vai di là, ché ho da parlare col cugino don Gesualdo... Ora che non c'è più la mia ragazza, apritemi il cuore, cugino mio... e ditemi chiaro la vostra intenzione... Quanto a me ci avrei tanto piacere... ed anche il barone mio marito... Ma bisogna parlarci chiaro...

Il poveraccio spalancò gli occhi assonnati, ancora disfatto dalla colica: – Eh? Che dite? Che volete? Io non vi capisco.

– Ah! Non mi capite? Allora che ci sta a far qui la mia Lavinia? Una zitella! Siete vedovo finalmente, e gli anni del giudizio li dovete anche avere, per pigliare una risoluzione, e sapere quel che volete fare!

– Niente. Io non voglio far niente. Voglio stare in pace, se mi ci lasciano stare...

– Ah? Così? Stateci pure a comodo vostro... Ma intanto non è giusto... capite bene!... Sono madre...

E stavolta, risoluta, ordinò alla figliuola di prendere il manto e venirsene via. Lavinia obbedì, furibonda anche lei. Tutt'e due, uscendo da quella casa per l'ultima volta, fecero tanto di croce sulla soglia. – Una galera, quella baracca! La povera cugina Bianca ci aveva lasciato le ossa col mal sottile! – Zacco la sera stessa andò a far visita al barone Rubiera, invece di annoiarsi con quel villano di mastro-don Gesualdo che passava la sera a lamentarsi, tenendosi la pancia, all'oscuro, per risparmiare il lume.

– Mi volete, eh? cugino Rubiera... donna Giuseppina...

Don Ninì era uscito per assistere a certo conciliabolo in cui si trattavano affari grossi. Intanto che aspettava, il barone Zacco volle fare il suo dovere colla baronessa madre, ch'era stato un pezzo senza vederla. La trovò nella sua camera, inchiodata nel seggiolone di faccia al letto matrimoniale, accanto al quale era ancora lo schioppo del marito, buon'anima, e il crocifisso che gli avevano messo sul petto in punto di morte, imbacuccata in un vecchio scialle, e colle mani inerti in grembo. Appena vide entrare il cugino Zacco si mise a piangere di tenerezza, rimbambita: delle lagrime grosse e silenziose che si gonfiavano a poco a poco negli occhi torbidi, e scendevano lentamente giù per le guance floscie. – Bene, bene, mi congratulo, cugina Rubiera! La testa è sana! Conoscete ancora la gente! – Essa voleva narrargli anche i suoi guai, biasciando, sbuffando e imbrogliandosi, con la lingua grossa e le labbra pavonazze, spumanti di bava. Il barone, affettuoso, tendeva l'orecchio, si chinava su di lei. – Eh? Che cosa? Sì, sì capisco! Avete ragione, poveretta! – In quella sopraggiunse la nuora infuriata. – Non si capisce una maledetta! – osservò Zacco. – Deve essere un purgatorio per voialtri parenti. – La paralitica fulminò un'occhiata feroce, rizzando più che poteva il capo piegato sull'omero, mentre donna Giuseppina la sgridava come una bimba, asciugandole il mento con un fazzoletto sudicio. – Che avete? che avete? stolida!... Vi rovinate la salute!... È proprio una creaturina di latte. Dio lodato! Non bisogna credere a quello che dice! Ci vuole una pazienza da santi a durarla con lei!... – La suocera adesso spalancava gli occhi, guardandola atterrita, rannicchiando il capo nelle spalle, quasi aspettando di essere battuta: – Vedete? Santa pazienza!

– Ve l'ho detto, – conchiuse il barone. – Avete il purgatorio in terra, per andarvene diritto in paradiso.

Indi giunse don Ninì a prendere le chiavi della cantina. Trovando il cugino fece un certo viso sciocco.

– Ah... cugino!... che c'è di nuovo? Vostra moglie sta bene?... Qui, da me, lo vedete... guai colla pala! Che c'è, mammà? i soliti capricci? Permettetemi, cugino Zacco, devo scendere giù un momento...

Le chiavi stavano sempre lì, appese allo stipite dell'uscio. La paralitica li accompagnava cogli occhi, senza poter pronunziare una parola, sforzandosi più che potesse di girare il capo a ogni passo che faceva il figliuolo, con delle chiazze di sangue guasto che le ribollivano a un tratto nel viso cadaverico. Zacco allora cominciò a snocciolare il rosario contro di mastro-don Gesualdo. – Signore Iddio, me ne accuso e me ne pento! L'ho durata fin troppo con colui! Mi pareva una brutta cosa abbandonarlo nel bisogno... in mezzo a tutti i suoi nemici... Non fosse altro per carità cristiana... Ma via! è troppo... Neanche i suoi parenti possono tollerarlo, quell'uomo! Figuratevi! neanche quello stolido di don Ferdinando!... Si contenta di non uscire più di casa pur di non essere costretto a mettere il vestito nuovo che gli ha mandato a regalare il cognato... Sin che campa, avete inteso? Quello è un uomo di carattere! Infine sono stanco, avete capito? Non voglio rovinarmi per amore di mastro-don Gesualdo. Ho moglie e figliuoli. Dovrei portarmelo appeso al collo come un sasso per annegarmi?

– Ah!... ve l'avevo detto io! Vediamo, via, in coscienza! Cosa era mastro-don Gesualdo vent'anni fa?... Ora ci mette i piedi sul collo, a noialtri! Vedete, signori miei, un barone Zacco che gli lustra le scarpe e s'inimica coi parenti per lui!

L'altro chinava il capo, contrito. Confessava che aveva errato, a fin di bene, per impedirgli di far dell'altro male, e cercare di cavarne quel poco di buono che si poteva. Una volta, in vita, si può sbagliare...

– L'avete capita finalmente? Avete visto chi aveva ragione di noi due?

La moglie gli chiuse la parola in bocca con una gomitata: – Lasciatelo parlare. È lui che deve dire ciò che vuole adesso da noi... quel ch'è venuto a fare...

– Bene! – conchiuse Zacco con una risata bonaria. – Son venuto a fare il Figliuol Prodigo, via! Siete contenti?

Donna Giuseppina era contenta a bocca stretta. Suo marito guardò prima lei, poi il cugino Zacco, e non seppe che dire.

– Bene, – riprese Zacco un'altra volta. – So che stasera

quei ragazzi vogliono fare un po' di chiasso per le strade. Ci avete appunto in mano le chiavi della cantina per tenerli allegri. Badate che non ho peli sulla lingua, se a qualcuno salta in mente di venire a seccarmi sotto le mie finestre. Ci ho molta roba anch'io nello stomaco, e non voglio aver dei nemici a credenza, come mastro-don Gesualdo!...

Marito e moglie si guardarono negli occhi.

— Son padre di famiglia! — tornò a dire il barone. — Devo difendere i miei interessi... Scusate... Se giochiamo a darci il gambetto fra di noi!...

Donna Giuseppina prese la parola lei, scandolezzata:

— Ma che discorsi son questi?... Scusatemi piuttosto se metto bocca nei vostri affari. Ma infine siamo parenti...

— Questo dico io. Siamo parenti! Ed è meglio stare uniti fra di noi... di questi tempi!...

Don Ninì gli stese la mano: — Che diavolo!... che sciocchezze!... — Quindi si sbottonò completamente, guardando ogni tanto sua moglie: — Venite in teatro questa sera, per la cantata dell'inno. Fatevi vedere insieme a noialtri. Ci sarà anche il canonico. Dice che non fa peccato, perché è l'inno del papa... Discorreremo poi... Bisogna metter mano alla tasca, amico mio. Bisogna spendere e regalare. Vedete io?

E agitava in aria le chiavi della cantina. La vecchia, che non aveva perduto una parola di tutto il discorso, sebbene nessuno badasse a lei, si mise a grugnire in una collera ostinata di bambina, gonfiando apposta le vene del collo per diventar pavonazza in viso. Ricominciò il baccano: nuora e figliuolo la sgridavano a un tempo; lei cercava di urlar più forte, agitando la testa furibonda. Accorse anche Rosaria, col ventre enorme, le mani sudice nella criniera arruffata e grigiastra, minacciando la paralitica lei pure:

— Guardate un po'! È diventata cattiva come un asino rosso! Cosa gli manca, eh? Mangia come un lupo!

Rosaria non la finiva più sul quel tono. Il barone Zacco pensò bene di accomiatarsi in quel frangente.

— Dunque, stasera, alla cantata.

IV

C'era un teatrone, poiché s'entrava gratis. Lumi, cantate, applausi che salivano alle stelle. La signora Aglae era venuta apposta da Modica, a spese del comune, per declamare l'inno di Pio Nono ed altre poesie d'occasione. Al vederla vestita alla greca, con tutta quella grazia di Dio addosso, prosit a lei, don Ninì Rubiera, nella commozione generale, si sentiva venire le lagrime agli occhi, e smanacciava più forte degli altri, borbottando fra di sé:

– Corpo di!... È ancora un bel pezzo di donna!... Fortuna che non ci sia mia moglie qui!...

Ma i rimasti fuori, che spingevano senza poter entrare, partirono finalmente a strillare viva e morte per conto proprio; e quanti erano in teatro, al baccano, uscirono in piazza, lasciando la prima donna e il signor Pallante e sbracciarsi da soli, colle bandiere in mano. In un momento si riunì una gran folla, che andava ingrossando sempre al par di un fiume. Udivasi un gridìo immenso, degli urli che nel buio e nella confusione suonavano minacciosi. Don Nicolino Margarone, Zacco, Mommino Neri, tutti i bene intenzionati, si sgolavano a chiamare « fuori i lumi! » per vederci chiaro, e che non nascessero dei guai.

La folla durò un pezzo a vociare di qua e di là. Indi si rovesciò come un torrente giù per la via di San Giovanni. Dinanzi all'osteria di Pecu-Pecu c'era un panchettino con dei tegami di roba fritta che andò a catafascio – petronciani e pomidoro sotto i piedi. Santo Motta, che stava lì di casa e bottega, strillava come un ossesso, vedendo andare a male tutta quella roba.

– Bestie! animali! Che non ne mangiate grazia di Dio? – Quasi pestavano anche lui, nella furia. Giacalone e i più infervorati proposero di sfondar l'uscio della chiesa e portare il santo in processione, per far più colpo. – Sì e no. – Bestemmie e sorgozzoni, lì all'oscuro, sul sagrato. Mastro Cosimo intanto s'era arrampicato sul campanile e suonava a distesa. Le grida e lo scampanìo giungevano sino all'Àlia, sino a Monte Lauro, come delle folate di uragano. Dei lumi si vedevano correre nel paese alto. – un finimondo. A un tratto, quasi fosse corsa una parola d'ordine, la folla s'avviò tumultuando verso il Fosso, dietro coloro che sembravano i caporioni. Mèndola, don Nicolino, lo stesso canonico Lupi che s'era cacciato nella baraonda a fin di bene, strillavano inutilmente: – Ferma! ferma! – Il barone Zacco, non avendo più le gambe di prima, faceva piovere delle legnate, a chi piglia piglia, per far intendere ragione agli orbi.

– Ehi? Che facciamo?... Adagio, signori miei!... Non cominciamo a far porcherie! In queste cose si sa dove si comincia e non si sa...

Come molti avevano messo orecchio al discorso di sfondar usci e far la festa a tutti i santi, la marmaglia ora pigiavasi dinanzi ai magazzini di mastro-don Gesualdo. Dicevasi ch'erano pieni sino al tetto. – Uno ch'era nato povero come Giobbe, e adesso aveva messo superbia, ed era nemico giurato dei poveretti e dei liberali! – Coi sassi, coi randelli – due o tre s'erano armati di un pietrone e davano sulla porta che parevano cannonate. Si udiva la vocetta stridula di Brasi Camauro il quale piagnucolava come un ragazzo:

– Signori miei! Non c'è più religione! Non vogliono più sapere né di cristi né di santi! Vogliono lasciarci crepare di fame tutti!

All'improvviso dal frastuono scapparono degli urli da far accapponare la pelle. Santo Motta malconcio e insanguinato, rotolandosi per terra, riesci a far fare un po' di largo dinanzi all'uscio del magazzino. Allora i galantuomini, vociando anche loro, spingendo, tempestando, cacciarono indietro i più riottosi. Il canonico Lupi, aggrappato alla inferriata della finestra, tentava di farsi udire:

– ... maniera?... religione!... la roba altrui!... il Santo Padre!... se cominciamo... – Altre grida rispondevano dalla moltitudine: – ... eguali... poveri... tirare pei piedi!... bue grasso!... – Giacalone, onde aizzar la folla, spinse avanti i due bastardi di Diodata ch'erano nella calca, schiamazzando: – ... don Gesualdo!... se c'è giustizia!... abbandonati in mezzo a una strada!... se ne lagna anche Domeneddio!... andare a fare i conti con lui!...

Dalla piazza di Santa Maria di Gesù, dalle prime case di San Sebastiano, i vicini, spaventati, videro passare una fiumana di gente, una baraonda, delle armi che luccicavano, delle braccia che si agitavano in aria, delle facce accese e stravolte che apparivano confusamente al lume delle torce a vento. Usci e finestre si chiudevano con fracasso. Si udivano da lontano strilli e pianti di donne, voci che chiamavano: – Maria Santissima! Santi cristiani!...

Don Gesualdo era in letto malato, quando udì bussare alla porticina del vicoletto che pareva volessero buttarla giù. Poi il rombo della tempesta che sopravveniva. La sera stessa un'anima caritatevole era corsa a prevenirlo: – Badate, don Gesualdo! Ce l'hanno con voi perché siete borbonico. Chiudetevi in casa! – Lui, che aveva tanti altri guai, s'era stretto nelle spalle. Ma al vedere adesso che facevano sul serio, balzò dal letto così come si trovava, col fazzoletto in testa e il cataplasma sullo stomaco, infilandosi i calzoni a casaccio, mettendo da parte i suoi malanni, a quella voce che gli gridava:

– Don Gesualdo!... presto!... scappate!...

Una voce che non l'avrebbe dimenticata in mille anni! Arruffato, scamiciato, cogli occhi che luccicavano, simili a quelli di un gatto inferocito, nella faccia verde di bile, andava e veniva per la stanza, cercando pistole e coltellacci, risoluto a vender cara la pelle almeno. Mastro Nardo e quei pochi di casa che gli erano rimasti affezionati per bisogno si raccomandavano l'anima a Dio. Finalmente il barone Mèndola riescì a farsi aprire l'uscio del vicoletto. Don Gesualdo, appostato alla finestra col fucile, stava per fare un subisso.

– Eh! – gridò Mèndola entrando trafelato. – Tirate ad ammazzarmi, per giunta? Questa è la ricompensa?

L'altro non voleva sentir ragione. Tremava tutto dalla collera.

– Ah! così? A questo punto siamo arrivati, che un galantuomo non è sicuro neppure in casa? che la roba sua non è più sua? Eccomi! Cadrà Sansone con tutti i Filistei, però! Lo stesso lupo, quando lo mettono colle spalle al muro!... – Zacco, e due o tre altri benintenzionati ch'erano sopravvenuti intanto, sudavano a persuaderlo, vociando tutti insieme.

– Che volete fare? Contro un paese intero? Siete impazzito? Bruceranno ogni cosa! Cominciano di qua la Strage degli Innocenti! Ci farete ammazzare tutti quanti!

Lui s'ostinava, furibondo, coi capelli irti:

– Quand'è così!... Giacché pretendono metterci le mani in tasca per forza!... Giacché mi pagano a questo modo!... Ho fatto del bene... Ho dato da campare a tutto il paese... Ora gli fo mangiar la polvere, al primo che mi capita!...

Proprio! Era risoluto di fare uno sterminio. Per fortuna irruppe nella stanza il canonico Lupi, e gli si buttò addosso senza badare al rischio, spingendolo e sbatacchiandolo di qua e di là, finché arrivò a strappargli di mano lo schioppo. – Che diavolo! Colle armi da fuoco non si scherza! – Aveva il fiato ai denti, il cranio rosso e pelato che gli fumava come quando era giovane, e balbettava colla voce rotta:

– Santo diavolone!... Domeneddio, perdonatemi! Mi fate parlare come un porco, don asino! Siamo qui per salvarvi la vita, e non ve lo meritate! Volete far mettere il paese intero a sacco e fuoco? Non m'importa di voi, bestia che siete! Ma certe cose non bisogna lasciarle incominciare neppure per ischerzo, capite? Neppure a un nemico mortale! Se coloro che sinora si sfogano a gridare, pigliano gusto anche a metter mano nella roba altrui, siamo fritti!

Il canonico era addirittura fuori della grazia di Dio. Gli altri davano addosso ancor essi su quella bestia testarda di mastro-don Gesualdo che risicava di comprometterli tutti quanti; lo mettevano in mezzo; lo spingevano verso il muro; gli rinfacciavano l'ingratitudine; lo stordivano. Il barone Zacco arrivò a passargli un braccio al collo, in confidenza, confessandogli all'orecchio ch'era con lui, contro la canaglia; ma pel momento ci voleva prudenza, lasciar correre, chinare il capo. – Dite di sì... tutto quello che vogliono, adesso... Non c'è lì il notaio per mettere in carta le vostre promesse... Un po' di maniera, un po' di denaro... Meglio dolor di borsa che dolor di pancia...

Don Gesualdo, seduto su di una seggiola, asciugandosi il sudore colla manica della camicia, non diceva più nulla, stralunato. Giù al portone intanto il barone Rubiera, don Nicolino, il figlio di Neri, si sbracciavano a calmare i più riottosi.

– Signori miei... Avete ragione... Si farà tutto quello che volete... Abbiamo la bocca per mangiare tutti quanti... Viva! viva!... Tutti fratelli!... Una mano lava l'altra... Domani... alla luce del sole. Chi ha bisogno venga qui da noi... Ora è tardi, e siamo tutti d'un colore... birbanti e galantuomini... Ehi! ehi, dico!...

Don Nicolino dovette afferrare pel collo un tale che stava per cacciarsi dentro il portone socchiuso, approfittando della confusione e della ressa che facevasi attorno a una donna la quale strillava e supplicava:

– Nunzio! Gesualdo! Figliuoli miei!... Che vi fanno fare?... Nunzio... Ah Madonna santa!...

Era Diodata, la quale aveva sentito dire che i suoi ragazzi erano nella baraonda, a gridare viva e morte contro don Gesualdo anche loro, ed era corsa colle mani nei capelli. – Madonna santa! che vi fanno fare!... – Zacco e mastro Nardo portarono giù intanto dei barili pieni, e aiutavano a metter pace mescendo da bere a chi ne voleva, mentre il canonico di lassù predicava:

– Domani! Tornate domani, chi ha bisogno... Adesso non

c'è nessuno in casa... Don Gesualdo è fuori, in campagna... ma col cuore è anch'esso qui, con noialtri... per aiutarvi... Sicuro... Ciascuno ha da avere il suo pezzo di pane e il suo pezzo di terra... Ci aggiusteremo... Tornate domani...

— Domani, un corno! — brontolò di dentro don Gesualdo. — Mi pare che vossignoria aggiustate ogni cosa a spese mie, canonico!

— Volete star zitto! Volete farmi fare la figura di bugiardo?... Se ho detto che non ci siete, per salvarvi la pelle...

Don Gesualdo tornò a ribellarsi:

— Perché? Che ho fatto? Io sono in casa mia!...

— Avete fatto che siete ricco come un maiale! — gli urlò infine all'orecchio il canonico che perse la pazienza. Gli altri allora l'assaltarono tutti insieme, colle buone, colle cattive, dicendogli che se i rivoltosi lo trovavano lì, della casa non lasciavano pietra sopra pietra; pigliavano ogni cosa; neanche gli occhi per piangere gli lasciavano. Finché lo indussero a scappare dalla parte del vicoletto. Mèndola corse a bussare all'uscio dello zio Limòli.

Al baccano, il marchese, oramai sordo come una talpa, s'era buttato un ferraiuolo sulle spalle, e stava a vedere dietro l'invetriata del balcone, in camicia, collo scaldino in mano e i piedi nudi nelle ciabatte, quando gli capitò quella nespola fra capo e collo. Ci volle del bello e del buono a fargli capire ciò che volevano da lui a quell'ora, mastro-don Gesualdo più morto che vivo, gli altri che gli urlavano nell'orecchio, uno dopo l'altro:

— Vogliono fargli la festa... a vostro nipote don Gesualdo... Bisogna nasconderlo...

Egli ammiccava, colle palpebre floscie e castanti, accennando di sì, mentre abbozzava un sorriso malizioso.

— Ah?... la festa?... a don Gesualdo?... È giusto! È venuto il vostro tempo, caro mio... Siete il campione della mercanzia!...

Ma finalmente, al sentire che invece volevano accopparlo, mutò registro, fingendo d'essere inquieto, colla vocetta fessa:

– Che?... Lui pure? Cosa vogliono dunque?... Dove andiamo di questo passo?

Mèndola gli spiegò che don Gesualdo era il pretesto per dare addosso ai più denarosi; ma lì non sarebbero venuti a cercarne dei denari. Il vecchio accennava di no anche lui, guardando intorno, con quel sorrisetto agro sulla bocca sdentata.

Erano due stanzacce invecchiate con lui, nelle quali ogni sua abitudine aveva lasciato l'impronta: la macchia d'unto dietro la seggiola su cui appisolavasi dopo pranzo, i mattoni smossi in quel breve tratto fra l'uscio e la finestra, la parete scalcinata accanto al letto dove soleva accendere il lume. E in quel sudiciume il marchese ci stava come un principe, sputando in faccia a tutti quanti le sue miserie.

– Scusate, signori miei, se vi ricevo in questa topaia... Non è pel vostro merito, don Gesualdo... La bella parentela che avete presa, eh?...

Sul vecchio canapè addossato al muro, puntellandolo cogli stessi mattoni rotti, improvvisarono alla meglio un letto per don Gesualdo che non stava più in piedi, mentre il marchese continuava a brontolare:

– Guardate cosa ci capita! Ne ho viste tante! Ma questa qui non me l'aspettavo...

Pure gli offrì di dividere con lui la scodella di latte in cui aveva messo a inzuppare delle croste di pane.

– Son tornato a balia, vedete. Non ho altro da offrirvi a cena. La carne non è più pei miei denti, né per la mia borsa... Voi sarete avvezzo a ben altro, amico mio... Che volete farci? Il mondo gira per tutti, caro don Gesualdo!...

– Ah! – rispose lui. – Non è questo, no, signor marchese. È che lo stomaco non mi dice. L'ho pieno di veleno! Un cane arrabbiato ci ho.

– Bene, – dissero gli altri. – Ringraziate Iddio. Qui nessuno vi tocca.

Fu un colpo tremendo per mastro-don Gesualdo. L'agitazione, la bile, il malanno che ci aveva in corpo... La notte passò come Dio volle. Ma il giorno dopo, all'avemaria, tornò Mèndola intabarrato, col cappello sugli occhi, guardandosi intorno prima d'infilar l'uscio.

– Un'altra adesso! – esclamò entrando. – Vi hanno fatto la spia, don Gesualdo! E vogliono stanarvi anche di qua per costringervi a mantenere ciò che ha promesso il canonico... Ciolla in persona... l'ho visto laggiù a far sentinella...

Il marchese, ch'era tornato arzillo e gaio fra tutto quel parapiglia, aguzzando l'udito, ficcandosi in mezzo per acchiappar qualche parola, corse al balcone.

– Sicuro! Eccolo lì col camiciotto, come un bambino... Vuol dire che si torna indietro tutti!...

Don Gesualdo s'era alzato sbuffando, gridando che era meglio finirla, che correva giù a dargliela lui, la promessa, al Ciolla! E giacché lo cercavano, era lì, pronto a riceverli!...

– Certo, certo, – ripeteva il marchese. – Se vi cercano vuol dire che hanno bisogno di voi. Di me non vengono a cercare sicuro! Vogliono farvi gridare viva e morte insieme a loro? E voi andateci! Viva voi che avete da farli gridare!

– No! So io quello che vogliono! – ribatté don Gesualdo imbestialito.

– Scusate, non si tratta soltanto di voi adesso, – osservò Mèndola. – È che dietro di voi ci siamo tutto il paese!...

Sopraggiunse il canonico, grattandosi il capo, impensierito della piega che pigliava la faccenda. Durava la baldoria. Una bella cosa per certa gente! Quei bricconi s'erano legate al dito le parole di pace ch'egli si era lasciato sfuggire in quel frangente, e stavano in piazza tutto il giorno ad aspettare la manna dal cielo: – M'avete messo in un bell'imbroglio, voi, don Gesualdo!

A quell'uscita del canonico, successe un altro battibecco fra loro due: – Io, eh?... Io!... Son io che ho promesso mari e monti?

– Per chetarli, in nome di Dio! Parole che si dicono, si sa! Avrei voluto vedervi, dinanzi a quelle facce scomunicate!

Il marchese si divertiva: – Senti senti! Guarda guarda!

– Insomma, – conchiuse Mèndola, – queste son chiacchiere, e bisogna pigliar tempo. Intanto voi levatevi di mezzo, *causa causarum*! In fondo a una cisterna, in un buco, dove diavolo volete, ma non è la maniera di compromettere tanti padri di famiglia, per causa vostra!

– In casa Trao! – suggerì il canonico. – Vostro cognato vi accoglierà a braccia aperte. Nessuno sa che c'è ancora lui al mondo, e non verranno a cercarvi sin lì. – Il marchese approvò anch'esso: – Benissimo. È una bella pensata! Cane e gatto chiusi insieme... – Don Gesualdo s'ostinava ad opporsi.

– Allora, – esclamò il canonico, – io me ne lavo le mani come Pilato. Anzi vado a chiamarvi Ciolla e tutti quanti, se volete!...

Don Gesualdo era ridotto in uno stato che di lui ne facevano quel che volevano. A due ore di notte, per certe stradicciuole fuori mano, andarono a svegliare Grazia che aveva la chiave del portone, e al buio, tentoni, arrivarono sino all'uscio di don Ferdinando.

– Chi è? – si udì belare di dentro una voce asmatica. – Grazia, chi è?

– Siamo noi, don Gesualdo, vostro cognato...

Nessuno rispose. Poi si udì frugare nel buio. E a un tratto don Ferdinando si chiuse dentro col paletto, e si mise ad ammonticchiare sedie e tavolini dietro l'uscio, continuando a strillare spaventato:

– Grazia! Grazia!

– Corpo del diavolo! – esclamò Mèndola. – Qui si fa peggio! Quella bestia farà correre tutto il paese!

Il canonico rideva sotto il naso, scuotendo il capo. Grazia intanto aveva acceso un mozzicone di candela, e li guardava in faccia ad uno ad uno, allibbita, battendo le palpebre.

– Che volete fare, signori miei? – azzardò infine timidamente. Don Gesualdo, che non si reggeva più in piedi, pallido e disfatto, proruppe in tono disperato:

– Io voglio tornarmene a casa mia!... a qualunque costo... Sono risoluto!...

– Nossignore! interruppe il canonico. – Qui siete in casa vostra. C'è la quota di vostra moglie. Ah, caspita! Avete avuto pazienza sino adesso... Ora basta!... Lì, nella camera di donna Bianca. Il letto è ancora tal quale.

Mèndola s'era messo di buon umore, mentre preparavano la stanza. Frugava da per tutto. Andava a cacciare il naso nell'andito oscuro, dietro l'usciolino. Trovava delle barzellette, ricordando le vecchie storie. Quanti casi! Quante vicende! – Chi ve lo avrebbe detto, eh, don Gesualdo? – Lo stesso canonico Lupi si lasciò sfuggire un sorrisetto.

– Intanto che siete qui, potete fare le vostre meditazioni sulla vita e sulla morte, per passare il tempo. Che commedia, questo mondaccio. *Vanitas vanitatum!*

Don Gesualdo gli rivolse un'occhiata nera, ma non rispose. Ci aveva ancora dello stomaco per chiudervi dentro i suoi guai e le sue disgrazie, senza farne parte agli amici, per divertirli. Si buttò a giacere sul letto, e rimase solo al buio coi suoi malanni, soffocando i lamenti, mandando giù le amarezze che ogni ricordo gli faceva salire alla gola. D'una cosa sola non si dava pace, che avrebbe potuto crepare lì dove era, senza che sua figlia ne sapesse nulla. Allora, nella febbre, gli passavano dinanzi agli occhi torbidi Bianca, Diodata, mastro Nunzio, degli altri ancora, un altro se stesso che affaticavasi e s'arrabattava al sole e al vento, tutti col viso arcigno, che gli sputavano in faccia: – Bestia! bestia! Che hai fatto? Ben ti sta!

A giorno tornò Grazia per aiutare un po', sfinita, ansando se smuoveva una seggiola, fermandosi ogni momento per piantarsi dinanzi a lui colle mani sul ventre enorme, e ricominciare le lagnanze contro i parenti di don Ferdinando che le lasciavano quel poveretto sulle spalle, lesinandogli il pane e il vino. – Sissignore, l'hanno tutti dimenticato, lì nel suo cantuccio, come un cane malato!... Ma io il cuore non mi dice... Siamo stati sempre vicini... buoni servi della famiglia... una gran famiglia... Il cuore non mi dice, no!

Dietro di lei veniva una masnada di figliuoli che mettevano ogni cosa a soqquadro. Poi sopraggiunse Speranza strepitando che voleva vedere suo fratello, quasi egli stesse per rendere l'anima a Dio.

– Lasciatemi entrare! È sangue mio infine! Ora ch'è in questo stato mi rammento solo di essere sua sorella. – Lei, il marito, i figliuoli. Mise a rumore tutto il vicinato. Don Gesualdo lasciò il letto sbuffando. Non lo avrebbero tenuto le catene.

– Voglio tornare a casa mia! Che ci sto a fare qui? Tanto, lo sanno tutti!...

A gran stento lo indussero ad aspettare la sera. E dopo l'avemaria, quatti quatti, Burgio e tutti i parenti l'accompagnarono a casa. Speranza volle restare a guardia del fratello, giacché trovavasi tanto malato, e per miracolo quella notte non gli avevano messo ogni cosa a sacco e ruba.

– Non vuol dire se siamo in lite. Al bisogno si vede il cuore della gente. Gli interessi sono una cosa, e l'amore è un'altra. Abbiamo litigato, litigheremo sino al giorno del Giudizio, ma siamo figli dello stesso sangue! – Protestò che l'avrebbe tenuto meglio delle pupille dei propri occhi, lui e la sua roba. Gli schierò dinanzi al letto marito e figliuoli che giravano intorno sguardi cupidi, ripetendo:

– Questo è il sangue vostro! Questi non vi tradiscono! – Lui, combattuto, stanco, avvilito, non ebbe neanche la forza di ribellarsi.

Così, a poco a poco, gli si misero tutti quanti alle costole. I nipoti scorrazzando per la casa e pei poderi, spadroneggiando, cacciando le mani da per tutto. La sorella, colle chiavi alla cintola, frugando, rovistando, mandando il marito di qua e di là, pei rimedi, e a cogliere erbe medicinali. Come massaro Fortunato si lagnava di non aver più le gambe di vent'anni per affacchinarsi a quel modo, essa lo sgridava:

– Che volete? Non lo fate per amore di vostro cognato? Carcere, malattie e necessità si conosce l'amistà.

Lei non aveva suggezione di Ciolla e di tutti gli altri della sua risma. Una volta che Vito Orlando pretese di venire a fare una sbravazzata, colla pistola in tasca, per liquidare certi conti con don Gesualdo, essa lo inseguì giù per le scale, buttandogli dietro una catinella d'acqua sporca. Lo stesso canonico Lupi aveva dovuto mettersi la coda fra le gambe, e non era tornato a fare il generoso colla roba altrui, ora che Ciolla e i più facinorosi erano partiti a cercar fortuna in città, con bandiere e trombette. Il canonico, onde chetare gli altri, aveva preso il ripiego di sortire in processione, colla disciplina e la corona di spine; e così gli altri si sfogavano in feste e quarant'ore, mentre lui andava predicando la fratellanza e l'amore del prossimo.

– Però un baiocco non lo mette fuori! – sbraitava comare Speranza. – E questo va bene. Ma se torna a fare il camorrista, qui da noi, lo ricevo come va... tal quale Vito Orlando!

Intanto la casa di don Gesualdo era messa a sacco e ruba egualmente. Vino, olio, formaggio, pezze di tela anche, sparivano in un batter d'occhio. Dalla Canziria e da Mangalavite giungevano fattori e mezzadri a reclamare contro i figliuoli di massaro Fortunato Burgio che comandavano a bacchetta, e saccheggiavano i poderi dello zio, come fosse già roba senza padrone. Lui, poveraccio, confinato in letto, si rodeva in silenzio; non osava ribellarsi al cognato e alla sorella; pensava ai suoi guai. Ci aveva un cane, lì nella pancia, che gli mangiava il fegato, il cane arrabbiato di San Vito martire, che lo martirizzava anche lui. Inutilmente Speranza, amorevole, cercava erbe e medicine, consultava Zanni e persone che avevano segreti per tutti i mali. Ciascuno portava un rimedio nuovo, dei decotti, degli unguenti, fino la reliquia e l'immagine benedetta del santo, che don Luca volle provare colle sue mani. Non giovava nulla. L'infermo badava a ripetere: – Non è niente... un po' di colica. Ho avuto dei dispiaceri. Domani mi alzerò...

Ma non ci credeva più neppur lui, e non si alzava mai. Era ridotto quasi uno scheletro, pelle e ossa; soltanto il ventre era gonfio come un otre. Nel paese si sparse la voce che era spacciato: la mano di Dio che l'agguantava e l'affogava nelle ricchezze. Il signor genero scrisse da Palermo onde avere notizie precise. Parlava anche d'affari da regolare, e di scadenze urgenti. Nella poscritta c'erano due righe sconsolate d'Isabella, la quale non si era ancora riavuta dal gran colpo che aveva ricevuto poco prima. Speranza, che era presente mentre il fratello s'inteneriva sulla lettera, sputò fuori il veleno:

– Ecco! Ora vi guastate il sangue, per giunta! Potreste andarvene all'altro mondo... solo e abbandonato, come uno che non ha né possiede!... Chi vi siete trovato accanto nel bisogno, ditelo? Vostra figlia vi manda soltanto belle parole... Suo marito però va al sodo!

Don Gesualdo non rispose. Ma di nascosto, rivolto verso il muro, si mise a piangere cheto cheto. Sembrava diventato un bambino. Non si riconosceva più. Allorché Diodata, sentendo ch'era tanto malato, volle andare a visitarlo e a chiedergli perdono per la mancanza che gli avevano fatto i suoi ragazzi, la notte della sommossa, rimase di stucco al vederlo così disfatto, che puzzava di sepoltura, e gli occhi che a ogni faccia nuova diventavano lustri lustri.

– Signor don Gesualdo... son venuta a vedervi perché mi hanno detto che siete in questo stato... Dovete perdonare... a quegli screanzati che vi hanno offeso... Ragazzi senza giudizio... Si son lasciati prendere in mezzo, senza sapere quello che facessero... Dovete perdonare per amor mio, signor don Gesualdo!...

E si vedeva che parlava sincera, la poveretta, con quel viso, mandando giù, per nasconderle, le lagrime che a ogni parola le tornavano agli occhi, cercando di pigliargli la mano per baciargliela. Egli faceva un gesto vago, e scuoteva il capo, come a dire che non gliene importava, oramai. In quella sopravvenne Speranza, e fece una partaccia a quella sfacciata che veniva a tentarle il fratello in fin di vita, per cavargli qualcosa, per pelarlo sino all'ultimo. Una sanguisuga. Ci s'era ingrassata alle spalle di lui! Non le bastava? Ora calavano i corvi, all'odor del carname. Il malato chiudeva gli occhi per sfuggire quel supplizio, e agitavasi nel letto come al sopraggiungere di un'altra colica. Talché Diodata se ne andò senza poterlo salutare, a capo chino, stringendosi nella mantellina. Speranza tornò al fratello, tutta amorevole e sorridente.

– Per assistervi adesso ci avete qui noi... Non vi lasceremo solo, non temete... Tutto ciò che avete bisogno... Comandate. Che ne fareste adesso di quella strega? Vi mangerebbe anima e corpo. Neanche il viatico potreste ricevere, con quello scandalo in casa!

Lei lo assisteva meglio di una serva, e lo curava con amore, senza guardare a spesa né a fatiche. Vedendo che nulla giovava, arrivò a chiamare il figlio di Tavuso, il quale tornava fresco fresco da Napoli, laureato in medicina, – un ragazzotto che non aveva ancora peli al mento e si faceva pagare come un principe. – Però don Gesualdo gli disse il fatto suo, al vedergli metter mano alla penna per scrivere le solite imposture:

– Don Margheritino, io vi ho visto nascere! A me scrivete la ricetta? Per chi mi pigliate, amico caro!

– Allora, – ribatté il dottorino infuriato, – allora fatevi curare dal maniscalco! Perché mi avete fatto chiamare? – Prese il cappello, e se ne andò.

Ma siccome il malato soffriva tutti i tormenti dell'inferno, nella lusinga che qualcheduno trovasse il rimedio che ci voleva, per non far parlare anche i vicini che li accusavano di avarizia, dovettero chinare il capo a codesto, chinare il capo a medici e medicamenti. Il figlio di Tavuso, Bomma, quanti barbassori c'erano in paese, tutti sfilarono dinanzi al letto di don Gesualdo. Arrivavano, guardavano, tastavano, scambiavano fra di loro certe parolacce turche che facevano accapponar la pelle, e lasciavano detto ciascuno la sua su di un pezzo di carta – degli sgorbi come sanguisughe. Don Gesualdo, sbigottito, non diceva nulla, cercava di cogliere le parole a volo; guardava sospettoso le mani che scrivevano. Soltanto, per non buttare via il denaro malamente, prima di spedire la ricetta, prese a parte don Margheritino, e gli fece osservare che aveva un armadio pieno di vasetti e boccettine, comperati per la buon'anima di sua moglie. – Non ho guardato a spesa, signor dottore. Li ho ancora lì, tali e quali. Se vi pare che possano giovare adesso...

Non gli davano retta neppur quando tornava a balbettare, spaventato da quelle facce serie: – Mi sento meglio. Domani mi alzo. Mandatemi in campagna che guarirò in venti-quattr'ore. – Gli dicevano di sì, per contentarlo, come a un bambino. – Domani, doman l'altro. – Ma lo tenevano lì, per smungerlo, per succhiargli il sangue, medici, parenti e speziali. Lo voltavano, lo rivoltavano, gli picchiavano sul ventre con due dita, gli facevano bere mille porcherie, lo ungevano di certa roba che gli apriva dei vescicanti sullo stomaco. C'era di nuovo sul cassettone un arsenale di rime-di, come negli ultimi giorni di Bianca, buon'anima. Egli borbottava, tentennando il capo. – Siamo già ai medicamenti che costano cari! Vuol dire che non c'è più rimedio. – Il denaro a fiumi, un va e vieni, una baraonda per la casa, ta-vola imbandita da mattina a sera. Burgio, che non c'era av-vezzo, correva a mostrare la lingua ai medici, come venivano pel cognato; Santo non usciva più nemmeno per andare al-l'osteria; e i nipoti, quando tornavano dai poderi, si piglia-vano pei capelli: liti e quistioni fra di loro che facevano a chi più arraffa, degli strepiti che arrivavano fin nella camera dell'infermo, il quale tendeva l'orecchio, smanioso di sapere quello che facevano della sua roba, e anche lui si metteva a strillare dal letto:

– Lasciatemi andare a Mangalavite. Ci ho tutti i miei in-teressi alla malora. Qui mi mangio il fegato. Lasciatemi an-dare, se no crepo!

Ci aveva come una palla di piombo nello stomaco, che gli pesava, voleva uscir fuori, con un senso di pena continuo; di tratto in tratto, si contraeva, s'arroventava, e martellava, e gli balzava alla gola, e lo faceva urlare come un dannato, e gli faceva mordere tutto ciò che capitava. Egli rimaneva sfinito, anelante, col terrore vago di un altro accesso negli occhi stralunati. Tutto ciò che ingoiava per forza, per ag-grapparsi alla vita, i bocconi più rari, senza chiedere quel che costassero, gli si mutavano in veleno; tornava a riget-tarli come roba scomunicata, più nera dell'inchiostro, amara, maledetta da Dio. E intanto i dolori e la gonfiezza cresce-vano: una pancia che le gambe non la reggevano più. Bom-ma, picchiandovi sopra, una volta disse: – Qui c'è roba.

– Che volete dire, vossignoria? – balbettò don Gesualdo, balzando a sedere sul letto, coi sudori freddi addosso.

Bomma lo guardò bene in faccia, accostò la seggiola, si voltò di qua e di là per vedere s'erano soli.

– Don Gesualdo, siete un uomo... Non siete più un ragazzo, eh?

– Sissignore, – rispose lui con voce ferma, calmatosi a un tratto, col coraggio che aveva sempre avuto al bisogno. – Sissignore, parlate.

– Bene, qui ci vuole un consulto. Non avete mica una spina di fico d'India nel ventre! È un affare serio, capite! Non è cosa per la barba di don Margheritino o di qualcun altro... sia detto senza offenderli, qui in confidenza. Chiamate i migliori medici forestieri, don Vincenzo Capra, il dottor Muscio di Caltagirone, chi volete... Denari non ve ne mancano...

A quelle parole don Gesualdo montò in furia: – I denari!... Vi stanno a tutti sugli occhi i denari che ho guadagnato!... A che mi servono... se non posso comprare neanche la salute?... Tanti bocconi amari m'hanno dato... sempre!...

Ma però volle stare a sentire la conclusione del discorso di Bomma. Alle volte non si sa mai... Lo lasciò finire, stando zitto, tenendosi il mento, pensando ai casi suoi. Infine volle sapere:

– Il consulto? Che mi fa il consulto?

Bomma perse le staffe: – Che vi fa? Caspita! Quello che vi può fare... Almeno non si dirà che vi lasciate morire senza aiuto. Io parlo nel vostro interesse. Non me ne viene nulla in tasca... Io fo lo speziale... Non è affar mio... Non me ne intendo. Vi ho curato per amicizia... – Come l'altro tentennava il capo, diffidente, col sorriso furbo sulle labbra smorte, il farmacista mise da banda ogni riguardo. – Morto siete, don minchione! A voi dico!

Allora don Gesualdo volse un'occhiata lenta e tenace in giro, si soffiò il naso, e si lasciò andar giù sul letto supino. Di lì a un po', guardando il soffitto, aggiunse con un sospiro:

– Va bene. Facciamo il consulto.

La notte non chiuse occhio. Tormentato da un'ansietà nuova, con dei brividi che lo assalivano di tratto in tratto, dei sudori freddi, delle inquietudini che lo facevano rizzare all'improvviso sul letto coi capelli irti, guardando intorno nelle tenebre, vedendo sempre la faccia minacciosa di Bomma, tastandosi, soffocando i dolori, cercando d'illudersi. Parevagli di sentirsi meglio infatti. Voleva curarsi, giacché era un affar serio. Voleva guarire. Ripeteva le parole stesse dello speziale: denari ne aveva; s'era logorata la vita apposta; non li aveva guadagnati per far la barba al signor genero; perché se li godessero degli ingrati che lo lasciavano crepare lontano: Lontano dagli occhi, lontan dal cuore! Il mondo è fatto così, che ciascuno tira l'acqua al suo mulino. Il mulino suo, di lui, era di riacquistare la salute, coi suoi denari. C'erano al mondo dei buoni medici che l'avrebbero fatto guarire, pagandoli bene. Allora asciugavasi quel sudore d'agonia, e cercava di dormire. Voleva che i medici forestieri che aspettava il giorno dopo gli trovassero miglior cera; contava le ore; gli pareva mill'anni che fossero lì dinanzi al suo letto. La stessa luce dell'alba gli faceva animo. Poi, allorché udì le campanelle della lettiga che portava il Muscio e don Vincenzo Capra si sentì slargare il cuore tanto fatto. Si tirò su svelto a sedere sul letto come uno che si senta proprio meglio. Salutò quella brava gente con un bel sorriso che doveva rassicurare anche loro, appena li vide entrare.

Essi invece gli badarono appena. Erano tutti orecchi per don Margheritino che narrava la storia della malattia con gran prosopopea; approvavano coi cenni del capo di tanto in tanto; volgevano solo qualche occhiata distratta sull'ammalato che andavasi scomponendo in volto, alla vista di quelle facce serie, al torcer dei musi, alla lunga cicalata del mediconzolo che sembrava recitasse l'orazione funebre. Dopo che colui ebbe terminato di ciarlare s'alzarono l'uno dopo l'altro, e tornarono a palpare e a interrogare il malato, scrollando il capo, con certo ammiccare sentenzioso, certe occhiate fra di loro che vi mozzavano il fiato addirittura. Ce n'era uno specialmente, dei forestieri, che stava accigliato e pensieroso, e faceva a ogni momento uhm! uhm! senza aprir bocca. I parenti, la gente di casa, dei vicini anche, per curiosità, si affollavano all'uscio, aspettando la sentenza, mentre i dottori confabulavano a bassa voce fra di loro in un canto. A un cenno dello speziale, Burgio e sua moglie andarono a sentire anch'essi, in punta di piedi.

– Parlate, signori miei! – esclamò allora il pover'uomo pallido come un morto. – Sono io il malato, infine! Voglio sapere a che punto sono.

Il Muscio abbozzò un sorriso che lo fece più brutto. E don Vincenzo Capra, in bel modo, cominciò a spiegare la diagnosi della malattia: *Pylori cancer*, il *pyrosis* dei greci. Non s'avevano ancora indizii d'ulcerazione; l'adesione stessa del tumore agli organi essenziali non era certa; ma la degenerescenza dei tessuti accusavasi già per diversi sintomi patologici. Don Gesualdo, dopo avere ascoltato attentamente, riprese:

– Tutto questo va benone. Però ditemi se potete guarirmi, vossignoria. Senza interesse... pagandovi secondo il vostro merito...

Capra ammutolì da prima e si strinse nelle spalle.

– Eh, eh... guarire... certo... siamo qui per cercar di guarirvi... – Il Muscio, più brutale, spifferò chiaro e tondo il solo rimedio che si potesse tentare: l'estirpazione del tumore, un bel caso, un'operazione chirurgica che avrebbe fatto onore a chiunque. Dimostrava il modo e la maniera, accalorandosi nella proposta, accompagnando la parola coi gesti, fiutando già il sangue cogli occhi accesi nel faccione che gli s'imporporava tutto, quasi stesse per rimboccarsi le maniche e incomiǹciare; tanto che il paziente spalancava gli occhi e la bocca, e tiravasi indietro per istinto; e le donne, atterrite, scapparono a gemere e a singhiozzare.

– Madonna del Pericolo! – cominciò a strillare Speranza. – Vogliono ammazzarmi il fratello... squartarlo vivo come un maiale.

– Chetatevi! – balbettò lui passandosi un lembo del lenzuolo sulla faccia che grondava goccioloni. Gli altri medici

335

tacevano e approvavano più o meno la proposta del dottor Muscio per cortesia. Don Gesualdo, visto che nessuno fiatava, ripigliò a dire:

— Chetatevi!... Si tratta della mia pelle... devo dir la mia anch'io... Signori miei... Sono un uomo... Non sono un ragazzo... Se dite ch'è necessaria... questa operazione... Se dite che è necessaria... Sissignore... si farà... Però, lasciatemi dir la mia...

— È giusto. Parlate.

— Ecco... Una cosa sola... Voglio sapere prima se mi garantite la pelle... Siamo galantuomini... Mi fido di voi... Non è un negozio da farsi a occhi chiusi. Voglio vederci chiaro nel mio affare...

— Che discorsi son questi! — interruppe il Muscio dimenandosi sulla seggiola. — Io fo il chirurgo, amico mio. Io fo il mio mestiere, e non m'impiccio a far scommesse da ciarlatano! Credete di trattare col Zanni, alla fiera?

— Allora non ne facciamo nulla, — rispose don Gesualdo. E gli voltò le spalle. — Andate là, Bomma, che m'avete dato un bel consiglio!

Speranza, premurosa, vide giunta l'ora di rivolgersi ai santi, e si diede le mani attorno a procurar reliquie e immagini benedette. Neri pensò che si doveva avvertire subito la figliuola e il genero del pericolo che correva don Gesualdo. Lui non dava più retta. Diceva che di santi e di reliquie ne aveva un fascio, lì nell'armadio di Bianca, insieme alle altre medicine. Non voleva veder nessuno. Giacché era condannato, voleva morire in pace, senza operazioni chirurgiche, lontano dai guai, nella sua campagna. S'attaccava alla vita mani e piedi, disperato. Ne aveva passate delle altre; s'era aiutato sempre da sé, nei mali passi. Coraggio ne aveva, e aveva il cuoio duro anche. Mangiava e beveva; si ostinava a star meglio; si alzava dal letto due o tre ore al giorno; si trascinava per le stanze, da un mobile all'altro. Infine si fece portare a Mangalavite, col fiato ai denti, mastro Nardo da un lato e Masi dall'altro che lo reggevano sul mulo — un viaggio che durò tre ore, e gli fece dire cento volte: – Buttatemi nel fosso, ch'è meglio.

Ma laggiù, dinanzi alla sua roba, si persuase che era finita davvero, che ogni speranza per lui era perduta, al vedere che di nulla gliene importava, oramai. La vigna metteva già le foglie, i seminati erano alti, gli ulivi in fiore, i sommacchi verdi, e su ogni cosa stendevasi una nebbia, una tristezza, un velo nero. La stessa casina, colle finestre chiuse, la terrazza dove Bianca e la figliuola solevano mettersi a lavorare, il viale deserto, fin la sua gente di campagna che temeva di seccarlo e se ne stava alla larga, lì nel cortile o sotto la tettoia, ogni cosa gli stringeva il cuore; ogni cosa gli diceva: Che fai? che vuoi? La sua stessa roba, lì, i piccioni che roteavano a stormi sul suo capo, le oche e i tacchini che schiamazzavano dinanzi a lui... Si udivano delle voci e delle cantilene di villani che lavoravano. Per la viottola di Licodia, in fondo, passava della gente a piedi e a cavallo. Il mondo andava ancora pel suo verso, mentre non c'era più speranza per lui, roso dal baco al pari di una mela fradicia che deve cascare dal ramo, senza forza di muovere un passo sulla sua terra, senza voglia di mandar giù un uovo. Allora, disperato di dover morire, si mise a bastonare anatre e tacchini, a strappar gemme e sementi. Avrebbe voluto distruggere d'un colpo tutto quel ben di Dio che aveva accumulato a poco a poco. Voleva che la sua roba se ne andasse con lui, disperata come lui. Mastro Nardo e il garzone dovettero portarlo di nuovo in paese, più morto che vivo.

Di lì a qualche giorno arrivò il duca di Leyra, chiamato per espresso, e s'impadronì del suocero e della casa, dicendo che voleva condurselo a Palermo e farlo curare dai migliori medici. Il poveretto, ch'era ormai l'ombra di se stesso, lasciava fare; riapriva anzi il cuore alla speranza; intenerivasi alle premure del genero e della figliuola che l'aspettava a braccia aperte. Gli pareva che gli tornassero già le forze. Non vedeva l'ora d'andarsene, quasi dovesse lasciare il suo male lì, in quella casa e in quei poderi che gli erano costati tanti sudori, e che gli pesavano invece adesso sulle spalle.

Il genero intanto occupavasi col suo procuratore a mettere in sesto gli affari. Appena don Gesualdo fu in istato di poter viaggiare, lo misero in lettiga e partirono per la città. Era una giornata piovosa. Le case note, dei visi di conoscenti che si voltavano appena, sfilavano attraverso gli sportelli della lettiga. Speranza, e tutti i suoi, in collera dacché era venuto il duca a spadroneggiare, non si erano fatti più vedere. Ma Nardo aveva voluto accompagnare il padrone sino alle ultime case del paese. In via della Masera si udì gridare: – Fermate! fermate! – E apparve Diodata, che voleva salutare don Gesualdo l'ultima volta, lì, davanti il suo uscio. Però, giunta vicino a lui, non seppe trovare le parole, e rimaneva colle mani allo sportello, accennando col capo.

– Ah, Diodata... Sei venuta a darmi il buon viaggio?... – disse lui. Essa fece segno di sì, di sì, cercando di sorridere, e gli occhi le si riempirono di lagrime.

– Povera Diodata! Tu sola ti rammenti del tuo padrone...

Affacciò il capo allo sportello, cercando forse degli altri, ma siccome pioveva lo tirò indietro subito.

– Guarda che fai!... sotto la pioggia... a capo scoperto!... È il tuo vizio antico! Ti rammenti, eh, ti rammenti?

– Sissignore, – rispose lei semplicemente, e continuava ad accompagnare le parole coi cenni del capo. – Sissignore, fate buon viaggio, vossignoria.

Si staccò pian piano dalla lettiga, quasi a malincuore, e tornò a casa, fermandosi sull'uscio, umile e triste. Don Gesualdo s'accorse allora di mastro Nardo che l'aveva seguìto sin lì, e mise mano alla tasca per regalargli qualche baiocco.

– Scusate, mastro Nardo... non ne ho... sarà per un'altra volta, se torniamo a vederci, eh?... se torniamo a vederci... – E si buttò all'indietro, col cuore gonfio di tutte quelle cose che si lasciava dietro le spalle, la viottola fangosa per cui era passato tante volte, il campanile perduto nella nebbia, i fichi d'India rigati dalla pioggia che sfilavano di qua e di là della lettiga.

V

Parve a don Gesualdo d'entrare in un altro mondo, allorché
fu in casa della figliuola. Era un palazzone così vasto che ci
si smarriva dentro. Da per tutto cortinaggi e tappeti che non
si sapeva dove mettere i piedi – sin dallo scalone di marmo
– e il portiere, un pezzo grosso addirittura, con tanto di
barba e di soprabitone, vi squadrava dall'alto al basso, accigliato, se per disgrazia avevate una faccia che non lo per-
suadesse, e vi gridava dietro dal suo gabbione: – C'è lo stoi-
no per pulirsi le scarpe! – Un esercito di mangiapane, staffieri e camerieri, che sbadigliavano a bocca chiusa, cammina-
vano in punta di piedi, e vi servivano senza dire una parola
o fare un passo di più, con tanta degnazione da farvene passar la voglia. Ogni cosa regolata a suon di campanello, con
un cerimoniale di messa cantata – per avere un bicchier
d'acqua, o per entrare nelle stanze della figliuola. Lo stesso
duca, all'ora di pranzo, si vestiva come se andasse a nozze.
    Il povero don Gesualdo, nei primi giorni, s'era fatto ani-
mo per contentare la figliuola, e s'era messo in gala anche
lui per venire a tavola, legato e impastoiato, con un ronzìo
nelle orecchie, le mani esitanti, l'occhio inquieto, le fauci
strette da tutto quell'apparato, dal cameriere che gli contava
i bocconi dietro le spalle, e di cui ogni momento vedevasi il
guanto di cotone allungarsi a tradimento e togliervi la roba
dinanzi. L'intimidiva pure la cravatta bianca del genero, le
credenze alte e scintillanti come altari, e la tovaglia finissima,
che s'aveva sempre paura di lasciarvi cadere qualche cosa.

Tanto che macchinava di prendere a quattr'occhi la figliuola, e dirle il fatto suo. Il duca, per fortuna, lo tolse d'impiccio, dicendo ad Isabella, dopo il caffè, col sigaro in bocca e il capo appoggiato alla spalliera del seggiolone:

– Mia cara, d'oggi innanzi credo che sarebbe meglio far servire papà nelle sue stanze. Avrà le sue ore, le sue abitudini... Poi, col regime speciale che richiede il suo stato di salute...

– Certo, certo, – balbettò don Gesualdo. – Stavo per dirvelo... Sarei più contento anch'io... Non voglio essere d'incomodo...

– No. Non dico per questo. Voi ci fate a ogni modo piacere, caro mio.

Egli si mostrava proprio un buon figliuolo col suocero. Gli riempiva il bicchierino; lo incoraggiava a fumare un sigaro; lo assicurava infine che gli trovava miglior cera, da che era arrivato a Palermo, e il cambiamento d'aria e una buona cura l'avrebbero guarito del tutto. Poi gli toccò anche il tasto degli interessi. Mostravasi giudizioso; cercava il modo e la maniera d'avere il piacere di tenersi il suocero in casa un pezzo, senza timore che gli affari di lui andassero a rotta di collo... Una procura generale... una specie d'*alter ego*... Don Gesualdo si sentì morire il sorriso in bocca. Non c'era che fare. Il genero, nel viso, nelle parole, sin nel tono della voce, anche quando voleva fare l'amabile e pigliarvi bel bello, aveva qualcosa che vi respingeva indietro, e vi faceva cascar le braccia, uno che avesse voluto buttargliele al collo, proprio come a un figlio, e dirgli:

– Tè! per la buona parola, adesso! Pazienza il resto! Fai quello che vuoi!

Talché don Gesualdo scendeva raramente dalla figliuola. Ci si sentiva a disagio col signor genero; temeva sempre che ripigliasse l'antifona dell'*alter ego*. Gli mancava l'aria, lì fra tutti quei ninnoli. Gli toccava chiedere quasi licenza al servitore che faceva la guardia in anticamera per poter vedere la sua figliuola, e scapparsene appena giungeva qualche visita. L'avevano collocato in un quartierino al pian di sopra, poche stanze che chiamavano *la foresteria*, dove Isabella andava a vederlo ogni mattina, in veste da camera, spesso senza neppure mettersi a sedere, amorevole e premurosa, è vero, ma in certo modo che al pover'uomo sembrava d'essere davvero un forestiero. Essa alcune volte era pallida così che pareva non avesse chiuso occhio neppur lei. Aveva una certa ruga fra le ciglia, qualcosa negli occhi, che a lui, vecchio e pratico del mondo, non andavan punto a genio. Avrebbe voluto pigliarsi anche lei fra le braccia, stretta stretta, e chiederle piano in un orecchio: – Cos'hai?... dimmelo!... Confidati a me che dei guai ne ho passati tanti, e non posso tradirti!...

Ma anch'essa ritirava le corna come fa la lumaca. Stava chiusa, parlava di rado anche della mamma, quasi il chiodo le fosse rimasto lì, fisso... accusando lo stomaco peloso dei Trao, che vi chiudevano il rancore e la diffidenza, implacabili!

Perciò lui doveva ricacciare indietro le parole buone e anche le lagrime, che gli si gonfiavano grosse grosse dentro, e tenersi per sé i propri guai. Passava i giorni malinconici dietro l'invetriata, a veder strigliare i cavalli e lavare le carrozze, nella corte vasta quanto una piazza. Degli stallieri, in manica di camicia e coi piedi nudi negli zoccoli, cantavano, vociavano, barattavano delle chiacchiere e degli strambotti coi domestici, i quali perdevano il tempo alle finestre, col grembialone sino al collo, o in panciotto rosso, strascicando svogliatamente uno strofinaccio fra le mani ruvide, con le barzellette sguaiate, dei musi beffardi di mascalzoni ben rasi e ben pettinati che sembravano togliersi allora una maschera. I cocchieri poi, degli altri pezzi grossi, stavano a guardare, col sigaro in bocca e le mani nelle tasche delle giacchette attillate, discorrendo di tanto in tanto col guardaportone che veniva dal suo casotto a fare una fumatina, accennando con dei segni e dei versacci alle cameriere che si vedevano passare dietro le invetriate dei balconi, oppure facevano capolino provocanti, sfacciate, a buttar giù delle parolacce e delle risate di male femmine con certi visi da Madonna. Don Gesualdo pensava intanto quanti bei denari dovevano scorrere per quelle mani; tutta quella gente che mangiava e beveva alle spalle di sua figlia, sulla dote che egli le aveva dato, su l'Alìa e su Donninga, le belle terre che aveva covato cogli occhi tanto tempo, sera e mattina, e misurato col desiderio, e sognato la notte, e acquistato palmo a palmo, giorno per giorno, togliendosi il pane di bocca: le povere terre nude che bisognava arare e seminare; i mulini, le case, i magazzini che aveva fabbricato con tanti stenti, con tanti sacrifici, un sasso dopo l'altro. La Canziria, Mangalavite, la casa, tutto, tutto sarebbe passato per quelle mani. Chi avrebbe potuto difendere la sua roba dopo la sua morte, ahimé, povera roba! Chi sapeva quel che era costata? Il signor duca, lui, quando usciva di casa, a testa alta, col sigaro in bocca e il pomo del bastoncino nella tasca del pastrano, fermavasi appena a dare un'occhiata ai suoi cavalli, ossequiato come il Santissimo Sagramento, le finestre si chiudevano in fretta, ciascuno correva al suo posto, tutti a capo scoperto, il guardaportone col berretto gallonato in mano, ritto dinanzi alla sua vetrina, gli stallieri immobili accanto alla groppa delle loro bestie, colla striglia appoggiata all'anca, il cocchiere maggiore, un signorone, piegato in due a passare la rivista e prendere gli ordini: una commedia che durava cinque minuti. Dopo, appena lui voltava le spalle, ricominciava il chiasso e la baraonda, dalle finestre, dalle arcate del portico che metteva alle scuderie, dalla cucina che fumava e fiammeggiava sotto il tetto, piena di sguatteri vestiti di bianco, quasi il palazzo fosse abbandonato in mano a un'orda famelica, pagata apposta per scialarsela sino al tocco della campana che annunziava qualche visita – un'altra solennità anche quella. – La duchessa certi giorni si metteva in pompa magna ad aspettare le visite come un'anima di purgatorio. Arrivava di tanto in tanto una carrozza fiammante; passava come un lampo dinanzi al portinaio, che aveva appena il tempo di cacciare la pipa nella falda del soprabito e di appendersi alla campana; delle dame e degli staffieri in gala sguisciavano frettolosi sotto l'alto vestibolo, e dopo dieci minuti tornavano ad uscire per correre altrove a rompicollo;

proprio della gente che sembrava presa a giornata per questo. Lui invece passava il tempo a contare le tegole dirimpetto, a calcolare, con l'amore e la sollecitudine del suo antico mestiere, quel che erano costate le finestre scolpite, i pilastri massicci, gli scalini di marmo, quei mobili sontuosi, quelle stoffe, quella gente, quei cavalli che mangiavano, e inghiottivano il denaro come la terra inghiottiva la semente, come beveva l'acqua, senza renderlo però, senza dar frutto, sempre più affamati, sempre più divoranti, simili a quel male che gli consumava le viscere. Quante cose si sarebbero potute fare con quel denaro! Quanti buoni colpi di zappa, quanto sudore di villani si sarebbero pagati! Delle fattorie, dei villaggi interi da fabbricare... delle terre da seminare, a perdita di vista... E un esercito di mietitori a giugno, del grano da raccogliere a montagne, del denaro a fiumi da intascare!... Allora gli si gonfiava il cuore al vedere i passeri che schiamazzavano su quelle tegole, il sole che moriva sul cornicione senza scendere mai giù sino alle finestre. Pensava alle strade polverose, ai bei campi dorati e verdi, al cinguettìo lungo le siepi, alle belle mattinate che facevano fumare i solchi!... Oramai!... oramai!...

Adesso era chiuso fra quattro mura, col brusìo incessante della città negli orecchi, lo scampanìo di tante chiese che gli martellava sul capo, consumato lentamente dalla febbre, roso dai dolori che gli facevano mordere il guanciale, a volte, per non seccare il domestico che sbadigliava nella stanza accanto. Nei primi giorni, il cambiamento, l'aria nuova, forse anche qualche medicina indovinata, per sbaglio, avevano fatto il miracolo, gli avevano fatto credere di potersi guarire. Dopo era ricaduto peggio di prima. Neppure i migliori medici di Palermo avevano saputo trovar rimedio a quella malattia scomunicata! tal quale come i medici ignoranti del suo paese, e costavano di più, per giunta! Venivano l'uno dopo l'altro, dei dottoroni che tenevano carrozza, e si facevano pagare anche il servitore che lasciavano in anticamera. L'osservavano, lo tastavano, lo interrogavano quasi avessero da fare con un ragazzo o un contadino. Lo mostravano agli apprendisti come il zanni fa vedere alla fiera il gallo con le corna, oppure la pecora con due code, facendo la spiegazione con parole misteriose. Rispondevano appena, a fior di labbra, se il povero diavolo si faceva lecito di voler sapere che malattia covava in corpo, quasi egli non avesse che vederci, colla sua pelle! Gli avevano fatto comperare anch'essi un'intera farmacia: dei rimedi che si contavano a gocce, come l'oro, degli unguenti che si spalmavano con un pennello e aprivano delle piaghe vive, dei veleni che davano delle coliche più forti e mettevano come del rame nella bocca, dei bagni e dei sudoriferi che lo lasciavano sfinito, senza forza di muovere il capo, vedendo già l'ombra della morte da per tutto.

– Signori miei, a che giuoco giuochiamo? – voleva dire. – Allora, se è sempre la stessa musica, me ne torno al mio paese...

Almeno laggiù lo rispettavano pei suoi denari, e lo lasciavano sfogare, se pretendeva di sapere come li spendeva per la sua salute. Mentre qui gli pareva d'essere all'ospedale, curato per carità. Doveva stare in suggezione anche del genero che veniva ad accompagnare i pezzi grossi chiamati a consulto. Parlavano sottovoce fra di loro, voltandogli le spalle, senza curarsi di lui che aspettava a bocca aperta una parola di vita o di morte. Oppure gli facevano l'elemosina di una risposta che non diceva niente, di un sorrisetto che significava addirittura – Arrivederci in Paradiso, buon uomo! – C'erano persino di quelli che gli voltavano le spalle, come si tenessero offesi. Egli indovinava che doveva essere qualche cosa di grave, al viso stesso che facevano i medici, alle alzate di spalle scoraggianti, alle lunghe fermate col genero, e al borbottìo che durava un pezzo fra di loro in anticamera. Infine non si tenne più. Un giorno che quei signori tornavano a ripetere la stessa pantomima, ne afferrò uno per la falda, prima d'andarsene.

– Signor dottore, parlate con me! Sono io il malato, infine! Non sono un ragazzo. Voglio sapere di che si tratta, giacché si giuoca sulla mia pelle!

344

Colui invece cominciò a fare una scenata col duca, quasi gli si fosse mancato di rispetto in casa sua. Ci volle del bello e del buono per calmarlo, e perché non piantasse lì malato e malattia una volta per sempre. Don Gesualdo udì che gli dicevano sottovoce: – Compatitelo... Non conosce gli usi... È un uomo primitivo... nello stato di natura... – Sicché il poveraccio dovette mandar giù tutto, e rivolgersi alla figliuola, per sapere qualche cosa.

– Che hanno detto i medici? Dimmi la verità?... È una malattia grave, di'?...

E come la vide gonfiare negli occhi le lagrime, malgrado che tentasse di cacciarle indietro, infuriò. Non voleva morire. Si sentiva un'energia disperata d'alzarsi e andarsene via da quella casa maledetta.

– Non dico per te... Hai fatto di tutto... Non mi manca nulla... Ma io non ci sono avvezzo, vedi... Mi par di soffocare qui dentro...

Neppur lei non ci stava bene in quella casa. Il cuore glielo diceva, al povero padre. Sembrava che fossero in perfetto accordo, marito e moglie; discorrevano cortesemente fra di loro, dinanzi ai domestici; il duca passava quasi sempre una mezz'oretta nel salottino della moglie dopo pranzo; andava a darle il buon giorno ogni mattina, prima della colazione; per i Morti, a Natale, per la festa di Santa Rosalia, e nella ricorrenza del suo onomastico o dell'anniversario del loro matrimonio, le regalava dei gioielli, che essa aveva fatto ammirare al babbo, in prova del bene che le voleva il marito.

– Ah, ah... capisco... dev'essere costata una bella somma!... Però non sei contenta... si vede benissimo che non sei contenta...

Leggeva in fondo agli occhi di lei un altro segreto, un'altra ansietà mortale, che non la lasciava neppure quand'era vicino a lui, che le dava dei sussulti, allorché udiva un passo all'improvviso, o suonava ad ora insolita la campana che annunziava il duca; e dei pallori mortali, certi sguardi rapidi in cui gli pareva di scorgere un rimprovero. Alcune volte l'aveva vista giungere correndo, pallida, tremante come una foglia, balbettando delle scuse. Una notte, tardi, mentre era in letto coi suoi guai, aveva udito un'agitazione insolita nel piano di sotto, degli usci che sbattevano, la voce della cameriera che strillava, quasi chiamasse aiuto, una voce che lo fece rizzare spaventato sul letto. Ma sua figlia il giorno dopo non gli volle dir nulla; sembrava anzi che le sue domande l'infastidissero. Misuravano fino le parole e i sospiri in quella casa, ciascuno chiudendosi in corpo i propri guai, il duca col sorriso freddo, Isabella con la buona grazia che le aveva fatto insegnare in collegio. Le tende e i tappeti soffocavano ogni cosa. Però, quando se li vedeva dinanzi a lui, marito e moglie, così tranquilli, che nessuno avrebbe sospettato quel che covava sotto, si sentiva freddo nella schiena.

Del resto, che poteva farci? Ne aveva abbastanza dei suoi guai. Il peggio di tutti stava lui che aveva la morte sul collo. Quand'egli avrebbe chiuso gli occhi tutti gli altri si sarebbero data pace, come egli stesso s'era data pace dopo la morte di suo padre e di sua moglie. Ciascuno tira l'acqua al suo mulino. Ne aveva data tanta dell'acqua per far macinare gli altri! Speranza, Diodata, tutti gli altri... un vero fiume. Anche lì, in quel palazzo di cuccagna, era tutto opera sua; e intanto non trovava riposo fra i lenzuoli di tela fine, sui guanciali di piume; soffocava fra i cortinaggi e le belle stoffe di seta che gli toglievano il sole. I denari che spendeva per far andare la baracca, i rumori della corte, il cameriere che gli tenevano dietro l'uscio a contargli i sospiri, insino al cuoco che gli preparava certe brode insipide che non riusciva a mandar giù, ogni cosa l'attossicava; non digeriva più neanche i bocconi prelibati, erano tanti chiodi nelle sue carni.

— Mi lasciano morir di fame, capisci! — lagnavasi colla figliuola, alle volte, cogli occhi accesi dalla disperazione. — Non è per risparmiare... Sarà della roba buona... Ma il mio stomaco non c'è avvezzo... Rimandatemi a casa mia. Voglio chiuder gli occhi dove son nato!

L'idea della morte ora non lo lasciava più; si tradiva nelle domande insidiose, nelle occhiate piene di sospetto, anche nella preoccupazione affannosa di dissimularla in vari modi. Adesso non aveva più suggezione di nessuno, e afferrava chi gli capitava per domandare:

– Voglio sapere la verità, signori cari... Per regolare le mie cose... i miei interessi... – E se cercavano di rassicurarlo, dicendogli che non c'era nulla di grave... di serio... pel momento... egli tornava ad insistere, ad appuntare gli occhi, furbo, per scavar terreno: – È che ho tanto da fare laggiù, al mio paese, signori miei... capite!... Non posso mica darmi bel tempo, io!... Bisogna che pensi a tutto, se no c'è la rovina!...

Poi spiegava di dove gli era venuto quel male: – Sono stati i dispiaceri!... i bocconi amari!... ne ho avuti tanti! Vedete, me n'è rimasto il lievito qui dentro!... – Era tornato diffidente. Temeva che non vedessero l'ora di levarselo di torno, per risparmiar la spesa e impadronirsi del fatto suo. Cercava di rassicurar tutti quanti, col sorriso affabile:

– Non guardate a spesa... Posso pagare... Mio genero lo sa... Tutto ciò che occorre... Non saranno denari persi... Se campo, ne guadagno ancora tanti dei denari... – Cogli occhi lucenti, cercava d'ingraziarsi la sua figliuola stessa. Sapeva che la roba, ahimé, mette l'inferno anche fra padri e figli. La pigliava in parola. Balbettava, accarezzandola come quand'era bambina, spiandola di sottecchi intanto, col cuore alla gola:

– Qui cosa mi manca? Ho tutto per guarire... Tutto quello che ci vorrà spenderemo, non è vero?

Ma il male lo vinceva e gli toglieva ogni illusione. In quei momenti di scoraggiamento il pover'uomo pensava a voce alta:

– A che mi serve?... a che giova tutto ciò?... Neppure a tua madre è giovato!

Un giorno venne a fargli visita l'amministratore del duca, officioso, tutto gentilezze come il suo padrone quando apparecchiavasi a dare la botta. S'informò della salute; gli fece le condoglianze per la malattia che tirava in lungo. Capiva bene, lui, un uomo d'affari come don Gesualdo... che dissesto... quanti danni... le conseguenze... un'azienda così vasta... senza nessuno che potesse occuparsene sul serio... Infine offrì d'incaricarsene lui... per l'interesse che portava alla casa... alla signora duchessa... Del signor duca era buon servo da tanti anni... Sicché prendeva a cuore anche gli interessi di don Gesualdo. Proponeva d'alleggerirlo d'ogni carico... finché si sarebbe guarito... se credeva... investendolo per procura...

A misura che colui sputava fuori il veleno, don Gesualdo andava scomponendosi in viso. Non fiatava, stava ad ascoltarlo, cogli occhi bene aperti, e intanto ruminava come trarsi d'impiccio. A un tratto si mise a urlare e ad agitarsi quasi fosse colto di nuovo dalla colica, quasi fosse giunta l'ultima sua ora, e non udisse e non potesse più parlare. Balbettò solo, smaniando:

– Chiamatemi mia figlia! Voglio veder mia figlia!

Ma appena accorse lei, spaventata, egli non aggiunse altro. Si chiuse in se stesso a pensare come uscire dal malo passo, torvo, diffidente, voltandosi in là per non lasciarsi scappare qualche occhiata che lo tradisse. Soltanto ne piantò una lunga lunga addosso a quel galantuomo che se ne andava rimminchionito. Infine, a poco a poco, finse di calmarsi. Bisognava giuocar d'astuzia per uscire da quelle grinfie. Cominciò a far segno di sì e di sì col capo, fissando gli occhi amorevoli in volto alla figliuola allibita, col sorriso paterno, il fare bonario:

– Sì... voglio darvi in mano tutto il fatto mio... per alleggerirmi il carico... Mi farete piacere anzi... nello stato in cui sono... Voglio spogliarmi di tutto... Già ho poco da vivere... Rimandatemi a casa mia per fare la procura... la donazione... tutto ciò che vorrete... Lì conosco il notaro... so dove metter le mani... Ma prima rimandatemi a casa mia... Tutto quello che vorrete, poi!...

– Ah, babbo, babbo! – esclamò Isabella colle lagrime agli occhi.

Ma egli sentivasi morire di giorno in giorno. Non poteva più muoversi. Sembravagli che gli mancassero le forze d'alzarsi dal letto e andarsene via perché gli toglievano il denaro, il sangue delle vene, per tenerlo sottomano, prigioniero. Sbuffava, smaniava, urlava di dolore e di collera. E poi ricadeva sfinito, minaccioso, colla schiuma alla bocca, sospettando di tutto, spiando prima le mani del cameriere se beveva un bicchiere d'acqua, guardando ciascuno negli occhi per scoprire la verità, per leggervi la sua sentenza, costretto a ricorrere agli artifizii per sapere qualcosa di quel che gli premeva.

– Chiamatemi quell'uomo dell'altra volta... Portatemi le carte da firmare... È giusto, ci ho pensato su. Bisogna incaricare qualcuno dei miei interessi, finché guarisco...

Ma adesso coloro non avevano fretta; gli promettevano sempre, dall'oggi al domani. Lo stesso duca si strinse nelle spalle: come a dire che non serviva più. Un terrore più grande, più vicino, della morte lo colse a quell'indifferenza. Insisteva, voleva disporre della sua roba, come per attaccarsi alla vita, per far atto d'energia e di volontà. Voleva far testamento, per dimostrare a se stesso ch'era tuttora il padrone. Il duca finalmente, per chetarlo, gli disse che non occorreva, poiché non c'erano altri eredi... Isabella era figlia unica...

– Ah?... – rispose lui. – Non occorre... è figlia unica?...

E tornò a ricoricarsi, lugubre. Avrebbe voluto rispondergli che ce n'erano ancora, degli eredi nati prima di lei, sangue suo stesso. Gli nascevano dei rimorsi, colla bile. Faceva dei brutti sogni, delle brutte facce pallide e irose gli apparivano la notte; delle voci, degli scossoni lo facevano svegliare di soprassalto, in un mare di sudore, col cuore che martellava forte. Tanti pensieri gli venivano adesso, tanti ricordi, tante persone gli sfilavano dinanzi: Bianca, Diodata, degli altri ancora: quelli non l'avrebbero lasciato morire senza aiuto! Volle un altro consulto, i migliori medici. Ci dovevano essere dei medici pel suo male, a saperli trovare, a pagarli bene. Il denaro l'aveva guadagnato apposta, lui! Al suo paese gli avevano fatto credere che rassegnandosi a lasciarsi aprire il ventre... Ebbene, sì, sì!

Aspettava il consulto, il giorno fissato, sin dalla mattina, raso e pettinato, seduto nel letto, colla faccia color di terra, ma fermo e risoluto. Ora voleva vederci chiaro nei fatti suoi. – Parlate liberamente, signori miei. Tutto ciò che si deve fare si farà!

Gli batteva un po' il cuore. Sentiva un formicolìo come di spasimo anticipato tra i capelli. Ma era pronto a tutto; quasi scoprivasi il ventre, perché si servissero pure. Se un albero ha la cancrena addosso, cos'è infine? Si taglia il ramo! Adesso invece i medici non volevano neppure operarlo. Avevano degli scrupoli, dei ma e dei se. Si guardavano fra di loro e biasciavano mezze parole. Uno temeva la responsabilità; un altro osservò che non era più il caso... oramai... Il più vecchio, una faccia di malaugurio che vi faceva morire prima del tempo, com'è vero Dio, s'era messo già a confortare la famiglia, dicendo che sarebbe stato inutile anche prima, con un male di quella sorta...

– Ah... – rispose don Gesualdo, fattosi rauco a un tratto. – Ah... Ho inteso...

E si lasciò scivolare pian piano giù disteso nel letto, trafelato. Non aggiunse altro, per allora. Stette zitto a lasciarli finire di discorrere. Soltanto voleva sapere s'era venuto il momento di pensare ai casi suoi. Non c'era più da scherzare adesso! Aveva tanti interessi gravi da lasciare sistemati... – Taci! taci! – borbottò rivolto alla figliuola che gli piangeva allato. Colla faccia cadaverica, cogli occhi simili a due chiodi in fondo alle orbite livide, aspettava la risposta che gli dovevano, infine. Non c'era da scherzare!

– No, no... C'è tempo. Simili malattie durano anni e anni... Però... certo... premunirsi... sistemare gli affari a tempo... non sarebbe male...

– Ho inteso, – ripeté don Gesualdo col naso fra le coperte. – Vi ringrazio, signori miei.

Un nuvolo gli calò sulla faccia e vi rimase. Una specie di rancore, qualcosa che gli faceva tremare le mani e la voce, e trapelava dagli occhi socchiusi. Fece segno al genero di fermarsi; lo chiamò dinanzi al letto, a quattr'occhi, da solo a solo.

– Finalmente... questo notaro... verrà, sì o no? Devo far testamento... Ho degli scrupoli di coscienza... Sissignore!... Sono il padrone, sì o no?... Ah... ah... stai ad ascoltare anche tu?...

Isabella andò a buttarsi ginocchioni ai piedi del letto, col viso fra le materasse, singhiozzando e disperandosi. Il genero lo chetava dall'altra parte. – Ma sì, ma sì, quando vorrete, come vorrete. Non c'è bisogno di far delle scene... Ecco in che stato avete messo la vostra figliuola!...

– Va bene! – seguitò a borbottare lui. – Va bene! Ho capito!

E volse le spalle, tal quale suo padre, buon'anima. Appena fu solo cominciò a muggire come un bue, col naso al muro. Ma poi, se veniva gente, stava zitto. Covava dentro di sé il male e l'amarezza. Lasciava passare i giorni. Pensava ad allungarseli piuttosto, a guadagnare almeno quelli, uno dopo l'altro, così come venivano, pazienza! Finché c'è fiato c'è vita. A misura che il fiato gli andava mancando, a poco a poco, acconciavasi pure ai suoi guai; ci faceva il callo. Lui aveva le spalle grosse, e avrebbe tirato in lungo, mercé la sua pelle dura. Alle volte provava anche una certa soddisfazione, fra sé e sé, sotto il lenzuolo, pensando al viso che avrebbero fatto il signor duca e tutti quanti, al vedere che lui aveva la pelle dura. Era arrivato ad affezionarsi ai suoi malanni, li ascoltava, li accarezzava, voleva sentirseli lì, con lui, per tirare innanzi. I parenti ci avevano fatto il callo anch'essi; avevano saputo che quella malattia durava anni ed anni, e s'erano acchetati. Così va il mondo, pur troppo, che passato il primo bollore, ciascuno tira innanzi per la sua via e bada agli affari propri. Non si lamentava neppure; non diceva nulla, da villano malizioso, per non sprecare il fiato, per non lasciarsi sfuggire quel che non voleva dire; solamente gli scappavano di tanto in tanto delle occhiate che significavano assai, al veder la figliuola che gli veniva dinanzi con quella faccia desolata, e poi teneva il sacco al marito, e lo incarcerava lì, sotto i suoi occhi, col pretesto dell'affezione, per covarselo, pel timore che non gli giuocasse qualche tiro nel testamento. Indovinava che teneva degli altri guai nascosti, lei, e alle volte aveva la testa altrove, mentre suo padre stava colla morte sul capo. Si rodeva dentro, a misura che peggiorava; il sangue era diventato tutto un veleno; ostinavasi sempre più, taciturno, implacabile, col viso al muro, rispondendo solo coi grugniti, come una bestia.

Finalmente si persuase ch'era giunta l'ora, e s'apparecchiò a morire da buon cristiano. Isabella era venuta subito a tenergli compagnia. Egli fece forza coi gomiti, e si rizzò a sedere sul letto. – Senti, – le disse, – ascolta...

Era turbato in viso, ma parlava calmo. Teneva gli occhi fissi sulla figliuola, e accennava col capo. Essa gli prese la mano e scoppiò a singhiozzare.

– Taci, – riprese, – finiscila. Se cominciamo così non si fa nulla.

Ansimava perché aveva il fiato corto, ed anche per l'emozione. Guardava intorno, sospettoso, e seguitava ad accennare del capo, in silenzio, col respiro affannato. Ella pure volse verso l'uscio gli occhi pieni di lagrime. Don Gesualdo alzò la mano scarna, e trinciò una croce in aria, per significare ch'era finita, e perdonava a tutti, prima d'andarsene.

– Senti... Ho da parlarti... intanto che siamo soli...

Ella gli si buttò addosso, disperata, piangendo, singhiozzando di no, di no, colle mani erranti che l'accarezzavano. L'accarezzò anche lui sui capelli, lentamente, senza dire una parola. Di lì a un po' riprese:

– Ti dico di sì. Non sono un ragazzo... Non perdiamo tempo inutilmente. – Poi gli venne una tenerezza. – Ti dispiace, eh?... ti dispiace a te pure?...

La voce gli si era intenerita anch'essa, gli occhi, tristi, s'erano fatti più dolci, e qualcosa gli tremava sulle labbra. – Ti ho voluto bene... anch'io... quanto ho potuto... come ho potuto... Quando uno fa quello che può...

Allora l'attirò a sé lentamente, quasi esitando, guardandola fisso per vedere se voleva lei pure, e l'abbracciò stretta stretta, posando la guancia ispida su quei bei capelli fini.

– Non ti fo male, di'?... come quand'eri bambina?...

Gli vennero insieme delle altre cose sulle labbra, delle onde e di amarezza e di passione, quei sospetti odiosi che dei bricconi, nelle questioni d'interessi, avevano cercato di mettergli in capo. Si passò la mano sulla fronte, per ricacciarli indietro, e cambiò discorso.

– Parliamo dei nostri affari. Non ci perdiamo in chiacchiere, adesso...

Essa non voleva, smaniava per la stanza, si cacciava le mani nei capelli, diceva che gli lacerava il cuore, che gli pareva un malaugurio, quasi suo padre stesse per chiudere gli occhi.

– Ma no, parliamone! – insisteva lui. – Sono discorsi serii. Non ho tempo da perdere adesso. – Il viso gli si andava oscurando, il rancore antico gli corruscava negli occhi. – Allora vuol dire che non te ne importa nulla... come a tuo marito...

Vedendola poi rassegnata ad ascoltare, seduta a capo chino accanto al letto, cominciò a sfogarsi dei tanti crepacuori che gli avevano dati, lei e suo marito, con tutti quei debiti... Le raccomandava la sua roba, di proteggerla, di difenderla: – Piuttosto farti tagliare la mano, vedi!... quando tuo marito torna a proporti di firmare delle carte!... Lui non sa cosa vuol dire! – Spiegava quel che gli erano costati, quei poderi, l'Alìa, la Canziria, li passava tutti in rassegna amorosamente; rammentava come erano venuti a lui, uno dopo l'altro, a poco a poco, le terre seminative, i pascoli, le vigne; li descriveva minutamente, zolla per zolla, colle qualità buone o cattive. Gli tremava la voce, gli tremavano le mani, gli si accendeva tuttora il sangue in viso, gli spuntavano le lagrime agli occhi: – Mangalavite, sai... la conosci anche tu... ci sei stata con tua madre... Quaranta salme di terreni, tutti alberati!... ti rammenti... i belli aranci?... anche tua madre, poveretta, ci si rinfrescava la bocca, negli ultimi giorni!... 300 migliaia l'anno, ne davano! Circa 300 onze!

E la Salonia... dei seminati d'oro... della terra che fa miracoli... benedetto sia tuo nonno che vi lasciò le ossa!...

Infine, per la tenerezza, si mise a piangere come un bambino.

— Basta, — disse poi. — Ho da dirti un'altra cosa... Senti...

La guardò fissamente negli occhi pieni di lagrime per vedere l'effetto che avrebbe fatto la sua volontà. Le fece segno di accostarsi ancora, di chinarsi su lui supino che esitava e cercava le parole.

— Senti!... Ho degli scrupoli di coscienza... Vorrei lasciare qualche legato a delle persone verso cui ho degli obblighi... Poca cosa... Non sarà molto per te che sei ricca... Farai conto di essere una regalìa che tuo padre ti domanda... in punto di morte... se ho fatto qualcosa anch'io per te...

— Ah, babbo, babbo!... che parole! — singhiozzò Isabella.

— Lo farai, eh? lo farai?... anche se tuo marito non volesse...

Le prese le tempie fra le mani, e le sollevò il viso per leggerle negli occhi se l'avrebbe ubbidito, per farle intendere che gli premeva proprio, e che ci aveva quel segreto in cuore. E mentre la guardava, a quel modo, gli parve di scorgere anche lui quell'altro segreto, quell'altro cruccio nascosto, in fondo agli occhi della figliuola. E voleva dirle delle altre cose, voleva farle altre domande, in quel punto, aprirle il cuore come al confessore, e leggere nel suo. Ma ella chinava il capo, quasi avesse indovinato, colla ruga ostinata dei Trao fra le ciglia, tirandosi indietro, chiudendosi in sé, superba, coi suoi guai e il suo segreto. E lui allora sentì di tornare Motta, com'essa era Trao, diffidente, ostile, di un'altra pasta. Allentò le braccia, e non aggiunse altro.

— Ora fammi chiamare un prete, — terminò con un altro tono di voce. — Voglio fare i miei conti con Domeneddio.

Durò ancora qualche altro giorno così, fra alternative di meglio e di peggio. Sembrava anzi che cominciasse a riaversi un poco, quando a un tratto, una notte, peggiorò rapidamente. Il servitore che gli avevano messo a dormire nella stanza accanto l'udì agitarsi e smaniare prima dell'alba. Ma siccome era avvezzo a quei capricci, si voltò dall'altra parte, fingendo di non udire. Infine, seccato da quella canzone che non finiva più, andò sonnacchioso a vedere che c'era.

– Mia figlia! – borbottò don Gesualdo con una voce che non sembrava più la sua. – Chiamatemi mia figlia!

– Ah, sissignore. Ora vado a chiamarla, – rispose il domestico, e tornò a coricarsi.

Ma non lo lasciava dormire quell'accidente! Un po' erano sibili, e un po' faceva peggio di un contrabbasso, nel russare. Appena il domestico chiudeva gli occhi udiva un rumore strano che lo faceva destare di soprassalto, dei guaiti rauchi, come uno che sbuffasse ed ansimasse, una specie di rantolo che dava noia e vi accapponava la pelle. Tanto che infine dovette tornare ad alzarsi, furibondo, masticando delle bestemmie e delle parolacce.

– Cos'è? Gli è venuto l'uzzolo adesso? Vuol passar mattana! Che cerca?

Don Gesualdo non rispondeva; continuava a sbuffare supino. Il servitore tolse il paralume, per vederlo in faccia. Allora si fregò bene gli occhi, e la voglia di tornare a dormire gli andò via a un tratto.

– Ohi! ohi! Che facciamo adesso? – balbettò grattandosi il capo.

Stette un momento a guardarlo così, col lume in mano, pensando se era meglio aspettare un po', o scendere subito a svegliare la padrona e mettere la casa sottosopra. Don Gesualdo intanto andavasi calmando, col respiro più corto, preso da un tremito, facendo solo di tanto in tanto qualche boccaccia, cogli occhi sempre fissi e spalancati. A un tratto s'irrigidì e si chetò del tutto. La finestra cominciava a imbiancare. Suonavano le prime campane. Nella corte udivasi scalpitare dei cavalli, e picchiare di striglie sul selciato. Il domestico andò a vestirsi, e poi tornò a rassettare la camera. Tirò le cortine del letto, spalancò le vetrate, e s'affacciò a prendere una boccata d'aria, fumando.

Lo stalliere, che faceva passeggiare un cavallo malato, alzò il capo verso la finestra.

– Mattinata, eh, don Leopoldo?

– E nottata pure! – rispose il cameriere sbadigliando. – M'è toccato a me questo regalo!

L'altro scosse il capo, come a chiedere che c'era di nuovo, e don Leopoldo fece segno che il vecchio se n'era andato, grazie a Dio.

– Ah... così... alla chetichella?... – osservò il portinaio che strascicava la scopa e le ciabatte per l'androne.

Degli altri domestici s'erano affacciati intanto, e vollero andare a vedere. Di lì a un po' la camera del morto si riempì di gente in manica di camicia e colla pipa in bocca. La guardarobiera vedendo tutti quegli uomini alla finestra dirimpetto venne anche lei a far capolino nella stanza accanto.

– Quanto onore, donna Carmelina! Entrate pure; non vi mangiamo mica... E neanche lui... non vi mette più le mani addosso di sicuro...

– Zitto, scomunicato!... No, ho paura, poveretto.. Ha cessato di penare.

– Ed io pure, – soggiunse don Leopoldo.

Così, nel crocchio, narrava le noie che gli aveva date quel cristiano – uno che faceva della notte giorno, e non si sapeva come pigliarlo, e non era contento mai. – Pazienza servire quelli che realmente son nati meglio di noi... Basta, dei morti non si parla.

– Si vede com'era nato... – osservò gravemente il cocchiere maggiore. – Guardate che mani!

– Già, son le mani che hanno fatto la pappa!... Vedete cos'è nascer fortunati... Intanto vi muore nella battista come un principe!...

– Allora, – disse il portinaio, – devo andare a chiudere il portone?

– Sicuro, eh! È roba di famiglia. Adesso bisogna avvertire la cameriera della signora duchessa.

Appendice

Il primo Mastro-don Gesualdo

[abbozzo G7]

I

Gesualdo fin da ragazzetto non si rammentava altro: Suo padre, compare Cosimo Cinniredda, che faceva andare la chiatta al Simeto, insieme [a] * Nanni Lasca, Ventura, l'Orbo; e lui a stendere la mano per riscuotere il pedaggio. Passavano lettighe, passavano vetturali, passava gente a piedi e a cavallo d'ogni paese, e se ne andavano pel mondo, di qua e di là del fiume.

Compare Cinniredda, di suo mestiere, prima era stato lettighiere. Una domenica delle Palme – giorno segnalato – tornando da un viaggio col suo ragazzo, trovò al Biviere la notizia che sua moglie stava per partorire. – Comare Minica stavolta vi fa una bella bambina. – Gli dicevano tutti all'osteria. E lui, contentone, s'affrettava ad attaccare i muli per arrivare a casa prima di sera. Il bajo, birbante, da un pezzo lo guardava di malocchio per certe perticate a torto, che se l'era legate al dito. Come lo vide spensierato, che si chinava a stringere il sottopancia, affilò le orecchie a tradimento – Jjj! – e gli assestò un calcio che l'azzoppò per sempre.

Comare Minica, appena gli recarono la notizia che suo marito era in mano della Gagghianedda, voleva saltar giù dal letto e correre al Biviere, se non era il dottore don Sidoru che l'acchiappò per la camicia sbuffando: – Come le bestie, voialtri villani! Non sapete cosa vuol dire una febbre puerperale? – Signore don Sidoru, come posso lasciare mio marito in mano della Gagghianedda fuori via? – Date retta al medico – soggiungeva la gnà Itàna, più giudiziosa. – Andrete a vederlo più tardi, quando sarete guarita. Vi pare che scappi vostro marito?

Poi il baliatico, la malannata, il bisogno dei figliuoli, e il tempo era passato. Compare Cosimo intanto per buscarsi il pane, s'era

* Le parentesi quadre indicano integrazione; una o più terne di puntini tra parentesi quadre indicano una o più parole illeggibili.

ridotto a giornata dallo zio Pinu, il capoccia della chiatta a Primosole, buon uomo, che aveva preso per carità anche Gesualdo il quale era il minore dei Cinniredda. Gli altri due maschi di compare Cosimo erano allogati in paese: Vitu garzone del notaro Sganci, e Peppi manovale, con suo zio il Mascalisi, il quale era fratello di comare Minica. La gnà Itàna battezzò la bimba e gli aveva messo un bel nome – Tedda (Speranza) – perché era nata dopo tre maschi.

Compare Cosimo prometteva sempre di andare al paese per vedere moglie e figliuoli, un giorno o l'altro. – Verrò a Pasqua. – Verrò a Natale. – Con ogni conoscente che passava mandava a dire la stessa storia; tanto che la gnà Minica non ci credeva più; e Gesualdo ogni volta guardava il babbo negli occhi per vedere se fosse vero.

Ma succedeva che a Pasqua o a Natale s'aveva sempre una gran folla da tragittare. Sicché quando il fiume era gonfio, più di cinquanta vetture aspettavano il bel tempo all'osteria di Primosole. Lo zio Pinu podagroso si rosicava le mani dai dolori, bestemmiando contro lo scirocco e levante che gli rubava il guadagno di tasca; e la sua gente si riposava: Nanni Lasca bocconi, come un sacco di grano; Ventura all'osteria per scacciare la malaria, e l'Orbo cantava tutto il giorno, ritto sull'uscio della capanna a veder piovere, guardando il cielo cogli occhi bianchi.

Comare Minica avrebbe voluto venire lei a Primosole, almeno per far vedere a suo marito la bambina, che suo padre non la conosceva ancora dopo tanto tempo, come se non l'avesse fatta lui. – Andrò dopo la raccolta delle ulive, – diceva anch'essa – Andrò quando avrò preso i denari del filato. – Lui si levava il pane di bocca per mandarle qualche carlino. Intanto si erano abituati entrambi a non vedersi più. Comare Minica fece una malattia mortale, di quelle che don Sidoru se ne lavava le mani, come Pilato. – Vostra moglie è malata, malatissima – venivano a dire a Primosole tutti quelli che arrivavano dal paese a Cinniredda – lo zio Cheli il mulattiere, compare Turiddu ed altri. Stavolta compare Cosimo voleva correre davvero! – Sabato di certo! O al più tardi domenica. Prestatemi due tarì per fare il viaggio a cavallo, zio Pinu. – Lo zio Pinu rispondeva: – Aspettate se vi portano una buona notizia. Alle volte, intanto che siete per via, vostra moglie guarisce, e ci perdete la spesa del viaggio. – L'Orbo gli consigliava di pregare invece la Madonna di Primosole che è miracolosa. Infine il baronello Rocca, il quale

andava a Catania per gli studii, portò la nuova che comare Cinniredda l'aveva lasciata col prete.

– Vedete se avevo ragione? – esclamò lo zio Pinu. – Cosa an-
davate a farci, se non c'era aiuto?

Dopo la morte di sua moglie compare Cosimo si trovò alquanto alleviato. Quell'anima caritatevole della baronessa Rocca s'era
presa la bambina, onde non restasse in mezzo alla strada, e gli
dicevano pure bene degli altri due ragazzi. Peppi si faceva bravo
nel mestiere di suo zio. Vitu era il braccio destro del notaro
Sganci.

Lo stesso Gesualdo cominciava a non essergli a carico, del tutto. Lo mandavano per la spesa, e a raccattar legna morte giù nel
greto, o a coglier l'erbe per la minestra, e lo zio Pinu prometteva
di pigliarlo negli uomini della ciurma, se campava. Coll'aiuto di
Dio poteva vivere e morire a Primosole al pari dello zio Pinu
il quale vi mangiava pane da quarant'anni, così attratto com'era
dalla podagra.

Passavano conoscenti, passava gente che non s'era vista mai,
a piedi, a cavallo, d'ogni nazione, come l'acqua del fiume che se
ne andava al mare, ma lì pareva sempre la stessa, fra le due rive
sgretolate: a destra le collinette nude di Valsavoja, a sinistra il
tetto rosso di Primosole. Quando pioveva, alle volte, per settimane e settimane, non si vedeva altro che la capanna malinconica e freddolosa, la quale fumava nella nebbia.

Poi tornava il bel tempo e spuntava del verde qua e là, fra le
rocce di Valsavoja, sul ciglio delle viottole, nel piano che faceva
come un mare di verdura, tutto a pezze di giallo, di rosso, di
bianco, sin dove giungeva l'occhio.

Infine arrivava l'estate e si mangiava ogni cosa il rosso dei pa-
paveri, il bianco delle margherite, il verde dei maggesi, l'acqua
del fiume, gli oleandri che intristivano sulla riva, in mezzo al
polverone.

II

Ogni domenica lo zio Nunzio che teneva l'osteria di Primosole,
faceva venire il prete per la messa, mandava sua figlia Barbaredda a scopare la chiesuola, e raccattava i bajocchi che i devoti solevano buttare nel finestrino per le anime del Purgatorio. Accorrevano dai dintorni, grandi e piccoli e l'osteria si riempiva di

gente. – A Primosole il commercio lo porto io! Diceva lo zio Nunzio. Veniva compare Bomma quello che vendeva il pesce e gli uccelli d'acqua dal Biviere, Maruzza coi suoi ceci abbrustoliti. Alle volte arrivava anche don Tinu il merciaiuolo, sotto un ombrellone rosso, e schierava la sua mercanzia sullo scalino, forbici, temperini, nastri e refe d'ogni colore, e fissava gli avventori con quella faccia di civetta.

– Babbo, che non comperiamo mai nulla noialtri? – Chiedeva Gesualdo. E compare Cosimo rispondeva:

– No, figliuol mio. Questa è roba per chi ha denari.

Gli altri invece compravano: pettini, fazzoletti, immagini di santi e la Barbaredda toccava ogni cosa colle mani sudicie, senza che nessuno gli dicesse niente, perché era figlia dell'oste. Anzi una volta don Tinu gli regalò una Immacolata colla cornice di vetro, che passò di mano in mano. E la gente – Guardate come tira i regali con quegli occhi di sbirra la sfacciata!

Dopo Gesualdo li sorprese tutti e due nel pollaio, che si tenevano abbracciati. La gnà Barbara stava all'erta per timor del babbo, e al fruscio s'accorse subito di quegli occhietti sgranati che si ficcavano nella siepe. – Cosa fai tu qui, spione? – gli gridò minacciandolo colla scarpaccia in mano. – Se vai a raccontarlo guai a te! Don Tinu invece la teneva per la sottana, ridendo con quella faccia di mariuolo. – Lasciatelo andare, comare Barbara, se no gli fate pensare al male. È vero che non dirai nulla, figliuol mio? – E gli fece una carezza con due dita perché stesse zitto.

Ma Gesualdo non poteva levarsi dal capo il viso rosso di Barbaredda, e le manacce di don Tinu che brancicavano. Se lo mandavano a riempire il fiasco all'osteria si piantava dinanzi al banco della ragazza, la quale gli misurava il vino colla faccia tosta, e poi si metteva a strillare.

– Guardate qua, cristiani! Non ha ancora dodici anni, sto moccioso, e ha negli occhi la malizia!

Ràzia, la servetta, stava a sentire, colla scopa in mano e affilava il viso magro, tutta orecchi. Poi quando menava a pascolare i tacchini dello zio Nunzio ronzava tutto il giorno nelle vicinanze della chiatta. Gesualdo incontrandola sulla via col paniere dell'erba in mano, le disse una volta:

– Senti, caliamoci nel greto che nessuno ci vede. Io ti darò un bacio, e tu mi terrai abbracciato, come la tua padrona con don Tinu.

La fanciulletta si grattò il capo, e infine rispose: – No. Tu non mi dai nulla.

Ella invece portava nascoste nel petto croste di formaggio, pezzetti di lardo rancido raccattate sotto le tavole dei vetturali. Accendevano un fuocherello, e giuocavano a far l'oste e l'ostessa. Di solito Gesualdo dopo un po' abbrancava la roba e se la dava a gambe. Ràzia allora rimaneva a guardarlo, cogli occhi grigi sbarrati, stupefatta.

Oppure davano la caccia ai grilli, o scovavano le lucertole, o si mettevano a tirar sassi nell'acqua. Allorché andavano dietro i tacchini, passo passo, Gesualdo narrava il suo grande affare del viaggio al suo paese, per andare a vedere i fratelli, adesso che era morta la mamma. – E tu dove l'hai la mamma? Ràzia tornava a grattarsi il capo, e rispondeva:

– Non so.

Infine scappavano a correre, e Gesualdo l'inseguiva a zollate. Come l'aspettavano alla chiatta, Ventura gli gridava da lontano che suo padre voleva ammazzarlo se gli metteva le unghie addosso. L'Orbo, buon diavolo intercedeva: – Lasciatelo stare, compare Cosimo, che è piccolo e non ha giudizio.

Venne una malannata e finì quella cuccagna. Fu un inverno asciutto che il cielo pareva di bronzo e i mandorli fiorirono in gennajo. Alle prime caldure la gente cominciò a morire come le mosche e lo zio Pinu acchiappò la terzana anche lui, e andava borbottando: – Questa è l'ultima mia annata. – Non sentiva più la podagra e non abbaiava più la notte. Stava quieto nel suo lettuccio, al bujo. Soltanto appena udiva chiamare per la chiatta di qua o di là del fiume, rizzava il capo, per amor del guadagno, e gridava: – O gente!

Però non si poteva lasciarlo morire peggio d'un cane. Compare Cosimo, l'Orbo, e alle volte anche Nanni Lasca ne parlavano fra di loro sottovoce dinanzi al letto del malato, il quale pareva che contasse i travicelli del tetto, lungo disteso, colla faccia color di terra. Infine risolvettero di chiamargli la Gagghianedda, la quale di tanto in tanto veniva a curare la moglie dello zio Nunzio, allettata da quattr'anni.

Ventura, che era di casa all'osteria, doveva fare l'imbasciata.

– Vedrete che la Gagghianedda vi guarirà in un batter d'occhio. – Dicevano allo zio Pinu. – È meglio di un dottore quella donnetta.

Lo zio Pinu non rispondeva né sì né no, pensando alla spesa, colla faccia color di terra. Però ad ogni nuovo accesso tornava a pigolare: – Chiamatemi pure la Gagghianedda. Non mi lasciate morire senza aiuto, signori miei! – e piangeva come un ragazzo, con quella barba di quindici giorni tutta bianca.

La Gagghianedda al primo fissargli addosso i suoi occhietti di sorcio, la battezzò febbre pericolosa come chi dicesse che è meglio mandare pel prete addirittura. Giusto era domenica, e si udiva vociare all'osteria. Gli rimase fitto in mente a Gesualdo: Nanni Lasca, su di un piede, cogli occhi gonfi, che sbadigliava, la Gagghianedda affaccendata a cercare nelle tasche il rimedio fatto apposta; i curiosi che si affacciavano all'uscio, e lo zio Pinu, lungo disteso, che guardava tutti ad uno ad uno, cogli occhi di vetro. Ventura disse, – Che ve ne pare zio Bomma? – E lo zio Bomma seguitò a tentennare il capo, senza rispondere, e volse le spalle adagio adagio, colle sue gallinelle in mano. L'Orbo per dar la baia alla Gagghianedda, che non sapeva trovare il rimedio, gli domandava:

– Cosa ci vuole per farmi tornar la vista?

Lo zio Pinu morì la stessa notte. Peccato, giacché il lunedì si trovò a passare lo Zannu, il quale ci aveva il tocca e sana per ogni male nelle sue scarabattole. Lo condussero appunto a vedere il morto. Lo Zannu gli toccò il ventre, la lingua, stette un po' a rosicchiarsi il dito. Indi alzò il capo e conchiuse: – Se c'ero io lo zio Pinu non moriva.

III

Allora cominciaro[no] la quistione su chi dovesse essere il capoccia della chiatta. Ciascuno diceva – Io! – Nanni Lasca col fegato gonfio come un otre e la malaria che gli aveva dato tutta nella testa. Ventura il quale si sarebbe mangiato il guadagno all'osteria, e l'Orbo che non ci vedeva. Compare Cosimo predicava: – Sentite, signori miei, un capoccia come me non lo trovate più. Io son zoppo ho mio figlio che mi aiuta. Ora comincia ad avere gli anni del giudizio. – Un tiranno quello sciancato! – Brontolava Ventura. Ci leverebbe la pelle al suo ragazzo per far quattrini. – Sicuro, rispondeva compare Cosimo – La buon'anima di mio padre soleva dire che colla mia pelle aveva a rattoppare la sua. Per questo son venuto diritto e laborioso nonostante la malasorte. Temeva pure che il ragazzo venisse pigro e ubbriacone come Nanni Lasca o Ventura.

Perciò a ogni momento, notte e giorno, chiamava per il primo – Gesualdo! – E se non correva subito alla fune, pedate colla gamba buona.

Gesualdo alle volte scappava via strillando, e si perdeva per tutta la giornata. Poi da lontano appollaiato sul muricciuolo dell'abbeveratoio colla faccia sulle mani, e gli occhioni torvi rispondeva alle chiamate:

– No! Non ci vengo più con voi.

Passava compare Cheli sonnecchiando sul basto del mulo, passava lo Zannu, pensieroso portando l'ecceomo nelle scarabattole e lo zio Mommu col carniere in spalla. Ventura che era senza nessuno al mondo, e l'aveva girato tutto quanto, diceva: – Questi viene da Catania – Quest'altro viene da Siracusa.

E raccontava ogni cosa per filo e per segno delle meraviglie che c'erano pel mondo a Nanni Lasca, steso bocconi, e all'Orbo che ascoltava cogli occhi bianchi, mentre la chiatta andava e veniva da un capo all'altro della fune, sempre ad un posto. Come lo zio Mommu, diceva Ventura, il quale camminava quanto il sole, ma sempre fisso al Biviere per i suoi uccelli d'acqua.

Gesualdo guardava verso il piano, o verso il monte, secondo Ventura disegnava, e si sentiva una gran voglia d'andare anch'esso, senza saper dove.

Accadde che lo zio Nunzio maritava Barbaredda con Lanzise, suo vicino, buon uomo il quale non sapeva nulla. Venne anche don Tinu a vender roba pel corredo. Sul tardi desinava all'osteria. Non si sa come, a motivo di un conto sbagliato, attaccarono lite collo zio Nunzio, e don Tinu gli disse – Becco!

Tutta questa storia si venne a saper poi da Ventura, il quale era andato all'osteria per combinazione, e ci si era fermato a veder mangiare e bere.

Compare Nunzio era un ometto cieco da un occhio, che al vederlo sembrava un minchione. Ma si diceva che aveva più di un omicidio sulle spalle, e a venti miglia in giro gli portavano rispetto. Al sentirsi quella mala parola sul mostaccio andò a pigliare lo schioppo accanto al letto, senza dire né uno né due. La gnà Mena dallo spavento s'era rizzata a sedere sul letto, dopo tant'anni, colle mani nei capelli, e Barbaredda strillava: – Aiuto, santi cristiani, che s'ammazzano!

Soltanto don Tinu senza scomporsi, rispondeva con quella faccetta da mariuolo.

– Che vi pare azione d'uomo cotesta, zio Nunzio? Io non ci ho altro addosso che un boccone di temperino.

– Avete ragione, don Tinu. – Disse lo zio Nunzio, ammiccando, coll'occhio buono, e andò a posare lo schioppo.

Gesualdo veniva per il vino quando incontrò Ràzia tutta contenta che gli avevano regalato un grano nuovo: – Me l'ha dato il merciaio per andare a chiamare lo zio Nunzio, e dirgli che don Tinu l'aspetta nella strada.

Più tardi trovarono lo zio Nunzio buttato per terra, dietro una macchia di ficodindia, col suo cane che gli leccava il sangue. – Che è stato compare Nunzio? Chi v'ha fatto la ferita? Lo zio Nunzio non voleva dirlo. – Portatemi sul mio letto piuttosto. Se campo ci penso io; se muoio ci pensi Iddio.

– Fu quella faccia di forca di don Tinu che me l'ammazzò! – strillava Barbaredda. La gnà Mena nel letto si lamentava come se avessero dato a lei la coltellata. Solo lo zio Nunzio, duro: – Se campo ci penso io; se muoio ci pensi Dio.

Gesualdo in quella baraonda aveva perso mezza giornata a guardare, col fiasco in mano. Ventura che era sulla chiatta gli disse al vederlo passare. – Se ti capita tuo padre ti concia per le feste. Si udiva nella capanna compare Cosimo che gridava come un ossesso. Allora Gesualdo buttò via il fiasco col vino e se la diede a gambe. Poi da lontano si fermò a vedere se l'inseguivano. Calava la sera quieta tutto intorno. Passò Ràzia piangendo e gli disse che aveva ammazzato il suo padrone perché era andata a chiamarlo, e aveva paura di tornare all'osteria.

– Ora me ne vado a stare con don Tinu a Francofonte. – conchiuse. – Aspetta che vengo anch'io. Rispose Gesualdo. E si misero a correre. Il sole moriva sul tetto rosso di Primosole e sulla capanna che fumava in riva al fiume, malinconica. Pure i due ragazzi erano stati sempre là. I monti di Francofonte si velavano di tristezza, laggiù in fondo, e i grilli stessi, cantavano – Dove vai? dove vai?

Camminarono un gran pezzo. Ràzia che sin da bambinella era stata orfana di padre e di madre e non aveva paura a camminare di notte gli faceva coraggio. Incontrarono una fila di muli, ed ella disse:

– Portateci da don Tinu a Francofonte, vossignoria, che vi daremo un bajocco.

Il mulattiere, che non ci vedeva nel buio borbottò qualche parola mezzo addormentato, e tirò di lungo. I due fanciulli si accodarono ai muli. Poi il vetturale si fermò allo stallazzo del Leone, ed essi rimasero dietro l'uscio, accoccolati, tutto il resto della notte. Almeno là pareva di sentire il caldo della stalla.

Quando Dio volle ruppe l'alba e il mulattiere uscì a stregghiare i muli. Era lo zio Cheli, per fortuna, che non l'avevano conosciuto al bujo. E i ragazzi gli si fecero innanzi con un bel sorriso. Ma egli rispose brusco – Perché non tornate a casa, vagabondi?

Allora si scostarono mogi mogi e stettero a guardar la stregghiatura col viso lungo.

Poco dopo da un sentieruolo fra due siepi sbucò lo zio Bomma che andava a vendere la sua caccia. Quello aveva il viso buono, con quel naso che gli scendeva giù dal berretto di pelo di gatto. Ràzia si fece animo e gli chiese: – Per andare a Francofonte, vossignoria, da che parte si prende?

L'altro accennò di sì col berrettone, e seguitò per la sua via, col naso a terra. Si misero dietro a lui che andava a vendere le gallinelle a Francofonte, e arrivarono sulla piazza. C'era già una donnicciuola imbacuccata nella mantellina bianca, dietro una cesta di fichidindia piena sul marciapiedi, e si udiva un gran martellare dentro la bottega del maniscalco [... ... ...]. In piazza passeggiavano un mulo zoppo, e dei contadini stavano a guardare, colle mani in tasca. – Questo è un paese per davvero. – disse Gesualdo.

Però il merciaiuolo non si vedeva. Quello della locanda che contrattava le gallinelle pesandole colle mani, disse che l'aspettavano da un giorno all'altro, prima della festa dell'Assunta.

Allora i due ragazzi si misero a sedere tristamente accanto allo zio Bomma che non diceva mai una parola, ma almeno li conosceva. Passò un prete, grasso, e domandò: – Avete pesce, zio Bomma? Il berrettone fece segno di no. Il prete si mise a brontolare: – Senza pesce, il sabato! Cosa gli do oggi in tavola, al Reverendo! Lo zio Bomma non sapeva che rispondere rimminchionito, battendo gli occhi, mentre il prete entrava nella chiesa, dove si udiva l'[...] e un gran scampanio nel tetto. Poi tornò ad aspettare coi gomiti sulle ginocchia. Il locandiere [... ...] per avere le galline a buon prezzo. Infine ne comprò un paio leticando a voce alta. Lo zio Bomma ammiccava cogli occhi senza aprir bocca.

Ràzia, ch'era più ardita, si offerse di spiumare gli uccelli ma l'altro la mandò via con male parole. Passava la posta a cavallo di un asinello lemme lemme e Ràzia disse: – Andiamo a Militello con quello della Posta?

– No, rispose Gesualdo scoraggiato – restiamo qui collo zio Bomma. Suonava mezzogiorno e lo speziale chiudeva la bottega. Poi s'affacciò una comare a chiamare lontano. Da una stradicciuola spuntarono due galantuomini, col cappello a staio, passeggiando adagio adagio. Uno di essi si fermò a contrattare le gallinelle, senza comprar nulla. Infine la piazza rimase deserta. Lo zio Bomma allora raccolse le sue gallinelle, e se ne andò a capo chino, un passo dietro l'altro.

Ora rimanevano soli in un paese fuori via. Si presero per mano e arrivarono sino alla fontana, ch'era in fondo al paese, se mai si vedeva spuntare don Tinu per la strada che scendeva giù nella pianura. Passava gente a ogni momento, donne che venivano ad attinger acqua, vetturali che abbeveravano i muli, contadini, che tornavano dai campi, colle bisacce avvolte al manico della zappa, chiacchierando a voce alta; poi una mandra di pecore in mezzo a un polverone. Un frate cappuccino che veniva dalla cerca saltò a terra da una bella mula baia, e si chinò a bere alla fontana, tutto rosso, colla barba bianca di polvere nell'acqua. Quando non passava alcuno venivano delle cutrettole a saltellare sulle punte dei sassi, in mezzo alla fanghiglia battendo la coda. Lontano si udiva la cantilena dei trebbiatori, nell'aja, perduta in mezzo alla pianura che non finiva mai, e cominciava a velarsi della sera e in fondo, vicino alla striscia sottile del Simeto, il Biviere di Lentini, come uno stagno morto.

– Guarda com'è lontano! disse Gesualdo, col cuore stretto. E don Tinu non spuntava mai. Il sole era già tramontato. Ràzia più coraggiosa disse: – Don Tinu verrà domani. – Ma aspettavano ancora, l'uno accanto all'altra, col mento sulle palme, guardando nel buio. Infine scoraggiati si presero per mano, e tornarono verso l'abitato. Nelle case luceva ancora qualche finestra, ma i cani si mettevano a latrare, e i padroni minacciosi gridavano dietro l'uscio: – Chi è? La fanciulletta abbandonata sulla via con Gesualdo gli mise le braccia al collo piagnucolando. – No! no! pigolava lui – Per colpa tua che son fuggito!

Trovarono una tettoia addossata a un casolare, e vi passarono la notte, tenendosi abbracciati per riscaldarsi; come don Tinu e Barbaredda.

Si svegliarono il giorno dopo con una gran fame, e Gesualdo le rimprover[ò] che l'aveva fatto scappare da Primosole, e suo padre l'ammazzava se lo coglieva. Mentre andavano leticando per via, e guardando le botteghe che si aprivano, scorsero don Tinu sulla piazza, colle sue scarabattole diggià in mostra, e l'ombrellone rosso.

– Signor don Tinu! – gli disse Ràzia tutta contenta. – Benvenuto a vossignoria!

Don Tinu sgranò gli occhi di malumore. Poscia ci pensò su un momento e rispose: – O tu chi sei? Io non ti ho mai vista!

La fanciulletta rimase a bocca aperta, tutta rossa, e si allontanò adagio adagio a capo basso.

Più tardi il merciaiuolo scorse Gesualdo, che stava a guardare da lontano timoroso, tenendosi vicino alla ragazzetta e gli disse:

– Tu sei il figlio dello sciancato di Primosole. Ti conosco.

– Sissignore, don Tinu! – rispose il ragazzo colla voce afflitta.

– Don Tinu si persuase al vedergli la faccetta maliziosa, e gli disse:

– Se vuoi venire con me e portarmi la roba ti do da mangiare e da vestire.

Gesualdo accettò tutto contento. Sola Ràzia si allontanò ancora un po' adagio adagio, colle mani sotto il grembiuletto; e poi si mise a guardare tristamente da lontano.

Don Tinu pagò il conto alla locanda; raccolse la sua roba, e se ne andò con Gesualdo alle calcagna, come un cagnolino. Prima però gli domandò:

– Ma tu come va che sei qui, in mezzo alla strada?

Gesualdo non sapeva che rispondere. – È tuo padre che t'ha mandato via a buscarti il pane? – Aggiunse il merciaiuolo, in presenza del locandiere e d'altri testimoni.

– Sissignore, don Tinu!

– Allora va bene! To', mangia. Ma bada che la tua compagna non ti venga dietro. Io non la conosco, e non voglio seccature.

Gesualdo per non perdere il pane non si voltò nemmeno a guardarla. Soltanto nell'andarsene dietro al merciaiuolo, colla roba in spalla, vide la fanciulletta ferma in fondo alla piazza, colle mani sotto il grembiule, che guardava tristamente.

– Quello fu il principio della mia fortuna. – Diceva poi don Gesualdo divenuto ricco.

IV

Un buon diavolaccio quel don Tinu. Sempre allegro anche quando si slacciava la cintura per dare una buona lezione a Gesualdo. Dopo si affibbiava la correggia e non ci pensava più. In viaggio gli contava delle barzellette per smaliziarlo e ingannare la noia della strada a piedi. Oppure gli insegnava a tirar di coltello in qualche prato fuori mano. — Con me imparerai a conoscere il mondo, e ti farai uomo.

Andavano a Scordia, Militello, Carlentini, dappertutto ov'era la fiera; schieravano in piazza la mercanzia, su di una panchetta, e aspettavano nella folla. C'erano treccóni, bestiame, gente vestita da festa, e lo Zannu che faceva vedere l'Ecceomo, e si sbracciava a vendere empiastri, a strappar denti, a dire la buona ventura, ritto su di un trespolo, vociando in un mare di sudore. I curiosi facevan ressa a bocca aperta, sotto il sole. Poi usciva il santo colla banda, e lo portavano in processione. Dopo tutta la giornata, le donne stavano sull'uscio cariche d'ori, sbadigliando e la sera accendevano la luminaria e facevano il passeggio. Don Tinu ripeteva:

— Se stavi con tuo padre le vedevi tutte queste cose, di'?

Dopo cena don Tinu giuocava a briscola e alla morra coi passeggieri che erano alla locanda, gridando, battendo i pugni sulla tavola. Tanto che una sera stava per finir male con lo Zannu. Don Tinu arrabbiato dal perdere gli disse che con quella faccia gli portava la jettatura.

Lo Zannu raccoglieva le carte, cheto cheto: — Va bene, va bene, rispose. — Dunque a un grano il punto sono sette tarì e mezzo che mi dovete.

— Il conto è giusto, ma i sette tarì e mezzo io non ve li dò.

— Non me li date don Tinu? Perché non me li date?

— Perché non voglio darveli. Per camorristeria.

Allora lo Zannu che si era alzato con quella faccetta lunga di malumore, tirò su con una strappata la cintura dei calzoni e soggiunse:

— Se voi siete camorrista son camorrista anch'io. Datemi i miei denari o ve li cavo fuori colle budella.

Don Tinu non disse altro, si sputò sulle mani, e gli appoggiò un ceffone mastro.

Accorse l'oste gridando che veniva la guardia. Lo Zannu e don Tinu si abbracciarono e baciarono dinanzi alla gente, vociando:

– Nulla nulla! È stato per ischerzo. Non è stato nulla!

Dopo don Tinu disse a Gesualdo: – Va a pigliarmi il coltello a molla, e chiudi l'uscio. Se non mi vedi tornar più la roba è tua.

Ma tornò dopo mezz'ora, a braccetto collo Zannu smorti in viso tutti e due. Lo Zannu gli succhiò il sangue della ferita e lo medicò come un fratello. Dopo si abbracciarono e baciarono un'altra volta per davvero. E don Tinu mise mano alla borsa e pagò i sette tarì e mezzo. Lo Zannu disse: – Ora abbiamo ad essere compari.

– Tu pregavi Dio che m'ammazzasse – disse don Tinu a Gesualdo. – Per buscarti la mia roba.

Così Gesualdo si faceva pratico del mestiere. Il suo principale faceva anche il negozio dei cenci e Gesualdo sapeva dove andare a scovarli, negli abituri luridi, in fondo ai cortiletti fangosi, pelle stradicciuole sassose. Appena si metteva a vociare da lontano colla sua vocetta di galletto: – Il cenciajo. Donne! Esse accorrevano come le mosche. Poi in piazza sapeva pigliare ognuna pel suo verso nel vendere la roba. – Vedrete quanto vi durerà quel grembiule, s'era una vecchia. – Guardate come vi sta bene quel fazzoletto se era una giovane. E giurava per l'anima di sua madre, come don Tinu. Gli avventori che non sapevano nulla si fidavano piuttosto del ragazzo. Talché costui lo lasciava al banco, e correva a godersi la festa di qua e di là, colle comari. Aveva comari dappertutto. Spesso appena arrivava lo mandavano a chiamare di nascosto per qualche vecchiarella e gli facevano trovare il desco apparecchiato dietro l'uscio, mentre i mariti erano alla processione colla testa nel sacco.

Sinché una volta per S. Sebastiano di Mililli lo portarono a casa su di una scala, come un ecceomo.

Era stata la Ràzia ch'era venuta a chiamarlo all'osteria. – Signor don Tinu, vi aspettano dove sapete vossignoria. Don Tinu esitava grattandosi la barba. Non per paura, no, ma quella ragazza gli portava la jettatura dove andava. Lei intanto rimaneva là sull'uscio della taverna sorridendo timidamente, col viso nella mantellina rattoppata. Gesualdo l'aveva vista nella piazza che guardava da lontano peritosa. – O tu come sei qui? – le disse stavolta.

– Son venuta a piedi, rispose Ràzia tutta contenta che gli avessero parlato. – Da Licodia a Carlentini, e poi si[n] qui perché morivo di fame, ora fo i servizii a chi mi chiama.

S'era fatta grandicella, tanto che la vesticciuola sbrindellata non gli arrivava più a coprir le gambe. Aveva pure la faccia magra e pallida di donna fatta, e due larghe pesche nere sotto gli occhi affamati.

Gesualdo che stava lavando col pane il piatto di don Tinu gli disse: – Te'! ne vuoi?

Ma Ràzia si vergognava a dir di sì. – Io sto con don Tinu, e faccio il merciaio – disse Gesualdo.

Infine la ragazza vedendo che non gli davano retta se ne andò adagio adagio, rasente al muro.

Poco dopo portarono don Tinu colle ossa rotte, ché lo zio Cheli per combinazione era arrivato a casa prima del solito. Lo Zannu nel medicarlo andava predicando:

– Coi villani ci vuole prudenza, don Tinu caro, ché son peggio delle bestie. Vetturali poi, Dio liberi!

Stette un pezzo a guarire. Intanto Gesualdo badava al negozio e la sera portava il guadagno al principale. Don Tinu gli guardava le mani, sospettoso, e borbottava: – Va bene, va bene.

Ma appena ebbe lasciato il letto lo afferrò pel collo in un cantuccio della stalla, e gli disse: – Fuori i denari! Dammi il resto che ti sei messo in tasca, faccia di forca!

– Che resto, don Tinu? Io non mi son messo in tasca un grano solo. Per l'anima di mia madre!

– Va bene, va bene, questa è storia che la so! Te l'ho insegnata io stesso. Ma a me non la dai a bere. Son tre settimane che vendi per mio conto! chissà quanto m'hai rubato.

Agli strilli accorsero l'oste lo Zannu e tutti gli altri. – Non gli dar retta, figliuol mio. Perché il tuo padrone dev'essere ubbriaco.

Lo Zannu invece se voleva ubbriacarsi si chiudeva nella sua stanza faccia a faccia colla bottiglia, non gridava, non stracciava le carte, sempre con quel risolino di prete sotto il nasone, e le donne venivano a cercarlo sino a casa di soppiatto verso sera, imbacuccate sino al naso, sovente a due per volta, una vecchia che accompagnava la più giovane e si chiudevano a catenaccio. Gesualdo li udiva ciangottare e pestare nel mortaio quando alloggiava accanto. O erano strilli e pianti soffocati. Una notte che non poté chiuder occhio a quel tramestio vide lo Zannu che intascava i denari dal buco della serratura e una vecchiarella che conduceva via la sua ragazza, la quale barcollava e gemeva, pallida come la cera vergine, con un fagotto sotto il braccio e lo Zannu faceva lume, colla candela in mano. Don Tinu conchiudeva che lo Zannu era un'imbroglione, il quale spillava dei denari alle donnicciuole col suo Ecceomo, e gli abitini della Madonna, ed altre simili mercanzie che non valevano un grano di capitale. Lui invece doveva andare a fare le sue provviste a Catania, e pagare le cambiali, se non voleva andare in prigione. Da un gran pezzo gli aveva promesso di menarlo alla città. – Ti farò vedere cose che rimarrai a bocca aperta.

Gesualdo non voleva passar da Primosole, per paura del babbo ch'era alla chiatta.

– Lascia fare a me che ho più giudizio, – rispose il suo padrone, e prima d'arrivare al fiume si mise a camminare avanti per andare a prevenire compare Cosimo.

– Ecco vostro figlio che è venuto a baciarvi le mani.

Lo zio Cosimo aveva la terzana, e stava buttato al sole, aspettando la febbre col fazzoletto in testa. – Figlio mio che il Signore t'accompagni e ti dia la provvidenza. – Ora che non aveva forza d'alzare un braccio guardava il suo ragazzo tentennando il capo, e coi luccicomi agli occhi. – Con me gira il mondo, e si guadagna il pane. – Aggiunse don Tinu.

Una miseria in quella chiatta. Nanni Lasca gonfio come un otre che il fegato gli arrivava alla gola e non si muoveva più. Ventura partito a cercar fortuna altrove, e l'Orbo sempre lo stesso, attaccato alla fune, che cantava nel silenzio della malaria guardando il cielo cogli occhi bianchi. Avevano preso un ragazzetto per aiutare trovatello come Ventura che non si sapeva donde veniva, e andava pel mondo a cercarsi il pane, con un giacchettone rattoppato che gli batteva alle calcagna.

– Però non dite nulla all'osteria – Raccomandò don Tinu – Sapete che abbiamo avuto quelle chiacchiere collo zio Nunzio.

– Ora lo zio Nunzio è paralitico – rispose l'Orbo, e male non può farvi.

Infatti gli passarono davanti inchiodato in una scranna. Gli avevano anche messo un'altra osteria lì dirimpetto, sotto il naso ora che non poteva far valere più le sue ragioni con un'ostessa giovane e spregiudicata che rideva a tutti.

E lo zio Nunzio stava sulla porta, e salutava: – Benedicite, vossignoria. Che non mi conoscete più zio Pinu?

Lo zio Pinu accennava di sì col capo come Pulcinella, che non si vedeva come in quell'occhio smorto che lo fissava. Allora don Tinu senza pensare ad altro mise mano alla scarsella. Lo zio Pinu teneva sempre la mano stesa sul tavolo. Poi Barbaredda s'affacciò sull'uscio colle fave nella sottana rialzata, a guardare il merciaiuolo che se ne andava chiacchierando con Gesualdo.

Gesualdo rimase davvero a bocca aperta arrivando in quella gran città piena di gente come se fosse sempre festa, e colle strade diritte che non finivano mai. Don Tinu andava dicendo dappertutto che non vendeva più un palmo di fettuccia e pagava i creditori con buone parole. Ma un omiciattolo calvo colle orecchie di pipistrello che vendeva cotonina, come lo vide tirare di lungo dinanzi alla sua vetrina saltò fuori sulla strada e l'acchiappò pel collo gridando:

– Quando mi pagate infine mariuolo?

Don Tinu si fece smorto come un cencio. – Signore don Antonio, l'annata è stata scarsa e non vendo più un palmo di fettuccia. Se non mi fate ancora credito, e non mi date dell'altra roba potete mandarmi in prigione, ma due grani non me li cavate. – E don Antonio gli diede dell'altra roba, bestemmiando come un turco.

– Bella cosa il negozio. Ecco don Antonio è costretto a farmi credito perché se fallisco io fallisce lui e andiamo in prigione tutti e due. Nel negozio siamo tutti legati l'uno all'altro come i rocchi di questa salsiccia.

Stavano mangiando un bel piatto con dei maccheroni alla bettola dal Sapienza. Don Tinu si trattava bene i dì di festa. Dopo pranzo colla pancia piena lo condusse a prender aria alla marina, che Gesualdo non aveva vista mai tant'acqua, e il principale gli diceva: – Laggiù in fondo dove son quei monti che sembrano un nuvolone è il Simeto, e tuo padre che tira la fune della chiatta. Se tu non venivi con me crepavi di fame insieme a lui.

Accadde due mesi dopo che passando un'altra volta da Mililli trovarono il tifo che faceva strage. Gesualdo lo prese nel cortile del Greco, dove andava di solito pel traffico dei cenci, e se lo portò via cogli stracci nel paniere. Un po' don Tinu ebbe pazienza. Ma infine vedendo che la storia si faceva lunga lo piantò allo stallatico dallo zio Santu, con sei tarì pel suo mantenimento, e se ne andò con Dio. Lo zio Santu, a quel regalo bestemmiava come un turco. Per buona sorte aveva il fienile vuoto; da mettere il malato su di un mucchio di paglia. Colà, la febbre se lo mangiava notte e giorno.

Appena giunse lo Zannu da quelle parti lo zio Santu andò a scongiurarlo colle mani in croce che per carità gli levasse di casa quel malato che faceva scappare gli avventori. Lo zannu lo vide, sporse le labbra, gli lasciò accanto un'immagine di S. Sebastiano di Melilli e disse che non c'era nulla da fare. Pure campò, gli rimaneva soltanto una gran fame. Una fame che andava a scovare le bucce di fave e di fichidindia fra le immondizie.

Mastro-don Gesualdo

[Dalla « Nuova Antologia » 1888]

I

Suonava la messa dell'alba a San Giovanni; ma il paesetto dormiva ancora della grossa, perché era piovuto da tre giorni, e nei seminati ci si affondava fino a mezza gamba. Tutt'a un tratto, nel silenzio, corse un fragore spaventoso; gli usci e le finestre che sbattevano; la gente in camicia che scappava fuori gridando:

– San Gregorio! San Gregorio Magno, nostro patrono!

Era ancora buio. Lontano, nell'ampia distesa nera dell'Àlia, ammiccava soltanto un fuoco di carbonai, e più a sinistra la stella del mattino, sopra un nuvolone basso che tagliava l'alba nel lungo altipiano del Paradiso. Per tutta la campagna diffondevasi un uggiolare lugubre di cani. E subito, dal quartiere basso, giunse il suono grave del campanone di San Giovanni, che dava l'allarme; poi la campana squillante di San Vito; l'altra della chiesa madre più lontano; quella di Sant'Agata, che parve addirittura cascar sul capo ai parrocchiani inginocchiati dinanzi alla porta della chiesa: uno scampanìo generale che correva sui tetti, spaventato, nelle tenebre. Una dopo l'altra s'erano svegliate pure le campanelle dei monasteri: il Collegio, S. Maria, San Sebastiano, Santa Teresa: le povere monache che chiamavano aiuto anch'esse.

– Terremoto, San Gregorio Magno! – Le donne, col rosario in mano, si picchiavano il petto; gli uomini mettevano il lume alla finestra: tutto il paese, sulla collina, che formicolava di lumi, come fosse il giovedì, quando suonano le due ore di notte: una cosa da far drizzare i capelli sul capo, chi avesse visto da lontano!

– Don Diego! Don Ferdinando! – si udiva chiamare in fondo alla piazzetta; e uno che bussava al portone, con un sasso.

Dalla salita verso la Piazza Grande, e dagli altri vicoletti, arrivava sempre gente: donne che biascicavano avemarie; ragazzi che piagnucolavano; un calpestìo continuo di scarponi grossi sull'acciottolato; di tanto in tanto un nome gridato da lontano; e insieme quel bussare insistente al portone in fondo alla piazzetta, e quella voce che chiamava:

– Don Diego! don Ferdinando!

– Chi è? – si udì rispondere alfine.

– Aprite, aprite, don Ferdinando! ché avete il fuoco in casa!

– Diego! Diego! – strillò allora la voce.

Dal palazzo dei Trao, al di sopra del cornicione sdentato, si vedevano salire infatti, nell'alba già chiara, globi di fumo denso, a ondate, sparsi di faville.

Ma il palazzo sembrava abbandonato: le finestre senza vetri; il portone cadente; delle fenditure che scendevano sino alle finestre delle cantine; lo stemma mangiato dalla lebbra; e solo, all'altra estremità, per dar segno di vita, il lume da notte che vedevasi sempre nella camera di Don Diego, asmatico. Lì davanti un crocchio di vicini, a guardare in aria, e mastro Nunzio Motta che strepitava come un ossesso, perché attaccata a quella dei Trao ci aveva anche la sua casetta.

Don Luca il sagrestano diceva che era rovinata di certo la cappa del focolare:

– Avete sentito, che fracasso? – Mastro Nunzio tornava a gridare:

– Ce ne andremo tutti in fuoco e fiamme, tanto è vecchio questo palazzo!

Nanni l'Orbo poi, a chi voleva sentirlo, giurava e spergiurava d'aver visto aprire una finestra del palazzo, al momento del terremoto: – Lì, accanto a quelle di donna Bianca! Ho visto con quest'occhi!... uno che stava per scavalcare il davanzale, e poi s'è tornato a cacciar dentro, vedendo tanta gente!...

– Don Diego! Don Ferdinando! Che siete tutti morti? – continuava a gridar l'altro.

Finalmente si udì aprire una finestra, stridendo, cigolando, e si affacciò un berretto da notte sudicio, ritto su di una testa che sembrava fatta di cartone, sparuta, con un gran naso, degli occhietti gonfi, i capelli grigi, per aria, la barba lunga di otto giorni, una vocetta rauca che strillava, tirando il fiato:

– Chi è? Che volete a quest'ora?

– Il fuoco! Avete in casa il fuoco! Aprite!

– A quest'ora? benedetto Iddio?...

– Brucia il palazzo, capite? Se ne va in fiamme tutto il quartiere! Ci ho attaccata la mia casa, perdio!

Allora, dietro la figura allampanata del primogenito, comparve al finestrino anche la faccia tisica di don Diego, cogli occhi in fondo a due buchi neri, il nasone tagliente, un fazzolettaccio legato in testa, tossendo, spurgandosi, tutti e due che strillavano in coro:

– Aiuto! aiuto! Cristiani, aiuto!

– Aprite! Presto, aprite!

– Bianca! Bianca!

Come Dio volle, aiutando anche i vicini di fuori, spingendo, facendo leva, s'aprì il portone, e uno alla volta penetrarono nel cortile, coll'erba sino a mezza gamba, vociando, schiamazzando, armati di secchie, di brocche piene d'acqua; compare Cosimo colla scure da far legna; don Luca il sagrestano che voleva dar di mano alle campane un'altra volta, per chiamare all'armi. Pelagatti così com'era corso, udendo chiamare aiuto, col pistolone arrugginito ch'era andato a scavar di sotto allo strame; Santo Motta colle mani in mano, vociando per tre; don Ferdinando col lume in cima alla scala, che strillava: – Qua! qua! – come una papera.

– Acqua! acqua! – gridavasi nel cortile. Mastro Nunzio voleva piuttosto buttar fuori tutta quella legna accatastata contro il suo muro. – Ci vorrà un mese! Che diavolo! rispose suo figlio Santo, voltandogli le spalle. Giacalone diceva di abbattere il muro. Don Luca il sagrestano assicurò che pel momento non c'era pericolo: una torre di Babele!

Dal cortile infatti non si vedeva ancora il fuoco. Soltanto, di tratto in tratto, come spirava il maestrale, passavano al di sopra delle gronde ondate di fumo, che si sperdevano dietro il muro a secco del giardinetto, fra i rami degli alberi già in fiore. Sotto la tettoia cadente c'erano accatastate delle fascine; e in fondo, ritta contro la casa del vicino, dell'altra legna grossa: assi d'impalcati, correntoni fradici, una trave di palmento che non si era mai potuta vendere.

– Peggio dell'esca, vedete! – sbraitava mastro Nunzio. – Roba da fare andare in aria tutto il quartiere!... santo e santissimo!... E me la mettono poi contro il mio muro; perché loro non hanno nulla da perdere, santo e santissimo!...

E stringendo il pericolo, si slanciò a testa bassa su per la scala che traballava. Gli altri dietro, come tanti leoni. A ogni passo un esercito di topi che spaventavano la gente: – Badate! badate! Or ora rovina il tetto! – Nanni l'Orbo che ce l'aveva sempre con quello della finestra, urlava ogni volta: – Eccolo! eccolo! – E nella biblioteca, la quale cadeva a pezzi, fu a un pelo d'ammazzare il sagrestano col pistolone. Nel buio degli altri stanzoni si udiva sempre la voce chioccia di don Diego, chiamando:

– Bianca! Bianca!

Per tutta la casa smantellata era un correre a precipizio: donne che portavano acqua; ragazzi che quella confusione gli pareva una festa, e si rincorrevano schiamazzando; curiosi venuti per vedere, col naso in aria, e andavano toccando i brandelli di stoffa che pendevano ancora dalle pareti, gli intagli delle porte; osservavano le dorature che luccicavano ancora qua e là, nei soffitti, vociando per udir l'eco degli stanzoni vuoti; una corsa sfrenata pei corridoi, che faceva ballare il pavimento. – Badate! badate! che sta per cascare il solaio! – sghignazzava Santo Motta, allegro come una pasqua, sgambettando in mezzo all'acqua: delle pozze d'acqua ad ogni passo, fra i mattoni smossi o mancanti. Comare Speranza, sua sorella, venuta anch'essa col lattante al petto, ad aiutare; don Diego e don Ferdinando travolti in mezzo alla folla che rovistava in ogni cantuccio la miseria della loro casa, rimminchioniti, chiamando:

– Bianca! Bianca!

Essa rispose finalmente, colla voce tramortita.

– Chi è? Che volete?

– Il fuoco! Apri! Abbiamo il fuoco in casa!

Ma l'uscio rimaneva chiuso. Udivasi nell'altra stanza un tramenìo, un correre all'impazzata, quasi di gente fuori di sé. Poi il rumore di una seggiola rovesciata. Don Diego e don Ferdinando, ansiosi, chini sul buco della serratura, chiamavano e tempestavano. Gli altri guardavano a bocca aperta i ritratti appesi in giro alle pareti, tutti quei Trao affumicati che sembravano sgranar gli occhi al veder tanta marmaglia in casa loro.

Dall'altra parte del vicoletto si udì una voce che gridava:

– Per di qua! Per di qua! Il fuoco è nella cucina!

Il genero di mastro Nunzio, arrampicatosi su di una scala a piuoli, faceva dei gran gesti in aria, sul tetto della sua casa. Gli altri gridavano in coro: Acqua! Acqua!... Nella cucina!

Ma il fumo era così denso nel corridoio che non si poteva passare da quella parte. – Acqua! Acqua! – si udiva gridare da ogni parte.

Giacalone aveva attaccato una carrucola al davanzale della finestra, e calavano le secchie anche nella cisterna del vicino. Compare Cosimo, il legnaiuolo, si era arrampicato sulla gronda e dava gran colpi di scure sull'abbaino, per entrare.

– No! no! – gli gridavano dalla strada. – Se date aria al fuoco in un momento se ne va tutto il palazzo.

Don Ferdinando allora si batté un gran colpo sulla fronte, e scappò urlando, colle mani in aria:

– Le carte di famiglia! Le carte di famiglia!

Entravano ondate di fumo nero dalle finestre, pareva di udire anche il soffiare del fuoco al piano di sopra. Ciascuno diceva la sua, vociando tutti in una volta. Una baraonda da sbalordire. Don Diego, fuori di sé, chiocciava sempre:

– L'uscio! sfondate l'uscio! Mia sorella Bianca...

Allora Burgio, appollaiato sulla scala a piuoli, sul tetto del suocero Motta, si mise a gridare:

– Dalla terrazza: dalla terrazza! c'è la scaletta della terrazza, per salire in cucina da quest'altra parte!

In quel momento s'aprì l'uscio, e comparve donna Bianca, come una morta, con le trecce disfatte, gli occhi stralunati, le mani lacere e con le unghie rotte, che tremavano talmente da non potersi agganciare il vestito.

– Di qua, di qua! Bianca, presto!

Ma la giovane non si muoveva, come paralizzata dal terrore, con le labbra convulse, il viso contratto da una mortale ansietà.

– È chiuso! è chiuso! – Si udì gridare dalla terrazza. – L'uscio della scaletta è chiuso dall'altra parte!

Don Ferdinando ritornò in quel momento, carico della cassetta, col fiato ai denti:

– Ecco! ecco!

– Che volete! che volete? – balbettò allora donna Bianca, sempre più fuori di sé, stringendosi all'uscio, a testa bassa, tenendo aggrottate le lunghe sopracciglie, fissando spaventata or l'uno or l'altro dei suoi fratelli, cogli occhi grigi che luccicavano come quelli di una bestia colta in trappola.

Mastro Nunzio dalla finestra discuteva a gran grida col genero Burgio, ritto sul tetto della casa dirimpetto. – Buttate giù le tegole. – Appoggiate una scala al fumaiuolo! – Dall'altra parte, sul campanile, don Luca si era appeso alle campane. La gente, laggiù in piazza, fitta come le mosche. Nanni l'Orbo, che era di casa, proponeva di andare sulla terrazza dalla camera di donna Bianca. – Per di qui! per di qui! – vociavano gli altri.

– No! – esclamò la giovane colla voce rauca, afferrandosi ai battenti, tutta convulsa. – Non entrate nessuno!

Don Diego si sentì piegare le gambe.

– Hanno chiuso dall'altra parte! C'è qualcuno dentro, che ha chiuso l'uscio! – Si udì gridare dalla terrazza.

Nanni l'Orbo investì comare Speranza per correre più presto: – Quello di stanotte! Quello che scappava dalla finestra! – E Pelagatti dietro col pistolone.

Santo Motta arrivò trafelato ad annunziare:

– La giustizia! Ecco qui gli sbirri!

– Di qua, di qua! Salgono la scala! – aggiungeva comare Speranza correndo insieme agli altri.

Allora donna Bianca, rimasta faccia a faccia col fratello, giunse le mani, lasciandosi cadere lentamente in ginocchio, e balbettò:

– Ammazzatemi, don Diego! Ammazzatemi pure!

Quello che accadde poi nella sua cameretta nuda da convento, col lettuccio in disordine e le quattro seggiole sbandate qua e là, non si seppe mai. Don Diego aveva chiuso l'uscio. Si udì dopo un momento lo scoppio del pistolone di Pelagatti, come una cannonata; e gli strilli di don Ferdiando, che chiamava disperatamente:

– Diego! Diego!

Giusto in quel punto accorrevano il signor Capitano, l'Avvocato fiscale, e tutta la Giustizia. Don Livio Papa, il caposbirro, gridava da lontano, brandendo in mano la sciaboletta sguainata: – Aspetta! aspetta! Ferma! ferma! – E il signor Capitano dietro a lui, trafelato come don Livio, cacciando avanti il bastone: – Largo! largo! Date passo alla Giustizia! – L'Avvocato fiscale ordinò di buttare a terra l'uscio. – Don Diego! Donna Bianca! Aprite! Cosa vi è successo? – bussava e tempestava Giacalone.

– Nulla! Nulla! – balbettò don Diego, affacciandosi con la bocca atteggiata al riso, pallido come un cadavere, le gambe che non lo reggevano più, il gran naso dei Trao che faceva pietà su quella faccia, tutto impolverato e coperto di ragnateli – Nulla, nulla! Sono andato ad aprire io stesso. Ora salgono dalla sca letta...

Pelagatti inferocito contro Nanni l'Orbo: – Bel lavoro mi faceva fare!... Un altro po' ammazzavo anche don Diego!... – Il Capitano gli fece lui pure una bella lavata di capo: – Con le armi da fuoco!... Che scherzate?... Siete una bestia!... – Signor Capitano l'ho visto io stesso stanotte... Deve essere ancora qui!... Scommetterei un occhio! – Zitto! zitto, ubbriacone! gli diede sulla voce l'Avvocato fiscale, per tagliare corto ai pettegolezzi – Sei una bestia! Chissà quanto vino avevi in testa stanotte.

– Signor Fiscale, l'ho visto con questi occhi, mentre stava per svignarsela dalla finestra! – Va bene, va bene, – conchiuse il Capitano. – Andiamo a vedere il fuoco. Ma che non sia troppo vicina, questa finestra...

Adesso dalla terrazza, dal corridoio, dalla scala segreta, tutti portavano acqua. Compare Cosimo era salito sul tetto, e dava con la scure sui travicelli. Da ogni parte facevano piovere sul soffitto che fumava tegole, sassi, cocci di stoviglie. Burgio, dalla scala a piuoli, sparandovi schioppettate sopra, e dall'altro lato Pelagatti, appostato accanto il fumaiuolo, caricava e scaricava il pistolone senza misericordia. Don Ferdinando che sbraitava anche lui, sporgendo il capo dall'abbaino, ora ch'erano in tanti; smaniando, sbuffando, ma pure ringiovanito di vent'anni. Una vera battaglia, in parola d'onore. Don Luca che suonava a tutto andare la campana; i vicini nella piazza gesticolando come ossessi, vociando verso il fumo che cominciava a diminuire, tanto che il Capitano, e Livio Papa, e tutti quanti, sul terrazzino, riparati dal muro, gridavano anch'essi, agitando i berretti in aria.

– Vittoria! Vittoria!

Don Ferdinando ritrasse il capo adagio adagio dall'abbaino, picchiandosi il petto, con le lagrime agli occhi, ringraziando il Signore, San Gregorio Magno, la Beata Rita da Cassia, patrona della famiglia, e scese a portare ai suoi la buona nuova. Nel corridoio oscuro batté il naso contro Giacalone che andava correndo: – Scusate, don Ferdinando, vado a chiamare il medico per la sorella di vossignoria.

– Il dottor Tavuso! – gli gridava dietro la zia Macrì. – Qui vicino, alla farmacia di Bomma!

C'erano anche il barone Mèndola, donna Sarina Cirmena, il canonico Lupi per parte della zia baronessa, altri amici e parenti che avevano trovato la notizia, appena arrivati in piazza. La cameretta piena di gente, tanto che s'era dovuto ricorrere al sagrestano, per farsi prestare le seggiole della chiesa; e donna Bianca stesa sul letto, con delle convulsioni terribili.

Come avesse il tetano, Dio liberi! tutta la persona vibrante di spasimo, e le carni che scappavano bianche e frementi dagli strappi del vestito. Bastavano appena quattro persone a trattenerla; donna Sarina, la zia Macrì, comare Speranza e un'altra vicina. Il canonico Lupi, per discrezione, teneva a bada il barone Mèndola chiacchierando con lui ed offrendogli tabacco ogni momento. Don Diego poi, come fosse istupidito del tutto, con gli occhi fissi sugli occhi della sorella, trasaliva ogni volta che la vedeva muovere le labbra, gemendo e borbottando parole sconnesse, quasi avesse temuto che ella si lasciasse sfuggire un secreto. Alla domanda ansiosa che c'era in tutta la figura del fratello rispose soltanto con un gesto della mano:

– Sta zitto! sta zitto!

Ma donna Bianca sbattuta dalla convulsione, cogli occhi stralunati, i denti che scricchiolavano, una tensione spasmodica della persona intera, non si lasciava scappar nulla; stringendo talmente i pugni da ficcarsi le unghie nella carne, tutto il sangue ora che le avvampava il viso: il buon sangue dei Trao.

Don Diego si alzò in punta di piedi, ed uscì sul corridoio. – Ha avuto le convulsioni... un assalto terribile... – venne a dire all'orecchio del fratello. – Ora s'è calmata... aspettiamo il medico Tavuso. – La sorella aprì un momento gli occhi gravi e torbidi, e li fissò su di loro. I vicini, adesso che il fuoco era spento, s'affollavano intorno curiosi, sull'uscio, e allungavano il collo per vedere anch'essi, tanto che il Capitano Giustiziere si mise a far piovere legnate a dritta e a sinistra, come veniva.

– Che guardate? Che volete? Via di qua! Fannulloni! Vagabondi! Andate a casa! Voi, don Livio, mettetevi a guardia del portone...

Nella camera dell'ammalata si discorreva intanto degli avvenimenti straordinari ch'erano capitati quella notte: il terremoto, il fuoco, il parapiglia. Ciascuno diceva la sua, e voleva sapere quello che era stato, com'era stato. Donna Sara Cirmena che vi piantava in faccia quei suoi occhialoni rotondi, peggio di un avvocato fiscale. Bianca, lei, non rispondeva, sebbene ora sembrasse più calma, scossa soltanto di tratto in tratto da un tremito nervoso; e chi gli toccava subire l'interrogatorio era il povero don Diego, più stralunato che mai, biascicando come un pappagallo – Sissignore e nossignore. – Infine i parenti, ch'erano venuti per vedere, se ne andarono ad uno ad uno. In coda a tutti gli altri Tavuso, il quale non aveva aperto bocca da quando era venuto, seduto ai piedi del letto, col ventre fra le gambe, le mani sul bastone, e il mento sulle mani, digerendo tranquillamente la sua colazione; ma appena la zia Macrì si alzò per andarsene, le corse dietro nel corridoio. – Sentite, sentite, donna Rosalia!...

Don Ferdinando s'avvicinò per udire anche lui. Allora il dottore tirò in disparte un altro po' donna Rosalia – Un momento, don Ferdinando! che diavolo! Andate piuttosto a pigliare un bicchiere d'acqua per vostra sorella...

Bianca tornò ad aprire gli occhi, e si levò sul gomito, rivolta verso il corridoio, col viso ansioso. Don Diego le si accostò, senza dire una parola, e le mise la mano sul capo. Essa richiuse gli occhi, e ricadde sul letto, trasalendo.

– Ti senti meglio? – domandò piano il fratello.

La giovane rimase immobile, senza rispondere. Soltanto due grosse lagrime le scesero lentamente per le guance che s'erano fatte ardenti un'altra volta.

– Diego! Diego! – chiamò la zia Macrì dal corridoio.

Bianca, rimasta sola, balzò giù dal letto, come fuori di sé, e barcollante, si trascinò sino all'uscio, ad origliare, piegata in due, coll'anima negli occhi, il viso contratto dall'attesa che le faceva premere le due mani sul petto.

Si udiva la voce del dottore nel corridoio:

– È affar vostro; pensateci voi. Io, a buonconto, ho fatto il mio dovere...

E la voce strozzata di don Diego, che balbettava parole inintelligibili. Poi quella dalla zia Macrì:

– Lo sapevo da un pezzo... Vi rammentate, la notte dell'Immacolata, che cadde tanta neve?...

– Diego! Diego! – strillò don Ferdinando, il quale tornava in quel momento col bicchier d'acqua, accorrendo al rumore sordo che udì nella stanza della sorella.

XI

Essa lo vedeva ogni giorno adesso, all'ombra dei noci che sembravano più verdi, in fondo al viale che sembrava più largo. Stava lì delle ore intere per lei! per vederla!

E dall'ombra dei noci discreta egli vedeva la finestra di lei spalancata al sole: il sole che entrava come un sorriso, come una carezza, come una festa, sul lettuccio bianco, sulle pareti bianche; e in quell'aureola, una figurina luminosa anch'essa, che s'affacciava per guardare dov'era lui, per lui! perché sapeva che era lì

384

apposta per vederla! Era comè un'irradiazione attorno al viso delicato e ai capelli vaporosi. I passeri che svolazzavano sulla gronda facevano piovere su di lei il luccichìo alato del loro volo.

Dolci silenzi del meriggio! Fantasticherie vaghe che popolavano la cameretta bianca, ed erravano pel cielo azzurro, lontano, verso quell'orizzonte sconfinato e vario che allargavasi allo sbocco della valletta, lontano, lontano, di là di quelle altre valli e di quegli altri monti, con lui, cercando insieme i luoghi noti con una nuova tenerezza, come anelando a una patria ignota, perduta in un abbarbagliamento di luce. Visioni incantate, nelle quali ogni piccola cosa, ogni cosa umile, aveva senso e fascini arcani, e parlava di lui, e vedeva lui, e sentiva lui, Corrado, ch'era là per lei, in quel cantuccio solitario dove anch'essa era stata tante volte, accanto a quel muro coperto di edera, seduta sul quel tronco d'albero, udendo sussurrare quell'acqua della sorgente, e i rumori che venivano dalla casina. Allora, se un gallo cantava nel cortile, se abbaiava un cane, essa scuotevasi, aguzzando lo sguardo, quasi cogli occhi avesse potuto accompagnare quei rumori che arrivavano sino a lui, attraverso il viale soleggiato, attraverso gli aranci del giardino, e dirgli tante cose, attraverso le rose canine sempre fiorite.

Ogni cosa, ogni cosa aveva senso e voce; e vedeva, e parlava; e il senso e le parole mutavano, come mutava la gradazione della luce e l'aspetto delle cose istesse. Tutto era mutato, in una dolcezza infinita, in una trepidazione intensa: ogni cosa ch'era vicina a loro; ogni cosa ch'era con loro: quelle voci lontane, quei rumori notturni, ch'egli pure udiva, che lo facevano pensare a lei...

Che pensava? che pensava? Lui che aveva la fantasia calda, la visione netta, e le parole armoniose per esprimere la luce interna? Come la vedeva? Quale lo specchio la ritraeva mentre essa guardavasi pensando a lui? Gli piacevano quelle sfumature color di madreperla sul viso delicato, quelle vene azzurrine, quelle trasparenze che ci aveva sotto gli occhi?... gli occhi strani strani... gli occhi che diceva lo zio Limòli!... Sì, egli doveva vedersi in fondo a quelle pupille luminose, in mezzo a tutte quelle piccole strie color d'oro, color d'argento, color di cielo, doveva vedersi là irradiato da tutta quella luce cangiante, sino in fondo, in fondo al cuore, e alla testa, e al sangue, e sino alle punte delle dita... Caro! caro! caro! Come doveva amarla! Come doveva sembrargli bianca, delicata, vaporosa! come doveva farla bella nei suoi versi! come doveva essere invidiata da tutti, in alto, nel cuore di un poeta, nella mente di un poeta, negli occhi di un poeta, in alto, più alto dei Trao, più alto delle sue amiche, più alto di Marina, nella luce, nei paesi splendidi, nelle feste d'ogni giorno, nell'ammirazione e nel ricordo lungo della folla che li avrebbe visti passare, nel nimbo della bellezza, del lusso e della gloria. Caro! caro! caro!... Mi vedi? mi senti? sei meco, nell'intimo, nel pensiero, nel palpito del cuore?

Sì, sì, egli la vedeva, lì, a quella finestra, per lui! Egli la sentiva in ogni cosa, nel malinconico ricordo dei genitori perduti, nella luce che gli inondava il cuore, nel canto che gli pareva di udire, nelle larve che gli sorridevano alla fantasia, ma in modo diverso, più intenso, più assoluto, più profondo. Bella!... Bella! Lei!... L'immagine fissa, il segreto dolce, il balsamo dei dolori sofferti, il pensiero esclusivo. Tutto, tutto in quelle parole, in quel nome, in quella forma! il candore della cameretta claustrale, la pompa dei fiori che sbocciavano sotto gli occhi di lei, la gioia che gli brillava in cuore col canto degli uccelli, le fantasie che scendevano da quell'azzurro sconfinato, il mormorìo dell'acqua scorrente, il silenzio trepidante della sera, il raccoglimento delle tenebre tutte popolate di lei sola!... L'ultimo pensiero della sera, il sogno della notte, la prima luce del mattino, la febbre soave del sangue, i sogni alti di gloria, le inquietudini misteriose dell'anima, i desiderii, i palpiti, tutto! tutto! lei sola! Isabella! Bella! Bella! Isabella dolce e cara! Isabella che pensava a lui, e lo amava! L'amore! L'amore! La rivelazione che era lampeggiata un istante negli occhi di lei, allorché si velarono delle palpebre pudiche; la fiamma che le corse sulle guance delicate; la parola tronca, il suono arcano della voce *che diceva*, il sogno verginale, il desiderio inconscio, la voluttà squisita che si acuiva in un atomo, in un contatto fugace, nel fruscìo di un vestito. Null'altro, null'altro; stringersela fra le braccia; posare la testa su quei ginocchi; suggere la vita da quelle labbra, null'altro! In un angolo remoto; nell'erba folta; lontano dal mondo; dimenticando ogni cosa, sprofondandosi in quella dolcezza, come nel nulla.

E nella muta corrispondenza dei loro sguardi resi più acuti dalla distanza il desiderio s'irritava, la fantasia pigliava il posto della realtà; l'immaginazione ingentiliva e ingigantiva ogni menomo particolare; maturava quel sentimento; talché quando potevano vedersi un istante, alla sfuggita, in presenza dei parenti, gli occhi velati, le parole esitanti e schive, l'atteggiamento riserbato, avevano significati eloquenti, dolcezze squisite. Ella sentiva tutto ciò che egli diceva solo con le due ultime sillabe del suo nome: Bella.

Corrado le prestava dei libri; le faceva leggere dei versi, che adesso gli inondavano l'animo di una nuova armonia a lui pure. Non osava portarle dei fiori. Ella era più coraggiosa; segnava con l'unghia i versi che parlavano per lei; metteva delle foglie di rosa appassita sul suo cuore nei libri che gli restituiva; cercava avidamente, pagina per pagina, nel volume nascosto sotto il guanciale, ogni segno, ogni piega, ogni sfumatura, ogni significato riposto che potesse contener per lei sola. Don Gesualdo alzava le spalle a quella corrispondenza letteraria, lusingato in fondo di aver bene impiegato il danaro che aveva speso per far dare alla figliuola un'educazione da principessa, da ragazza ricca, e che deve fare un gran matrimonio. Donna Sarina invece fingeva di andare in estasi palesemente, preoccupata da quell'orfanello che minacciava di rimanere sulle spalle della zia, mirando a trovargli un impiego.

– Che talento, eh! Come amministratore... che so io... per soprintendere ai lavori di campagna... dirigere una fattoria, quel ragazzo varrebbe tant'oro. Il cuore mi dice che se voi, don Gesualdo, trovaste di collocarlo in alcuno dei vostri negozi, fareste un affar di oro!... e per poco salario anche! Il giovane ha gli occhi chiusi, come si dice... ancora senza malizia... e si contenterebbe di poco! Fareste anche un'opera di carità, fareste!

Ma Bianca invece provava una certa diffidenza alla familiarità che vedeva crescere ogni giorno fra i due giovani: un senso d'inquietudine; come un ricordo doloroso che le velava il viso scarno e solcato da rughe precoci. Risentiva nella figliuola i palpiti suoi di una volta, le ansie stesse, i ciechi abbandoni, ora con uno sgomento che aveva la puntura del rimorso, una tenerezza paurosa. Riscontrava la medesima ribellione sorda, a misura che il suo occhio severo penetrava sempre più nel segreto della giovinetta; il viso delicato e fermo della Trao che impallidiva di faccia al viso austero della madre, ma non si abbassava; le parole rispettose e gelate che suonavano:

– Sì, sì, l'amo, l'amerò, sempre, a costo di morirne!

Don Gesualdo alzò di nuovo le spalle, quando sua moglie infine arrivò a confidargli i suoi timori.

– Eh via! Innamorarsi di quel povero diavolo!... Del resto, se il ragazzo ha messo l'occhio sul mio denaro, ci penserò io, co-lèra o no!...

E ci pensò davvero, la prima volta che si trovarono riuniti insieme nel salotto della casina, la zia Cirmena lavorando di calza; Isabella china sul telaio; Bianca di faccia a lei, vigilando i due giovani, senza alzare gli occhi dal lavoro, e Corrado leggendo accanto al lume, col libro in mano, l'aria distratta e preoccupata.

— Ah! leggi le solite canzonette? Ti ci diverti eh?

Il giovane alzò il capo, e lo guardò imbarazzato, senza saper che dire.

— Sì, sì, come passatempo può andare. – Seguitò don Gesualdo. – Adesso che siamo in campagna... con la chitarra... Ma bisogna anche pensare a guadagnarsi il pane, amico mio. Sei orfano... non hai più alcuno che pensi a te... Io parlo nel tuo interesse, bada!

Bianca si fece rossa e guardò la figliuola che s'era chinata maggiormente sul telaio, con le mani tremanti.

— È giusto! giustissimo! – Aggiunse la zia Cirmena. – Tuo zio parla pel tuo bene! Non lo trovi più un parente affezionato come lui, guarda!

— Lavorerò. – Rispose Corrado semplicemente.

— Come? Facendo di questa roba? È roba che non empie pancia, caro mio! Sarà una bella cosa, non dico di no... per uno che non abbia altro da fare... come mia figlia Isabella... Ma c'è stato chi ha lavorato per lei... al sole e al vento, capisci!... e non a far delle canzonette!... a guadagnare il denaro col sudore della fronte!... E non intendo poi di buttarlo al vento, capisci?...

Corrado alzò il capo di nuovo, pallidissimo, e balbettò:

— Perché mi dite questo, zio?

— Pel tuo interesse. Voglio dire ch'è ora di cercarti un'occupazione da cristiano... da galantuomo quale sei nato... e non perder così il tuo tempo, con questa roba... Quanto la puoi vendere al quintale?

Donna Sarina allora protestò: Come? Dei libri che ci voleva tanto talento a farli! Opere che si diceva poi per tutto il mondo, l'ha fatte il tale! Corbezzoli! Lavori di schiena! – Vorrei vedervi voi, don Gesualdo! Non sapete quel che vuol dire!... Lo scherzo non c'è male, cugino mio!... Voi pigliate tutto a peso e misura!...

Don Gesualdo allora prese davvero un mucchio di libri che erano nel tavolino, e glieli mise in grembo, ridendo ad alta voce, spingendola poi per le spalle quasi volesse mandarla via, come faceva il sensale del grano per conchiudere il negozio, vociando talmente che sembrava in collera, fra le risate.

– Be'! Pigliateli, se valgono tanto! Vi fo un bel regalo! Potrete camparci su, quando non avete altro da mangiare!

Isabella alzò gli occhi sul cugino che si era fatto rosso e pallido, e tornò a chinarli sul ricamo, colle labbra strette, una ruga sottile fra le ciglia, una fiamma rapida al viso che la lasciò poi smorta come la battista che aveva dinanzi. La Cirmena però non si dette per vinta: uno che aveva di quel talento poteva fare quel che voleva, guadagnarsi il pane facilmente in un altro mestiere, impiegato, amministratore di una fattoria...

– Eh, eh!... Non dico di no... Tutto sta a volere... E levarsi certe fisime del capo... La vita è dura, donna Sarina, per chi non ha nulla. Lo so per esperienza! Non mi vergogno a dirlo... E se c'è uno che ha bisogno d'aiuto, come ne avevo bisogno io...

– Grazie! – Rispose Corrado alzandosi per andarsene, ancora pallido, con un'amarezza disperata in cuore.

La zia Cirmena saltò su come una vipera. – Ah! era questa la risposta che aspettavano? Voleva continuare a sciupar carte e tempo? Mangiarsi le giornate a veder volare le mosche? Bel mestiere da disperato quello!... per uno che non ha da vivere... Tutti superbi nel loro parentado! Poveri e superbi!... – Essa sbraitava ancora che il nipote era già lontano.

Bianca troncò il discorso per quella volta. Ma don Gesualdo pareva che lo facesse apposta a tornare sull'argomento d'allora in poi coll'astio segreto del contadino per tutti coloro che *sanno di lettere*, l'incognita minacciosa, lo spauracchio composto di cavilli e di strumenti per scoprire le frodi e disarmare le astuzie dei negozi, con la vanità petulante dell'arricchito; parlandone dinanzi alla figliuola, con la moglie, con la Cirmena, poi che Corrado non si faceva più vedere alla casina. Donna Sarina era furibonda. Giurava che appena cessato il colèra da quelle parti lo rimandava a Siracusa ai parenti della madre, a viver di versi, a strimpellare le chitarre...

Del colèra sino allora c'erano stati pochi casi, qua e là; ma le fantasie correvano, e dietro alle fantasie correvano dei racconti strani. A Marineo avevano assassinato un viandante che andava ronzando attorno all'abbeveratoio, nell'ora calda, lacero, scalzo, bianco di polvere, acceso in volto, con l'occhio inquieto e ansioso, cercando di deludere la sorveglianza dei contadini che da lontano stavano a guardia sospettosi. A Callari avevano trovato il cadavere di uno sconosciuto dietro una siepe, gonfio come un otre: l'aveva scoperto il puzzo. Da Budarturo, da Licodia, dagli altri monti in giro, vedevansi ogni notte salir dei razzi, qua e là. Poi si correva sul luogo il giorno dopo, e non si trovava nessuno. Una donna incinta, che s'era lasciata aiutare da un tale, mentre portava un gran carico di legna al Trimmillito, era morta la stessa notte all'improvviso, senza neanche dire Cristo aiutami, con la pancia piena di fichidindia.

Un giorno ci fu anche un allarme a Mangalavite: delle schioppettate, degli urli feroci che si udirono da lontano, cani che abbaiavano, gente che correva a precipizio, lassù, sul sentiero a mezza costa. Poi si vide precipitare un uomo giù pel burrone, come una lepre, saltando da un crepaccio all'altro, ficcandosi in mezzo alle spine, inseguito a sassate, coi cani alle calcagna.

Era un messo del cognato Burgio, ansante, tutto lacero e sanguinoso, pallido dalla paura, a guisa di un puledro scappato, che non aspettò nemmeno per lasciarsi affumicare all'ingresso del cortile, gridando come uno spiritato:

– Che razza di cristiani c'è da queste parti? Un altro po' mi pigliavano per quello del colèra, e mi facevano la pelle!

Poi raccontò il tutto per filo e per segno. Veniva a chiamare don Gesualdo per suo padre ch'era in fin di vita: – Sissignore, l'ha voluto acchiappare lui stesso il colèra! Tutti quanti eravamo alla Salonia gli si era detto: – Non aprite né porte né finestre se prima il sole non è alto! Ma sapete che testa tiene quel vecchio, vossignoria!

Raccontava cose da fare drizzare i capelli in capo. Il colèra l'aveva portato un vecchio che andava in giro con la bisaccia in spalla. Si era seduto, stanco morto, sul muricciuolo vicino alla fattoria, la sera innanzi. L'avevano visto tutti! Poi la notte si udirono rumori sul tetto e dietro gli usci... e le macchie che si trovarono lungo i muri a giorno fatto! come della bava di lumaca... Mastro Nunzio si ostinava sempre ad aprire l'uscio per prendere una boccata d'aria appena alzato, vecchio caparbio! Invece aveva abboccato il colèra, Dio liberi! E quella bestia del medico Tavuso che continuava a predicare di scopare le case bene, di cacciar fuori maiali e galline se non volevano crepare come porci! – Lo porta lui il colèra, nelle medicine!... Tutti della combriccola: medici, preti e speziali, perché ogni cristiano che mandano all'altro mondo loro pigliano venti tarì dal re!... – Siamo in troppi, la povera gente! Bisogna ripulire un po' la stalla. Quella faccia tosta dell'arciprete l'ha predicato persino dall'altare: — È inutile scappare di qua e di là, figliuoli miei, senza pane e senza lavoro. Creperete di fame invece di crepare di colèra. Una malattia che la manda Dio e bisogna pigliarsela in santa pace. — Sull'altare stesso, bisogna scannarlo quello scomunicato, com'è vero Dio! coll'ostia in mano!... E un altro po' credevano che fossi della combriccola anch'io, quelle bestie di lassù... uno di quelli del colèra... e mi facevano la pelle!

Don Gesualdo partì subito, a piedi.

Il contadino che gli mandarono dietro di corsa colla vettura lo raggiunse a stento alla fontana di Doncosimo. Giunse alla Salonia che tutti gli altri inquilini della fattoria caricavano muli ed asinelli per fuggirsene. Invano il dottore Tavuso, ch'era venuto dalla sua vigna, lì vicino, predicava in mezzo al cortile:

— Bestie! s'è una perniciosa!... se ha una febbre da cavallo! Non si muore di colèra con la febbre!

— Non me ne importa s'è una perniciosa! — Borbottò infine Giacalone. — I medici già son pagati per questo!...

Mastro Nunzio stava male davvero: la morte gli aveva pizzicato il naso e gli aveva lasciato il segno delle dita; il naso sottile e filigginoso, la bocca nera, la faccia terra e sporca di peli grigi, gli occhi in fondo a due buchi neri anch'essi. Aprì quegli occhi a stento, udendo suo figlio Gesualdo che lo chiamava e strepitava, dinanzi al letto, e gli disse colla voce cavernosa:

— Ah! sei venuto a vedere la festa, finalmente?

Santo, come un allocco, stava a guardare, senza dir nulla, coi lucciconi agli occhi, seduto sullo scalino dell'uscio. Burgio e sua moglie si affrettavano a insaccare un po' di grano, per non morir di fame, dove andavano appena chiusi gli occhi il vecchio. Nel cortile c'erano anche le mule cariche di roba. Gesualdo afferrò pel vestito Tavuso il quale stava per andarsene anche lui.

— Che si può fare, dottore? Comandate! Tutto quello che si può fare, per mio padre!... Tutto quello che ho. Non guardate a spesa...

— Eh! avete poco da spendere... Non c'è nulla da fare... Sono venuto tardi. La china non fa più nulla... una perniciosa coi fiocchi, caro voi! Ma però non muore di colèra, e non c'è motivo di spaventare tutto il vicinato, come fanno quelle bestie!

Il vecchio stava a sentire, cogli occhi inquieti e sospettosi in fondo alle orbite nere. Guardava Gesualdo che si affannava intorno al medico; Speranza, la quale strillava e singhiozzava aiutando il marito ne' preparativi della partenza; Santo che non si muoveva, istupidito, i nipoti qua e là per la casa e nel cortile, e il medico che gli voltava le spalle, scrollando il capo, facendo gesti d'impazienza. Speranza infine andò a consegnare le chiavi a Gesualdo, seguitando a brontolare:

– Ecco! Mi piace che sei venuto... Così non dirai che vogliamo fare man bassa sulla roba, io e mio marito, appena chiude gli occhi nostro padre...

– Non sono ancora morto, no! – Si lamentò il vecchio dal suo cantuccio. Allora si alzò come una furia l'altro figliuolo, Santo, con la faccia sudicia di lagrime, vociando e pigliandosela con tutti quanti:

– Il viatico che non glielo fate venire? manica di assassini!... Che lo fate morire peggio di un cane?...

– Non sono morto, no! – Piagnucolò di nuovo il moribondo. – Lasciatemi morire in pace, prima!...

– Non è per la roba, no! – Gli rispose il genero Burgio accostandosi al letto e chinandosi su di lui come parlasse a un bambino: – Anzi è per amore a voi, che vogliamo farvi confessare e comunicare prima di chiudere gli occhi.

– Ah!... ah!... Non vi par l'ora!... Lasciatemi in pace... lasciatemi!...

Giunse la sera, e passò la notte a quel modo, il vecchio nell'ombra che brontolava e rantolava, Gesualdo seduto a piè del letto, avvilito colla testa nelle mani, Speranza che veniva ogni tanto a guardare il padre sotto il naso, singhiozzando, asciugandosi gli occhi, e Burgio che aspettava tranquillamente nel cortile, seduto sui sassi, dormicchiando. Anche Santo, vinto dalla stanchezza, si era buttato un momento sulla paglia, e russava come un gufo. I nipoti erano già partiti colla roba, insieme agli altri inquilini, e un gatto abbandonato dal padrone ronzava intorno alla fattoria, miagolando; i suoi occhi luccicavano qua e là nelle tenebre. Passò la civetta tre volte, e cantò sul tetto. Da Mangalavite giunsero altri due messi l'uno sull'altro, Vito Orlando, prima, e dopo due ore mastro Nardo, zoppicando, col fiato ai denti, a rischio d'esser presi a schioppettate dove passavano, tanto la famiglia di Gesualdo era inquieta, aspettando tutta la notte, coll'orecchio teso, spiando cogli occhi ansiosi il buio del sentiero, lassù sulla costa, Bianca, la zia Cirmena, Corrado La Gurna ch'era venuto di nuovo in quella circostanza. Egli disse infine che andava alla Salonia, vedendo che non tornava nessuno.

Isabella gli strinse la mano di nascosto. Per un gran tratto della salita l'accompagnarono col pensiero, nelle tenebre, udendo le pietre che precipitavano nel burrone, sotto i suoi passi, e i cani che gli abbaiavano dietro lungo la strada.

Tornarono ch'era giorno chiaro, con un codazzo di gente dietro. Don Gesualdo ancora tutto sconvolto rispondeva con gesti vaghi, con frasi tronche, gli occhi come annebbiati. Era finita!... Tutti i vicini li avevano abbandonati quasi fossero appestati... Senza aiuto, senza conforto, neanche a pagare un tesoro! Avevano dovuto mettere il padre nella bara colle loro mani, lui e Santo... Fortuna ch'era venuto mastro Nardo... un buon diavolo, quello!... Era finita... per non voler dar retta a lui!... per non voler venire a Mangalavite!... Un chiodo che gli sarebbe rimasto sempre fitto in cuore, quello!...

Donna Sarina si sbracciò per aiutare in casa e preparare qualche sussidio al povero don Gesualdo che doveva essere rifinito.

– Vi ringrazio, no! lo stomaco non mi dice...

E mentre era lì donna Sarina, le disse pure che aveva bisogno delle due camerette che occupava lei, per collocarvi i parenti, appena arrivavano dalla Salonia: – Potrete andarci voi alla Salonia, se volete; oppure alla Canziria. Ora vi do le chiavi. Cuore e braccia aperte, lo sapete!...

La Cirmena non disse nulla; ma si vedeva che soffocava dalla bile. Col sorriso melato, verde come l'aglio, rispose che era pronta ad andarsene, anche subito, anche a piedi: – Era giusto! la roba serve al padrone prima di tutto, colèra o no, e avesse dovuto ficcarsi in mezzo al colèra... subito, subito... anche a piedi...

– No, no, domani, oggi è tardi... accomoderemo alla meglio per stasera...

– Mi dispiace, don Gesualdo!... a quest'ora è vero che non si saprebbe dove andare... Non parlo per me... se non fosse per quel povero orfanello!...

Che fitta al cuore d'Isabella! Che dolore acuto e improvviso! Come un abbarbagliamento, un ronzìo nelle orecchie, un gelo e un bollore improvviso in tutto il sangue. Bianca la vide vacillare e chiudere gli occhi un istante. Ma non si mosse, una vera Trao, col viso divenuto tutt'a un tratto cadaverico, fermo e impenetrabile. Soltanto un'occhiata rapida e lucente saettata al cugino che s'era fatto pallido come lei, in presenza di tutti, sfidando tutti, uno sguardo disperato che diceva:

– Aspettami! voglio parlarti! a qualunque costo!

Vederlo! a qualunque costo! mentre i genitori dormivano, nell'ora calda del meriggio. – La Madonna m'aiuterà: – La Madonna!... La Madonna – Non diceva altro, con una confusione dolorosa nelle idee, la testa in fiamme, il sole che le dardeggiava sul capo, la mano che le abbruciava dinanzi agli occhi, gli occhi che le abbruciavano, una vampa nel cuore, che la mordeva, che le saliva alla testa, che l'accecava, che la faceva delirare: – Vederlo! a qualunque costo!... Domani non lo vedrò più! Mi lascia!... Se ne va!... – Non sentiva le spine che le laceravano le carni; non sentiva i sassi del sentiero fuori mano che aveva preso per arrivare di nascosto sino a lui; non sentiva altro. Ansante, premendosi il petto colle mani, trasalendo a ogni passo, spiando il cammino con l'occhio ansioso. Nessuno! Un uccelletto spaventato fuggì con uno strido acuto. La spianata era deserta, in un'ombra cupa. C'era un muricciuolo coperto di edera triste, una piccola vasca abbandonata nella quale imputridivano delle piante acquatiche, e dei quadri d'ortaggi polverosi al di là del muro, tagliati da viali abbandonati che affogavano nel bosso irto di seccumi gialli. Da per tutto quel senso di abbandono, di desolazione, nella catasta di legna che marciva in un angolo, nelle foglie fradicie ammucchiate sotto i noci, nell'acqua della sorgente la quale sembrava gemere stillando dalle foglie di capelvenere che tappezzavano la grotta, come tanti grappoli verdi. Soltanto fra le erbacce del sentiero pel quale egli doveva venire, dei fiori umili di cardo che luccicavano al sole, delle bacche verdi che si piegavano ondeggiando mollemente, e dicevano: Vieni! vieni! vieni! Attraversò guardinga il viale che scendeva alla casina, col cuore che le balzava alla gola, le batteva nelle tempie, le toglieva il respiro. Egli non giungeva ancora. Un uccelletto rassicurato dal silenzio profondo tornò a bere fra i sassi dove scorreva l'acqua dalla vasca. C'erano lì fra le foglie secche, accanto al muricciuolo dove Corrado s'era messo a sedere tante volte, dei pezzetti di carta abbruciacchiati, umidicci che s'agitavano di tanto in tanto quasi fossero cose vive, dei fiammiferi spenti, delle foglie d'edera strappate, dei virgulti fatti in pezzettini minuti dalle mani febbrili di lui, nelle lunghe ore d'attesa, nel lavorìo macchinale delle fantasticherie. Ogni cosa parlava di lui, l'erba ch'era stata calpestata dai suoi passi, i due grossi sassi sovrapposti per formare una specie di sedile nel punto donde vedevasi meglio la finestra di lei. Povera finestra solitaria ch'egli non avrebbe più vista! Povera finestra alla quale ella avrebbe pianto tutte le sue lagrime! Quante volte per ingannare l'attesa rilesse quei pezzetti di carta ch'egli pure aveva letti, che le sue mani avevano toccato!... aspettando lui, pensando a lui, vedendo lui in ogni cosa, a ogni momento, in ogni fruscìo di frondi, in ogni rumore improvviso! S'udiva il martellare di una scure in lontananza; poi una canzone malinconica che si perdeva lassù nella viottola. Che agonia lunga! Il sole aveva abbandonato lentamente il sentiero; moriva pallido e triste, sulla rupe brulla di cui le forre sembravano più nere; ed egli non veniva. Che faceva? Perché tardava? Cos'era accaduto? Quante volte si spinse sino al monticello!... Era laggiù, la casetta bianca silenziosa, che sembrava abbandonata di già! Era partito forse? senza vederla? senza salutarla?... Che angoscia, che sussulto improvviso allorché si udirono delle voci che non si distinguevano bene di lassù! Forse era lui che s'avviava per venirla a raggiungere... Che batticuore! Come cercava di discernere avidamente ogni ombra, ogni agitarsi di frondi lungo il cammino! A un tratto abbaiarono i cani alla cascina, e poco dopo si udì la voce del babbo che sembrava lì a due passi. Se si fossero accorti?... Se la cercavano!... No! a qualunque costo, voleva aspettare ancora. Forse egli usciva di casa in quel momento... Forse sarebbe giunto quando lei non era più lì!... – O Corrado! Perché tardi? Perché mi fai soffrire questa agonia?... Non sai che devo aspettarti? Il cuore non te lo dice! Oh Dio! Oh Dio! Il sole se ne va!... Non viene più!... Non lo vedrò più!... Ah!... eccolo! Da quell'altra parte!... Ha fatto il giro della valle per non essere visto... È lui!... – Mastro Nardo arrivò zoppicando. – Ah, signorina... Vi cercano laggiù... Io dissi: Non c'è di che temere... Sarà nel giardino... al fresco... Vado a cercarla...

– Ah, Madonna santa, come mi avete abbandonato! – S'avviò col cuore morto, a capo chino, inciampando nei sassi... La madre le veniva incontro a metà del viale, pallida, senza dire una parola. Passarono in tal modo il cancello, l'una accanto all'altra. Nel salire le scale Bianca le disse soltanto:

– Tuo padre sa che sei nella tua camera... che hai male al capo...

– Ah, mamma! Ah, mamma! – senza che dicesse una parola, senza che facesse udire un lamento, da tutta la sua persona usciva quel gemito, dal viso gonfio e acceso, dagli occhi torbidi e smarriti, dalle labbra convulse, dal corpo steso bocconi sul letto, scosso di sussulti dolorosi, dalle braccia aperte che stringevano i guanciali: sentendo una tenerezza amara a quella mano che le si posava sulla testa, dolcemente, lievemente, tremante anch'essa, quasi fosse un conforto disperato, una carezza che sapeva di lagrime, un rimpianto consapevole e che le toglieva ogni speranza.

– Isabella!... Figliuola mia!...

Ella scosse il capo, quasi volesse nasconderlo meglio nei guanciali, infastidita dalla luce, infastidita da ogni rumore, infastidita da ogni cosa.

– Bada!... Sento la voce di tuo padre che ritorna...

Era la voce del padrone, il quale doveva avere la testa a tutto anche nel lutto acerbo che aveva in cuore, stanco della nottata angosciosa, senza aver potuto inghiottire ancora un boccone; obbligato a badare alle sue faccende, grosse e minute, parlando alto, facendo tremare la casa, e a cui tutti chinavano il capo: – Nardo, dove sei stato sino ad ora? T'avevo detto di portarmi quelle forbici alla vigna? – Non sono rientrati ancora i puledri? Me li farà storpiare quell'animale di Brasi! Gli darò ora il fatto suo, appena torna! – Dì, Santoro? Avete terminato di mietere i sommacchi lassù?... Cosa diavolo avete fatto dunque tutta la giornata?... Appena manca un momento il padrone!... Assassini! Nemici salariati!... – Martino, il lume accendi, Martino, per mungere le pecore! Mi verserai per terra tutto il latte, così al buio, bestia!... Ancora non hanno acceso il lume lassù! Che fanno? Recitano il rosario? Concetta! Concetta! Siamo ancora al buio! Cosa diavolo fate? Cosa fa la tua padrona? Che casa, appena volto le spalle io!... Che succederà dopo la mia morte?... Bianca! Bianca!

– La padrona è dalla signorina, che ha mal di capo.

– Ah! il mal di capo! Le solite svenevolezze! Son tutti fatti di ricotta in casa mia! Io solo ho il cuoio duro! Io sono il bue da lavoro, io solo!

Girava per le stanze come un bue infuriato, pigliandosela colle serve, sbattendo gli usci. Bianca, senza osare di aprir bocca, gli andava dietro, forzandosi di parer calma onde non irritarlo maggiormente. Egli però notò quel viso smorto, e si lasciò sfuggire infine:

– Ah, siamo già arrivati ai dolori di testa?... Che c'è di nuovo?... Io crepo di salute!... con tanti guai che ci ho addosso! Cosa vuol dire questa novità?...

Sopraggiunse donna Sarina, la quale veniva a salutarli l'ultima volta, e a ringraziare nel tempo stesso don Gesualdo di tante finezze.

– Davvero... Nella necessità si provano gli amici!... Ora poi che s'aveva la morte sull'osso del collo!... S'era scampati dal colèra sino a quel giorno prima Dio e don Gesualdo!... E quanto all'avvenire... non voleva dire... avrebbe pensato Dio! Poi ciascuno è padrone in casa sua... e non bisogna abusare...

Ma era ancora verde donna Sarina nel dire le parole melate. Andava guardando di qua e di là, cogli occhialoni rotondi:

– Mi dispiace di non potere salutare Isabella prima di partire. Anche Corrado non si sente bene. M'ha detto di scusarlo, è rimasto a casa. Partiremo domani presto, appena giorno... Appena appena che il sole sia alto... Almeno non voglio acchiappare il colèra per via!...

Quando la Cirmena finalmente volse le spalle, don Gesualdo andò a cercare la figliuola, colle folte ciglia aggrottate, e una spina fitta nel cuore grosso di tanti guai.

– Che hai? Che fai qui... al buio?

– Nulla... non mi sento bene...

La mamma sopraggiunse col lume. Isabella s'era alzata, disfatta, col viso ancora bagnato di lagrime, le trecce allentate.

– La zia Cirmena ha chiesto di te... Voleva salutarti... Perché non ti sei fatta vedere?... Crederà chissà che cosa!... È una linguaccia!... Non mi piace che la gente almanacchi sui fatti nostri... Vestiti, vestiti, ché andremo a darle il buon viaggio... per tagliar corto alle chiacchiere!... Buon viaggio una volta per sempre!...

– Non posso... proprio...

– Non puoi? Perché non puoi?

– Non mi sento bene... Lasciatemi stare...

– Anch'io non mi sento bene!... Ho le ossa rotte... ho la febbre addosso... il cuore nero come la pece. Ma sono stato in piedi tutta la giornata... per badare ai tuoi interessi, capisci?... Un pezzo di pane e formaggio quanto a me mi basterebbe, sinché campo... Ma bisogna arar tutti sullo stesso solco, intendi?... Non mi sono ammazzato a lavorare quarant'anni per buttare la mia roba in bocca al lupo...

Bianca l'interruppe, cercando di calmarlo. Allora egli si rivoltò infuriato contro di lei, con le mani in aria, la bocca spalancata. Ma non disse nulla. Guardò la figliuola che si era appoggiata tutta tremante alla sponda del lettuccio, lasciò cadere le braccia, e si mise a passeggiare innanzi e indietro per la camera, picchiando le mani una sull'altra, soffiando e sbuffando, cogli occhi a terra, quasi cercando le parole, cercando le carezze che ci volevano per rammollire quel cuore gonfio d'amarezza come il suo, con le grosse mani esitanti, con voce malferma, col sorriso incerto.

– Via via, Isabella... È una sciocchezza, capisci!... È una sciocchezza guastarsi il sangue per così poco!... Ne abbiamo tanti altri dei guai!... Anch'io sai, qui!... Ci ho il cuore nero come la pece... Era mio padre infine!... Il castigo di Dio che abbiamo sulle spalle!... Gli affari che vanno tutti a rotta di collo!... Vorrei che tu vedessi un po' quanti guai ci ho in testa!... Ti metteresti a ridere, com'è vero Dio!... Vedresti che sciocchezza è tutto il resto!... Ancora sei giovane... Non capisci nulla di quel che ci vuole a far la roba... Domeneddio non te l'ha fatto provare, per fortuna tua!... E poi, vedi, tutti son lì a invidiartela, o a tentare di carpirtela... Il mondo è fatto così... Credi a me, che lo conosco il mondo! Tutti corriamo dietro al guadagno. Vedi, vedi... te lo dico?... Se tu non avessi nulla, nessuno ti seccherebbe... È un negozio, capisci?... il modo d'assicurarsi il pane per tutta la vita. Uno che è povero, vedi, uomo o donna, sia detto senza offendere nessuno, s'industria come può... Gira l'occhio intorno; vede quello che farebbe al caso suo... e allora mette in opera tutti i mezzi per arrivarci, ciascuno come può... Uno mettiamo ci mette il casato, e un altro quello che sa fare di meglio... delle canzonette, le occhiate tenere... Ma chi ha giudizio, dall'altra parte, deve badare alla sua roba... e pensare che tutti cercano di stendervi le mani, coi sorrisetti, con le belle maniere... Vedi come son sciocchi quelli che piangono e si disperano?...

Il discorso gli morì in bocca dinanzi al viso pallido e agli occhi stralunati coi quali lo guardava la figliuola. Anche la moglie lo interruppe vivamente:

– Lasciatela stare!... Non vedete com'è!...

– Come una sciocca è!... – Gridò mastro-don Gesualdo uscendo finalmente fuori dai gangheri. – Come una che non sa e non vuol sapere!... Ma io non sarò sciocco, no!... Io lo so quello che mi costa la mia roba!...

E se ne andò infuriato.

LA DUCHESSA DI LEYRA

I

Ieri all'arrivo del vapore *Nettuno* con a bordo l'E.mo cardinal Pignatelli, arcivescovo di Palermo, reduce dal Conclave per l'elezione di Pio IX, e S. E. il Ministro Segretario di Stato Principe di Comitini, ed il signor Commendatore Corsi, segretario particolare del Re, si ebbe la grata certezza che S. M. il nostro adorato Signore sarebbe pur giunta a momenti, con la sua augusta Consorte, co' suoi amabili Figli ed altri Individui della R. Famiglia.

Elevatosi a tale annunzio il solito entusiasmo, accresciuto dalla riconoscenza pel grazioso favore che la M.S. veniva ad impartirle, recando seco i più preziosi Oggetti dell'affezione sua, e pur partecipi del dovuto affetto di questi leali sudditi, l'attenzione pubblica andò subito a rivolgersi verso il mare.

Ma – continuava la "Cerere", gazzetta ufficiale dell'epoca – "ma l'ansietà pubblica non poté essere appagata prima dell'alba di questo giorno (11) allorché si scoprirono le vele della Real Flottiglia".

Un nugolo di birri, in gran tenuta, scalmanavasi a mantenere l'entusiasmo dei leali sudditi dietro la doppia fila di "pàgnoli" schierati da Porta Felice al molo. La città scampanava a distesa, la real flottiglia rispondeva a cannonate – un baccano, un polverio, la gente fitta come le mosche alla Marina – bande dei "paesi", stormi di "villani" scesi pel Festino di Santa Rosalia che cominciava allora – e su quel mare di teste, tra le baionette luccicanti, sfilavano in processione i pezzi grossi che "dovevano recarsi ad ossequiare le LL. MM.", magistrati, ufficiali pubblici, uniformi scintillanti di Chiavi d'Oro e staffieri gallonati che dondolavano gravemente, reggendosi alle cinghie, dietro i carrozzoni delle Dame di Corte. La berlina di gala della duchessa di Leyra s'imbatté appunto nell'equipaggio di casa Rio all'uscire di Porta Felice, proprio faccia a faccia, le bestie superbe che si mettevano quasi le gambe addosso, e le due rivali che si salutavano per forza, all'urto dell'improvvisa fermata. Donna Fernanda Rio squadrò dalla testa ai piedi l'insolente che osava prendere il passo su di una Santapaola di Pietrapizzuta. – Casa di Leyra! – Tocca a me ch'ero primo in fila! – Accorse anche don Cosimo il brigadiere vociando e sbracciando quando i due cocchieri stavano già per alzare la frusta. Ma don Leopoldo, fiero dello stemma dei Leyra su cui troneggiava un serpe, diede una vigorosa strappata di redini e passò come un Dio. Donna Fernanda Rio scese allo sbarcatoio verde dalla bile. Però era signora nata, lei, e sapeva come starci in mezzo alle sue pari, amiche e parenti, tutte che le facevano festa e se la ridevano sotto il naso.

– Cara!... Bella mia!... – Bella, ormai, ahimè!... Ma aveva un amore di paglia di Firenze che sembrava chiuderle in una carezza il visetto emaciato e fine, e una grand'aria signorile in quelle quattr'ossa vestite da Madama Martin. Poi il casato da cui usciva, la fama stessa dei suoi capricci, e quegli occhi indiavolati che vi piantava in faccia – sempre giovani. Grazie a Dio aveva del sangue nelle vene e più di un'avola discesa dai regi talami. S.E. il Signor Duca di Laurino in persona corse subito a complimentarla: – Oh, donna Fernanda! Temevo di non vederla arrivare a tempo. Le loro Maestà sbarcheranno a momenti. – Ella rispose con un ghignetto, in cui luccicò la punta del dente indorato: – C'era tanta gente per le strade! Tanti "villani"!

La "villana" era lì, a due passi, bella come un fiore, colle insegne di Dama di Corte e le rosse narici frementi di sdegno; talché l'Intendente, uomo navigato, s'affrettò subito a virare di bordo.

– Certo, certo... l'entusiasmo è sentito... generale...

Ad ogni colpo di cannone infatti la marmaglia, laggiù, tumultuava impaziente e buttavasi fin sotto i cavalli dei gendarmi per accostarsi al padiglione ornato come un trono e brulicante di splendori. L'odore della polvere dava una specie d'ebbrezza, e le signore, un po' pallide anche per l'ora mattutina, sbirciavano sorridenti i bei giovani della Guardia d'Onore che mandavano lampi da ogni bottone.

Il più bello, in quell'assisa, era senza dubbio Pippo Franci, tutto luccicante di tracolle e svolazzante di penne di cappone – "una rivelazione" anche per le ammiratrici che aveva da semplice borghese. S'era vero che filavano il perfetto amore colla Du chessa di Leyra e al teatro Carolino e alla trottata del Foro Bor bonico, certo quella fu la volta... Donna Citta Villanis ammiccò alle amiche intorno con un sorriso malizioso mentre la Duchessa andava a prendere il posto che le spettava, in prima fila, al brac cio di Sua Eccellenza, inchinata di qua e di là, più rossa delle fucsie che aveva sul cappellino – e passando dinanzi al bel Guar dia che presentava l'arma gli scoccò un'occhiata che quasi gli fa ceva scappar di mano lo squadrone.

– Ehi?... Che fate, perdi... ana! – strillò Sua Eccellenza scan sandosi a mala pena.

– Ma nulla non fa, povero Franci! – disse forte la Limido in un certo tono, con quella bocca di serafino, che tutte le altre scoppiarono a ridere. Poiché le dame rimaste in seconda fila era no pure delle prime in paese, e s'annoiavano a farla da spettatri ci – e da testimoni anche! – La Rio, la Villanis, la principessa d'Alce, la Solarino di Sammarco – tant'altre mai – tutte che la storia patria la conoscevano, e di Pippo Franci sapevano vita e miracoli – miracoli no, anzi!

– Oh, marchesa! Oh!...

– Eh, caro mio, lo sanno tutti. Da che mondo venite voi? E *in primis* non state a sentire quello che diciamo tra noi donne.

Lascari si ostinò a difendere l'amico Franci per pura cavalle ria – ed anche perché aveva dovuto assisterlo in un certo affare, lui e Sciamarra lì presente – un affare gravissimo e gelosissimo, di cui si era parlato al Casino per una settimana, in gran segre to... – Ma sì, che lo sappiamo! – Ma no, che non sapete nulla, cara marchesa. Non ci si taglia la gola fra gentiluomini, per quel la che sapete voi... – La principessa d'Alce sussurrò infatti il no me dell'eroina vera dello scandalo all'orecchio di donna Fernan da, la quale fissò il bel Guardia socchiudendo gli occhi – come l'assaporasse. – Sì – confermò la Solarino. Aveva perduto la te sta, povera Nina! suo marito stava per fare uno sproposito.

Tutti gli occhi si volsero allora sul gentiluomo di Camera che se ne stava a testa alta fra i suoi pari, fasciato e decorato, faccia a faccia con Pippo Franci, in parata anche lui.

– Però la gola non se l'è tagliata nessuno!

– Eh, se non fosse stato per la polizia!...

– Ah, la polizia!... Sentite, voialtri?...

La Limido era più inebriante dell'odore della polvere, con quel sorriso che le arrovesciava in su il labbro color di rosa, e gli occhi proprio due stelle maliziose. – Poi lo sfarfallio di tutte quelle bellezze – le fanfare belliche – la pompa marziale – i giovanotti si accaloravano sempre più a discuter d'armi e di cavalleria, sotto agli occhi medesimi del sig. Ministro di Polizia che sorrideva indulgente, a tu per tu con Sciamarra, il quale ascoltava serio chiuso fino al collo nel soprabito verdone, col castoro buttato all'indietro e facendo la faccia sciocca di spadaccino consumato.

Ma in quella si vide un fuggi fuggi per la Marina, e naturalmente nacque anche un po' di scompiglio fra i personaggi ch'erano ad attendere S. M. il Re (D. G.) e non si sapeva che diavoleria potesse nascere. Fortuna apparve di lì a poco in fondo alla scalinata il faccione rosso di don Cosimo il brigadiere che rassicurò ognuno:

– Niente, Eccellenza. Ubriachi.

Le Guardie d'Onore stettero ferme come rocche in quel frangente, tanto che Sua Eccellenza li felicitò con un cenno del capo, mentre sventolava il fazzolettino bianco per invitare a gridare – Vi-va il Re!

La Real Flottiglia avvolta come un Sinai in un nembo di lampi e tuoni sputava fuoco e fiamme sul popolaccio addensato alla Marina: e come taceva il fragore delle artiglierie, giungeva pure a ondate dalla *Cristina* il suono grave e lento dell'inno borbonico, su cui palpitava la gran gala di bandiere, al sole – un bel sole di luglio che luccicava sui vetri delle cupole e sulla distesa azzurra da Capo Catalfano a Monte Pellegrino. I capelli biondi della Duchessa di Leyra erano tutti d'oro ed ella tutta rosea sotto il padiglione di velluto cremisi e gli occhi di Pippo Franci che le dicevano tante cose.

– M'ama? – Non m'ama? – Ah, no! – disse forte la Rio, mentre le altre motteggiavano piano. – Ah no, io non mi diverto qui. È un'ora che si fanno aspettare...

Sua Eccellenza si voltò ad ammonirla graziosamente. – Anche lei, donna Fernanda? – Altri dicevano: – Vengono. Vengono! –. E tratto tratto la folla dei magnati agitavasi, ondeggiava essa pure come la marmaglia lì sotto. Ma non giungeva nessuna persona di qualità ormai. Qualche modesto legno da nolo che fermavasi dietro il cordone militare, qualche funzionario in ritardo che salutava umilmente tutti, e infine, lemme lemme, a braccetto con l'inseparabile Sarino Rio, don Guglielmo Larocca, il quale dovette leticare anche con le guardie che non volevano lasciarlo passare.

– Eh, io non cerco di meglio, amici cari. Se non volete io me ne torno a letto volentieri.

Le dame invece se lo rubavano, perché era cattivo come un asino rosso – una lingua d'inferno – impertinente poi! Ed anche perché era nelle migliori grazie di donna Fernanda Rio, come lo era stato, un tempo, della famosa Sammarco, e perfino, dicevasi, di una testa coronata, che gli aveva lasciato in ricordo una bella Ricevitoria. – Oh voi! Oh, Larocca! – Egli grugnì un buongiorno a tutti, s'inchinò a baciare il guanto della sua bella amica, e borbottò:

– Un altro po' mi pigliavo le coltellate anch'io. S'ammazzano laggiù: il vostro cocchiere, credo, con quello della Leyra.

– Bravo. E me lo dite così?

– Come volete che ve lo dica? Già non vi metterete a piangere per il vostro cocchiere.

– E mio marito?

– È rimasto a pigliarsela con quella gente. Non potevo condurvelo per mano, vostro marito.

Tirò su il bavero del raglan, pigliandosela per conto suo colla brezza mattutina e colla seccatura che gli capitava, e si piantò come un pascià in mezzo al crocchio delle sue belle dame, secco, ripicchiato, arcigno, più nero del solito, di capelli e di umore – elegantissimo però, anzi il padre eterno dell'eleganza, come lo chiamavano gl'invidiosi, col castoro sulle ventitré e tanto di sigaro in bocca che faceva tossire la piccola Arcilio.

– O perché avete fatto questa levataccia, se avete il petto tanto delicato? – le disse infine, risolvendosi a buttar via l'avana.

– Oh bella, per vedere. E voi?

– Io è un altro par di maniche. Sono pagato apposta...

E continuò a brontolare, prendendosela ora con la gente che va in giro a seccare il prossimo... – Adesso anche i Re si son messi a viaggiare! Per la venuta di Sua Maestà hanno fatto anche degli arresti, stanotte... Fra gli altri il baronello Sghémberi...

– Ah, povera Amelia!

– Zitti! Non saprà nulla ancora!...

Certo non sapeva nulla ancora la bella Sanfiorenzo, fresca come una rosa, con un abito *bouton-d'or* (sic) che andava meravigliosamente alla sua figura giapponese, e senza alcuna nube nel sorriso che le stampava una pozzetta nella guancia color d'ambra – dalla parte del cuore – tanto che Lascari, armato d'una cravatta irresistibile giocava di scherma assai serrato con lei quel giorno – non si sa mai! – Ed essa rideva, rideva, povera bimba – povero Sghémberi...

– Eh, che non si metterà a piangere neppur lei... – rispose Larocca scrollando le spalle.

– Ma perché l'hanno arrestato? Che ha fatto il baronello Sghémberi?

La principessa d'Alce fermò un momento il signor Ministro di Polizia che si faceva largo nella folla per chiederlo a lui questo perché. Egli si chinò graziosamente a prestar l'orecchio, sorrise, e rispose coll'aria più candida dei suoi begli occhi azzurri:

– Non so, cara principessa. Se ne fanno tante in nome mio!

E la piantò per correre alla scaletta d'approdo dov'era una gran ressa. Larocca sogghignò:

– Lui non fa mai nulla. Ora vo a salutare la Leyra per vedere se ne sa qualcosa lei...

– No! Non si può... Vedete! – interruppe la Limido maliziosamente.

Egli rizzò il capo come un cavallo di sangue, colse a volo il delizioso duetto senza parole che cantavano gli occhi della duchessa e di Pippo Franci, guardandosi, e lasciò ricadere la caramella con un moto del ciglio e un – Vedo! Vedo! – ch'erano un poema.

Allora nel brulichio e nel sussurro della attesa risuonò a un tratto uno squillo di tromba, acuto.

Una ventata immensa parve correre sulla folla, fino al Foro Borbonico. Le file dei soldati si fecero come corde, gli ufficiali galoppanti da un capo all'altro, i birri che menavano le mani, e le bande irruppero a suonare tutte insieme all'impazzata. Una baraonda, una confusione, senza più ordine né precedenze, il signor Comandante le armi colla spada presa nei merletti di una donna, il signor Intendente che belava – Prego!... Prego!... – sballottato di qua e di là. Don Cosimo: – Largo! Largo!

Finalmente, nel tumulto, nel pigia pigia, tra l'ondeggiare dei pennacchi e dei cappellini fioriti, apparve il chepì amaranto del Re, messo alla sgherra.

Donna Fernanda, combinazione, si era trovata in quella stretta proprio addosso a Pippo Franci – come gli si abbandonasse, molle e profumata, cogli occhi fissi in quelli di lui e le labbra secche. – Così che il poveraccio si sbiancò anch'esso in viso e chinò gli occhi d'aquila. Lei però più ardita, sempre la gran signora che era, gli disse in faccia, mentre le loro Maestà ricevevano i dovuti omaggi:

– Oh, Franci! Finalmente. Un secolo che non ci si vede!

Il caposquadrone volse un'occhiataccia. Don Mariano Larocca invece salutò il bel.Guardia con un sorrisetto affettuoso, quasi si avvedesse soltanto allora di lui. Un'ondata di sangue era salita rapida al viso della Leyra, una specie di vertigine, contro cui s'irrigidì, mentre Sua Maestà le chiedeva graziosamente se il Duca fosse indisposto, giacché non era lì.

– Mi dispiace, – tagliò corto poi alle scuse che essa presentava. – Diteglì che mi dispiace di non averlo visto... Oh, la nostra Santapaola!...

Donna Fernanda strisciò la sua bella riverenza, barattò quattro parole colla disinvoltura di una di casa e si mise col seguito, dicendo forte a Franci:

– Sarò in casa anche di sera, subito dopo le feste. Mercoledì, volete?

La duchessa, pallida e fiera, le passò dinanzi, fra le Dame della Regina, senza neppure voltare il capo. Ma a pie' della scalinata dovette fermarsi, perduta nella ressa che travolgeva ogni cosa, il corteo reale come fuggendo in una nuvola di polvere, fra il luccichio dei gendarmi e delle Guardie d'Onore, lasciandosi dietro gli equipaggi del seguito sbandati in un'orda di monelli schiamazzanti, tra la folla che rovesciavasi dalla Kalsa, da Porta Felice e dalle Mura Cattive ancora nere e brulicanti di popolo.

– Se aspettate la vostra carrozza, duchessa, state fresca... – osservò don Mommo che le si era messo alle costole.

Ella trasalì e si rivolse a lui con un sorriso pallido, gli occhi ancora pieni di sogno.

– Oh, Larocca!

– Eccoci soli e abbandonati, signora mia... – Sarino Rio gli faceva dei segni dall'altro lato della banchina. – E me la cerca a me ora sua moglie? – finì stringendosi nelle spalle.

Voleva fermare una carrozza che veniva di corsa, quando ne saltò giù Lascari tutto affannato e si vide scendere dalla scalinata la Sanfiorenzo, più morta che viva, sorretta dalla principessa e da qualche altra amica.

– Poveretta! È venuta a saperlo anche lei... No, non importa, lasciateli andare. Vedete che c'è Lascari? È in buone mani. Piuttosto mando a cercare un legno, qui, in Piazza Marina, e vi accompagno a casa.

Per dire qualche cosa, mentre aspettavano la carrozza, continuò a parlare dell'arresto del baronello Sghémberi, che metteva sossopra la povera Sanfiorenzo – per dirne una – e della Polizia ch'era sossopra anch'essa a caccia di fuorusciti pericolosi che erano tornati di nascosto, per fare un colpo.

– Lo so per sentito dire. Io ho un po' l'orecchio da per tutto.

S'interruppe ad un tratto, quasi rammentandosi, e le piantò in faccia gli occhi acuti.

– A proposito, sapete nulla di quel vostro parente ch'era scappato all'estero, a Firenze, credo. E scriveva anche dei libri, poesia mi pare... una testa calda anche quella! Un affar serio! Altro che baronello Sghémberi.

Ella arrossì a quelle parole, quasi il ricordo del passato le fosse rifiorito a un tratto in cuore e in viso; ma subito si fece smorta con un vago sgomento negli occhi affascinati da quelli di lui, rapaci.

– No – diss'egli piano, stringendole la mano più forte che non fosse necessario per aiutarla a montare in carrozza. – Vi sono amico. Voglio esservi amico, ricordatevi.

II

– Ah! Sua Maestà si è degnata?...

Il duca sorrise leggermente così dicendo – lo stesso sorriso altero, il tono stesso di quell'altra che aveva detto "C'era tanti villani per le strade...". Le parve di vederla, proprio!

– Un altro po' di fragole? Non hai mangiato quasi.

– Grazie – rispose lei.

– Povera bella! È toccata a te questa!

La duchessa levò il capo a quel diminutivo carezzevole del suo nome e si guardarono in faccia un istante, vagamente turbati, senza saper perché.

– Chi c'era dei nostri, almeno?... Ah, Larocca! Chissà cosa gli usciva di bocca, eh?

– È stato graziosissimo.

– Con te lo credo bene. – Essa alzò di nuovo gli occhi su di lui, sorpresa, ringraziandolo con l'accenno di un sorriso. – Davvero, se vuoi che t'accompagni a questo ricevimento.

– Se ti fa piacere.

– Certo, se fa piacere a te... Non per imitare Larocca sai! – aggiunse il duca graziosamente.

– Sì, vieni, te ne prego. Giacché Sua Maestà...

Egli alzò le spalle: – Sua Maestà non se ne accorge neppure. Adesso vede tanta gente...

Giovanni Verga[*]
di Luigi Pirandello

È per me doppio titolo d'onore l'essere stato due volte designato a celebrare Giovanni Verga e la sua opera di scrittore: la prima volta, dalla città di Catania, quando in nome di tutta la Sicilia volle solennemente festeggiarne l'ottantesimo compleanno; ora dalla Reale Accademia d'Italia, la quale, partecipandomi la designazione unanime dei miei colleghi della classe di lettere, ha tenuto a farmi sapere che per la mia parola anche il Governo Nazionale intende tributare degne onoranze al grande scrittore siciliano.

È bene, è giusto, per il senso e il valore che io annetto alla cosa, che il nuovo Governo d'Italia riconosca la gloria e onori la virtù nuda e forte dell'arte di uno scrittore come Giovanni Verga.

Due tipi umani, che forse ogni popolo esprime dal suo ceppo: i costruttori e i riadattatori, gli spiriti necessarii e gli esseri di lusso, gli uni dotati d'uno «stile di cose», gli altri d'uno «stile di parole»; due grandi famiglie o categorie di uomini che vivono contemporanei in seno a ogni nazione, sono in Italia, forse più che altrove, ben distinte e facilmente individuabili. Ma solo per uno

[*] Lo scritto qui riportato, tratto da un discorso su Giovanni Verga tenuto da Luigi Pirandello il 3 dicembre 1931 alla Reale Accademia d'Italia, in occasione del cinquantesimo anniversario della pubblicazione dei *Malavoglia*, riproduce il testo apparso sul «Tevere» del 4 dicembre 1931 e, in seguito, su Luigi Pirandello, *Saggi, poesie e scritti varii*, a cura di M. Lo Vecchio Musti, Mondadori, Milano 1960, pp. 391-406.

che conosca bene le cose nostre e sappia vederci addentro. Perché invece gli osservatori disattenti, italiani o stranieri che siano, restano facilmente ingannati dal rumore, dalla pompa, dalla ricchezza delle manifestazioni di quelli che ho chiamati «dallo stile di parole», e credono che in Italia esistano soltanto questi. È molto facile ingannarsi e pensare così, perché, prima di tutto, questi tali sono di gran lunga più numerosi e più comunicativi e più accessibili; e poi perché veramente l'Italia pare fatta apposta per loro, per dar risalto, colore, significato a quelle loro manifestazioni doviziose, i bei gesti, le belle parole, e le passioni decorative, e le rievocazioni solenni. Tanto che ripensando all'Italia, alle sue bellezze naturali, alle sue tradizioni, è quasi impossibile, specie per uno straniero, non raffigurarsi gl'Italiani tutti perduti a vivere nei sensi, ebbri di sole, di luce, di colori, ebbri di canzoni e tutti sonatori di facili strumenti, un po' avventurieri, un po' attori, fatti per l'amore e per il lusso anche se miserabili; e i loro uomini rappresentativi, immaginosi letterati dal linguaggio sonoro, e magnifici decoratori, e rievocatori delle glorie passate; un popolo che viva della felicità d'una natura deliziosa e della dignità del suo grande passato: ne viva e ci riprenda anche le spese, come in un giuoco o in una fantasmagoria, in cui le cose siano di sogno e le necessità non esistano e tutto sia facile e fatto, e niente difficile e da fare.

Naturalmente, non è così. Ci sono in Italia anche gli altri: quelli che appajono di meno e giovano di più: quelli che ho chiamati «dallo stile di cose».

Nei primi le cose non tanto valgono per sé quanto per come sono dette, e appare sempre il letterato o il seduttore o l'attore che vuol far vedere com'è bravo a dirvele, anche quando non si scopra. In questi altri, la parola che pone la cosa, e per parola non vuol valere se non in quanto serve a esprimere la cosa, per modo che tra la cosa e chi deve vederla, essa, come parola, sparisca, e stia lì, non parola, ma la cosa stessa. È là dunque un'architettura appariscente di sapienti parole musicali, che vogliono avere un valore per sé, oltre quello della cosa significata, ma che alla fine, poiché ci sentite la bravura, vi saziano e vi stancano. Mentre qua una costruzione da dentro, le cose che nascono e vi si pongono davanti sì che voi ci camminate in mezzo, vi respirate dentro, le toccate: pietre, carne, quelle foglie, quegli occhi, quell'acqua.

Lungo tutto il cammino della nostra letteratura corrono ben distinte e quasi parallele queste due categorie di scrittori e possiamo seguirle, accanto e opposte, dalle origini ai nostri giorni: Dante e Petrarca; Machiavelli e Guicciardini; l'Ariosto e il Tasso; il Manzoni e il Monti; Verga e d'Annunzio.

Se pensiamo che Dante muore in esilio e il Petrarca è incoronato in Campidoglio, che Machiavelli finisce com'egli stesso si descrive in una lettera famosa; che l'Ariosto è fatto di poeta «cavallaro», mentre solo la follìa toglie i beneficii della fortuna al Tasso, che tuttavia alla fine è proposto anche lui al sommo onore dell'incoronazione in Campidoglio; se pensiamo che da una delusione è accolto il primo apparire dei *Promessi Sposi* e che il Leopardi passa di vita quasi ignorato, quando si sa a quali venturosi onori pervenne il Monti, dobbiamo convenire che in questa nostra Italia d'immaginazioni storiche, di prodigiosa ricchezza in dolcissime e forti e piene sonorità verbali e di bellezze formali purissime e di magnificenze naturali, in questa nostra Italia miracolo di sensi e di valori ha più diritto di cittadinanza chi sa dire più parole che cose; dobbiamo convenire che può riuscire perfino crudele, troppo difficile, insopportabile, lo sforzo lucido che deve durare chi voglia esprimere nudamente delineando le dure sagome delle cose da dire: cose e non parole, cose prepotenti che esigano da noi un assoluto rispetto per la loro nuda verginità.

Ma a chi sa durar questo sforzo – passano gli anni, passano anche i secoli – si ritorna. A Dante, sempre, si ritorna. Si ritorna a Machiavelli. Si ritorna all'Ariosto. Si ritorna al Leopardi e al Manzoni. E si ritorna a Giovanni Verga.

Il Governo d'Italia perciò fa bene ad onorare oggi con questa celebrazione l'arte di Giovanni Verga, a cui i

411

giovani (ed era inevitabile) ritornano, sazii e stanchi di quella troppa letteratura che era tornata a dilagare in Italia per colpa di chi non aveva saputo vedere nel Leopardi e nel Manzoni i due grandi filtri che avevano purgato la poesia e la prosa italiane dalla secolare retorica.

Dove non c'è la cosa, ma le parole che la dicono, dove vogliamo esser noi per come la diciamo, c'è, non la creazione, ma la letteratura, e anche, letterariamente, non l'arte ma l'avventura, una bella avventura, che si vuol vivere scrivendola, o che si vuol vivere per scriverla.

Non ne è esente lo stesso Verga giovane, nella sua prima opera che è appunto lo sfogo delle sue sentimentalità romantiche e sensuali; mondo composto esteriormente e – ciò che può sembrare un paradosso – fuori d'ogni sentimento diretto, non perché questo sentimento non fosse allora vero e suo, anzi perché lo era troppo e non riusciva a investire da dentro una realtà che voleva esser veduta, cioè posta fuori, in un personaggio, in quel personaggio appunto della sua aspirazione romanzesca. C'era insomma l'ambizione di viverli, questi romanzi, scrivendoli, e non poteva seguirne che l'artificio: il torbido di quelle aspirazioni, facendo impeto al filtro dell'arte e ingorgandosi, non riusciva a purificarsi.

Ma fu un'esperienza necessaria per la sua natura appassionata, che tentava d'incarnarsi nell'arte, che cercava il suo romanzo, e cominciava col foggiarselo artificialmente, campato in aspirazioni di gusto francese. Tutte queste scorie romantiche bisognava che bruciassero, perché l'oro poi riuscisse a colar puro; bisognava che il Verga arrivasse a quella conclusione della sua opera giovanile che si legge nel romanzo *Eros*: «Tutta la scienza della vita sta nel semplificare le umane passioni e nel ridurle alle proporzioni naturali». Vale a dire, nel poco da scavare in profondo, perché la quercia tanto più si radichi quanto più alta e ferrigna si leverà nel sole, anziché nel vasto da coltivar superficialmente perché vi spuntino appena piante d'una sola stagione che il minimo soffio abbatterà. Bisognava, insomma, che il fuoco dell'arte – bruciate quelle scorie – investisse lui nel profondo della materia viva.

Ma quando questo avvenne, quando il Verga finì di vivere la sua avventura e cominciò il suo vero travaglio creativo, l'opera che ne nacque cessò d'avere ogni risonanza e rimase come sorda in un tempo che già cominciava a risuonar tutto di una ben altra prestigiosa avventura letteraria, la quale prese e tenne per tanti anni gli animi in un abbaglio fascinoso: quella d'un uomo adatto e magnifico, nato appunto per l'avventura, così nell'arte come nella vita, e in tal confusione d'arte e di vita da non potersi dire quanta della sua arte sia nella sua vita, e quanta della sua vita nella sua arte: una tal confusione salvando nel solo modo con cui era possibile, cioè sotto il lussuoso paludamento d'una continua letteratura. Ho detto Gabriele d'Annunzio.

Giovanni Verga è il più «antiletterario» degli scrittori.

Non era possibile che in un tempo tutto echeggiante di quella nuova e grande avventura letteraria avesse se non una mediocre risonanza l'opera e l'arte di Giovanni Verga, che è la più antitetica che si possa immaginare. Là tutto il volubile delle opportunità propizie, qua la statica monotonia d'uno scoraggiamento disperato e rassegnato; là la pompa opulenza non solo d'una prosa tutta tumida polpa con sapienza colorita, ma anche opulenza materiale di cose rappresentate, ville e ozii e smanie e superbi orgogli di signori; qua asciutta magrezza e povertà nuda di parole e di cose, la piazza sempre quella e le vecchie case d'un umile villaggio, il mare (ma non il poetico divino mare), il mare avaro e crudele dei pescatori, e deserte campagne infestate dalla malaria, e gli stenti, i bisogni, le passioni chiuse, originali e sospettose di un'infima gente che vuol salire, o che è già salita e ne ha l'affanno che le vieta non solo il riposo, ma ogni consolazione.

Guardiamo ancora quelle due discendenze o categorie di scrittori, accanto e opposte, anche per ciò che si riferisce alla famosa eterna questione della lingua, veduta come si è vista sempre esteriormente e non come creazione. Negli uni è la lingua come si compone, scritta: «letteraria»; negli altri tutti, un sapore idiotico, dialettale, a cominciare da Dante, che nei dialetti appunto, e non in questo o in quello, vedeva risiedere il volgare. Tutta la più doviziosa lingua letteraria è in d'Annunzio; e dialettale è il Verga. Dialettale, sì, ma come è proprio che si sia dialettali in una nazione che vive della varia vita e dunque nel vario linguaggio delle sue molte regioni. Questa «dialettalità» del Verga è una vera creazione di forma, da non considerare perciò al modo usato, come «questione di lingua», notandone lo stampo sintattico spesso prettamente siciliano, e tutti gli idiotismi.

Qua «idiotico» vuol dire «proprio». La vita d'una regione nella realtà che il Verga le diede, come la vide, come in lui s'atteggiò e si mosse, vale a dire come in lui si volle, non poteva esprimersi altrimenti: quella lingua è la sua stessa creazione. E non è difetto degli scrittori italiani, né povertà, ma anzi pregio e ricchezza per la loro letteratura, se essi creano nella lingua la regione.

Potrà forse interessare la testimonianza diretta d'uno come me che da giovane si trovò presente alle appassionate discussioni che durante la maturità artistica di Giovanni Verga si fecero su certe vedute estetiche, scuole e metodi d'arte, concetti d'evoluzione di forma e forme letterarie; interessare, non tanto per cose che io abbia da dire che non siano già note a chi conosca la storia delle ultime nostre vicende letterarie: ma perché mi trovai accanto in quegli anni, anzi nell'intimità della più cordiale amicizia, con Luigi Capuana, che della scuola a cui il Verga appartenne e del metodo che il Verga seguì, e della ragione, anzi necessità d'adottarli per tentare una narrazione, non più storica, ma contemporanea, e dei frutti ch'essi diedero in Francia e poi in Italia, e segnatamente dell'opera del suo amico fraterno e compagno di lavoro, fu strenuo e infaticabile difensore.

Non so con quanta coerenza fu lodato il Capuana per il suo valore e le sue benemerenze di critico, e specialmente per il bene che fece rischiarando il cammino dell'arte a Giovanni Verga, mentre poi quei suoi lumi critici appunto furono denunziati come prima radice del suo fallimento di scrittore. È una grande ingiustizia, e, per chi amò Luigi Capuana, una grande amarezza. Io lo ricordo qui, al contrario, per dire delle deficienze della sua critica e del valore della sua arte, di cui fanno testimonianza imperitura tante mirabili novelle paesane e tante pagine di pura bellezza nel *Marchese di Roccaverdina* e in *Profumo*.

Il Capuana espose le ragioni per cui, volendo fare una narrazione di vicende e di passioni non del passato ma del presente, credette imprescindibile, in mancanza di modelli nostrani, rivolgersi alla Francia, dove le due forme del romanzo e della novella, dopo una lunga elaborazione, avevano dato gli ultimi esemplari. E parlò spesso delle tormentose ricerche d'una «prosa viva» che potesse esprimere le «quasi impercettibili sfumature del pensiero moderno». E fino all'ultimo s'affannò a sostenere la così detta «impersonalità» nella narrazione e l'oggettività nell'arte narrativa.

Il Verga, che fino al romanzo *Eros* aveva seguito le vecchie forme narrative romantiche, un po' rammodernate, secondo il gusto e il tono d'una certa moda letteraria francese, fece sue alla fine le idee e suoi i propositi artistici del Capuana.

Ma parlare di tradizione in arte, come di qualche cosa da cui l'opera d'arte dipenda e senza la quale sia, se non proprio impossibile, assai difficile che nasca, è – come si fa di solito – porre male una questione, che va posta e – per conseguenza – risolta altrimenti. Ogni vera opera d'arte è e dev'essere «unica», e dunque senza modelli. Non esiste per se stessa in astratto una forma «romanzo» o una forma «novella» che da sé, qua e là, e qua meno e là più, si evolvano; bensì quei tali romanzi, quelle tali novelle, ciascuno e ciascuna con la sua forma propria, da non potersi confondere con altre, se veramente opere d'arte. Considerando per sé le forme e indicando i modelli e prescrivendo le regole e il metodo con cui quelle narrazioni dovevano esser condotte, si veniva a cadere nello stesso errore intellettualistico della retorica, che consisteva appunto in questo, come anche nella ricerca esteriore dell'espressione, quasi che il linguaggio fosse qualcosa da cercar fuori per rendere ciò che ci sta dentro e non qualcosa che si formi in noi col pensiero stesso e che è anzi il pensiero stesso che si vede in noi chiaro in tutte le sue parti; e quasi che, del resto, noi non avessimo già in casa nostra l'esempio d'una prosa viva, efficace, benché adoperata in una narrazione del passato, atta a rendere le più lievi e riposte pieghe della passione e del pensiero, nei *Promessi Sposi* del Manzoni: prosa uscita dal tormento d'una triplice elaborazione. La questione infine della famosa «impersonalità» o dell'oggettivismo nell'arte narrativa non ci voleva molto a vedere che si riduceva a nient'altro che a un diverso atteggiamento dello spirito nell'atto della rappresentazione, poiché l'arte, come coscienza del soggetto, non può esser mai oggettiva se non a patto di porre ciò che è creazione nostra, fuori di noi, come se non fosse appunto nostra, ma una realtà per sé che noi dovessimo solamente ritrarre con fedeltà, senz'affatto mostrare di parteciparvi, insomma da spettatori diligenti e spassionati.

Come tutti i critici del verismo, il Capuana cadde in fondo per mancanza di discernimento estetico nello stesso errore, per cui il Manzoni aveva prima condannato il suo capolavoro: con la sola differenza che il Manzoni aberrò esteticamente per uno scrupolo verso la storia, mentre il Capuana e i naturalisti per uno scrupolo verso la scienza, quale era intesa ai loro giorni.

Mostrare o non mostrare coscienza della propria creazione: è tutto qui; atteggiarsi liricamente, cioè attraverso gli elementi soggettivi dello spirito: il sentimento e la volontà; o atteggiarsi storicamente, cioè attraverso l'elemento oggettivo: l'intelletto. L'opera d'arte perfetta è rarissima perché assai di raro avviene che tutto lo spirito nei suoi varii elementi accordati all'unisono, lavori senza il prevalere di questo su quello, come sempre avviene in un tempo o nell'altro, per azioni e reazioni improvvise. E sempre, difatti, dietro o accanto a ogni movimento letterario abbiamo un diverso orientarsi del pensiero filosofico; e come per reazione all'intellettualismo che ebbe la sua poetica nel classicismo, irrompono i due elementi soggettivi conculcati, il sentimento e la volontà, naturalmente disordinati e ciechi perché ribelli a ogni lume d'intelletto, elementi che avranno la loro poetica nel romanticismo; così più tardi, per reazione all'idealismo romantico avremo il materialismo e il positivismo sperimentale che troveranno la loro poetica nel naturalismo letterario, che si propone di darci «documenti umani» e «pezzi di vita» e di annegare l'arte nella scienza. Avremo reazione anche a questo; e per meno – in un certo senso – il Fogazzaro, e per assai più in altro senso il d'Annunzio, vogliono essere, più che in realtà non siano, i campioni di questa reazione. E ora si ritorna, sazii e stanchi di forme concluse e troppo sonore, ai frammenti puri, ai «pezzi di vita»; si ritorna umiliati alla grande arte del Verga, il quale per sua ventura ebbe per queste cose scarso intelletto e si valse di quello del Capuana solo per quel tanto che gli occorse a veder chiara tutta quella solidità elementare che il sentimento originario della sua terra gli poneva, la sua materia viva, e facendo che ad essa la sua volontà ritemprata, potente e schietta aderisse perfettamente. Sbaglia chi crede che l'opera della maturità di Giovanni Verga fu condotta premeditatamente secondo un metodo artistico suggerito da altri e importato da una scuola straniera, senza che si fosse naturalmente generata in lui, sua materia viva. Quel metodo non fu per il Verga della scuola naturalista francese, ma per naturale diritto suo, perché sua intima legge, vale a dire libero e spontaneo movimento di un'immagine di vita ch'era dentro di lui e che per questo movimento proprio e spontaneo (che è la vera tecnica, da intendere appunto come immediato movimento della forma) doveva venir fuori. Tanto è vero questo, che ormai, a tanta distanza di tempo, l'opera vive intera e perfetta, in tutti i suoi elementi proprii, unici, che tra sé si tengono a vicenda meravigliosamente e a vicenda cooperano a formare un corpo vivo, senza che per nessuno si possa pensare che sia così per ubbidire a canoni che non ricordiamo neanche più quali fossero, della scuola naturalista francese.

I siciliani, quasi tutti, hanno un'istintiva paura della vita, per cui si chiudono in sé, appartati, contenti del poco, purché dia loro sicurezza. Avvertono con diffidenza il contrasto tra il loro animo chiuso e la natura intorno aperta, chiara di sole, e più si chiudono in sé, perché di quest'aperto, che da ogni parte è il mare che li isola, cioè che li taglia fuori e li fa soli, diffidano, e ognuno è e si fa isola da sé, e da sé si gode – ma appena, se l'ha – la sua poca gioja; da sé, taciturno, senza cercare conforti, si soffre il suo dolore, spesso disperato.

Ma ci sono quelli che evadono, quelli che passano non solo materialmente il mare, ma che, bravando quell'istintiva paura, si tolgono (o credono di togliersi) da quel loro poco e profondo, che li fa isole a sé, e vanno, ambiziosi di vita, ove una certa loro fantastica sensualità li porta, spassionandosi o piuttosto soffocando e tradendo la loro vera riposta passione con quell'ambizione di vita effimera.

Il Verga, giovane, è uno di questi. E dunque, non veramente appassionato in principio e neanche austero, come si è voluto definire. Austero, anzi, propriamente, o meglio, in un certo senso moralistico, non sarà mai, né per quel che pensa della vita, né per quel che sente, come ognuno che veda e scusi le opposte passioni e riconosca sempre le ragioni degli altri.

Fu detto anche che il Verga «vede nella realtà il mondo quale esso è, e si spiega che non può essere diverso da quello che è».

Non so che senso abbia un simile giudizio.

Il mondo non è per se stesso in nessuna realtà se non gliela diamo noi; e dunque, poiché gliel'abbiamo data noi, è naturale che ci spieghiamo che non possa essere diverso. Bisognerebbe diffidare di noi stessi, della realtà del mondo posta da noi. Per sua fortuna il Verga non ne diffida; e perciò appunto non è né può essere, nel senso vero e proprio della parola, un umorista.

Bisogna intendersi bene su tutto questo, che è il punto fondamentale per una scuola come la naturalista che intendeva escludere la «personalità» dello scrittore nella rappresentazione di un preteso «vero».

Sono in fondo una medesima finzione quella dell'arte e quella che a noi tutti viene dai nostri sensi.

Pur non di meno, noi chiamiamo «vera» la rappresentazione dei nostri sensi, e «finta» quella dell'arte. Ma, se ben guardiamo, tra l'una e l'altra, non è mai però questione di «realtà», bensì di «volontà», e solo in quanto la finzione dell'arte è sempre «voluta» – voluta non nel senso che sia procacciata con la volontà per un fine estraneo a se stessa; ma voluta per sé e per sé amata disinteressatamente; mentre la rappresentazione dei nostri sensi non sta a noi volerla o non volerla: si ha, come e in quanto si hanno i sensi. E quella, dunque, è libera; e questa no. E l'una è dunque immagine o forma di sensazioni; mentre l'altra – quella dell'arte – è creazione di forma. Il fatto estetico effettivamente comincia solo quando una rappresentazione acquisti in noi «per se stessa» una volontà, cioè quando essa «si voglia» in sé e per se stessa, provocando, per questo solo fatto «che si vuole», il movimento atto a effettuarla fuori di noi. Se la rappresentazione non ha in sé questa volontà, che è – come ho già detto – il movimento stesso dell'immagine, essa è soltanto un fatto psichico comune: l'immagine non voluta per se stessa; fatto spirituale-meccanico, in quanto non sta a noi volerla o non volerla: si ha in quanto risponde in noi a una sensazione.

Abbiamo tutti, chi più chi meno, una volontà che provoca in noi quei movimenti atti a creare la nostra propria vita. Questa creazione che ciascuno fa di sé a se stesso, ha anch'essa bisogno di tutte le attività e funzioni dello spirito, cioè d'intelletto e di fantasia, oltre che di volontà; e chi più ne ha e più ne mette in opera, riesce a creare a se stesso una più alta e più vasta e forte vita. La differenza tra questa creazione e quella dell'arte è solo in questo (che fa appunto comune l'una e non comune l'altra) che quella è «interessata» e questa «disinteressata», il che vuol dire che l'una ha un fine di pratica utilità, l'altra non ha alcun fine che in se stessa; l'una è voluta per qualche cosa: l'altra si vuole per se stessa. E una prova di questo si può avere nella frase che ciascuno di noi suol ripetere ogni qual volta, per disgrazia, contro ogni nostra aspettativa il fine pratico a cui tendevamo, i nostri interessi siano stati frustrati: «Ho lavorato per amore dell'arte».

E il tono con cui si ripete questa frase ci spiega la ragione per cui la maggioranza degli uomini, che lavorano per fini di pratica utilità e che non intendono la volontà disinteressata, suol chiamare matti i poeti, quelli cioè in cui la rappresentazione si vuole senz'altro fine che in se medesima, e tale essi la vogliono, quale essa si vuole.

In questo totale disinteresse, e non in altro, può consistere la «impersonalità» dello scrittore nella realtà da lui creata. In tutto il resto è lui, sempre, per forza, e tanto più, starei per dire, quanto meno si scopre.

Perché realtà non esiste se non nei sentimenti che ce la compongono. La vivremmo ciecamente, se a ciascuno il lume dell'intelletto, o più o meno, secondo i casi o i temperamenti, non ce la rischiarasse. Composta dai nostri sentimenti – com'ha bisogno dell'intelletto per esser veduta – così ha bisogno della volontà per muoversi in noi, per noi e con noi.

L'arte è arte, perché ciò che è realtà, vale a dire appunto questa composizione dei nostri sentimenti, rischiarata dal nostro intelletto e mossa dalla nostra volontà, cosa infinitamente varia e continuamente mutevole, condizionata com'è sempre nella sua molteplicità di spazio e di tempo, è invece fissata per sempre dalla fantasia in un momento o in più momenti essenziali, fuori di questo molteplice (fuori dunque dello spazio e del tempo) – eterna e una – ma non nell'assoluto di un'astrazione, bensì eterna perché di tutti i tempi, e una perché *quella*, che ha vita nel consenso di tutti e in tutti, naturalmente, in un suo particolar modo: liberata da tutto ciò che è comune, ovvio, caduco, da tutti gli ostacoli, che, nella creazione della nostra propria vita, spesso ci distraggono, ci contrariano, ci deformano.

Non bisogna dunque dire che uno scrittore, quale il Capuana lo voleva, quale per lui era il Verga, e poteva anche essere ogni altro scrittore, al pari di lui impersonale, il Flaubert, lo Zola, il Maupassant, il Capuana stesso, «veda il mondo quale esso è *nella realtà* e si spieghi che non può essere diverso da quello che è» – ma bisogna invece vedere quali sentimenti pongano a questo o a quello scrittore, al Verga nel caso nostro, la sua realtà, la realtà del suo mondo, con quale intelletto egli se la rischiari, con qual volontà la muova.

Ora il Verga – quale naturalmente si condiziona nella storia del suo tempo, cioè per quel suo particolar modo d'essere come poteva e doveva generarsi in lui nel suo tempo e col suo tempo – non ha una fede attiva, una norma direttiva nella vita, e non la cerca nemmeno, perché crede che non ci sia. Ce l'ha in fondo nascosta; ma è per il sentimento – e dunque oscura – non per il pensiero. La norma affettiva: degli affetti immediati: la famiglia, la sua terra, i costumi della sua gente, gli interessi, le passioni di essa. E qui difatti soltanto egli riesce a porre a se stesso *una realtà*. Non crea dunque ideologicamente un mondo, non riesce cioè a ordinarlo secondo una sua idea, da fuori, in una realtà che egli possa o sappia dargli superandolo, cioè a dire superandosi. Lo accetta in quella realtà oscura che a volta a volta gli pone il suo sentimento, da dentro, e dice ch'essa è così perché è così. E per forza il sentimento in questo suo porsi a caso e senza lume s'intristisce sempre più e si logora a mano a mano, come un meccanismo governato da un'angosciosa fatalità. Egli rappresenta il consistere quasi fatale di questi sentimenti in realtà che non possono esser che quelle, perché il sentimento è quello ed è così – così triste, così implacabilmente triste!

Ecco la *Vita dei campi*, ecco le *Novelle rusticane*, ecco *Per le vie* e *Vagabondaggio*, ecco *I Malavoglia* e *Mastro don Gesualdo*. Eppure parve al Verga che le inquietudini del pensiero vagabondo potessero quietarsi in lui dolcemente «nella pace serena dei sentimenti miti, semplici, che si succedono calmi e inalterati di generazione in generazione», considerando come cose degne del maggior rispetto il tenace attaccamento d'una povera gente allo scoglio sul quale la fortuna l'aveva fatta nascere, la rassegnazione a una vita di stenti, la religione della famiglia che si riverbera sul mestiere, sulla casa, e sui sassi che la circondano. Scorse invece come una fatale necessità nelle tenaci affezioni dei deboli, nell'istinto che hanno i piccoli di stringersi tra loro per resistere alle tempeste della vita, e cercò di decifrare il dramma modesto e ignoto che sgomina gli attori plebei del suo capolavoro: *I Malavoglia*; dramma il cui nodo,

come egli stesso scrisse, consiste in questo: «che, allorquando uno di quei piccoli vuole staccarsi dal gruppo
per vaghezza dell'ignoto, o per brama di meglio, o per
curiosità di conoscere il mondo, il mondo da pesce vo-
race com'è se lo ingoia, e i suoi prossimi con lui».

Questo è il pensiero che fa lume al suo sentimento.
Un ben triste lume. E il sentimento che è d'amore per
quegli umili, per quei deboli, per quelle povere cose, diventa per forza, a quel lume, passione, e la passione tormento. Altro che dolce quietarsi! altro che pace serena!
altro che sentimenti miti e semplici in calme vicende
inalterate di generazioni in generazioni! È un mondo,
un povero mondo di bisogni primi, di primi affetti, intimi, originarii, nudi, e nude cose, di semplicità elementare, in preda a una necessità fatale. Egli per primo ne
soffre, ma subito quel lume gli fa riconoscere che non
può essere che così e che non c'è via di scampo in altra
realtà che potrebbe esser diversa, a guardarla da un altro lato o da sopra, o facendo che il sentimento dei personaggi a volte si rimiri anche di sfuggita nello specchio d'una riflessione estranea, cioè dello stesso
scrittore, come avviene spesso in Manzoni. No: egli la
guarda sempre, sempre da dentro, con gli occhi dei
suoi stessi personaggi, in una immedesimazione continua: e la realtà è quella sola, quale la pongono i sentimenti di quei personaggi, implacabilmente, inesorabil-
mente quella. Non che qualche volta non sia comica o
non s'ironizzi per dir così da sé, nei commenti degli altri attori della scena o nei contrasti, spesso crudeli, anche se goffi, della vita provinciale o di campagna. Ma
incombe sempre anche qui quella necessità che rende
malinconica anche l'ironia e triste la goffaggine, come
in *Malaria*, come nel *Reverendo*, come in *Cos'è il Re* o in
Licciu Papa, e qua e là un po' da per tutto nelle novelle e
nei *Malavoglia* e in *Mastro don Gesualdo*. Bisogna farsi
una ragione di questa fatalità incombente, e guaj a chi
non se la fa o non se la vuol fare: avrà il danno e le bef-
fe. E questa è la rassegnazione verghiana, che è così
amara anch'essa. Non «razionalità», dunque, che dà l'i-
dea d'una rigidezza meccanica, ma rassegnazione alla

necessità fatale, che vince tutti, e non ammette che qualcuno le si ribelli.

Perciò Verga non è il Manzoni. Come il Manzoni amò gli umili, ne rappresentò la vita; come il Manzoni, superstite per molti anni alla sua opera di scrittore, ebbe la sorte invidiabile di poter esser sicuro della vita imperitura di essa dopo averla saggiata al paragone di un lungo silenzio; ma come diverso è il lume dell'uno, acceso dalla fede che consola e sostiene, da quello dell'altro che riesce a mala pena a far meno amara, perché in certo qual modo confortata, quella squallida rassegnazione alla fatalità incombente solo se si raccolga attorno al focolare domestico, che per il Verga, come per tutti i siciliani, è sacro. Morte e dannazione a chi vi attenta, morte e dannazione a chi lo tradisce, a chi se ne scorda. In quasi tutta l'opera verghiana non c'è altro fulcro sacro che questo. Sempre attraverso gli occhi dei suoi personaggi il Verga vi guarda con venerazione, con nostalgia, con tenerezza, pieno di pietà per chi non poté averlo, per chi dalle miserie fu costretto ad allontanarsene o a perderlo. «A ogni uccello il suo nido è bello!» Oh i proverbi di Padron 'Ntoni Malavoglia, per cui gli uomini son fatti come le dita della mano! Oh casa del Nespolo, indimenticabile! e tutte le pene per riscattarla, per poi morirne lontano, in un albergo dei poveri in città, con gli occhi sempre alla porta per vedere se qualcuno entri a riportarselo via, là dove, non potendo più vivere, vuole almeno morire! E ciò che forma la tristezza più grande di Mastro don Gesualdo è il suo morire come un cane nel palazzo della figlia, lui che «per far la roba» non s'era mai dato un momento di requie.

Ma don Gesualdo Motta non vale Padron 'Ntoni Malavoglia, non perché la sua figura non si stagli potente in tutto il suo rilievo, e i suoi casi, i suoi sentimenti, i suoi minimi atti, come del resto quelli degli altri personaggi intorno a lui, non siano rappresentati con arte anche più accorta; ma il suo romanzo si mostra già costruito d'elementi che visibilmente si riportano attorno a lui, senza quella compatta e schietta naturalezza del primo romanzo, tanto più mirabile e quasi prodigiosa, in quanto non si sa come risulti così fusa attorno a quella casa del Nespolo tutta la vita di quel borgo di mare e come venga fuori senza intreccio e pieno di tanta passione il romanzo in cui le vicende sembrano a caso.

E non è da dire che tutto questo non sia voluto, perché era nell'aspirazione e dunque nell'intenzione dello scrittore, se, dedicando a Salvatore Farina la novella *L'amante di Gramigna* nella *Vita dei campi*, scriveva che il trionfo del romanzo si sarebbe raggiunto «allorché l'affinità e la coesione di ogni sua parte sarà così completa che il processo della creazione rimarrà un mistero, come lo svolgersi delle passioni umane; e che l'armonia delle sue forme sarà così perfetta, la sincerità della sua realtà così evidente, il suo modo e la sua ragione di essere così necessarie, che la mano dell'artista rimarrà assolutamente invisibile, e il romanzo avrà l'impronta dell'avvenimento reale, e l'opera d'arte sembrerà *essersi fatta da sé*, aver maturato ed esser sorta spontanea come un fatto naturale, senza serbare alcun punto di contatto col suo autore... ch'essa stia per ragion propria, pel solo fatto che è come deve essere ed è necessario che sia, palpitante di vita ed immutabile al pari d'una statua di bronzo di cui l'autore abbia avuto il coraggio divino di eclissarsi e sparire nella sua opera immortale».

L'aspirazione divenne realtà nei *Malavoglia*.

Il segreto del prodigio è nella visione totale dell'autore, che dà a quanto appare sparso e a caso nell'opera quell'intima vitale unità che non domina mai da fuori, ma si trasfonde e vive nei singoli attori del dramma, i quali, sì, son tanti, ma si conoscono tutti e ciascuno sa tutto dell'altro e del piccolo borgo intende ogni aspetto e ogni voce, se suona una campana, da qual chiesa suoni; un grido, chi ha gridato e perché ha gridato, legati tutti da ogni minima vicenda che si fa subito comune.

Così da un capo all'altro, per tanti fili, che non sono di questo o di quel personaggio, ma che partono da quella necessità fatale dominante, l'opera d'arte si tiene tutta, meravigliosamente, con quello scoglio, con quel mare, con l'antica dirittura solenne di quel vecchio uomo di mare, in una primitività quasi omerica, ma su cui incombe quasi un senso della fatalità dell'antica tragedia, se la rovina di uno è la rovina di tutti; e con l'ammonimento che ne emana, tra la pietà sbigottita per la sorte dei vinti.

Mirabile l'opera, ma più mirabile ancora l'impegno onde essa nacque, con un suo stile nuovo e necessario, che la fa viva per sempre come opera d'arte, e viva oggi più che mai come modello d'azione e di fede anche fuori d'ogni considerazione letteraria, come atto di vita. Voglio dire l'impegno a cui, un certo momento, e forse quando più egli s'era allontanato e distratto dalle sue origini, il Verga si sentì prepotentemente chiamato, con la voce della sua terra e di tutto ciò che v'era di religioso nel suo spirito, al lavoro esigente, umile e triste d'esprimere le cose, che in certo senso vuol dire fare, operare, e non più desiderare e contemplare: le cose difficili, le cose quali sono per noi, egli che aveva già vinto, nell'opinione degli altri, in quelle facili, quali erano nel desiderio del pubblico d'allora.

Tutte le concezioni intellettuali della vita che risultano da opere d'arte vanno valutate con giudizio: nulla è più stolto che il chiederne ragione all'artista in nome della vita pratica. E infatti, non la concezione intellettuale della vita, che risulta da questa mirabile opera, giova a noi – concezione che può apparire perfino deprimente, o almeno contraria all'animo nostro mutato e non più da vinti, quanto un'altra opposta può apparire consona ed esultante – ma giova a noi lo stesso spogliarsi d'ogni superfluo per arrivare a vivere d'una realtà tutta da creare, la stessa forza duramente operante, lo stesso richiamo alle origini, di cui il Verga ci dà l'esempio; necessità fondamentali ed uniche così alla creazione d'una vera opera d'arte come all'affermazione d'una personalità umana nella vita, come alla vita d'un popolo: questo spogliarsi, questa forza costruttiva, questo richiamo alle origini che aprono la via alla sola conquista necessaria agli uomini e ai popoli: la conquista del proprio stile.

Indice